Michael Berg

Nacht in Parijs

the house of books

Dit is een roman. Alle beschreven personages en situaties zijn ontsproten aan de fantasie van de auteur. Eventuele overeenkomsten met de werkelijkheid berusten uitsluitend op toeval.

Eerste druk maart 2012

Copyright © 2012 by Michael Berg
Een uitgave van The House of Books, Vianen/Antwerpen

Omslagontwerp
Studio Jan de Boer BNO, Amsterdam
Omslagfoto
Getty Images | Arthur Meyerson
Foto auteur
© Tom de Bree
Opmaak binnenwerk
ZetSpiegel, Best

ISBN 978 90 443 3370 1
D/2012/8899/75
NUR 332

www.michaelberg.nl

www.michaelberg.be

Nacht van zaterdag op zondag

Elektronische arpeggio's doorsneden de stilte. Op de tast reikte Chantal naar het nachtkastje. Waarom had ze in godsnaam haar mobiel meegenomen naar de slaapkamer? Terwijl haar duim twijfelde tussen het groene en rode knopje, leken de irritante muziekloopjes steeds luider te worden.

'*Allô?*'

'Chantal...?'

Aan de andere kant van de lijn was een vrouwenstem te horen.

'*Oui?*'

'Chantal...?' De vrouw leek te huilen. 'Ben jij dat?'

Het duurde even voor Chantal zich realiseerde dat de vrouw Nederlands had gesproken. 'Ja?' schakelde ze onmiddellijk om. 'Met wie spreek ik?'

'Met Naomi.'

'Naomi?'

'Naomi Eggers.'

Ze knipte het licht aan en leunde tegen de kussens. Terwijl Poes haar vanaf het voeteneind van het bed een verstoorde blik toewierp, doorliep Chantal in gedachten haar adressenbestand. De enige Naomi die ze kon bedenken, was iemand met wie ze meer dan tien jaar geleden in Utrecht had gestudeerd. 'Toch niet van de School voor Journalistiek?'

'Ja.'

Mijn god, natuurlijk. Chantal zag haar meteen voor zich. Naomi

Eggers. Blond, zo blond dat het bijna pijn aan de ogen deed. Het mooiste meisje van de klas, nee, van de hele school. Zodra Naomi ergens haar opwachting maakte, begonnen mannen zich te gedragen als opgewonden reuen. Ze wilde bij de televisie. Een eigen talkshow, nationale bekendheid.

'Chantal... je moet me helpen.'

Het klonk als typisch Naomi. Chantal herinnerde zich een meisje dat het volstrekt normaal vond dat er altijd mensen – meestal mannen – klaarstonden om te helpen.

'Wat is er gebeurd?' vroeg ze na een korte aarzeling.

'Ik geloof dat hij dood is.'

Ze zat rechtop, klaarwakker. 'Wie is dood?'

'Een man.' Naomi maakte piepgeluiden alsof ze hyperventileerde. 'In een groot wit huis.'

'Heb je iemand vermoord?'

'Nééé!'

Op de achtergrond was verkeer te horen.

'Waar ben je?' vroeg Chantal.

'In Parijs.'

'Wáár in Parijs?'

'Ik weet het niet.' Het piepen ging over in huilen.

'En waar staat dat witte huis?'

'Hoe bedoel je?'

'Heb je een adres, een straat?'

'Toen ik zag dat hij dood was, ben ik meteen weggerend.'

'Dus je hebt geen alarmnummer gebeld?'

'Wat voor alarmnummer?'

Chantal zuchtte wanhopig. 'Politie, ambulance. Heb je helemaal niemand gewaarschuwd?'

'Eh... nee.'

'En in dat huis waar die man ligt... is daar misschien iemand die kan helpen of kan kijken of die man echt dood is.'

'Hij is dóód!'

Na Naomi's jankuithaal zwollen de verkeersgeluiden weer aan. Autobanden zoevend over het asfalt.

6

'Waar ben je nu?' probeerde Chantal opnieuw. 'Zie je ergens een straatnaambord of een bekend gebouw?'

'Aan de overkant is een hotel.'

'Ja...?'

'Hotel Lexia.'

De naam deed geen belletje rinkelen. 'Denk je dat je dat witte huis kunt terugvinden?'

'Nee!'

Er viel een stilte.

De laatste keer dat ze Naomi had gezien, had móéten zien, was bij de diploma-uitreiking geweest. Het vooruitzicht om haar studiegenootje zoveel jaar later weer te ontmoeten was weinig aanlokkelijk. Aan de andere kant: ergens lag een dode man, als hij écht dood was. Misschien viel er nog een leven te redden. Maar niet met een hysterische Naomi aan de andere kant van de lijn.

'Heb je geld bij je?' vroeg Chantal.

'Ja.'

'Neem een taxi en kom naar mij toe. Ik woon in de rue Pavée.' Ze spelde de straatnaam en gaf het huisnummer. 'Kun je dat herhalen?'

Naomi slaagde erin het adres zonder fouten te herhalen.

'Het is in het vierde,' zei Chantal.

'Het vierde?'

'Het vierde arrondissement.' *Trut.* 'Heb je dat?'

Poes had het bed inmiddels verlaten, op zoek naar een rustiger heenkomen.

De avond tevoren

Gele gordijnen, een oranje vloerkleed en een knalrode L-vormige bank die uitkeek op het dakterras. Behalve de krabsporen van Poes op de armleuning van de bank, zag de woonkamer er precies uit zoals Chantal zich had voorgesteld. Modern, licht, opgewekt. Net zoals de rest van het appartement. De keuken, de badkamer, de twee slaapkamers. Bij oma was het altijd donker geweest. Nauwelijks lampen aan, de gordijnen vaak halfgesloten, de openslaande deuren naar het dakterras altijd dicht. Na de dood van opa was oma verhuisd naar de rue Pavée. Een nieuwe woning, zonder herinneringen, en met een lift waardoor ze eindelijk van die ellendige trappen af was. Ze liet haar boodschappen bezorgen, pedicure en kapster kwamen aan huis. Ze zat in haar fauteuil bij het raam, rookte haar sigaretten, luisterde naar de radio of herlas Dumas, Hugo en andere favoriete auteurs, en wachtte op wat ging komen.

Toch was oma allesbehalve somber. Ze was hartelijker geworden, opener, alsof er met het vertrek uit de echtelijke villa een last van haar schouders was gevallen. Ze vond het leuk om over politiek te praten, waarbij ze op haar oude dag steeds linkser werd, steeds ongeduldiger met niet-deugende en zelfingenomen politici. Op de radiocarrière van haar kleindochter was ze apetrots. Ze miste geen enkele uitzending en had vanzelfsprekend ook daar weer een mening over. Niet over Chantal, maar over de interviewgasten, en wat voor onzin die allemaal uitkraamden. Wanneer Chantal haar oma bezocht, bespraken ze altijd eerst de actualiteit. Daarna ging het gesprek meestal over vroeger, over de doden, over Jacqueline,

8

Chantals moeder, die veel te vroeg was overleden, nog vóór opa. Misschien was dat wel de belangrijkste reden om oma ten minste één keer per week te bezoeken, bedacht Chantal. Een kans om de vragen te stellen die Hotze, haar vader, uit de weg ging omdat hij nog steeds niet over het verlies van zijn vrouw heen was en iedere gedachte aan vroeger hem terugwierp in zijn zoveelste sombere bui.

Chantals verhuizing naar de Limousin, vier jaar geleden, had een abrupt einde aan de wekelijkse bezoekjes gemaakt. In plaats daarvan belden ze, maar de toenemende slechthorendheid van haar oma maakte een goed gesprek steeds moeilijker. Wanneer ze in Parijs was, deed Chantal haar best altijd even bij oma langs te gaan. Het laatste bezoek dateerde van september verleden jaar. Drie maanden later, op een droge zonnige decemberdag, overleed oma even plotseling als onverwacht. De loopjongen van de kruidenier, die een sleutel van de woning had, trof haar dood in haar fauteuil aan, de radio knetterhard op France Inter.

Dat Chantal tot enige erfgenaam was benoemd, leidde tot de eerste shock. De tweede kwam toen de notaris een overzicht van de nalatenschap gaf. Op oma's bankrekening stond twintigmaal meer dan nodig was om de successierechten te betalen. Maar de grootste verrassing was dat Chantal niet alleen een appartement maar een heel pand erfde, met een huuropbrengst waarvan vier modale huishoudens een jaar konden leven. Naast lusten bestonden er uiteraard ook lasten, legde de notaris uit. Torenhoge Parijse onroerendgoedbelasting, onderhoudscontracten voor lift en centrale verwarming. Over alles moest administratie worden gevoerd. Aan de gretige blik waarmee hij zijn diensten aanbood, begreep Chantal pas hoeveel geld ze plotseling had. Ze was rijk, niet superrijk, maar als ze geen rare dingen deed, hoefde ze de rest van haar leven niet meer te werken. De situatie was verwarrend. Natuurlijk bleef ze werken. Eens journalist, altijd journalist. Maar het geld en een woning van bijna honderd vierkante meter in Parijs boden ongekende kansen. Ze hoefde haar huis in Monteil niet op te geven. Ze kon het beste van twee combineren. Een vakantiehuis op het platteland en een woning in de stad. En ze kon gaan freelancen. De functie van hoofdredacteur had ze nooit geambieerd. Ze had de baan geaccepteerd omdat men haar gevraagd had en omdat iemand het moest doen. De laatste anderhalf jaar had ze voornamelijk achter een bureau gezeten en mensen aangestuurd. Ze kon weer gewoon journalist worden. Verhalen maken, dingen uitzoeken.

In januari zei ze haar baan bij Radio Limousin Populaire op en begin maart verhuisde ze naar Parijs. De eerste week gebruikte ze om een rondje te maken langs France Inter, RTL, de nieuwe internetkrant Vox en al die andere redacties om te vertellen dat ze weer in Parijs woonde en beschikbaar was. In afwachting van de eerste opdrachten stortte ze zich op het appartement. Het strippen van het bruine behang, het verven van de door de nicotine aangeslagen plafonds. Wit, kraakwit. Ze liet een nieuwe keuken installeren en een nieuwe badkamer met haar eerste eigen ligbad. Het donkere parket verdween onder een laag prettig verende witte kurktegels. Een kattenluikje voor Poes naar het dakterras. Een olijfboompje, een oleander en een krabpaal, die er nog steeds uitzag als nieuw. Teakhouten tuinstoelen, een eettafel, een parasol. Gordijnen, meubels, kasten, een bed. Een nieuwe inrichting, een nieuwe start. Van oma's spulletjes behield Chantal de boeken, de spiegel met de bladgouden lijst en het antieke kastje met kristallen glazen. Ook het naambordje bij de ingang liet ze hangen. Uit respect en dankbaarheid voor wat haar in de schoot was geworpen, bevestigde ze haar eigen naam met doorzichtig plakband naast het aluminium plaatje met 'Anni Morelle'.

Chantal keek op haar horloge. Om 18.07 uur kwam de trein uit Limoges op Gare d'Austerlitz aan. Daarna was het een klein stukje met de metro en een paar minuten lopen. Evelyne kon ieder moment arriveren. Na een laatste blik op de woonkamer liep Chantal naar de gastenslaapkamer en legde het in cadeaupapier verpakte T-shirt onder het laken. Ze controleerde de badkamer. Toilet, wastafel, ligbad. Alles zag er onberispelijk uit. Ze was opgewonden, merkte ze. Sinds een maand verscheen bij Vox een serie artikelen van haar hand. Interviews met mensen die de studentenopstand van 1968 hadden meegemaakt en nu, zoveel jaar later, de balans opmaakten van wat er van de idealen van destijds was terechtgekomen. Vanmiddag had een uitgever gebeld en gevraagd of ze genoeg materiaal had om er een boek van te maken. Ze hoefde niet meteen ja te zeggen. Na de zomervakantie zou hij contact met haar opnemen. Ze was zo opgetogen geweest dat ze Evelyne meteen had willen bellen, maar had vervolgens besloten om met het grote nieuws te wachten tot haar vriendin er zou zijn.

De bel ging, waarna Poes het dakterras op schoot. Chantal haastte zich naar het halletje en drukte op het knopje voor de straatdeur.

'Hoe-oe!' klonk het beneden in het trappenhuis.

'Hoi!' riep ze terug.

Piepend en krakend werkte de lift zich naar boven om met een schokje op de vijfde verdieping tot stilstand te komen. De deur schoof open.

Evelyne droeg witte gymschoentjes en een witte katoenen zomerjurk. Op haar schouders parelden zweetdruppeltjes. Er volgde een hartelijke omhelzing.

'Hoe was je reis?' vroeg Chantal terwijl ze de koffer en weekendtas overnam.

'Prima.' Evelyne knoopte het sjaaltje los waarmee ze haar haren had opgebonden. 'Behalve dat de airco in de trein het niet deed. Bespottelijk. En in Parijs is het nog warmer dan bij ons,' voegde ze er puffend aan toe.

'Weet je het wel zeker?'

'Wat?'

'Dat je hier je zomervakantie wilt doorbrengen?'

'Heel zeker.'

Chantal moest glimlachen. Evelyne was een echt stadsmens. Drukte, verkeer, lawaai, mensen. Hoe meer hoe beter. Ze had nooit begrepen dat Chantal vier jaar lang tussen de koeien had gewoond in een gat met vijf huizen. Evelyne was de eerste die had gezegd dat Chantal haar baan bij RLP moest opzeggen. Natuurlijk vond ze het jammer om haar beste collega te verliezen, maar ze zouden

11

vriendinnen blijven. Bovendien had ze niets tegen een logeeradresje in Parijs.

Ze liepen de woonkamer binnen. Poes had Evelynes stem herkend en wierp zich met een serie kopjes tegen haar blote benen aan.

'Nieuwe laptop?' Terwijl Evelyne bukte om de kater aan te halen, was de MacBook Air op de rookglazen tafel haar niet ontgaan.

'Ja.'

'Mooi.' Evelyne, die Chantals financiële mogelijkheden kende, toonde geen spoor van jaloezie.

'Glaasje?'

'Altijd, maar eh...' Ze wierp een bezorgde blik op haar horloge. 'Ik heb om zeven uur een tafel gereserveerd bij Le Bistro de la Place.'

Dat Chantal die avond in haar favoriete buurtrestaurant was uitgenodigd, wist ze, maar het vroege tijdstip verbaasde haar.

'En ik wil me eerst nog even opfrissen,' klonk het gehaast.

'Ga je gang,' zei Chantal wijzend naar de badkamer.

'En daarna moet ik je iets vertellen,' voegde Evelyne er met een raadselachtige glimlach aan toe.

'Wat dan?'

'Een verrassing.'

'Ik heb ook een verrassing voor jou.'

'Een nieuwe vriend?'

'Zoiets.' Lachend duwde Chantal haar vriendin de badkamer in.

Naomi staat voor de spiegel. Haar huid glanst. Haar kapsel zit nog net zo quasi-nonchalant als vanochtend. Ze recht haar rug. Graag zou ze een paar centimeter langer willen zijn, maar dat wordt weer gecompenseerd door een figuur waar een hoop vrouwen een moord voor zouden doen. Ze brengt haar gezicht tot vlak bij de spiegel. Haar make-up is nog steeds perfect, ondanks de hitte en twaalf uur in touw zijn. Ze kijkt zichzelf in de ogen. Sommige collega's vinden dat ze arrogant kijkt. Zelf houdt ze het op gereserveerd. Een koele schoonheid, zoals iemand haar ooit omschreef.

Ze loopt naar het hotelkamerraam en kijkt naar buiten. Huizen, daken, zover het oog reikt. Tussen de gebouwen ziet ze een streepje van de Seine. Blauwgrijs. Net zoals de lucht. Boven Parijs hangt een grauwsluier die de warmte als een deken vasthoudt. Geen zuchtje wind. Ze wist niet dat het er in juli zo warm kon zijn. Ze denkt aan de Amerikaanse toeristen aan de voet van de Eiffeltoren, hun verhitte koppen, de opluchting als de airconditioned touringcar voorrijdt en iedereen weer mag instappen. *Paris in three days*. Gekkenwerk. Zelf heeft ze maar een paar dagen meer. Zeven, om precies te zijn. Toen haar chef haar voor de Parijs-special vroeg, was ze zo verrast dat ze onmiddellijk toehapte, zonder over de consequenties na te denken. Zeven dagen voor zesendertig pagina's. Leuke weetjes verluchtigd met interviews met in Parijs wonende bekende en minder bekende Nederlanders. Natuurlijk zei ze ja. Haar eerste buitenlandklus. En dat nog tijdens haar proefperiode. De mededeling dat Sil Martens meeging, was even slikken. Sil is de laatste fotograaf in vaste dienst. Een fossiel dat alle reorganisaties bij de uitgeverij heeft weten te overleven en de tijd tot haar pensioen uitzit. Natuurlijk moet Sil zo nu en dan worden ingezet. Blijkbaar bespeurde Naomi's chef toch iets van een aarzeling, want omstandig begon hij uit te leggen dat Naomi de eindverantwoordelijkheid droeg, zoals altijd wanneer redacteur en fotograaf samen op pad gaan. Dus? Ze herhaalde haar antwoord. Ja. Graag. Dat de reportage eind juli gemaakt moest worden, was evenmin een probleem. Jammer voor Tom, die schoolvakantie had, maar nu moest ze aan zichzelf denken.

Tom.

Ze herinnert zich zijn reactie, toen ze hem het nieuws vertelde. Eerst de verbazing, daarna de korzeligheid dat ze de beslissing in haar eentje had genomen. Hij voelde zich duidelijk gepasseerd, maar wilde niets laten merken. Na een paar tellen was er weer die

13

zelfingenomen glimlach. Even vreesde ze dat hij zou voorstellen om mee te gaan. Hij had een blauwe maandag aan de Sorbonne gestudeerd. Politicologie. Meer dan dertig jaar geleden. Hij kende Parijs zoveel beter dan zij. Door haar hoofd schoten allerlei argumenten om hem – voor het geval dat – van het rampzalige plan af te brengen. Dat het zinloos zou zijn om haar te vergezellen, dat ze toch geen tijd voor hem zou hebben, ook 's avonds niet, wanneer ze de interviews van die dag meteen wilde uitwerken. Allemaal smoesjes. Ze stond te trappelen om een keer alleen op reis te gaan. Zonder Tom. Had ze de guts om dat te zeggen?

'Wat goed, liefje.' Het was alsof hij haar gedachten had gelezen. 'Wat leuk voor je.'

Leuk?

Het is fantastisch. Vanaf de eerste dag stroomt er een onuitputtelijke energie door haar lichaam. Haar zintuigen staan op scherp. Iedere vierkante meter van de stad wordt opgezogen om de 'special van de eeuw' te schrijven. Ondertussen loopt Sil te klagen. Over de hitte, over haar pijnlijke voeten en over de veel te krappe planning waardoor ze haar werk niet naar behoren kan doen. Afdrukken en wegwezen. Vakmanschap telt niet meer. Naomi weigert op het gezeur in te gaan. Zij is de baas. Zeven dagen lang. Klaar. Natuurlijk heeft ze in haar enthousiasme te krap gepland – en een volgende keer zal haar dat niet meer overkomen – , aan de andere kant: als het haar lukt om hele interviews af te nemen, waarom doet Sil dan zo ingewikkeld over het maken van één foto? Toen Sil vanmiddag over blaren begon, en dat ze morgen geen stap zou verzetten als er geen taxi klaarstond, kon Naomi zich niet langer inhouden. 'Sil, waarom neem je vanavond niet vrij? Ons hotel heeft een fitnessstudio met massagesalon. Waarom laat je je niet op kosten van de baas heerlijk verwennen? Die vernissage kan ik heus wel in m'n eentje af. En een foto maken zal ook nog wel lukken.'

Een vernietigende blik. Daarna sloeg Sil om als een blad aan een boom. Wat een goed idee. Een avondje rust. Morgen was hun laatste dag en dan zou ze er weer vol tegenaan gaan. Terug in het hotel gaf ze Naomi een camera, instrueerde haar hoe ze moest inzoomen en afdrukken, en zei dat ze het toestel het best op de automaat kon laten staan. In de gang namen ze afscheid. Morgenochtend om zeven uur zouden ze elkaar in de ontbijtzaal weer zien.

'*Yes!*'

Naomi draait in haar kamer een pirouette. Het idee om een paar uur verlost te zijn van haar collega, maakt onverwachte krachten vrij. Op de laptop bekijkt ze het programma voor morgen. Drie interviews. Een makkie. Vanavond moet ze om negen uur naar de vernissage. Maar eerst gaat ze lekker eten. Vlak bij het hotel ligt een sushibar. Tom háát sushi. En Sil heeft ze de afgelopen dagen ook niet weten over te halen. Na het interview met de Nederlandse galeriehouder gaat ze een terrasje pikken aan de Rive Gauche. Een avond alleen in Parijs. De gedachte doet haar rug tintelen. Nadat ze haar laptop heeft afgesloten, vraagt ze zich af of ze Tom nog moet bellen. De laatste keer dat ze hem gebeld heeft, twee dagen geleden, reageerde hij alsof ze hem stoorde. Meneer kan de boom in. Voor de spiegel bestudeert ze kritisch haar kleding. Pumps, donkergrijze broek, witte blouse, zwart getailleerd jasje. Ze ziet eruit alsof ze naar een sollicitatiegesprek moet. Snel trekt ze alles uit.

Van de rue Pavée naar de place du Marché-Sainte-Catherine was het vijf minuten lopen. Toen ze voor de ingang van het restaurant stonden, realiseerde Chantal zich dat ze alleen maar over het telefoontje van de uitgever had gesproken. 'Sorry dat ik zo doordraaf,' zei ze. 'Misschien gaat het niet eens door.'

'Natuurlijk gaat het door,' reageerde Evelyne lachend. 'Over een jaar ligt jouw eerste boek in de winkels en ben je zo beroemd dat je omkomt in het werk.'

Onwillekeurig lachte Chantal mee. Behalve de interviews die ze aan Vox had weten te slijten, viel het aantal opdrachten niet mee. Maar wat niet was, kon nog komen. Om nieuwe opdrachtgevers over de streep te trekken had ze inmiddels een gelikte website laten bouwen. En ze zat op Facebook. Na de zomer was ze van plan om te gaan twitteren. Evelyne, die erg actief was op de sociale media, had beloofd haar de komende dagen een beetje op weg te helpen.

'Maar eh…' Het viel Chantal nu pas op dat Evelyne haar ogen had opgemaakt, waardoor ze nog meer leken te twinkelen dan anders. 'Je zei dat jij ook een verrassing had.'

'Ik?' Het was alsof Evelyne even schrok. 'Na jou.' Met een brede glimlach liet ze Chantal voorgaan.

Ze betraden het restaurant. Een geur van limoenen, antiek houten meubilair en vers gesteven linnen tafelkleden kwam hun tegemoet. Evelynes verrassing was blijkbaar Hotze, die aan een tafeltje in de hoek zat. Zodra hij hen had gezien, stond hij op en liep op hen toe, waarbij hij zijn lange lijf onhandig tussen de tafeltjes manoeuvreerde. Hij was gekleed in een wit katoenen hemd met korte mouwen dat Chantal nooit eerder had gezien en dat hij over zijn jeans droeg, en hij rook iets te uitbundig naar aftershave.

'Hoi, Chantal.'

'Hoi, pap.'

Ze spraken Nederlands, zoals altijd wanneer ze elkaar zagen. Drie kussen. Ook op z'n Nederlands.

'Dag, Evelyne.'

'Dag, Hotze.'

Chantal keek hoe de twee elkaar omhelsden, hartelijk, maar ook een beetje geremd, alsof ze het niet wilden overdrijven. Het leek of Evelyne hem iets in het oor fluisterde, waarop hij zijn hoofd even op en neer bewoog, om zich vervolgens breed lachend weer volledig op Chantal te richten.

Hotze was een slechte acteur. Altijd geweest. Chantal voelde haar maag verstrakken. Ondertussen probeerde ze zichzelf gerust te stellen. Waarom zou Evelyne Hotze niet ook hebben uitgenodigd? De twee haddden elkaar vaak genoeg ontmoet. De laatste keer dat Evelyne was komen logeren, nog geen maand geleden, hadden ze nog met z'n drieën een heel gezellige avond in een restaurant doorgebracht.

Maar dit keer was anders.

Ze namen plaats aan tafel. Hotze in het midden, rechts van hem Evelyne, links zijzelf. Terwijl Chantal haar vingers over het bestek liet glijden, bekroop haar het gevoel alsof alle blikken van het restaurant op haar waren gevestigd. In plaats van te vragen wat dit voor theaterstukje was dat voor haar werd opgevoerd, luisterde ze met een stalen gezicht naar Evelyne die Hotze vertelde dat zijn dochter misschien een boek ging publiceren.

'Wat een goed nieuws! Ge-wel-dig!' In zijn zenuwen sloeg hij volledig door. 'Ik heb altijd gezegd dat het een goed onderwerp was.'

Chantal knikte. Hotze was met zeventien verhuisd van Groningen naar Parijs. Hij had met het studentenoproer van 1968 meegedaan. Tijdens de schermutselingen met de mobiele eenheid op de boulevard Saint-Michel was hij gewond geraakt en had een paar dagen in een cel vastgezeten. Hij had het verhaal zo vaak verteld dat ze inderdaad moeilijk kon beweren dat het háár onderwerp was. Toen de uitgever belde, was een van haar eerste gedachten geweest om ook haar vader te interviewen. Nu was ze blij dat ze hem nog niets had gevraagd.

De komst van de ober bracht een moment van ontspanning. Nam men een aperitief? Om het niet lastiger te maken dan het toch al was, bestelde iedereen hetzelfde. Pastis. De ober had zich nog niet omgedraaid of de spanning aan tafel was weer terug. Slappe opmerkingen over de hitte en dat je maar beter binnen kon zitten in een restaurant met airco dan buiten. Tussendoor veelzeggende blikken over en weer. Chantal registreerde het, maar deed net alsof ze het niet zag. Toen de ober met de bestelling terugkwam, viel het gesprek prompt weer stil.

Evelyne wachtte tot iedereen een glas voor zijn neus had en ze weer met z'n drieën waren. 'Chantal...' Ze schraapte haar keel en keek alsof ze ergens mee in haar maag zat. 'We moeten je wat zeggen.'

We.

'Wat ik wil zeggen...' Ze strekte haar hand uit naar Hotze, die als een schooljongen begon te blozen. 'Je vader eh... ik bedoel: Hotze en ik hebben een eh... relatie.'

17

Chantal telde inwendig tot tien. Vanaf het moment dat ze haar vader had zien zitten, wist ze het en toch veroorzaakte de mededeling een kleine aardbeving, alsof er diep vanbinnen iets scheurde. Relatie. Dat klonk behoorlijk serieus. Waarom had ze er niets van gemerkt? Maar vooral: waarom hadden ze niets tegen haar gezegd? Noch Hotze, noch Evelyne.

Er viel een stilte die met de seconde pijnlijker werd.

Chantal had het gevoel alsof ze op een tweesprong stond. Hart of verstand. 'Wat leuk voor jullie.' Het was haar verstand dat sprak. Maar ze meende ieder woord. Na de dood van haar moeder had Hotze zich in zijn werk begraven. Gitaarconcerten, leerlingen, studeren. Nooit vakantie, altijd werken, geen tijd om te treuren, laat staan om op zoek te gaan naar een nieuwe vrouw. De reuma die een jaar geleden de kop had opgestoken, had zijn struisvogelpolitiek lelijk doorkruist. Hotze gaf nog steeds les, maar zijn handen waren dermate achteruitgegaan dat hij niet meer kon optreden en steeds meer thuis zat te somberen. Evelynes verhaal was het tegenovergestelde. Wat Hotze uit de weg ging, joeg zij juist na. Passie, seks. Maar zonder zich te binden. Minnaars – Evelyne maakte er geen geheim van dat ze af en toe ook met een vrouw naar bed ging – waren 'passanten' die na bewezen diensten werden bedankt, waarna het volgende avontuur wachtte. Natuurlijk, diep in haar hart droomde ze van iemand met wie ze misschien samen oud kon worden, maar inmiddels leefde ze al zo lang in haar eentje en had ze zoveel merkwaardige gewoonten ontwikkeld dat ze de hoop op een serieuze relatie had opgegeven. De paar keer dat ze iemand aan Chantal had voorgesteld waren altijd vergezeld gegaan van een alleen voor haar bedoelde vette knipoog. Doe geen moeite een naam te onthouden. Morgen is-ie weer weg.

Chantal keek naar de overkant van de tafel, op zoek naar een teken, het bewegen van een ooglid, maar Evelynes gezicht stond ernstig. 'Wat leuk voor jullie,' herhaalde ze.

'Het spijt me dat eh... we je er zo mee overvallen,' stamelde Hotze.

Ze zag hoe zijn handen trilden. Ongetwijfeld snakte hij naar een sigaret. Wist Evelyne wel hoeveel Hotze rookte?

'Ik had het je veel eerder willen zeggen,' zei Evelyne zichtbaar opgelaten. 'Echt. Maar ik kon het juiste moment niet vinden en bovendien...'

'... wilden we het je samen zeggen,' maakte Hotze de zin af. 'En we wilden er ook zeker van zijn.'

'Zeker van onze relatie.' Evelyne wierp hem een verliefde blik toe. *Relatie.*

Chantal kon het woord inmiddels niet meer horen. Ze nam een flinke slok pastis en forceerde een glimlach. 'Sinds wanneer is dit aan de gang?'

'Je bedoelt de eerste keer dat we...?' vroeg Evelyne.

Chantal hief afwerend haar handen. Geen details, alsjeblieft.

'Sinds maart,' bekende Hotze met een kikker in zijn keel. Zijn handen trilden nog meer. 'Eind maart.'

'Ah...' Ze had moeite om haar gezicht in de plooi te houden. Omdat Hotze in een voorjaarsdepressie dreigde te belanden, had ze hem haar huis in Monteil aangeboden. In maart kon de Limousin heel aangenaam zijn, had ze gezegd. Met een boek in het zonnetje, wandelen. Mocht hij zich vervelen, dan waren er genoeg klusjes in de tuin. In plaats van zoals beloofd struiken en takken te snoeien had hij met Evelyne liggen rollebollen op het kleed voor de open haard, in Chantals bed. Mijn god. Ze probeerde de beelden onmiddellijk te verdringen. Haar vader met haar beste vriendin. De combinatie klopte voor geen meter. Lange, slome Hotze en de kleine, kwikzilverachtige Evelyne. Geen gezicht. Lag het aan hun leeftijdsverschil? Tot haar schrik bedacht Chantal dat Evelyne maar elf jaar jonger was dan Hotze. Dit jaar werd Evelyne vijftig. Chantals moeder was op haar vijftigste overleden. Zat dát haar dwars, of was het omdat Evelyne gelogen had over de reden voor haar Parijse logeerpartijtjes?

'Het spijt me,' zei Evelyne. 'Toen het begon, was ik net zo verrast als jij nu bent. Daarna ging het weer uit en toen weer aan. Kortom: het was een nogal verwarrende periode en voor ik eh...' – ze legde haar hand op die van Hotze – '... wij je iets gingen zeg-

gen, wilden we er zeker van zijn dat het serieus was en geen be-
vlieging van twee op hol geslagen oudjes.' Evelyne wierp hem opnieuw een verliefde blik toe.

'En nu?' vroeg Chantal.

'Nu word ik zwanger en gaan we trouwen! Nee! Grapje!' Evelynes wenkbrauwen schoten de hoogte in. 'Wat bedoel je eigenlijk
met *en nu*?'

'Gaan jullie nu samenwonen of is er nog iets anders dat jullie me
willen vertellen?' Chantal merkte dat haar gekwetste zieltje het
had gewonnen van haar ratio.

'Hotze en ik hebben besloten elkaar vaker te zien,' antwoordde
Evelyne. 'We gaan geen grote plannen maken, als je dat soms bedoelt.'

'We bekijken het van dag tot dag,' voegde hij er zenuwachtig
aan toe. 'En ik hoop dat het niets zal veranderen in de relatie tussen jou en mij.'

Chantal dwong zich om haar gezicht strak te houden. Met Hotze
waren er altijd wederzijdse irritaties geweest. Sinds een jaar echter
was de relatie tussen vader en dochter beter dan ooit, alsof ze hun
onderlinge verschillen accepteerden en zich concentreerden op wat
hen bond. Ze keek hem aan. Hij bloosde niet langer, maar hij zag
er nog steeds uit als een schooljongen die zijn huiswerk niet had
gemaakt en voor het bord werd overhoord. 'Ik zie geen enkele
reden waarom er tussen ons iets zou moeten veranderen,' zei
Chantal terwijl ze zo achteloos mogelijk haar schouders ophaalde.

'Gelukkig,' reageerde Hotze bijna dankbaar.

'En tussen ons verandert er ook niks, hoop ik.' Evelyne strekte
haar vrije hand over de tafel naar Chantal uit.

'Natuurlijk niet,' antwoordde Chantal terwijl ze glimlachend de
hand drukte. De gedachte dat haar vader het deed met haar beste
vriendin, was nog even onwezenlijk. Terwijl ze met de andere
hand naar haar pastis reikte, vroeg ze zich af hoe ze de rest van de
avond moest overleven.

Bastille. Hôtel de Ville. Telkens wanneer de metro afremt, kijkt Naomi met een schuin oog naar het bordje boven de deur. Na drie glazen saké voelt haar hoofd prettig licht. Louvre. Palais Royal. De volgende halte is Tuileries. Ze staat op en strijkt haar rokje recht. Achter haar rug klinkt gesis van het groepje Noord-Afrikaanse jongens dat haar gedurende de metrorit uitgebreid in hun eigen taal heeft becommentarieerd. Ze stapt uit en volgt de andere reizigers over het perron, een lange betegelde gang in. Klik-klik. Tussen de muren weerklinken haar naaldhakken. Ze neemt de roltrap, passeert de tourniquet en loopt de laatste treden naar buiten. Ze voelt de zwoele avondlucht langs haar blote benen. Rechts, waar het reuzenrad boven de bomen uittorent, ligt het Louvre met de glazen piramide. Links de Arc de Triomphe. Het verkeer is tien rijen dik. Ze neemt nog een pepermuntje zodat niemand de saké zal ruiken en slaat links af.

Galerie Prima bevindt zich in de rue de Berri, een zijstraat van de Champs-Élysées. Bij de ingang staat een meisje dat haar, zonder te vragen wie ze is, welkom heet en een programmaboekje in handen drukt. Naomi betreedt een grote helderwitte ruimte met schilderijen in felle kleuren. Ze zet haar mobiel uit en slaat het boekje open. Voor de opening is een halfuur uitgetrokken. De namen van de exposerende kunstenaars neemt ze amper waar. Het gaat haar om Cuno Behrens, de Nederlandse galeriehouder. Ze stopt het programmaboekje in haar tas, neemt van een dienblad een glas champagne en kijkt om zich heen. Het is druk. Voornamelijk dertigers. Een mengeling van artistiek en nieuw geld. Een handjevol ouderen. Stijlvol geklede mannen en vrouwen. Sommigen zien eruit alsof ze vanavond de galeric gaan leegkopen. Ergens in de hoek speelt iemand op een piano.

De man die een meter of zes verderop staat, heeft kort krullend grijs haar en draagt een antracietkleurig pak dat hem als gegoten zit. Hij lijkt op een bekende Franse acteur en is knap, zonder echt mooi te zijn. Markante kaaklijnen, een zelfverzekerde blik. Ze probeert zijn leeftijd te schatten. Een paar jaar ouder dan Tom, maar met een figuur waar Tom alleen maar van kan dromen. Fier, brede schouders, geen spoor van een buikje. Maar het mooist zijn z'n ogen, een helder diepblauw, als het water boven een koraalrif.

Ze heeft geen idee hoelang ze staat te staren, maar opeens kijkt hij haar recht aan, en blijft haar aankijken. Wanneer hij met zijn tong achteloos langs zijn bovenlip strijkt, draait ze ogenblikkelijk haar hoofd weg. Gatver. Wat een engerd. Alsof ze een of andere snol is die zich zomaar laat oppikken. Bovendien is ze hier om te werken, niet om met de eerste de beste goedgeklede Fransman een potje te staan flirten. Ze neemt een slok om zichzelf een houding te geven en laat haar blik over de genodigden gaan. De Nederlandse galeriehouder herkent ze onmiddellijk aan zijn overdreven grote bril en het steile witte haar dat ze ook op de foto op de website heeft gezien. Snel loopt ze op hem toe. 'Cuno Behrens?'

'Ja.'

'Naomi Eggers.' Ze geeft hem een hand. 'Ik ben van *Actief*.'

'*Actief*?'

'Het tijdschrift.'

'O ja,' reageert de galeriehouder alsof hij de interviewafspraak volledig vergeten is. 'Misschien kun je gewoon achter mij aan lopen. Dan zal ik proberen zoveel mogelijk vragen te beantwoorden. Mag ik je trouwens voorstellen aan...'

Tot haar verbazing staat de man met de grijze krulletjes opeens naast haar. Hij ruikt naar muskus en zijn ogen zijn nog diepblauwer dan ze had gedacht. Onder een van de ogen zit een vlekje, een klein litteken, waardoor de ogen, met de lange, bijna vrouwelijke wimpers, nog mooier lijken. Behrens noemt een voor- en achternaam, maar ze is te overdonderd om iets te onthouden. 'Zonder Guy was deze tentoonstelling nooit tot stand gekomen,' hoort ze de galeriehouder zeggen. 'Misschien is het leuk om hem ook te interviewen.'

Guy dus. Terwijl ze een beetje dom begint te knikken, vertaalt Behrens voor Guy wat hij net tegen haar zei.

'*It would be a pleasure, madame.*'

Guy-met-de-blauwe-ogen lijkt niet alleen op een Franse acteur, hij heeft ook nog eens de stem waar Franse acteurs patent op hebben. Warm, een vibrato in de lage tonen, sexy. Hij neemt haar hand en kust die waarbij zijn ogen haar geen moment loslaten. Haantje. Ze heeft de neiging om haar hand terug te trekken, maar bezwijkt opnieuw voor zijn ogen. Het is alsof ze in een warm bad glijdt.

'Maybe we can meet later.'

Ondanks zijn ongewild komische accent beginnen alle erogene plekjes van haar lichaam te gloeien. Ze mompelt iets terug, waarna hij eindelijk haar hand loslaat en een knikje geeft ten teken dat hij begrijpt dat ze nu eerst het interview met Behrens gaat doen. Naomi moet zich vermannen, haalt haar memorecorder uit haar tas en loopt achter de galeriehouder aan. Een kwartier later heeft ze alles gevraagd wat ze wilde weten. In ieder geval weet ze niets meer te bedenken. Bovendien heeft Behrens geen tijd meer voor haar. Als er nog iets is, kan ze hem altijd mailen.

De galeriehouder stapt een laag podium op, tikt tegen de microfoon, waarna de genodigden in een halve cirkel gaan staan. Behrens heet iedereen welkom. De rest van de toespraak ontgaat Naomi. Ze maakt een paar foto's van de galeriehouder en het aanwezige publiek. Applaus. Tot haar verrassing betreedt Guy-met-de-blauwe-ogen het podium en begint aan een betoog waar ze weer niets van begrijpt, behalve dat hij een ongelooflijk sexy stem heeft en dat hij haar na iedere zin schaamteloos aankijkt. Ze wendt haar blik af. Hij staat haar gewoon uit te kleden. Of verbeeldt ze zich dat? Gelukkig weet ze nog een glas champagne te bemachtigen. De alcoholbubbeltjes helpen niet echt. Applaus. Achter haar rug wordt iets geroepen. Mensen draaien zich om. Nog meer roepen. Er lijkt zowaar een opstootje te ontstaan, maar ze kan niet zien wat er precies gebeurt. In ieder geval niets ernstigs, want even later is het weer rustig. Guy maakt een grap waar iedereen hartelijk om lacht en nodigt twee dertigers uit om iets te zeggen. De exposerende kunstenaars, begrijpt Naomi. Guy staat nu helemaal rechts van haar, aan een uiteinde van de halve cirkel. Ze hoeft niet eens te kijken. Ze voelt zijn blik. Haar lichaam brandt. Na het praatje van de kunstenaars speelt weer iemand piano. Iets moderns, waar ze normaal helemaal niet van houdt, maar nu klinkt het opeens best mooi en interessant. Ze stelt zich voor hoe hij naar haar kijkt, strijkt door haar haar en nipt aan het glas waar niets meer in zit. Alweer applaus. Behrens stapt het podium op en maakt een gebaar waaruit ze begrijpt dat de expositie is geopend. Nog een keer applaus.

Ze wacht tot hij de meeste felicitaties in ontvangst heeft genomen, stelt hem dan voor de beleefdheid nog een laatste vraag en geeft hem haar kaartje, terwijl ze vertelt wanneer de Parijs-special uitkomt en dat ze hem vanzelfsprekend een exemplaar zal toesturen. Daarna neemt ze nog een glaasje van een dienblad en posteert zich met haar rug tegen de muur. Binnen een paar tellen meldt zich een jongeman met lang donker haar en een baard van een paar dagen. Na de vernissage is er nog een afterparty in Montparnasse, zegt hij, in het atelier van een van de kunstenaars. Of ze zin heeft om mee te gaan? Zonder ja of nee te zeggen praat ze met hem, lacht, flirt, terwijl ze heimelijk de andere kant uit kijkt. Guy-met-de-blauwe-ogen is in een gesprek verwikkeld met een paar heren, neemt nog een glaasje champagne en amuseert zich vervolgens met twee jonge brunettes. Het is een spelletje, een gevaarlijk spelletje. De blikken die ze elkaar toewerpen worden steeds uitdagender. Ze ziet hoe hij demonstratief op zijn horloge kijkt. Zijn diepblauwe ogen zenden haar een laatste signaal toe. Dan draait hij zich om en verlaat de galerie. Naomi telt in zichzelf tot zestig, waarna ze zich bij de donkerharige jongeman verontschuldigt. Sorry, maar ze moet vanavond nog werken. Terwijl ze zich verbeeldt dat iedereen haar nakijkt, loopt ze met trillende naaldhakken naar de uitgang.

Buiten is het nog licht. Guy leunt tegen een gevel en rookt ontspannen een sigaret. Met bonkend hart loopt ze naar hem toe.

'*Your place or mine?*'

Hij laat er geen gras over groeien.

Ze denkt aan Sils hotelkamer, die pal naast de hare ligt. Aan Tom denkt ze niet eens meer. '*Your place.*' Het is het eerste wat ze tegen Guy zegt en het is een wonder dat ze het nog enigszins verstaanbaar over haar lippen weet te krijgen.

Alsof hij geen ander antwoord heeft verwacht, kuiert hij op zijn gemak naar de Champs-Élysées. Ze kan niet anders dan volgen, als een magneet. Binnen een paar seconden heeft hij een taxi gevonden. Hij helpt haar met instappen, sluit voorzichtig het portier, dingen die Tom al jaren niet meer doet. Even later zit Guy naast haar. Hij geeft de taxichauffeur een adres dat ze niet verstaat, waarna hij zich laat terugvallen op de achterbank. Ze voelt zijn lichaam, zijn warmte. Behalve naar muskus ruikt hij naar menthol-sigaretten. De taxi schiet de boulevard op. Kennelijk heeft hij gezegd dat er haast geboden is. Ze voelt zijn rechterhand op haar bovenbeen heen en weer gaan, richting haar kruis. Nog even, en ze gaat luidkeels kreunen. Ondertussen beantwoordt ze zijn vragen. Hoe ze heet, waar ze vandaan komt en hoe vaak ze al in Parijs is geweest. Ze zegt dat ze voor een krant werkt en over kunst schrijft. Het NRC *Handelsblad*? Ja, liegt ze, verbaasd over zijn kennis van de Nederlandse media. Zijn hand maakt haar gek, het idee om straks door Guy-met-de-blauwe-ogen te worden geneukt. Ze werpt tersluiks een blik naar rechts. Na het passeren van de Arc de Triomphe heeft ze ieder gevoel voor oriëntatie verloren. De huizen lijken allemaal op elkaar, hoge glanzende voordeuren en hoge statige ramen, alleen de straten worden steeds een beetje smaller. Zijn hand glijdt in haar broekje en beroert haar vochtige schaamstreek.

Dan remt de taxi af. Rechts is de pui van een restaurant te zien, achter de vitrages witgedekte tafels met gasten. Guy betaalt en gebaart dat de chauffeur de rest mag houden. Aan diens reactie leidt Naomi af dat het een wereldtip is. Ze wacht tot Guy haar portier heeft geopend en reikt naar zijn hand. Even meent ze dat hij met haar het restaurant wil betreden, maar wanneer de taxi is opgetrokken, voert hij haar naar de overkant van de straat. Geen verkeer, geen voetgangers. Tussen de hoge gevels weerklinken hun voetstappen. Op de hoek, voor een groot wit huis, houdt hij in, haalt een sleutelbos tevoorschijn en opent de voordeur. Een ruime vestibule. Een brede trap leidt naar de eerste verdieping. Daar aangekomen knipt hij een paar lichten aan. Een zaal met perzen, dure antieke meubels, aan de muur oude schilderijen. In de hoek is een kleine bar ingericht.

'*You want a drink first?*'

Ze schudt haar hoofd, loopt heupwiegend op hem af en slaat haar armen om hem heen. Wanneer ze hem tegen zich aan trekt, constateert ze dat hij al net zo opgewonden is als zij. Kennelijk is hij niet van plan om het op een van de canapés te doen, want hij neemt haar bij de hand en voert haar naar een deur, die hij met dezelfde sleutelbos opent. Met een routineus gebaar drukt hij op wat knopjes. Terwijl ze de kamer betreedt, waant ze zich op de set van een erotische film. Pontificaal in het midden staat een kingsize bed, dat uitkijkt op een enorm plasmascherm. Aan de muren erotische prenten en schilderijen, waar gedempt strijklicht van spotjes op valt. In de hoek van de kamer is een piepklein keukentje met een koelkast en twee gaspitten. Ergens uit de muur komt muziek. Een Frans zangeresje dat meer fluistert dan zingt. Hij legt zijn handen op haar billen, drukt haar tegen zich aan en ademt diep door alsof hij zich niet langer kan of wil bedwingen. Door het hijgen raakt ze nog opgewondener. Wanneer ze haar hoofd naar achter gooit, ziet ze de spiegel aan het plafond, recht boven het bed.

'*One minute.*' Ze maakt zich los uit zijn armen en gebaart dat ze haar make-up wil controleren. De waarheid is dat ze het bijna in haar broek doet.

'*Over there.*' Zwaar ademend wijst hij haar de badkamerdeur.

Ze knikt, ten teken dat ze zo terugkomt, en opent de deur, waarop het licht automatisch aangaat. Nog meer spotjes. Veel zwart marmer, veel spiegels. Wanneer ze de deur wil sluiten, ziet ze hoe hij zijn das losknoopt en zijn colbert over een stoel hangt. Badkamerdeur dicht. Ze gooit haar tas op de grond en leegt op het toilet haar blaas. Daarna kleedt ze zich uit. In een van de badkamerkasten vindt ze tussen de parfums en setjes zijden lingerie een deodorantstick, die ze vluchtig onder haar oksels doorhaalt. Ze sluit de kast en kijkt in de spiegel. Alles glimt. Haar haren, ogen, lippen, haar huid. Het is lang geleden dat ze zich zo geil heeft gevoeld.

Wanneer ze de slaapkamer betreedt, ligt hij bloot op het bed, zijn benen uiteen en met een enorme erectie die recht naar het spiegelplafond wijst. Hij kermt en maakt andere geluiden, alsof hij ieder moment dreigt klaar te komen. Wacht! Snel kruipt ze boven op hem. Zijn lichaam lijkt te sidderen van genot. Terwijl ze zich langzaam laat zakken en met haar rechterhand zijn pik vasthoudt, ziet ze hoe zijn ogen verkleuren en het schuim uit zijn mond komt.

Uit het dagboek van mevrouw Andrée Giraud

Ik kijk door het raam naar de bloeiende blauweregen. In de dakgoot zitten een paar mussen. Als ik mijn ogen dichtdoe en weer open, zijn ze weg. Waarschijnlijk geschrokken van mijn schreeuwen. Ik wist niet dat het zo'n pijn zou doen. Het is vast zo bedoeld, als straf. De pijn komt in golven en de golven volgen elkaar steeds sneller op. Ik schreeuw het uit. De non die mijn hand vasthoudt, zegt dat het nu niet lang meer zal duren. Het is alsof ik scheur. Een nieuwe pijngolf doet me naar adem snakken. Ik kijk naar de blauwe regen. Straks mag ik weer naar buiten, naar huis. Ik zal het nooit meer doen, beloof ik mezelf. Nooit meer. Dan begint alles te duizelen. Ik scheur nog meer open. De pijn is ondraaglijk. Nog even, zegt de non die mijn hand vasthoudt. Ik moet gewoon blijven persen. Het geluid van het huilende kindje klinkt als een bevrijding. Om me heen hoor ik de nonnen goedkeurend mompelen. Het is een jongetje, zegt er een, en alles zit eraan. Voor ik me kan oprichten, wordt het kindje weggehaald. Niet kijken, zegt de non terwijl ze mijn hand loslaat. Het kindje is nu van God.

Nacht van zaterdag op zondag

Verwarde haren, uitgelopen mascara, blote voeten. In haar hand hield ze twee Manolo's, waarvan eentje zonder hak. Chantal kende de vrouw in het trappenhuis nauwelijks terug. Om haar geheugen op te frissen had ze 'Naomi Eggers' gegoogeld en een oude foto gevonden van een nieuwslezeres bij de lokale Amsterdamse televisiezender. Na een conflict met de leiding was Naomi daar vertrokken en had ze een eigen tekstbureautje gehad. Kennelijk met weinig succes, want sinds een paar maanden werkte ze voor *Actief*, een ANWB-achtig weekblad voor 'reislustige, ondernemende senioren'. Geen glitter of glamour, niks nationale bekendheid. Naomi had op school een beetje te hoog van de toren geblazen. Waarschijnlijk wist ze dat toen al en had ze daarom een docent aan de haak geslagen. Tom Greeven. Docent politiek, de leukste leraar van de school, en ook nog vrijgezel. Volgens hardnekkige geruchten was ze zo aan haar diploma gekomen.

Naomi had nog steeds een mooi gezicht, maar de gelaatstrekken waren harder geworden. Chantal keek of ze bloed of verwondingen zag. Niets. Ook Naomi's handen leken ongehavend. Ze trilde over haar hele lijf. Waarschijnlijk verkeerde ze nog in shock.

'Kom binnen,' zei Chantal. 'Borrel?'

Er volgde een dankbaar knikje.

Terwijl ze haar voorging naar de woonkamer, hoorde ze het kattenluikje dichtslaan als bewijs dat haar eenkennige kater het dakterras op vluchtte. Ze schonk een bel cognac in en voor zichzelf een glas water, aangezien ze die avond al genoeg alcohol gedronken had. Nadat ze tegenover elkaar aan tafel waren gaan zitten, wachtte ze tot Naomi een flinke slok had genomen. 'Vertel...'

Onderbroken door de nodige huilbuien kwam het verhaal eruit. Een vernissage bij galerie Prisma, een goed uitziende oudere man die Guy heette, een groot wit huis in Parijs, een studio die voornamelijk slaapkamer was, en een hartaanval, zo leek het. Naomi was zich kapot geschrokken, had haar spullen bij elkaar gezocht en was de straat op gerend en lukraak blijven rennen tot ze zich realiseerde dat ze niet zomaar kon weglopen. Maar toen was het al te laat. In een café had ze gevraagd om een telefoongids en de eerste de beste 'Zwart' gebeld die ze kon vinden.

Hotze.

In plaats van te vragen wat Naomi tegen hem gezegd had, dacht Chantal aan Tom, en dat ze waarschijnlijk daarom zo gek was om Naomi midden in de nacht te laten komen.

'Ik wist dat je weer in Parijs woonde,' hakkelde Naomi verder. 'Ik ken hier niemand. Ik bedoel: niemand anders. Je moet me helpen.' Ze begon weer te huilen.

'Hoe weet je zo zeker dat die man dood is?' vroeg Chantal.

'Verleden jaar heb ik aan het sterfbed van Toms vader gezeten. Ik weet hoe een doodsrochel klinkt.'

Naomi en Tom waren blijkbaar nog steeds bij elkaar.

'En hoe oud was die man?' vroeg Chantal.

'Rond de zestig.'

Tom moest nu midden vijftig zijn, rekende ze uit. Naomi viel op oudere mannen. Chantal ook, maar dan wat minder oud. Ze richtte haar aandacht weer op Naomi. 'Was die man misschien ziek?'

'Hoe bedoel je?'

'Parijs lijdt momenteel onder een hittegolf. Veel ouderen kunnen slecht tegen hoge temperaturen. Vooral niet als ze...'

'Zo oud was-ie nou ook weer niet.' Naomi stond op, trok haar jasje uit en draaide zich om, haar gezicht poeslief, alsof ze wilde benadrukken hoe blij ze was dat iemand haar midden in de nacht opving. 'Toen ik hem ontmoette, maakte hij een heel gezonde indruk.'

Chantal keek naar het uitdagende rokje en het weinig verhullende topje. Naomi was duidelijk op de versiertoer geweest. Onwillekeurig ging Chantals blik naar de schouders en armen. Geen striemen, geen blauwe plekken, geen verwondingen.

'We kunnen de situatie niet zo laten,' zei Chantal, terwijl Naomi weer plaatsnam aan tafel. 'We moeten weten waar je bent geweest, en daarna moeten we een noodarts bellen en de politie.'

'Nee!' In Naomi's gezicht stond schrik. 'Ik heb hem niet vermoord.'

'Dat zeg ik niet. Maar ook als iemand een natuurlijke dood sterft, moet er een arts komen om dat officieel vast te stellen. Bovendien zal de politie willen weten waarom je niet om hulp hebt gebeld.'

'Geen politie!' Ze omklemde het cognacglas zo stevig dat het ieder moment uit elkaar kon spatten. 'Ik wil niet dat iemand het te weten komt.'

'Ben je bang voor de reactie van eh...'

'Nee.'

'Heeft het met je werk te maken?'

De vraag bracht Naomi duidelijk in verlegenheid. 'Het is mijn eerste buitenlandopdracht,' klonk het aarzelend. 'Bovendien zit ik nog in mijn proefperiode. En ik ben niet alleen in Parijs. In het hotel wacht een collega die, als ze erachter komt wat er gebeurd is, niets liever zal doen dan het verhaal meteen aan de grote klok hangen.'

'En van mij verwacht je dat ik zwijg?'

'Jij bent geen collega, jij bent eh...' Naomi was slim genoeg om het woord 'vriendin' te vermijden. 'We hebben vier jaar samen gestudeerd. Je begrijpt toch ook wel dat ik in paniek ben weggerend.' Ze begon te hyperventileren.

'Rustig nou maar.' Chantal ging naast haar zitten en sloeg een arm om haar heen. Ondertussen keek ze met een schuin oog naar Naomi's benen – perfecte benen, als van een fotomodel – , die geen spoor van een schermutseling vertoonden. 'Er bestaat een alarmnummer waar je anoniem kunt bellen.'

'O?'

'Ja. Maar ook dan hebben we een adres nodig en, als het even kan, de naam van het slachtoffer.'

31

'Nee!' Met een plotselinge beweging maakte Naomi zich los.

'Heb je iets in dat huis laten liggen?'

'Nee.'

'Wat heb je dan te verbergen?'

'Hij is dood, Chantal. Hartstikke dood. Ik kan er niets aan doen en ik wil er ook niets mee te maken hebben.' Ze begon weer te huilen.

'Goed.' Chantal stond op en haalde nog een glas water. Ze nam weer tegenover Naomi plaats en schonk nog wat cognac bij. 'Je zei dat-ie Guy heette. Weet je ook een achternaam?'

'Nee.'

'Maar hij was een belangrijke meneer.'

'Ja. Hij heeft zelfs een toespraak gehouden.'

'Heb je toevallig een programmaboekje?'

'Hoezo?'

'Als die Guy een van de sprekers was, moet zijn naam in het boekje staan.'

Terwijl Naomi naar de bank liep waar haar tas lag, kon Chantal het niet nalaten een blik te werpen op de achterkant van Naomi's benen. Geen krassen, beten of andere wondjes.

'Hier.'

Chantal nam het boekje aan, sloeg het open en liet haar ogen over het programma gaan. Bij de naam gingen alle alarmbellen tegelijkertijd af. Guy Lavillier. Toch niet…? Ze probeerde zichzelf gerust te stellen. In Frankrijk liepen honderdduizend Guys rond en Lavillier was ook een veelvoorkomende naam. 'Kun je de man beschrijven?' vroeg ze zo rustig mogelijk.

Naomi slikte. 'Blauwe ogen, een markante kop met korte grijze krulletjes, brede schouders, ongeveer mijn lengte. Hij lijkt op een bekende Franse acteur. Wacht…' Ze liep terug naar de bank en haalde een camera uit haar tas. 'Ik heb foto's gemaakt. Misschien staat-ie erop.' Ze nam de camera in beide handen en begon op allerlei toetsen te drukken 'Dit is 'm,' klonk het even later. Ze gaf de camera aan Chantal. 'De tweede van rechts.'

Chantal kneep haar ogen tot spleetjes. Ze voelde de walging

32

weer opzetten. De smeerlap. Als het waar was. Eerst controleren. *Check, check, double check.* Ze sloeg haar MacBook Air open, zocht de website op en draaide het scherm een kwartslag. 'Bedoel je deze man?' vroeg ze terwijl ze de foto in de rechterbovenhoek aanwees.

'Ja,' reageerde Naomi alsof ze een geest zag.

Chantal keek haar doordringend aan. 'Weet je het heel zeker?'

'Ja. Wie is het?'

'Een bekende Franse politicus.' *En een rokkenjager en een smeerlap.* 'Nooit van gehoord?'

Naomi schudde van nee.

'Guy Lavillier is twee jaar geleden uit de regeringspartij gestapt en vormt sindsdien een eenmansfractie in het parlement. Hij heeft een nieuwe partij opgericht, La Nouvelle France, die het in de peilingen enorm goed doet. Als er nu verkiezingen zouden worden gehouden, kon Lavilliers partij wel eens de derde of vierde grootste partij van Frankrijk worden.'

'O?'

'Weet je nog hoe Frankrijk verleden jaar de Roma het land heeft uitgezet?'

'Roma?'

'Roma-zigeuners,' verduidelijkte Chantal.

'Nee.'

Het antwoord verbaasde haar niet. Naomi had zich nooit erg voor buitenlandse politiek geïnteresseerd. Een raadsel dat Tom en Naomi nog steeds bij elkaar waren. Maar er bestonden belangrijkere zaken om over na te denken, zei Chantal tegen zichzelf. Als de dode man in het witte huis inderdaad Guy Lavillier was, dan was dat nieuws, groot nieuws, en zij kreeg de primeur op een presenteerblaadje aangeboden. Ze trok een geruststellend bedoelde glimlach. 'Je zult begrijpen dat ik deze zaak natuurlijk niet kan laten liggen.'

'Wat bedoel je daarmee?' vroeg Naomi angstig.

'Ik ben journalist,' antwoordde Chantal met dezelfde glimlach. 'Lavilliers dood – als hij inderdaad dood is – betekent nieuws. Ik kan niet doen alsof ik niets gehoord heb, begrijp je? Ik moet er-achteraan.'

'Dus...'

'Dus wil ik jou als mijn bron opvoeren.'

Er viel een stilte.

Ze zag Naomi denken. *Bron.* Zou ze nog weten wat dat bete-kende? De gelaatstrekken op Naomi's gezicht leken zich nog meer te verharden.

'Goed,' kwam het antwoord verrassend snel. 'Maar onder twee voorwaarden.'

'En die zijn?'

'Je mag me als bron gebruiken. Maar alleen anoniem.'

'Natuurlijk,' haastte Chantal zich te zeggen. 'Niemand zal ooit weten dat ik het verhaal van jou heb.'

'Beloofd?'

'Daarvoor steek ik mijn hand in het vuur.'

'En ik wil dat je mijn alibi bent voor vanavond. Na de vernissage ben ik direct naar jou toe gegaan. Tegen halfelf ben ik gearriveerd, we hebben hier aan tafel gezeten, over vroeger gekletst, en uitein-delijk ben ik blijven overnachten omdat ik te veel cognac heb ge-dronken. Morgenochtend vroeg vertrek ik naar mijn hotel en zal ik je niet langer lastigvallen.'

Chantal moest glimlachen. Dit was de Naomi zoals ze zich her-innerde. Een kreng, een bitch, sluw genóeg om zich uit iedere be-narde situatie te redden.

'Deal?'

'Deal,' zei Chantal. 'En aangezien je blijft logeren, lust je vast nog een cognacje.'

Zondagochtend

Het tafereel kon zo uit een Fellini-film komen. Ze waren met z'n vieren. Twee koppels. Evelyne met Hotze, Chantal met een man die verdacht veel op Guy Lavillier leek. Voor de liefdesdaad hadden ze gekozen voor iets wat het midden hield tussen een springkussen en een waterbed. Het oppervlak van het ding deinde als een scheepsdek bij windkracht twaalf. Terwijl het gekreun en gehijg zich in haar hoofd opstapelden, vervloeiden gezichten en lichamen tot een orgie van roze vlees. Toen de wekker ging, was ze kletsnat. Ze sloeg het laken van zich af, opgelucht, en stond op. Nog steeds geen Poes. Waarschijnlijk had de kater de rest van de nacht op het dak doorgebracht, bang voor de vreemde vrouw in de woonkamer.

Gisteravond was het laat geworden. Op de computer had Chantal het hotel gezocht dat Naomi genoemd had. Hotel Lexia. Drie sterren en achtenveertig kamers. Het hotel lag aan de boulevard de Courcelles, niet ver van het parc de Monceau. Vanaf dat punt had Chantal geprobeerd om de route te reconstrueren die Naomi na haar vlucht had genomen om zodoende het grote witte huis te vinden. Tevergeefs. De plaatjes van straten met streetview kwamen Naomi onbekend voor. Chantal kon niet anders dan haar geloven. Naomi was er als een kip zonder kop vandoor gegaan. In blinde paniek. Chantal probeerde zich voor te stellen hoe ze zelf zou reageren. Waarschijnlijk hetzelfde. Al zou ze zich nooit ofte nimmer door iemand als Lavillier laten oppikken.

Nadat ze de computer had dichtgeklapt, stokte het gesprek. Het was vreemd om na zoveel jaar plotseling tegenover elkaar te zit-ten. Op school had Chantal nooit veel contact gehad met Naomi. Eigenlijk waren ze elkaar voornamelijk uit de weg gegaan. Zeker na die bewuste nacht. Voor de beleefdheid spraken ze nog wat over vroeger, over school en oud-klasgenoten, en – zonder al te persoonlijk te worden – over zichzelf en hun werk. Geen woord over Tom. Vergeven en vergeten. Tijd om naar bed te gaan.

Chantal had Naomi de gastenkamer laten zien. Op bed lagen Evelynes koffer en tas. Chantal haalde de bagage van het bed en zei dat ze binnenkort op vakantie ging. Naomi wilde niet eens we-ten waarheen. Chantal beloofde voor morgen de wekker te zetten en ging naar haar eigen slaapkamer. Toen ze het bedlampje uit-deed, was het bijna drie uur geweest.

'Naomi?'

Ze klopte op de deur van de gastenkamer. Tot haar verrassing deed Naomi meteen open. Gedoucht, geföhnd, perfect opgemaakt en gehuld in een wolk parfum. Een blik alsof er gisteren niemand in haar bed was gestorven, in niets lijkend op het hoopje ellende dat nog geen zes uur geleden in de rue Pavée was aangespoeld, smekend om hulp. Een ijskonijn. Misschien speelde Naomi het, maar als dat zo was, maakte ze er een overtuigende voorstelling van.

'Koffie?'

'Nee, dank je.' Quasi-gegeneerd keek ze naar haar blote voeten.

'Ach… natuurlijk. Je schoenen. Welke maat heb je?'

'Zevenendertig.'

'Momentje.' In haar kleerkast lag een paar dat Chantal te klein had gekocht. Lage schoenen, zonder hak, die ze nooit had ge-dragen.

Naomi probeerde de schoenen. 'Perfect,' zei ze iets te enthou-siast. 'Zodra ik thuis ben, stuur ik ze met de post terug.'

Gisteren hadden ze hun adresgegevens uitgewisseld.

'Je mag de schoenen houden,' zei Chantal.

'Nee, nee. Je krijgt ze terug.'

'Goed. Echt geen koffie?'

'Ik ga meteen weg,' antwoordde Naomi na een blik op haar horloge. 'Als je het niet erg vindt?'

Helemaal niet. Chantal slikte de woorden in. Ze legde uit waar
Saint-Paul, het dichtstbijzijnde metrostation, lag en liet haar uit.
De stilte in het appartement daarna voelde weldadig. Alleen. Eindelijk. Ze zette de radio aan en maakte een dubbele espresso, waarvan ze wachtend op het nieuws van zeven uur met kleine slokjes
genoot. France Inter opende met de onlusten in Syrië, daarna volgde een bericht over de socialistische partij die moeite had om het
eens te worden over één kandidaat voor de presidentsverkiezingen
volgend jaar. Niets over de dood van Guy Lavillier, niet eens of iemand hem miste. Ze zette de radio zachter, ging achter haar laptop zitten en surfte naar de belangrijkste nieuwssites. Geen berichten over Guy Lavillier. Natuurlijk niet. Zondagochtend. Parijs
sliep nog. Bovendien draaiden alle nieuwsredacties vanwege de vakantie op halve bezetting. Chantal maakte een tweede dubbele espresso, gooide er extra veel suiker in en ging aan het werk.

Op Google leverde 'Guy Lavillier' meer dan tweehonderdduizend
hits op. Nadat ze de naam verbonden had met 'La Nouvelle France'
bleven er nog ruim tachtigduizend over. Artikelen, interviews, frag-
menten uit radio- en televisieoptredens, verslagen van parlements-
zittingen waar hij het woord had gevoerd, meningen óver Guy
Lavillier, héél veel meningen, vooral afkomstig van het alsmaar
groeiende legioen bloggers en twitteraars. Een stortvloed aan informatie. Om alles enigszins in kaart te brengen waren dagen nodig.
Tijd die ze niet had. Ze dwong zichzelf te beginnen bij het begin.
Wat wist ze? Lavillier was een omstreden politicus, bekend vanwege zijn standpunten over de Franse identiteit en buitenlanders.
Hij was burgemeester van Saint-Denis, de randgemeente van Parijs
met het hoogste percentage allochtonen, en hij was parlementslid.
Ze meende zich te herinneren dat hij getrouwd was, maar met de
hoeveelste vrouw wist ze niet. Had hij kinderen? Iemand moest
zich toch druk maken over het feit dat hij vannacht niet was thuisgekomen.

Ze dacht aan het grote witte huis, ergens in Parijs, waar Guy

Lavillier nu dood op bed lag, naakt. De boulevardpers zou over elkaar heen buitelen om een foto van het slachtoffer te bemachtigen. Ze zag de koppen al voor zich. Een uit de hand gelopen seksavontuur, een politiek schandaal. Nieuws om van te smullen. Een gevoel van leedvermaak maakte zich kort van haar meester. Nee, hield ze zichzelf voor, ze was een serieuze journalist, iemand die het nieuws wilde duiden. Sec, zonder sensatie. Wat betekende Lavilliers dood voor La Nouvelle France? Was er iemand die zijn plaats innam of stierf de politieke beweging een vroege dood? Maar eerst moest ze een tweede bron zien te vinden die Guy Lavilliers dood bevestigde. Waar? Ze begon te zoeken, de belangrijkste gegevens kopiërend naar een nieuw document.

Guy Lavillier was geboren op 2 maart 1949 in Saint-Denis. Na het gymnasium had hij rechten gestudeerd aan de Sorbonne, net als zijn vader en grootvader. In 1973 studeerde Guy Lavillier af en werd hij junior op het advocatenkantoor van zijn vader in Saint-Denis. In een oud krantenartikel vond ze een foto waarop drie generaties advocaten poseerden. Een jonge Guy, geflankeerd door zijn vader en grootvader. Uit de houding van de drie sprak de arrogantie van mannen die het gemaakt hebben. De villa op de achtergrond was vermoedelijk het ouderlijk huis. Een villa van baksteen met hoge ramen en openslaande deuren die naar een parkachtige tuin leidden. De foto deed haar denken aan het huis van opa en oma, het geboortehuis van haar moeder. Zelfs de tuinen leken op elkaar. Een groot gazon omgeven door bosschages en bomen. Waarschijnlijk liep er om het terrein ook nog een muur, net als bij opa en oma.

Ze zocht verder naar meer informatie over zijn privéleven. In 1974 was Guy Lavillier getrouwd met Isabelle Marquet, die hij op de universiteit had leren kennen. In datzelfde jaar werd hun eerste kind geboren. Een zoon. Maxime. Twee jaar later kwam er een dochtertje. Romy. Maxime Lavillier werkte momenteel als financieel jurist voor het IMF in New York. Romy Lavillier had een toneelopleiding gevolgd, maar over wat voor werk ze nu deed was niets te vinden. Guy Lavillier en Isabelle waren nog steeds bij elkaar. Op een foto van verleden jaar poseerde het echtpaar op de rode loper voor een galavoorstelling ten behoeve van de slachtoffers van de aardbeving in Haïti. Guy Lavillier in smoking. Opeens zag Chantal ook welke acteur Naomi had bedoeld. Yves Montand. Lavillier had dezelfde slaapkamerblik als de zanger/filmster/ladykiller, zacht en dwingend tegelijk, de soort blik waarvoor vrouwen in katzwijm vallen. Sommige vrouwen althans. Ze bestudeerde de foto verder. Isabelle Lavillier was een half hoofd kleiner dan haar man, had een grijs pagekapsel en een smal gezicht met fijne gelaatstrekken. Ze droeg een spetterende kardinaalrode avondjurk met blote schouders en om haar nek hing een sieraad dat blonk in het flitslicht van de fotografen. Terwijl haar echtgenoot recht in de lens keek, hield ze haar blik een beetje afgewend, alsof ze zich ongemakkelijk voelde onder de aandacht. Zou ze weten dat haar man haar bedroog? Natuurlijk. Waarschijnlijk was ze doodsbenauwd dat iemand haar om commentaar zou vragen over het zoveelste slippertje van haar man.

'Poes...'

De kater was weer thuis. Met kopstootjes en klaaglijk miauwen maakte hij duidelijk dat hij honger had en dat baas in actie moest komen. Chantal stond op en vulde de bakjes in de keuken aan. Eén droog, één nat. Nadat ze voor zichzelf nog een dubbele espresso had gemaakt, ging ze verder met lezen.

Guy Lavilliers politieke loopbaan was halverwege de jaren tachtig begonnen. Eerst als gemeenteraadslid in Saint-Denis en, al snel daarna, als wethouder. Vanaf 1999 was hij burgemeester. In datzelfde jaar werd hij gedeputeerde voor het departement Seine-Saint-Denis. Aanvankelijk namens de gaullistische RPR, later voor de Union Mouvement Populaire. Hij gold als een vertrouweling van de huidige president. Tot twee jaar geleden. Vanwege alle ophef over illegale stortingen in de partijkas en de wijze waarop de leiding van de UMP de zaak vervolgens in de doofpot probeerde te stoppen, had hij de partij de rug toegekeerd en was een eenmansfractie begonnen. Guy Lavilliers vertrek uit de regeringspartij en zijn aanval op de heersende elite, de vriendjespolitiek en klassenjustitie hadden hem veel sympathie opgeleverd. Hij verwoordde wat veel kiezers vonden: politici waren zakkenvullers, draaikonten en leugenaars. Een jaar later had hij La Nouvelle France opgericht, een beweging waarvan hij het enige lid was, en die een agenda voerde van meer veiligheid, meer werk, meer lik-op-stukbeleid van politie en justitie, minder buitenlanders, minder Europa en andere thema's die aansluiten bij de onderbuikgevoelens van veel mensen. Nationale bekendheid kreeg Guy Lavillier verleden jaar juli, toen in Saint-Denis een Roma-zigeunerkamp door de politie met de grond gelijk werd gemaakt. Bij de daarna uitgebroken onlusten was Radi Bezun, een zeventienjarige Roma, getroffen door een verdwaalde politiekogel en overleden. Guy Lavillier had het politie-optreden verdedigd door te zeggen dat Radi Bezun een provoca-teur en straatterrorist was. In plaats van op dat moment met stenen naar de politie te gooien, had de jongen maar op school moeten zitten om een vak te leren, zodat hij later in zijn eigen levens-onderhoud zou kunnen voorzien en een fatsoenlijke woning zou kunnen betalen. Lavilliers uitspraak had de gemoederen in Saint-Denis en daarbuiten flink verhit. Zeker nadat hij te gast was ge-weest in diverse talkshows waar hij weigerde zijn standpunt af te zwakken. Het had tot bedreigingen geleid en Guy Lavillier had een tijdlang politiebescherming genoten. De dood van Radi Bezun was onderzocht door het Openbaar Ministerie. En ook de politie had een intern onderzoek gelast. De conclusie was dat de politieman die het fatale schot gelost had, uit noodweer had gehandeld omdat Radi Bezun een pistool richtte op een van zijn collega's. Het pis-tool van Radi Bezun was nooit gevonden. Om de politie alle schuld in de schoenen te schuiven zou een van de Roma het in het tumult hebben verdonkeremaand. Of de affaire voor de politie nog een staartje had gehad, stond niet in het artikel. Chantal kon zich niet herinneren er iets over gelezen te hebben. Waarschijnlijk was het dossier allang gesloten. Ze maakte een aantekening om later nog eens naar de zaak te kijken. Later. Ze liet haar blik gaan over de tekst die in het kader naast het artikel was geplaatst en waar de belangrijkste nevenfuncties van Guy Lavillier werden opgesomd. Niets waaruit bleek dat hij iets met kunst te maken had. Laat staan dat hij een kenner was.

Chantal klikte het document weg, opende de site van France Télécom en zocht in Saint-Denis een telefoonaansluiting op de naam van Guy en Isabelle Lavillier. Zonder resultaat. Ze vergrootte het zoekgebied tot het departement waarvan Saint-Denis de hoofdstad was. Lavilliers genoeg, maar geen Guy en Isabelle. Vermoedelijk hadden de twee een geheim nummer.

Het intikken van 'Isabelle Lavillier' leverde meer dan veertigduizend hits op. Chantal begon te lezen. Isabelle Lavillier leek het prototype van de vrouw van een politicus. De vrouw in de schaduw van, het dienende type, actief voor allerlei cultureel sociaal-maatschappelijke instellingen. Van 'de vrienden van de Parijse opera' tot de mediatheek van Saint-Denis, van de gemeentelijke katten- en hondenopvang tot een rusthuis waar arme kunstenaars hun oude dag konden slijten. Isabelle Lavillier bemoeide zich met alles behalve politiek. In recordsnelheid scande Chantal de documenten, op zoek naar een telefoonnummer. Tevergeefs. In plaats daarvan stuitte ze op een interview waarin Isabelle Lavillier aan de tand werd gevoeld over haar functie als voorzitster van Téléthon Saint-Denis. De centrale vraag was of het geld dat jaarlijks voor goede doelen werd opgehaald wel op de juiste bestemming terechtkwam en of er onderweg niets aan de strijkstok bleef hangen. Isabelle Lavillier pareerde alle kritiek door te verwijzen naar de website van Téléthon Saint-Denis waarop, volledig transparant, de jaarverslagen over de laatste tien jaar te vinden waren, inclusief accountantsrapporten. Chantal klikte de site aan. De jaarrekeningen waren voor iedereen begrijpelijk opgesteld, per project, van de opbrengst van de kaartjes van de amateurtoneelvoorstellingen tot en met het bedrag dat de sponsoren hadden opgehoest om een aantal prominenten tien kilometer door Saint-Denis te laten sjokken, inclusief de onkosten, verantwoord tot in de kleinste details, en onder aan de streep stond vervolgens het geld dat was overgemaakt naar de leukemiestichting, de opleiding voor blindengeleidehonden en andere goede doelen. De netto-opbrengst van afgelopen

41

jaar bedroeg meer dan een half miljoen euro, niet slecht voor een gemeente van iets meer dan honderdduizend inwoners. Chantal ging terug naar de homepage en klikte op 'bestuur'. Téléthon Saint-Denis werd gerund door een bestuur van zeven personen die zich allemaal onbezoldigd voor het goede doel inzetten. Achter iedere naam stond hun bestuursfunctie vermeld, met daarachter... een telefoonnummer. Over transparantie gesproken.

Terwijl ze het nummer in haar agenda schreef, voelde ze haar hart bonken. Hoe laat was het? Nog geen acht uur. Isabelle Lavillier was ongetwijfeld een vrouw met een drukke agenda, altijd vroeg uit de veren, zelfs op zondag. Terwijl Chantal de cijfers intoetste, bedacht ze wat ze zou zeggen als er werd opgenomen.

De telefoon ging drie keer over.

'Dit is het automatische antwoordapparaat van Guy en Isabelle Lavillier...' De vrouw die het bandje had ingesproken, bezat een sympathieke stem. 'Voor zakelijke afspraken met mijn man verwijs ik u naar het secretariaat van La Nouvelle France.' Er volgde een nummer, dat Chantal onmiddellijk in haar agenda schreef. 'Wilt u ons privé bereiken, laat dan uw naam en telefoonnummer achter, dan bellen wij u zo spoedig mogelijk terug.'

Er klonk een pieptoon.

'Goedemorgen eh...' Chantals gedachten schoten alle kanten op. *Wist u dat uw man...?* Ze dwong zich te ontspannen. 'U spreekt met Chantal Zwart. Ik ben journaliste en maak een serie over eh... bekende Franse echtparen die al bijna hun hele leven bij elkaar zijn en welke invloed dat heeft op hun relatie. Welke positieve invloed dat heeft,' voegde ze er pijlsnel aan toe. 'Ik zou het leuk vinden om u beiden te kunnen interviewen. Misschien kunt u mij terugbellen. En anders probeer ik het later nog een keer.' Ze herhaalde haar naam en noemde haar 06-nummer en het adres van haar website. Nadat ze de verbinding had weggedrukt, stond het klamme zweet haar in de handen. Ze vroeg zich af hoe overtuigend haar boodschap had geklonken. *Welke invloed dat heeft op hun relatie.* Snel draaide ze het nummer van het secretariaat.

'Dit is La Nouvelle France en dit is uw gedeputeerde Guy Lavillier...'

Ondanks het opdringerige achtergrondmuziekje herkende ze zijn stem meteen. Rustig, vertrouwenwekkend, een politicus die weet hoe hij kiezers moet inpakken. Nog voor de pieptoon verbrak ze de verbinding. Iets weerhield haar om een boodschap in te spreken. Ze voelde zich opeens een boulevardjournalist. Was de dood van Guy Lavillier echt zo interessant?

Ze stond op en liep naar het dakterras. Een koppeltje duiven klapwiekte over de daken en vloog richting place des Vosges om vervolgens af te buigen naar het zuiden. Ze keek de vogels na. In de verte waren verkeersgeluiden te horen, een nauwelijks hoorbaar gezoem. Zondagochtenden waren stil, maar deze ochtend sloeg alles. De meeste inwoners hadden de stad gisteren en eergisteren verlaten en zaten nu op de camping of in hun tweede huis in de *campagne*, Parijs overlatend aan toeristen en blonde buitenlandse journalisten die zonodig...

Zodra ze de tune van het nieuws hoorde, haastte Chantal zich naar de woonkamer. Acht uur. Dezelfde nieuwslezer las dezelfde berichten als een uur geleden. Geen Guy Lavillier. Ze maakte een nieuwe espresso, installeerde zich weer achter haar laptop en surfte het net op. Zoeken. Guy Lavillier, Isabelle Lavillier, La Nouvelle France, Saint-Denis, Radi Bezun, galerie Prisma, hotel Lexia. Een combinatie van een of meer zoekwoorden moest toch naar het witte huis voeren. Chantal vermoedde dat het in het 8e of 17e arrondissement lag, ergens in een straal van één à twee kilometer rond parc de Monceau.

Ze ging zo in haar werk op dat ze schrok van de telefoon. Bijna negen uur. Ze schoof op haar stoel heen en weer. Isabelle Lavillier had vast het antwoordapparaat afgeluisterd en belde nu terug. Terwijl ze iets moest wegslikken, bereidde Chantal zich innerlijk voor op het gesprek. Ze nam haar mobiel en wierp een blik op het display.

'Hallo?' vroeg ze alsof ze geen naam gezien had.

'Hoi, met mij.'

Er viel een ongemakkelijke stilte.

'Stoor ik, Chantal?'

'Nee, hoor.'

'Mijn koffers staan nog bij jou,' zei Evelyne aarzelend. 'Is het goed als ik over een uurtje langskom om ze op te halen?'

De man fluit als een kwajongen, met duim en wijsvinger. Uit zijn mond komt een korte schrille toon. Het is alsof de natuur even haar adem inhoudt. De honden hebben hun wilde spel onderbroken en zitten nu rechtop, met gespitste oren, in afwachting van het volgende commando. De man fluit nog een keer, maar nu langer, waarna de Deense doggen in gestrekte draf over het weiland op hem afstormen. Hij geniet van de bundeling van spieren, kracht en snelheid, maar nog het meest geniet hij van de onvoorwaardelijke trouw die hem wordt betuigd. Hondstrouw.

Op een paar centimeter afstand komen de honden tot stilstand. Viermaal tachtig kilo, lange natte tongen. Zonder dat hij iets hoeft te zeggen, gaan ze in een halve cirkel om hem heen zitten en kijken hem verwachtingsvol aan.

'Brave jongens.'

Hij wilde altijd al een hond hebben, maar zijn moeder wilde geen huisdieren, omdat ze de boel nu al niet op orde kreeg, zoals ze zei. Hij ziet het rijtjeshuis voor zich. De met meubels en prullaria volgepropte woonkamer. De porseleinen beeldjes van elkaar bestijgende herders en herderinnetjes in de vitrinekast. Daaronder, binnen handbereik, de drankflessen. Grand Marnier voor zijn moeder, jenever voor zijn vader, cognac en whisky voor de 'gasten'. Hij ziet de met velours overtrokken fauteuils vol brandgaten, de afgetrapte sofa waarop zijn moeder haar klanten opwarmt. Hij ruikt de bedompte lucht van sigaren, verschaalde alcohol en haar goedkope parfum.

Zijn kamertje grensde aan de ouderslaapkamer. Ook al perste hij zijn handen tegen zijn oren, hij hoorde alles. Het piepen van het bed, het kreunen en grommen van de klanten, de aanstellerige orgasmen van zijn moeder, het geruzie achteraf over geld of dat de klant moest oprotten omdat de volgende vrijer al weer klaarstond. Hij ging duizend keer liever de straat op, waar hij veilig was voor de klappen van zijn vader en hooguit een blauw oog opliep in een vechtpartij met andere kinderen. Met droog weer trapte hij een balletje of haalde hij kattenkwaad uit op het industrieterrein. Als het regende ging hij naar zijn oma, die grammofoonplaten draaide en waar hij altijd wel iets te eten kreeg, of hij schuilde onder het viaduct dat boven de wijk uittorende en luisterde naar het voorbij denderende verkeer. Ooit zou hij hier weggaan, nam hij zich voor. Weg uit de kolonie, weg van de staalfabriek met de snerpende sirene. De inwoners van La Valette waren slaven, zei zijn vader. De armen bleven arm en de rijken werden steeds rijker. De bazen van de fabriek waren uitbuiters. De tochtige huizen en bouwvallige schuurtjes, de straten, de bomen en struiken en het trapveldje, het stadion en de voetbalclub, de duivenvereniging en de fanfare, zelfs de cafés waar de arbeiders hun zuurverdiende loon verzopen waren eigendom van de fabriek. De uitbuiters woonden aan de andere kant van de stad, waar het niet stonk, in grote villa's met nog grotere tuinen, achter hoge smeedijzeren hekken.

Hij heft zijn linkerhand en brengt die bezwerend omlaag. 'Af.' Het commando klinkt zacht, bijna fluisterend. Prompt gaan de honden in het gras liggen, op hun buik, voorpoten naar voren, achterpoten opgetrokken tegen hun machtige lijf. Vier sfinxen in aanbidding voor hun meester.

Op zijn tiende liep hij van huis weg, om nog geen week later door de politie betrapt te worden bij een winkeldiefstal – de eerste en laatste keer dat hij in aanraking zou komen met de flikken. Nadat ze hem weer thuis afleverden, sloeg zijn vader hem bont en blauw. De volgende dag liep hij opnieuw weg. Voorgoed, zo nam hij zich voor. Alsof dat zo makkelijk was. Hij belandde in een carrousel van mensen en instellingen die zogenaamd het beste met hem voorhadden. Jeugdzorg, pleeggezinnen waar hij niet kon aarden of die hem niet aankonden, terug naar zijn ouders, om na de volgende mishandeling weer bij een nieuw pleeggezin te worden gedumpt. Op advies van een psychologe werd hij bij zijn oma ondergebracht. De beste maanden van zijn leven. Maar toen oma ziek werd, moest hij ook daar weer vertrekken en kwam terecht in een tehuis voor jongens zoals hij: moeilijk opvoedbaar, zonder normbesef en met een sterke neiging tot agressie. In het tehuis leerde hij overleven en niemand te vertrouwen. Op zijn veertiende liep hij opnieuw weg. Met inbraken en wat koerierswerk voor een drugsbende hield hij het hoofd boven water. Tot hij gespot werd door de Albanezen. Ze hielpen hem aan papieren, een valse identiteit. De eerste opdrachten waren nog eenvoudig, kruimelwerk, bedoeld om hem te testen op loyaliteit, moed en of hij zijn zenuwen in bedwang kon houden. Allengs werden de opdrachten moeilijker, gevaarlijker. Ondertussen leerde hij alles om zich te kunnen meten met de echte zware jongens. Schieten, vechten, het besturen van een vluchtauto. In het krachthonk beulde hij zijn lichaam af. Met twintig werd hij onderworpen aan de ultieme test. Een moord. Hij vervulde de opdracht zonder veel ophef en verbaasde zich over het gemak waarmee hij de trekker overhaalde om het leven van iemand te beëindigen, hoe hij, bijna klinisch, een tweede maal afdrukte, ditmaal in de nek, zodat hij zeker wist dat het slachtoffer dood was, en hoe hij vervolgens op zijn gemak de sporen uitwiste. Was het inderdaad zo eenvoudig? Zijn ster steeg snel. Hij was intelligent, koelbloedig, doortastend, onverschrokken, en – nog veel belangrijker – hij maakte geen fouten. Die zag hij al genoeg om zich heen. Sukkels die na een klus het bordeel indoken om het aan de bar uit te brullen hoe fantastisch ze wel niet waren. IJdeltuiten die pronkten met te dure horloges, opzichtige sieraden of sportwagens die een normaal mens zich nooit van zijn leven zou kunnen veroorloven. Hij leefde sober. Geen drank, drugs of vrouwen. Geen uitspattingen. Geen risico's. Voor de buitenwereld leek hij een saaie student met een onopvallend, alledaags gezicht die nauwelijks zijn kamer uitkwam. Geen bezoek, geen lawaai. De enige luxe die hij zich permitteerde waren cd's met de pianomuziek van Chopin. Van Georges Cziffra, Martha Argerich, Vladimir Horowitz en andere meesterpianisten. Hij kocht de cd's aan de lopende band. De zoveelste uitvoering van de Wals nummer 17 in a-mineur. Walsen, mazurka's, polonaises, etudes. De muziek herinnerde hem aan zijn overleden oma en aan de spaarzame gelukkige momenten uit zijn jeugd.

Hij steekt zijn linkerwijsvinger op. Dan volgt het nieuwe commando, al even zacht en bijna fluisterend als het voorafgaande: 'Blijf.' De honden kijken alsof ze het hebben begrepen. Hij draait zich om en begint te lopen, zonder om te kijken, in de wetenschap dat hij kilometers kan afleggen zonder dat de honden zich van hun plek zullen verroeren. Over trouw gesproken.

Op zijn vierentwintigste ging hij voor zichzelf werken. Als basis een antwoordapparaat in een buitenwijk van Brussel en een postbus in Parijs. Hij woonde overal en nergens en wisselde net zo vaak van identiteit als van verblijfplaats. Hij opereerde uiterst voorzichtig en nam alleen opdrachten aan waarbij hij zelf de voorwaarden kon stellen. Geen risico's. Het honorarium dat hij vroeg was buitensporig hoog, maar opdrachtgevers betaalden graag voor de beste hitman. Hij leefde als een schaduw, ongrijpbaar voor Interpol of wie er nog meer jacht op hem maakten. Het geld verdween naar rekeningen van onopvallende bv's op kleine tropische eilanden die het geld vervolgens weer overmaakten naar andere rekeningen van andere onopvallende bv's. Niet te traceren. Alles liep op rolletjes. En toch was er altijd die zeurende spanning. Eén fout en alles was over. Daarom stelde hij zichzelf een ultimatum. Tot zijn veertigste, geen dag langer. Dan moest het genoeg zijn en mocht hij eindelijk genieten, ontspannen. Een eigen huis, ergens buiten, waar het mooi en rustig was, ver van de bewoonde wereld, veilig en anoniem.

Achter de eiken doemen de muren van Les Ages op. Twee jaar geleden zag hij de advertentie. Een landgoed bestaande uit een achttiende-eeuws woonhuis, een hoop schuren en twintig hectare met bossen en een riviertje. Les Ages lag diep in het hart van het land, ver van de bewoonde wereld, nóg verder van het mondaine leven, van jachthavens, casino's, paardenrenbanen en al die plaatsen waar de flikken jacht maakten op mensen zoals hij. Het dichtstbijzijnde dorp bevond zich op tien kilometer afstand. Nog geen tweehonderd inwoners. Een bakker en een café. En dan hield het op. Hij vroeg het echtpaar Brunes, twee zestigers, of ze voor hem wilden werken. Jean als tuinman, Sylvie als huishoudster. De twee namen het aanbod met beide handen aan.

En nu werken ze voor meneer Gilles. Want zo heet hij. Het is zijn laatste identiteit, zijn laatste kunstje. Gilles Pajoux. De papieren zijn authentiek en zijn levensverhaal staat als een huis. Hij komt uit België, vandaar het accent wanneer hij Frans praat. Ooit werkte hij in Brussel, op een kantoor, maar toen, op een noodlottige dag, kwamen zijn ouders bij een verkeersongeluk om het leven en lieten hem een erfenis na. Van het geld kan meneer Gilles leven, zeker *en campagne* waar de kosten voor het levensonderhoud stukken lager liggen dan in het dure Brussel. Hij is nooit getrouwd geweest en heeft geen verdere familie of bekenden. Hij is gesteld op zijn privacy. Als het moet, vertelt hij hetzelfde verhaal duizend keer, steeds een beetje anders, maar toch hetzelfde, zonder fouten, en met de juiste snik op het juiste moment.

Voor de inwoners van het dorp is meneer Gilles de man van de vier Deense doggen. Dat er in Les Ages een vleugel staat, weet men ook. Meneer Gilles heeft pianoles genomen en volgens mevrouw Brunes staat er op de lessenaar een muziekboek met preludes van Chopin. Dat meneer Gilles af en toe naar de grote stad gaat voor een vrouw, weet het dorp niet. Maar als ze erachter komen, is er nog geen man overboord. Meneer Gilles is veertig – in werkelijkheid is hij twee jaar ouder – en een man van die leeftijd wil ook wel eens wat.

Aangekomen op het terras, draait hij zich om en kijkt de heuvel af. Beneden, vlak bij het riviertje, liggen de honden nog steeds als sfinxen, hun blik gericht op de baas, wachtend op het laatste commando. Op het terras staan de bakken pens die mevrouw Brunes iedere ochtend klaarzet. Hij steekt zijn linkerarm in de lucht en slaat de arm gestrekt tegen zijn lichaam aan. Gelijktijdig spuiten de honden weg. De finale is begonnen. Hij begint te tellen. Eén, twee, drie… Iedere ochtend is het weer spannend om te zien in hoeveel tijd de honden de driehonderd meter heuvelop afleggen. Zeven, acht, negen…

'Meneer Gilles!' Mevrouw Brunes staat bij de tuindeuren naar de salon. 'Telefoon!'

Hij knikt. Wanneer hij naar het huis loopt, ziet hij hoe de huishoudster door een andere deur in de keuken verdwijnt. Hij stapt over de drempel en laat zijn blik door de salon gaan. Niemand. Buiten klinkt het gesmak van de honden die zich op hun eten storten. Hij sluit de tuindeuren en begeeft zich naar het bureau, naar het telefoontoestel, zich afvragend wie er zo vroeg op zondag belt. Voor hij de hoorn opneemt, kijkt hij naar het display. Het toestel heeft nummerherkenning, maar het smalle schermpje blijft leeg.

'Ja?'

'Goedemorgen, meneer Gilles.'

Zodra hij de mannenstem hoort, is het alsof de tijd stilstaat en hij even geen adem meer krijgt.

'Of moet ik zeggen: goedemorgen, Milos?' klinkt het plagerig aan de andere kant van de lijn.

Alles wankelt. Niet alleen heeft de beller zijn telefoonnummer gevonden, maar – veel erger – voor het eerst sinds twintig jaar spreekt iemand hem met zijn echte voornaam aan. Milos. Volgens zijn moeder was het de naam van haar grootvader. Volgens zijn vader was hij het kind van een Poolse vrijer van zijn moeder, een hoerenkind, en kon Milos daar niet vaak genoeg door een flink pak slaag aan herinnerd worden.

Milos. Als de beller zijn echte voornaam weet, kent hij ook vast de echte achternaam. De gedachte is buitengewoon verontrustend.

'Met wie spreek ik?' vraagt Milos, die zich hersteld heeft van de schrik en zich van de domme houdt.

De beller trapt er niet in. 'Met mij. Ik heb je hulp nodig.' Het klinkt als een oude vriend die met een lege tank ergens langs de weg staat.

'Hulp?'

'Ja.'

Opnieuw stilte.

Hulp. Milos weet precies wat er bedoeld wordt. De man moet iemand anders zoeken. Milos is gestopt. In bijna twee jaar tijd is hij acht kilo aangekomen. Hij heeft nooit meer geschoten en eigenlijk wil hij ook nooit meer schieten. Hij begint te sputteren: 'Ik eh...'

'Het is de laatste keer,' onderbreekt de man hem op een toon die tegelijk vriendelijk en dwingend is. 'Erewoord.'

De beller is een man met aanzien, met macht. Veel macht. Bovendien, niet iemand die loze beloften doet. Een man een man, een woord een woord. Zo kent Milos hem en daarom is hij even sprakeloos.

'Ik verwacht je vanmiddag.'

In gedachten zet Milos de tegenargumenten op een rij. Een operatie vraagt om een minutieuze voorbereiding, een analyse van het slachtoffer, van de locatie waar de afrekening moet plaatsvinden – hij neemt aan dat het om een afrekening gaat –, de keuze van het wapen en een nauwkeurige studie van alle vluchtwegen. 'Maar eh...'

'Vanmiddag,' onderbreekt de beller hem op dezelfde vriendelijke en toch dwingende toon. 'Om twee uur bij Pierre.'

Het laatste woord is in code. Locaties hebben mannennamen. Doelwitten – vreemd genoeg altijd mannen – hebben vrouwennamen. 'Pierre' is de *bar tabac* op de hoek van de boulevard de Magente en de boulevard de Strasbourg. Een geschikte ontmoetingsplaats. Op loopafstand van het Gare du Nord en het Gare d'Est, en met zo'n grote, voortdurend wisselende clientèle dat de obers niet op de gezichten van klanten letten. Het is tien jaar geleden dat ze elkaar daar voor de laatste keer hebben getroffen.

'Je herinnert je Pierre toch nog wel?'

'Jawel.' Milos bedenkt dat hij geen wapen meer heeft. Dat wil zeggen: geen schoon wapen.

'Alles wat je nodig hebt, is hier,' zegt de opdrachtgever alsof hij de vraag voelt aankomen. 'Neem de trein van 10.45 uur, dan ben je er om twee uur.'

Milos kijkt op zijn horloge. Over een uur vertrekt van het dichtstbijzijnde station een trein naar Austerlitz. Van Les Ages naar het station is het een halfuurtje met de auto. Het kan niet anders dan dat de beller precies weet waar Les Ages ligt. Milos merkt hoe hij opeens begint te zweten. 'Maar...'

'Om twee uur. Bij Pierre.'

Met een venijnig klikje wordt de verbinding verbroken.

'Hoi, Chantal.'

Evelyne was alleen gekomen. Hoewel ze in haar telefoontje niet anders had gesuggereerd, bespeurde Chantal bij zichzelf toch teleurstelling. Waarom was Hotze er niet? Schaamte, lafheid, een combinatie van beide? Misschien had hij de nacht wel niet eens overleefd. Oude mannen en seks, een dodelijke combinatie. De flauwe grappen lagen voor het oprapen.

'Kom binnen,' zei ze.

Ze gaven elkaar twee vluchtige kussen, waarna ze in het halletje onhandig tegenover elkaar stonden.

'Trouwens...' begon Evelyne, 'de deur beneden was open. Ik bedoel: niet in het slot. Ik heb hem dichtgetrokken, maar dat kostte wel de nodige kracht.' Ze glimlachte alsof Hotze haar de afgelopen nacht van haar laatste krachten had beroofd. 'Ik zeg het maar, dat je het weet.'

'Het probleem van de deur is me bekend,' antwoordde Chantal eveneens glimlachend.

Zodra ze huisbaas geworden was, hadden de huurders haar bestookt met een waslijst aan klachten, over de lift en de verwarmingsinstallatie die het regelmatig lieten afweten, over de voordeur die zo slecht in het slot viel, waardoor het iedere onverlaat wel erg gemakkelijk werd gemaakt en het maar de vraag was of de verzekering bij diefstal bereid zou zijn uit te keren. Chantal had beloofd de problemen zo snel mogelijk aan te pakken. Een timmerman had al een paar keer aan de deur staan schaven. Om voorgoed van het probleem af te zijn, was een nieuwe voordeur besteld. Aangezien de timmerman zich niet meer had gemeld, vreesde Chantal dat hij met vakantie was en dat de nieuwe voordeur nog wel even op zich zou laten wachten.

Ze ging Evelyne voor naar de woonkamer, waarna Poes Evelyne begroette met een serie kopjes en onder het uitstoten van kirgeluidjes.

'Iets drinken?' vroeg Chantal. *Of moet je meteen terug naar Hotze?*

'Heb je espresso?'

'Natuurlijk.'

Ze liep naar de keuken en stelde de espressomachine in. Niet te sterk, een paar korreltjes suiker. Evelyne, die aanleg had tot molligheid, lette scherp op de calorieën. Terwijl Chantal voor zichzelf een glas water inschonk, zag ze het lichaam van haar vriendin voor zich. De rondingen, de blanke perzikhuid, de tatoeage van de slang op het rechterschouderblad, de donkere haartjes boven de billen. Vijf jaar geleden, ze kenden elkaar net, waren ze na het drinken van te veel wijntjes samen in bed beland. Het initiatief was van Evelyne uitgegaan. Voor de eerste keer had Chantal het met een vrouw 'gedaan'. Een bijzondere ervaring, anders dan met een man, maar niet minder opwindend en op de een of andere manier vertrouwder en intiemer. De volgende dag, met een kater van hier tot gunder, hadden ze het incident een beetje gegeneerd afgedaan als een 'slippertje' en besloten dat ze er geen gewoonte van zouden maken. Ze hadden met elkaar gevreeën bij gebrek aan beter. Nu, voor het eerst, sloeg bij Chantal de twijfel toe. Misschien was ze wel hopeloos tekortgeschoten, maar had Evelyne het niet de moeite waard gevonden om er een kwestie van te maken. Chantal probeerde zich haar vader als minnaar voor te stellen. Lange, slome Hotze met z'n reumahanden en z'n zwakke rug. Eerlijk gezegd kon ze zich er niets bij voorstellen en ze wilde er vooral niet te lang over nadenken. Ze liep de woonkamer in en zette de espresso op tafel.

'Aan het werk?' Evelyne wees naar de opengeklapte laptop.

'Ja.'

'Op zondag?'

'Freelancers moeten altijd werken.'

Evelyne nam een slokje espresso en glimlachte. 'Wat ben je aan het doen?'

'O... dingen uitzoeken.'

'Voor je boek?'

'Ja.'

'Zoals?'

'Hoe de politie in '68 tekeer is gegaan tegen de demonstranten op de boulevard Saint-Michel.' Chantal verzon het ter plekke en zag Evelyne knikken. Natuurlijk had Hotze haar verteld over zijn 'radicale' jaren in Parijs, hoe hij zich als jonge conservatorium-student had aangesloten bij Daniel Cohn-Bendit en al die andere studenten, hoe hij met stenen naar de politie had gegooid en bij een charge ten val was gekomen, en hoe de politie tot bloedens toe op hem had ingeslagen en hem daarna, zonder dat een arts naar zijn verwondingen kwam kijken, in een cel had gesmeten waar hij maar liefst twee dagen had vastgezeten. Natuurlijk had hij hoog opgegeven over zijn armoedige mansardekamertje aan de rue Stalingrad en hoe hij met zijn gitaar langs de terrassen trok om wat geld te verdienen. Hotze, de grote bohemien en wereld-verbeteraar. Dat hij na het huwelijk met de welgestelde Jacqueline een bang burgermannetje was geworden en een hypochonder, ver-telde hij natuurlijk niet.

Met een tik zette Evelyne haar kopje op het schoteltje. 'Ik be-grijp dat je boos bent.'

'Ik?'

'Natuurlijk ben je boos. Dat zou ik in jouw situatie ook zijn.'

'Ik ben niet boos. Ik ben alleen teleurgesteld dat jullie achter mijn rug eh...' Chantal hield abrupt in, geen zin om verder in de-tails te treden.

'We hadden het eerder moeten zeggen,' zei Evelyne. 'Het spijt me. Echt waar, meid. Ik had nooit gedacht dat het iets met Hotze zou worden. Niet dat ik hem geen aardige man vond. Ik vond Hotze altijd reuze aardig, maar ik had nooit gedacht dat het tussen ons zo zou eh… klikken. Hotze is heel anders dan ik ben. Heel eh… nou ja meid, je weet precies wat ik bedoel. Hotze is heel…'

'Noem me toch niet steeds "meid".' Het kwam er een stuk vinniger uit dan Chantal van plan was.

Evelyne keek haar niet-begrijpend aan. 'Wat is er mis met "meid"?'

'Dat is een woord van honderd jaar geleden. Je lijkt wel een oud wijf.'

'Ik ben een oud wijf. Zeker vergeleken met jou. Weet je hoeveel jaar we schelen?'

'Straks ga je nog beweren dat je mijn moeder had kunnen zijn.'

'Ja.'

Onwillekeurig moesten ze beiden lachen. De situatie was zo bizar dat die vanzelf hilarisch werd. Chantal aarzelde. Normaal gesproken zou ze Evelyne vertellen wat haar vannacht was overkomen. Een onverwachte logee, een dode politicus. Als die echt dood was. Chantal had daarvoor nog steeds geen bevestiging gevonden en Lavilliers vrouw had ook nog niet teruggebeld.

'Als het zo idioot warm blijft, gaan Hotze en ik misschien een paar dagen naar zee.'

De opmerking onderbrak ruw Chantals gedachten. Toen Evelyne haar komst voor de zomer had aangekondigd, had ze voorgesteld om samen een paar dagen naar de Charente Maritime te gaan. Strand, zon, fruits de mer en lekker veel flesjes chablis. Kennelijk golden gedane beloften niet meer of ze had het zo te pakken dat ze alles was vergeten.

'Waarom ga je niet mee?' vroeg Evelyne.

Het eerste waar Chantal aan moest denken was haar auto, die bij Hotze in de garage stond. *Waarom ga je niet mee?* Ze hadden verdorie een chauffeur nodig. 'Ik zal erover nadenken,' zei ze.

De spanning tussen beiden was weer terug.

'Goed.' Evelyne had de hint begrepen en stond op. 'Ik ga even mijn spullen pakken.'

'Dan loop ik met je mee.'

Toen Chantal de deur van de gastenkamer opende, constateerde ze tevreden dat de koffer en de weekendtas precies zo op bed lagen als ze gisteren waren neergegooid. Het bed was opgemaakt, de kussens gladgestreken, de kamer gelucht, geen sporen van een onverwachte logeerpartij. Zelfs het cadeautje dat Naomi onder de lakens was tegengekomen en de volgende ochtend zonder enig commentaar op bed had neergelegd, lag nu ergens in een kast, uit het zicht.

'Er staan nog spullen van me in de badkamer,' zei Evelyne alsof het haar net te binnen schoot. Chantal, die in de deuropening stond, kon niet anders dan een stap opzijzetten en haar laten passeren. Na het telefoontje had ze het hele appartement nagelopen of Naomi misschien iets was vergeten. Maar niet in de badkamer. Te laat.

Evelyne had de klink van de badkamerdeur al in haar hand en stapte naar binnen. Ze snoof demonstratief en draaide zich om. 'Wat ruik ik?' Naomi's parfum viel nauwelijks te negeren. 'Van jou?'

'Ja,' antwoordde Chantal, zich realiserend dat ze honderd jaar geleden voor het laatst een luchtje had opgespoten.

'Wat is het?'

'O, een testflesje van het een of ander. Omdat het me niet beviel, heb ik alles vanochtend door de plee gespoeld.'

'Zonde. Als je...'

'Als ik deze week nog ergens zo'n flesje zie,' onderbrak Chantal haar glimlachend, 'neem ik er eentje voor je mee.'

Zondagmiddag

De kamer die de perschef voor het interview ter beschikking heeft gesteld, kijkt uit op een blinde muur. Een formica tafel met plastic stoeltjes, aan de wand posters met schaars geklede danseressen. Naomi en Sil zitten aan één kant van de tafel, het meisje tegenover hen. Itske? Ritske? Naomi is de naam alweer vergeten. Het meisje komt uit Friesland Ze heeft een onopvallend gezicht, een slechte huid, sluik haar, draagt een goedkoop truitje en zegt nooit meer dan twee zinnen achter elkaar. Nauwelijks voorstelbaar dat ditzelfde meisje iedere avond met blote borsten en veren in haar kont op het podium van het Lido staat.

'Hoe lang moet je zijn om een Bluebell te worden?' Naomi realiseert zich dat ze de vraag al eerder heeft gesteld.

Sil gniffelt.

'Minimaal één meter vijfenzeventig,' herhaalt het meisje beleefd het antwoord van zonet.

Sinds vanochtend gaat ongeveer alles mis wat mis kan gaan. Terug in het hotel, op weg naar haar kamer, liep Naomi uitgerekend Sil tegen het lijf, die zich zichtbaar verbaasde over haar topje en rokje, waarop Naomi probeerde alles uit te leggen. Ze kwam van een oude vriendin, een jaargenootje die ze bij de vernissage toevallig was tegengekomen. Ze hadden herinneringen opgehaald, te veel cognacjes gedronken en daarom was ze blijven logeren. Ja, ja. Sil geloofde er duidelijk geen woord van. In de hotelkamer zette Naomi haar mobiel aan die ze gisteravond had uitgezet. Twee keer Tom op de voicemail. Of ze de verjaardag van haar moeder niet vergat. Wanneer was haar moeder ook alweer jarig? Was dat gisteren? Natuurlijk was ze de verjaardag vergeten. De andere berichtjes waren afkomstig van de interviewgast die vanochtend om tien uur was gepland, maar die vroeg of het gesprek verplaatst kon worden naar de middag. Tijdens het ontbijt was Naomi druk om de schade zoveel mogelijk te beperken. Bellen, excuses, regelen. Met tegenover haar een grijnzende Sil, die er een duivels genoegen in leek te scheppen haar zo te zien zwemmen.

'Eh...' Naomi doet haar best zich opnieuw op het interview te concentreren. 'Zitten er nog meer meisjes uit Nederland in het Bluebell-ballet?'

Itske-Ritske begint te praten. Er zijn inderdaad meer meisjes uit Nederland. Gelukkig maar, want het bestaan van een Bluebell-girl is ondanks alle glitter toch maar een eenzaam bestaan. Met knikjes probeert Naomi het meisje te verleiden tot een langer antwoord dan twee zinnen. Ondertussen dringen de beelden van gisteren zich in alle hevigheid weer op. Guy-met-de-blauwe-ogen, zijn lachrimpeltjes, zijn grijze krulletjes die zo mooi pasten bij de kleur van zijn pak, beleefd, charmant, every inch a gentleman, dan, als harde overgang, het beeld van Guy als stervend paard, naakt, zijn schokschouderende lichaam, het schuim op de mond, zijn lul als een paal omhoog. Ze hoort hem happen naar adem, rochelen, stikken. In paniek raapt ze haar spullen bij elkaar, propt die in haar tas, kleedt zich aan, met trillende vingers. Van haar rokje breekt een knoopje af. Heeft ze nog meer laten liggen? Ze rent de straat op, de nacht in. Een naaldhak blijft in een rooster steken, waardoor ze bijna struikelt. Waarom is ze niet meteen teruggegaan naar het hotel? Waarom moet ze voor hulp uitgerekend aankloppen bij een oud-klasgenoot die ze nooit heeft kunnen lijden? Heeft ze nog meer fouten gemaakt?

Stilte.

Naomi schrikt, geen idee hoelang het meisje al is uitgepraat.

'Kunnen we een foto maken in de zaal?' Sil, ongeduldig, heeft het initiatief overgenomen.

Voor foto's is toestemming van de perschef nodig, legt het meisje uit. Wanneer die erbij is gehaald, lopen ze met z'n vieren door het labyrint van het Lido. Nauwe gangen, aan weerszijden kleedkamers, de geur van schmink en van doorgezwete pruiken en pakjes. Itske-Ritske laat de kleedkamer zien die ze met vijf andere meisjes deelt. Spiegels omzoomd met foto's en kaartjes, tegenover de spiegelwand een rek met theaterkostuums. Veren, pailletten en wat nog meer blinkt. Sil wil een foto maken, maar de perschef is onverbiddelijk. Niet in de kleedkamers en ook niet achter het toneel. Geen decors of kostuums. Via de coulissen stappen ze het podium op. Sil mag het meisje fotograferen met op de achtergrond de zaal met tafels en stoelen. Naomi verbaast zich hoe klein de zaal van het Lido is. Bezoekers zitten ongeveer bij elkaar op schoot. In de door balustrades afgescheiden loges lijkt nauwelijks meer plaats. Ze krijgt het er spontaan benauwd van.

Stemmen. Gelach. Rechts, in de hoek, zijn twee mannen aan het werk. De een heeft een boormachine of iets dergelijks in de hand, de ander houdt een lamp vast. Naomi voelt hoe de mannen naar beneden kijken, naar haar. Terwijl ze zich omdraait, blijven hun blikken branden in haar rug. Denken ze soms dat hier een nieuwe danseres staat? Zou ze willen met haar één meter zestig. Misschien heeft een van de twee haar gisteravond gezien. Het Lido ligt vlak bij de plek waar ze met Guy in een taxi is gestapt. Guy is een belangrijke politicus. Ze voelt haar maag omdraaien. *Was.* Misschien is de politie al op zoek naar de vrouw met wie hij gisteravond de galerie heeft verlaten. Onwillekeurig loopt Naomi de coulissen in. Wanneer haar mobiel rinkelt, voelt ze een siddering door haar lichaam gaan. Heeft de politie inmiddels haar mobiele nummer? Heeft Chantal toch gepraat? Ze frommelt het toestel uit haar tas en neemt op.

'Ja?'

'Met mij. Chantal.'

Naomi loopt nog verder de coulissen in, naar een hoek van het toneel vol met decorstukken. 'Wat is er?' vraagt ze zo zacht mogelijk.

'Ik heb het witte huis gevonden.'

'O.' De paniek slaat haar om het hart.

'Om zeker te zijn heb ik jouw bevestiging nodig.'

'Maar...'

'Waar ben je nu?'

'Ik zit midden in een interview.'

'Dat vroeg ik niet.'

'In het Lido.'

'Ik haal je over een kwartier op bij de hoofdingang.'

'Maar eh...'

'Het is zo gebeurd.'

'Oké,' zegt Naomi, zich realiserend dat ze geen keus heeft. Wanneer ze de verbinding verbreekt, voelt ze een zware hand op haar schouder.

'*I said: no pictures backstage.*' De perschef kijkt alsof hij haar ieder moment een klap kan gaan verkopen.

'*I was eh... calling. Not making pictures.*'

De man strekt zijn hand uit naar haar mobiel. '*Show me.*'

Sil staat erbij en grijnst.

BONHEUR. Met grote letters stond het boven de ingang. De show liep al een paar jaar, maar ook al liep-ie nog tien jaar, Chantal zou er nooit heen gaan. Niet haar wereld. Leuk voor toeristen en provincialen hunkerend naar wat pikanterie. Glitter en glamour. Typisch Naomi om over iets als het Lido te schrijven.

Chantal reed haar scooter de stoep op. Naomi, gekleed in een nette broek en een net jasje, een kapsel alsof ze zo van de kapper kwam, stond een meter of tien van de ingang, haar ogen verscholen achter een immense zonnebril. Toen ze Chantal zag, kwam ze meteen aanhollen.

Chantal liet de motor draaien, pakte de reservehelm uit de bagagekoffer en reikte die aan.

'Om zes uur heb ik nog een interview,' begon Naomi onmiddellijk. 'In de rue Saint Antoine, vlak bij de place de la Bastille. Mijn fotograaf is er al naartoe.' Ze maakte een gebaar alsof de situatie haar langzamerhand boven het hoofd begon te groeien.

'Dat is vlak bij mij,' zei Chantal. 'Ik laat je het witte huis zien en daarna zet ik je bij je interview af.'

'Maar eh…' Zonder haar zonnebril af te doen schoof Naomi de helm behoedzaam over haar kapsel. 'Hoe heb je dat witte huis gevonden?'

'Research.' Het klonk als 'lekker puh'. Chantal wees op de voetsteunen. 'Zet je voeten daar neer en hou je aan mij vast.'

Even later reden ze de Champs-Élysées op. *Research*. Het vinden van het witte huis was niet zo moeilijk geweest. Op het programmaboekje van galerie Prisma, dat ze vanochtend veiligheidshalve in een la had opgeborgen, stonden op de achterpagina de sponsors van de expositie vermeld. De eerste was een bekende bank die iets aan haar door bonussen en ander graaigedrag aangetaste imago probeerde te doen. De tweede sponsor was de Stichting Formosa. De naam deed bij Chantal geen belletje rinkelen. Volgens de website van Formosa hield de stichting zich bezig met het bevorderen van 'cultureel ondernemerschap'. Formosa bood cursussen aan waar schilders, beeldhouwers en schrijvers leerden om hun werk beter onder de aandacht van het publiek te brengen. Tevens beschikte de stichting over een fonds om jonge kunstenaars een zetje in de rug te geven voor hun carrière. Werkbeurzen, reisbeurzen, tegemoetkoming in materiaalkosten of andere onkosten zoals de huur van een atelier. Onder de lijst met criteria waaraan aanvragers van subsidie dienden te voldoen, stond de naam van iemand tot wie men zich, uitsluitend via de mail, kon wenden voor meer informatie. Formosa hield kantoor aan de rue de Prony, een zijstraat van de boulevard de Courcelles. In het pand waren, tegen een gering bedrag, studio's beschikbaar voor cursisten. Op de foto was een villa-achtig wit huis te zien. De naam Guy Lavillier kwam nergens op de website voor. Dus had Chantal de galeriehouder gebeld onder het voorwendsel dat ze voor diverse kunsttijdschriften schreef. Na wat plichtmatige vragen over de expositie liet ze de naam Guy Lavillier vallen en dat ze gehoord had dat hij gisteravond een toespraak had gehouden. Meneer Lavillier was lid van het bestuur van Formosa, zei de galeriehouder alsof het heel dom was dat ze dat niet wist. Zonder bijdrage van Formosa was de tentoonstelling nooit tot stand gekomen. Guy Lavillier was uitgenodigd als eregast en uiteraard had hij een paar woorden gesproken.

Chantal nam de bocht naar de avenue de Wagram – aangezien haar duopassagier niet durfde mee te geven niet zo hard als ze zou willen – om op het rechte stuk flink op te trekken. De Piaggio Beverly 125 was haar eerste grote aankoop geweest toen ze weer in Parijs was komen wonen. Voor haar geen overvolle, stinkende metro's of bussen meer, geen parkeerproblemen of files. Een beetje Parijzenaar verplaatste zich per scooter of motor. Inmiddels domineerden de Piaggio's, Vespa's, Gilera's en andere gemotoriseerde tweewielers het straatbeeld.

Ze draaide de boulevard de Courcelles op. Links lag Hotel Lexia. Chantal wees ernaar, maar er kwam geen reactie van Naomi. Waarschijnlijk durfde die niet eens te kijken, bang om van de scooter te vallen. Even verderop, aan de rechterzijde, week de bebouwing en lag het parc de Monceau. Chantal reed naar het midden van de boulevard en wachtte om links af te slaan. Vanuit de verte was het huis al te zien, een meter of honderd verder, op de hoek van het tweede huizenblok, als een witte taart, de façade fel oplichtend in de zon.

Toen ze de rue de Prony inreed, viel haar de grijze bestelbus op, dubbel geparkeerd voor het huis, met de neus haar kant op. Automatisch minderde ze vaart. Van achter de bus kwamen twee mannen tevoorschijn, de een van links, de ander van rechts, die gelijktijdig instapten, waarna het busje snel optrok. Onwillekeurig wierp ze een blik naar links. De man achter het stuur droeg een zonnebril en had donker haar dat tot op de schouders viel. De andere man, op de passagiersstoel, kon ze niet zien. Het motorgeluid stierf weg tussen de gevels. De straat was weer vrij. Geen ander verkeer, geen voetgangers.

Stapvoets reed Chantal langs het witte huis. Naast het bordje met '30' bevond zich de hoofdingang van het pand. Een hoge deur met glas en smeedijzer in art-decostijl en daarboven een rozetraam met hetzelfde sierlijke smeedijzer. Terwijl ze voelde hoe Naomi zich nog meer vastklampte, wierp Chantal een blik op de pui links van de ingang. Een dubbele deur met identiek smeedijzer, aan weerszijden imitatie Griekse zuiltjes en smalle hoge ramen, waarachter ze het kantoor van Formosa vermoedde. Nergens een naambordje. Ondanks de gunstige zonnestand lukte het haar niet naar binnen te kijken. Ze reed tot het eerstvolgende kruispunt, stopte op de hoek voor een restaurant en wachtte tot Naomi van de scooter was geklommen.

'Was dat het huis?' vroeg Chantal terwijl ze schuin naar de overkant wees. 'Het witte huis op de hoek?'

Naomi knikte zonder op te kijken. Ondanks de grote zonnebril was de angst van haar gezicht af te lezen.

'Door welke deur ben je naar binnen gegaan?'

'De deur met het nummerbordje.' Haar hand schoot naar haar mond alsof ze ieder moment over haar nek kon gaan. 'Nummer dertig. En nu wil ik hier zo snel mogelijk weg. Alsjeblieft.'

Milos rijdt. Het zonlicht dat tussen de populieren valt, werpt hinderlijke vlekken op het asfalt. Licht en donker, donker en licht. Alsof het niet al vermoeiend genoeg is, flitsen op de meest onverwachte momenten scooters en motoren tussen de auto's door. Er loopt zweet langs zijn rechterslaap. Niets meer gewend, denkt hij. Rust roest.

'Gaat het?'

Hij knikt naar de opdrachtgever naast hem.

'Je zweet.'

Uit de stem spreekt spot.

Milos zwijgt. Nogal wiedes dat hij zweet. Het komt ook door die idiote pruik die hij na het huren van het bestelbusje bij La Samaritaine heeft moeten kopen. Twee pruiken en twee belachelijk grote zonnebrillen en twee paar handschoenen. Ze zien eruit als foute acteurs in een foute Amerikaanse film, een stelletje freaks dat een bank gaat overvallen. Veel te opzichtig. Het is vragen om problemen. Vanaf de eerste seconde is hij ervan overtuigd dat deze operatie alleen maar problemen gaat opleveren. Alles moet snel. Er moet voortdurend worden geïmproviseerd. Als Milos ergens een broertje dood aan heeft, is het improviseren.

Hij werpt een snelle blik naar rechts. De opdrachtgever lijkt geen last van de pruik te hebben. Geen druppeltje zweet te bekennen. Op zijn schoot houdt hij een tomtom, maar het geluid heeft hij uitgezet. Milos voelt zijn woede weer opwellen. Het liefst zou hij hem een kogel door de kop jagen en bij de eerste de beste vuilstortplaats dumpen. Maar het zal niets veranderen.

Nog geen twee uur geleden. Pierre, de bar tabac op de hoek van de boulevard de Magente en de boulevard de Strasbourg. Een tafeltje achterin, uit het zicht. Milos had zich voorgenomen om de opdracht, wat die ook mocht zijn, te weigeren. Hij was naar Parijs gekomen om zijn respect te tonen voor de opdrachtgever en daarna te proberen om de zaak af te kopen, hoeveel het ook zou kosten. Maar nog voor hij iets kon voorstellen werd hem een map toegeschoven. De inhoud bezorgde hem bijna een hartstilstand. Een dossier van zijn beroepsactiviteiten van de laatste twintig jaar. De namen van de slachtoffers – van de meeste slachtoffers althans – , kopieën van alle gebruikte identiteitspapieren en de daarbij behorende portretfoto's – met snor, zonder snor, blond haar, donker haar – , de koopakte van Les Ages, kopieën van bankoverschrijvingen naar Antigua, de Kaaimaneilanden, Gibraltar, Curaçao. De hele bliksemse boel.

'Een tweede dossier is in het bezit van mijn notaris,' merkte de opdrachtgever langs zijn neus weg op. 'Als hij langer dan een dag niets van me hoort, stuurt hij de papieren linea recta naar Interpol.' Er volgde een minzaam lachje. 'Milos, je moet weten dat ik je altijd heb bewonderd vanwege je vakmanschap. Ik ben een fan, een echte fan, en daarom heb ik jouw carrière altijd op de voet gevolgd. Uit interesse, niet om ooit nog eens een beroep op je te doen. Maar helaas, de omstandigheden dwingen mij tot een andere keuze. Ik heb een vakman nodig. De beste. En dat ben jij.'

Mooie woorden, maar de boodschap bleef hetzelfde. Milos mocht de rotzooi opruimen. Nee, hij moest.

'Het is de laatste keer,' ging de opdrachtgever zonder met zijn ogen te knipperen verder. 'Beloofd is beloofd. Daarna mag je net zoveel Chopin spelen als je wilt. Honderdduizend voor de hele klus.'

'En wat houdt die *klus* in?'

'Ho, ho. Stap voor stap.' Lachend trok hij een attachékoffertje onder de tafel vandaan. 'Hier zit alles in wat je nodig hebt. Een telefoon, een Glock, een geluiddemper.' De opdrachtgever grijnsde alsof het een fluitje van een cent was.

'En nu?'

Ze naderen een verkeersplein. Stoplichten. Een woud van verkeersborden. Rechts gaat het naar Bordeaux en Lyon. Tussen de borden hangen camera's die iedere verkeersovertreding genadeloos registreren. Milos kan ze niet een-twee-drie ontdekken, maar hij weet dat alle belangrijke wegen via video in de gaten gehouden worden, de enige reden waarom ze hun bespottelijke pruiken en zonnebrillen ophouden.

'Rechtdoor,' antwoordt de opdrachtgever na een blik op zijn tomtom.

Ze rijden het viaduct op en kruisen de A86. Zonder een woord te wisselen gaat het verder, alsmaar rechtdoor, in noordoostelijke richting. Milos probeert zich te oriënteren, maar hij heeft geen idee waar hij zich bevindt. Parijs is als een monster dat haar tentakels naar alle kanten uitslaat. Een jungle van beton, staal en glas. Van de voorsteden die ze doorkruisen rest slechts een stukje van de oude kern, daaromheen is alles volgebouwd. Winkelcentra, bedrijven, woontorens, de ene nog troostelozer dan de andere. Op de muren is graffiti gespoten. *Fuck* UMP, *fuck Sarko, fuck Carla.* Het doet Milos denken aan La Valette. Een reservaat voor de kanslozen, afgeserveerd door de maatschappij. Bij de bushalte staat een groepje Afrikanen te wachten. Een van hen steekt zijn duim op.

'Doorrijden,' zegt de opdrachtgever.

Viezeriken. Milos hoort het hem denken.

De man wijst naar een terrein verderop waar een hoop vracht-auto's staan. Milos rijdt het hobbelige terrein op. Het busje schommelt van links naar rechts.

'Stop tussen die vrachtauto's,' zegt de man, 'en zet je pruik en zonnebril af.'

Daarna gaat het weer verder. De bebouwing wordt minder. Steeds meer braakliggend terrein met hopen aarde of metershoog onkruid. Tegen de spoordijk ligt een zigeunerkamp. Een paar woonwagens op een kluitje. Tussen de wagens hangt bontgekleurd wasgoed te drogen. Rechts van de woonwagens is het terrein bezaaid met autowrakken en ander schroot. Links grazen een paar geiten en spelen kinderen. Hij hoort de opdrachtgever diep zuchten. De weg draait naar rechts. Wanneer ze onder het spoor door rijden, schiet de TGV met een donderend geraas over hun hoofd.

Zwijgend rijden ze verder. Wanneer Milos het bord met ZONE INDUSTRIELLE ziet, krijgt hij een vermoeden wat het doel van hun rit is.

'Linksaf,' zegt de opdrachtgever na een blik op zijn schermpje.

De weg voert langs dorre graanakkers. Dan doemen de eerste bedrijven op. Een autobandenfirma, een sloperij. De man leidt Milos naar een gigantische loods waar met grote letters SAFEGUARD op de wand staat. Naast de gesloten slagboom bevindt zich een gebouwtje voor bezoekers.

'Wat nu?'

'Er is vanochtend telefonisch opslagruimte gereserveerd,' zegt de opdrachtgever gebarend naar het gebouwtje.

'Op welke naam?'

'Pajoux.'

Natuurlijk. Het bestelbusje stond gereserveerd op dezelfde naam. Milos stapt uit. Achter de balie zit een meisje met een laag uitgesneden truitje en een piercing in haar lip bij wie hij zich moet legitimeren. Ze overhandigt hem het contract en wijst hem op de voorwaarden. Geen opslag van drugs of geheelde goederen en ook geen chemicaliën of andere brandgevaarlijke stoffen. Geen woord over het opslaan van een lijk. Na ondertekening ontvangt hij een pasje waarmee hij vierentwintig uur per dag toegang heeft tot de loods. De pincode mag hij zelf invoeren.

Het meisje noemt het nummer van de opslagruimte. G54. Ze zegt wat de afmetingen zijn, waarop hij instemmend knikt. Ze pakt een kaartje met de plattegrond van de loods en zet een kruisje bij de juiste plek.

'Is de ruimte gekoeld?' vraagt hij.

'Nee.' Ze kijkt hem verbaasd aan. 'Daar is bij de reservering niet om gevraagd. Wilt u misschien…?'

'Laat u maar.' Terwijl hij zijn best doet te glimlachen, ontdekt hij het snoertje dat van de ordnerkast naar de hoek van het plafond loopt waar een kleine camera is gemonteerd.

Hij loopt het kantoortje uit en stapt in de bus. De slagboom gaat open. Na even rondrijden vinden ze de container met nummer G54. Hij rijdt de achterkant van het bestelbusje tot vlak bij de ingang. Terwijl hij uitstapt, ziet hij vanuit zijn ooghoek nog een camera hangen. *Safeguard waakt vierentwintig uur per dag over uw kostbare bezit.* Het bedrijf doet zijn best om de slogan waar te maken.

De opdrachtgever is ook uitgestapt. Samen halen ze de meubels en schilderijen uit de bestelbus.

'Ben je niet bang dat het zaakje gaat stinken?' vraagt Milos nadat ze de antieke dekenkist in de hoek van de container hebben neergezet.

'De lading blijft niet lang liggen.'

'Hoelang?'

Van over de rand van zijn zonnebril werpt de opdrachtgever hem een priemende blik toe. 'Zolang als nodig is.'

Verder vragen heeft duidelijk geen zin. Zwijgend laden ze de rest van de bestelbus uit en wordt de container afgesloten. Milos krijgt de opdracht het pasje bij zich te steken. De opdrachtgever wil het niet eens aanraken.

Een paar minuten later rijden ze tussen de akkers door, terug naar Parijs.

'En nu?'

'Je zet me af bij Pierre en levert de bus in bij het verhuurbedrijf,' antwoordt de opdrachtgever. 'Daarna praten we verder.'

Chantal parkeerde haar scooter op de hoek van de straat. Zodra ze de rue de Prony inliep, werd ze bevangen door de warmte van de gevels en het trottoir die de hele dag in de zon hadden liggen bakken. Voor haar ogen begon het te dansen. Nauwelijks iets gegeten. Niet zo raar dus. Snel stak ze de straat over, de schaduw in. Nadat het zwart voor haar ogen was weggetrokken, bestudeerde ze het witte huis aan de overkant. Het hoekpand – nummer 30 – bleek deel uit te maken van een groter geheel, een oude villa, zo royaal dat men het pand destijds had opgesplitst in drie, nog steeds royale, stadswoningen. Ze probeerde zich voor te stellen hoe het er vroeger had uitgezien. Een familie met veel kinderen en veel personeel. Om de villa had een park of op z'n minst een grote tuin gelegen. Bomen, paden, schaduw, koelte. De bomen waren waarschijnlijk in de negentiende eeuw gerooid. In zijn onstuitbare drift om van Parijs een moderne stad te maken met brede boulevards en ondergrondse treinen, had baron Haussmann complete wijken met de grond gelijk laten maken. Kennelijk was hij de villa vergeten. Misschien had hij een oogje dichtgeknepen. Wat restte was een anomalie, een barok paleisje, ingeklemd tussen honderd jaar jongere herenhuizen van zeshoog.

De pui waarachter ze het kantoor van Formosa vermoedde, leek een poort te zijn geweest van een koetshuis of een paardenstal. Terwijl ze naar het balkon staarde, probeerde Chantal zich Naomi's beschrijving van het huis te herinneren. Hoofdingang, trap op, een groot vertrek, en dan naar links, naar de slaapkamer. Als de beschrijving klopte, zou het bed met Guy Lavillier zich moeten bevinden achter de gesloten rolluiken die op het balkon uitkwamen.

67

Ze draaide haar hoofd naar rechts. De rolluiken naast de hoofdingang en op de eerste verdieping waren eveneens dicht. Alleen de dakramen op de tweede verdieping waren zichtbaar.

Ze stak de straat weer over. De benedenverdieping van de buren stond leeg, op een stapel verhuisdozen in de hoek van de woonkamer na. Chantal dacht aan het grijze bestelbusje dat hier had gestaan. Zondag was een ideale dag om te verhuizen. Ze wierp een blik op de toegangsdeur. De schroefgaten onder de twee naamplaatjes verrieden dat er een derde naamplaatje had gehangen. Zo nonchalant mogelijk liep ze naar het hoekpand. Het bordje met STICHTING FORMOSA was uiterst bescheiden. Niet vreemd dus dat ze het niet eerder had opgemerkt. Het glas van de dubbele deur en ramen was gespiegeld, waardoor ze niet naar binnen had kunnen kijken. Bij de hoofdingang hingen geen naambordjes. Op het eerste oog zag Lavilliers liefdesnest eruit als een leegstaande woning. Ze drukte de koperen belknop in. Op de eerste verdieping ging een bel over. Terwijl ze een paar zweetdruppels van haar voorhoofd wiste, spitste ze haar oren. Geen reactie. Ze belde opnieuw aan, maar nu langer.

'Hallo!'

De stem was net krachtig genoeg om de overkant van de straat te bereiken. Toen ze zich omdraaide, zag ze een oude vrouw die haar vanuit een open raam op de begane grond wenkte. De vrouw deed Chantal aan haar oma denken, het tengere postuur, licht als een veertje, de smalle schouders, het verzorgde uiterlijk. Een echte dame. Ze had een permanentje met een rozeblonde kleurspoeling en droeg een chic lichtblauw kasjmier vestje dat ongetwijfeld veel te warm was voor een dag als vandaag. Chantal schatte haar rond de negentig.

'Kan ik je helpen?'

'Misschien wel, mevrouw,' zei Chantal terwijl ze met een brede glimlach de straat overstak. 'Ik ben journalist en schrijf een artikel over historische villa's in Parijs. Weet u toevallig wie er op nummer dertig woont?'

'Wie de eigenaar is, bedoel je?'

'Ja.'

'Madame Grenoult. Ze woont in Zuid-Frankrijk. Ik kan me niet heugen wanneer ze hier voor het laatst geweest is.' De vrouw boog zich uit het raam en dempte haar stem. 'Het schijnt dat ze niet meer zo goed ter been is en dat ze het aan haar hart heeft. Madame Grenoult is van 1918,' voegde ze eraan toe op de manier waarop oude mensen praten over mensen die nóg ouder zijn.

'Staat het huis leeg?'

'Nee, nee. Het huis wordt bewoond, of misschien kan ik beter zeggen "gebruikt". Er zijn perioden dat het een drukte van belang is en dat er allerlei mensen in- en uitgaan, en daarna is het weer een hele poos stil. Dat wil zeggen...' – de vrouw glimlachte – '... die indruk krijg ik. Niet dat je denkt dat ik de hele dag bij de overburen naar binnen zit te koekeloeren.'

'Natuurlijk niet,' haastte Chantal zich te zeggen. 'En wat voor mensen zijn dat die het huis *gebruiken*?'

'Alleen maar nette mensen. Ik heb begrepen dat ze cursussen volgen, maar vraag me niet waarvoor. Sommige cursisten blijven een week, soms nog langer.' De oude vrouw boog zich weer uit het raam. 'Wat wel leegstaat is nummer 32. Een scheiding,' klonk het op fluistertoon. 'Twee nog heel jonge mensen. Onbegrijpelijk. Als je op zoek naar woonruimte bent... het is een goede buurt. Mensen wonen hier graag. Ik woon hier al bijna zeventig jaar.'

'Ik ben niet op zoek naar woonruimte. Ik eh...' Chantal zocht een aanleiding om het gesprek weer op nummer 30 brengen. 'Hebt u ook wel eens andere bezoekers naar binnen zien gaan?' vroeg ze, terwijl ze naar de deur onder het rozetraam wees. 'Ik bedoel: geen cursisten?'

'Het meisje van het kantoor heeft een sleutel. En dan is er ook nog een meneer, maar die verschijnt niet iedere dag op kantoor.'

'Hoe ziet die meneer eruit?'

'Hij is altijd keurig gekleed en heeft vaak een tas bij zich.'

'Hoe oud is-ie?'

De vrouw slaakte een diepe zucht. 'Tussen de vijftig en zestig, schat ik. Maar misschien laat ik me misleiden door zijn kale hoofd.'

'Kaal?'

'Ja, helemaal. Als een biljartbal. De dochter van madame Grenoult heeft ook een sleutel,' ging ze haastig verder, alsof het haar net te binnen schoot en ze bang was om het onmiddellijk weer te vergeten. 'Marie-Christine. Ze woont niet ver van haar moeder.' In de laatste zin klonk een zweempje bitterheid door, alsof de vrouw haar eigen kind of kinderen nauwelijks zag.

Chantal ging er niet op in. 'Komt Marie-Christine wel eens naar Parijs?'

'Niet vaak. Maar als ze in Parijs is, komt ze altijd langs voor een praatje.'

'Wanneer hebt u haar voor de laatste keer gezien?'

'Een halfjaar geleden. Misschien nog wel langer geleden. Op mijn leeftijd gaat de tijd opeens heel snel.'

Chantal besloot het erop te wagen. 'Kent u Guy Lavillier?'

'Guy Lavillier...?' Het voorhoofd had zich gefronst. 'Zou ik die moeten kennen?'

'Het is een bekende politicus.'

'Komt hij wel eens op televisie?'

'Ja, en hij lijkt op Yves Montand.'

De ogen van de vrouw begonnen als die van een jong meisje te stralen. 'De acteur?'

'Ja.'

'Nee, ik geloof niet dat ik die meneer ken. In ieder geval heb ik nog nooit iemand in de straat gezien die op Yves Montand lijkt. Waarom vraag je naar die meneer?' De frons op het voorhoofd was weer terug.

'Omdat ik had begrepen dat hij me meer over het huis kon vertellen. Voor mijn artikel,' voegde Chantal er snel aan toe.

'Volgens mij kun je beter praten met madame Grenoult. Of met Marie-Christine. De familie Grenoult heeft het huis al heel lang in bezit.'

'Hebt u van een van beiden misschien een telefoonnummer?'

70

'Nee.'

'Een adres?'

'Ik weet alleen dat madame Grenoult in een résidence woont, met uitzicht op zee.' De jaloezie viel niet te missen.

Chantal draaide zich om. Vanaf het raam keek de oude vrouw recht op het kantoor van Formosa, recht op de plek waar het bestelbusje had gestaan. 'Hebt u vanmiddag een grijs bestelbusje met twee mannen gezien?' vroeg Chantal terwijl ze naar de overkant wees.

'Hier in de straat?'

'Ja.'

'Nee,' reageerde de vrouw niet-begrijpend. 'Wanneer moet dat zijn geweest?'

'Een uur geleden.'

'Een uur geleden heb ik een dutje gedaan,' antwoordde ze alsof ze iets gemist had. 'Met deze warmte moet je veel rust nemen en veel drinken.' Ze begon weer te fluisteren: 'Waarschijnlijk waren het de nieuwe bewoners van nummer tweeëndertig. Huizen staan hier nooit lang leeg.'

Chantal knikte en diepte uit haar schoudertas een visitekaartje op. 'Zou u mij willen bellen wanneer u iemand op nummer dertig naar binnen ziet gaan?'

'Natuurlijk,' antwoordde de vrouw alsof niets vanzelfsprekender was. Ze nam het kaartje aan en hield het vlak voor haar ogen. 'Chantal Zwart,' las ze hardop. 'Wat een aparte achternaam.'

'Mijn vader is Nederlander. Mag ik vragen hoe u heet?'

'Bregeat. Annie Bregeat.' Op het gezicht verscheen een meisjesachtige glimlach. 'Moet jij niets drinken met die hitte, Chantal?'

Uit het dagboek van mevrouw Andrée Giraud

Vanuit mijn slaapkamer kijk ik uit op de poort en de bomen in het park. Het chateau kan ik niet zien, niet met al het groen, maar ik kan ze wel horen. Waarschijnlijk staan alle deuren en ramen open. De hele dag klinkt er muziek. De jongste van de twee zonen speelt piano. Heel goed zelfs. Een week geleden is iemand langs geweest om de vleugel in de salon te stemmen. Maar ik hoor ook andere instrumenten. Gitaren en een viool. Het chateau is vol jonge mensen uit Parijs. Jongens in spijkerpak en met lang haar, meisjes met korte rokjes of nauwsluitende spijkerbroeken. Ze zijn misschien maar een paar jaar ouder dan ik, maar vergeleken met hen voel ik me net een kind, ook al ben ik bijna zestien. Wanneer ik uit het raam leun, hoor ik ze lachen en zingen. Het is een vrolijke bende. Heel anders dan bij ons thuis.

Vader heeft al weken een rothumeur. Hij klaagt over de droogte en dat hij zich niet kan herinneren dat de koeien in de zomer moesten worden bijgevoerd. Als het niet gauw tien dagen aan één stuk regent, zegt hij, is het seizoen naar de... Hij gebruikt een woord dat moeder niet wil horen. Ze heeft gebeden voor regen, probeert ze hem te kalmeren. En mocht de Heere anders beslissen dan kan ze er nog altijd een werkhuis bij nemen. Nee! Met een klap op tafel wijst vader het aanbod van de hand. Dat moeder het chateau schoonmaakt is tot daar aan toe. Verder hoeft niemand in het dorp te weten hoezeer het water ons tot aan de lippen staat. Hij is woedend. Zo meteen slaat hij iets kapot. Moeder krimpt ineen. Ik zie hoe ze in gedachten een schietgebedje doet. Dan zegt ze dat hij groot gelijk heeft en dat we het vast wel zullen redden. Terwijl vader me streng aankijkt, denk ik aan mijn klasgenoten die in de zomer allemaal baantjes hebben om iets bij te verdienen. Caissière in de supermarkt, hulpje in de kwekerij. Ik durf het niet eens voor te stellen en lepel zwijgend van de soep. Vrouwen behoren thuis te zijn, vindt vader. Zolang ik thuis woon, geldt dat ook voor mij. We zijn één familie. Als we ten onder gaan, dan samen.

Maandagochtend

'Chantal...?'

De stem aan de andere kant van de lijn klonk als die van een bang kind. Terwijl ze probeerde wakker te worden, dacht Chantal aan de paar kinderen die ze kende. Sommigen van haar vriendinnen hadden kinderen, jónge kinderen, zo jong dat ze na een paar bezoekjes besloten had om een volgend bezoek uit te stellen tot het grut wat ouder was en de moeders ook weer over iets anders dan hun kroost konden praten. Haar huurders op de eerste etage hadden twee kinderen. Een jongetje van negen en een van tien die regelmatig kattenkwaad uithaalden. Een redactrice van Vox had een dochtertje van vier dat ze soms meenam naar de redactie, waar het kind vervolgens iedereen van het werk afhield.

'Chantal?' klonk het weer. 'Ben jij daar?'

Als in een flits herkende Chantal de stem. 'Goedemorgen, mevrouw Bregeat.' Ze wierp een blik op de wekker. Halfzes. Aan het voeteneind van het bed liet Poes een langgerekte geeuw horen en draaide zich demonstratief om.

'Ik zou je toch bellen als...' Mevrouw Bregeat klonk alsof ze te veel trappen had gelopen.

'Wat is er?'

'Het brandt!'

'Wat brandt?'

'Het huis van madame Grenoult!'

Chantal schoot overeind. 'Is de brandweer gewaarschuwd?'

'Ja, ja. Ik werd wakker van de sirenes, maar eh...'

'Ik kom er nu aan.'

'Maar je kunt niets doen, Chantal. Ze zijn al aan het blussen. Ik heb je alleen maar gebeld omdat ik even niemand eh...' De vrouw begon zachtjes te huilen.

'Ik ben er over een kwartiertje. Tot zo, mevrouw Bregeat.'

Chantal sprong uit bed en haastte zich naar de badkamer. Met beide handen kletste ze wat water in haar gezicht, poetste haar tanden en trok vlug een paar kleren aan. Ondertussen vroeg ze zich af wat ze, behalve een arm om mevrouw Bregeat slaan, kon ondernemen. Niets. Aan de andere kant: in een van de studio's op de eerste verdieping lag een dode politicus. Als het waar was. Ze stopte haar iPhone in haar tas en griste de sleutels van tafel. Nadat ze er zeker van was dat Poes haar niet was gevolgd, trok ze de deur van het appartement achter zich dicht en holde de trap af, de straat op. De rolluiken in de rue Pavée waren nog dicht. Aan het eind van de straat, op de hoek van de rue Malher, stond haar scooter. Ze maakte het beugelslot los, opende de bagagekoffer, zette haar helm op en stopte haar schoudertas weg. Starten. Gas. Met een scherpe bocht draaide ze de rue de Rivoli op. Behalve een paar bestelauto's en een wagentje van de gemeentereiniging was er geen verkeer. Ze draaide de gashendel nog verder open. Zonder dat de Piaggio Beverly tegensputterde, klom de snelheidsmeter naar vijfenvijftig kilometer per uur. Terwijl ze de place de la Concorde overstak, wierp ze onwillekeurig een blik naar links, naar het Palais Bourbon, het parlementsgebouw, dat als een Griekse tempel aan de overzijde van de Seine verrees. Het gevoel van walging kwam vanzelf weer opzetten. De smeerlap. Gisteravond had ze tot in de kleine uurtjes geprobeerd om Lavilliers dood – of tenminste zijn vermissing – bevestigd te krijgen. Ondanks het feit dat ze Isabelle Lavilliers antwoordapparaat een paar keer had ingesproken, belde de vrouw niet terug. De zoektocht naar een adres of telefoonnummer van madame Grenoult, de eigenares van het witte huis, had evenmin iets opgeleverd, behalve dat Chantal nu wist dat de drieënnegentigjarige Geneviève Grenoult de weduwe was van Oscar Grenoult, een fabrikant van plastic weggooibestek die in 1985 tijdens een potje tennis aan een hartaanval was overleden. Na zijn dood had Geneviève Grenoult de aandelen in de fabriek verkocht en leidde ze een teruggetrokken en ongetwijfeld gerieflijk leven in Cannes. Dochter Marie-Christine was advocaat te Orange. Chantal had een telefoonnummer van het advocatenkantoor gevonden, maar het was te laat geweest om te bellen en eigenlijk had ze er ook weinig vertrouwen in dat ze via de dochter van de huiseigenares verder zou komen. Ze zat op een dood spoor. De Lavilliers waren een weekendje de stad uit, of op vakantie, zoals de rest van Parijs. Naomi – de trut – had zich vergist. In plaats van te controleren of hij écht dood was geweest, was ze als een kip zonder kop door Parijs gerend. *Check, check, double check*. Wat dat betreft had Naomi op school niks geleerd. Maar stel dat ze toch gelijk had. Wat dan?

Via de boulevard Malesherbes bereikte Chantal de noordzijde van het parc de Monceau. Ze verbeeldde zich dat ze de brand al kon ruiken. Een penetrante zurige lucht. Ze moest onmiddellijk denken aan een paar jaar geleden. Monteil. Haar huis in de Limousin. Om haar uit het dorp weg te pesten had iemand geprobeerd de boel in de hens te steken. Ze schudde de gedachte direct van zich af. Dit was Parijs, haar geboortestad. Hier was ze geen buitenstaander of vreemde. Bovendien was het niet haar huis dat in de fik stond.

Toen ze de rue de Prony inreed, schrok ze van de zwarte wolk die even verderop tussen de gevels hing. Ze zette haar scooter op een veilige afstand van de eerste brandweerwagen, borg haar helm op en haalde de iPhone uit haar tas. Uit het dak sloegen geen vlammen, maar de rookontwikkeling was er niet minder om. Twee uitgeschoven ladders staken boven het huis uit van waarop brandweermannen bluswater naar beneden spoten. De ruiten op de zolderetage waren gesprongen. De luiken van het huis waren merkwaardig genoeg nog allemaal gesloten. De voordeur onder het rozetvenster hing uit de hengsels en ook de dubbele deur naar het kantoor leek geforceerd.

Een politieagent hield een groepje toeschouwers op afstand. Geen mevrouw Bregeat, constateerde Chantal. En ook niemand van de pers, voor zover ze dat kon zien. Verderop in de straat stonden een ambulance en een politieauto. Ze keek om zich heen, op zoek naar een woordvoerder, en veronderstelde dat de brandweerman met de grijze borstelsnor die af en toe iets in een portofoon brulde, de blusoperatie leidde. Ze zette haar iPhone op 'opname' en stapte op hem af.

'Pers?' vroeg hij nog voor ze iets had kunnen vragen.

'Ja.'

Er volgde een zucht. 'Als het niet te lang duurt.'

Ze schudde van nee. 'Zijn er slachtoffers?' vroeg ze wijzend naar het balkon op de eerste verdieping waar twee brandweermannen met koevoeten de rolluiken probeerden open te breken.

'Nee.'

'Hebt u overal gekeken?'

'We hebben alle kamers gecontroleerd, mevrouw. Ook die op slot waren.'

'En waarom staat er een ambulance in de straat?'

'Aangezien dat een standaardprocedure is,' klonk het verongelijkt.

'Weet u al wat de brand heeft veroorzaakt?' vroeg Chantal snel.

De snor gebaarde naar zijn collega's die met een kletterende herrie de rolluiken uit het frame trokken. 'In de balkonkamer heeft een of andere gek zitten fonduen. Maar voor de exacte oorzaak moet u het onderzoek afwachten.'

Ze keek omhoog. Nu de rolluiken weg waren, zag ze de zwartgeblakerde sponningen en kapotgesprongen ruiten. Daarachter doemde een donker gat op waar het bluswater langs de muren droop. Opnieuw dacht ze aan Naomi's routebeschrijving. Naar boven, en dan naar links. Ze kon zich niet voorstellen dat de brandweerlui een blote man op een bed over het hoofd hadden gezien. De conclusie lag voor de hand. Naomi had zich vergist. Of ze had de hele geschiedenis verzonnen om een beetje interessant te doen. Misschien had ze wel gehoopt dat haar zogenaamde escapade zou worden doorgebriefd aan Tom. Alsof Chantal en hij nog steeds contact hadden.

Tom.

Chantal verdrong de gedachte onmiddellijk. 'Weet u al wat de schade is?' vroeg ze de brandweercommandant.

'De studio is volledig uitgebrand. De rest van het pand heeft rook- en waterschade. Voor bedragen moet u bij de verzekering zijn.' De man had duidelijk geen trek in nog meer vragen.

'Mag ik uw naam?'

'Kapitein Ducasque.'

'Van welke kazerne?'

'Champerret.'

'Bedankt.'

Ze stopte de opname en keek om zich heen. Het groepje toeschouwers was uitgedund tot vier mannen die met een meer dan belangstellende blik alles volgden alsof ze hoopten dat het vuur alsnog zou oplaaien. De brandweercommandant riep iets in zijn portofoon over 'waterdruk houden', waarna hij een serie krachttermen uitstiet. De ambulance reed in noordelijke richting de straat uit, zonder zwaailicht, zonder sirene. Ze draaide zich om. Aan de overkant van de straat stond mevrouw Bregeat in een roze ochtendjas voor het raam te wenken. Chantal zwaaide terug. Toen ze de straat wilde oversteken, zag ze vanuit een ooghoek hoe een jonge brandweerman kwam aanlopen met een heftig gesticulerende man met een haviksneus en een kaal hoofd. De biljartbal, schoot het ogenblikkelijk door haar hoofd. Ze bukte zich en deed alsof de veters van haar gymschoenen loszaten.

'Chef...' klonk het achter haar rug. 'Dit is meneer Ortola, de eigenaar van het pand.'

Ortola.

Het was de naam die ze op de website van Formosa was tegengekomen.

'Nee, ik ben de huurder,' hoorde ze de man zeggen met een buitenlands accent dat ze niet zo snel kon thuisbrengen, 'en tevens de zaakwaarnemer van de eigenaar van het pand.'

'Wie is de eigenaar van het pand?' vroeg de brandweercommandant.

'Ik ben de zaakwaarnemer van de eigenaar,' herhaalde de man. 'U kunt alle zaken met mij overleggen, ook eventuele verzekerings-kwesties.' Uit de stem sprak agitatie. 'Maar eh... hoe is die brand in godsnaam ontstaan?'

'Dat zou ik graag van u willen weten, meneer Ortola.'

Chantal richtte zich op en liep naar de overkant van de straat. Nadat ze bij mevrouw Bregeat had aangebeld, draaide ze zich nog een keer om. Ortola, zijn handen onophoudelijk bewegend, was nog steeds in gesprek met de brandweercommandant. Misschien kwam het door zijn kale schedel, maar Ortola's gezicht had iets glads en ondefinieerbaars dat Chantal meteen tegenstond.

Milos ligt op bed en staart naar het plafond van de hotelkamer. Door het stucwerk loopt een scheur. Naarmate hij langer kijkt, ontdekt hij steeds meer scheurtjes, als een delta, stroompjes op zoek naar andere stroompjes. Een voor een telt hij de kronkelige lijntjes. Wanneer hij zich vertelt, begint hij opnieuw. In plaats van in slaap te vallen, denkt hij aan de laatste keer dat hij in het hotel logeerde, lang geleden, toen hij nog zelfstandig opereerde zonder een hijgende opdrachtgever in zijn nek. De Albanees die hem des-tijds hartelijk opnam en hem, na zoveel huurmoorden, ook weer vrijliet, heeft hem altijd in zijn macht gehad. Hij is nooit vrij ge-weest. De gedachte doet pijn.

In de smalle steeg onder het raam passeren een paar kerels, Engelsen, die *fucking here* en *fucking there* vloeken en te dronken zijn om hun hotel te vinden. Milos draait zich om en sluit zijn ogen. Slapen, zegt hij tegen zichzelf, slapen. Een uurtje of twee. Vandaag wacht weer een lange dag. Er zijn zoveel sporen die moe-ten worden uitgewist. Allereerst moet hij de vrouw vinden. Terwijl hij naar het plafond staart, verschijnt Nadja voor zijn geestesoog. Weet de opdrachtgever van haar bestaan? Milos hoopt van niet.

Nadja.

Zijn Snoepje.

Hij zag haar in de supermarkt aan de rand van de stad waar hij eens in de week zijn boodschappen doet. Een caissière. Na een paar keer met opzet bij haar te hebben afgerekend, sprak hij haar op een zaterdagmiddag tegen sluitingstijd aan. Ze reageerde precies zoals hij hoopte. Heel gewoon, een tikkeltje verlegen, maar niet afwijzend. Sindsdien zien ze elkaar met enige regelmaat. De ene keer bij haar thuis, in een tweekamerflat aan de rand van de A20, de andere keer op Les Ages. Tot zichtbaar genoegen van het echtpaar Brunes, omdat meneer Gilles eindelijk een vriendin heeft die hij mee naar huis neemt. Nadja is bijna veertig, een beetje gedrongen, brede heupen, kleine borsten, dun steil haar. Milos is meer aan haar verslingerd geraakt dan hij zich had voorgenomen. Misschien komt het door hun gemeenschappelijke Oost-Europese genen. Nadja heeft Russische wortels. Haar ouders komen uit Bagrationovsk, een dorp bij de Poolse grens. Maar Nadja is anders dan de meeste Russische vrouwen die, zodra ze in het Westen zijn en een rijke vent aan de haak hebben geslagen, er alles aan doen om daar zelf beter van te worden. Nadja is de bescheidenheid zelve. De weekenden op Les Ages beschouwt ze als een welkome onderbreking van haar saaie leventje zonder daar rechten aan te ontlenen. Ze stelt geen vragen die hij niet kan beantwoorden. Zonder veel over zichzelf te vertellen is er een vertrouwensband gegroeid die Milos niet voor mogelijk had gehouden. De laatste keer op Les Ages heeft hij zelfs voor haar pianogespeeld. Chopins Regendruppel Prelude. Helemaal foutloos ging het niet, maar haar reactie was er niet minder om. Bis, bis! Hij ziet haar gezicht voor zich, de bolle appeltjeswangen en stralende ogen.

Krampachtig probeert Milos het beeld te wissen. Hij moet zich concentreren op zijn aanstaande doelwit. *Het is de laatste keer. Beloofd is beloofd.* Zodra de vrouw uitgeschakeld is, zit de klus erop. Dat hoopt hij. Hoe zal het zijn om een vrouw te vermoorden? Hij heeft nog nooit een vrouw omgelegd. Altijd mannen. Is het dezelfde koele handeling, het afdrukken van de Glock, het afvuren van een nekschot, voor de zekerheid, of wordt hij plotseling sentimenteel en slaat de twijfel toe? Gelul. Hij heeft nog nooit getwijfeld.

Bovendien, doelwitten hebben geen geslacht. Doelwitten zijn mensen die nog niet weten dat ze binnenkort zullen sterven.

Milos kijkt op zijn horloge. Twee uurtjes slapen. Alsjeblieft. Hij stopt de schelpjes van de iPod in zijn oor en zoekt de Wals nummer 7 in cis-klein. Zodra hij de eerste noten van Georges Cziffra hoort, vloeit de spanning uit zijn lichaam weg. Voor zijn geestesoog verschijnen de meren en bossen waar zijn oma in haar mengelmoesje van Pools en Frans zo prachtig over kon vertellen. Mazuren, haar geboortestreek. Natuur, stilte, ruimte. In alles het tegendeel van La Valette. Milos stelt zich voor hoe zijn eigen, te korte, vingers over het klavier schieten. Hij hoort zichzelf spelen, virtuoos als een god.

Ile Séguin lag net buiten de stadsgrens van Parijs, in Boulogne-Billancourt. Na de sluiting van de Renault-fabriek was het eiland jarenlang niet meer dan een verzameling trooteloze bedrijfspanden en een hoop onkruid. Maar toen het gemeentebestuur de boel had gesloopt en er een cultureel centrum had neergezet, stonden bedrijven te trappelen om op Ile Séguin te mogen bouwen. Vox was de laatste in de rij geweest. Aan de oostzijde was een paviljoenachtig gebouw verrezen met veel glas en een groot terras dat uitkeek op de Seine.

Vanaf het eerste moment had Chantal zich er thuis gevoeld. Wanneer ze er even genoeg van had om thuis te werken, ging ze naar de redactie om verder te schrijven of met iemand een praatje aan te knopen. Collega's genoeg. Enthousiaste journalisten die, net als zij, maar wat trots waren te werken voor de internetkrant die zich in korte tijd had ontwikkeld tot een van de belangrijkste spelers in het Franse medialandschap. Natuurlijk had Chantal een uitnodiging ontvangen voor het feest ter gelegenheid van het tweejarige bestaan. En natuurlijk was ze gegaan.

Een warme juniavond. Het terras was versierd met honderden bontgekleurde lampjes. Buiten stond het zwart van de mensen. *Tout*

Paris, en iedereen die daarbij wilde horen. Een meterslang buffet beladen met exquise hapjes. Drank, veel drank. Op het podium speelde de beste Afrikaanse band die Chantal ooit had gehoord. Ze had zich euforisch gevoeld. Hiervoor was ze uit de provincie teruggekomen, terug naar waar het gebeurde. Ze had gedronken, gedanst en...

Terwijl ze op de drempel van de redactie stond, probeerde ze de rest van de avond te vergeten. Nee, er was niets gebeurd. Ze had zich een beetje raar gedragen, meer niet. Aangezien ze niet de enige was die tijdens het feestje te veel had gedronken, was er geen enkele reden om ergens over in te zitten. Ze zette haar breedste glimlach op en liep verder.

Vanuit de verte hoorde ze hem tikken. Driftige aanslagen, als mitrailleursalvo's. Hij zat aan een van de sloophouten designtafels, zijn rug naar de ingang gekeerd, alsof hij niet wilde dat iemand hem stoorde. Ze kon zó omdraaien.

'Chantal!'

Een vrouw met een mouwloos T-shirt en gemillimeterd grijs die aan een van de andere tafels zat, stak haar hand op.

Chantal groette terug. Op het feest had ze met de vrouw staan praten, maar een voornaam wilde haar nu niet te binnen schieten. De vrouw was freelancer, zoals bijna iedereen. Behalve onthullende journalistiek vormden de vaste lage personeelskosten de basis voor het succes van Vox.

'Hé... Chantal.'

Hij had haar naam horen roepen en deed nu net alsof hij verrast was haar op de redactie te zien. Terwijl hij met beide handen zijn halflange blonde haar naar achteren streek, liep hij zelfverzekerd op haar af. Niks gekrenkt. Met zijn Italiaanse schoenen, zijn designjeans en zijn blauwwit gestreepte Periali-hemd met rode bretels leek Axel Broche meer op een overjarige voorzitter van het studentencorps dan op de hoofdredacteur van een kritische, onafhankelijke internetkrant die door heel rechts Frankrijk werd gevreesd.

'Axel,' reageerde ze alsof ze net zo verrast was.

82

'Lang niet gezien.' Hij gaf haar twee kussen waarbij een van zijn handen iets te lang op haar bil bleef rusten. 'Ik moest laatst nog aan je denken.'

Terwijl ze zijn glimlach beantwoordde, begon de film opnieuw. In een opwelling, een combinatie van iets te veel drank en jeugdige overmoed, had ze hem uitgedaagd de dansvloer op te komen. Waarom Axel? Als dank voor haar eerste opdracht als freelancer? In ieder geval was hij zonder aarzeling op haar uitnodiging ingegaan. Vervolgens hadden een mannetje of tweehonderd toegekeken en gejoeld bij iedere keer dat hun bekkens, handen of andere lichaamsdelen elkaar raakten. Na afloop van het nummer, toen de toeschouwers in een luid applaus waren uitgebarsten, had hij haar ingefluisterd om elkaar over vijf minuten te treffen in het archief en was vervolgens, zonder het antwoord af te wachten, naar het buffet gelopen. In haar hoofd begonnen stemmetjes te piepen dat hij haar baas was en dat je werk en privé maar beter kon scheiden, maar nadat ze hem het terras had zien verlaten, had ze alle waarschuwingen in de wind geslagen en was hem even later gevolgd. Waarom niet? Axel was een aantrekkelijke man. Het was maanden geleden dat ze seks had gehad. De deur van het archief stond op een kier. Binnen brandde geen licht. Ze kon hem bij wijze van spreken ruiken. Pas toen waren de alarmbellen echt gaan rinkelen. Niet doen. Ze had rechtsomkeert gemaakt en als een haas het feest verlaten.

Dat was vijf weken geleden. Sindsdien hadden ze elkaar gesproken noch gezien.

'Wanneer moest je aan me denken?' vroeg ze zo luchtig mogelijk.

'Afgelopen vrijdag belde een uitgever die geïnteresseerd was in jouw serie. Ik heb hem jouw 06-nummer gegeven. Dat was toch goed, hoop ik?'

'Natuurlijk,' antwoordde ze snel.

'Fijn.'

Veel bekakter kon het woord niet worden uitgesproken. Axel wás bekakt. Geen wonder met een familie waar iedere mannelijke nazaat een belangrijke post bekleedde of bekleed had in de regering of magistratuur. Axels vader was staatssecretaris onder Chirac geweest. Axels grootvader had het tot minister van Buitenlandse Zaken onder Giscard d'Estaing geschopt. Axel, voorbestemd om in de voetsporen van zijn illustere familieleden te treden, was naar een van de *grandes écoles* gestuurd. Na zijn afstuderen had hij zich echter op internet gestort en in korte tijd een kapitaal verdiend met het kopen en verkopen van domeinnamen. Daarna had hij het leven van een playboy geleefd, regelmatig de voorpagina van *Paris Match* of een van de andere boulevardbladen gehaald, om vervolgens, op zijn achtendertigste, zelf een krant te beginnen en uit te groeien tot een van de grootste criticasters van het regime waar zijn familie alles aan te danken had.

'Ik dacht dat je deze week de stad uit was,' zei hij.

De middag vóór het feest had Axel gevraagd of ze de eerste week van augustus bureaudienst wilde draaien. Omdat ze net gehoord had dat Evelyne die week kwam logeren, had ze nee gezegd en, om niet de indruk te wekken dat ze zich te goed voelde voor bureaudiensten, had ze geantwoord dat ze die week met haar beste vriendin een paar dagen naar de kust zou gaan.

'Er is iets tussen gekomen,' antwoordde Chantal.

'Toch niets vervelends?'

'Nee, hoor.'

Er viel een stilte.

'Had je met iemand op de redactie afgesproken?' Zijn ogen begonnen te glanzen. 'Iemand in het bijzonder?'

'Ik eh...' Ze vroeg zich af hoe ze haar verzoek moest inkleden. Ze had iemand nodig om haar vastgelopen onderzoek naar Guy Lavillier vlot te trekken. Axel was een van de best geïnformeerde journalisten die ze kende, zo niet de beste. Ongetwijfeld wist hij dingen over Lavillier die niet op internet te vinden waren. Maar ze wilde ook niet overkomen als een stagiaire die achter het eerste het beste gerucht aanholde om de hoofdredacteur vervolgens te vragen of dat waar was.

'Koffie?' Hij hief zijn hand ten teken dat ze niets moest zeggen. 'Dubbele espresso met één suiker, nietwaar?'

'Ja.'

Terwijl Axel naar de pantry in de hoek van de redactie liep, verbaasde Chantal zich over zijn geheugen. Hoe vaak had hij voor haar espresso gehaald? Eén, twee keer? Meer niet. Axel gold als een scherp waarnemer. Dat, gecombineerd met een goed stel hersens en een uitgebreid netwerk van informanten, maakte hem tot een briljante hoofdredacteur. Zijn privéleven was aanzienlijk minder briljant. Drie mislukte huwelijken. Er werd gefluisterd dat een groot deel van de winst van Vox in de zakken van zijn exen verdween.

'Hier.' Hij zette de twee dampende kartonnen bekertjes vlak naast elkaar op tafel en bood Chantal een bureaustoel aan.

'Nog nieuws?' begon ze weinig origineel.

'Nieuws!' Axel snoof. 'Een boerkaproces noem ik geen nieuws en in welk ziekenhuis de vrouw van de president straks gaat werpen vind ik ook niet echt spannend.' Hij trok een tweede bureaustoel naar zich toe en nam naast haar plaats, zo dicht dat zijn benen bijna die van haar raakten. 'Het is komkommertijd. Misschien neem ik wel een paar dagen vrij. Een weekje zeilen. De stad uit, de hitte ontvluchten.' Hij keek haar indringend aan. 'Hou jij van zeilen?'

'Nee.'

'Jammer.' Terwijl hij haar onverstoorbaar bleef aankijken, nipte hij aan zijn bekertje. 'Heb jij nog iets interessants?' Hij schoof nog iets dichterbij.

'Ik werk aan mijn 1968-serie.'

Ze zag hem knikken. Haar artikelen stonden gepland voor juli en augustus. Omdat Ile Séguin een prominente rol had gespeeld in het revolutiejaar – de staking van de Renault-arbeiders, de studenten die zich vervolgens bij hen hadden aangesloten – had Axel meteen 'ja' tegen haar voorstel gezegd.

'Iemand tipte me over een interessant stel,' ging Chantal verder.

'Wie?'

'Guy en Isabelle Lavillier.'

'Geile Guy?'

Ze verslikte zich bijna in haar espresso. 'Hoezo eh... geil?'

'Guy Lavillier heeft een pathologisch zwak voor mooie jonge vrouwen zoals jij. Blond en grote tieten.' Zijn blik ging ongegeneerd omlaag.

'Ik heb geen grote tieten.'

'Gelukkig niet. Hoe groter, hoe eerder ze gaan hangen.' Hij keek haar weer aan, op slag serieus. 'Ik wist niet dat Guy Lavillier aan het studentenoproer had meegedaan.'

'Dat ben ik nog aan het checken,' antwoordde ze snel. Qua leeftijd was het mogelijk, dacht ze, maar gezien Lavilliers politieke kleur leek het niet erg voor de hand te liggen. Guy Lavillier op de barricade. Naast Hotze. Veel gekker moest het niet worden.

'Er gaat een gerucht dat Lavillier volgend jaar wil meedoen aan de presidentsverkiezingen,' onderbrak Axel haar gedachten.

'O?'

'Een gerucht,' beklemtoonde hij terwijl zijn ogen oplichten. 'Ik vraag me af hoe hij dat voor elkaar wil krijgen. Voor een presidentscampagne heb je de steun nodig van een sterke partij, van een leger vrijwilligers. Lavillier is weliswaar populair bij het volk, maar zolang hij een beweging leidt die geen leden toelaat, lijkt me het presidentschap wat erg hoog gegrepen.' Hij fronste zijn wenkbrauwen. 'Hoe kom je eigenlijk op Lavillier?'

'Iemand hoorde hem een toespraak houden tijdens een vernissage.'

'Hè?'

'Hij zit in het bestuur van Formosa, een stichting die cultureel ondernemerschap ondersteunt.'

'Formosa...?' Axel schudde zijn hoofd. 'Ik wist niet dat Lavillier tijd voor cultuur had. Heb je hem al gevraagd voor een interview?'

'Nog niet.'

Hij trok het toetsenbord van een computer naar zich toe en begon te tikken. 'Als je opschiet,' klonk het even later, 'kun je hem over een uur misschien te pakken krijgen.' Hij draaide het scherm haar kant op.

Voor haar neus prijkte de website van de Assemblée Nationale met de agenda voor het vragenuurtje van vandaag. Van de gedeputeerden die tussen tien en twaalf uur de regering aan de tand mochten voelen, stond Guy Lavilliers naam als een van de laatsten op de lijst.

Chantal probeerde haar ergernis dat ze niet zelf de website had gecheckt te verbergen. 'Ik dacht dat het parlement met vakantie was.'

'Omdat onze ADHD-president een reces van anderhalve maand meer dan voldoende vindt, is er een extra week toegevoegd.' Hij boog zich naar het scherm waarbij zijn schouder die van haar licht raakte. 'Geen wereldschokkende onderwerpen, als je het mij vraagt. Maar als je Guy Lavillier weet te strikken voor een interview over zijn radicale jeugd, neem ik het artikel meteen van je af.' Met een tevreden grijns liet hij zich terugvallen in zijn bureaustoel.

'Ik ga mijn best doen, Axel.' Ze keek op haar horloge. Halfelf. Van Ile Séguin naar het Palais Bourbon was een halfuurtje. Ze vroeg zich af of ze iets moest zeggen over de brand van vanochtend, over Ortola, de biljartbal, die niet wilde dat de brandweer contact opnam met de eigenaar van het pand. 'Zegt de naam Geneviève Grenoult je iets?' vroeg ze.

'De weduwe van het plastic bestek?'

'Ja.'

Hij sloot zijn ogen, alsof hij zo beter kon denken. 'Geneviève Grenoult staat in de top honderd van rijkste Fransen,' begon hij. 'Geschat vermogen rond de miljard, maar pin me niet vast op honderd miljoen meer of minder. Volgens mij zit ze in een verzorgingshuis in Zuid-Frankrijk – volledig gaga – en wordt haar vermogen beheerd door haar dochter.'

'Marie-Christine?'

Axel had zijn ogen weer geopend en keek Chantal verrast aan. 'Inderdaad.'

'Wat doet Marie-Christine met het geld?'

'Een goede vraag. Ze heeft een tijdje politieke aspiraties gekoesterd en voor het Front National ergens in de gemeenteraad gezeten, maar na een botsing met de partijleiding is ze aan de kant gezet.

87

Sindsdien heb ik op het politieke vlak niets meer van haar vernomen.' Hij boog zijn hoofd naar haar toe. 'Heeft Marie-Christine Grenoult iets met Guy Lavillier te maken?'

'Nee, nee.' Terwijl Chantal haar best deed te glimlachen, stond ze op. 'Ik hoorde de naam in verband met een ander interview dat ik aan het voorbereiden ben,' haastte ze zich te zeggen terwijl Axel haar nog steeds niet-begrijpend aankeek.

'Bedoel je te zeggen dat Marie-Christine ook al betrokken was bij de studentenonlusten van 1968?'

Chantal begon te rekenen. Als Geneviève Grenoult drieënnegentig was, dan was Marie-Christine een jaar of zeventig, maar waarschijnlijk jonger, want ze had nog een advocatenkantoor. De Grenoults hadden in de rue de Prony gewoond. Dat Marie-Christine gedurende de jaren zestig aan de Sorbonne had gestudeerd, was niet denkbeeldig. Maar had ze ook op de barricaden gestaan? 'Zoiets hoorde ik,' zei Chantal zwak.

'Dat kan ik me nauwelijks voorstellen.'

'Daarom wilde ik het checken.'

Axel mompelde iets onverstaanbaars en stond op. 'Heb je deze week nog tijd, Chantal?'

'Deze week?'

'Vele handjes maken licht werk.'

Handjes? Ze was bang dat hij een seksuele toespeling maakte die ze niet begreep en ook niet wilde begrijpen.

'Ik kan best wat hulp gebruiken,' sprak Axel lachend, 'op de redactie, bedoel ik.'

Ze keek hem aan, uiterlijk onbewogen, hoopte ze. Haar hersenen kraakten. Ze hoefde niet eens in haar agenda te kijken. Leeg. Een weekje redactie betekende zien en gezien worden, een kans op nieuwe opdrachten, als Axel haar na al haar gestuntel tenminste nog iets gunde. Tegelijkertijd dacht ze aan het verhaal Guy Lavillier. Joeg ze een fantoom na of zat er een echt verhaal in? 'Sorry,' zei ze, 'maar ik heb deze week een hoop afspraken.'

'Jammer.' Hij leek oprecht teleurgesteld.

Ze pakte het bekertje en dronk het in één teug leeg. Terwijl ze de koffie doorslikte, keek ze opnieuw op haar horloge ten teken dat ze nu echt weg moest.

~

De Thalys schiet door het landschap. Uitgestrekte velden, nauwelijks bomen, veel verdord gras. Hoewel de airco in de coupé op volle toeren loeit, heeft Naomi het benauwend warm. Haar lippen zijn kurkdroog en haar keel voelt aan als schuurpapier. Het zijn de voortekenen van koorts. Ze drinkt water, kleine slokjes, om zo lang mogelijk met de fles te doen die ze op het Gare du Nord heeft gekocht. Ze heeft haar laptop op schoot en probeert een van de interviews die ze in Parijs heeft gemaakt uit te werken, maar haar gedachten worden in beslag genomen door de sms'jes en de mail die ze nog steeds niet heeft beantwoord. Voor de zoveelste keer leest ze het bericht.

Naomi,

De studio in het witte huis is vanochtend uitgebrand. De brandweer heeft het hele pand onderzocht, maar niemand aangetroffen. Weet je zeker dat je verhaal klopt? Heb je GL echt ontmoet? Zo ja, dan graag meer overtuigende details. Als ik niets hoor, ga ik ervan uit dat je alles uit je duim hebt gezogen en voel ik me niet langer verplicht om onze afspraak te respecteren.

Chantal

Terwijl ze het zweet van haar slapen wist, werpt Naomi een schielijke blik naar de overkant. Sil slaapt, of doet alsof. Sinds gisterochtend maakt de fotografe de ene na de andere toespeling op Naomi's logeerpartijtje. *Wat leuk om na zoveel jaar een oud-studiegenootje te treffen. Wist je dat die in Parijs woonde, of zijn jullie elkaar per toeval weer tegengekomen?* Het cynisme druipt ervan af. Hoelang zal Sil zwijgen? Straks gaat het nachtelijke uitstapje als een lopend vuurtje op de redactie van *Actief* rond. Panisch vraagt Naomi zich af hoeveel ze heeft verteld. Heeft ze de naam van het oud-studiegenootje genoemd? Nee, zo dom zal ze toch niet zijn geweest. Het verhaal hangt inmiddels van zoveel hele en halve leugens aan elkaar dat Naomi het overzicht volledig is kwijtgeraakt.

Ze klikt de mail weg en probeert verder te werken aan haar interview. Het lukt niet. De zachte snurkgeluiden van de overkant werken haar op de zenuwen. In gedachten telt ze de pauzes die tussen het gesnor vallen. Eén, twee, drie vier. Eén, twee, drie, vier. Steeds hetzelfde aantal tellen. Mensen die écht slapen snurken anders, niet zo regelmatig, en met onverwachte uithalen. Automatisch moet ze aan Tom denken. Pas de laatste twee jaar is ze zich aan zijn geronk gaan storen. Sinds het afgelopen jaar slapen ze zelfs apart. Behalve aan zijn gesnurk ergert ze zich aan nog meer dingen. Dat hij het vanzelfsprekend vindt dat zij kookt en dat hij er ook nog eens een handje van heeft om onverwacht met gasten te komen aanzetten, zijn zogenaamde onhandigheid wanneer er in huis klusjes moeten worden opgeknapt, zijn desinteresse voor haar werk voor *Actief*. Als vergelding is ze opgehouden de manuscripten van Toms boeken te lezen. Voor politiek heeft ze zich sowieso nooit geïnteresseerd. Tot ergernis van Tom. Bij de laatste verkiezingen heeft ze niet eens gestemd, al heeft ze dat voor hem uiteraard verzwegen. Vrijen doen ze allang niet meer. Zij was de eerste die niet meer wilde en hij leek daar opvallend weinig problemen mee te hebben. Kortom: wederzijdse ergernissen, niet groot genoeg om na dertien jaar uit elkaar te gaan, maar voldoende om elkaar steeds vaker in de haren te vliegen.

Terwijl ze een slok uit de waterfles neemt, vraagt ze zich af hoe hij zal reageren op wat er in Parijs is gebeurd. Misschien moet hij wel lachen. Het is inderdaad komisch. Gaat ze één keer vreemd, legt haar minnaar nog vóór het moment suprême het loodje. In gedachten hoort ze Toms spottende lachje wanneer ze – volgens hem – iets doms of onnozels zegt. Maar misschien voelt hij zich wel gekrenkt. De laatste tijd schiet hij bij het minste of geringste uit zijn slof. Dat wil zeggen: thuis. Buiten de deur is hij steeds even charmant en heeft hij altijd een luisterend oor voor anderen, voor zijn intellectuele vriendjes en hun al even intelligente echtgenotes, of voor de vrouwelijke studenten die ze toevallig tegenkomen en die steevast aan zijn lippen hangen. Naomi heeft zich er vaak genoeg over opgewonden. 'Als het je niet bevalt, blijf je toch thuis,' luidde dan steeds zijn reactie. Ze heeft erover gedacht om hem te verlaten, maar wat dan? Ze zijn nooit getrouwd. Te burgerlijk, volgens Tom. Het huis aan de Overtoom is van hem, de vakantiewoning in Vaals, het netwerk waardoor ze steeds weer aan een baantje in de journalistiek komt... alles van Tom. Voor het gemak blijft ze bij hem, en ook omdat ze te laf is om hem te verlaten. Maar ook omdat er nog wel een paar dingen zijn waar ze hetzelfde over denken, zoals geen kinderen, bepaalde restaurants en de Zweedse detectiveseries waar ze graag samen naar kijken. Daarom wil ze niet dat hij iets van haar escapade zal vernemen.

Ze opent opnieuw de mail en klikt op 'antwoorden'. In het venster knippert de cursor, ten teken dat ze kan beginnen. Ze sluit haar ogen en gaat terug naar de avond, op zoek naar details die ze in haar opgewondenheid die nacht vergeten is te vertellen. Denk, denk. O ja. Ze begint te tikken. Tijdens de vernissage in galerie Prisma, nadat hij – voor het geval iemand haar mail leest, besluit ze hem ook 'GL' te noemen – had gesproken, vond er een incident plaats. Een aangeschoten man, kennelijk per ongeluk op de opening beland, die iets riep. Het klonk alsof hij boos was, in ieder geval verward. Erg lang duurde het niet. Omstanders werkten de lastpost met zachte hand de deur uit. Na een minuut of zo was de rust weergekeerd. Een incident van niks. Naomi graaft in haar geheugen of ze de man gezien heeft en een beschrijving kan geven, maar ze heeft hem alleen gehoord, ergens achter in het publiek. Misschien weet de galeriehouder wie het was. Ze stopt met tikken. Is dit een overtuigend detail? Het bewijst alleen dat ze die avond in de galerie was. Ze probeert zich te concentreren op het witte huis, op de bewuste slaapkamer. In de hoek bevond zich een kitchenette. Heeft ze Chantal daarover verteld? Vast niet. Ze schrijft het op. Een kitchenette met twee gaspitten. Misschien heeft iemand het gas laten branden en is het huis daardoor afgebrand. Maar waarom hebben ze geen lichaam gevonden? Heeft ze zich toch vergist en was Guy-met-de-blauwe-ogen niet dood? Ze herinnert zich het schuim op zijn mond, het paniekerige happen naar adem, de opengesperde ogen waar iedere kleur uit was verdwenen. Pure doodsstrijd. Zoiets valt niet te spelen. Ze heeft zich niet vergist, schrijft ze, ook al kan ze niet verklaren waarom de brandweer geen lichaam heeft gevonden. Misschien liegt de brandweer om de familie van Guy-met-de-blauwe-ogen niet in diskrediet te brengen, denkt ze zonder het op te schrijven. Dan, als in een flits, herinnert ze zich het vlekje op zijn wang, hoog op zijn rechterwang, vlak bij het oog. Een vers litteken, schrijft ze, een overblijfsel van een recente kleine operatie. Ze is er honderd procent zeker van. Het is verreweg het beste bewijs dat ze kan leveren dat ze hem echt heeft ontmoet en niets uit haar duim zuigt.

Nadat ze de mail heeft verstuurd, is er even een gevoel van opluchting, maar wanneer Naomi ziet hoe de man aan de overkant van het gangpad naar haar kijkt, trekt er een huivering over haar rug. Hij zit met zijn gezicht naar haar toe. Vanaf het moment dat de trein het Gare du Nord heeft verlaten, is het alsof hij haar in de gaten houdt, openlijk, zonder ook maar een poging te doen dat te verbergen. Hij is een jaar of veertig en heeft donkere ogen, een zongebruinde teint en gitzwart haar. Ze is al bij het raam gaan zitten, maar op de een of andere manier slaagt hij erin om ook over de stoelen heen oogcontact te houden. Wie is hij? Wat wil hij? Ze neemt een slok uit de waterfles. Wanneer ze merkt dat de fles leeg is, krijgt ze het prompt nog benauwder dan ze het al heeft. Er kriebelt iets in haar keel. Ze begint te hoesten.

'Alles goed?' vraagt Sil die wakker is geworden, of doet alsof.

'Ik eh...' Naomi toont de lege fles. 'Ik ga even een nieuwe fles halen.' Ze wijst naar het bordje dat aan het eind van de wagon boven de deur hangt. De Thalys beschikt over slechts één restauratie. Als ze daarheen wil, moet ze langs de man. 'Heb je zin om mee te gaan?'

'Ik blijf wel hier.' Sil wijst grijnzend naar Naomi's laptop.

Naomi perst er een dankbaar knikje uit. 'Even saven.' Omdat ze bang is dat Sil in haar bestanden gaat rondneuzen, sluit ze de laptop af, hetgeen veel langer duurt dan *even saven*. Het zweet druipt van haar slapen. 'Moet ik voor jou nog iets te drinken meenemen?' 'Nee, hoor.'

Naomi staat op. Haar knieën trillen. Wanneer ze de man passeert, kijkt ze ostentatief de andere kant op, alsof ze buiten iets interessants ziet.

Zonlicht streek langs de façade van het Palais Bourbon. Voor het hekwerk prijkten vier grote beelden. De grootste twee stelden Athena en Themis voor, de godinnen van vrijheid en gerechtigheid. Terwijl ze de avenue Briand insloeg, moest Chantal denken aan de keer dat ze als jonge verslaggeefster in het gebouw was geweest om... Ze verdrong de gedachte onmiddellijk en dwong zich aan iets leukers te denken. Haar allereerste bezoek aan het parlementsgebouw, twintig jaar geleden. Ze was veertien, zat in de tweede klas van het lyceum en had nog lang haar. De excursie onder leiding van de geschiedenisleraar – meneer Faure – was begonnen op straat, bij de beelden, daarna waren ze langs het hek gelopen en naar binnen gegaan. De klas had zich vergaapt aan de uniformen van de republikeinse garde en hun blinkende sabels, aan de immense zalen vol kostbare wandtapijten en aan alle andere pracht en praal. Onder hun voeten lag historische grond, vertelde meneer Faure. Hier, op deze plek, was het fundament voor de republiek gelegd. Na de revolutie van 1789 had het burgercomité het Palais Bourbon geconfisqueerd en omgebouwd tot het 'huis van de democratie'. Vrijheid, gelijkheid, broederschap. In de arena van de Assemblée Nationale, gebouwd in de vorm van een klassiek amfitheater, werden de zwaarbevochten idealen verdedigd. Zittend op de bovenste ring van de grote zaal had Chantal zich erover verbaasd hoe rommelig het eraan toeging en hoe de gedeputeerden er ondanks alle interrupties en boegeroep toch in slaagden om tot een standpunt te komen. Maar het hoogtepunt van de excursie was de persconferentie na afloop geweest. Mannen en vrouwen, gewapend met microfoons en notitieblokjes, die zich als roofdieren op de politici stortten om hen met vragen te bestoken. Het geflits, de drukte, de opwinding. Op dat moment had Chantal besloten wat ze later wilde worden: journalist. Haar ouders waren nooit erg enthousiast over die keus geweest, vooral haar moeder niet. Waarom ging ze geen medicijnen studeren, net als haar moeder en opa? Chantal had haar poot stijf gehouden en was naar Utrecht gegaan, zo ver mogelijk weg van huis. Omdat ze tweetalig was, vormde de taal geen probleem. Bovendien had de School voor Journalistiek in Utrecht de naam links te zijn, precies wat haar ouders niet waren. Links. Ze herinnerde zich de colleges politiek van Tom en hoe de studenten aan zijn lippen hingen. Zijn credo – de journalist als waakhond van de democratie – werd het credo van alle studenten, behalve van Naomi, voor wie het vak van journalist vooral de opstap leek naar bekendheid en bakken met geld. Daarom hadden Chantal en de rest van de klas haar niet kunnen luchten of zien. En daarom was ze ook zo teleurgesteld geweest dat Tom, het politieke geweten van de school, zijn oog had laten vallen op het domste blondje van de klas. Grote tieten. Was dat alles waar mannen naar keken?

Nadat ze haar Piaggio bij de ingang van het parlementsgebouw had geparkeerd, hoorde ze haar mobiel overgaan. Ze frommelde de iPhone uit haar schoudertas. Naomi? Nee, Hotze, zag ze op het display. Chantal drukte het telefoontje weg en schakelde onmiddellijk het toestel uit om hem geen kans te geven het nog eens te proberen. Hotze kon de pot op. Eigenlijk had ze erop gerekend dat hij zich gisteren zou melden. Zondag, rond elven, hún vaste tijdstip om te bellen en te informeren naar gezondheid, werk en andere belangrijke of minder belangrijke zaken. Verleden week had zij gebeld. Deze week was het zijn beurt geweest. Ze had niet verwacht dat hij zijn excuses zou aanbieden – dat had hij meer dan uitgebreid in het restaurant gedaan – maar hij had op zijn minst even kunnen vragen of ze na het etentje veilig was thuisgekomen.

Het etentje.

Een paar uur later had Naomi gebeld. De gedachte dat Naomi Hotze aan de lijn had gekregen, veroorzaakte nog meer irritatie. Ongewild drongen de beelden zich aan Chantal op. Hotze en Evelyne in bed – het echtelijke bed. De telefoon op het nachtkastje. Hotze had zich van Evelyne losgemaakt en opgenomen. Wat had Naomi in godsnaam tegen hem gezegd? Had ze alleen gevraagd naar Chantals nummer, of had ze ook gezegd waarom ze het nummer nodig had? En hoe had Evelyne gereageerd? Had ze Hotze gevraagd wie hen in het holst van de nacht lastigviel, of had ze niets gevraagd en waren ze snel verdergegaan met waarmee ze gestopt waren?

Met grote passen liep Chantal op de balie af. Na het tonen van haar perskaart ontving ze een badge, een persmap met de agenda voor de vergadering en moest ze door de beveiliging. Fouilleren, schoudertas door de scanner. Nadat ze het detectiepoortje zonder toeters en bellen gepasseerd was, haastte ze zich naar boven, naar de perstribune op de eerste ring, waar zo'n twintig journalisten de moeite hadden genomen om het laatste vragenuurtje vóór de vakantie bij te wonen. Ze groette een collega die ze van vroeger kende en boog zich over de balustrade.

Het overgrote deel van de roodpluchen bankjes was onbezet. Op de eerste rij, in het midden, zaten de vertegenwoordigers van de regering die de vragen moesten beantwoorden. Ze herkende de minister van Buitenlandse Zaken, een altijd onberispelijk geklede vrouw met een kapsel dat zelfs bij windkracht twaalf nog in model bleef. Naast haar zat de minister van Economische Zaken, een magere man met een boonachtig gezicht dat een en al somberheid uitstraalde, alsof hij de hoop om Frankrijk van de financiële ondergang te kunnen redden allang had opgegeven. Achter de plaatsen voor de regering begonnen de UMP-bankjes. Met ruim driehonderd zetels bezat de regeringspartij de absolute meerderheid in het parlement. In vergelijking met het vak van de oppositie, was het aantal onbezette plaatsen bij de UMP gênant hoog, alsof de meeste gedeputeerden de extra vergaderingen aan hun laars lapten en allang ergens aan het strand lagen.

Chantal zocht naar de grijze krullen van Guy Lavillier. Na het vertrek uit de UMP behoorde hij tot de uiterste rechterflank en daarom moest zijn bankje zich aan de rand bevinden, links van haar, rechts van de voorzitter die, gezeten achter een verhoogd spreekgestoelte, uitkeek op de gedeputeerden. Geen Lavillier. Voor de zekerheid liet ze haar blik over de hele tribune gaan, maar het resultaat bleef hetzelfde. Naomi had gelijk gehad. Lavillier was dood. En doden kunnen geen vragen stellen. Of had hij zijn vraag al gesteld en was hij vertrokken naar de wandelgangen van het parlementsgebouw, samen met andere collega's? Er liepen voortdurend gedeputeerden in en uit.

Terwijl ze met een half oor naar de minister van Economische Zaken luisterde, zocht ze in de persmap het agendapunt dat nu behandeld werd. 'Bankgaranties... privatisering van staatsbezit... bodemloze put... knoflookeconomie...' Het ging over het noodfonds waarmee Zuid-Europa overeind werd gehouden.

Er klonk applaus gevolgd door een hoop gekuch. Inmiddels had ze in de papieren Guy Lavillier gevonden: agendapunt nummer dertig.

'Ik dank de minister voor zijn antwoord,' hoorde ze de voorzitter zeggen. 'Het volgende agendapunt is nummer zevenentwintig, een vraag van gedeputeerde...'

Gezien de korte spreektijd waaraan iedereen was gehouden, schatte ze dat Lavillier over een kwartiertje aan de beurt was. Ze zette haar mobiel aan, surfte naar de website van de Assemblée Nationale en vond een plattegrond van de zaal met cijfertjes wie waar zat. Guy Lavilliers plaats was inderdaad waar ze had gekeken. Ze klikte de site weg en opende haar mailbox. Drie nieuwe berichten. Hotzes mailtje was nog geen twee minuten geleden verstuurd, direct nadat ze zijn telefoontje had weggedrukt. Ze opende de mail van Naomi en begon te lezen. Naomi had er een uitgebreid epistel van gemaakt. De stijl was zoals Naomi sprak: een beetje warrig, maar het verhaal week niet af van de versie die ze eerder had opgedist. De details – het opstootje, het vlekje op Lavilliers rechterwang, de gaspitten – waren slechts aanvullingen, belangrijke aanvullingen misschien. Chantal keek over de rand van de balustrade. De roodpluchen zetel aan de rechterflank was nog steeds onbezet.

'Agendapunt negenentwintig...'

De derde mail was van Axel, zonder onderwerp, en was verstuurd om 11.03 uur, een paar minuten nadat ze de redactie had verlaten. Ze voelde een lichte steek in haar maagstreek, die pas echt pijn deed toen ze het berichtje openklikte.

Vanochtend brand Stichting Formosa

Geen aanhef, geen groetjes, evenmin de vraag – laat staan opdracht – om de zaak verder uit te zoeken. Na haar bezoek aan de redactie had hij op internet 'Formosa' ingetikt en was daarbij kennelijk op een persberichtje van de brandweer gestuit. Anders kon ze niet verklaren dat hij op de hoogte was van een brand die te onbeduidend was om door de grote persbureaus te worden overgenomen. Hij wilde dat ze wist dat hij haar verhaal natrok. *Check, check, double check.* Opnieuw ergerde ze zich hoe onhandig ze het vanochtend had aangepakt. Waarom had ze Axel niet gewoon verteld wat er gebeurd was, zonder Naomi's naam te noemen? Waarom zo ingewikkeld?

'Agendapunt dertig...'

Het rode bankje was nog steeds onbezet.

'Het woord is aan de gedeputeerde de heer Lavillier,' ging de parlementsvoorzitter verder. 'De vraag gaat over de Franse bijdrage aan de Europese Unie en is gericht aan zowel de minister van Buitenlandse Zaken als aan de minister van Economische Zaken.' De voorzitter sprak overdreven langzaam, alsof hij de tijd wilde volpraten in de hoop dat Lavillier alsnog zou verschijnen.

In de zaal ontstond rumoer. Blikken richting rechterflank.

'Is de heer Lavillier aanwezig?' vroeg de voorzitter een beetje ongeduldig. 'Meneer Lavillier?' Hij liet een stilte vallen. 'Nee? Dan gaat de vraag over.'

Vanuit de bankjes steeg meesmuilend gegniffel op. Een paar gedeputeerden sloegen met de vlakke hand op de houten lessenaars voor hen. De minister van Buitenlandse Zaken wendde zich tot haar collega van Economische Zaken, die zowaar glimlachte. Guy Lavillier was niet de meest geliefde parlementariër. Chantal dacht aan wat ze op internet over hem had gevonden. Kampioen vragensteller, kampioen traineren, kampioen treiteren.

'Agendapunt eenendertig...'

Ze stopte haar mobiel in haar schoudertas en stond op. Terwijl ze een paar collega's verbaasd zag kijken, haastte ze zich naar de uitgang van de perstribune en holde de trappen af, naar de balie.

'Weet u of meneer Lavillier in het gebouw is?' vroeg ze, wapperend met haar perskaart.

'Meneer Lavillier...' De baliemedewerker, een oudere man met een zuur gezicht, herhaalde de naam op een toon die verried dat hij niet van plan was om zich in de laatste week voor de vakantie door iemand van het journaille gek te laten maken. Er volgde een diepe zucht, waarna hij op zijn dooie gemak een blik wierp op een van zijn computerschermen. 'Nee,' klonk het even later. 'Meneer Lavillier staat niet gemeld.'

'Dus hij is er niet?'

'Ik zeg: meneer Lavillier staat niet gemeld.'

'Wat bedoelt u met *niet gemeld*?'

De man zuchtte opnieuw. 'Vroeger hadden we een systeem waarbij de gedeputeerden zich, voor ze aan het werk gingen, bij de balie meldden. Tegenwoordig moet dat allemaal automatisch.' Uit het laatste woord sprak diepe afkeer. 'Zodra een gedeputeerde op zijn kamer is en met zijn wachtwoord inlogt op een van de computers, wordt hij gemeld.'

'Maar als ze van huis hun laptop meenemen...'

'Dan meldt het systeem niets,' reageerde de baliemedewerker, blij verrast dat hij zijn kritiek op het automatiseringssysteem eindelijk met iemand kon delen. 'En als de dames en heren gedeputeerden vergeten uit te loggen...'

'Dan blijven ze gemeld staan.'

'Precies. Al duurt het de hele zomer. Het is een rotsysteem, mevrouw.'

Chantal knikte begrijpend.

'Ik heb de leiding er meer dan eens op gewezen, maar ze houden vast aan de huidige procedure.'

'Zou u...?' Voorzichtig gebaarde ze naar het telefoontoestel dat naast de computer stond.

'Natuurlijk, mevrouw,' reageerde de man, plotseling een en al vriendelijkheid. 'Ik bel wel even naar zijn kamer.' Hij toetste een nummer in en overhandigde Chantal de hoorn.

De telefoon ging een paar keer over voor er werd opgenomen.

'Hallo?'

De man sprak met een buitenlands accent.

'Is dit de kamer van meneer Lavillier?' vroeg ze zekerheidshalve.

'Ja.'

'Is meneer Lavillier aanwezig?'

'Nee,' klonk het even kortaf. 'Met wie spreek ik?'

Iets weerhield haar om haar naam te noemen, een gevoel, intuïtie. 'Ik ben van de pers,' antwoordde ze. 'Van Vox.'

'Eh... ja?' De man aan de andere kant van de lijn leek plotseling op zijn hoede, in ieder geval klonk hij een stuk behulpzamer.

'Ik heb een interviewafspraak met meneer Lavillier.'

'Het spijt me, maar daar weet ik niets van.'

'Ik heb de afspraak met meneer Lavillier zelf gemaakt.'

'Wat raar. Normaal lopen alle interviewaanvragen via mij.'

'En u bent?'

'Oscar Simiç, meneer Lavilliers fractiemedewerker.'

Op het moment dat de fractiemedewerker zijn naam noemde, kon ze het buitenlandse accent plaatsen. Het was hetzelfde accent als waarmee Ortola had gesproken. Staccato, veel woorden hoog aanzettend. Automatisch zag ze de biljartbal voor zich, op de achtergrond het smeulende pand in de rue de Prony. Ze huiverde. Ortola was de zaakwaarnemer van de weduwe Grenoult, of beter gezegd: van haar dochter. Bestond er inderdaad een link tussen Marie-Christine Grenoult en Guy Lavillier? En zo ja, wat betekende dat? Tot nu toe had Chantal aangenomen dat Guy Lavillier er alles aan gedaan zou hebben om iedere relatie tussen het pand aan de rue de Prony en zijn politieke carrière te voorkomen. *Geile Guy.* Zijn escapades waren kennelijk zo algemeen bekend dat hij geen moeite deed zijn liefdesadresje te verheimelijken.

'Wanneer had u met meneer Lavillier afgesproken?' vroeg Simiç nog steeds even behulpzaam.

'Eh... vanochtend. Na het vragenuurtje. Maar meneer Lavillier is niet in het parlement verschenen.'

Even was het stil.

'Vreemd.'

'Inderdaad *vreemd*,' zei Chantal. 'Laat meneer Lavillier wel vaker het vragenuurtje aan zich voorbijgaan?'

'Nee, natuurlijk niet.'

Er viel opnieuw een stilte.

'Weet u waar hij nu is?' vroeg ze.

'Nee.'

'Echt niet?'

'Nee, natuurlijk niet.' Er volgde een zucht alsof Simiç langzaam zijn geduld begon te verliezen. 'Als u mij uw naam geeft, laat ik meneer Lavillier weten dat u hebt gebeld.'

Ze twijfelde. Waarschijnlijk loog de man. Fractiemedewerkers waren er om hun bazen uit de wind te houden, vooral voor de pers. Blij dat ze haar naam niet had genoemd, legde Chantal de telefoonhoorn op de balie en liep weg. Zo snel mogelijk, voordat Simiç naar beneden zou komen om te zien met wie hij net had gesproken.

'Mevrouw...?!'

Ze was al bijna bij de uitgang. Toen ze zich omdraaide, zag ze hoe de baliemedewerker naar de revers van zijn uniformjasje stond te wijzen.

'U moet uw badge inleveren!' riep de man met een brede grijns. 'Anders loopt het systeem vast.'

Uit het dagboek van mevrouw Andrée Giraud

Ik sta voor het raam en staar naar de bomen in het park. Als ik op mijn tenen ga staan, kan ik een stukje van het dak zien. De rest van het chateau kan ik dromen. De salon, de eetkamer, de keuken, de bibliotheek, het trappenhuis met de brede eikenhouten treden, de kamers op de eerste en tweede verdieping – acht slaapkamers en twee badkamers –, de zolder. Als kind vergezelde ik altijd vader wanneer hij na een vorstperiode het huis naliep op kapotgesprongen leidingen. Op sokken glijdend over het parket door de kamers. Trap op, trap af. Later, toen ik wat ouder was, hielp ik moeder om het chateau zomerklaar te maken. Luchten – veel luchten – stoffen, dweilen, poetsen, schuren. In de zomer assisteerde ik met het opmaken van de bedden, het verzamelen van de vuile was, en daarna met wassen, drogen, strijken. Ik ken ieder hoekje van het huis.

Maar dit jaar wil moeder niet dat ik haar help. Als ik vraag waarom, raakt ze zowat overstuur. Het chateau is niet onze wereld, zegt ze nadat ze zich heeft herpakt. We leven in verschillende werelden. Dat we minder bezitten is helemaal niet erg. En zeker geen reden om ons te beklagen. Op de dag des oordeels zal de rekening worden opgemaakt. De goeden bij de goeden, de kwaden bij de kwaden. Bij de 'goeden' raken haar vingers haar schort aan, bij de 'kwaden' wijzen ze naar buiten, naar de cour die recht tegenover de toegangspoort van het landhuis ligt. Bedoel je dat de kwaden op het chateau wonen? vraag ik zo onnozel mogelijk. Ze kijkt me wantrouwend aan, paniek in haar ogen. Nee, natuurlijk niet, maar de mensen die er nu zijn zijn eh... Ze bijt op haar lip, alsof ze bang is iets onherstelbaars te zeggen.

Gisteren ving ik, ongemerkt, een deel van het gesprek op dat ze met vader had waarin ze verslag deed van wat ze die middag op het chateau had aangetroffen. Een zwijnenstal. Sodom en Gomorra. Matrassen op de grond, volle asbakken en lege flessen, de kamers blauw van tabaksrook en iets wat als verbrand gras rook, de chaos in de keuken en badkamers, jongelui die geheel ontkleed hun roes lagen uit te slapen, en – als toppunt – een paar knapen die vanmiddag de vleugel het terras op reden en haar uitlachten toen ze er iets van zei. Moeten we meneer en mevrouw niet waarschuwen? hoorde ik haar vragen. Nee, niet mee bemoeien, antwoordde vader zonder lang nadenken. Als meneer en mevrouw menen dat hun zonen met dat langharige tuig hier de zomer mogen komen doorbrengen, dan is dat hún verantwoordelijkheid en niet de onze. Maar als mijn kind zoiets zou uithalen, dan... Het zijn zondaars, hoorde ik moeder mompelen. God zal ze straffen. Als je dat maar weet, zei vader die normaal niets moet hebben van wat hij moeders 'religieuze hocus pocus' noemt.

Wat doen ze dan op het chateau? Mijn vraag brengt moeder opnieuw in verwarring. Ze knijpt haar ogen dicht en prevelt een gebed, haar handen ineengeslagen voor haar schort. Wanneer ze is uitgebeden, herhaal ik de vraag. In de gang klinkt het klossen van klompen, zwaar als de tred van een reus. Vader. Hij loopt de keuken in en neemt me met een van zijn kolenschoppen bij de arm. Zijn ogen schieten vuur. Waag het niet met moeder te spotten, zegt hij. Je weet wat we hebben gezegd. Jouw plek is hier, in het huishouden, zeker nu moeder zoveel buiten de deur moet zijn. Als je naar buiten wil, kun je me helpen op het land. En dan nog iets – zijn lippen trillen, even ben ik bang dat hij me zal slaan – als je nog een keer naar het dorp moet, fiets je over de grote weg en niet langs de rivier. En nu naar je kamer. En snel!

Maandagmiddag

De rue de Basilique leek erg op de straat waar opa en oma hadden gewoond. Hoge muren aan weerszijden waarachter ongetwijfeld kapitale huizen en villa's schuilgingen. Chantal reed haar scooter de stoep op bij nummer 7. Geen naambordje. Ze dacht aan de bedreigingen van nog geen jaar geleden. Boven de brievenbus was alleen een messing plaat met een belknop en een speakertje van de intercom. Een metalen poortje voor bezoekers, daarnaast een dubbele, eveneens metalen, poort voor auto's. In het midden zat een spleet, waardoor ze een blik in de tuin kon werpen.

Groen, veel groen, bomen en struiken, geen huis, geen auto, geen indicatie van Isabelle Lavilliers aanwezigheid. Chantal had vandaag een paar keer geprobeerd te bellen, maar was steeds op het antwoordapparaat gestuit. Ze draaide zich om, zich verbazend dat de afwezigheid van de kampioen vragen stellen in het parlement nog niet tot een belegering van het huis van de Lavilliers had geleid. De straat was leeg. Geen satellietwagens, geen opgewonden collega's met microfoons in de aanslag.

Ze belde aan, zich innerlijk voorbereidend op wat ze zou zeggen. Een smoes, de zoveelste. Ondertussen stapelden de vragen in haar hoofd zich op. Waarom had de brandweer in de rue de Prony geen lichaam aangetroffen? Of was er wel een lichaam gevonden, maar werd de zaak om politieke redenen onder de pet gehouden? Ze dacht aan de mannen in het grijze bestelbusje. Petjes, zonnebrillen, lang haar. Hadden verhuizers zulk lang haar? Stel dat de mannen niet uit het leegstaande benedenhuis waren gekomen,

103

maar uit het hoekpand. Waarom was Lavillier nog steeds niet door zijn familie als vermist gemeld?

Terwijl de zon ongenadig op haar hoofd brandde, vroeg ze zich af waarom ze niet gewoon naar de politie ging om te vertellen wat ze wist? En – als ze dan zo nodig als eerste wilde publiceren – waarom zocht ze geen hulp bij een ervaren collega als Axel?

Ze drukte opnieuw op de bel en wachtte. Het geluid van de nabijgelegen Périphérique drong slechts vaag door. Verder was het doodstil in de wijk. Geen vogels, geen kinderen. Aan de overkant van de straat, in een van de tuinen, draaide met een slaapverwekkend ritme een sproei-installatie. Ergens in de verte klonk muziek, heel zacht. Chantal had een sterk vermoeden dat de muziek bij de Lavilliers vandaan kwam. Ze belde voor de derde keer aan. Toen er weer geen reactie kwam, probeerde ze of het metalen poortje toevallig open was. Nee, natuurlijk niet. Haar blik viel op het meterkastje, even verderop tegen de tuinmuur. Ze schatte de hoogte van de muur. Iets meer dan twee meter. Aan de bovenkant staken zo te zien geen glasscherven uit. Ze keek de straat af. Halfeen. Frankrijk zat aan de *apéro* of aan het eten. Ze hing de schoudertas om haar nek, plantte haar linkervoet op het meterkastje en lanceerde zichzelf met de andere voet om vervolgens in amazonezit op de muur te belanden. Geen glasscherven. Gelukkig. Ze zwaaide haar linkerbeen over de muur, sprong tussen de struiken en hield de adem in. Nergens ging een alarm af of sloeg een hond aan. Nadat ze onder de struiken vandaan gekropen was, begon ze de oprijlaan af te lopen.

Het park herinnerde haar aan de tuin van haar grootouders, maar dan groter en donkerder. Laurierstruiken, rododendrons, bomen zo oud en machtig dat op de bodem nauwelijks iets groeide. De muziek leek bij iedere stap harder te worden. Bassen, sissende bekkens. Stevige popmuziek, allesbehalve het soort muziek dat je bij een familie als de Lavilliers zou verwachten.

De laan maakte een bocht naar rechts. Achter een gemillimeterd gazon met rozen verrees een negentiende-eeuws kasteeltje van rode baksteen. Op de twee bovenverdiepingen manshoge ramen, op de begane grond een hoop dubbele tuindeuren. In het midden de ingang, een dubbele houten deur onder een timpaandakje dat op neoklassieke zuiltjes rustte. Een bordes met balustrade liep over de volle breedte van het huis. In een kaarsrechte lijn met de voordeur voerden brede trappen naar een pleintje met lage kortgeschoren buxushaagjes. Automatisch dacht ze aan de foto van de jonge Lavillier met zijn vader en grootvader op de trappen van het bordes, hun arrogantie en vermeende onaantastbaarheid. De foto had haar geïrriteerd omdat van haar moeders familie een zelfde soort foto bestond. Opa en oma Morelle poserend voor hun kapitale huis. Jacqueline, hun dochter, in het midden. Chantals moeder moest toen een jaar of dertien zijn geweest. Alle drie toonden dezelfde zelfvoldane gezichtsuitdrukking. Haar moeder was altijd afstandelijk gebleven. Misschien was ze daarom wel op Hotze gevallen, een stugge Groninger. Pas toen ze kanker kreeg, was ze ontdooid en warmer en liever geworden. Chantal woonde toen al op kamers. Het was alsof ze nu pas begreep waarom Hotze zich na de dood van zijn vrouw zo hopeloos verloren had gevoeld. Hotze. En nu hij weer gelukkig was, stelde zijn dochter zich net zo gereserveerd op als zijn vrouw het grootste deel van haar leven had gedaan.

Terwijl het grind onder haar schoenen knerpte, stak Chantal het pleintje over. Links, achter een rij coniferen, bevonden zich een garage voor minstens vier auto's en een paar bijgebouwen. In de oprit stond een oud, oranje Volkswagenbusje. Iemand had zijn handen in witte verf gedoopt en vervolgens op de achterkant een paar afdrukken achtergelaten. Voor de raampjes hingen door de zon verbleekte gordijntjes. Een buitenlandse nummerplaat. Een sticker met de letters 'MA'. Ze vroeg zich af welk land daarbij hoorde. Het busje paste niet in het plaatje van een kapitaal landhuis, evenmin als de muziek op de eerste verdieping. *Oh a lust for life… a lust for life.* Zelfs met de ramen dicht kon ze ieder woord van Iggy Pop letterlijk horen.

Ze liep het bordes op en belde aan. Binnen klonk een gong, maar er volgde geen reactie. Ze zette een paar stappen achteruit en riep, haar handen als een toeter, naar boven: 'Hallo!'

105

De muziek dreunde vrolijk door.

'Hallo!'

Haar oog viel op een van de tuindeuren, die op een kier stond. Ze kon naar huis teruggaan, bellen, en voor de zoveelste keer een boodschap op het antwoordapparaat achterlaten. Maar ze kon ook... Ze haalde diep adem, keek nog één keer om en stapte over de drempel, het huis binnen.

De salon was groter dan menige vierkamerflat en stond vol antiek. Een monumentale boekenkast met glazen deurtjes, een staande klok, een blauwe apothekerskast, een secretaire, aan de wand oude schilderijen. De rest van de inrichting was opvallend modern. Drie zwarte kalfsleren banken rondom een lage leestafel en vier relaxfauteuils die uitkeken op een open haard waar je een os in kon braden. Twee deuren, waarvan er een ongetwijfeld naar de hal voerde. Daar moest ze heen, om te proberen de aandacht te trekken van de persoon op de eerste verdieping. Ze stiet een overdreven kuchje uit. 'Is hier iemand?' Haar stem kwam nauwelijks boven de dreunende bassen uit. Terwijl ze naar de deur liep, viel haar oog op de foto's die op de secretaire stonden uitgestald. Op de eerste foto waren de jonge Lavillier en zijn vrouw te zien, beiden een jaar of twintig, met zongebruinde lichamen en stralend witte tanden liggend op een kiezelstrand. De tweede foto was die van een knap stel met twee iets te mollige kleine kinderen, op de achtergrond de skyline van New York, zónder Twin Towers. De *happy family*. De jongeman – Maxime, veronderstelde Chantal – had donkere krullen en dezelfde slaapkamerogen als zijn vader. Ze richtte haar blik op de volgende foto. Guy Lavillier met sjerp in de kleuren van de tricolore en zijn linkerborstzak behangen met lintjes en andere onderscheidingen. Isabelle Lavillier in galajurk als een first lady aan zijn zijde. Afgaande op zijn grijze krulletjes vermoedde Chantal dat de foto niet zo lang geleden was gemaakt. Ze bracht haar hoofd dichterbij. Het wratje naast Guy Lavilliers rechteroog was duidelijk zichtbaar.

'Wat doe jij hier?'

De jonge vrouw in de deuropening was dun, op het anorectische af. Ze had zwart geverfd stekeltjeshaar, helblauwe ogen met grote pupillen en droeg een veel te ruim vallend zwart mouwloos T-shirt en een zwarte heupbroek die met een touw bijeen werd gehouden. Op de rechterbovenarm prijkte een tatoeage en aan haar blote voeten zaten slippers.

'Ik eh...' Chantal had het gevoel dat haar hart nog harder bonkte dan de muziek op de eerste verdieping. 'Ik heb bij de poort aangebeld. Omdat ik muziek hoorde, dacht ik...'

'Ik loop het terrein op.'

'Het poortje stond open. Bij de voordeur heb ik ook een paar keer gebeld.'

'En dan loop je gewoon naar binnen.'

'Ik heb een afspraak met Guy Lavillier,' probeerde Chantal zich te herpakken. 'We zouden elkaar vanochtend in het Palais Bourbon ontmoeten, ná het vragenuurtje, maar hij was er niet.' Het smalle gezicht tegenover haar toonde geen enkele reactie. 'Toen bedacht ik dat er misschien sprake was van een misverstand, dat we bij hem thuis hadden afgesproken, dus toen ben ik zo snel mogelijk hierheen gereden voor het interview.'

'Interview?' De ogen van de jonge vrouw lichtten op. 'Ben je van de pers?'

'Ja.'

'Welke pers?' klonk het plotseling fel.

'Vox.'

Ze mompelde iets en knikte. 'Hoe heet je?' vroeg ze niet onvriendelijk nadat ze deur had dichtgedaan.

'Chantal Zwart.'

'Raar. Ik ben je naam nog nooit tegengekomen. En ik lees Vox al meer dan een jaar. Als ik tenminste internet heb. Ik ben nogal veel onderweg. Noord-Afrika, het Midden-Oosten. Daar heb je niet overal internet. Of ze hebben het net afgesloten.' Ze sprak als een turbo, bijna zonder adempauzes. 'Goeie site. Vox. Zo ongeveer het laatste goede dat de Franse pers nog te bieden heeft. En alle artikelen gratis. Wat handig is als je zo krap bij kas zit als ik.' Er viel een korte stilte. 'Chantal Zwart, zei je?'

'Ik werk pas sinds kort voor Vox.'

De vrouw liep naar de salontafel en stak een sigaret op. Ze in-haleerde diep en leek nog steeds niet te weten wat ze met een journaliste in de salon aan moest. 'Romy,' klonk het vervolgens, terwijl ze een dun armpje uitstak.

'Romy Lavillier?' vroeg Chantal, verrast door de onverwacht ferme handdruk.

Er volgde een spottend lachje. 'Lavillier is mijn meisjesnaam. Inderdaad, de dochter van.' De arm wees naar de secretaire. 'Nee, van mij zul je geen foto vinden. Maxime is het lievelingetje en ik...' Romy inhaleerde opnieuw diep. 'Laten we het erop houden dat mijn vader en ik nooit door één deur hebben gekund en over ongeveer alles wat een mens kan bedenken van mening verschillen.' De turbo ging weer aan. 'Moslims, Afrikanen, Arabieren, zigeuners en wie er volgens mijn vader nog meer niet in Frankrijk thuishoren. Over alles krijgen we meteen ruzie. Zo was het tien jaar geleden, toen we elkaar nog in de haren vlogen, maar als we elkaar vandaag weer zouden zien, zouden we elkaar waarschijnlijk afmaken.'

'Waarom?'

'Omdat onze standpunten nog verder uit elkaar liggen. Als je zoals ik een paar weken in de hel van Gaza hebt doorgebracht,' vervolgde Romy op grimmige toon, 'onder de grond, als een rat in de val, terwijl alles om je heen kapot wordt geschoten, de fosfor je neus uitkomt en zelfs vrouwen en kleine kinderen onder vuur worden genomen, dan weet je heel goed wie de agressor is en wie het slachtoffer.' Met de platte hand sloeg ze op haar tatoeage. '*Koullouna li Hamas.*' Ze grimlachte. 'Mijn vader zou ter plekke een hartaanval krijgen als hij wist wat er op mijn arm stond.'

'Wat staat er dan?'

'Wij allen ondersteunen Hamas.'

De pupillen leken nog groter te worden. Lavilliers dochter gebruikte drugs, medicijnen, of misschien had ze in Gaza een of ander trauma opgelopen. Chantal had het gevoel tegenover een opgejaagd beest te staan, een kat in het nauw, die ieder ogenblik haar klauwen kon uitslaan. Tegelijkertijd stelde Romy zich verrassend openhartig op, alsof ze maanden met niemand had gesproken en blij was haar emoties te kunnen delen.

Met een driftig gebaar werd een half opgerookte sigaret uitgedrukt, waarna ze meteen een nieuwe opstak. 'Het is een schande dat Hamas nog steeds op de lijst van terroristische organisaties staat,' ging Romy op hetzelfde opgefokte toontje verder. 'Mensen vergeten dat Hamas op democratische wijze aan de macht is gekomen. Eerst zeikt het Westen over democratie, maar als de foute partij wordt gekozen, veranderen ze tijdens de wedstrijd de spelregels en mag Israël weer ouderwets zijn gang gaan.'

De oorlog in Gaza waar ze over sprak had drie jaar geleden plaatsgevonden. 'Buitenproportioneel' was het eerste woord dat in Chantals hoofd opkwam. Ze kon zich niet herinneren op internet iets gevonden te hebben over Lavilliers standpunt ten aanzien van het conflict, maar dat hij geen vriend van Hamas was lag voor de hand.

'Wat deed je in Gaza?' vroeg ze.

'Theater. Mensen die belegerd worden, willen ook wel eens een avondje uit. Gezellig met z'n allen de bunker in, terwijl boven je hoofd de bommen inslaan en de aarde trilt. Geen stroom, geen microfoons. De ultieme test voor een acteur om de tekst verstaanbaar over het voetlicht te brengen.'

'Spreek je Arabisch?'

'Ja.'

'Knap.'

'Niet als je al tien jaar in de regio woont.'

Regio. Het klonk behoorlijk vaag. 'Waar?' vroeg Chantal die nog steeds geen idee had hoe ze Lavilliers dochter moest inschatten.

'Overal en nergens. Waar gespeeld moet worden.' Romy stak haar armen theatraal de hoogte in. 'Vrouwen, haalt uw dochters en was naar binnen, de komedianten trekken voorbij!' Ze zoog aan haar sigaret. 'Mijn laatste adres was in Essaouira.'

'Essaouira?'

'Marokko.'

Chantal knikte. De letters 'MA' op het busje.

'Mijn moeder heeft me één keer in Casablanca zien spelen,' vervolgde Romy ongevraagd. 'Stiekem. Tijdens een uitstapje met een van haar vrijwilligersclubjes. Mijn vader...' Een schelle lach doorsneed de ruimte. 'De gedachte om naar zo'n achterlijk land te moeten reizen zou zijn dood worden.'

De muziek op de eerste verdieping was gestopt. *Ik denk dat je vader dood is.* Chantal twijfelde of ze het zou zeggen. Of ze het mócht zeggen. Ondanks de felle emoties maakte Lavilliers dochter een labiele indruk. Misschien kwam het door de reis. Het hele end met de bus. Tenminste, Chantal vermoedde dat Romy met het busje was gekomen. 'Sinds wanneer ben je hier?'

'Wat is het vandaag?' Met een hand op de heup strekte Romy haar rug.

'Maandag.'

Op het smalle gezicht verscheen een gepijnigde uitdrukking. 'Sinds gisteren.' Ze zuchtte diep. 'Woensdag ben ik uit Essaouira vertrokken nadat ik de man met wie ik al vijf jaar getrouwd ben en nog langer samen theater speel in bed aantrof met onze stagiaire van twintig. Niet voor de eerste keer trouwens.' De ogen vlamden weer op. 'Waarom kunnen oude kerels niet met hun tengels van jonge meisjes afblijven? Wat is er zo aantrekkelijk aan die grieten? Ik heb er nog spijt van dat ik zijn ballen niet heb afgesneden. In plaats daarvan...' – ze kneep haar ogen dicht, vechtend tegen haar tranen – '... was ik zo doodop dat ik alleen maar weg wilde. Na zoveel geruzie had ik geen energie meer. Ik was leeg. Het enige wat ik kon bedenken was om al zijn geld dat ik kon vinden – óns geld – bij elkaar te steken en het busje te pakken. Zijn busje, ons busje, weg! Ik heb de boot genomen naar Tarifa en ben vervolgens op de automatische piloot naar het noorden blijven rijden, naar eh... huis.' Met de eerste tranen brak een zweem van een glimlach door. 'Stom, hè? Maar ik was zo kapot dat ik niks anders kon bedenken. Onderweg heb ik voor de zekerheid gebeld, waarop mijn moeder zei dat ik *welkom* was.' Met de sigaret bungelend in haar mond, wreef ze met haar vingers in beide oogholtes. 'Welkom. Zoals mijn moeder het zei klonk het zoals je een aangereden hond een poosje verzorgt en weer op straat zet zodra het beest kan lopen. Maar ik ga niet klagen. Mijn moeder en vader zijn twee handen op één buik, wat hij ook flikt. Toen ik met hem brak, wist ik wat de consequenties waren.'

'Wanneer heb je naar huis gebeld?' vroeg Chantal terwijl ze in gedachten de gebeurtenissen van de afgelopen dagen op een rij probeerde te krijgen.

'Ergens onderweg. De dag weet ik niet meer. Ik weet alleen nog dat het zo beroerd met me ging dat het me geen donder meer kon schelen om te bellen.'

'En gisteren, zondag, ben je aangekomen?'

'Ja. In de ochtend.'

'En je vader?'

Er viel een stilte.

Romy wilde een nieuwe sigaret opsteken, maar brak die vervolgens doormidden waarna ze de resten in de asbak liet vallen. 'Die was niet thuis,' zei ze spottend. 'Anders had mijn moeder waarschijnlijk nooit durven zeggen dat ik mocht komen.'

'Waar was hij dan?'

'Naar een bespreking, ergens in een hotel in Zuid-Frankrijk. Mijn moeder heeft een plaatsnaam genoemd, maar die ben ik alweer vergeten. Vanuit Zuid-Frankrijk zou hij rechtstreeks naar Saint-Florent-le-Vieil gaan.'

'Saint-Florent-wat?'

'Saint-Florent-le-Vieil. Aan de Loire. Mijn ouders hebben daar een huis waar ze hun zomervakanties doorbrengen. Over een paar dagen gaat mijn moeder ernaartoe. De bedoeling is dat ze een paar weken wegblijven. Tot die tijd kan ik hier blijven en mijn leven weer een beetje op de rails proberen te krijgen.' De blik werd fronsend. 'Raar dat je met mijn vader een interviewafspraak hebt, terwijl hij niet in Parijs is.'

'Misschien heeft hij zich vergist in de datum,' zei Chantal, terwijl ze haar best deed te blijven glimlachen. 'Je hebt zeker geen telefoonnummer van hem, hè?'

'Nee,' klonk het kortaf.

Chantal knikte haastig. 'En je moeder?' Ze herinnerde zich de boodschap die ze op het antwoordapparaat had achtergelaten. 'Het gaat om een dubbelportret, dus ik wil ook graag je moeder interviewen.'

'Waarom?'

'Voor een ander geluid.'

Romy stiet een cynisch lachje uit. 'Als je een ander geluid wil, moet je met de tegenstanders van mijn vader spreken. Als je die tenminste nog vindt, want ik begrijp dat er in dit land steeds meer mensen zijn die zijn ideeën geweldig vinden. Mijn moeder zal niets zeggen wat hij niet wil. Ze heeft hem altijd gesteund, bij iedere stap van zijn carrière, bij iedere beslissing. Maar eh...' Haar hand ging naar de mond alsof ze moest kokhalzen. 'Ze is de deur uit en ik heb geen idee waarheen.' Terwijl de woorden afgeraffeld werden, leek het smalle gezicht nog witter weg te trekken.

'Gaat het goed met je?'

'Ik ben doodop en moet nodig rusten,' antwoordde Romy. 'Verder gaat het prima met me.' Een flauwe glimlach volgde.

Snel trok Chantal een visitekaartje uit haar tas. 'Ik probeer je moeder al een tijdje te bereiken. Wil je haar vragen of ze me belt?'

Romy nam het kaartje aan en knikte.

'Nou, dan ga ik maar.' Chantal wist niet wat ze verder moest zeggen. Ze verliet de salon zoals ze was gekomen, door de tuindeur naar het bordes, de zon in, zich afvragend hoe ze van de tuinkant over de muur moest klauteren.

De ruimte doet hem duizelen. De witte vloer, de witte muren, het witte plafond, het zonlicht dat door de glazen pui naar binnen valt. Milos knippert een paar keer met zijn ogen. Het helpt niet. In zijn hoofd zit een mannetje dat met een hamer tegen zijn slapen timmert, zijn voorhoofd en de rest van zijn schedel. Alles bonkt en doet zeer. Hij haalt diep adem en laat de lucht vervolgens heel langzaam door zijn neus ontsnappen. Het werkt. De pijn zwakt langzaam af, de muren staan stil. Hij spant zijn linkerhand om het hengsel van het attachékoffertje en knijpt tot zijn hand niet meer trilt. Een laatste keer diep doorademen. Hij is er klaar voor. *Showtime.*

'Dag, meneer.'

Het meisje achter het bureau kijkt hem vriendelijk aan.

In plaats van iets terug te zeggen knikt hij haar kort toe, neemt een catalogus van de stapel en loopt naar het dichtstbijzijnde schilderij. Nadat hij de catalogus op een willekeurige pagina heeft opengeslagen, bekijkt hij het werk. Strepen, vlekken, felle kleuren. De verf lijkt zo uit de tube op het doek gesmeerd. Het werk van een gek. De rode vlekken en vegen maken hem weer onrustig, zenuwachtig. Ja, hij is zenuwachtig, een gevoel dat hij nooit gekend heeft. Hij loopt verder, de andere schilderijen bestuderend, in ieder geval doet hij alsof. Vanuit zijn ooghoek ziet hij de zwarte vleugel in de hoek staan. Een Steinway. Het doet hem denken aan Les Ages, aan alles wat hij inderhaast heeft achtergelaten. Wanneer is deze waanzinnige opdracht volbracht? Wanneer mag hij terug naar huis?

Gisteren heeft hij de Brunes gebeld. De tante in Brussel, die zo ziek was dat hij Les Ages op stel en sprong moest verlaten, is vanochtend overleden. De datum van de begrafenis staat nog niet vast.

'Onze oprechte deelneming, meneer Gilles.'

'Dank je wel, Sylvie,' zei Milos tegen zijn huishoudster.

'Hoe oud is uw tante geworden?'

'Tweeëntachtig.'

'Een mooie leeftijd.' Een diepe zucht. 'Was u erbij toen ze stierf?'

'We hebben met een paar mensen de hele nacht gewaakt,' hoorde hij zichzelf liegen. 'Gelukkig heb ik mijn tante nog kunnen spreken om afscheid te nemen.'

'Dan was de reis tenminste niet voor niets.'

Hij stelde zich voor hoe ze nu glimlachte, tevreden dat hij de juiste beslissing had genomen. Sylvie is meer dan een huishoudster.

Koken, wassen, strijken, poetsen. Alles doet ze met dezelfde toewijding, zorg en liefde als waarmee haar man Jean het terrein en de gebouwen onderhoudt. De Brunes hebben nooit kinderen gehad. Misschien zorgen ze daarom wel zo goed voor hem.

'Ik dacht dat u geen familie meer had, meneer Gilles,' klonk het half vragend.

'Het is een tante van een neef,' probeerde hij zich eruit te lullen, 'de zus van de moeder van een achterneef. Voor ik zaterdag gebeld werd, wist ik niet eens dat het goede mens bestond.' Nog even en zijn fantasie sloeg volledig op hol. Bovendien sprak hij te snel, te vrolijk. Mensen die net een naaste verloren hebben, praten anders. 'Waarschijnlijk blijf ik na de begrafenis nog een paar dagen,' vervolgde hij ingehouden. 'Mijn aanwezigheid hier wordt op prijs gesteld. Zeker nu er nog maar zo weinig familie over is.'

'Doet u maar rustig aan, meneer Gilles. Jean en ik bewaken het fort.' Sylvie liet een geruststellend bedoeld lachje horen.

'Hoe gaat het met de honden?' vroeg hij.

'Heel goed. Jean heeft een portie slachtafval op de kop getikt waar ze de hele week van zullen smullen.'

'Fijn.' Hij wist niets meer te bedenken. 'Tot gauw, Sylvie.'

'Tot gauw, meneer Gilles.'

Gauw. Een illusie. Toen hij zijn mobiel dichtklapte, schoot hem te binnen dat het telefoontoestel in Les Ages nummerherkenning heeft. Hoe werkt dat met 06-nummers? Kon Sylvie zien uit welk land hij met zijn mobiel had gebeld?

Hij staat voor het laatste schilderij van de muur. Een collage van loodwikkels van honderden wijnflessen op een plaat hardboard met een hoop zwarte verf eroverheen. *Drink yourself to death*, staat er op het kaartje naast het kunstwerk. Misschien moet hij dat maar doen. De rode sticker betekent dat iemand zo idioot is geweest om het prul te kopen. Twintigduizend euro, leest Milos in de catalogus. Krankzinnig. Misschien had hij ook kunstenaar moeten worden. Hij loopt langs de Steinway. Wanneer hij de toetsen ziet, moet hij zichzelf bedwingen om niet een paar maten van de Regendruppel Prelude te proberen. Pianospelen werkt bevrijdend, weet hij, ontspannend. Hij slentert verder, langs de volgende wand, van schilderij naar schilderij. Af en toe zet hij een paar passen naar achteren en kijkt zoals hij zich voorstelt dat een kunstverzamelaar kijkt, met half dichtgeknepen ogen, het hoofd een tikje scheef, terwijl hij ondertussen de ruimte afspiedt. Geen camera's, voor zover hij kan constateren. De open trap leidt naar een vide waar ongetwijfeld nog meer schilderijen hangen of waar zich het kantoor bevindt. Natuurlijk is er een kantoor, een plek waar geïnteresseerden ongestoord hun chequeboek kunnen trekken. In de zijmuur zijn twee gesloten deuren waarachter hij een toilet en een opslagruimte vermoedt. Hij neemt het attachékoffertje in zijn rechterhand en kijkt op zijn horloge dat hij zondag haastig heeft omgedaan en waarvoor hij nog steeds een batterijtje moet kopen. Hij probeert zich de openingstijden die op de website staan te herinneren. Van halfeen tot twee gaat de galerie dicht. Lunchtijd. De lichaamstaal van het meisje achter het bureau, de manier waarop ze haar glimlach probeert op te houden, verraadt dat het vast later dan halfeen is. Het moment nadert. Hij voelt hoe de spanning in de schouders en nek zich ophoopt. Stress. Op zijn voorhoofd parelen de eerste zweetdruppels. Bespottelijk. Vroeger zweette hij nooit. Hij neemt het koffertje weer in zijn linkerhand en dept zijn voorhoofd met een tissue, voorzichtig om de slecht zittende pruik niet te verschuiven. In gedachten neemt hij de actie door.

'Kan ik u helpen, meneer?' vraagt het meisje dat heeft gewacht tot hij alle schilderijen heeft kunnen zien.

Haar rood gestifte mondje doet hem denken aan Nadja. Hij is onmiddellijk van zijn à propos gebracht. Nadja. Weet de opdrachtgever eigenlijk van haar bestaan? De gedachte dat de smeerlap haar iets zou kunnen aandoen, veroorzaakt een gevoel van woede en onmacht. Milos realiseert zich dat hij een prepaid gsm op de kop moet tikken om haar te bellen zonder dat de opdrachtgever het gesprek kan traceren.

'Meneer?' herhaalt het meisje achter het bureau een tikkeltje ongeduldig.

'Ik heb een paar interessante werken zien hangen,' begint Milos met luide stem. 'Zou u mij kunnen informeren over de betalingsvoorwaarden die uw galerie hanteert?'

'Ik neem het wel over, Jeannette.' De man die met een koket huppeltje de trap afdaalt, is een parodie op Andy Warhol. Een wit peroxidekapsel, een grote designbril en een kanariegeel pak met ouderwetse witte tennisschoenen die kennelijk opeens weer in de mode zijn. Hij steekt zijn hand uit. 'Cuno Behrens.'

Milos realiseert zich dat hij er zelf ook als een parodie uitziet. Met de donkerbruine schoenen, lichtbeige broek, wit hemd met blauwe boord, rode das en blauwe blazer die hij vanochtend bij Madelios heeft gekocht lijkt hij op een plattelandsjonker die een dagje in de grote stad is.

'Aangenaam. De Montfort,' zegt Milos met een klemtoon op 'De'. Hij schat zijn opponent in. Een nicht, een doetje. Geen partij. De handdruk van de galeriehouder is zoals te verwachten: week en klef. Terwijl Milos schielijk zijn hand terugtrekt, ziet hij hoe het meisje de galerie verlaat. 'Ik heb een paar interessante werken zien hangen,' herhaalt hij met hetzelfde bekakte accent en wijst vier doeken aan waarvan hij zeker weet dat ze geen rood stickertje hebben.

De galeriehouder begint enthousiast te knikken. Er volgt een rondje langs de vier aan te kopen werken, waarbij hij bij ieder schilderij een verhaal afsteekt over de kunstenaar en dat diens naam misschien nog niet zo bekend is, maar dat dat onherroepelijk gaat gebeuren en dat in de huidige tijd er geen betere belegging bestaat dan beleggen in kunst. Na nog meer verkoopgelul nodigt de galeriehouder hem eindelijk uit om naar boven te gaan, naar de vide. Tot zijn verbazing kan Milos weer geen camera's ontdekken. Heeft galerie Prisma überhaupt wel een beveiligingssysteem of zijn er tijdens zijn pensionado-bestaan cameraatjes op de markt verschenen die je met het blote oog niet ziet? Hij werpt een stiekeme blik achterom, naar het trottoir, maar het enige wat hij ziet zijn de onderste helften van voorbijlopende voetgangers. In het attachékoffertje zit de Glock met geluiddemper. Voor het geval dat. Milos heeft zich voorgenomen de klus zo clean mogelijk te klaren. Informeren en wegwezen. Geen lijken, geen risico's.

'Gaat u zitten.' De galeriehouder gebaart naar een grote,glazen tafel waar zes designstoelen omheen staan.

Milos kiest een stoel vanwaaruit hij het meeste overzicht heeft, met zijn rug tegen de muur, en legt het attachékoffertje op tafel. Wanneer hij zit, kijkt hij tegen een wit bepleisterde balustrade aan. Geen huizen, geen trottoir, geen nieuwsgierige blikken.

'Wilt u iets drinken, meneer De Montfort?'

Milos zou wel een borrel lusten, een dubbele, om zijn nervositeit weg te spoelen. 'Nee, dank u,' antwoordt hij denkend aan mogelijke vingerafdrukken.

'Wat heeft u naar galerie Prisma gevoerd?' vraagt de galeriehouder nadat hij aan de overkant van de tafel heeft plaatsgenomen.

Milos glimlacht. Het is precies de vraag die hij wil horen. 'Ik ben door iemand getipt,' begint hij. 'Een jonge blonde vrouw die te gast was op de vernissage van afgelopen zaterdag en van wie ik begreep ze ook met u gesproken heeft.'

'Er was een journaliste uit Nederland. Volgens mij was die inderdaad blond.' De galeriehouder lacht alsof hij nooit zo op vrouwen let.

'Ze heeft mij haar kaartje gegeven, maar dat ben ik kwijtgeraakt,' zegt Milos terwijl hij al net zo dom als de galeriehouder lacht. 'Ik wil haar graag bedanken voor de tip. Zeker nadat ik gezien heb wat voor uitzonderlijke schilderijen u tentoonstelt.'

'Geen enkel probleem.' De nicht veert op uit zijn stoel en dribbelt naar een bureau waar hij een la opent. Even later komt hij weer terug, wapperend met een visitekaartje dat hij zo op tafel legt dat Milos het kan lezen.

Naomi Eggers. Amsterdam. Terwijl Milos zich op het adres concentreert, veinst hij alsof de naam van de vrouw hem weer te binnen schiet. 'O ja.'

'Zal ik een kopietje maken?'

'Als u wilt.'

'Dan moet ik even naar beneden. De toner van het apparaat is op.'

Het is de manier waarop de galeriehouder het zegt. Te snel, een zenuwachtig lachje om de lippen, alsof hij de zaak niet vertrouwt. Voor de man een stap kan verzetten, schiet Milos uit zijn stoel en grijpt hem bij zijn witte peroxidekapsel. De nicht stoot een hoge gil uit, een mengeling van schrik en verontwaardiging. Een fractie van een seconde staart Milos naar de pruik in zijn hand. Daarna gaat alles in een reflex, net als vroeger, actie en reactie, de oogst van jarenlange training in zweterig stinkende sportzaaltjes met tegenstanders die sterker en sneller waren dan hij. Omdat er geen tijd is om de Glock te pakken, plant hij zijn linkerhand in het kruis van de galeriehouder, terwijl de rechterhand, na de pruik losgelaten te hebben, in één vloeiende beweging naar de nek van het slachtoffer gaat. Als schorpioenscharen klemmen duim en wijsvinger de halsaders af. Milos voelt hoe zijn spieren zich spannen en oude, vertrouwde krachten terugkeren. Het is alsof hij buiten zichzelf treedt en alles vanzelf gaat. Het slachtoffer is kansloos. De klap waarmee het gezicht op de tafel wordt geslagen, doet het tafelblad barsten als een te dunne ijsvloer waarover een eerste schaatser zijn baantje trekt. De designbril spat uiteen in ontelbare glas- en kunststofsplinters met daartussen een paar hele en halve tanden. De man murmelt iets. Na een vluchtige blik over de balustrade om zeker te zijn dat zich echt niemand in de galerie bevindt, slaat Milos het hoofd met een laatste klap tegen de tafel. Het glazen tafelblad breekt in stukken, waarna het slachtoffer als een rubberen pop dubbelgeklapt over het chromen onderstel hangt. Uit de hals spuit bloed. Milos deinst onmiddellijk naar achteren, bang dat het bloed tegen zijn lichtbeige broek spat. Dan ziet hij een stuk glas in zijn pols steken. Wanneer hij die uit de huid trekt, begint de wond meteen te bloeden. De eerste druppels vallen op de grond. Hij moet zijn pols verbinden, wat lastig is als je in je eentje bent, maar uiteindelijk lukt het hem om er een zakdoek omheen te leggen en de knoop met zijn linkerhand en zijn voortanden aan te trekken. Hij begint te zweten, als een beginneling. In plaats van de serene rust en voldaanheid dat de klus erop zit, voelt hij zich opgejaagd, tegen het paniekerige aan. Het mannetje met de hamer slaat weer tegen de binnenkant van zijn hoofd. Milos raapt het attachékoffertje op en zoekt tussen het glas naar het naamkaartje. Het ligt precies onder het hoofd van de galeriehouder waar het bloed nog steeds uit gutst. De helft van het kaartje is onleesbaar. Milos stopt het weg in zijn linkerzak, haalt de Glock uit het koffertje en zet de loop in de nek van het slachtoffer. Geen risico. Op het moment dat hij afdrukt, slaat de twijfel toe. Moest de galeriehouder echt dood? Bestond er geen andere mogelijkheid om de identiteit van de blonde vrouw te achterhalen? Nadat Milos de weggesprongen huls heeft opgeraapt en een foto van het slachtoffer heeft gemaakt, als bewijs, hoort hij zichzelf sorry mompelen. Een gevoel van melancholie overvalt hem. Met zijn verwonde pols onder zijn jasje en het koffertje in zijn linkerhand, loopt hij de trap af en verlaat haastig de galerie.

Poes lag tevreden spinnend op tafel, in volstrekte harmonie. Jaloersmakend. Sinds ze thuis was, zat Chantal achter haar MacBook Air en zocht ze zonder een stap verder te komen het internet af. Guy Lavilliers afwezigheid tijdens het vragenuurtje in het parlement was niet onopgemerkt gebleven. Op Twitter circuleerden al de eerste grappen. Ook het persbureau AFP had het nieuwtje opgepikt en had Lavilliers fractiemedewerker Simiç om een reactie gevraagd. Deze sprak van een 'communicatieprobleem'. Lavillier had een afspraak buiten Parijs en was onbereikbaar voor commentaar. Axel had twee mails gestuurd. De eerste met de vraag of zij meer wist over Lavilliers afwezigheid, de tweede met de mededeling dat de technische recherche de brand in de rue de Prony ging onderzoeken omdat er twijfels waren over de oorzaak van de brand. Of Chantal de zaak verder wilde volgen voor Vox. Het plezier een nieuwe opdracht te hebben, werd overschaduwd door de irritatie dat Axel achter haar rug alle sporen naliep alsof hij het verhaal niet vertrouwde. Ze stuurde hem een mailtje dat ze erachteraan zou gaan. Daarna belde ze met een paar oud-collega's van France Inter in de hoop iets meer aan de weet te komen, maar niemand wist waarom Lavillier vanochtend niet in de Assemblée was verschenen of waar hij zich nu zou bevinden. Ze herinnerde zich de website van La Nouvelle France, waarop een agenda werd bijgehouden met werkafspraken van de gedeputeerde Guy Lavillier. De vernissage in galerie Prisma en het vragenuurtje in het parlement stonden erin. Niets over een vergadering in Zuid-Frankrijk. De komende vier weken waren nog maagdelijk blank. De eerstvolgende afspraak was eind augustus, het begin van een nieuw parlementair jaar. Op de homepage van de stichting Formosa stond een berichtje dat het kantoor tijdelijk gesloten was en men in noodgevallen contact kon opnemen met Oscar Ortola. Ze schreef het 06-nummer in haar agenda. Vervolgens deed ze een nieuwe poging om Romy Lavillier op internet te vinden, wat met behulp van trefwoorden als 'Marokko', 'Essaouira' en 'Gaza' een stuk eenvoudiger bleek. Romy heette Romy Bachir. Samen met Achmed Bachir leidde ze de theatergroep Al Nahda, het Arabische woord voor renaissance. Op hun drietalige website waren alle producties en plaatsen waar de groep had gespeeld terug te vinden. Gaza, Benghazi, Tunis, Alexandrië, Caïro, Ramallah. Voor een voorstelling vroeg de groep de organisatie een bedrag 'naar vermogen' en kost en inwoning. Een podium was niet nodig, een geluidsinstallatie en kleedkamers evenmin. Onder 'vrienden' waren de gebruikelijke testimonials opgenomen. Een Tunesische schrijver, die lang in ballingschap had geleefd, schreef dat Al Nahda een hoop jongeren had geïnspireerd en daarmee een belangrijke aanzet had gegeven tot de Arabische lente. Een bekende Egyptische mensenrechtenactiviste zei dat Achmed Bachirs stukken een bijdrage leverden aan een 'vreedzame en duurzame wereld'. In haar studententijd had Chantal wel eens een voorstelling van een vormingstheatergroep bijgewoond. Ze herinnerde zich voornamelijk een hoop gebald taalgebruik en marsmuziek. Ze kon zich goed voorstellen hoe Romy bij Al Nahda terecht was gekomen. Romy was fel, strijdbaar en uitgesproken, net als haar vader, ook al vochten de twee voor totaal verschillende idealen. Waarom dook Romy na tien jaar afwezigheid plotseling op? Waarom precies een dag nadat Lavillier voor een nummertje naar de rue de Prony was gegaan?

Chantal las verder.

Achmed Bachir had een stukje geschreven waarin hij alle sponsors bedankte voor het feit dat Al Nahda ook de volgende jaren weer theater kon spelen. De lijst met weldoeners was imposant. Terwijl Chantal dichter naar het scherm boog om de namen goed te lezen, rinkelde haar mobiel.

Automatisch, zonder op het display te kijken, nam ze op. 'Ja?'

'Hoi, met Hotze.'

Ze slikte. 'Dag, pap.'

'Ik probeer je al de hele dag te bellen,' klonk het licht verwijtend, waarop hij onmiddellijk zijn keel schraapte alsof hij zich realiseerde dat de toon fout was. 'Je bent zeker druk aan het werk?' vroeg hij een stuk vriendelijker.

'Ja, heel druk.'

Er viel een ongemakkelijke stilte. Ze hoorde hem zwaar ademen, met piepende longen. Als hij zoveel bleef roken, zou het hem net zo vergaan als moeder, als opa, als oma.

'Heb je vanavond iets te doen?' vroeg Hotze schoorvoetend. 'Ik eh... ik bedoel: *wij* wilden je graag uitnodigen en eh...'

Wat een gestuntel. Onbegrijpelijk dat Evelyne op zo iemand haar oog had laten vallen.

'Hoi.' Evelyne had de telefoon overgenomen. 'Moet je horen, Chantal. Ik heb precies twee weken vakantie en ben dus precies twee weken in Parijs, maar ik vind het maar niks als we elkaar niet zien. Dus ga ik vanavond een visdiner maken. Dat betekent vooraf een warme garnalensalade met rucola en feta, en als hoofdgerecht fritto misto di mare. Bij het voorgerecht had ik gedacht aan een chablis en bij het hoofdgerecht aan een pinot gris.'

Onwillekeurig moest Chantal glimlachen. Pure chantage. Evelyne wist precies wat Chantal lekker vond.

121

'Als je het een bezwaar vindt om naar Ivry te komen,' vervolgde Evelyne op hetzelfde opgewekte toontje, 'omdat je mij niet in je ouderlijk huis wilt aantreffen, of om wat voor reden dan ook, neem ik alle ingrediënten mee en kook bij jou. Je hebt toch wel een frituur?'

'Nee.'

'Die nemen we dan mee...' – op de achtergrond klonk gesputter – '... of die kopen we onderweg, geen punt, mijn enige voorwaarde is dat Hotze de flessen en de frituur draagt en dat jouw lift functioneert.'

'Nee, nee,' riep Chantal, denkend aan de kersenboom achter het huis waar het in de zomer altijd heerlijk koel was. Bovendien was het na anderhalve dag mokken de hoogste tijd om weer normaal met Evelyne en Hotze om te gaan. 'Ik kom naar jullie. Hoe laat?'

'Om een uur of acht?'

'Prima. Tot vanavond.'

'Tot vanavond, Evelyne.'

Na het telefoongesprek voelde Chantal zich een stuk beter. Ze keek naar het scherm om te zien waar ze was gebleven. O ja, de sponsors van Romy's theatergroep. Namen van instellingen, adressen. De meeste in Zweden en Duitsland. Eentje in Nederland. Stichting Forum in Amsterdam. Chantal klikte de link aan. Forum beijverde zich voor het stimuleren van het 'vrije woord'. Kranten, radio- en televisiestations in landen zonder persvrijheid konden rekenen op geld, maar ook bloggers en politieke theatergroepen. Ze keek wie er in het bestuur van Forum zaten. De eerste naam waar haar oog op viel, deed haar hart overslaan. T. H. G. Greeven. Ze herkende de initialen onmiddellijk. Tom Greeven, docent politiek in Utrecht en aan de Universiteit van Amsterdam, publicist, schrijver en boegbeeld van de Nederlandse kritische journalistiek. Tom, de man met wie Chantal in een dronken bui één keer in bed was beland. Niet dat ze daar trots op was. Maar ergens in haar achterhoofd had het toch meegespeeld. Daarom had ze Naomi 's nachts opgevangen, alsof ze iets goed te maken had.

Het begin van alle ellende. Van het opgewekte gevoel van zo-even was niets meer over.

≈

Een polderlandschap. Sloten, weilanden, koeien bakkend in de zon, nergens een plekje schaduw te bekennen. Naomi kijkt ernaar zonder dat het echt tot haar wil doordringen. Ze is gespannen. Het feit dat de man met het zwarte haar in Rotterdam is uitgestapt, doet daar niets aan af. Over een halfuurtje rijdt de Thalys het Centraal Station binnen. Tom heeft een sms'je gestuurd dat hij haar op het perron staat op te wachten. Heeft het iets te maken met het mailtje dat ze van Chantal heeft gekregen? Iets over een theatergroep die subsidie ontvangt van een stichting waar Tom in het bestuur zit. Tom zit in zoveel besturen, denkt Naomi, maar de dochter van Guy-met-de-blauwe-ogen speelt toevallig in diezelfde theatergroep. Naomi kan het verhaal nauwelijks geloven. En als het waar is, wil ze helemaal niet aan de mogelijke consequenties denken. Misschien heeft Chantal Tom wel alles verteld en komt hij haar daarom afhalen, om haar vervolgens mee te nemen naar de politie en aangifte te laten doen. Haastig neemt Naomi een slokje uit haar nieuwe waterfles. Wat zal de politie zeggen? Hoeveel straf staat er voor het verzuimen van hulp aan iemand die voor je ogen sterft? Had ze echt geen alternatieven? Natuurlijk wel. Met haar steenkolenfrans had ze ook op straat iemand kunnen aanklampen om een ambulance te bellen. Nu is het te laat. Over twee weken loopt haar proeftijd af. Ze heeft de Parijs-special niet zomaar gekregen. Het is de ultieme test of ze, behalve dat ze een leuk snoetje heeft, ook een volwaardige redacteur kan worden. Tom heeft de baan via zijn *old boys network* voor haar geritseld. Hoe zal hij reageren wanneer hij hoort wat er in Parijs is gebeurd?

De Thalys duikt onder de grond. Schiphol. Vier opgewonden Japanse meisjes met rugzakken stromen de coupé binnen en gaan naast hen zitten. Gegiechel. Naomi kan het niet aanhoren en knijpt haar ogen dicht.

'Alles goed?' Van over de rand van haar boek – *Bedrog* van Joseph Finder – kijkt Sil haar grijnzend aan.

'Ja, hoor.' Naomi doet haar best te glimlachen. Waarom laat ze zich zo op de kast jagen? Wie is hier nou de redacteur en daarmee eindverantwoordelijk voor de hele reportage? 'Wanneer krijg ik de foto's?' vraagt ze met alle autoriteit die ze kan opbrengen.

'Donderdag.'

'Waarom zo laat?'

'Omdat ik morgen en overmorgen vrij ben. Zeven dagen non-stop werken geeft recht op twee dagen compensatie met behoud van atv.'

Naomi knikt. Als iemand weet wat er in de cao staat, is het Sil.

'En de dagvergoeding buitenland geldt van zeven uur 's ochtends tot middernacht,' vervolgt Sil glunderend. 'Vergeet niet om je uren te schrijven. Ook voor de avond dat je leuk voor jezelf bezig bent geweest.'

Naomi besluit de laatste opmerking te negeren en kijkt stug uit het raam. De Thalys rijdt weer boven de grond. De buitenwijken van Amsterdam komen dichterbij. Veel laagbouw. Vergeleken met Parijs lijkt Amsterdam wel een dorp. Sterker nog: Amsterdam ís een dorp. Als Sil in café Wildschut een scheet laat, weet een week later de hele stad het.

Rechts ligt de Haarlemmerpoort. Nog een paar minuten voor de executie. Wanneer Naomi opstaat om haar spullen in te pakken, voelt ze hoe haar jasje onder haar oksels en aan haar rug plakt. Gedrang van reizigers. Naomi en Sil staan achter elkaar in het gangpad. Op het moment dat de trein met een schok tot stilstand komt, doet Naomi haar uiterste best om niet tegen Sils brede rug aan te botsen. Ze trekken hun koffers uit het rek, stappen uit en lopen samen het perron af.

'Hé, daar heb je Tom.' Sil doet overdreven verbaasd.

Tom staat bij de ingang van de middelste tunnel, een hand op zijn rug, de andere hand zwaait.

'Hoi Tom.'

'Hoi Sil.'

De twee kennen elkaar.

'Hoe was Parijs?' vraagt hij.

'Te gek. Hè, Naomi?' Sil werpt haar de zoveelste grijns toe. 'Nou, tot donderdag,' zegt ze wanneer er geen reactie komt.

'Tot donderdag.'

Naomi en Tom staan tegenover elkaar en wachten tot Sil in de tunnel is verdwenen. Dan haalt hij een boeket rode rozen tevoorschijn. 'Voor jou.'

'Voor mij?'

Naomi is perplex. Het is eeuwen geleden dat Tom rozen voor haar heeft gekocht. Ze kijkt hem aan. Hij heeft die jongensachtige verlegen blik van vroeger, dat onhandige en kwetsbare. Hij spreidt zijn armen, waarbij de rozen rakelings over het hoofd van een reiziger scheren. Ze schiet in de lach, laat haar bagage vallen en stort zich in zijn armen.

Hij slaat zijn vrije hand om haar heen. 'Je rilt. Je bent toch niet ziek geworden?'

'Nee, ik ben alleen maar blij dat ik thuis ben.' Snel drukt ze haar gezicht tegen zijn borst.

Ze zitten aan hetzelfde tafeltje als de eerste keer. Helemaal achterin, vlak bij de toiletten. Er hangt een penetrante chloorlucht, waardoor de espresso naar niets smaakt. Milos draagt weer zijn gewone kloffie. Om zijn rechterpols zit een keurig verband, dat de vrouw van het hotel hem na een verhaal over een ongelukkige val van een metroroltrap heeft aangelegd.

'En?' De opdrachtgever wijst naar de hand. 'Alles goed gegaan?'

Milos knikt.

'Eén slachtoffer, hoorde ik.' De ogen van de opdrachtgever lichten op.

'Ik had geen keus,' antwoordt Milos, zich verbazend hoe snel de opdrachtgever op de hoogte is.

'Dood?'

'Ja.' Zonder zelf te kijken laat Milos de foto zien die hij met zijn mobiel heeft gemaakt. 'Maar ik weet wie de jonge blonde vrouw is.'

'Waar woont ze?'

'Amsterdam.' Hij werpt een blik op zijn horloge, dat nog steeds stilstaat. 'Ik kan er over een uur of vijf, zes zijn.'

Terwijl hij de opdrachtgever ziet denken, slaan Milos' gedachten op hol. Hij is eerder in Amsterdam geweest. Een afrekening met een vastgoedhandelaar. Hij herinnert zich scheefgezakte huizen met steile trappen en voordeuren met eenvoudige sloten. Dat was tien jaar geleden. Zoveel zal er toch niet veranderd zijn. Met een beetje geluk kan hij de enige getuige vannacht nog uitschakelen en morgen de trein terug nemen. Eerst naar Parijs, om zijn geld op te halen, en vervolgens naar Les Ages, naar Nadja, zijn Snoepje.

'Amsterdam...' De opdrachtgever schudt zijn hoofd. 'Amsterdam komt later. Vanavond heb ik je hier nodig.'

De opmerking komt als een koude douche. 'Maar ik dacht dat eh...'

'Denken moet je aan mij overlaten.' De man lacht zijn veel te witte tanden bloot, buigt zich over het formica tafeltje naar hem toe en gebaart met een irritant wijsvingertje Milos hetzelfde te doen.

De arrogantie, de betutteling, alsof hij een of andere amateur is. Het liefst zou Milos hem door zijn rotkop schieten, of de klootzak zijn nek breken, om daarna de trein te nemen, Nadja van haar werk op te halen en te vluchten. Weg. Samen. Terwijl hij onder de tafel zijn vuisten balt, denkt hij aan de notaris die een tweede dossier heeft, aan Interpol en al die andere organisaties die staan te trappelen om hem in te rekenen. Hij heeft geen andere keus dan de gifbeker tot de laatste druppel leeg te drinken. *Het is de laatste keer. Beloofd is beloofd.* Langzaam buigt hij zich over de tafel, naar de opdrachtgever toe, die uit zijn mond stinkt zoals alleen een vuile Albanees uit zijn mond

kan stinken. Een mengeling van sterkedrank, knoflook en etens-
resten.

'Milos, luister…'

Goldstein was een delicatessenzaak in een zijstraat van de rue de
Rosier waar de bediening nog gekleed ging in zwarte broeken met
messcherpe vouwen, wit gesteven hemden en rood-wit gestreepte
giletjes. Chantal was de enige klant. Nadat ze een van de bedien-
den, een oudere man met een ringbaardje, gevraagd had om twee
flessen goede chablis, ging haar mobiel over. Ze frommelde het
toestel uit haar tas en zag op het display een haar onbekend 06-
nummer.

'Ja?'

'Spreek ik met Chantal Zwart?'

De vrouwenstem aan de andere kant van de lijn klonk gespannen.

'Ja, spreekt u mee,' zei Chantal, terwijl ze zich terugtrok in een
hoekje van de zaak achter een rek met blikjes.

'U spreekt met Isabelle Lavillier.'

Eindelijk.

'Ik begreep dat u mij al een tijdje probeert te bereiken,' zei de
vrouw. 'Waar gaat het over, als ik vragen mag?'

Chantal overwoog of het niet beter was om over tien minuten
terug te bellen, thuis, zonder bediening die mee kon luisteren. 'Fijn
dat u me belt, mevrouw,' reageerde ze half fluisterend. 'Ik schrijf
een serie interviews voor Vox,' ging ze op luidere toon verder, 'een
serie over mensen die in 1968 aan de Sorbonne studeerden en terug-
kijken op vroeger.' Bij het jaartal meende ze de man met het ringbaardje zijn neus te zien optrekken. 'Dat klopt toch?'

'Ik heb eind jaren zestig inderdaad aan de Sorbonne gestudeerd,'
antwoordde Isabelle Lavillier aarzelend.

'Medicijnen, als ik me niet vergis.'

'Ja, ja. En mijn man deed rechten.'

'Dus u kent elkaar sinds uw studententijd?'

'Ja, inderdaad.'

Chantal twijfelde hoe ze verder moest gaan. 'Ik wil u beiden graag interviewen,' zei ze uiteindelijk, haar oude smoes herhalend. 'Maar eh... aan mij hebt u echt niets. Mijn man is van het praten. Zelf blijf ik liever op de achtergrond. Bovendien...' Er klonk een zenuwachtig lachje. 'Ik zou niet weten wat ik zou moeten vertellen.'

'Ieder mens heeft iets te vertellen,' zei Chantal in een poging de vrouw over de streep te trekken.

'Zou u denken?'

'Absoluut.'

'Heeft dat interview veel haast?'

'Hoe bedoelt u?'

'U had mij gisteren al gebeld, nietwaar?'

'Ja, mevrouw.'

'Maar gisteren was het zondag.'

'Het spijt me dat ik u tijdens het weekend heb gestoord.'

'Nee, ik bedoel dat ik verbaasd was om op zondag door een journalist gebeld te worden.'

'Ik ben freelancer. En freelancers werken altijd.'

Op het grapje volgde slechts stilzwijgen. Chantal meende een kuchje te horen en een lange, diepe ademhaling. De daaropvolgende woorden gingen verloren in het rinkelen van de deurbel en het opgewonden *o-how-nice-look-there-dear-isn't-this-typically-French* van een groep toeristen die met strohoedjes, hawaïhemden en camera's voor de buik de winkel betraden.

'Wat zei u, mevrouw?' vroeg Chantal luid terwijl ze het toestel tegen haar oor drukte. Het leverde haar een verstoorde blik op van de bediende met de ringbaard. 'Sorry, ik kon u niet verstaan.'

'Het probleem is dat ik mijn man momenteel niet kan bereiken,' zei Isabelle Lavillier, die ook luider was gaan praten. 'Hij is zaterdag voor een belangrijk overleg vertrokken naar Orange. Ik heb hem vanmiddag nog proberen te bellen, maar zijn mobiel wordt niet opgenomen. Ik hoorde van mijn dochter dat hij vanochtend in de Assemblée verwacht werd, maar daar was hij dus niet, want eh... hij is momenteel in Zuid-Frankrijk. Zijn fractiemedewerker zei me dat hij daar niet van op de hoogte was, dus eh...'

Chantal kon zich niet langer inhouden: 'Ik heb begrepen dat uw man zaterdagavond in Parijs was.'

'O?'

'Op een expositie.'

'Waar?'

'Galerie Prisma.'

'En eh... hoe weet u dat?'

'Dat heb ik van een vriendin gehoord.'

'Een vriendin?'

'Iemand die uw man daar heeft horen spreken.'

Aan de andere kant van de lijn was het even stil. 'U maakt me ongerust,' klonk het vervolgens.

'Dat spijt me.'

'En weet die vriendin dan misschien waar mijn man nu is?' vroeg Isabelle Lavillier, alsof het Chantals schuld was dat haar man werd vermist.

'Eh...' Chantal kon het niet over haar hart verkrijgen om het nieuws via de telefoon te vertellen. Bovendien, hoezo nieuws? Na twee dagen had ze nog steeds geen bevestiging gevonden. 'Misschien is het verstandig als we een afspraak met elkaar maken.'

'Ik heb u al gezegd dat ik geen interviews geef.'

'Maar eh...'

De verbinding was verbroken.

Chantal had het gevoel dat ze een enorme kans had verspeeld. Ze probeerde het gesprek te reconstrueren. Ergens was iets misgelopen, maar waar? In gedachten verzonken liep ze terug naar de toonbank.

'Nog iets anders?' vroeg de man met het ringbaardje, wijzend op de twee flessen Labaume Ainé & Fils.

'Nee, dank u.'

'Dat is zesennegentig euro tachtig.'

'Pardon?'

129

Zonder met de ogen te knipperen herhaalde de ringbaard het bedrag.

Chantal trok een biljet van honderd euro uit haar portemonnee en legde dat op de toonbank. 'De rest is voor u,' zei ze met haar breedste glimlach. 'Maar dan wil ik wel een tasje.'

Uit het dagboek van mevrouw Andrée Giraud

Verscholen achter het gordijn, het raam op een kier, kijk ik naar de poort van het chateau. Ze lopen in en uit. Jongens op slippers en in afgeknipte spijkerbroeken, hun lange haar in een staartje bijeengebonden. Meisjes met strakke truitjes en korte rokjes, of juist in heel wijde jurken in vrolijke kleuren met veel bloemen. Ze zien eruit als paradijsvogels. Hippies, worden ze genoemd, of beatniks. Mijn vader houdt het op langharig werkschuw tuig. In de wachtkamer van dokter Lafarche lag een Paris Match *met een groot artikel over 'de nieuwe jeugd'. Toen ik alleen in de wachtkamer was, heb ik de pagina's uitgescheurd en die mee naar huis gesmokkeld, naar mijn kamer. 'De anti-generatie' stond er boven het artikel. De nieuwe jeugd trapt alle heilige huisjes om. Anti-kerk, anti-autoriteiten, anti-ouders – iets wat ik nooit zou durven – anti-leger, anti-oorlog, anti-kapitalisme. Ze voeren niets uit, staat er te lezen, maar ze vinden wel dat ze overal recht op hebben. Een uitkering, een woning, een auto, alsof het de normaalste zaak van de wereld is. En ze gebruiken drugs. Op een lijstje staan allerlei dingen waar ik nog nooit van gehoord heb, maar die volgens deskundigen op latere leeftijd kunnen leiden tot hersenbeschadiging. De jongelui die ik zie, lijken zich nergens druk om te maken. Ze zijn vrolijk, opgewekt en gaan lief met elkaar om.* Love and peace. *Volgens het artikel doen ze aan vrije seks. Als bewijs is een foto opgenomen waar ik, zelfs na honderd keer kijken, nog steeds een rooie boei van krijg. Een strand met blote jongens en meisjes die het allemaal met elkaar doen. Geen wonder dat ik van vader niet meer langs de*

rivier mag rijden. Ik probeer me voor te stellen wat er in het cha-
teau en in het park gebeurt. Sodom en Gomorra. Alleen door er-
over te fantaseren bega ik de ene na de andere zonde. Ik moet een
braaf meisje zijn en de Paris Match *weggooien. Niet meer aan den-*
ken. Veel beter.

Maandagavond

Het voelt vreemd om op zijn oude plek te zitten, de kamer van de hoofdcommissaris. Van achter het bureau kijkt hij uit op de centrale gang waar de kamers van de collega's op uitkomen. Na een blik op de klok sluit Auguste Jarre de lamellen. Het is het moeilijkste moment van de dag. Nog steeds. Terwijl het eerste gestommel begint, het rumoer – sommige agenten gedragen zich als een stel kinderen dat na een lange schooldag eindelijk naar huis mag – pakt Jarre de dossiers die hij voor de avond heeft gereserveerd. Oude zaken, vergeten misdaden waar niemand zich nog druk om maakt. Speciale projecten, zo luidt zijn taakopdracht. Hij heeft een kamer in het souterrain met uitzicht op een muur en een klein stukje van de tuin. Het werk is taai. Nauwelijks kans op succes. Toch is hij dolblij iets omhanden te hebben om de dagen door te komen, de avonden die met het stijgen der jaren almaar langer lijken te worden. Destijds heeft hij de blaren op zijn tong moeten lullen om van de prefect dispensatie te krijgen om niet achter de geraniums te belanden. Thuis. Hij moet er niet aan denken. Hoewel het appartement aan de boulevard Carnot ruim en comfortabel is, wil hij er zo min mogelijk tijd doorbrengen. Verkeersgeluiden, buren, kindergejengel. Toen Jeanne nog leefde, hoorde hij nooit iets, of het stoorde hem niet. Nu leidt het minste of geringste geluid al tot irritatie. Misschien zou hij moeten verhuizen. Maar waarheen? Hun droom was om in de buurt van Schiltigheim, het stadje in de Haute Rhin waar ze beiden ruim zestig jaar geleden waren geboren, van hun pensioen te genieten. Een bungalow met een stukje land, een bankje onder een appelboom. Na de dood van Jeanne leeft hij in een vacuüm, alsof de dagen zich voortslepen. Het liefst trekt hij zich terug op zijn kamer in de kelder van het politiebureau om zich onder de dossiers te begraven. Lezen, analyseren, combineren. Zoals andere mensen computerspelletjes spelen of kruiswoordpuzzels oplossen, zo kan hij zich urenlang verliezen in zaken uit het verleden, als hij maar niet te lang bij het heden hoeft stil te staan.

Het verzoek om de hoofdcommissaris te vervangen heeft zijn dagelijkse routine volledig overhoopgegooid. De adjunct, de voor de hand liggende vervanger, werd ziek. Andere mogelijke kandidaten waren al met vakantie. Auguste, alsjeblieft! Het is maar voor een paar weken, tot eind augustus. Jarre werd zo overvallen door de vraag, dat hem niets te binnen schoot om te weigeren. En dus houdt hij de boel een beetje in de gaten. De ochtendvergadering, de werkverdeling, de voortgang van de onderzoeken. Hij doet het werk met zijn pink, als een oude sluwe vos met de ervaring van jaren, wachtend tot de collega's aan het eind van de dag naar huis vertrekken en hij zich ongestoord op zijn oude dossiers kan storten.

Op de gang klinken stemmen. Renoir en nog iemand. Renoir is de hoogste in rang op kantoor en al een week op zijn pik getrapt omdat de oude Jarre de hoofdcommissaris mag vervangen. Renoir praat zoals hij altijd praat, luid en onbehouwen, als een echte klootzak. Hij geeft op over zijn nieuwste aanwinst, een geil wijf, en dat hij die vanavond meeneemt naar de bioscoop, naar *Honey 2*, om haar daarna eens even lekker...

Wanneer de telefoon gaat, neemt Jarre onmiddellijk op, blij dat de rest van het verhaal hem bespaard blijft. 'Ja?'

'Sorry dat ik u stoor, chef.'

Hij herkent de stem van de agent die tot zes uur baliedienst heeft.

'Het gaat om een aangifte van vermissing.'

'Ja...?' reageert Jarre geïrriteerd. Iedere agent kan een aangifte van vermissing aannemen. Een kwestie van formulieren invullen en protocollen volgen. 'En waarom val je mij daarmee lastig?'

'Omdat…' De agent fluistert een naam.

'Ik kom eraan.'

Jarre legt de hoorn op de haak en spoedt zich naar de balie. Hij herkent de vrouw in het elegante rode mantelpakje onmiddellijk, het sierlijke figuur, het nobele gezicht dat nog steeds even knap is. Een klassieke schoonheid à la Catherine Deneuve, het type vrouw dat met het verstrijken der jaren alleen maar mooier lijkt te worden. De eerste keer dat hij haar zag, kan hij zich nog precies voor de geest halen. De receptie op het stadhuis van Saint-Denis ter gelegenheid van de installatie van de nieuwe burgemeester. Een warme septemberdag. De negentiende, was het. Hij weet de datum nog omdat het de laatste keer was dat Jeanne hem tijdens een officiële gelegenheid begeleidde. Natuurlijk had ze meteen in de gaten dat hij keek. 'Jij vindt haar mooi, hè?' Hij mompelde iets terug waarop ze zei dat hij best mocht kijken en hem plagerig in zijn arm kneep. Geen spoor van jaloezie. De band tussen Jeanne en hem was onverbrekelijk. Al zo lang samen en nog zoveel jaar voor de boeg.

Hij moet even slikken. 'Goedemiddag, mevrouw Lavillier.'

'Goedemiddag, meneer Jarre.'

Ze geven elkaar een hand. De vrouw ziet bleek. Jarre doet zijn best zich te concentreren, maar onwillekeurig gaan zijn gedachten terug naar de bewuste receptie. Handjes schudden, netwerken. Terwijl iedereen voortdurend van gesprekspartner wisselde, stonden Jeanne en de vrouw van de nieuwe burgemeester wel een halfuur geanimeerd met elkaar te praten. Toen Jarre en zijn vrouw weer thuis waren, was ze nog vol van de ontmoeting met mevrouw Lavillier, die ze gewoon Isabelle noemde, alsof ze al jaren vriendinnen waren. Wat een aardige vrouw. Niks geen kak en ook nog eens zo maatschappelijk betrokken. Isabelle Lavillier had haar gevraagd om toe te treden tot het bestuur van de dierenbescherming Saint-Denis. Jeanne antwoordde dat ze morgen zou beslissen. Wat ze niet vertelde was dat ze morgen naar de dokter zou gaan voor een serie klachten waar ze al een tijd last van had. Chronische hoofdpijn en aanvallen van duizeligheid. De volgende dag, de twintigste september, stuurde de huisarts haar meteen door naar het ziekenhuis, waar een hersentumor werd geconstateerd. Daarna ging het snel bergafwaarts.

'Waarmee kan ik u van dienst zijn, mevrouw?' vraagt Jarre terwijl hij de beelden van zijn doodzieke vrouw uit zijn hoofd probeert te zetten.

'Mijn eh...' Mevrouw Lavillier kijkt om zich heen, alsof ze bang is om bekenden tegen te komen. Maar op dit tijdstip is de hal van het politiebureau leeg en de agent die baliedienst heeft is aan het uiteinde van de balie gaan staan, buiten gehoorsafstand. Haar lippen beginnen te trillen. 'Mijn man is verdwenen. Ik eh...' Ze knijpt haar ogen dicht en laat haar hoofd zakken.

'Komt u maar mee.' Jarre opent het baliepoortje en gaat haar voor naar zijn kamer, snel, om zo min mogelijk collega's in de gang tegen te komen en het de vrouw niet nog moeilijker te maken dan het al is. Hij biedt haar een stoel aan en sluit de deur. 'Wilt u iets drinken? Koffie, thee, water?'

'Nee, dank u.'

'Iets sterkers?' Hij weet waar de hoofdcommissaris zijn eau de vie heeft staan.

'Merci.'

Nadat Jarre heeft plaatsgenomen achter het bureau, ziet hij haar kijken naar de stapel dossiers en de overal rondslingerende aantekenbriefjes. Het bureau oogt als een slagveld, maar in de chaos weet hij precies waar wat ligt.

'Bent u nog steeds hoofdcommissaris?' vraagt ze fronsend.

'Nee.' Glimlachend schudt hij zijn hoofd. 'Ik ben met pensioen. Maar ze raken me niet kwijt,' voegt hij eraan toe wanneer hij onbegrip ziet. 'Tot eind augustus vervang ik de hoofdcommissaris.'

'Dus u bent nu de hoogste leidinggevende.'

'Inderdaad, mevrouw.'

Ze knikt alsof ze het even zeker wilde weten. Dan trekken haar dunne grijze wenkbrauwen naar elkaar toe. 'Het spijt me dat we elkaar na de dood van Jeanne niet meer hebben gesproken.'

Hij maakt een wegwuifgebaar ten teken dat het al zo lang geleden

136

is. Isabelle Lavillier was samen met haar man aanwezig op de begrafenis. Natuurlijk is er van alle goedbedoelde beloftes om contact te houden niets terechtgekomen. Het is al verbazingwekkend dat ze na zoveel jaar Jeannes naam nog weet. In plaats van vragen te stellen, wacht hij rustig af tot mevrouw Lavillier zelf begint.

Haar lippen beginnen weer te trillen. 'Mijn man is dus eh... verdwenen,' zegt ze met een bibberstemmetje dat helemaal niet bij haar past. 'Guy.'

Jarre knikt. Hij weet heel goed wie Guy Lavillier is. Het laatste jaar als hoofdcommissaris heeft hij vaak genoeg met Lavillier te maken gehad. Een arrogante man, een dwingeland. Niet bepaald Jarres favoriete burgemeester. Los van het feit dat hij nooit op de gaullisten of de UMP heeft gestemd, laat staan dat hij ooit zijn stem aan Lavilliers nieuwe partij zal geven. 'Sinds wanneer is uw man zoek?'

'Sinds zaterdag.' Mevrouw Lavillier knijpt voortdurend in haar handen. 'Ik wil dat u hem zoekt, meneer Jarre.'

'Natuurlijk, mevrouw. Daar is de politie voor.'

'Wat ik bedoel...' Ze schraapt haar keel. 'Ik wil dat ú hem zoekt, zonder ophef en vooral... zonder publiciteit.'

Jarre knikt opnieuw. Publiciteit ligt gevoelig, zeker voor politici. Hij herinnert zich de affaire op het gemeentehuis van Saint-Denis, een jaar na Lavilliers aanstelling als burgemeester. Seksuele intimidatie van een medewerkster. Dat was het verhaal. Jarre zat toen al op 'speciale projecten' en was daarom niet direct betrokken bij de zaak, maar hij weet nog goed hoe de aanklacht tegen Lavillier op het allerlaatste moment werd ingetrokken. 'Als ik uw man ga zoeken,' zegt hij voorzichtig, 'zal ik toch mijn collega's moeten inschakelen.'

'Natuurlijk. Ik wil alleen niet dat de pers wordt geïnformeerd. Niet meteen. Alleen als...' Mevrouw Lavillier kijkt hem wanhopig aan.

'Ik begrijp het.' Uit de binnenzak van zijn colbert haalt hij een rood aantekenboekje tevoorschijn. Zijn ballpoint ligt helemaal rechts, onder een paar over elkaar heen geschoven blaadjes. Hij gaat er eens goed voor zitten. 'Wanneer heeft u uw man voor het laatst gezien?'

'Afgelopen zaterdag.'

'Hoe laat?'

'Om een uur of vijf belde hij een taxi, die hem naar Parijs heeft gereden.'

'Weet u ook waarheen?'

'Naar het station, dacht ik.' Er volgt een flauwe glimlach. 'Inmiddels weet ik van een journaliste dat mijn man die avond gesignaleerd is op een vernissage in de rue de Berri.' Mevrouw Lavillier haalt een kaartje uit haar jasje, dat ze tussen de andere blaadjes naar Jarre toeschuift.

Chantal Zwart. Geen adres, alleen een 06-nummer, een mailadres en een website. Hij schrijft de gegevens over en schuift het kaartje weer terug naar mevrouw Lavillier. 'Weet die...' – hij kijkt even naar zijn aantekeningen – '... Chantal Zwart ook waar uw man ná die vernissage is heen gegaan?'

'Dat weet ik niet.' Haar handen maken zich los uit de knoop en strijken over het grijze pagekapsel. 'Vergeten te vragen.'

'Dat doe ik wel.' Jarre knikt haar bemoedigend toe. 'Maar waarom dacht u dat uw man naar het station zou gaan?'

'Hij had een aantal besprekingen in Orange en zou de TGV nemen van halfzeven.'

'Besprekingen op zondag?'

'Politici werken ook op zondag,' reageert mevrouw Lavillier alsof het een impertinente vraag betreft.

'Natuurlijk.'

'Guy wilde buiten de hectiek van Parijs met een paar mensen wat dingen bespreken,' vervolgt ze met haar gebruikelijke charme. 'Hij had een kamer en een zaaltje laten reserveren in het Best Western Hotel Arène Kulm. Omdat ik wist hoe druk hij zondag was, heb ik hem niet gebeld. Vandaag, toen ik hoorde dat hij eigenlijk in het parlement had moeten verschijnen, kreeg ik argwaan. Een dubbele afspraak. Mijn man is een pietje-precies als het om afspraken gaat. Maar ik hoef u niet te vertellen hoe hij is, meneer Jarre.'

'Nee, nee.'

'Ik heb geprobeerd hem op zijn 06-nummer te bereiken en toen dat niet lukte heb ik het hotel gebeld, maar eh...' De stem verraadt ingehouden woede. 'Er bleek helemaal geen kamer of zaaltje gereserveerd te zijn op naam van mijn man. En ook niet op naam van La Nouvelle France.'

'Misschien heeft uw man zich vergist met de naam van het hotel.'

'Ik weet het niet.' Mevrouw Lavillier heeft moeite om haar ogen droog te houden.

'Is uw man zaterdag alleen vertrokken?'

'Hij is alleen in de taxi gestapt. Dat heb ik...' Ze kijkt Jarre niet-begrijpend aan. 'Wat bedoelt u eigenlijk?'

'Ik bedoel niets.' Hij wuift met zijn handen. Guy Lavilliers reputatie als vrouwenverleider is algemeen bekend.

'Mijn man heeft altijd vriendinnen gehad, meneer Jarre,' zegt ze, alsof ze zijn gedachten heeft geraden. 'Jonge vrouwen van rond de dertig, of nog jonger. Ik begrijp heel goed dat ik daar met mijn tweeenzestig jaar niet tegenop kan. En ik heb er ook geen problemen mee. We zijn al een leven lang samen. Ons huwelijk kan een stootje hebben. Maar...' – haar ogen vlammen – '... hij heeft altijd de beleefdheid gehad om me te laten weten wanneer hij de nacht ergens anders doorbracht. Dat hij dat nu niet gedaan heeft, maakt me pas echt ongerust. Het klopt gewoon niet. Begrijpt u wat ik bedoel?'

Jarre knikt. De angst staat mevrouw Lavillier op het gezicht geschreven. Wanneer ze een zakdoekje uit haar tas frommelt, ziet hij hoe haar vingers beven. 'Wat is er volgens u gebeurd?' vraagt hij. 'Is het een andere vrouw?'

'Ik weet het niet.' Terwijl ze haar frêle schouders ophaalt, begint ze te huilen. 'Misschien heeft het iets met zijn werk te maken.'

Het eerste waar Jarre aan moet denken zijn de onlusten van verleden jaar, de ontruiming van het Roma-kampement in Saint-Denis en hoe Guy Lavillier er met één uitspraak in slaagde om zich de woede van een halve natie op de hals te halen. 'Uw man is verleden jaar bedreigd, nietwaar?' vraagt Jarre nadat hij zijn bril heeft rechtgezet.

'Ja.'

'Ik kan me herinneren dat hij toen beveiliging heeft gekregen.'

'Niet lang.' Op mevrouw Lavilliers gezicht verschijnt een meewarige glimlach. 'Guy is principieel gekant tegen bodyguards. Hij wil dat kiezers hem op ieder moment van de dag kunnen aanspreken zonder door een stelletje gorilla's te worden tegengehouden. Ik heb hem destijds proberen te overtuigen van het gevaar dat hij liep, maar hij wilde er niets van weten. Na een paar weken heeft hij alle beveiligingsmensen weggestuurd. U weet hoe koppig hij kan zijn, nietwaar?'

'Inderdaad, mevrouw,' zegt Jarre terwijl hij haar glimlach beantwoordt. 'Weet u of uw man onlangs bedreigingen heeft ontvangen?'

'Hoe bedoelt u?'

'Uw man is een politicus die niet alleen maar vrienden heeft. Wellicht heeft zijn vermissing...'

'Ik begrijp het,' onderbreekt mevrouw Lavillier hem. Ze knippert met haar ogen alsof de consequentie van Jarres hypothese nog tot haar moet doordringen. 'Mijn man ontvangt ongetwijfeld dagelijks vervelende mailtjes en brieven. Of daar bedreigingen bij zitten, zou ik niet weten. Het zijn dingen waarover hij nooit praat, omdat hij weet hoe ongerust ik me zou maken.'

'Hebt u de laatste dagen iets aan uw man gemerkt? Gedroeg hij zich anders dan anders?'

'Nee.'

'Weet u of hij aan iets werkte wat de belangstelling van anderen heeft kunnen oproepen? Bijzondere documenten?'

'Ik zou het niet weten.'

'Mist u persoonlijke bezittingen van uw man?'

'Hij is vertrokken met een koffer en een aktetas. Ik neem aan dat hij zijn laptop en BlackBerry bij zich heeft, en wat kleren en toiletspullen. Ik heb zijn klerenkast niet gecontroleerd. Mijn man is wel vaker een paar dagen van huis en hij is heel goed in staat om zelf te pakken.'

'Gebruikt uw man medicijnen?'

'Hoe bedoelt u?' vraagt mevrouw Lavillier geschrokken.

'Heeft hij medicamenten die hij dagelijks moet slikken?'

'Guy is als een jonge vent. Supergezond.'

Jarre maakt een paar notities. 'En normaal bent u altijd op de hoogte van de agenda van uw man?'

'Altijd. Dat wil zeggen: de grote lijnen. Omdat we allebei een drukbezet leven hebben, proberen we onze agenda's op elkaar af te stemmen om zoveel mogelijk tijd samen te kunnen doorbrengen. Daarom...' Mevrouw Lavillier begint opnieuw te huilen. 'Ik wil dat u hem zoekt, meneer Jarre. Alstublieft!'

Chantal zat op het dakterras, de MacBook Air op haar schoot. Dat Poes af en toe langs haar been streek drong nauwelijks tot haar door. Geconcentreerd tuurde ze naar het beeldscherm. Namen, feiten, gebeurtenissen. Eén grote puzzel. Desondanks was ze begonnen aan haar artikel over Guy Lavillier, maar veel verder dan het schrijven van een korte biografie kwam ze niet. Ortola – biljartbal, zaakwaarnemer van de oude mevrouw Grenoult en medewerker van Formosa – was niet te bereiken. De telefoon met het nummer dat op de website stond ging wel over, maar er was niemand die opnam en ook geen voicemail om een bericht achter te laten. Er bestond nog een tweede medewerker van Formosa, een jong meisje volgens de bejaarde overbuurvrouw, maar het lukte Chantal niet om een naam te achterhalen. Waarschijnlijk was het meisje op vakantie. In plaats daarvan richtte Chantal haar pijlen op de dochter van mevrouw Grenoult, Marie-Christine. Er moest een link bestaan met Guy Lavillier. Isabelle Lavillier veronderstelde dat haar man naar Orange was gegaan. In Orange woonde Marie-Christine. Toeval? Beiden waren advocaat. Beiden zaten in de politiek, of hadden daarin gezeten. Guy Lavillier was uit de UMP gestapt en uit onvrede zijn eigen partij begonnen. Marie-Christine was uit het Front National gezet. Twee gefrustreerde politici. Kenden ze elkaar? Chantal kon geen foto's vinden waarin de twee elkaar de hand schudden of samen te zien waren. Ze zocht de nieuwsartikelen over Marie-Christines breuk met het Front National. De vrouw had een hekel aan buitenlanders en aan de euro. Wat dat betreft was ze bij de partij volkomen op haar plaats. Het was misgegaan toen ze geen functie in het bestuur kreeg en daarop de partijleiding van nepotisme beschuldigde. Vervolgens werd ze geroyeerd. Anonieme bronnen spraken over Marie-Christine als een bemoeial, een hysterica en een gevaar voor de eenheid binnen de partij. Na de botsing had ze zich weer op de advocatuur gestort en zich onthouden van politieke activiteiten. Voor ophef had het proces gezorgd waarin ze de eigenaar van een bar tabac verdedigde die twee jonge Algerijnen had doodgeschoten die op zijn sigaretten uit waren. Ze had de zaak verloren. De winkeleigenaar was veroordeeld tot negen jaar, maar Marie-Christine had aangekondigd in hoger beroep te gaan, desnoods tot het Europese Hof, en alle proceskosten voor haar rekening te nemen. Geen wonder. Geld zat. Chantal dacht aan wat Axel verteld had over Marie-Christine en haar puissant rijke, dementerende moeder.

Haar mobiel rinkelde. Ze zette haar laptop aan de kant en nam op. 'Ja?'

'Chantal Zwart?'

De man had een stem die zowel vriendelijk als direct was.

'Ja.'

'U spreekt met Auguste Jarre, plaatsvervangend hoofdcommissaris van de politie in Saint-Denis.'

Haar maag kromp ineen. Na het gesprek met Isabelle Lavillier had ze direct naar de politie moeten gaan. 'Ja...?'

'Ik heb een paar vragen. Normaal zou ik die in een persoonlijk gesprek stellen, bij u thuis of op het bureau, maar de omstandigheden dwingen mij tot haast.'

Chantal merkte hoe het zweet haar uitbrak.

'Klopt het dat u een vriendin hebt die Guy Lavillier zaterdagavond in galerie Prisma heeft gezien?'

'Dat klopt.' Ze besefte dat het geen zin had eromheen te draaien.

'Kunt u mij de naam van uw vriendin geven en een telefoonnummer waar ik haar kan bereiken?'

'Nee, dat spijt me.'

'Waarom?'

'Omdat ik dat beloofd heb.'

Er viel een stilte.

'Wat deed uw vriendin op die vernissage?' klonk het nog steeds vriendelijk.

'Geen commentaar,' zei Chantal.

'Hoe ziet die vriendin eruit? Wat voor kleur haar heeft ze, hoe oud is ze? Jong, neem ik aan. Een jaartje of dertig, met blond haar en een welgevormd figuur?' Het cynisme viel niet te negeren.

'Geen commentaar.'

'Is het een Française?'

'Geen commentaar.'

'U kunt wel blijven zwijgen, maar dit is geen spelletje!' Jarre kon zich duidelijk niet langer inhouden. 'We hebben hier met moord te maken!'

Moord? Chantal had zich de scène al een paar keer proberen voor te stellen. Guy Lavillier, naakt op zijn rug in bed, smachtend naar Naomi met haar geweldige tieten. Het was een veel te warme dag geweest. Een hartstilstand van een oversekste oudere man.

'Hoezo eh... moord?' stamelde ze.

'Vanmiddag is de eigenaar van galerie Prisma vermoord.'

'Cuno Behrens?'

'U kent hem?' klonk het streng.

'We hebben elkaar één keer gesproken. Aan de telefoon,' haastte ze zich eraan toe te voegen. Dat de dood van Behrens iets te maken kon hebben met Guy Lavillier begon op dat moment tot haar door te dringen. 'Hoe eh...?'

'De dader heeft de galeriehouder met zijn gezicht door een glazen tafelblad geslagen en daarna een kogel door zijn achterhoofd gejaagd. Ik kan u verzekeren dat het er niet al te fraai uitziet,' vervolgde Jarre op hetzelfde cynische toontje als zo-even. 'Weet u waar uw vriendin zich vanmiddag bevond?'

'Die vriendin heeft niets te maken met de moord op Behrens,' zei Chantal.

'Maar wel met de verdwijning van Guy Lavillier,' beet Jarre terug.

'Niet met de verdwijning.'

Opnieuw stilte.

Poes sprong bij Chantal op schoot. Ze schrok. Niet van Poes, maar omdat ze zich toch door Jarre uit de tent had laten lokken. 'U weet al een tijdje dat Guy Lavillier verdwenen is, nietwaar?' Ze nam zich voor te zwijgen.

'Sinds zondag probeert u mevrouw Lavillier te bereiken,' ging Jarre verder. 'Het gaat zelfs zo ver dat u vanochtend met allerlei smoesjes het huis van de Lavilliers in Saint-Denis bent binnengedrongen. Ik kan u laten arresteren voor huisvredebreuk of voor rechtsbelemmering door het moedwillig achterhouden van belangrijke informatie. Maar eh...' – er volgde een diepe zucht – '... als u mij nu vertelt wat u weet, zal ik dat door de vingers zien.'

'Maar ik geef mijn bron niet prijs.'

Er viel een stilte.

'Goed,' klonk het even later aarzelend.

'En ik wil dat u mijn informatie vertrouwelijk behandelt,' zei ze.

'Akkoord. Alles wat u vertelt blijft onder ons. Uw naam verschijnt in geen enkel dossier. Daarvoor geef ik u mijn erewoord.'

'En de pers?'

'Die weet van niets en dat wil ik graag zo houden. Ik neem aan dat u bezig bent met een artikel over Guy Lavillier. In dat geval verzoek ik u pas te publiceren nadat de politie een persbericht heeft doen uitgaan.'

De eis was alleszins redelijk.

'Afgesproken.' Ze haalde diep adem.

'Wacht,' zei Jarre. 'Ik hoor dat u ergens buiten bent. Luistert er iemand mee?'

'De enige die meeluistert is mijn kater,' zei Chantal na een blik over de daken. Aan de andere kant van de lijn meende ze een lachje te horen.

'Gilles!'

Nadja's stem klinkt als een klaterend bergbeekje. Even is het alsof de stolp wordt opgetild en hij weer kan ademen, maar al snel wordt de blijdschap overschaduwd door een gevoel van schaamte. Hij heet geen Gilles. Hij heet Milos. Als iemand recht op de waarheid heeft, is het Nadja. Zodra het circus voorbij is, zal hij schoon schip maken en haar alles vertellen.

'Waar ben je?' roept ze paniekerig.

Natuurlijk is ze in paniek. Hij is vertrokken zonder iets te zeggen.

'Ik moest plotseling naar Brussel,' herhaalt hij zijn oude leugen, 'een sterfgeval van een familielid.'

'Ja, dat vertelde mevrouw Brunes.'

Ze gelooft er geen woord van. Hij hoort het.

'Na de begrafenis kom ik terug,' belooft Milos. 'Zo snel mogelijk.' *En daarna gaan we samen weg. Ergens heen waar het veilig is. Weg uit Frankrijk. Naar Mazuren, het land van Chopin.* Hij spreekt weliswaar geen woord Pools, maar het is vlak bij de Russische grens. Misschien spreekt Nadja een beetje Pools of kunnen ze zich met haar Russisch redden. Of anders praten ze met niemand. Ze hebben immers genoeg aan elkaar.

'Gilles, waarom heb je me niet eerder gebeld?' Ze stelt de vraag zonder enig verwijt.

'Ik eh...' Er steken allerlei emoties de kop op die hij nu niet kan gebruiken. 'Ik was druk met het regelen van de begrafenis.'

'Gaat alles goed met jou?' klinkt het bezorgd.

'Alles is goed, Snoepje.'

'Echt waar...?'

Zijn ogen branden. Nog even en hij gaat huilen. Mijn god. Het is meer dan vijfendertig jaar geleden dat hij gehuild heeft. Als klein kind, schuilend bij oma voor de klappen van zijn dronken vader. Hij herinnert zich hoe ze een van haar grammofoonplaten opzette. De Regendruppel Prelude. Hij zal het nooit vergeten. Het gevoel in de muziek op te gaan en alles te vergeten. Licht, ruimte, vrijheid. Daarna nam hij zich voor om te ontsnappen aan het ouderlijke huis, aan de misère van La Valette. Kind af, nooit meer huilen. In plaats daarvan liegen, bedriegen, stelen, slaan, vechten. Alles wat je doen moet om een plekje te veroveren in de boze grotemensenwereld heeft hij gedaan. Genadeloos, zonder spijt of moraal, gevoelloos. De perfecte moordenaar. Nadja heeft het pantser doorbroken. Het liefst zou hij zich in haar schoot willen werpen, kind zijn en opnieuw beginnen.

'Alles is goed,' herhaalt hij met een stem die op breken staat.

'Waar ben je, Gilles? Kan ik je ergens bereiken?'

'Ik bel jou.' En pas alsjeblieft op, wil hij zeggen, maar uit zijn mond komt slechts een soort reutel. Snel drukt Milos het gesprek weg, laat zich op zijn rug op het bed vallen en staart naar het plafond van de hotelkamer. De scheuren in het stucwerk beginnen weer absurdistische trekjes te vertonen. Monsters met opgeblazen koppen en kronkelige tentakels. Het is alsof hij een koortsdroom heeft. Het plafond en de muren komen op hem af en benemen hem de adem. Hij zet de iPod aan en luistert naar Horowitz, maar het effect blijft uit. De spanning in zijn lijf trekt niet meer weg. Zenuwen? Weerzin? Het plan voor vanavond is even smerig als zinloos. Milos sluit zijn ogen en probeert er niet aan te denken.

De rit naar Ivry-sur-Seine had iets bevreemdends. Ze had de route zo vaak gereden, maar dit keer leek alles anders. De straten, de huizen, de bomen. Straks zouden Evelyne en Hotze haar op de drempel opwachten. Chantal had nog even getwijfeld of ze zou afbellen. Sorry, werk. Het zou overkomen als een flauwe smoes. Bovendien, na haar afspraak met Jarre had ze tijd gewonnen, genoeg om een paar uur door te brengen met Hotze en Evelyne.

Chantal sloeg de rue des Malassis in. Vrijstaande huizen met garages omgeven door lommerrijke tuinen. Straten met eenrichtingsverkeer en brede stoepen. Een veilige buurt. Veel gezinnen met kinderen. Hier was ze geboren, hier had ze haar eerste wankele pasjes gezet en had ze leren fietsen, terwijl Hotze met gestrekte armen achter haar aan holde, bang dat ze zou vallen.

Terwijl ze haar scooter neerzette, zwaaide de voordeur al open. Hotze en Evelyne samen op de drempel. Chantal moest meteen denken aan de foto van Lavilliers zoon in New York. De *happy couple*. Ze voelde een lichte steek in haar borst. Zoenen. Eerst Hotze, daarna Evelyne. Vervolgens begon iedereen door elkaar heen te praten. Chantal overhandigde het tasje met wijn. De naam van de delicatessenzaak op het tasje leek Hotze even in verlegenheid te brengen, waarna hij met een kwieke pas naar de keuken verdween om de Labaume Ainé & Fils in de koelkast te leggen en alles voor de aperitief te halen. Ze bood aan om te helpen, maar daar wilde hij niets van weten. Chantal kende hem nauwelijks terug. Vlot, energiek. Niks slome Hotze.

Ze volgde Evelyne naar de woonkamer. Vreemd om te zien met wat voor vanzelfsprekendheid Evelyne zich door het huis bewoog. Een vrouw op een plek waar al jaren geen vrouw meer geweest was. De meubels stonden anders. De canapé, die de doorgang naar de tuindeuren altijd een beetje geblokkeerd had, was tegen de muur gezet, fauteuils waren verplaatst. De kamer leek opeens veel groter, minder somber. En het rook anders, frisser. Chantal keek om zich heen. Verdomd, nergens een asbak te bekennen.

Toen ze door de tuindeuren naar buiten stapte, zag ze op het terras potplanten met grote gele bloemen die er nooit hadden gestaan, in ieder geval niet de laatste tien jaar.

'Datura's,' merkte Evelyne op die Chantal had zien kijken. 'Die bloeien heel lang. Vrolijk, hè?'

Inderdaad. De tuin, het huis, alles ademde een verloren gewaande vrolijkheid uit. Over de ronde tuintafel onder de kersenboom hing een nieuw tafelkleed van diepblauw linnen met roze bloemetjes. De witmetalen stoeltjes hadden nieuwe kussens met hetzelfde dessin.

'We zijn vanmiddag op en neer geweest naar Jardiland,' zei Evelyne, 'met jouw auto. Dat vind je toch niet erg, hè?'

'Natuurlijk niet.' Er viel een stilte. 'Kan ik ergens mee helpen?'

'Nee, nee. Ik ga even bij Hotze kijken. Je weet maar nooit.' Na een zenuwachtig lachje liep ze terug het huis in.

Chantal drentelde een beetje door de tuin. Tegen de zijkant van het huis stonden rozenstruiken die nog geplant moesten worden, twee kleine fruitboompjes en een bak vol geraniums. In het gras lag een doos met onderdelen voor een zelf te monteren rozenboog. *We hebben geen grote plannen. We bekijken het van dag tot dag.* De plannen die Evelyne en Hotze met de tuin hadden, strekten verder dan een dag. Chantal wierp een blik naar boven, naar haar oude kamer. De kamer daarnaast was de slaapkamer van haar ouders. De ramen stonden wagenwijd open om tien jaar nicotinegeur eruit te laten trekken. Blijkbaar had Evelyne voor elkaar gekregen wat haar nooit was gelukt. Zo leek het. Chantal drentelde verder. Het voelde wonderlijk om langs haar geboortehuis te lopen, thuis en toch vreemd, alsof ze een gast was. Door het openstaande keukenraam hoorde ze lachen. Het hoge gegiechel van Evelyne en een veel lager geluid van een naar adem happende Hotze. Wanneer had ze haar vader voor de laatste keer zo horen lachen? Hij klonk als een jonge vent. Chantal voelde opnieuw een steek door haar borst trekken. Jaloezie? Ze gunde iedereen op de wereld het allerbeste, zeker haar beste vriendin en haar vader. De twee waren verliefd. Nou en? Voor zijn leeftijd was Hotze nog best een appetijtelijke man. Ze herinnerde zich wat Evelyne had gezegd toen ze hem voor de eerste keer had gezien. Wat een knappe man, jouw vader. Nu begrijp ik waaraan jij je fantastisch uiterlijk te danken hebt. Chantal had een beetje schaapachtig gelachen. Evelyne had er nooit een geheim van gemaakt dat ze vond dat Chantal er geweldig uitzag. Lang, slank, atletisch en met noordelijk natuurlijk blond haar. Ze zag er inderdaad goed uit, wist Chantal. Was ze daarom jaloers op Evelyne die meer dan een hoofd kleiner was dan zij en dikker en ouder? Of was ze jaloers omdat Evelyne wel van het leven kon genieten? Behalve zijn uiterlijk had ze ook Hotzes calvinisme geërfd, bedacht Chantal. Ze was te zwaar op de hand, te fanatiek met werk bezig, geen wonder dat ze al weer zo'n lange tijd alleen was.

'Daar zijn we weer!'

Hotze liep voorop, een groot dienblad torsend met hapjes, glazen, servies en bestek. Niks geen klachten over reumahanden of pijn in zijn nek en rug. Evelyne hobbelde er vrolijk achteraan met een champagnekoeler en een fles chablis.

'Deze is vast niet zo lekker als die van jou,' zei ze glimlachend, 'maar wel koud.'

Ze namen plaats aan de tafel, Hotze in het midden, als vanzelfsprekend, en proostten.

Chantal keek of er een asbak op tafel stond. Nee dus. 'Ben je gestopt met roken?' vroeg ze.

'Sinds gisteren.' Hij lachte een beetje verlegen. 'Dat probeer ik tenminste.'

'Knap, hè?' Evelyne wierp hem een verliefde blik toe.

'Heel knap.' Voor zolang het duurt, dacht Chantal. Hotze had het al vaker geprobeerd. 'Hebben jullie nog vakantieplannen?' vroeg ze om het gesprek op gang te brengen.

'Misschien een paar dagen naar zee, hè?' Met een soort van hondenblik keek Hotze Evelyne aan. 'Een oud-collega van het conservatorium heeft een appartement in Cherbourg waar we heen kunnen.'

Chantal knikte. Ze had wel eens van het appartement gehoord. Hotze had er al veel vaker heen kunnen gaan, maar hij had het aanbod vervolgens, net zo vaak, naast zich neergelegd. Somber, futloos. Waarom zou hij zich aan zee beter voelen dan thuis?

'Waarom ga je niet mee?' riep Evelyne.

'Ik?'

'Lekker uitwaaien op het strand.'

Zo te zien was Evelyne de oude afspraak om samen naar de Charente Maritime te gaan echt vergeten.

'Het appartement heeft drie slaapkamers en twee badkamers,' zei Hotze alsof dat de zaak vereenvoudigde.

'Ik eh...' Chantal nam een flinke slok chablis. 'Ik ben nogal druk met werk.' Ze keek Evelyne aan. 'Deadlines. Je weet wel.'

Evelyne knikte begrijpend. 'Maar misschien blijven we gewoon lekker hier. En dan kunnen we elkaar zien wanneer het jou uitkomt.'

'Met mij hoeven jullie geen rekening te houden,' zei Chantal.

'Nee, nee,' riep Evelyne lachend. 'Daar hoef je niet bang voor te zijn.'

Natuurlijk niet.

'O ja...' Hotze stak zijn hand op alsof hem opeens iets te binnen schoot. 'Zaterdagnacht werd ik gebeld door een zekere...' – hij kneep zijn ogen half dicht waardoor hij er opeens stukken ouder uitzag – '... ik kan me de naam niet meer herinneren, maar het was een Nederlandse vrouw die dringend naar jou op zoek was. Heeft die jou nog bereikt?'

Jarre leunt achterover in zijn bureaustoel en rookt een sigaret. De afgelopen uren zijn hectisch geweest. Misschien zit hij al te lang op 'speciale projecten', te lang niet meer met zijn poten in de modder, te oud, niets meer gewend.

Na het vertrek van de arme mevrouw Lavillier heeft hij een paar telefoontjes gepleegd. Bij galerie Prisma nam een collega van de Parijse politie op. Er waren geen getuigen of bewakingscamera's die iets gezien hadden van de moord op de galeriehouder, alleen een medewerkster die vlak voor lunchtijd nog een klant had binnengelaten. Een keurige meneer, zo te zien een verzamelaar. Daarna belde Jarre met de journaliste, Chantal Zwart, zijn aantekeningen makend in hetzelfde rode aantekenboekje dat hij altijd bij zich draagt. Geen computer, geen dossier, zoals afgesproken. Het eerste deel van het verhaal was niet echt een verrassing. Guy Lavillier bedroog zijn vrouw met een jonge meid. Een hartstilstand, nog vóór het moment suprême. Jarre moest er stiekem om lachen. De tweede helft van het verhaal – het bestelbusje op zondag in de rue de Prony, de brand in de nacht van zondag op maandag, de brandweer die geen stoffelijk overschot aantrof – riep vooral vragen op. Iemand heeft het lijk verplaatst. Of de vriendin van de journaliste heeft alles uit haar duim gezogen. Jarre nam zich voor om Chantal Zwart nog eens stevig aan de tand te voelen. Maar eerst moest het onderzoek naar Guy Lavillier worden opgestart en het team worden samengesteld. Vijf mannen, drie vrouwen. Jarre piepte Renoir op. Niet omdat het zo'n fijne collega is, maar omdat Renoir geldt als de beste rechercheur van het korps, een bijter en een bloedhond, en omdat alleen met de beste bezetting de zaak Lavillier tot een goed einde kon worden gebracht. Als er al zoiets als een goed einde bestaat.

Om halfacht was het team compleet. Tijdens de briefing in de kamer van de hoofdcommissaris vertelde Jarre, zijn collega's diep in de ogen kijkend, wie er vermist werd. Strakke, geconcentreerde blikken, geen reacties van leedvermaak of sensatiezucht. Hij benadrukte dat het onderzoek met de grootst mogelijke discretie moest worden uitgevoerd. Geen politiecomputer – voorlopig tenminste – , geen pers, mondje dicht. Instemmend knikken. Tevreden constateerde hij dat alle neuzen in dezelfde richting stonden. Daarna werden de taken verdeeld. Een huisbezoek aan de Lavilliers in Saint-Denis om het DNA van de vermiste veilig te stellen, het opsporen van de taxichauffeur die Lavillier zaterdag van huis ophaalde, een gesprek met Lavilliers fractiemedewerker om te vragen waarom die niet op de hoogte was van Lavilliers afwezigheid in het parlement, het onderzoeken van de computer of computers van de vermiste, zijn mobiel, het natrekken van mails, telefoontjes en creditcardbetalingen, en een lijst van alle bestelbusjes die zondag in een straal van vijftig kilometer rond Parijs waren verhuurd. Renoir werd op de stichting Formosa gezet, op woordvoerder Oscar Ortola en de brand in de rue de Prony. Jarre bleef op kantoor om de prefect van Saint-Denis-Seine te informeren. Morgenochtend wilde hij met mevrouw Lavillier en haar dochter gaan praten en hen proberen over te halen om Guy Lavilliers gegevens alsnog in Ariane, het centrale computersysteem, in te voeren en de media in te schakelen. Maar tot die tijd moest het onderzoek verlopen zoals mevrouw Lavillier had gevraagd: discreet.

Kwart over negen. Iedereen is de deur uit. Jarre rookt de sigaret waar hij al die tijd naar heeft gesnakt. Vervolgens zoekt hij het briefje dat de hoofdcommissaris hem heeft gegeven met het zestiencijferige wachtwoord dat toegang geeft tot alle politiecomputerbestanden. Voor noodgevallen, zei de hoofdcommissaris. Dit is een noodgeval. En gelukkig vindt Jarre het briefje.

Hij tikt de naam 'Guy Lavillier' in en verbaast zich over het enorme aantal dossiers dat op het scherm verschijnt. Een fors aantal verkeersovertredingen. Enkele aangiften van bedreiging. Jarre klikt er een paar open. Bedreiging door een antifascistisch platform, een blogger, een groep milieuactivisten, zelfs door een journalist van een internetkrant. Eerlijk gezegd schrikt Jarre er niet van. Eigen schuld, dikke bult. Met zijn harde standpunten over minderheden en buitenlanders heeft Guy Lavillier een hoop vijanden gemaakt.

Zijn oog valt op het dossier met de datum 17/9/2002. Het is het jaar na Lavilliers aantreden als burgemeester. De code verwijst naar seksuele intimidatie en aanranding. Jarre opent het bestand en leest het verslag van het eerste verhoor met Lavilliers medewerkster. Haar relaas begint zoals het altijd begint. Onschuldig. Een avondje overwerken met de baas op een verlaten gemeentehuis. Dan een korte onderbreking. Ze roken beiden een sigaret, drinken een glas. Lavillier prijst zijn secretaresse de hemel in en stelt vragen over haar ouders, over haar flat, of ze al een vriend heeft. Hij is charmant. Zullen we nog een glaasje nemen? We hebben het verdiend. Ze durft geen nee te zeggen. Dan gaat hij op de rand van het bureau zitten. Haar proefperiode zit er bijna op, zegt hij. Als ze een vaste aanstelling wil, moet ze hem een kleine dienst verlenen. De jonge vrouw is te verbijsterd om te weigeren. Terwijl hij met zijn tengels aan haar zit, moet zij de burgemeester pijpen.

Wanneer hij het leest, voelt Jarre weerzin opkomen. Hoe kan een vrouw als Isabelle Lavillier zo'n echtgenoot dulden? Waarom blijft ze bij hem? Uit liefde? Voor de kinderen of om voor de buitenwacht mooi weer te spelen? In de bijna vijftig jaar dat Jarre samen is geweest met Jeanne, heeft hij haar nooit bedrogen. Sterker nog: het idee is niet eens bij hem opgekomen.

Hij scrolt verder door het bestand. Op 19/12/2002 wordt de aangifte door Lavilliers secretaresse ingetrokken. Zonder reden. Jarre probeert zich voor te stellen hoe het is gegaan. Een smak geld

152

voor de vrouw, vrijwillig ontslag en levenslange geheimhoudings-
plicht. Zo gaat het altijd.

Wanneer hij het bestand sluit, valt hem nog een poging tot aanranding op. Hij opent het betreffende dossier. De aangifte is gedaan
op het politiebureau van de rue Jean Bart in Parijs op 24/5/2003. De
naam van de vrouw die de aangifte heeft gedaan, veroorzaakt een
schok.

Chantal Zwart.

Jarres ogen vliegen over het scherm om te lezen wat er is gebeurd.

De telefoon op het bureau rinkelt.

'Ja?' neemt hij onmiddellijk op.

'Meneer Jarre...'

Hij herkent de stem van Isabelle Lavillier nauwelijks.

Ze huilt van woede: 'Dit hadden we niet afgesproken, meneer
Jarre. Hoe kunt u zoiets nou doen?'

Hij moet zich bedwingen om haar niet te onderbreken. 'Het spijt
me mevrouw,' zegt hij wanneer ze is uitgeraasd, 'maar hier begrijp
ik werkelijk niets van.'

Niets erger dan het gezelschap van moeders met pasgeboren baby's
of van jong verliefden. Chantal vond het helemaal niet erg dat haar
mobiel overging en ze de tafel even kon ontvluchten. Hotze en
Evelyne hadden gevraagd naar de Nederlandse vrouw die zo laat
had gebeld. Chantal had slechts de voornaam genoemd. Naomi.
Geen achternaam. Het was een oud-studiegenootje uit Utrecht. Ja,
de vrouw was inderdaad overstuur geweest toen ze belde. Die
avond was ze overvallen en haar tas kwijtgeraakt met haar portemonnee en al haar papieren. Omdat ze geen woord Frans sprak,
had Chantal haar geholpen met aangifte doen. Vervolgens was
Naomi blijven slapen om bij te komen van de schrik en natuurlijk
ook om herinneringen op te halen aan hun studententijd.

Chantal liep de woonkamer in, de hoek in, zover mogelijk buiten gehoorsafstand, en drukte op de knop. 'Hoi, Axel.'

153

'Heb je het gehoord?' klonk het opgewonden.

'Wat?'

'Guy Lavillier wordt vermist!'

De mededeling trof haar als een mokerslag. Niet de inhoud, maar dat het nieuws nu al op straat lag.

'Zijn vrouw heeft vanmiddag aangifte van vermissing gedaan,' vervolgde Axel op dezelfde opgewonden toon. 'RTL zendt een ingelast bulletin uit. Nu. *As we speak.* Ik heb er twee verslaggevers op gezet. Twee ervaren verslaggevers.'

Hij was duidelijk over de rooie. *Breaking news.* Doordat zij had zitten suffen was de concurrent er met de buit vandoor gegaan. Ze kon Jarre, die hun afspraak na een paar uur al had geschonden, wel wurgen.

'Ik eh...' Ze realiseerde zich dat Axel misschien op een antwoord wachtte. 'Ik had je...'

Aan de andere kant klonk een venijnig klikje. Axel had gebeld om haar op haar falen als freelancejournalist te wijzen om vervolgens op te leggen. *Lul!* Ze nam de afstandsbediening en begon te zappen. RTL zat normaal op veertien, maar Hotze was erin geslaagd om de automatische zenderindeling overhoop te gooien.

'Hotze!' Terwijl ze bleef zappen, liep ze achteruit naar de tuindeuren. 'Waar zit RTL?'

'RTL?'

'Laat maar!' Ze had de zender gevonden. De plek waar de verslaggever zich had opgesteld, herkende ze meteen. De poort, de tuinmuur, het bordje met het huisnummer. De meterkast met behulp waarvan ze over de muur was geklommen viel net buiten het beeld.

'Mevrouw Lavillier is thuis in gezelschap van haar dochter,' sprak de verslaggever wijzend op de intercom boven de brievenbus, 'maar beide vrouwen willen niet reageren op het nieuws. Wij hopen nog op een reactie van de zoon van Guy en Isabelle Lavillier uit New York.'

Maxime. De naam schoot Chantal onmiddellijk te binnen. Jurist voor het IMF. Leuk om zo te horen dat je vader vermist wordt.

'De carrière van Guy Lavillier als politicus heeft de laatste jaar een enorme vlucht genomen,' ging de verslaggever verder.

Er werd een filmpje gestart. Beelden van de persconferentie van twee jaar geleden waarop Guy Lavillier La Nouvelle France lanceerde. Daarna was een jongere Lavillier te zien, *mister charming*, zijn installatie als burgemeester van Saint-Denis, gevolgd door een krantenkop over de affaire met zijn secretaresse. Vervolgens Lavillier in de bankjes van het parlement, gebroederlijk naast de huidige president. 'Sinds Guy Lavillier uit de UMP is gestapt,' sprak de verslaggever, 'is zijn populariteit enorm toegenomen.' Er volgden beelden van de gewelddadige ontruiming van het Roma-kamp Hanul in Saint-Denis, van de televisie-uitzending waarin Lavillier zijn uitspraak deed over de dood van Radi Bezun en dat het zijn eigen schuld was dat de jongen tijdens de schermutselingen om het leven was gekomen. Beelden van de politicus omringd door een stelletje kleerkasten van bodyguards, een politiewagen bij de ingang van de poort van zijn huis. 'Volgens de laatste peilingen kan La Nouvelle France rekenen op meer dan vijftien procent van de stemmen,' zei de verslaggever, die weer in beeld was. 'Betrouwbare bronnen melden dat Guy Lavillier over een paar dagen bekend zou maken dat hij volgend jaar wilde meedoen aan de presidentsverkiezingen. Of zijn verdwijning iets te maken heeft met zijn politieke ambities is nog niet bekend.'

Betrouwbare bronnen. Blijkbaar liep er een lijntje naar RTL, bedacht Chantal. Het televisiestation moest al een tijdje op de hoogte zijn van Lavilliers vermissing, anders hadden ze nooit zo'n gelikt filmpje kunnen monteren.

'Waar kijk je naar?' vroeg Evelyne, die met een glas in de hand de kamer was binnengelopen.

'Er wordt een politicus vermist.'

'Wie?'

'Guy Lavillier.'

'O?' Uit haar stem sprak leedvermaak. Dat ze geen fan van de populistische Lavillier was, verbaasde Chantal niet. Evelyne was een boerendochter, afkomstig uit een streek waar bijna iedereen op de socialisten of communisten stemde. 'En eh...?'

Chantal wees naar het televisietoestel, ten teken dat ze niets wilde missen.

In de studio sprak een presentator met een bekende schrijver die vroeger links was geweest, maar zich de laatste jaren steeds meer ontpopt had als het geweten van rechts Frankrijk. 'Guy Lavillier is een moedige man,' sprak de schrijver ernstig, 'een van de weinigen in dit land die de problemen durven te benoemen. Immigratie met de daaraan gekoppelde criminaliteit, buitenlanders die weigeren zich aan te passen aan onze joods-christelijke cultuur, maar vooral...' – er ging een vervelend vingertje omhoog – '... het verkwanselen van onze nationale identiteit aan Europa waardoor ons zuurverdiende geld in een bodemloze put verdwijnt om corrupte regimes als Griekenland en Italië overeind te houden. Guy Lavillier is nooit bang geweest om voor zijn mening uit te komen, ook al strijkt hij daarmee een hoop mensen tegen de haren. Daarom zou het me niets verbazen als zijn vermissing een politieke achtergrond heeft.'

'Onzin!' riep Evelyne. 'Die vent ligt gewoon ergens in bed met een jong ding.'

'Wie ligt er met een jong ding in bed?' vroeg Hotze, die door de tuindeuren naar binnen stapte.

'Guy Lavillier,' antwoordde Evelyne. 'Die politicus, weet je wel?' Ze wendde zich tot Chantal. 'En wat heb jij daarmee te maken?'

'Ik?'

'Iemand belde jou om naar de televisie te kijken.'

'Ik werk aan een verhaal over Lavillier,' zei Chantal. Voor Vox, wilde ze eraan toevoegen, maar na Axels telefoontje kon ze zich niet voorstellen dat ze ooit nog opdrachten voor Vox zou krijgen.

'Als ik jou was, zou ik maar uitkijken,' riep Evelyne. 'Meneer Lavillier heeft nogal een reputatie als het gaat om jonge vrouwen.'

Chantal zond haar een flauwe glimlach toe. Behalve een paar mensen bij France Inter wist niemand wat er destijds gebeurd was. Ze was tweeëntwintig, verslaggeefster, en had een interviewafspraak met de gedeputeerde Guy Lavillier. Iemand had haar nog gewaarschuwd voor geile Guy, maar ze maakte zich geen zorgen. Het gesprek vond plaats in een van de fractiekamers in het Palais Bourbon. Twee stoelen tegenover elkaar, geen tafel, zodat ze makkelijk met haar microfoon kon hengelen. Hij was nog dichterbij geschoven. Ze dacht aan zijn mooie praatjes, de vleierij en complimentjes dat ze zulke interessante vragen stelde en toen – als klap op de vuurpijl – was een van zijn nekwervels door een foute beweging van zijn hoofd op slot geraakt. Kermend van de pijn vroeg hij haar om zijn nek te masseren. Het was niet de eerste keer dat zijn wervel op slot zat. Vijf minuutjes kneden en dan zou hij het interview kunnen voortzetten. Zo goedkoop, zo doorzichtig! Ik zal een arts bellen, zei ze. Nee, je moet me masseren, riep hij terug. Omdat ze de bui al zag hangen, pakte ze haar spullen vast in en liep naar de deur. Wat ga je doen? vroeg hij aanstellerig. Bellen, antwoordde ze. Opeens was hij opgestaan, fris als een hoentje, en had zich voor de deur geposteerd en gezegd dat hij haar een mooie vrouw vond en dat hij ongelooflijk graag seks met haar wilde hebben – hier in zijn kamer – en dat hij een geweldige minnaar was en dat ze er voor de rest van haar leven geen spijt van zou hebben. Even was ze sprakeloos geweest, maar toen hij de deur van de kamer op slot wilde draaien had ze hem een welgemikte kniestoot verkocht, midden in het kruis, waardoor hij kermend – maar nu écht – op de grond stortte. Ze had de kamer verlaten en nog diezelfde dag aangifte gedaan van poging tot aanranding. Vervolgens had een overbezorgde hoofdredacteur als een gek op haar ingepraat om de aangifte in te trekken. Dat was beter voor het radiostation, zei hij, en dus ook beter voor haar. De verhouding tussen media en politiek in Frankrijk lag gevoelig. Niet dat hij die voor-wat-hoort-wat-cultuur goedpraatte, zei de hoofdredacteur, maar zo lagen de zaken nu eenmaal. Ze had geen keus gehad. France Inter was haar eerste echte baan. De beslissing om de aangifte in te trekken had ze altijd als een enorme nederlaag ervaren en daarom had ze er nooit met iemand over willen praten. Zelfs niet met Evelyne.

Hotze wilde iets zeggen, maar Chantal zette het geluid harder om de persconferentie te kunnen volgen die op het punt stond te beginnen. Een zaaltje met drie mannen achter een tafel die door een half fluisterende verslaggever werden geïntroduceerd. In het midden zat de prefect van het departement, rechts van hem de loco-burgemeester van Saint-Denis en links zat Jarre, die als plaatsvervangend hoofdcommissaris de operationele leiding over het onderzoek had. Terwijl ze nog meer ergernis voelde opkomen, bestudeerde Chantal zijn gezicht. Jarre was ouder dan de andere mannen aan tafel, droeg een goudkleurige bril die hij voortdurend op- en afzette en had een door zorgen getekend gezicht. Eerlijk gezegd zag hij er niet onsympathiek uit.

'Ik wil een korte verklaring afleggen,' begon de prefect, 'sinds afgelopen zaterdag wordt Guy Lavillier, gedeputeerde en burgemeester van Saint-Denis, vermist.'

Ze concentreerde zich op de rest. De verklaring was inderdaad kort. Geen galerie Prisma, geen jonge blonde vrouw, geen brand in de rue de Prony. Ze had niet verwacht dat de autoriteiten haar verhaal letterlijk zouden overnemen, maar in dit geval waren ze wel buitengewoon selectief met haar informatie omgegaan.

De loco-burgemeester en Jarre spraken eveneens een korte verklaring uit, waarna de prefect de journalisten de gelegenheid gaf tot het stellen van vragen. De camera zoomde uit naar de rest van het zaaltje. Erg druk was het niet. Een handvol journalisten, zo vers was het nieuws. Voor de microfoon stond iemand van RTL klaar. Natuurlijk. Vanavond was het hun show. Achter de RTL-verslaggever stond een vrouw die voor Vox werkte.

Het vragenvuur begon. Of de politie niet meer aanknopingspunten had, of men een misdrijf uitsloot, of Lavilliers vermissing misschien een politieke achtergrond had? De meeste vragen waren voor Jarre bestemd. Zijn antwoorden waren korzelig kort en vaak een letterlijke herhaling van een van de eerder uitgesproken verklaringen. Verder was hij opvallend vaak met zijn bril in de weer, alsof hij zich niet erg op zijn gemak voelde.

'Nog meer vragen?'

Haar collega van Vox was aan de beurt. Chantal had genoeg gehoord en wilde naar huis. Bellen met Jarre – om hem de huid vol te schelden – , bellen met Naomi. 'Sorry, jongens,' zei Chantal terwijl ze de afstandsbediening aan Hotze gaf. 'Ik moet ervandoor.'

'Nu al?' vroeg Evelyne teleurgesteld. 'We hebben nog een toetje.'

'Als ik mijn verhaal over Lavillier kwijt wil, moet ik nu als de donder aan de slag,' zei Chantal. 'Mensen interviewen uit Lavilliers omgeving die hem kennen of een mening over hem hebben.'

'Dan kun je mij ook interviewen.'

'Jij?' Verbaasd keek ze Hotze aan. 'Ken jij Lavillier?'

'"Kennen" is een groot woord. Ik heb hem vroeger wel eens ontmoet.'

'Wanneer?'

'Dat moet ergens eind jaren zestig zijn geweest.' Hotze begon te knikken alsof het hem weer daagde. 'Ja, in het begin van mijn conservatoriumtijd. Ik was bevriend geraakt met Lavilliers jongere broer, Christian, die piano studeerde. Een geweldige pianist. Onbegrijpelijk dat hij zijn pianostudie opeens heeft afgebroken. Zonde.'

Chantal zwaaide ten teken dat ze niet in Christians cv geïnteresseerd was. 'Hoe heb je Guy Lavillier ontmoet?' drong ze aan.

'Tijdens een zomer die we met een hoop mensen doorbrachten op het landgoed van zijn ouders.' Zijn ogen begonnen te glimmen. 'Een kast van een huis met een hoop kamers en een compleet park eromheen.' Hij begon te lachen.

'Wat lach je?' vroeg Evelyne.

'Omdat het al zo lang geleden is en eh...' Zijn blik ging naar de grond, zichtbaar gegeneerd. 'Het was een andere tijd, zal ik maar zeggen.' Hij tilde zijn hoofd weer op. 'Een tijd van vrijheid, blijheid.' Zijn wangen waren lichtrood geworden.

'Seks, drugs en rock-'n-roll, zul je bedoelen. Vertel...' Plagerig stak Evelyne een vinger in zijn buik. 'Wat heb je daar toen allemaal uitgespookt?'

Hij haalde zijn schouders op. 'Ach, wat iedereen in die tijd deed: een beetje blowen en zo. Meer niet.' Hij draaide zijn gezicht naar Chantal. 'Het was nog voor ik je moeder leerde kennen.'

159

Ze had geen zin om zich een blowende Hotze voor te stellen.
'Waar was dat landgoed?'
'Ergens aan de Loire.'
'Saint-Florent-le-Vieil?'
'Ja,' reageerde Hotze verbaasd. 'En nu schiet me ook weer te binnen welke zomer het was. 1968. Vlak na de studentenopstand.'

Ze liggen naast elkaar in bed, loom van de seks. Tom rookt een sigaret. Naomi houdt haar ogen dicht, in de hoop dat ze in slaap valt. IJdele hoop. Het is alsof de vrijpartij de beelden die ze probeert te verdringen alleen maar aanwakkert. De doodsnood van Guy-met-de-blauwe-ogen en zij die geen poot uitsteekt. Ze hoort haar hart tekeergaan. Schuldgevoel.

'Waarom hebben we het zo lang niet meer gedaan?' Het is een retorische vraag. Tom heeft zijn arm om haar heen geslagen en masseert de tepel van haar rechterborst tussen zijn vingers. 'Stom, hè?'

'Inderdaad... stom,' zegt Naomi terug.

Haar borsten deinen. Haar voorhoofd is nat van het zweet. Laat Tom denken dat het van uitputting is, dat hij haar zo heeft bevredigd dat ze geen pap meer kan zeggen. Zelf weet ze heel goed wat er aan de hand is. Het is de zoveelste paniekaanval omdat ze hem nog steeds niet durft te vertellen wat er in Parijs is gebeurd. En ze wil het ook niet vertellen. Niet nu Tom zo lief tegen haar is. Vanaf haar aankomst op het station heeft hij haar vertroeteld. Met de taxi naar huis, waarbij hij galant de deur voor haar openhield. De scène deed denken aan een paar dagen geleden. Tijdens de rit rustte zijn hand op haar been. Tom was ook zenuwachtig. Terwijl hij haar honderduit over Parijs vroeg, probeerde ze de antwoorden zo kort mogelijk te houden. Ze was moe, zei ze. Het was een drukke week geweest. Ze hoopte maar dat hij niet in de gaten had hoe zenuwachtig ze zelf was. Op de Overtoom kreeg de chauffeur een enorme tip, daarna werd ze al even galant uit de auto geholpen.

Thuis bleek voor een kapitaal aan sushi in huis gehaald te zijn. Haar lievelingseten. In de koelkast lagen drie flessen pinot grigio. Haar lievelingswijn. Aan de eettafel, waar ze al maanden niet samen hadden gezeten, moest ze alles over Parijs vertellen en hij luisterde, zonder betweterige opmerkingen te maken. Hoe gingen de interviews? Uit zijn stem sprak oprechte belangstelling. Als docent weet hij hoe belabberd haar interviewtechniek is. Bij de lokale Amsterdamse televisiezender is ze daarom van het scherm gehaald. Interviewen voor een blad gaat nog. Niemand die haar gehakkel hoort. Ze moest over alle Nederlanders vertellen die ze in Parijs heeft ontmoet, terwijl ze hem eigenlijk wilde vragen waarom hij zo lief tegen haar deed. Ik heb je gemist, zei hij met het kraakje in zijn stem waardoor ze dertien jaar geleden voor hem was gevallen. Na het eten kwam hij naast haar zitten, legde zijn arm om haar heen en begon een beetje onhandig te vrijen. Ze wilde niet, maar gaf toch toe. Even later gingen ze naar boven, naar bed, samen.

Dat was twee uur geleden.

Door de open slaapkamerdeur zijn de ping-geluidjes van haar mobiel, die ze op tafel heeft laten liggen, te horen. Het laatste kwartier volgen ze elkaar in hoog tempo op.

'Een Franse minnaar?'

Ze schrikt zich rot.

'Iemand is dringend naar jou op zoek,' zegt Tom lachend. 'Moet je niet kijken?'

Ze durft niet te kijken, maar ze moet wel. Als ze al pretendeert dat er niets gebeurd is, moet ze doen wat ze altijd doet: meteen kijken wat er nu weer op haar smartphone binnenkomt. Ze glijdt het bed uit en loopt op blote voeten naar beneden. De sms'jes zijn allemaal van dezelfde afzender. Terwijl het zweet haar uitbreekt, opent ze de laatste.

Cuno Behrens vermoord. Bel me. Dringend.

Even begrijpt ze het niet. Wat heeft de galeriehouder te maken met Guy-met-de-blauwe-ogen? Dan slaat de angst haar om het hart.

Het gevoel in een gruwelijke nachtmerrie beland te zijn, doet haar duizelen. Ze voelt gal opborrelen en wankelt naar het aanrecht. Een glas water. Door alle zenuwen heeft ze te veel gedronken en gegeten. Niet zo raar dat haar darmen in de war zijn. Ze rilt. Op haar onderarmen staat kippenvel. Een aanval van buikgriep? Een stemmetje in haar hoofd waarschuwt haar dat ze geen water moet drinken maar als de donder naar het toilet moet gaan. Ze wankelt terug, de gang op, en ziet nog net kans om de toiletbril open te klappen en op haar knieën voor de pot te gaan zitten voor de eerste golf uit haar mond gutst. Het is alsof haar ingewanden scheuren en iemand een mes in haar keel steekt. Ze brengt haar mond opnieuw tot boven de rand. De stukjes rauwe vis drijvend in de kots veroorzaken een tweede golf en daarna nog een. De stank is niet te harden. Snel spoelt ze door. Met toiletpapier veegt ze haar mond en neus schoon en spuugt een paar laatste slierten uit. Aan de randen van de pot zitten nog wat klodders kots. Ze klautert overeind en ziet in het spiegeltje haar asgrauwe gezicht. Een bad, denkt ze, een warm bad. Maar de badkamer is boven, naast de slaapkamer, naast Tom. Nadat het reservoir is volgelopen, spoelt ze het toilet voor een tweede keer door en loopt naar de keuken. Een glas water. De bittere smaak uit haar mond moet weg. Ze pakt een glas en houdt dat onder de kraan. Wanneer ze de handen op haar schouders voelt, slaat ze van schrik het glas tegen de kraan. De gootsteen ligt vol scherven.

'Wat is er, Naomi?'

Ze begint te huilen, waarop Tom haar in zijn armen neemt.

'Meisje van me, wat is er toch aan de hand?'

Ze twijfelt. Moet ze alles opbiechten of zet ze daarmee hun relatie, die na maanden eindelijk weer een beetje lijkt op te bloeien, op het spel? 'Ik kan er niet meer tegen,' begint ze met een snikkend stemmetje. 'Al die interviews. Ik weet gewoon niet hoe ik het moet redden. Over twee weken is de deadline. En als het niet goed is...'

Ze haalt diep adem, zich opmakend voor een nieuwe huilbui.

'Je maakt je toch geen zorgen om je proefperiode?'

'Jawel,' liegt ze.

162

'Dat hoeft echt niet,' probeert hij haar gerust te stellen. 'Als ze je naar Parijs sturen voor zo'n grote special, wil dat zeggen dat ze alle vertrouwen in je hebben.'

'Maar ik moet nog zoveel materiaal uitwerken.' Wanhopig klemt ze zich aan hem vast.

'Waarom gaan we niet een paar dagen weg? Naar Vaals. Een beetje wandelen en fietsen en dan met hernieuwde energie aan het werk.'

Vaals. Ze heeft altijd een hekel gehad aan het vakantiehuis dat Tom van zijn ouders heeft geërfd. Een houten chalet vol muizen, waarvan de populatie na iedere periode van afwezigheid alleen maar lijkt toe te nemen. De sombere bossen vol naaldbomen. Tom heeft er als kind zijn vakanties doorgebracht. Daarom wil hij het huis niet van de hand doen. Plotseling lijkt Vaals de oplossing, een voorlopige oplossing althans, een kans om tijd te winnen of ze het echt wil zeggen, of niet. Even weg uit Amsterdam, weg van... Onzin, zegt ze tegen zichzelf. Ze moet zich niet gek laten maken. Ze is gewoon een beetje overspannen en daarom ziet ze overal spoken.

'Nou, meisje van me?'

Ze slaat haar armen om hem heen. 'Je bent zo lief, je bent zo lief.' Ze blijft de zin herhalen, maar het gevoel van angst wordt niet minder.

Uit het dagboek van mevrouw Andrée Giraud

Vannacht hebben ze tot heel laat muziek gemaakt in de tuin. Er was een meisje dat mooi zong. Het laatste uur speelden ze steeds hetzelfde nummer. 'Nights in White Satin'. Ik ken het nummer van Radio Monte Carlo waar ik soms naar luister, maar vannacht klonk het mooier dan ooit.

Wanneer ik naar buiten kijk, zie ik een jongen en een meisje gearmd de poort uitkomen gevolgd door de jongste zoon van de eigenaren van het chateau. De pianist. Als kind heb ik hem een paar keer achter de vleugel zien zitten. Zijn handen bewogen als vlinders over de toetsen. Hij heeft gisteren ook gespeeld. Ik weet het zeker. Hij zou niemand anders toestaan om op de vleugel te spelen. Het gebeurt in een flits, zonder nadenken. Ik pak de transistorradio van mijn bureau, zet Radio Monte Carlo op en val midden in een ouderwets Frans chanson. Snel draai ik de muziek weg en zoek verder. Radio Luxemburg speelt een Engels nummer dat ik niet ken, maar het klinkt goed. Muziek waar je vrolijk van wordt. Ik zet de transistorradio op de vensterbank en draai het geluid heel hard. Dan verschuil ik me achter het gordijn en kijk naar buiten. De pianist reageert als eerste en wijst naar boven. Hij praat met de jongen en het meisje. Ik zie ze lachen. Het werkt, zonder een woord met elkaar te wisselen, zelfs zonder elkaar te zien, hebben we contact. Via de muziek. Ik voel me zoals ik me nog nooit heb gevoeld. Opgewonden.

'Ben je helemaal gek geworden?!'

De klap belandt op mijn rechteroor, met zo'n kracht dat de tranen in mijn ogen springen en ik aan die kant niets meer hoor.

'Idioot!' Vader slaat de transistorradio van de vensterbank en kijkt me razend aan wanneer de muziek doorgaat. 'Hoe gaat dat ding uit?!'

Terwijl ik naar het knopje wijs, tilt hij zijn voet op. Even ben ik bang dat hij het toestel waar ik zo lang voor heb gespaard voor mijn ogen zal verbrijzelen. Maar dan raapt hij de radio op, rukt de achterkant los en haalt de batterijen eruit die in de zak van zijn overall verdwijnen.

'Hé! Alles goed daar?'

Ik herken zijn stem. De pianist. Hij klinkt bezorgd. Dan praat hij met zijn vrienden. Even later wordt er gelachen.

Voor vader is het de druppel die de emmer doet overlopen. Op het moment dat hij zijn hand optilt, duik ik weg. De suizing scheert vlak langs mijn linkeroor. Ik laat me op bed vallen, op mijn buik, en hoor hoe hij het raam dichtgooit. Bijtend in het kussen wacht ik mijn straf af.

Dinsdagochtend

De sfeer in de salon is beladen. Isabelle Lavillier en dochter Romy zitten op één bank, hun gezichten strak. Jarre heeft op de bank ertegenover plaatsgenomen, zo ver mogelijk van hen vandaan, en voelt zich schuldig over wat er is gebeurd. Mevrouw Lavillier heeft zo te zien nauwelijks geslapen. Haar dochter evenmin. Ze oogt bleek en rookt de ene na de andere sigaret, hoewel haar moeder haar daarvan af probeert te houden. Beide vrouwen zijn op van de zenuwen. Geen wonder. Sinds de uitzending van RTL wordt het huis van de Lavilliers belegerd door de pers. In de straat staan satellietwagens en auto's van verslaggevers. Vanochtend dook er zelfs een fotograaf op in de tuin, die het ondanks de agenten voor de poort was gelukt om over de muur te klimmen. De telefoon rinkelt onophoudelijk. Iedereen probeert een reactie van mevrouw Lavillier te krijgen. Inmiddels zit er een agente in een belendend vertrek die de telefoon opneemt. Iemand van de technische recherche tapt de lijn af in de hoop dat er tussen het journaille nog iets bruikbaars voor het onderzoek zit. Tevergeefs.

'Het spijt me,' begint Jarre schoorvoetend tegen mevrouw Lavillier en haar dochter. 'Er moet iets zijn misgegaan in de interne communicatie. Ik zal er persoonlijk voor zorgen dat het niet meer zal voorkomen.'

Hij ziet dat het antwoord hun niet bevalt. Het is hetzelfde excuus als gisteravond. Een rotsmoes. Heeft er iemand gelekt? Hij kan het zich nauwelijks voorstellen. Aan de andere kant: er lopen altijd lijntjes van de politie naar de pers. Agenten die in ruil voor steekpenningen bereid zijn journalisten een handje te helpen. Zelf beschikt hij ook over een lijntje. Chantal Zwart. Gisteravond laat belde ze hem nog, boos dat hij haar niet gewaarschuwd had voor de persconferentie. U moest eens weten hoe boos ik ben, zei hij terug. Hij kan zich niet herinneren dat hij zich tijdens zijn lange politiebestaan ooit zo belazerd heeft gevoeld. Het is alsof een vreemde, duistere macht de regie van hem heeft overgenomen.

Terwijl hij probeert zelfvertrouwen uit te stralen, richt Jarre zich tot mevrouw Lavillier en haar dochter: 'We zullen alles doen zodat de pers u niet langer lastigvalt. Als u wilt, zet ik ook beveiliging bij het huis.'

De boodschap lijkt niet tot mevrouw Lavillier door te dringen. Romy reageert wel. Een kort knikje alsof hij eindelijk iets verstandigs voorstelt.

'En we kunnen ook camera's installeren,' zegt Jarre tegen mevrouw Lavillier.

'Néé, geen camera's!' Ze schudt heftig met haar hoofd. 'Dat wil mijn man niet.'

'Mama?' Romy kijkt haar niet-begrijpend aan.

'Laat maar, Romy.'

'Wat laat maar?'

Mevrouw Lavillier gebaart haar om niet verder te vragen.

'Waarom wil uw man geen camera's?' vraagt Jarre, denkend aan alle dossiers die hij gezien heeft met aangiften van bedreiging.

'Omdat Guy vindt dat we niets te verbergen hebben.'

'Bespottelijk, mama.'

'Mijn man is geen angsthaas,' zegt mevrouw Lavillier na een korte afkeurende blik naar haar dochter. 'Hij zegt wat hij denkt en wat veel mensen ook denken maar niet durven te zeggen. Mijn man heeft altijd voor zijn idealen gestaan en zich door niemand daarvan laten weerhouden.'

Romy stoot een laatdunkend lachje uit, wat haar op een nieuwe afkeurende blik van haar moeder komt te staan.

'Meneer Jarre...' Mevrouw Lavillier is kaarsrecht gaan zitten en kijkt alsof ze zich wil verontschuldigen voor het obstinate gedrag van haar dochter. 'Wat is de stand van zaken?'

'De zoektocht naar uw man is opgeschaald tot het allerhoogste niveau.' Eerlijk gezegd is Jarre blij dat eindelijk alle middelen kunnen worden ingezet.

'En...?' vraagt Romy met een spottend lachje. 'Heeft dat *allerhoogste niveau* al iets opgeleverd?'

'Uw vader...' – hij wendt zich tot mevrouw Lavillier – '... uw man heeft zaterdagavond samen met een jonge vrouw de galerie verlaten.' Om de twee niet nog ongeruster te maken besluit hij de moord op de galeriehouder achterwege te laten. Het gezicht van mevrouw Lavillier staat onveranderd strak. Romy kijkt alsof het haar niets verbaast dat haar vader in gezelschap van een jonge vrouw is gesignaleerd. 'Vervolgens zouden de twee een taxi hebben genomen naar de rue de Prony,' gaat Jarre verder, 'naar het pand waar de stichting Formosa is gevestigd, een stichting waarvan uw man bestuurslid is.' Hij laat een pauze vallen.

'Ik weet dat mijn man bestuurslid is, meneer Jarre,' zegt mevrouw Lavillier beleefd glimlachend. 'Sterker nog: ik heb hem destijds aangemoedigd om in het bestuur zitting te nemen. Formosa zet zich in voor cultureel ondernemerschap. Aangezien mijn man weinig tot niets in de culturele sector deed, leek het me een mooie aanvulling op zijn portefeuille.'

Opnieuw klinkt een laatdunkend lachje van de dochter, maar mevrouw Lavillier lijkt zich niet te willen laten verleiden tot een reactie en blijft hem strak aankijken.

'Ik eh...' Jarre aarzelt. Is Guy Lavillier echt in bed overleden? Het bewijs ontbreekt. Na een diepe zucht richt Jarre zich opnieuw tot mevrouw Lavillier. 'Ik heb reden om aan te nemen dat uw man vaker gebruikmaakte van het adres aan de rue de Prony om eh...'

'Ik weet dat mijn man vreemdgaat,' onderbreekt ze hem, 'maar dat wil nog niet zeggen dat ik per se hoef te weten wáár.'

'Mevrouw, het spijt me als...'

'Wat een smeerlap!' barst Romy plotseling uit. 'Mama, ik begrijp niet hoe je dat al die jaren hebt kunnen toestaan. Ik had hem allang verlaten.' Haar ogen lichten op, waarna ze een nieuwe sigaret opsteekt. 'Of ik had hem…'

'Romy…' Mevrouw Lavillier heeft een hand op die van haar dochter gelegd. 'Je moet niet zoveel roken. Dat is niet goed voor je.'

'Mama!'

'En wat het vreemdgaan van je vader betreft,' gaat mevrouw Lavillier ogenschijnlijk onverstoorbaar verder, 'Guy en ik zijn volwassen mensen die een volwassen relatie met elkaar hebben.'

Opnieuw verbaast Jarre zich over de laconieke toon waarop ze het zegt. Houdt ze er zelf een minnaar op na? Of is het een kwestie van beschaving om niet de vuile was buiten te hangen?

'En die jonge vrouw…?' Met grote ogen kijkt mevrouw Lavillier hem aan. In haar stem klinkt angst door. 'Hebt u die al gevonden?'

'Nog niet, mevrouw.'

'Maar die journaliste. Die eh…'

'Chantal Zwart.'

'Weet die niet waar die vrouw is?'

'Dat wil ze niet zeggen.'

'Wat!' roept mevrouw Lavillier uit. 'Maar die vrouw weet misschien waar mijn man is!'

'*Dat wil ze niet zeggen.*' Romy's imitatie van Jarre is perfect. 'Be-spot-te-lijk!' Ze drukt haar sigaret uit en slaat een arm om haar moeder heen, die zachtjes is gaan huilen. 'Moet u eens kijken wat u mijn moeder aandoet.'

'Het spijt me,' zegt Jarre. 'Maar ik kan die journaliste niet dwingen om haar bron te noemen.'

'Waarom niet?'

'Journalisten genieten verschoningsrecht. Zelfs als ik haar zou laten opsluiten, heeft ze het recht te zwijgen.'

'En zo iemand gelooft u?' reageert Romy fel. 'Ik heb er nog spijt van dat ik dat mens te woord heb gestaan, nadat ze hier was binnengedrongen.'

Jarre zwijgt. Hoe geloofwaardig is Chantal Zwart? Hij denkt aan het gesprek van gisteravond, toen hij haar confronteerde met

169

haar aangifte uit 2003 tegen Guy Lavillier. Ze zei dat het haar nog steeds dwarszat, dat ze de aangifte destijds had ingetrokken en dat ze, als het haar nu zou overkomen, geen moment zou twijfelen om een smeerlap als Lavillier aan het kruis te nagelen. Zelf vindt Jarre Lavillier ook een smeerlap. Wat dat betreft zijn ze het roerend met elkaar eens.

'Dus na de rue de Prony loopt het spoor dood?' vraagt mevrouw Lavillier, die haar gebruikelijke beheersing lijkt te hebben teruggevonden.

Jarre knikt. 'Zo lijkt het. Behalve dat eh...' – hij twijfelt over zijn woorden – '... dat in de nacht van zondag op maandag het pand aan de rue de Prony is uitgebrand. Maar er zijn geen slachtoffers gevonden,' zegt hij snel wanneer hij de schrik op mevrouw Lavilliers gezicht ziet.

'En wat betekent dat, meneer Jarre?'.

'Dat we alle opties openhouden.'

Het zijn dezelfde woorden waarmee de prefect gisteren de persconferentie heeft afgesloten. Geen speculaties. Ook al liggen de politieke motieven voor het oprapen.

Jarre richt zich opnieuw tot mevrouw Lavillier. 'Klopt het dat uw man wilde meedoen aan de presidentsverkiezingen?'

Ze knikt.

'En u steunt hem daarin, mevrouw?'

'Natuurlijk, meneer Jarre. Mijn man is politicus. Ik heb hem altijd gesteund.'

'En u?' Hij wendt zich tot Romy. 'Wist u dat uw vader president wil worden?'

'Ik heb het gisteren pas gehoord,' antwoordt ze ijskoud, 'en het lijkt me een ramp.'

'Romy!'

'Ja, mama. Zo is het toch.'

'U bent geen voorstander van de politiek van uw vader?' vraagt Jarre voorzichtig.

'Nee,' klinkt het al net zo koud. 'En jij toch ook niet, mama?'

Mevrouw Lavillier lijkt zichtbaar in verlegenheid gebracht. Met een flauwe glimlach richt ze zich tot Jarre. 'Ik ben geen politicus. Bovendien hoef ik het niet op alle punten met mijn man eens te zijn om toch achter hem te staan.'

Er wordt op de deur geklopt, waarna de agente die de telefoondienst heeft haar hoofd om de hoek steekt. 'Commissaris?'

Jarre voelt aan zijn water dat er iets grondig mis is. Na een verontschuldigend knikje staat hij op en loopt naar de hal. 'Ja?' vraagt hij nadat hij de deur achter zich heeft dichtgetrokken.

De agente overhandigt hem een mobiel. 'Renoir.'

'Ja?'

Renoir is opgewonden. Door het verkeer op de achtergrond is hij nauwelijks te verstaan. Het klinkt alsof ze iets hebben gevonden.

'Waar?' roept Jarre.

Renoir schreeuwt iets terug.

'Ik kom er onmiddellijk aan! Alles afzetten en niets aanraken!'

CLUB DE TIR DE BOBIGNY. Het bordje wees naar een flatgebouw dat nog hoger en lelijker was dan de andere flatgebouwen. Chantal borg haar helm weg en zette haar scooter op slot. Op het grasveld tussen de flats trapten een paar donkergekleurde jongens lusteloos tegen een bal. Zelfs aan het begin van de ochtend was de warmte al nauwelijks te harden. Terwijl ze het voetpad volgde, voelde ze de blikken in haar rug. Zo meteen zouden ze gaan fluiten. Toen ze zonder enige reactie van de jongens de overkant van het grasveld had bereikt, voelde ze zich bijna teleurgesteld. Zag ze er zo slecht uit? Natuurlijk, ze was moe. Tot diep in de nacht had ze zitten werken aan haar artikel over Guy Lavillier, maar de belangrijkste informatie ontbrak nog steeds. Wat was er met zijn lichaam gebeurd? Terwijl ze internet afstruinde op zoek naar nieuwe invalshoeken, had ze geprobeerd om het nieuws op de diverse media zoveel mogelijk te volgen. In de studio van France Inter zat iemand die sprak over Lavilliers ongenuanceerde wereldbeeld en waar het toe kon leiden als mensen dat wereldbeeld net zo ongenuanceerd en klakkeloos overnamen. Op Twitter verschenen al de eerste complottheorieën over zijn mysterieuze verdwijning. De Parti Socialiste zat erachter, of de UMP, of het Front National, of alle drie tegelijkertijd. Plotseling leek iedereen er een belang bij te hebben dat Guy Lavillier zich afzijdig hield van de presidentsverkiezingen. Had hij écht zoveel kans om president te worden? Chantal betwijfelde het. Met vijftien procent zou hij de eerste ronde waarschijnlijk niet eens overleven, maar misschien bracht alleen al zijn deelname het pokerspel rond de verkiezingen zo in de war dat een van de andere partijen reden had om zich zorgen te maken. Ze surfte naar Vox. Prominent op de homepage stond een verslag van de persconferentie en een uitgebreid profiel van Guy Lavillier. Terwijl ze het las, voelde ze niet alleen jaloezie opwellen, maar vooral kwaadheid. Verdomme. Hier had haar artikel moeten staan. Ze klikte de website van RTL open. Behalve dat het station als eerste op de hoogte was geweest van Guy Lavilliers vermissing, had men weinig nieuws te melden. Chantal realiseerde zich dat ze met haar kennis nog steeds een voorsprong had op haar collega's. Met hernieuwde energie had ze zich op haar research gestort. Ze kreeg steeds meer het vermoeden dat de sleutel bij de stichting Formosa moest liggen. Wat was dat voor stichting waarvan Lavillier, die een leven lang niets met kunst te maken had willen hebben, bestuurslid was? Nadat ze de homepage van Formosa had geopend, keek ze nog steeds tegen de mededeling aan dat de site momenteel niet bereikbaar was. Maar de grootste verrassing was dat iemand het 06-nummer van Ortola had weggehaald. Daarna had ze op internet alle Oscar Ortola's in Parijs gezocht die ze maar kon vinden.

En met succes.

Het bordje wees naar het souterrain van het flatgebouw. Een trap bezaaid met platgetreden kauwgum en andere rommel voerde naar een ondergronds pleintje, waar de helft van de plafondverlichting het niet deed of irritant flikkerde. Aan het pleintje lagen een paar winkels. De ingang van de schietclub bevond zich in een donker hoekje. Een zware metalen deur met CLUB DE TIR DE BOBIGNY, aan weerszijden met graffiti volgespoten betonmuren. Naast de deur zat een elektronisch slot waarmee leden die een pasje hadden en de cijfercombinatie kenden zelf de deur konden openen. Voor bezoekers was er een intercom. Een bordje vermeldde dat de toegang van de schietclub onder cameratoezicht stond.

Ze belde aan.

'Ja?'

Ze richtte haar hoofd naar de plek waar ze de camera veronderstelde. 'Ik ben van *Armes & Tir*,' zei ze met haar vriendelijkste gezicht, 'en heb een afspraak met een van uw leden.'

Het noemen van de naam van het sportschutterstijdschrift bleef niet zonder effect. Bij het horen van de zoemer kon ze de metalen deur openduwen. Ze kwam in een smalle gang terecht waar haar een tweede metalen deur wachtte. Eenzelfde elektronisch cijferslot, eenzelfde intercom. Ongetwijfeld hing er ook nog ergens een camera. Nadat ze opnieuw had aangebeld en de naam van het tijdschrift had genoemd, betrad ze eindelijk de clubruimte. Een typische sportkantine. Bruine slijtvaste vilttegels, een tiental tafels met stoeltjes, stoffige door spotjes beschenen rubberplanten en een L-vormige bar, waarachter een zwaarlijvige man stond met achterovergekamd haar vol brillantine.

'Dus u bent van *Armes & Tir*?' vroeg hij zichtbaar verbaasd.

'Ja,' antwoordde ze, zich afvragend hoeveel vrouwelijke journalisten er waren die over wapens schreven.

Met een verrassende souplesse kwam de man achter de bar vandaan. 'Lagarde,' stelde hij zich breed glimlachend voor. 'Claude Lagarde. Mijn vrouw en ik beheren de kantine.'

'Chantal.'

Ze gaven elkaar een hand.

'Leuk dat u ook eens een kijkje komt nemen bij onze vereniging,' zei de beheerder duidelijk verheugd over het onverwachte bezoek. 'En met wie had u een afspraak?'

'Met Oscar Ortola.'

Na uren op internet had ze hem eindelijk gevonden. Compleet met foto. Kampioen luchtpistool van twee jaar geleden van de regio

173

Ile de France én lid van Club de Tir de Bobigny. Met glimmende schedel en donkere prikoogjes hield hij een wanstaltige beker op. Het was de enige foto die Chantal van Ortola op internet had kunnen vinden.

'Oscar Ortola,' herhaalde de beheerder fronsend, 'die heb ik al een tijd niet meer gezien.'

Ze ging er niet op in en bleef de man vriendelijk aankijken.

'Hoe laat hebt u met hem afgesproken?'

'Om elf uur,' antwoordde ze na een blik op haar horloge.

'Dan zal hij zo wel komen.' De beheerder leek in dubio te staan wat hij moest doen. 'Kan ik u iets aanbieden?' vroeg hij wijzend naar de bar.

'Nee, dank u. Misschien wilt u me alvast iets over de vereniging vertellen.'

'Ik?' De man sloeg zijn ogen neer. 'Dat moet u iemand van het bestuur vragen.' Hij gebaarde naar de lege tafeltjes. 'Maar zo vroeg op de ochtend zijn er meestal nog geen bestuursleden. Bovendien ben ik bang dat de meesten nu op vakantie zijn.'

'Bestuursleden vertellen altijd dezelfde saaie verhalen. Voor mijn artikel ben ik op zoek naar een andere insteek, het "echte" verenigingsleven.' Chantal gaf de beheerder een knipoog en liep naar de glaswand die uitzicht bood op de schietbaan. Naast elkaar stonden twee sportschutters, beiden met een blauw kogelvrij vest en oorbeschermers. Ze hielden hun armen vooruitgestrekt, hun pistool richtend op een van de schijven die een meter of vijfentwintig verder hingen. Na ieder schot volgde een lichte ontspanning in hun nek en schouders.

'Waarom hoor ik niets?' vroeg ze.

'Tien centimeter dik glas.' Met een rouwrandnagel tikte hij op de glaswand. 'Kost een kapitaal, maar dan heb je ook wat.'

Ongeveer op hetzelfde moment lieten de schutters hun armen zakken en ontspanden hun lichamen helemaal. Via een strakgespannen kabeltje kwamen de schietschijven op hen af zodat ze hun score konden aflezen.

'Het systeem is volledig geautomatiseerd,' merkte de beheerder

174

trots op. 'Met tien schietbanen voldoet onze club aan alle eisen voor officiële wedstrijden.'

'Wanneer was de laatste wedstrijd?'

Er volgde een diepe zucht. 'Ons bestuur is niet bepaald actief op dat vlak. Maar eh...' Hij leek gegeneerd.

Chantal gebaarde dat ze de informatie die ze net gehoord had niet zou gebruiken. 'Schiet u zelf?' vroeg ze snel.

'Ja, natuurlijk. Schieten is het mooiste wat er is.' Hij begon te stralen. 'Ik behoor tot de gelukkige mensen die van zijn hobby zijn beroep heeft kunnen maken. Maar mijn vrouw schiet niet. Mocht u dat soms denken.' Hij lachte een beetje verlegen.

'Hoeveel leden heeft de vereniging?'

'Een kleine driehonderd.'

'En die kent u allemaal?'

'De meesten wel. Wat niet zo gek is als je al twintig jaar beheerder bent.'

Ze knikte bewonderend. 'En wat voor mensen zijn dat nou die eh... schieten?'

'Arm, rijk, en alles wat daartussenin zit. Fransen, buitenlanders, in alle soorten en maten, wit, zwart, bruin.' De beheerder had alle schroom laten varen en zat duidelijk op zijn praatstoel. 'De meeste leden zijn mensen met drukke banen die komen schieten omdat ze zich dan pas echt kunnen ontspannen. Het is een lastige sport.' Hij wees naar de glaswand waarachter de twee mannen zich weer opmaakten voor een nieuwe serie schoten. 'Hebt u het ooit geprobeerd?'

'Eh... ja, natuurlijk,' zei Chantal zich realiserend dat het een beetje vreemd zou zijn als ze voor *Armes & Tir* schreef en nog nooit een schot gelost had. 'Hanteert uw vereniging een strenge ballotage?' vroeg ze voor hij haar uitnodigde om een paar schoten af te vuren.

'Nieuwe leden worden uitgebreid door het bestuur gescreend en moeten een bij de prefectuur opgehaald bewijs van goed gedrag kunnen overleggen. Iemand met een strafblad komt er hier niet in. Thuis moeten de leden hun wapens en munitie in een kluis be-

175

waren. En die kluis wordt ieder jaar door de politie gecontroleerd.'
Hij onderbrak zijn betoog en keek haar niet-begrijpend aan.
'Maar ik neem aan dat dat bij andere verenigingen niet veel anders
gaat.'

'Nee, nee,' reageerde ze snel. 'Natuurlijk niet.' Ze keek op haar
horloge. Tien over elf. 'Hoelang is Oscar Ortola al lid?'

'Dat zou u aan iemand van het bestuur moeten vragen.' De beheerder wees naar een gesloten deur waar BESTUUR op stond.

'Wat schat u?'

'Een jaar of drie.'

'Zo kort en dan al kampioen?'

'Toen hij lid werd, was hij al een ervaren schutter,' vertrouwde
hij haar op een samenzweerderige toon toe. 'Zoiets zie je meteen.
De manier waarop iemand gaat staan, zijn voeten spreidt, aanlegt,
de hele houding en concentratie.' Na een schichtige blik om zich
heen begon hij te fluisteren: 'Ortola is een grote jongen in de *per-
sonal security*. Of tenminste, dat was hij. Hij heeft een bedrijf
gehad dat de persoonsbeveiliging deed voor filmsterren en andere
beroemdheden die Parijs bezochten. Madonna, Angelina Jolie,
Brad Pitt. Half Hollywood heeft hier met Ortola's bodyguards
rondgelopen. Zelf schijnt Ortola de persoonlijke bodyguard te zijn
geweest van de Russische president toen die hier op staatsbezoek
was. Nou, neemt u van mij aan dat je dan kunt schieten.'

'Waarom heeft Ortola als hij zo goed was nooit aan de nationale kampioenschappen deelgenomen?'

De beheerder haalde zijn schouders op. 'Ik weet dat het bestuur
zijn uiterste best heeft gedaan om hem over te halen, maar hij
wilde niet. Waarom? Geen idee. Zo goed ken ik hem nou ook weer
niet. En ik weet ook niet wat hij nu doet.'

Vanuit haar ooghoek zag Chantal dat de twee mannen op de
schietbaan weer een serie hadden beëindigd. Demonstratief wierp
ze nogmaals een blik op haar horloge en haalde haar mobiel tevoorschijn.

'Geen bereik,' zei de beheerder hoofdschuddend. 'We zitten hier
in een bunker. Wie wilt u bellen?'

'Oscar Ortola,' antwoordde ze glimlachend. 'Ik zit met een vervolgafspraak en kan niet veel langer wachten.'

'Wat is het nummer?' vroeg hij terwijl hij naar het telefoontoestel liep dat naast de kassa achter de bar stond.

Ze gaf hem het nummer van Ortola's mobiel.

'Raar,' zei de beheerder nadat hij gebeld had en al een tijdje wachtte. 'Zijn mobiel gaat over, maar er neemt niemand op.'

'Staat er geen voicemail aan?'

'Nee.'

'Hebt u een adres van Ortola?'

'In de computer.' Hij wees naar de bestuurskamer.

'Zou u mij het adres kunnen geven?' vroeg ze op haar allercharmantst. 'Ik heb me suf gezocht naar Ortola's adres, maar kan het werkelijk nergens vinden. En het zou toch jammer zijn als het artikel over Club de Tir de Bobigny niet doorgaat omdat ik de hoofdpersoon niet te pakken krijg.'

Even was het stil.

Ze zag hoe de man een blik wierp op de schietbaan waar de schutters aan een nieuwe serie waren begonnen.

'Oké,' zei hij zacht, 'maar niet zeggen dat u het van mij hebt.'

'Nee, natuurlijk niet.'

'Komt u maar gauw mee.' Hij haalde een sleutelbos uit zijn broekzak en opende de deur van de bestuurskamer.

Ze volgde de beheerder naar binnen. De bestuurskamer leek meer op een rommelhok dan op een vergaderkamer. De tafel in het midden stond vol met dozen. Aan de muur hingen posters van diverse fabrikanten met handwapens die zo gefotoshopt waren dat ze van alle kanten glommen. In de hoek van de kamer bevond zich een bureautje met een computer en een printer. Terwijl de beheerder achter het bureau plaatsnam, kraakte de stoel vervaarlijk onder zijn gewicht. De computer werd opgestart. Staande in de deuropening hoorde ze hoe hij zich moeizaam door het menu worstelde.

'Mijn documenten... ledenadministratie... Ortola, Ortola... ah, hier heb ik hem.'

Ze vatte het als een uitnodiging op om achter hem te gaan staan en mee te kijken op het scherm. Oscar Ortola's volledige naam luidde Oscar Ortola Rama. Op de foto leek zijn haviksneus nog scherper dan ze zich herinnerde. Priemoogjes. Een kale schedel. Ze voelde dezelfde huivering als ze gevoeld had toen ze hem voor de eerste keer had gezien. Ortola was lid sinds 2008 en bezat vier handwapens.

'Zijn adres is rue Duret nummer negenentwintig,' las de beheerder haastig voor. 'Hebt u dat?'

Terwijl ze het adres herhaalde, bleef ze naar het scherm kijken om zoveel mogelijk andere informatie op te slaan. Ortola was geboren op 4 februari 1968. Het jaar van het studentenoproer, schoot het meteen door haar heen. Op de een of andere manier leek alles met alles samen te hangen. Hij was geboren in Kashar. Omdat ze geen flauw benul had waar dat lag, prentte ze de plaatsnaam in haar geheugen. Nationaliteit...

'Mooi, dan sluit ik nu af.' De beheerder bewoog zich waardoor een vette schouder haar het zicht op het scherm benam. 'En niet zeggen dat u het adres van mij hebt.'

Nog voor hij zich omdraaide, had ze al een stap achteruit gezet en haar wijs- en middelvinger als een padvinder in de lucht gestoken. 'Beloofd.'

Politiewagens, ambulances, busjes van de technische recherche, personenauto's. Jarre verbaast zich over het aantal voertuigen dat bij elkaar staat. Iedereen lijkt eerder gewaarschuwd dan hij. De rest van de parkeerplaats is leeg, op een grote vuilniswagen na. Kijkers zijn er nauwelijks. Een mannetje of tien. Stadionpersoneel, vermoedt hij. Geen pers. Nog niet. Hij laat zijn blik over de plaats delict gaan. De bezoekersparkeerplaats van het stadion ligt op de grens van Parijs en Saint-Denis, een stukje niemandsland ingeklemd tussen de Autoroute du Nord en het Stade de France. Een agent houdt het lint omhoog, zodat Jarre het terrein kan betreden.

Aan de bleke weggetrokken gezichten om hem heen ziet hij onmiddellijk dat het geen normale moord betreft. Een jonge agente, ondersteund door twee ambulancemedewerkers, laat haar tranen de vrije loop. Een andere collega, iemand die Jarre kent als een koele kikker, staat een stuk verderop te kotsen in het grind. Over de dichtgemetselde arcades raast het verkeer van de A1.

'Chef!' Stuiterend van de adrenaline rent Renoir op Jarre af. 'Daar!' Hij wijst naar de vuilniswagen waar vijf verrijdbare vuilcontainers achter staan. 'Het is de middelste bak.' In het lawaai van de snelweg gaan de woorden bijna verloren. 'Ik geloof dat...'

Met een simpel handgebaar legt Jarre hem het zwijgen op. Hij wil eerst zelf kijken, zijn eigen oordeel vormen zonder collega's die in zijn oor toeteren en hem met allerlei wilde theorieën bestoken. Nadat iedereen plaats heeft gemaakt, loopt Jarre naar de vuilcontainer en werpt een blik over de rand. Guy Lavillier. Geen twijfel mogelijk. Ondanks de angst in de wijd opengesperde ogen herkent Jarre de gezichtsuitdrukking, die merkwaardig genoeg onveranderd arrogant is gebleven. Komt dat door het brede voorhoofd van het slachtoffer, de bloedeloze maar nog steeds sensuele lippen, de bos grijze krulletjes? Waarschijnlijk ligt het gewoon aan hemzelf, denkt Jarre. Zelden heeft hij iemand ontmoet die zo arrogant is. Herstel: *was*. Lavillier is dood. Morsdood. Toch voelt Jarre helemaal niets, zelfs geen greintje mededogen, waarop hij zichzelf onmiddellijk de vraag stelt of hij wel de juiste persoon is om het onderzoek te leiden. Hij is vooringenomen. Hij houdt niet van mannen die hun vrouw bedriegen en hij houdt niet van politici die hun kiezers dingen beloven die ze nooit van hun leven zullen kunnen waarmaken. Misschien is het beter om de leiding over te dragen aan Renoir.

Wanneer Jarre zijn blik over de rest van het lichaam laat gaan, maakt de twijfel plaats voor verontwaardiging. Tussen de vuilniszakken en blikjes en dozen ligt het smerigste lijk dat hij ooit heeft gezien. Omdat de rottingsgeur nu pas zijn neusgaten binnendringt, moet hij bijna kokhalzen. De dader moet als een beest tekeer zijn gegaan. Alleen Lavilliers gezicht lijkt ongehavend. De rest van het naakte lijf is gemutileerd door veertig, vijftig messteken waardoor de huid openligt als een boom die uit haar bast groeit. Maar het meest in het oog springend is het in een doorzichtige plastic map gestoken stuk papier dat met een dolk in de hartstreek van het slachtoffer is gespietst. Jarre moet onmiddellijk aan fanatieke islamisten denken en hoopt tegelijkertijd dat het niet zo is omdat de islam en haar gelovigen tegenwoordig toch al de schuld krijgen van alles wat er in de maatschappij mis is. Maar toch. Alle tekenen wijzen op een politieke moord. De dolk – een of ander historisch steekwapen, of een replica – het in plastic verpakte pamflet. Jarre buigt zich nog verder over de rand van de vuilcontainer om de tekst te kunnen lezen. 'Als een zwijn' staat er als laatste. De letters zijn uit kranten en tijdschriften geknipt. Dan valt zijn blik op de schaamstreek van de dode. Het duurt even voor de werkelijkheid tot Jarre doordringt. Waar de penis heeft gezeten, bevindt zich een gapend gat waaruit slijmerig bruingeel weefsel naar buiten stulpt. Eigenlijk ziet het er nog behoorlijk netjes uit. Geen bloed. Jarre vergelijkt de wond met de messneden op de armen en benen van het slachtoffer. Evenmin bloed, alleen sporen van dezelfde slijmerige substantie als in het penisgat. Uit de vuilcontainer komt een sissend geluid, alsof er gassen uit het lijk ontsnappen. Het stinkt verschrikkelijk, naar zwavel, natte bladeren en rottend vlees. De geur van dood. Terwijl Jarre achteruitdeinst, moet hij zichzelf dwingen om niet over zijn nek te gaan. Met de hand voor zijn neus werpt hij een laatste blik op het slachtoffer. De huid ziet witgeel, de kleur van albast. Hij hoeft geen anatoom te zijn om te zien dat Lavillier al een poosje dood is.

'Chef!'

Op een draf komt Renoir aanlopen in gezelschap van een aantrekkelijke jonge vrouw die Jarre niet kent.

'Mag ik u voorstellen: Claire Buisson. Claire is hoofd van de forensische recherche.'

'Mevrouw Buisson.' Terwijl Jarre de vrouw de hand schudt, verbaast hij zich er opnieuw over hoe snel iedereen is opgetrommeld.

'Kunnen we beginnen?' vraagt ze ongeduldig.

'Pardon?'

'U had opdracht gegeven om niets aan te raken.'

In plaats van haar terecht te wijzen voor haar impertinentie, wijst hij naar de container. 'DNA, vingerafdrukken van alles waar maar wat te vinden is, papier, plastic hoesje, dolk, wat voor dolk is het, mogelijke schotwonden. Ik wil die hele vuilnisbak onderzocht hebben, inclusief het complete parkeerterrein rondom het stadion. En graag een beetje rap.'

Sputterend gaat Claire Buisson aan de slag.

'Renoir?' Jarre ziet nog net de wellustige blik waarmee zijn assistent de vrouw nakijkt.

'Ja, chef?'

'Wat heb je?'

Renoir haalt een notitieboekje tevoorschijn. 'Het stoffelijk overschot is vanochtend om vijf minuten over tien gevonden door medewerkers van de gemeentelijke vuilophaaldienst. De chauffeur is via de rue Henri Delaunay het parkeerterrein opgereden en heeft zijn wagen hier neergezet, waarna zijn collega's...' – hij noemt drie namen en wijst naar het groepje mannen in oranje overalls dat een eindje verderop staat te roken – '... de vuilcontainers hebben aangesleept.'

Jarre knikt ten teken dat hij straks zelf met de vuilnismannen wil spreken. 'Hoe hebben ze het lijk ontdekt?'

'Lijkt me niet zo moeilijk.' Grijnzend knijpt Renoir zijn neus dicht.

Jarre kan er niet om lachen. 'Komt de vuilniswagen iedere dinsdag hier langs?'

'Iedere dinsdag- en vrijdagochtend.' Renoir bladert terug. 'En beide dagen rond tien uur.'

'En van wie zijn die bakken?'

'Van het stadion.'

Jarre is allesbehalve een voetbalkenner, maar volgens hem is Paris Saint-Germain de vaste bespeler van het Stade de France en ligt de voetbalcompetitie nu stil. 'Was er gisteren een wedstrijd?'

'Zondag,' antwoordt Renoir alsof hij het een domme vraag vindt. 'In het kader van het jeugdvakantiewerk was er een open dag voor *zogenaamde achterstandskinderen* uit de banlieus.' De cynische ondertoon is overduidelijk. 'Hardlopen, verspringen, hoogspringen. Touwtjespringen met en zonder boerka. Gisteren is de rotzooi die de kinderen hebben achtergelaten, bij elkaar geveegd en in de containers gestopt.'

'En sindsdien staan die containers hier?'

'Sinds gisteravond zes uur.'

Hoewel Renoir een enorme hufter blijft, is Jarre toch onder de indruk van de hoeveelheid informatie die zijn assistent in korte tijd heeft verzameld. Ondertussen laat hij de omgeving op zich inwerken. De arcades met daarboven de snelweg, het hek rond de parkeerplaats, de hoge wand van het stadion. Geen flats, geen huizen, geen bewoners. Hij probeert zich voor te stellen hoe de parkeerplaats er 's avonds en 's nachts bij ligt. Waarschijnlijk zo desolaat dat niemand hier graag komt. Alhoewel, aan de oostzijde van het Stade de France bevinden zich verschillende grote hotels. Misschien maken de hotelgasten wel gebruik van deze parkeerplaats.

'De parkeerplaats wordt 's nachts bewaakt,' zegt Renoir alsof hij de gedachten van zijn chef heeft gelezen. 'Ik krijg een lijst van het beveiligingspersoneel en wie er vannacht dienst had. En ik heb de beelden opgevraagd van alle bewakingscamera's in de buurt.'

Jarre knikt.

'Auguste, wat doe jij hier?'

Wanneer hij zich omdraait, kijkt hij recht in het bolle gezicht van Gérard Paquet. Na alle opgefokte jonkies voelt het goed om een oude bekende tegen te komen. Gérard is al meer dan dertig jaar lijkschouwer voor het parket van Saint-Denis.

'Ik dacht dat ze jou naar een van de kelders van het hoofdkantoor hadden verbannen,' klinkt het plagerig.

'Ik vervang de hoofdcommissaris,' zegt Jarre. 'Tijdelijk.'

'En dan krijg je meteen zo'n smerige zaak.' De lijklucht is Gérard duidelijk niet ontgaan. 'Weet je al wie de dode is?'

'Guy Lavillier.'

'De politicus?'

Jarre knikt. 'De pers is nog niet geïnformeerd,' zegt hij na het zien van Gérards verbaasde blik, 'en dat wil ik nog even zo houden.' Terwijl hij naar de vuilcontainer kijkt waar Buisson en haar team bezig zijn, vraagt hij zich af of hij de lijkschouwer moet waarschuwen. Onzin. Gérard heeft in zijn lange loopbaan wel meer lelijke lijken gezien. 'De gebruikelijke riedel, Gérard. Doodstijdstip, doodsoorzaak, et cetera.'

'En je hebt haast, Auguste.'

'Ja.'

'Ik doe mijn best.'

'Dank je.' Jarre gaat een paar meter verderop staan, uit de stank. 'Heb je kunnen lezen wat er op het papier staat?' vraagt hij aan Renoir, die met hem is meegelopen.

'Wie een zwijn is zal sterven als een zwijn,' antwoordt Renoir na een blik op zijn aantekeningen.

Jarre laat de boodschap even bezinken. *Sterven als een zwijn.* De tekst is nogal algemeen. Ondertussen vraagt hij zich af hoe Renoir, zonder in de bak te klimmen, de hele tekst heeft kunnen lezen. 'Stond er een afzender bij?'

'Nee, natuurlijk niet,' reageert Renoir ongeduldig. 'Maar alles wijst op een politieke moord. De dolk, de brief, de wijze waarop het slachtoffer is toegetakeld. De dader moet gezocht worden in het kamp van Lavilliers tegenstanders.'

De conclusie ligt voor de hand, maar om de tunnelvisie waaraan zoveel onderzoeken mank gaan te vermijden, wil Jarre alle opties zo lang mogelijk openhouden. 'Aan wat voor tegenstanders denk je?' daagt hij Renoir uit.

'Een of andere baard met een jurk, iemand uit de radicaal linkse hoek, een eco-activist, een doorgedraaide neoliberaal. Chef, ik hoef u toch niet te vertellen hoeveel mensen blij zullen zijn met Lavilliers dood. De socialisten, de UMP, al die partijen die nog steeds dromen van één Europa en ons zuurverdiende geld over de balk smijten.'

Uit de grimmige toon leidt Jarre af dat Renoir best wel eens op

Lavilliers La Nouvelle France zou kunnen stemmen, of het Front National, en het zou hem niet eens verbazen. Binnen het politiekorps bestaat veel frustratie. Saint-Denis is een probleemgemeente. Hoge criminaliteit, veel buitenlanders. De roep om hardere straffen en een strenger immigratiebeleid valt iedere middag in de kantine te horen.

'Een politieke moord dus,' stelt Jarre voorzichtig.

'Wat anders?'

'Of een crime passionnel.'

'Chef!' Renoir maakt een wegwerpgebaar.

'Heb je het lijk gezien?'

'Natuurlijk.'

'Het slachtoffer is gecastreerd.'

'Die geitenneukers zijn tot alles in staat.'

'En als het nou eens geen *geitenneuker* is?'

'Dan is het een gek die te veel snuffmovies heeft gezien.'

'Pardon?'

'Films waar mensen echt dood worden gemarteld.' Het klinkt bijna enthousiast, alsof Renoir in zijn vrije tijd wel eens naar dat soort films kijkt.

'Meneer Jarre...?'

Nog voor hij zich omdraait, ziet hij Renoirs ogen oplichten. Claire Buisson komt aanlopen met een plastic zakje dat ze vasthoudt alsof ze een goudvis vervoert. Jarre herkent de dolk.

'Volgens mij is het een dolk uit de Tweede Wereldoorlog,' zegt ze terwijl ze het steekwapen bij de punt vasthoudt en hem het heft toont, waarop een adelaar met wijd uitgeslagen vleugels en een hakenkruis te zien is. 'En volgens mij...' – ze pakt de dolk bij het heft en laat hem de inscriptie zien op het lemmet – '... staat hier iets over "trouw" als ik tijdens de Duitse les tenminste goed heb opgelet.' Ze werpt Renoir een koket lachje toe.

Jarre kijkt naar het lemmet. Door alle smurrie is alleen het laatste woord leesbaar. '*Meine Ehre heißt Treue*,' zegt hij zonder aarzelen. 'Het is de wapenspreuk van de SS.'

'U bedoelt dat de dader een nazi is?' roept Renoir ongelovig.

Jarre haalt zijn schouders op. Rechts doodt rechts. Waarom niet? Alles is mogelijk. Misschien is de dader wel een verzamelaar van Tweede Wereldoorlog-parafernalia. Er zijn gekken die alles verzamelen. In ieder geval lijkt de kans dat de moordenaar uit de moslimhoek komt weer wat geslonken. 'Laat er een expert naar kijken,' zegt hij tegen Claire Buisson. 'Een antiquair, een historicus, iemand met verstand. En zo snel mogelijk!'

Met een knikje maakt de vrouw zich uit de voeten.

'Wat is je nog meer aan het lijk opgevallen?' vervolgt Jarre zijn gesprek met Renoir.

'Geen bloed, chef.'

'Dus...'

'Dus moeten de verwondingen na Lavilliers dood zijn aangebracht.'

'En waarom zou de dader dat doen?'

'Omdat de dader daar rustig de tijd voor wilde uittrekken. Misschien wilde hij er wel van genieten. Dit soort gekken zijn tot alles in staat. Ze denken dat ze beter zijn dan anderen, dat ze de maatschappij een dienst bewijzen. Ze kennen geen angst en daarom zijn ze zo gevaarlijk.' Van verontwaardiging is Renoir steeds harder gaan praten.

Jarre herinnert zich de angst in Lavilliers ogen. Angst waarvoor? Voor de dader of voor de dood? Lavillier is zaterdag in de rue de Prony overleden, in bed. Dat zegt Chantal Zwart, zijn bron. Lavillier is vreemdgegaan met een vrouw. Jarre kan zich niet voorstellen dat een vrouw tot dit soort beestachtige verwondingen in staat is. Iemand anders is met het lijk gaan slepen. Hij denkt aan het bestelbusje met de verhuizers, aan de brand. Misschien is er wel iemand bezig om het spoor dat Guy Lavillier zaterdagavond heeft achtergelaten, te wissen. Dat zou ook verklaren waarom de galeriehouder is vermoord.

'Wat weten we over die stichting in de rue de Prony?' vraagt Jarre. 'Heb je die woordvoerder al gevonden?'

'Ortola?'

'Ja, die.'

'Nee.' Renoir maakt een gebaar dat hij geen ijzer met handen kan breken. 'En het technische onderzoek naar de brand is nog niet afgesloten. Het enige wat ik weet is dat de stichting Formosa zoveel cursisten heeft geherbergd die allemaal een sleutel van het pand meekregen, dat we maanden nodig zullen hebben om iedereen te vinden en te verhoren. Als dat verhaal van uw bron klopt.' Renoir, die van het begin af aan heeft getwijfeld aan het Lavilliergaat-vreemd-scenario, werpt Jarre een verbeten blik toe.

'We gaan het team uitbreiden,' zegt Jarre om Renoir gerust te stellen. 'Wat is je nog meer opgevallen?' vraagt hij wijzend naar de vuilcontainer.

'Het slachtoffer ligt op zijn rug. Volgens mij heeft de dader het slachtoffer niet hier met zijn mes bewerkt, maar ergens anders en vervolgens het lichaam in de container gegooid en als laatste de brief met de dolk in het hart gestoken.'

Jarre knikt. Gezien het feit dat de dolk kaarsrecht staat, is dat de meest waarschijnlijke optie. 'Links- of rechtshandig?'

'Rechtshandig, vermoed ik.'

Hij knikt opnieuw. Aangezien zo'n negentig procent van de bevolking rechtshandig is schiet het onderzoek lekker op.

'Maar wat me nog het meest opvalt,' zegt Renoir, 'is de locatie.'

'Hoezo?'

'Kunt u zich nog de ontruiming van het Roma-kamp herinneren? Verleden jaar, in de zomer?'

'Ja, natuurlijk.'

'Dat kamp lag hier,' zegt Renoir terwijl hij met een gefronste blik naar de dichtgemetselde arcades wijst. 'Naast de snelweg.'

Jarre laat zijn blik over het terrein gaan. Verdomd. Nu weet hij het weer. Zelfs de naam van het kamp schiet hem te binnen. Hanul. De ontruiming vond op een doordeweekse dag plaats, begin juli. Geen dag om als Fransman trots op te zijn. De beelden gingen over de hele wereld. Hoe de ordediensten de kampbewoners nauwelijks de kans gaven om hun bezittingen bij elkaar te rapen, waarna de bulldozers de barakken platwalsten. Geen wonder dat er onlusten uitbraken. Hij herinnert zich de Roma-jongen die door een kogel

dodelijk werd getroffen en de stuitende harteloosheid waarmee
Guy Lavillier het optreden van de autoriteiten verdedigde. Jarre
kijkt Renoir aan. Renoir is nog geen veertig, een beer van een vent.
'Was jij erbij?'
  'Waarbij?'
  'Bij die ontruiming?'
  'Ja, chef.'
Renoir doet erg zijn best niet te glunderen.

De rue Duret lag in het 16ᵉ arrondissement en was een zijstraat
van de chique avenue Foch. Met haar scooter was Chantal een
keer door de straat gereden. Winkels en restaurantjes met een niet
onbemiddelde clientèle, te oordelen aan de dure, aan beide kanten
geparkeerde auto's en de wijze waarop de meeste voetgangers waren gekleed.
  De oneven nummers lagen in de zon. De ingang van nummer
29 bevond zich tussen een galerie en een fourniturenzaak. De
hoge dubbele houten deur deed haar denken aan de ingang van
haar eigen huis. Ze zette haar scooter aan de overkant, naast het
terras op de hock, en stak de straat over. Quasi-geïnteresseerd bekeek ze de etalage van de galerie en slenterde een paar meter verder. De deur van nummer 29 stond voor de helft open. Ze wierp
een blik in het benedenhuis, waar een doorgang was die op een
binnentuin uitkwam. Halverwege de doorgang, zowel links als
rechts, bevonden zich de ingangen voor de appartementen. Vastbesloten stapte ze naar binnen. Nadat haar ogen gewend waren
aan het halfduister, bestudeerde ze de naambordjes. Links geen
Ortola en ook geen Rama. Ze las de naambordjes aan de andere
kant. Verdomd, daar stond het. Rama. Op vijfhoog. Ze voelde
haar maag ogenblikkelijk verstrakken. Aanbellen? En dan? Weer
een smoesinterview? In haar achterhoofd begonnen een stemmetje te piepen dat Oscar Ortola Rama waarschijnlijk geen type was
om mee te spotten. Een voormalige bodyguard, een kampioen-

schutter, een zware jongen. Na het bezoek aan de Club de Tir de Bobigny had ze zijn geboorteplaats gegoogeld. Kashar lag in Albanië, niet ver van de hoofdstad Tirana. Ortola was een Albanees. Haar eerste gedachte was 'maffia' geweest. De zeldzame keren dat ze in de media iets over Albanië was tegengekomen, ging het meestal over de georganiseerde misdaad. Ze herinnerde zich hoe ze, toen ze Ortola in de rue de Prony had horen praten, zijn accent niet had kunnen thuisbrengen. Nu wist ze het. Een Balkan-accent. Hetzelfde accent als Simiç, de fractiemedewerker in het parlement. Was Simiç ook een voormalige bodyguard? Waarom ging Lavillier met dat soort types om? Was hij ergens bang voor? En wat voor rol speelde Ortola? Het feit dat hij zo met zijn achternaam goochelde om niet gevonden te worden was veelzeggend. Ortola had iets te verbergen. Het bestelbusje met de verhuizers, de brand. Wat deed ze hier eigenlijk? Was ze soms levensmoe?

Nadat ze het stemmetje in haar hoofd bedankt had, draaide Chantal zich abrupt om en liep naar buiten, terug de straat op. Mensen, verkeer. De veilige drukte van een winkelstraat. Ze nam plaats op het terras op de hoek, bestelde een dubbele espresso met een croque-monsieur en vroeg zich af hoe nu verder. Moest ze Jarre bellen om te zeggen dat Ortola zich Rama noemde en dat ze wist waar hij woonde? Nee, waarom zou ze? Jarre had hun afspraak om informatie te ruilen en haar als eerste van de pers in te lichten geschonden, ook al beweerde hij bij hoog en bij laag dat iemand uit het korps had gelekt en dat hij er niets mee te maken had. Jarre kon de boom in. Het beste was om zelf uit te zoeken hoe het zat tussen Lavillier en Ortola en daar een ronkend artikel over te schrijven waarmee ze iedereen de mond zou snoeren. Voor Vox? Nee, Axel kon ook de boom in. Ze vroeg zich af hoe hij zou reageren als haar artikel bij de concurrent zou verschijnen. Na een hap van haar croque-monsieur, pakte ze haar iPhone en surfte naar de website van Mediapart. Het nieuws op de homepage van de internetkrant werd beheerst door de onrust op de beurzen en het uitblijven van een eensluidend antwoord van de Europese leiders. Ze tikte in het zoekvenster 'Lavillier' in. Eén artikel. Een nietszeggend berichtje naar aanleiding van de persconferentie over Lavilliers vermissing. Terwijl ze nadacht of ze bij Mediapart iemand kende die haar bij de hoofdredactie kon introduceren, begon het getoeter.

Midden op straat, recht voor haar neus, blokkeerde een stilstaande taxi het verkeer. Er was al een aardige file ontstaan. Vooraan in de rij stond een Mercedes cabrio die zijn bumper bijna tegen die van de taxi had gezet, waarop de taxichauffeur uitstapte en dreigde om het Mercedes-embleem van de motorkap te slopen. Nog meer getoeter, nog meer geschreeuw. Een handjevol voetgangers bleef staan om niets van het spektakel te missen. De meeste bestuurders waren uit hun auto gestapt en schreeuwden de taxichauffeur, die weer in zijn taxi was gaan zitten, allerlei verwensingen toe. In het tumult was het Chantal bijna ontgaan. Ortola stond met zijn glimmende schedel in de deuropening en tuurde de straat af, alsof hij zeker wilde zijn dat de kust veilig was. Vervolgens gaf hij een knikje naar achteren, waarna een vrouw uit de schaduw van het benedenhuis stapte om hem naar de taxi te volgen. De vrouw was rond de zestig, vrij klein en duidelijk van goede komaf. Modieus gekleed, een figuur om door een ringetje te halen, een elegante tred. Terwijl Ortola het achterportier voor haar openhield, kon Chantal het gezicht van de vrouw zien. Mevrouw Lavillier was het niet. Het gezicht van de vrouw was iets ronder en voller. Ergens ging een belletje rinkelen. Chantal wist zeker dat ze het gezicht eerder had gezien. Maar waar? In een reflex pakte ze haar iPhone en maakte een foto van de vrouw. Nog voordat Ortola zich tussen de bumpers van de taxi en de cabrio haar kant uit manoeuvreerde, had ze haar toestel weer neergelegd. Ze nam een hap van haar croque, boog zich over haar lege espressokopje en hoorde hoe Ortola zijn portier sloot en de taxi onder luid getoeter optrok. Toen ze weer opkeek, liepen er straaltjes zweet over haar rug. Hoewel ze allesbehalve bang was aangelegd, deed Ortola haar huiveren. De man had iets ongrijpbaars, gevaarlijks. Wie was de vrouw die met hem in de taxi was gestapt?

189

Toen Chantal haar toestel wilde pakken om te kijken of de foto was gelukt, ging de telefoon.

≋

Naomi opent haar ogen en schrikt zich dood. Elf uur. De zon brandt vol op de nog gesloten gordijnen en in de slaapkamer is het inmiddels zo heet dat ze het meteen weer benauwd krijgt. Ze draait haar hoofd. De plek naast haar is leeg. Ze kan zich niet herinneren dat ze Tom heeft horen opstaan. Ze heeft geslapen, diep geslapen, wat een wonder mag heten na de halve nacht woelen naast een ronkende vent. Op de benedenetage klinken stemmen. Heel zacht. Een vrouw en een man. Heeft Tom bezoek? Sil, die eens fijn uit de school komt klappen over wat er in Parijs is gebeurd? Het duurt even voor Naomi zich realiseert dat ze een gesprek op de radio hoort. Radio 1. Tom luistert steevast naar Radio 1. Beroepsmatig, zoals hij zegt. Aangezien zijn gehoor er niet beter op is geworden en hij te eigenwijs is om naar een dokter te gaan, staat het toestel meestal keihard. Ook een bron van irritatie gedurende de laatste jaren. Maar nu staat de radio zacht, omdat hij haar niet wil wekken. Ze denkt aan de afgelopen nacht, aan de vrijpartij en het kotsen daarna. Bij de gedachte wordt ze spontaan weer misselijk. Tegelijkertijd is er de paniek dat ze haar mobiel op de keukentafel heeft laten liggen. Tom zal toch niet stiekem haar sms'jes lezen, of haar mails. Tot haar schrik bedenkt ze dat de berichten die op haar mobiel binnenkomen, ook op de computer in de woonkamer te lezen zijn. Ze hebben weliswaar allebei hun eigen account, maar maken gebruik van hetzelfde wachtwoord.

Wanneer Naomi overeind komt, begint haar hoofd onmiddellijk te kloppen. Een kater. Natuurlijk. Eerst douchen. Ze loopt de badkamer binnen, draait de kraan open en gaat onder de douche staan. De krachtige waterstraal werkt ontspannend. Het is alsof de hoofdpijn langzaam vervluchtigt. Met haar vingertoppen wrijft ze de shampoo over haar hoofdhuid, haar slapen. Even vergeet ze zelfs dat ze in Parijs is geweest en dat er iemand onder haar handen is gestorven. Het liefst zou ze de hele dag onder de douche blijven staan. Ze droogt zich af, föhnt haar haren min of meer droog en trekt haar kimono aan om naar beneden te gaan.

'Hoi.'

Wanneer ze door de slaapkamerdeur naar binnen kijkt, ziet ze een glunderende Tom op bed zitten met naast hem een vol dienblad.

'Ik heb een ontbijtje voor je gemaakt.'

Ze werpt een blik op het dienblad. Zeg maar rustig *ontbijt*. Percolatorkoffie – haar lievelingskoffie –, twee grote glazen verse jus met ijsblokjes, twee gekookte eitjes, een schaaltje croissants, een schaaltje beleg, bramenjam, roomboter, servies en bestek. De verwennerij van gisteren gaat gewoon verder.

'Ik kom eraan,' zegt ze met de verleidelijkste glimlach die ze er op dat moment weet uit te persen. 'Niet weggaan, hoor!' Terwijl ze hem hoort lachen, rent ze de trap af, de woonkamer in. Haar mobiel ligt op dezelfde plek waar ze hem gisteravond heeft laten liggen. Met haar duim schiet ze door het menu heen. Nieuwe berichten, nieuwe sms'jes. Haar moeder heeft gemaild en een vriendin heeft ge-sms't. Goddank geen berichtjes uit Parijs. Omdat ze geen tijd heeft om alle berichten na te lopen en afzonderlijk te verwijderen, wist ze in één keer de hele zwik. Daarna voelt ze zich iets beter, met de nadruk op *iets*. Ze loopt op haar tenen naar het toilet, opent de deur en trekt die zachtjes achter haar rug weer dicht. Nadat ze heeft doorgespoeld, telt ze inwendig tot tien. Ze opent de deur, gewoon, en klimt de trap op, terug naar de slaapetage.

Tom heeft het dienblad naast het bed op de grond gezet en ligt als een pasja tegen de kussens. Zijn handen op zijn bollende buik, de blik van iemand die zich heeft uitgesloofd en vindt dat hij daarom een beloning verdient. Ze gaat naast hem liggen. Voor ze het weet glijdt zijn hand haar kimono binnen en gaat rechtstreeks naar haar kruis. Met zijn wijs- en middelvinger zoekt hij haar clitoris en begint die ritmisch te masseren. Ze ergert zich aan de mechanische manier waarop hij te werk gaat, alsof ze een ding is, een trekpop

191

waar je maar aan een touwtje hoeft te rukken zodat de benen zich spreiden.

'Wat ruik je lekker.' Met zijn andere hand pelt hij de kimono van haar schouder en begint haar borsten te strelen. Hij kreunt zacht, alsof hij er zelf opgewonden van raakt. 'Wat zit je haar leuk.'

Leuk? Dat haar haren na het föhnen wild alle kanten uitsteken windt hem kennelijk ook op.

'Ik ben zo blij dat je weer thuis bent,' gaat hij kreunend verder. 'Ik heb je zo gemist.'

Nu wil ze het weten ook. 'Waarom?' Ze draait zich op haar zij en kijkt hem recht aan.

'Gewoon.' Er volgt een bijna verlegen glimlach. 'Misschien omdat we elkaar zo lang niet hebben gezien. Ik eh...' Hij kijkt echt lief. 'Ik realiseerde me opeens hoezeer ik je miste.'

Ze heeft de neiging hem te geloven en legt haar hand op zijn kruis. Wanneer ze voelt hoe groot en hard hij is, maakt ze zijn broekriem los, trekt de rits open en haalt zijn geslacht uit zijn slip. *My god.* Op Tom valt een hoop aan te merken, maar hij heeft een geweldig mooie pik. Het is alsof iemand een knopje indrukt waardoor ze alles om zich heen vergeet en nog maar één ding wil. Met twee halen stroopt ze zijn slip en jeans van zijn benen en brengt haar tepels naar zijn mond.

'Ik heb nagedacht,' gaat Tom kreunend verder terwijl hij zijn handen om haar billen slaat. 'Waarom beginnen we niet opnieuw? Van voren af aan? We trekken een streep onder de laatste maanden. Zand erover. Een nieuwe start, alleen wij twee.' Zachtjes bijt hij in haar rechtertepel.

Dat hij haar langzaam geil maakt, betekent niet dat ze gestopt is met denken of niets meer ziet. Op Toms gezicht staat een raadselachtige glimlach, alsof hij iets verbergt. Zou het kunnen dat hij de laatste maanden een vriendin heeft gehad? Een of andere studente, zo'n jong ding? Het zou haar niets verbazen. Net zoals zij ooit voor hem is gevallen, zijn er ongetwijfeld honderden meisjes die nu op hem vallen, op zijn praatjes, zijn reputatie, of gewoon omdat studentes het ten minste één keer met een oudere man willen doen. De paar keren dat ze de laatste tijd samen zijn uit geweest heeft ze genoeg van dat soort meisjes om hem heen zien zwermen, als vliegen om de strooppot. Waarom zou ze willen weten of hij iets verbergt als hij niet echt wil weten of ze hem in Parijs is trouw gebleven? Een nieuwe start. Goed. Waarom niet? Liever samen dan alleen. Misschien moet ze hem een kans geven. Zeker nu hij zo zijn best doet.

'Oké,' zegt ze nadat ze zijn hemd heeft opengeknoopt en met haar nagels tussen zijn grijze borsthaar langzaam naar beneden glijdt. 'We beginnen opnieuw. Samen. Jij en ik.' Haar hand omsluit zijn geslacht. 'En vandaag gaan we samen naar Vaals.'

'Maar je haat Vaals,' werpt hij na een lik over haar borst tegen.

'Ik haat Vaals omdat ik niet van bossen hou en van een dorp waar ik geen hond kan verstaan. Wat ik niet haat is de kans om met jou samen te zijn.'

'En de muizen?'

'Die neuken we de hut uit.'

'En waar wil je dan neuken?'

'Waar je maar wil.'

'Tegen het aanrecht?'

'Bijvoorbeeld.'

'Of op het kleed voor de open haard?'

'Kan.'

'Of op de trap?'

'Wat jij wil.'

'Oké.' Hij bevochtigt haar tepels. 'We neuken heel Vaals plat. Maar eerst…' Zijn hand glijdt naar haar schaamstreek en zet haar clitoris in vuur en vlam. Toms geilheid werkt aanstekelijk. Met de seconde verlangt ze meer naar hem. Ze laat haar laatste reserves varen, waarna alles als vanzelf gaat. Op de een of andere manier passen hun lichamen weer naadloos in elkaar, alsof het altijd zo geweest is en zo moet zijn. Verbazingwekkend na elkaar zo lang niet te hebben aangeraakt. Het komt door de vrijpartij van gisteren. Eigenlijk is het zo simpel. Gewoon doen.

'Shit!' Hij schiet overeind, waardoor zijn lid uit haar hand springt. 'Ik moet vanavond naar De Balie voor een live radio-uitzending.' Hij werpt haar dezelfde verlegen glimlach als zo-even toe. 'Helemaal vergeten.'

Terwijl de boodschap langzaam tot haar doordringt, voelt ze haar lust wegebben. 'Kun je die uitzending niet afzeggen?'

'Het is een debat. En ik ben de hoofdgast.'

Hij begint over zijn laatste boek en alle ophef die dat heeft veroorzaakt, en dat hij naar aanleiding daarvan met een politicus in debat kan met wie hij al veel langer de degens wilde kruisen. Naomi is allang opgehouden met luisteren. Het idee om nog een dag in Amsterdam te moeten blijven, is beangstigend. Ze weet niet waarom, maar iets zegt haar dat ze de stad uit moet, vandaag nog, weg naar een plek waar niemand haar vindt.

'Sorry,' zegt Tom die blijkbaar haar teleurstelling heeft opgemerkt, 'maar je begrijpt dat ik die uitzending echt niet kan afzeggen. Waarom neem je niet de trein? Dan kom ik je morgen na.' Hij is weer gaan liggen, zijn lul nog bijna net zo stijf als zo-even, likt haar oorlelletje en begint weer te kreunen. 'Dan blijven we nu nog even in bed en dan neuken we morgen verder.' Met zijn pik port hij ongeduldig tegen haar aan.

De gedachte om alleen in een trein te zitten en de nacht alleen in Vaals te moeten doorbrengen, roept nog meer angst op. In een flits overweegt ze alles op te biechten. Iemand is voor haar ogen gestorven. Een *belangrijke Franse politicus*, of een *omstreden Franse politicus*. Ze kan zich niet meer herinneren hoe Chantal Guy-met-de-blauwe-ogen heeft omschreven. Moet ze Tom vertellen over de moord op de galeriehouder? Is dat toeval of is ze inmiddels zo gek geworden dat ze zich van alles verbeeldt? Lavillier. Opeens schiet haar de achternaam van Guy-met-de-blauwe-ogen te binnen. Grote kans dat Tom ook nog weet wie het is en haar college gaat geven over de Franse politiek. In plaats van hem in vertrouwen te nemen, werpt ze zich in zijn armen.

'Alles goed?' vraagt Tom voor de vorm.

'Alles goed,' liegt ze terug.

Even later kruipt hij op haar. Wanneer hij haar vagina binnendringt, komt hij meteen luid kreunend klaar. Het doet haar niets. Het enige wat ze voelt is de zeurende angst.

Vanaf het terras staarde Chantal naar de overkant van de rue Duret, haar mobiel aan haar oor gedrukt, sprakeloos. Dat Guy Lavillier dood was, had ze geweten zonder dat het haar veel deed, maar dat iemand zijn lichaam zo had toegetakeld was even onbegrijpelijk als weerzinwekkend. Ze dacht aan de droom van een paar dagen geleden – het springkussen met Hotze en Evelyne, en zijzelf met Lavillier – en ze dacht aan het woord dat als een zwaard in de lucht hing. Castratie. Ze probeerde zich voor te stellen met welke wreedheid en woede de dader te werk was gegaan. Nee, ze wilde het zich niet eens voorstellen. Terwijl ze haar aandacht verlegde naar het bord met het laatste stukje van haar croque-monsieur, borrelde er gal op die ze met moeite wist binnen te houden.

'Hallo?' Jarre zat in de auto en reed zelf. Zo klonk het. 'Bent u daar nog?'

'Ja, ja.' Ze moest iets wegslikken. 'Waarom vertelt u mij al die gruwelijke details?'

'Omdat we hebben afgesproken om elkaar op de hoogte te houden. Off the record. En omdat ik uw hulp nodig heb.'

'Hulp?'

'Ik moet die vriendin van u spreken die met Lavillier naar de rue de Prony is gegaan,' riep hij ieder woord benadrukkend, alsof de boodschap anders niet zou overkomen.

'Die heeft niets met deze slachtpartij te maken,' wierp Chantal tegen.

'Dat weet ik. Maar ze is de laatste persoon die Lavillier in levenden lijve heeft gezien. Ze heeft ongetwijfeld waardevolle informatie over wat er die avond is gebeurd.'

'Alles wat zij mij heeft verteld heb ik u verteld.'

'Alles?'

Ze dacht aan de mail die Naomi had gestuurd. 'Ja.'

'Soms duurt het dagen voor iemand zich realiseert wat er is gebeurd. Niets is zo onbetrouwbaar als het geheugen. Bovendien...'
Er volgde een hartgrondig *merde* alsof Jarre plotseling voor een andere auto moest uitwijken. 'Bovendien verkeerde uw vriendin in shock toen ze bij u aanklopte. Dat hebt u me zelf verteld. Waar of niet?'

'Waar.'

'Dus wil ik uw vriendin zelf spreken, mevrouw Zwart.'

'Ze spreekt geen woord Frans.'

'Dan halen we er een tolk bij!'

'Sorry, maar ik kan mijn bron niet prijsgeven. Het enige wat ik kan doen is haar bellen en vragen of ze contact met u opneemt.'

Er viel een korte stilte.

'Waar is die vrouw nu?' blafte Jarre.

'In...' Chantal hield net op tijd haar mond. 'Waarom wilt u dat weten?'

'Omdat we te maken hebben met een gewetenloze moordenaar of een gek en ik zou niet weten welke van de twee erger is.'

'Denkt u dat mijn eh... vriendin gevaar loopt?' vroeg ze terwijl ze steeds meer begon te twijfelen of ze niet gewoon Naomi's naam moest noemen.

'Ik weet niet wat ik moet denken. Ik weet alleen dat er buiten een beest rondloopt. Waar bent u nu, mevrouw Zwart? En wat doet u?' Het leek alsof Jarre zijn poging om achter de identiteit van de bron te komen, had opgegeven.

'Ik zit op een terras aan de rue Duret.' Chantal keek om zich heen. Het leven in de winkelstraat had zijn vertrouwde ritme hervonden. De oude afspraak met Jarre stond nog steeds. Hij had haar verteld wat hij wist. Nu was zij aan de beurt. 'En ik weet waar Ortola woont,' zei ze niet zonder trots.

'Waar!?'

'Rue Duret nummer 29. Hij noemt zich Rama.'

'Hoe bent u daarachter gekomen?'

Terwijl ze een kort verslag gaf van haar zoektocht op internet en het bezoek aan de schietclub, hoorde ze Jarre tussendoor binnensmonds grommen.

'Hebt u Ortola gesproken?' vroeg hij.

'Nee, maar wel gezien. Hij heeft net zijn huis verlaten in gezelschap van een vrouw.'

'Wat voor een vrouw?'

'Een dame van een jaar of zestig. Ik heb een foto gemaakt.'

'Staat Ortola ook op die foto?'

'Dat denk ik wel.'

'Kunt u mij die foto mailen?'

'Natuurlijk.'

'Ik geef u mijn mailadres.'

'Dat heb ik.'

'Nee, u krijgt een ander.' Jarre gaf zijn privémailadres. 'Nog één ding, mevrouw Zwart. Ik stel uw informatie erg op prijs, maar wilt u alstublieft ophouden met de speurneus uit te hangen?'

De opmerking deed haar onmiddellijk steigeren. Ze moest aan Hotze denken die haar een leven lang had proberen te betuttelen, bang dat ze iets zou doen waar ze later spijt van kreeg. Geen risico. Vooral geen risico. 'En als ik dat niet doe?' vroeg ze korzelig.

'Beschouw het als de raad van een oude man die niet wil dat u iets overkomt.'

Ze wilde nog iets zeggen, maar Jarre had de verbinding al verbroken.

Wanneer de trein met een schok tot stilstand komt, schiet Milos' hand ogenblikkelijk naar rechts. Gelukkig. Het attachékoffertje dat de hele reis tegen de wand heeft gestaan, is er nog. Stom. Hij moet in slaap zijn gesukkeld. Het laatste wat hij zich kan herinneren, is de tunnel. Daarna werd alles zwart. Letterlijk en figuurlijk. Hij kijkt op zijn horloge. Lang kan het niet hebben geduurd. Een kwartier, hooguit. Akelig scherp trekken de beelden aan zijn geestesoog voorbij. De diefstal van het bestelbusje, het ophalen van het lijk. Kinderspel vergeleken met wat hij daarna moest doen. Hij ziet de laadruimte van het busje voor zich, waar hij als een slager tekeer is gegaan. Met een botte dolk, waardoor het snijden meer rukken en trekken was dan snijden. De lijklucht dringt opnieuw zijn neusgaten binnen. Zonder Chopin knetterhard op zijn oren was het hem nooit gelukt. Daarna de rit naar Roissy waar de opdrachtgever zo nodig eerst het resultaat wilde zien voor hij hem het plastic hoesje met het pamflet meegaf. Dan naar het stadion om het lijk op de afgesproken plek te deponeren en de dolk en het pamflet in het hart te steken. En tot slot, tegen vieren, de rit naar de vuilstortplaats van Arpajon om het bestelbusje brandend achter te laten.

Milos staat op, de attachékoffer stevig in zijn rechterhand, trekt met zijn andere hand de weekendtas uit het bagagerek en volgt de reizigers, de trein uit. Hij laat zich meedrijven met de stroom, de trappen af, naar een ondergrondse doorgang. Toeristen met rugzakken, families met tassen vol strandspullen, skaters, gehaaste reizigers. Het geduw en getrek maken hem onrustig. Hij probeert zich te focussen op een denkbeeldige lijn door de mensenmassa, zonder de rest van de omgeving uit het oog te verliezen. Agenten patrouilleren in koppeltjes van twee, meestal een vrouw met een man. Niemand lijkt in hem geïnteresseerd. Milos voelt zich meteen iets beter. Nog even en de nachtmerrie is voorbij. *Beloofd is beloofd.* Ondanks de ongelooflijke puinhoop ligt zijn signalement kennelijk nog niet op straat. Tenminste, niet hier. Of ze zetten speciale diensten in om hem op te sporen, agenten in burger. Geconcentreerd vervolgt hij zijn weg door de drukte. Hij pikt ze er zo uit. De zakkenrollers, drugskoeriers en schandknapen. Het is de manier waarop ze tegen de muur hangen of met elkaar staan te chillen, quasi-nonchalant, maar met ogen in hun achterhoofd. Hij moet denken aan vroeger, aan het station in zijn geboortestad en zijn eigen paar vierkante meters jachtterrein. Met veertien was hij een van de jongsten. Nu lopen er kinderen tussen van nog geen tien jaar.

Voor hij zich in het gedrang van de hoofduitgang stort, verstevigt hij instinctief zijn grip om het hengsel van het koffertje. Hij moet er niet aan denken om de Glock kwijt te raken, of het geld dat de opdrachtgever hem heeft toegestopt. Het gedoe moet over zijn, zo snel mogelijk, zodat hij eindelijk terug kan naar huis. Hij loopt de zon in en kijkt verbaasd om zich heen. Ooit was hier een plein met tramhaltes die uitkeken op het water en de rondvaartboten. Nu kijkt hij tegen een schutting aan vol borden en pijlen. De trams hoort hij wel, maar hij ziet ze niet. Er wordt gebouwd. Een kraan zwenkt over het plein dat geen plein meer is. Hij volgt de meute over een nauw voetpad met aan beide zijden een schutting. Geen idee waarheen. Plotseling steekt een tram in volle vaart het pad over, luid bellend, alsof de bestuurder zich bij voorbaat excuseert voor het geval er slachtoffers vallen. Ergens moet de taxistandplaats zijn. Na nog wat geschuifel en geduw bereikt Milos eindelijk de uitgang van de doolhof en ligt de stad voor hem.

Amsterdam. Historische geveltjes aan het water, witte schapenwolkjes tegen een blauwe lucht. Hij herkent het hotel op de hoek. Nu moet hij rechtdoor. In de eerste de beste souvenirwinkel koopt hij een stadsplattegrond. Zonder die te hoeven raadplegen loopt hij verder, de straat af, om op het plein te komen met het fallusachtige monument waarover hij zich tien jaar geleden ook al zo verbaasde. Nu naar links. Een smalle straat waar fietsers vier man breed doorheen rijden. Een brug over de gracht. Opnieuw naar links. De roodverlichte ramen met hoeren zijn er nog steeds, maar het is net alsof het er minder zijn. Ook het aantal gokhallen en floorshows lijkt afgenomen. Wel dezelfde drukte. Dagjesmensen, toeristen en de echte hoerenlopers. Veel politie, meer dan toen, ook weer in koppeltjes van twee. Hij slaat rechts af, een steeg in. Na een wirwar van straatjes en nog meer stegen belandt hij op een andere gracht, waar het aanmerkelijk rustiger is. Na een meter of vijftig vindt hij twee aan elkaar grenzende hotels. Een met een witte gevel, het andere met een roodbruine. Met de rug naar de gracht bestudeert hij de gevels, zich afvragend of een van de kleuren misschien geluk brengt.

'*Hello, baby?*'

Onmiddellijk herkent hij het Russische accent. De vrouw zit in het open raam naast het roodbruine hotel, haar benen bungelend over de rand van de vensterbank. Als ze zou willen, kan ze zo op de stoep springen. Als ze zou kunnen. De vrouw is niet meer zo piep. Haar borsten hangen zowat op haar buik en ze heeft niet voor niets zoveel rouge op haar gezicht gesmeerd. Milos probeert zich voor te stellen hoe Nadja eruitziet als ze oud is. In gedachten ziet hij een houten huis. In de woonkamer staat zijn vleugel, uit de keuken komt de geur van een zelfgebakken *vatroujska*, abrikozentaart. Een veranda met uitzicht op het meer. Twee schommelstoelen en vier honden. Over het water scheren kraanvogels.

'*You want to fuck?*'

Om hem aan te moedigen strekt de hoer in de spreidstand haar benen waardoor hij recht in haar kut kijkt.

Hij schrikt. '*No, thank you.*' Het beleefd bedoelde knikje wordt beantwoord met een opgestoken middelvinger en een Russische vloek. Hij haast zich naar het hotel dat het verst van de peeskamer af ligt. Het hotel met de witte gevel. Een stenen trap met een balustrade. Een nauw gangetje naar een al even nauwe receptie.

'*How many nights?*' klinkt het weinig enthousiast uit de mond van de man achter de balie.

'*Just one.*'

'*You pay with creditcard?*'

'*Cash.*'

De man lijkt even op te leven. '*Breakfast?*' gaat hij weer net zo verveeld door.

'*No, thank you*,' antwoordt Milos. De bedoeling is dat hij voor het ontbijt de stad alweer uit is.

'*One hundred and fifty.*' De man strekt zijn hand uit.

Milos legt twee briefjes van honderd op de balie en gebaart dat hij niets terug hoeft. Als tegenprestatie hoeft er geen paspoort te worden overlegd. Met de sleutel vertrekt hij naar een kamertje tweehoog achter met uitzicht op een blinde muur. Hij werpt een blik op zijn horloge, dat nog steeds stilstaat. Vanmiddag gaat hij een batterijtje kopen, neemt hij zich voor. En vanmiddag gaat hij zich ook terdege voorbereiden op wat hopelijk de laatste actie wordt. Milos slaat de plattegrond open bij het stratenregister en zoekt de 'O' van Overtoom.

De voordeur was niet op slot. Chantal zag het meteen. Eén duwtje en iedereen kon haar huis binnen. Ze vloekte inwendig, gooide de deur met alle macht dicht en nam zich voor om zo snel mogelijk een timmerman te vinden die niet op vakantie was. Terwijl ze hoopte geen huurders tegen te komen die begonnen te klagen over een niet-functionerend slot of andere gebreken, hoorde ze de lift naar beneden komen. Even overwoog ze om de trap te nemen. Onzin, sprak ze zichzelf toe. Ze was een verantwoordelijke huiseigenaar met genoeg geld om alle noodzakelijke reparaties uit te voeren. Dus, lieve mensen, een beetje geduld. Het is zomer. Zich innerlijk voorbereidend op de confrontatie met een van haar huurders posteerde ze zich voor de ingang van de lift. Aan de tijd die de lift onderweg was, leidde ze af dat het haar buurman moest zijn. Een oudere man met een teckel die hij drie keer per dag uitliet. Toen ze, galant als ze was, de liftdeur voor hem opende, keek ze recht in het gezicht van Evelyne.

'Jij hier?' Op het moment dat ze het vroeg, realiseerde Chantal zich dat het behoorlijk vijandig klonk.

'De voordeur stond open,' begon Evelyne zichtbaar opgelaten. 'Ik heb nog geprobeerd om hem dicht te trekken maar daarvoor ontbreekt mij kennelijk de kracht.' Er volgde een zenuwachtig lachje. 'Ik heb natuurlijk aangebeld en ik heb ook nog je mobiel geprobeerd, maar die stond uit. Ik dacht: laat ik boven even aankloppen, voor het geval je bel misschien ook stuk is. En eh...' ze draaide haar hoofd alsof zich iemand achter haar bevond, 'Hotze is naar de fysio.'

O ja. Op dinsdag ging Hotze altijd naar de fysiotherapeut om zijn zwakke rug onder handen te laten nemen. Chantal vroeg zich af of hij met zijn nieuwe vlam ook zo'n last van een zwakke rug had. 'Ga je nog even mee naar boven?' vroeg ze, beseffend dat ze niet eeuwig zo konden blijven staan.

'Nog even,' herhaalde Evelyne glimlachend.

Ze zoenden elkaar, vluchtig, net als de laatste keer. Toen Chantal het knopje indrukte en de lift krakend en piepend in beweging kwam, voelde ze hoe de spanning tussen hen zich weer opbouwde.

'Hoe staat het met Guy Lavillier?' doorbrak Evelyne het stilzwijgen.

'Geen idee,' antwoordde Chantal terwijl ze niet aan Jarres beschrijving van het lijk probeerde te denken.

'Dus hij is nog niet gevonden?'

'Niet dat ik weet.'

'En je artikel over Lavillier?'

'Daar ben ik nu heel druk mee.'

'Wanneer kan ik het lezen, en waar?'

De lift had de bovenste etage bereikt.

'Gauw,' zei Chantal terwijl ze als eerste het nauwe lifthokje uitstapte.

'Ha die Poes.'

Na het openen van de voordeur van het appartement had de kater, kopjes gevend en onder het slaken van allerlei uitsloverige geluidjes, zich meteen op Evelyne gestort.

'Iets drinken?' vroeg Chantal.

'Lekker. Wat neem jij?'

'Espresso.' Het klonk erg als ik-moet-nog-werken.

'Doe mij maar een koud wijntje. Wit, rosé, wat je open hebt.'

Even later zaten ze in de woonkamer. Evelyne aan de ene kant van de bank, Chantal aan de andere kant.

'Volgens mij zit er een vrouw achter,' begon Evelyne nadat ze een slokje van haar witte wijn had genomen.

'Waarachter?'

'Achter de verdwijning van Lavillier.'

'O ja?'

'En volgens mij is-ie dood.'

202

Chantal deed haar best niets te laten merken. 'En waarom denk je dat?'

'Het is natuurlijk een aantrekkelijke man,' antwoordde Evelyne. 'Fysiek, bedoel ik. Hij is machtig en zoals we allemaal weten: macht erotiseert. Daar komt bij dat Lavillier een liefhebber is van vrouwelijk schoon. Ik stel me zo voor dat hij de vrouwen bij bosjes verslindt om ze vervolgens weer net zo snel te dumpen. Stel...'

Er ging een wijsvinger omhoog, waardoor Chantals blik op de met sterretjes beplakte nagel viel. Sterretjes. Belachelijk. Zeker voor een vrouw van vijftig.

'Stel,' ging Evelyne die de blik ontgaan was verder, 'dat een van die jonge vrouwen niet gedumpt wilde worden. Stel dat ze bijvoorbeeld zwanger is geraakt, maar meneer niets meer met haar te maken wilde hebben.'

'Ja...?'

'Dan zou het toch ook zomaar kunnen dat zo'n vrouw zich wil wreken en hem vermoordt.'

'Alsof dat zo eenvoudig is.'

'Een getergde vrouw is tot alles in staat. Hoelang is die Lavillier nu al zoek? Vanaf zaterdag?'

'Zoiets.'

'Drie dagen! Dat is toch niet normaal. Politici zijn nooit zoek. Politici zitten dag en nacht klaar voor het geval ergens de pleuris uitbreekt en ze met hun kop op de buis kunnen of ze wachten op dat ene foutje van een collega om die te kunnen afserveren. Wat ik bedoel: politici verdwijnen niet zomaar. Dus moet hij dood zijn, maar ze hebben nog geen lijk. Of...' De sterretjesnagel schoot weer omhoog. 'Ze hebben wel een lijk, maar dat houden ze onder de pet.'

Chantal voelde haar nekspieren spannen. Wist Evelyne wel hoe dicht ze in buurt van de waarheid kwam? 'Dus jij vindt Lavillier aantrekkelijk?' De toon was aanmerkelijk feller dan Chantal van plan was.

'Wat is er mis met het uiterlijk van Lavillier?'

'Ik vind het een van de walgelijkste kerels die ik ken. Met z'n dikke lippen en z'n opgeblazen rotkop.' Chantal merkte hoe ze zich steeds meer opwond. 'Dat je op zo iemand valt!'

'Alleen op zijn uiterlijk. Politiek is natuurlijk een heel ander verhaal.'

'Bah!' Omdat ze niet wist wat ze nog meer moest zeggen, maakte ze een wegwerpgebaar waarmee ze bijna haar espressokopje van tafel veegde.

'Oké.' Evelyne forceerde een glimlach. 'Behalve dat het me leuk leek om je te zien, ben ik ook langsgekomen om te zeggen dat Hotze en ik toch naar zee gaan. In Cherbourg is het nu een graadje of drieëntwintig, stukken aangenamer dan in deze bakoven. Dus we nemen morgen de trein en blijven een paar dagen weg. Maar we eh...' – ze kuchte – '... *ik* zou het leuk vinden als je kans ziet om mee te gaan.'

'Geen tijd.'

'Of je komt later.'

'Sorry.'

'Dan geef ik je het adres voor het geval je je bedenkt.'

'Laat maar. Ik heb morgenavond nog een interviewafspraak voor mijn Vox-serie.'

Evelyne keek alsof ze het niet geloofde.

'Echt waar,' zei Chantal.

'Moet je horen, Chantal. Ik weet dat we samen naar zee zouden gaan. Ik weet hoezeer ik je heb teleurgesteld door je niet eerder te vertellen dat Hotze en ik iets met elkaar hadden. Hoe vaak moet ik nog sorry zeggen?' Met een wanhopig gebaar hief Evelyne haar handen. 'Sorry sorry sorry. Het is niet gegaan zoals het moest en dat spijt me, maar daarom hoef jij toch niet zo raar tegenover mij te doen.'

'Ik? Raar?'

'Geheimzinnig.'

'Wat bedoel je?'

'Dat verhaal over dat studiegenootje van je... Naomi. Heette ze zo?'

Chantal gaf een nukkig knikje.

'Je vertelde dat ze die avond van al haar spullen was beroofd,' ging Evelyne verder, 'en dat ze die nacht bij jou is blijven slapen.'

'Ja?'

'Wat ik niet begrijp is hoe iemand die al zijn spullen is kwijtgeraakt zich de volgende ochtend zo onder de parfum kan spuiten. En ga me niet vertellen dat het jouw parfum was van een of ander *testflesje*, want jij, Chantal Zwart, hebt nog nooit van je leven parfum gebruikt. Daarvoor ken ik je te goed.' Evelyne pakte haar glas en dronk het in één teug leeg.

Chantal had het gevoel dat ze met haar rug tegen de muur stond. 'Ik eh...'

'Nee,' onderbrak Evelyne haar terwijl ze opstond en haar tas pakte. 'Als je niet wilt vertellen wat er die nacht gebeurd is... ook goed. Ik hoop alleen dat je je realiseert dat je fout bezig bent.' Ze liep naar de grote tafel, griste een vel papier van de stapel en haalde iets uit haar tas. 'Ik schrijf het adres van het appartement in Cherbourg op en het vaste telefoonnummer, voor het geval onze mobieltjes geen bereik hebben.'

'Maar eh...'

'Ja, je bent hartstikke druk,' denderde Evelyne boos verder. 'Maar misschien moet je eens nadenken of je je over de juiste dingen druk maakt.'

Voor Chantal iets kon zeggen was Evelyne vertrokken en viel de voordeur met zo'n klap dicht dat Poes het dakterras op schoot.

Eén zoen, en hij is weg. Opeens. Heeft ze iets gemist? Wanhopig probeert Naomi het laatste uur te reconstrueren. Na drie telefoontjes is Toms agenda, zoals hij dat zelf noemt, 'dichtgeslibd'. Sorry, liefje. Ik moet even naar de universiteit en aansluitend moet ik nog even bij de uitgever langs en daarna moet ik naar de Smoeshaan omdat de presentator van het debat met me wil eten om nog een paar dingetjes voor te bereiden. Het klinkt alsof het hem allemaal overkomt en hij er niets aan kan doen. *Even.* Als ze het goed heeft uitgerekend, is hij tien uur van huis. Ze wil protesteren, maar weet hoe zinloos dat is. Hij staat te glimmen bij het vooruitzicht om de komende uren in het middelpunt van de publieke belangstelling te staan. Alle voornemens om samen opnieuw te beginnen, *met z'n tweeën, alleen jij en ik*, lijken vergeten. Tom gedraagt zich weer als de kerel aan wie ze zich al tijden stoort. Een egoïst die zich niet kan voorstellen dat de wereld niet om hem draait. Je vindt het toch niet erg om alleen te eten, hè? Er is nog sushi over. Zonder op antwoord te wachten ratelt hij over wat hij de komende uren allemaal voor belangrijke dingen moet doen. Hij noemt de zender waar het debat op te horen is. Alsof ze ook nog naar die flauwekul gaat luisteren. En morgen gaan we naar Vaals. Beloofd is beloofd. De zogenaamd geile knipoog doet haar niets meer. Ze blijft in de woonkamer achter. Alleen. Eerst verbijsterd, dan gekrenkt, vervolgens verdrietig. Ze denkt erover om haar moeder te bellen en alles te vertellen. Alles. Ook wat er in Parijs is gebeurd. Vervolgens ziet ze zichzelf bij haar moeder op de bank zitten, grienend, als een verwend kind. Feitelijk is ze net zo'n egoïst als hij, met als enige verschil dat ze zwakker is dan hij waardoor ze altijd aan het kortste eind zal trekken. Nee, ze gaat niet bij haar moeder uithuilen. Het roer moet om. Radicaal. Er schiet haar een Duits woord te binnen waarvan ze niet zeker weet of dat de lading dekt, maar het klinkt in ieder geval goed. *Rücksichtslos.* Zo voelt ze zich, als een Germaanse wraakgodin. De gedachte om haar leven in eigen hand te nemen, doet haar meteen opleven. Ze bespeurt dezelfde energie als waarmee ze de eerste dagen door Parijs liep. Ze rent de trap op en trekt iets leuks aan, iets zomers en sexy's.

Met een heel wat beter humeur verlaat ze het huis en slaat de hoek om naar de Jan Pieter Heyestraat. Terwijl ze schuin oversteekt naar de supermarkt heeft ze het gevoel dat iemand naar haar kijkt. Ze draait zich om. Aan de overkant van de straat lopen een paar Marokkaanse mannen in lange jurken met een meer dan gemiddelde belangstelling voor haar benen, haar borsten, of haar weelderige blonde haar. Niets om je druk over te maken. Niet bekeken worden is erger. Ze gaat de supermarkt binnen, neemt een boodschappenmandje en begint in gedachten haar koffer te pakken. Wat heeft een mens nodig om de eerste dagen te overleven? Brood, beleg dat niet meteen bederft, een stuk worst bijvoorbeeld, en wat fruit. Terwijl ze het mandje volstopt, slaat de twijfel toe. Hoeveel geld staat er op haar eigen rekening? Hoelang houdt ze het vol en waar moet ze daarna heen? Haar alleenstaande moeder zou het alleen maar toejuichen als ze haar oude kamertje weer zou betrekken. Ze ziet de kamer voor zich. Hetzelfde saaie behang als vijftien jaar geleden. Doelloos draalt ze tussen de schappen. Mevrouw? Iemand tikt haar op haar rechterschouder. Ze schrikt zich dood. Het is een man met een vlassig baardje die er met zijn boodschappenkarretje langs wil. Natuurlijk. Sorry. Ze maakt onmiddellijk plaats. Het is alsof de ballon leegloopt en alle moeizaam bij elkaar geraapte energie in één keer ontsnapt. Bedremmeld kijkt ze naar haar mandje en legt de boodschappen terug. Ze heeft geen overlevingspakket nodig, maar een troostpakket. Met een tros pitloze Griekse druiven en drie repen Toblerone komt ze weer thuis. Het eerste wat ze doet is de telefoon eruit trekken en haar mobiel uitzetten. Als ze wist hoe ze de deurbel kon uitschakelen, zou ze dat ook doen. Ze wil niemand zien, niemand spreken. Haar werk voor de Parijs-special kan nog wel wachten tot morgen of overmorgen. Ze gaat naar haar slaapkamer, trekt de gordijnen dicht en gaat op bed liggen. Wil ze verder als Toms domme blondje of bepaalt ze zelf wat ze met de rest van haar leven doet? Het is nog vroeg. Ze hoeft niet meteen te beslissen. Ze zet de televisie aan. Zappend langs de zenders probeert ze zich voor te stellen hoe het zal zijn als hij vanavond thuiskomt in een leeg huis. Stil. Doodstil.

Uit het dagboek van mevrouw Andrée Giraud

Het klinkt als een losse bougie. Gesputter met af en toe een flinke knal. Ik heb vader zo vaak geholpen bij de reparatie van een of andere machine dat ik dat soort dingen meteen hoor. Waarom heeft hij me niet gevraagd om te helpen? Ik moet altijd helpen. Soms denk ik wel eens dat hij liever een zoon had willen hebben dan een dochter. Ik hol de trap af, me innerlijk voorbereidend op een flinke schrobbering.

Hij staat op de cour, zijn rug naar me toe, en buigt zich over de motor van de zwarte Citroën Traction Avant die, sinds ik me kan herinneren, in de stalling van het chateau heeft gestaan. Achter het stuur zit de oudste van de twee. De jongste, de pianist, staat geamuseerd toe te kijken. Kennelijk hebben de zonen van de eigenaar besloten om het oude beestje uit de stal te halen en een ritje te maken. Vader mag de motor weer aan de gang zien te krijgen. Nee, hij moet. Hij heeft geen keus. De twee zijn de toekomstige eigenaren van de boerderij. Het liefst zou vader hen van de cour trappen, zoals hij gisteren een paar van de gasten van het chateau van het erf trapte omdat dat 'langharige tuig' aan 'zijn kraan' zat te drinken.

'Gas!'

De oudste van de twee drukt het pedaal ruw in.

'Niet zoveel!'

Terwijl de motor knettert, hoor ik hoe vader zich moet inhouden.

Dan heeft hij me gezien. De oudste van de twee. Op zijn gezicht verschijnt een brede grijns. Hij roept iets naar zijn jongere broer, de pianist, die me verbaasd aankijkt, waarna hij me een glimlach toewerpt die me doet smelten. Hij staat vlakbij, op nog geen vijf meter van de deur. Hij is lang niet zo knap als zijn broer, maar hij heeft van die wangetjes waar je zo in zou willen knijpen. Ik sta te trillen op mijn benen. We kijken elkaar aan zoals je alleen maar in films mensen ziet kijken. Blind en doof voor de omgeving.

'Gas!'

Ik schrik wakker. Vader is de enige die nog niet weet dat ik hier sta. En dat wil ik graag zo houden. Ik maak me los van de blik van de jongste en wil me omdraaien. Met een paar passen is hij bij me en fluistert iets in mijn oor. Door het motorgesputter heb ik het niet goed verstaan. Of wel? Voor ik ga blozen, ren ik de trap op, terug naar mijn kamer.

Dinsdagmiddag

De setting lijkt verdacht veel op die van vanochtend. Isabelle Lavillier en dochter Romy naast elkaar op één bank, Jarre op de bank tegenover hen. Nieuw is het echtpaar op de middelste bank. Christian Lavillier, de jongere broer van Guy en eveneens advocaat, en zijn vrouw Marianne, die arts is.

Het moment van de waarheid is aangebroken.

'Ik eh...'

Jarre is zo vaak de boodschapper van slecht nieuws geweest, maar dit keer valt het hem bijzonder zwaar. Het komt door Isabelle Lavillier. Ondanks het zenuwachtig trekken van haar mondhoeken straalt haar gezicht een schoonheid uit die hem opnieuw fascineert en waarvan hij weet dat hij er voor de laatste keer naar kijkt. Straks zal niets meer zijn wat het was. Wat het evenmin makkelijker maakt is dat hij zo lang heeft moeten wachten. Toen hij Isabelle Lavillier belde, vroeg ze of hij zijn komst met een uur kon uitstellen, zodat ze niet 'alleen' was. Het woordje heeft hem beziggehouden. Met de komst van Romy uit Marokko kan Isabelle Lavillier moeilijk beweren dat ze alleen is, tenzij ze vindt dat ze aan haar dochter toch geen steun heeft. Tersluiks werpt hij een blik op Romy, die er mogelijk nog slechter uitziet dan vanochtend. Misschien wilde Isabelle Lavillier daarom haar zwager en zijn vrouw erbij hebben. Het echtpaar maakt een rustige, weloverwogen indruk.

Na een kuchje richt Jarre zich opnieuw tot Isabelle Lavillier: 'Mevrouw, ik heb helaas slecht nieuws voor u.'

Haar mondhoeken trillen.

'Uw man is vanochtend dood aangetroffen.'

Even is ze sprakeloos, dan schreeuwt ze het uit: 'Néé!' Ze slaat de handen voor het gezicht.

Romy neemt haar moeder in de armen. Het gebaar is ongetwijfeld lief bedoeld, maar er spreekt geen enkele warmte uit. Christian en Marianne zijn naar het randje van de bank geschoven, alsof ze het juiste moment afwachten om hun schoonzus te troosten. Terwijl Isabelle Lavilliers snikken de ruimte doorsnijden, wacht Jarre rustig af.

'Waar eh...?' Ze heeft haar handen laten zakken en kijkt hem aan met grote ogen, vol angst en ongeloof. 'Waar hebt u hem gevonden, meneer Jarre?'

'Vlak bij het Stade de France.'

Uit haar ogen spreekt nog meer ongeloof. Ze wendt zich tot Romy, tot Christian en Marianne, die nog verder naar de rand van de bank schuiven, en dan weer tot Jarre. 'Maar...?'

'Hij is vermoord,' zegt Jarre zacht.

De stilte is oorverdovend.

'Hoe?' vraagt Romy nuchter nadat ze haar moeder heeft losgelaten.

Geschrokken blikken over en weer.

'Hoe?' herhaalt ze luid.

'Romy,' probeert Christian te sussen.

'Ik wil het weten.'

Nog even en ze gaat stampvoeten. Jarre krijgt geen hoogte van de jonge vrouw. Aan de ene kant lijkt het alsof het nieuws van de moord op haar vader haar volstrekt niet raakt. Aan de andere kant is ze op van de zenuwen, anders kan hij niet verklaren waarom ze de ene na de andere sigaret rookt.

'Ik wil het ook weten.'

Alle blikken gaan naar Isabelle Lavillier.

Ze heeft haar handen voor haar gezicht weggehaald en kijkt Jarre met opgeheven hoofd aan. 'Hoe is mijn man vermoord?'

'Ach, lieverd.' Marianne is op de bankleuning gaan zitten, naast

211

Isabelle, en streelt de nek van haar schoonzus. 'Dat hoef je toch niet te weten?'

'Jawel, Marianne.' Isabelle Lavillier richt zich tot Jarre. 'Vertelt u het maar.'

'Ik weet niet of u...' Hij aarzelt.

'Hoe is mijn man vermoord?' vraagt ze met dezelfde kalmte.

Jarre slikt even. 'Uw man is in een vuilcontainer gevonden.' *Naakt, zijn lichaam bewerkt met tientallen messteken, gecastreerd.* Ondanks het weglaten van alle afschuwelijke details gaat er een zucht van afgrijzen door de salon. 'Hij lag op zijn rug,' vervolgt Jarre, 'een dolk in zijn borst waaraan een brief was gespietst. Een pamflet,' verbetert hij zichzelf.

'En wat stond erop?' wil Isabelle Lavillier weten.

Hoewel hij de tekst uit zijn hoofd kent, haalt Jarre het rode aantekenboekje uit de binnenzak van zijn colbert en begint te bladeren. Wanneer hij de zin gevonden heeft, schraapt hij zijn keel. 'Wie een zwijn is, zal sterven als een zwijn.' Hij meent een ingehouden lachje te horen. Romy? Hij slaat zijn ogen op en kijkt automatisch als eerste naar Isabelle Lavillier. Op haar gezicht staat nog steeds ongeloof, alsof ze niet lijkt te kunnen bevatten wat er met haar man is gebeurd.

'Het is dus een politieke moord,' roept Romy, die een nieuwe sigaret heeft opgestoken. 'Dat verbaast me niets.'

'Romy!' Marianne Lavillier is duidelijk geschrokken.

'Ach, doe niet zo schijnheilig, tante Marianne. Papa heeft er toch zelf om gevraagd.'

'Romy, hou je mond!' roept Christian Lavillier.

'Nee, ik hou mijn mond niet,' bijt Romy terug. 'Waarom zou ik moeten zwijgen, als zelfs jij je mond durft open te trekken.'

'Ik?'

'Ja jij, oom Christian.' Ze neemt een haastig trekje van haar sigaret. 'Dacht je dat we in Afrika geen internet hebben? Ik heb je stukjes wel gelezen. En als je het zo graag wil weten: voor de eerste keer in mijn leven ben ik trots op iemand in de familie.'

Christian Lavillier, zichtbaar gegeneerd, wendt zich tot Jarre: 'Ik geef toe dat ik en mijn vrouw geen fan zijn van de politiek van mijn broer. Aangezien ik als gepensioneerd advocaat tijd overheb, reageer ik wel eens op artikelen die op internet verschijnen en zo heb ik ook een paar keer iets over Guy geschreven en over zijn eh… beweging.' Hij werpt een bezorgde blik op Isabelle Lavillier, aan wie de hele discussie voorbij lijkt te gaan en die wezenloos voor zich uit staart. 'Ik wil ook best toegeven,' vervolgt Christian, 'dat die stukjes tot de nodige frictie hebben geleid. Niet alleen met Guy, maar ook met Isabelle die vond dat, als ik met mijn broer in discussie wilde gaan, ik dat privé en niet op internet moest doen. Maar…' – de blik gaat opnieuw naar Isabelle Lavillier – '… dat laat natuurlijk onverlet hoe afschuwelijk mijn vrouw en ik deze moord vinden.'

Terwijl Marianne Lavillier driftig begint te knikken, probeert Jarre de mededeling tot zich te laten doordringen. Dat de militante Romy haar vaders politiek afkeurt is duidelijk, maar dat Christian en Marianne ook al geen fan zijn, verbaast Jarre.

'Meneer Jarre…?'

Hij schrikt op.

'U hebt mij nog niet alles verteld, nietwaar?' Isabelle Lavillier lijkt uit haar lethargie te zijn ontwaakt en kijkt hem doordringend aan.

'Wat bedoelt u, mevrouw?'

'Ik vroeg u hoe mijn man vermoord is, maar ik onderbrak u.' Er volgt een flauwe glimlach. 'Is mijn man overleden als gevolg van die dolk?'

'Eh…' Jarre denkt aan het gesprek dat hij, vlak voor het verlaten van de plaats delict, heeft gehad met de lijkschouwer. 'Dat is nog niet duidelijk. De autopsie moet nog plaatsvinden, maar het lijkt erop dat de verwondingen na de dood van uw man zijn aangebracht.'

'Verwondingen?!'

Hij slikt en beseft dat het geen zin heeft om er langer omheen te draaien. 'Inderdaad, mevrouw. Op het lichaam van het slachtoffer zijn verschillende steekwonden aangetroffen en eh…' Hij twijfelt. 'Het geslacht van uw man was afgesneden.'

213

'Néé!'

Isabelle Lavillier slaat opnieuw haar handen voor haar gezicht. Romy, de hand voor haar mond, rent de salon uit. Christian, zichtbaar geschokt, loopt naar de bar om even later met een fles Macallan en vijf whiskyglazen terug te komen, die hij ongevraagd royaal inschenkt. Marianne is op Romy's plaats gaan zitten en heeft haar arm om Isabelle Lavillier geslagen.

'Heb je...?' Marianne kijkt haar man bezorgd aan.

Christian Lavillier knikt kort en neemt een flinke slok. Marianne reikt Isabelle Lavillier een glas aan, waarop deze met dezelfde ongelovige blik begint te drinken. Wanneer Marianne ook iets drinkt, neemt Jarre zelf ook een slokje. De whisky brandt in zijn maag. Bestond er geen andere manier om de gruwelijke boodschap te brengen? Hij voelt zich moe. Sinds de aangifte is hij voortdurend in touw. Terwijl hij een tweede maal aan de whisky nipt, ziet hij dat Isabelle Lavilliers glas leeg is, waarop Marianne haar man een teken geeft om bij te schenken.

Isabelle Lavillier neemt een slok, waarna ze haar ogen droogwrijft. 'Is er al iemand aangehouden, meneer Jarre?' vraagt ze opmerkelijk beheerst.

'Nog niet, mevrouw.'

'Is er een verdachte?' wil Christian weten.

Jarre schudt van nee.

'Waarom denkt u dat de verwondingen na de dood zijn toegebracht?' vraagt Marianne Lavillier met de blik alsof ze een anamnese afneemt.

'Snijwonden maar geen bloed,' antwoordt hij. 'En de rug van het slachtoffer was helemaal blauw.' Hij ziet haar knikken.

'Maar wanneer is mijn man dan gestorven?' vraagt Isabelle Lavillier niet-begrijpend, 'of vermoord?'

'Dat zal de autopsie moeten uitwijzen, mevrouw.'

Romy, nog steeds even bleek, is naast haar oom komen zitten en steekt meteen een nieuwe sigaret op. 'Hoe zit dat met die journaliste?' vraagt ze.

'U bedoelt Chantal Zwart?' zegt Jarre.

'Ja, die.' Ze neemt een diepe trek. 'Die journaliste beweerde toch dat mijn vader er op zaterdag met een of andere vrouw vandoor is gegaan. Hebt u die vrouw al gevonden?'

'Wij doen er alles aan om die vrouw te spreken.'

'Hebt u haar al gevonden?' herhaalt Romy bijna dreigend.

'Romy,' probeert Isabelle Lavillier te sussen. 'Ik weet zeker dat meneer Jarre er alles aan doet om iedereen te spreken te krijgen die meer over deze eh... moord kan vertellen.'

'Maar...'

Met een simpel handgebaar legt ze haar dochter het zwijgen op. Er valt een stilte, waarin Jarre de stemming probeert te peilen. Hij heeft een aantal vragen die niet langer kunnen wachten. 'Mevrouw,' begint hij voorzichtig, 'toen uw man zaterdag het huis verliet, had hij toen een laptop en een mobiel bij zich?'

'Eh...' Isabelle Lavillier kijkt hem verbaasd aan. 'Ik neem aan van wel. Waarom vraagt u dat?'

'Omdat we geen laptop en geen mobiel hebben gevonden.'

'Dan zal mijn man die zaterdag wel hebben meegenomen. Hij ging naar een bespreking. Dat zei hij tenminste. Als hij naar een bespreking gaat, neemt hij altijd alles mee.'

'Wat is er zo belangrijk aan Guys laptop en mobiel?' vraagt Christian.

'Omdat we nu niet kunnen zien of Guy Lavillier onlangs bedreigingen heeft ontvangen,' antwoordt Jarre.

'Maar er bestaan toch nog wel andere manieren om elektronisch dataverkeer te achterhalen,' werpt Christian tegen.

'Jawel. En die worden ook allemaal door ons onderzocht. Maar mochten er berichten zijn gewist, dan valt dat alleen te achterhalen met de mobiel of de laptop waarmee dat gedaan is.' Jarre, die alleen maar herhaalt wat een van de techneuten van de recherche hem heeft verteld, hoopt dat hij het een beetje goed uitlegt. Hij richt zich opnieuw tot Isabelle Lavillier. 'Uw man werkte aan een boek, nietwaar?'

'Ja.'

'O?' Romy veert op. 'Waarom weet ik daar niks van?'

Isabelle Lavillier haalt haar schouders op.

'Wisten jullie dat?' vraagt Romy aan haar oom en tante.

'Het stond in de krant,' zegt Marianne.

'Als je in Frankrijk was geweest,' voegt Christian er glimlachend aan toe, 'had je het ook kunnen lezen.'

'Jullie hadden mij moeten waarschuwen,' reageert Romy fel.

'Waarom?' vraagt Christian.

'Omdat ik dan geprobeerd had mama over te halen het papa te verbieden.'

'Je kunt iemand niet verbieden een boek te schrijven.'

'Jawel.'

Jarre kan de discussie niet helemaal volgen. 'Weet u waar dat boek van uw man over zou gaan?' vraagt hij aan Isabelle Lavillier.

'Over politiek,' antwoordt ze. 'Het boek zou begin volgend jaar verschijnen. In het jaar van de verkiezingen.'

'De smeerlap.'

'Romy!' reageert Isabelle Lavillier boos, 'je mag wel eens met meer respect over je vader spreken. Waarom zou hij in de aanloop van de verkiezingen geen boek mogen publiceren? Hij is ten slotte politicus.'

'*Was* mama. En dat lijkt me voor het land een zegen.'

Isabelle Lavillier wendt zich tot Jarre, wachtend op de volgende vraag, alsof ze haar dochter het liefst wil negeren.

'Is het boek al af, mevrouw?' vraagt Jarre.

'Dat weet ik niet.'

'Hebt u al iets kunnen lezen?'

'Nee, ik heb niets gelezen. Mijn man laat me pas iets lezen als het helemaal klaar is. Waarom bent u zo geïnteresseerd in dat boek?'

'Omdat we in de werkkamer van uw man hebben gezocht naar aantekeningen of uitdraaien, maar niets hebben gevonden.'

'Ik weet niet of hij al veel geschreven had. Ik weet alleen dat hij de zomervakantie wilde gebruiken om eh...' Isabelle Lavillier slaat haar handen opnieuw voor het gezicht, waarop Marianne haar meteen in haar armen neemt.

'Zijn deze vragen echt noodzakelijk?' vraagt Christian scherp.
'Ziet u wat u doet?'

'Het spijt me.' Jarre buigt het hoofd. Er spoken nog zoveel vragen door zijn hoofd.

'Wat gaat u nu *doen*?' vraagt Christian.

'Het onderzoekt wordt opgeschaald,' zegt Jarre terwijl hij naar de verslagen Isabelle Lavillier kijkt die zich door haar schoonzus laat troosten. 'De prefect heeft alle verloven ingetrokken. We zullen er alles aan doen om de dader zo snel mogelijk te pakken te krijgen.'

'En de media?'

'Het is beter de pers in te lichten dan af te wachten tot ze er zelf achter komen en allerlei onzin gaan schrijven.' Wat ze toch wel zullen doen, denkt Jarre, maar hij houdt zijn kiezen op elkaar.

'Isabelle?' vraagt Christian. 'Heb je het gehoord? Vind je het goed als we de pers inlichten?'

Isabelle Lavillier, haar gezicht nog steeds verborgen achter haar handen, knikt een paar keer, ten teken dat ze met het voorstel instemt.

'Goed.' Jarre voelt zich weer net zo ongemakkelijk als bij het begin van het gesprek. 'Maar voor er een persbericht wordt opgesteld, moet de dode geïdentificeerd worden.' Hij ziet de verschrikte blikken om zich heen. Isabelle Lavillier heeft haar handen laten vallen en kijkt hem aan alsof hij haar een oneerbaar voorstel heeft gedaan. 'U hoeft het niet te doen, mevrouw,' haast Jarre zich te zeggen en richt zich tot Christian. 'Het is belangrijk dat het iemand van de familie is, iemand die...'

'Laat mij papa identificeren,' roept Romy. 'Ik heb daar geen moeite mee.'

'Nee,' reageert Isabelle Lavillier geschrokken, 'niet in jouw toestand. Ik wil Guy zelf identificeren. Alleen, als jullie dat niet erg vinden.' Ze recht haar rug en kijkt fier de kamer rond. 'Als je zo lang samen bent geweest als Guy en ik, heb je het recht om in alle privacy afscheid van elkaar te kunnen nemen, zou ik denken.'

Iedereen zwijgt.

Dan staat ze op, vastberaden. 'En ik wil Guy nu zien. Meneer Jarre, zou u me willen begeleiden?'

'Natuurlijk, mevrouw.'

Terwijl hij haar naar zijn auto vergezelt, is Jarre onder de indruk van de schijnbare innerlijke rust waarmee ze met het verlies van haar man omgaat.

Bij de halte drentelt hij wat op en neer en doet alsof hij op een tram wacht. Nummer 334 ligt aan de overkant van de straat, pal naast een damesmodezaak. Een benedenhuis met drie bovenetages en een zolder met dakkapel. Tegen de gevel groeit bruidssluier. Een van de etalagepoppen in de damesmodezaak draagt een bruidsjurk. Als vanzelf gaan Milos' gedachten naar Nadja. Hij stelt zich haar voor in het wit. Als een plaatje. Niet dromen! roept hij zichzelf tot de orde en verlegt zijn aandacht weer naar het pand.

In het benedenhuis zit een oude man in een leunstoel die in slaap gesukkeld lijkt. Op de eerste en tweede verdieping zijn de gordijnen open, maar Milos ziet geen beweging van bewoners. De gordijnen op de bovenste etage zijn dicht. Hij loopt een stukje de straat af, om een meter of honderd verder over te steken en langs de huizen terug te slenteren. Overal kan hij naar binnen kijken. Grote brede ramen, zonder vitrages of gordijnen, alsof de bewoners vooral willen laten zien dat ze niets te verbergen hebben. Bij nummer 334 houdt hij zijn pas in. Twee voordeuren. De linker hoort natuurlijk bij het benedenhuis met de oude man in de leunstoel. De rechter bij de bovenetages. Een cilinderslot, twee dievenklauwen. Geen probleem. Zeker niet met het gereedschap dat de opdrachtgever hem heeft meegegeven. Drie bellen met drie verschillende naambordjes. Op het bovenste bordje prijkt de naam Naomi Eggers. De derde etage dus. Hij slentert verder. De man in de leunstoel slaapt inderdaad.

Milos denkt aan zijn doelwit. Naomi Eggers. Waarschijnlijk is ze nog aan het werk en komt ze zo thuis. Of zou ze een dubbele baan hebben? De foto op internet liet een televisiepresentatrice zien. Misschien gaat ze van haar kantoor rechtstreeks naar een of ander televisiestation. Naar welk? Hij weet zo goed als niets over zijn doelwit. De hele actie is van het begin af aan hopeloos onprofessioneel geweest. En onnodig smerig.

Hij steekt de straat over en wandelt via de andere kant terug. Het revalidatiecentrum is een groot gebouw met veel glas. Tegenover nummer 334, op dezelfde hoogte als de derde etage, steekt een balkon uit. Hij loopt het gebouw binnen, de hal in, en spiedt de ruimte af. De toegangsdeuren naar de verschillende afdelingen staan open, maar aan de zijkant hangen kleine kastjes. Elektronische deurbeveiliging. Milos denkt aan de deur naar het balkon, die natuurlijk op slot is. Hij kijkt om zich heen. Oudjes met krukken, rollators en rolstoelen versus jonge mannen en vrouwen in witte verplegerskleding. Hij ziet hoe een verpleger een pasje uit zijn rechterjaszak trekt, daarmee vervolgens een deur opent en naar binnen gaat. Het personeelstoilet. Niet zo raar dat het personeel zijn eigen toilet wil hebben. Zo onopvallend mogelijk beweegt Milos zich die kant op en wacht. Na een paar minuten, die eindeloos lijken te duren, komt de verpleger naar buiten. Met een verstrooid gezicht loopt Milos zogenaamd per ongeluk tegen de man op. Sorry. Terwijl de verpleger zich verontschuldigt, grist Milos het pasje uit diens rechterjaszak en laat het in zijn eigen jaszak glijden. Even later neemt hij de trap naar boven, haalt het pasje door het kastje en duwt de deur naar het balkon open.

Buiten is het benauwend warm, waarop hem onmiddellijk het zweet uitbreekt. Hij loopt naar de balustrade en kijkt quasionverschillig de straat af. De gordijnen op de derde verdieping zijn nog steeds dicht. Misschien is zijn doelwit de stad uit. Maar waarom zou ze dan de gordijnen sluiten? Niemand in Amsterdam sluit zijn gordijnen. Wat nu? Wachten? En hoelang? Alsof een man die op het balkon van een revalidatiecentrum staat niet opvalt. Hij zou iets moeten doen, iets wat zijn aanwezigheid verklaart. Als hij rookte, zou hij nu een sigaret opsteken. Milos kijkt op zijn horloge. Kwart over zes uur. De winkelier die het batterijtje heeft verwisseld, heeft het horloge meteen gelijkgezet. Nadja moet nu thuis zijn. Milos haalt zijn mobiel uit zijn jasje en toetst het nummer in.

'Ja?'

'Met mij.'

'Gilles!' roept ze blij. 'Ben je nog steeds in Brussel? Ik mis je zo.'

'Ik jou ook, Snoepje.'

'Wanneer kom je weer terug?'

Hij moet zijn hersenen pijnigen om het verhaal weer op een rij te krijgen. 'Morgen is de begrafenis. Om vier uur 's middags.' Om op zeker te gaan besluit hij een beetje speling in te bouwen. 'Daarna is er een diner met de familie.'

'En dan kom je terug?'

'De dag na de begrafenis kom ik terug.'

'Dus donderdag?'

Op de derde etage worden de gordijnen opengeschoven. Aan het raam verschijnt de vrouw van de foto op internet. De laatste getuige die hij uit de weg moet ruimen. Of is het iemand anders? De vrouw is weliswaar zeer blond, maar haar haar zit heel anders. Bovendien lijkt ze ouder. Onzin, zegt hij tegen zichzelf. Hij heeft het naambordje toch gezien. Onwillekeurig neemt hij de mobiel in zijn linkerhand, waardoor hij met zijn andere hand de Glock uit de holster onder zijn jasje kan trekken om af te vuren. Dit is zijn kans. Ze staat recht voor het raam. Als hij nu afdrukt, kan hij haar moeiteloos tussen de ogen treffen. Eén schot. Het is alsof iemand zijn hand tegenhoudt en zijn spieren verstijven.

'Gilles?' klinkt het aan de andere kant van de lijn. 'Is er iets mis?'

Nadja kent hem inmiddels beter dan hij zichzelf kent. Alles is mis. De noodzakelijke koelbloedigheid is ver te zoeken, de kilheid, het berekenende en het totale gebrek aan angst. Hij staat te schutteren als de eerste de beste amateur. Hij heeft nog nooit een vrouw omgelegd. Komt er plotseling een moreel besef of is er een hogere macht die hem waarschuwt om niet op klaarlichte dag vanaf een balkon te schieten? De twijfel werkt verlammend.

'Gilles, alles goed met jou?'

'Alles is goed, Snoepje,' hoort hij zichzelf liegen. 'Ik moet nu op-
hangen, maar ik bel je snel terug.' Met zijn rechterhand drukt hij
het gesprek weg en haast zich van het balkon.

～

De televisie stond op France 2. Over een paar minuten begon het
journaal. Op tafel, nog in de kartonnen doos van de pizzakoerier,
lagen de resten van een pizza marinara. Chantal had gegeten voor
twee. Geen wonder, als je een hele dag probeert te overleven op
espresso en glaasjes water met ijsblokjes.

De middag was weinig productief geweest. Het bandje van
Naomi's voicemail kon ze inmiddels dromen. De vaste telefoon,
die op naam van Tom stond, ging niet over. Bij *Actief* werkte een
telefoniste die er een duivels genoegen in leek te scheppen om iedere beller af te poeieren. Ze zou de boodschap doorgeven aan
Naomi, zei de telefoniste. Op de vraag of Chantal de naam mocht
hebben van de fotografe die er in Parijs bij was geweest, volgde
een onverbiddelijk 'nee'. Sms'jes en mails voor Naomi bleven on-
beantwoord. Dan niet. Pogingen om de identiteit van de vrouw die
met Ortola in de taxi was gestapt te achterhalen, hadden ook al
niets opgeleverd. De foto die Chantal had genomen, was bewogen
en daardoor onscherp. Ze verwachtte niet dat Jarre er veel mee zou
kunnen.

Om halfzes had de oude politieman gebeld. Het eerste wat hij
vroeg, was of ze haar bron had weten te overreden om met de
politie contact op te nemen. Toen ze zei dat dat nog niet gelukt
was, drong hij er opnieuw op aan om dat te proberen. Vervolgens
bracht hij haar – off the record – op de hoogte van de stand van
zaken. Guy Lavillier was officieel geïdentificeerd, tegen zevenen
zou er een persbericht uitgaan en om halftien werd op het gemeentehuis van Saint-Denis een persconferentie gegeven waar ze
van harte voor was uitgenodigd, maar waar geen informatie zou
worden vrijgegeven die ze niet al had. Als ze iets wilde publiceren,
kon ze nu haar gang gaan. Chantal zou niet weten wat ze moest

schrijven, maar dat had ze niet gezegd. In plaats daarvan bedankte ze Jarre voor zijn telefoontje. Vervolgens moest er toch weer ergens iemand hebben gelekt, want rond zes uur circuleerden de eerste berichten over Lavilliers dood al op internet, inclusief allerlei wilde complottheorieën.

Om zeven uur had het persbericht in haar mailbox gezeten. Een ingetogen verklaring, zonder de woorden 'politieke moord', maar aangezien de dolk en het pamflet werden vermeld kon iedereen die conclusie moeiteloos zelf trekken. De vindplaats van het stoffelijk overschot werd wel expliciet genoemd. Geen woord echter over de tekst van het pamflet, noch over de beestachtige mutilaties. Tien minuten na zeven – het was het moment waarop de pizzakoerier aanbelde – was Axels mailtje gekomen, waarin hij zonder aanhef of iets het persbericht doorstuurde. Voor het geval ze het niet had. Of om haar nogmaals te laten blijken wat hij van haar vond als journaliste. Even overwoog ze een 'fuck you' terug te sturen. In plaats daarvan besloot ze dat het interview morgenavond haar laatste klusje voor Vox was. Wat dacht hij wel? Dat ze van hem afhankelijk was? Ze was van niemand afhankelijk.

De leader van het journaal liep. Gauw schonk ze nog een glas rosé in. De headlines begonnen met de moord op Guy Lavillier. In afwachting van zijn bijdrage streek de verslaggever nog even snel door zijn haar. De aankondiging van de andere onderwerpen ging min of meer aan haar voorbij. Er volgde een in galm gedrenkt slotakkoord, waarop de presentatrice meteen naar de verslaggever schakelde die bij de ingang van het terrein van de Lavilliers stond. Een politieke moord, hoorde Chantal de man zeggen, en dat de vindplaats van het stoffelijk overschot op dezelfde plek was waar verleden jaar onlusten waren uitgebroken. De familie van Guy Lavillier is geschokt, voegde de verslaggever er met een ingestudeerd doodgraversgezicht aan toe.

Er werd een bandje gestart met een verklaring die kennelijk eerder die avond was afgegeven. Namens de familie stond Christian Lavillier klaar om de pers te woord staan. Chantal moest naar het onderschrift kijken om zich ervan te vergewissen dat het echt de jongere broer van Guy Lavillier was. Christian Lavillier, advocaat. Met zijn kalende, beetje pafferige hoofd, leek hij zeker een jaar of tien ouder dan zijn broer. En in tegenstelling tot de flamboyante Guy maakte Christian een bescheiden, bijna timide indruk. Hij had de tekst uitgeschreven en las die rustig, zonder in de camera's te kijken, voor. Hij sprak over een 'laffe aanslag op een democratisch gekozen volksvertegenwoordiger', dat je het 'misschien niet eens' hoefde te zijn met Guy Lavilliers politieke standpunten, maar dat een debat met 'woorden' gevoerd moest worden en 'nooit met geweld'. Tot slot hoopte hij dat de dader zo snel mogelijk gepakt zou worden opdat het 'recht kon zegevieren'. Toen de eerste vragen op hem werden afgevuurd, verdween hij schielijk in gezelschap van twee agenten achter het hek, uit het zicht van de camera's.

Einde bandje.

De verslaggever was weer in beeld en begon aan een verhaal over Guy Lavilliers politieke carrière en diens plannen om mee te doen aan de presidentsverkiezingen. Er werd een nieuw filmpje gestart. Archiefbeelden, waaronder de bekende foto van Guy Lavillier met vader en grootvader op de trappen voor het ouderlijk huis in Saint-Denis. Waarom stond Christian eigenlijk niet op de foto? Chantal dacht aan de verklaring die hij zojuist had voorgelezen, waarin hij impliciet afstand nam van de denkbeelden van zijn broer. Christian was een vriend van Hotze geweest. Waarom had ze haar vader niet uitgehoord over de twee broers Lavillier? Automatisch greep ze haar mobiel en drukte op de voorkeuzetoets. Het duurde even voor de telefoon werd opgenomen.

'Zwart.'

Na meer dan veertig jaar Frankrijk nam Hotze de telefoon nog steeds op z'n Nederlands op.

'Hoi pap, met mij. Stoor ik je?'

'Nee, hoor. We waren in de eh… tuin.'

Chantal geloofde er niks van. 'Jij was toch bevriend met Christian Lavillier?' stak ze meteen van wal voor hij over Cherbourg begon en waarom ze niet meeging.

'Ja.'

223

'Wat voor jongen was dat?'

'Eh...' De vraag overviel hem duidelijk. 'Een aardige jongen. En een zeer getalenteerde pianist die het ver had kunnen schoppen.'

'Waarom is hij dan gestopt?'

'Dat heb ik nooit begrepen. Midden in het studiejaar is hij rechten gaan doen. Misschien omdat zijn oudere broer ook rechten deed en de hele familie uit advocaten bestond. Ik weet het niet. Na Christians vertrek van het conservatorium hebben we elkaar niet meer gezien.'

'Maar jullie waren vrienden?'

'*Vrienden, vrienden*... we gingen vriendschappelijk met elkaar om, zoals iedereen op het conservatorium met elkaar omging. Zo belandde ik die zomer ook in het vakantiehuis van zijn ouders. Met een hoop muzikanten. De rest waren vrienden van Guy Lavillier, van de universiteit. In totaal waren we misschien wel met z'n twintigen of dertigen.'

'Kun je je nog herinneren hoe de verhouding was tussen Guy en Christian Lavillier?'

'Gewoon.'

Het filmpje met archiefbeelden was afgelopen, waarna de verslaggever teruggaf aan de studio.

'Bestond er rivaliteit tussen die twee?' vroeg Chantal terwijl ze de uitzending in de gaten bleef houden.

'Ik kan me geen rivaliteit herinneren,' antwoordde Hotze. 'Behalve dat die twee heel verschillend waren.'

'Hoezo *verschillend*?'

'Guy was toen al een haantje de voorste, terwijl Christian veel bescheidener was, zelfs verlegen.'

De journaalpresentatrice stelde de vraag hoe het verder moest met La Nouvelle France, nu de leider van de beweging was vermoord. Chantal kroop nog wat dichter op het toestel.

'Waarom wil je dat allemaal weten?' vroeg Hotze.

'Omdat...'

De vrouw die vanochtend met Ortola het huis aan de rue Duret had verlaten, was in beeld.

'Ik bel je zo terug.' Chantal drukte Hotze weg en zette het geluid van de televisie harder.

'... tijden van crisis belangrijk om de rust te bewaren en geen overhaaste conclusies te trekken.'

De vrouw leek zo van de styliste te komen. Perfecte make-up, perfect kapsel, perfect niet te opdringerig grijs mantelpakje en om haar hals een parelketting.

'Maar ik wil vanavond toch één conclusie trekken. Een politicus die wijkt voor geweld is geen knip voor de neus waard.'

Ze sprak zonder haperen, maar aan de wat onrustige blik was te zien dat ze nog niet vaak voor de camera had gestaan. Het interview vond plaats in een of andere hotelsuite.

'En daarom zal La Nouvelle France verdergaan op de ingeslagen weg.'

Eindelijk verscheen de naam van de vrouw in beeld. Marie-Christine Grenoult. Natuurlijk. Chantal kon zich wel voor het hoofd slaan dat ze de vrouw niet had herkend. Als excuus gold dat Grenoult er op de foto's op internet anders had uitgezien. Met kort haar. Misschien droeg ze nu een pruik en zat haar haar daarom zo goed. Een voor een vielen de puzzelstukjes op hun plek. Grenoult was niet alleen de feitelijke eigenaar van het pand aan de rue de Prony, ze was ook nauw betrokken bij La Nouvelle France, en nu presenteerde ze zich aan de natie als de nieuwe leider. Ongetwijfeld bevond Ortola zich in dezelfde ruimte waar het interview werd opgenomen.

'Dus dit is niet het einde,' zei Grenoult terwijl ze in de camera probeerde te kijken, 'dit is nog maar het begin.' Het klonk als zo'n typisch uit het hoofd geleerd zinnetje, waarvan de spreker hoopt dat het nog vaak op de televisie herhaald zal worden.

De journaalpresentatrice kondigde het volgende onderwerp aan. Terwijl Chantal het geluid uitzette, dacht ze aan de oude overbuurvrouw in de rue de Prony. Hoelang was Marie-Christine Grenoult niet meer langs geweest? Een halfjaar, had de overbuurvrouw gezegd. Misschien nog wel langer. Wat was de reden van Grenoults aanwezigheid in Parijs? Ortola moest haar hebben gewaarschuwd. En dat kon hij alleen maar doen omdat hij wist dat Guy Lavillier dood was en onder welke omstandigheden zijn lijk zou worden aangetroffen. Alles duidde erop dat Ortola verwikkeld was in een al even weerzinwekkend als doortrapt spel. Van een overspelige, aan een hartstilstand overleden politicus werd een politieke martelaar gemaakt. Daarom was de galeriehouder vermoord. Daarom...

Ze moest Jarre bellen, bedacht Chantal. En Naomi.

Het is nog licht. Terwijl Milos een beetje op en neer loopt, houdt hij het huis aan de overkant nauwlettend in de gaten. Het doelwit is nog steeds thuis. Als hij haar ziet – voor het raam van de derde etage, of van de tweede etage die kennelijk ook bij de woning hoort – ziet hij in gedachten haar naam. Naomi. Het is de eerste keer dat hij zo over een aanstaand slachtoffer denkt. En de laatste keer, zegt hij tegen zichzelf. Na Naomi is de nachtmerrie voorbij. *Beloofd is beloofd.*

Volgens het naambordje woont een zekere T. H. G. Greeven op de tweede etage. In het internetcafé in de straat om de hoek heeft hij de naam gegoogeld. T. H. G. Greeven is schrijver, journalist en nog zo het een en ander, en woont inderdaad op de Overtoom nummer 334. De foto's laten een wat oudere man zien, een dikkig intellectueel type met een brilletje. De telefoonnummers op internet heeft Milos alle twee geprobeerd. Het vaste nummer wordt niet beantwoord. Het mobiele wel. 'Tom Greeven...' Op de achtergrond waren cafégeluiden te horen, in ieder geval een hoop drukte.

T. H. G. Greeven is dus niet thuis. Er bestaat apparatuur om te peilen waar de gsm van de man zich bevindt, maar Milos heeft de apparatuur niet bij zich en weet dat het ook geen zin heeft om zich daarover te ergeren. In plaats daarvan observeert hij het huis aan de overkant. Naomi gedraagt zich als een dier in een kooi, onrustig. Dan verschijnt ze weer voor het raam op de derde etage, dan weer voor het raam van de tweede etage, en steeds kijkt ze naar buiten, alsof ze doorheeft van welke kant het gevaar dreigt. Ondertussen passeren er voortdurend hordes fietsers, de meeste richting centrum. Jonge mensen, bruin verbrand, alsof ze de hele dag in het park hebben gelegen. Meisjes met korte rokjes en blote benen, jongens met shorts en ontbloot bovenlijf. Met het mooie weer zal het lang duren voor iedereen naar bed is. Eigenlijk wilde hij 's nachts toeslaan, wanneer het donker is, maar misschien is het beter om eerder in actie te komen.

Opnieuw tuurt hij naar het huis. Vanaf de straat kan hij alleen een stukje achter de ramen zien. Wat gebeurt daarachter? Hij was niet van plan om nog een keer naar het balkon te gaan, maar de situatie laat hem geen andere keus. Dus loopt hij voor een tweede keer het revalidatiecentrum binnen. Niemand lijkt hem op te merken. Een bezoeker, zoals er zoveel bezoekers zijn. Hij groet een verpleegster en doet net alsof het doel van zijn bezoek zich boven bevindt. Ze knikt, nietsvermoedend. Hij snelt de trap op, blij dat hij het kaartje niet heeft weggegooid, en opent de deur van het balkon.

Hij ziet haar staan, voor een kast waar ze iets uithaalt. Iets roods. Een blouse. Ze neemt het kledingstuk van de hanger en buigt zich voorover. Hij stelt zich voor hoe ze op bed de blouse opvouwt. Wanneer ze zich opricht, kijkt ze naar buiten. Even is er oogcontact. Milos voelt een rilling over zijn rug gaan. Maar dan draait ze zich om en loopt terug naar de klerenkast. Ze is aan het pakken. Straks verlaat ze het huis, op reis, god weet waarheen. In ieder geval gaat ze zo naar buiten, de straat op, waar het vergeven is van de mensen en waar het alleen maar moeilijker wordt om iemand om te leggen. Hij heeft geen tijd te verliezen. Geen getwijfel. Actie. Nu.

'Dit is de voicemail van Tom Greeven...'
Het was behoorlijk confronterend om zijn stem te horen. Haar leermeester, haar lichtend voorbeeld, haar... Onwillekeurig dacht

227

Chantal terug aan die nacht in Utrecht. Eén nacht, nog niet eens, maar met vergaande consequenties. Kon ze de klok maar terugdraaien, dan...

De pieptoon deed haar opschrikken.

'Hoi,' begon ze met een kikker in haar keel. 'Met Chantal. Chantal Zwart.' Toen ze merkte hoeveel moeite het haar kostte om rustig te blijven, besloot ze het kort te houden. 'Wil je me terugbellen? Het is dringend.' Zodra ze haar mobiele nummer genoemd had, hing ze op.

En nu? Ze had Jarre naam en adres van haar bron gegeven. Hij zou zijn Nederlandse collega's onmiddellijk waarschuwen, had hij beloofd. Had hij dat gedaan? Over een halfuur begon de persconferentie in het stadhuis van Saint-Denis. Jarre had ongetwijfeld een hoop andere dingen aan zijn hoofd. In gedachten nam ze haar Amsterdamse adressenbestand door. Wie woonde er in de buurt van de Overtoom en kon ze met goed fatsoen vragen om te gaan kijken of op nummer 334 alles in orde was. Ze nam haar laptop en tikte opnieuw 'Tom Greeven' in. Natuurlijk. Tom had zijn eigen website. Haar ogen vlogen over de menubalk. Behalve 'artikelen', 'boeken' en 'bio' was er ook een knop met 'in de media'. Tom was een ijdele man. Zijn fans zouden eens een optreden van hem kunnen missen. Ze klikte de rubriek aan. Verdomd, daar stond het: een live radiouitzending vanuit De Balie met als hoofdgast Tom Greeven. Ze keek op haar horloge. De uitzending liep al. Binnen een paar tellen had ze het telefoonnummer gevonden.

'Met De Balie.' Het meisje moest schreeuwen om boven het cafélawaai uit te komen.

'Ik ben op zoek naar Tom Greeven.'

'Wie?'

'Tom Greeven!' schreeuwde Chantal terug.

'Die zit in de uitzending.'

'Ik moet hem spreken.'

'Sorry, maar ik kan hem lastig uit de uitzending halen.'

'Het is een zaak van levensbelang.'

'Het programma is om tien uur afgelopen.'

'Maar...'
Het meisje had opgehangen.

'Naomi?'

De man staat opeens in de deuropening van de slaapkamer. Hij heeft dezelfde soort stem als Guy-met-de-blauwe-ogen. Warm, met een sexy Frans accent. Ze is zo verbijsterd dat ze eerst met een knikje zijn vraag beantwoordt en dan pas bang wordt, heel erg bang, vooral wanneer ze het pistool met de geluiddemper ziet. Ze wil het op een schreeuwen zetten, maar er komt geen geluid uit haar mond. De man glimlacht, bijna verontschuldigend. Ze ziet hoe zijn hand trilt. Hij lijkt niet zeker van zijn zaak. Misschien geeft dat haar een kans. Ze moet hem aankijken, bedenkt ze, en niet in paniek raken. Ondertussen voelt ze haar blaas leeglopen. Nat en lauw. Dan vallen haar de oordopjes op en hoort ze de muziek. Pianomuziek. De man blijft glimlachen. Ze kijkt naar zijn rechterhand, die nog steeds trilt. De vinger spant zich om de trekker. Wanneer hij afdrukt, klinkt er een dof, mechanisch klikje, zo zacht dat niemand in de buurt het zal horen. De beelden schieten aan haar geestesoog voorbij. Een mengeling van dagdromen en echte gebeurtenissen, alsof het op het allerlaatste moment nog kan verkeren. Ze ziet zichzelf op de televisie, een tafel vol gasten, publiek. Ze ziet Tom, met zijn buikje en zijn boeken, een oude man aan wie ze haar hele leven is blijven hangen. Ze ziet Guy-met-de-blauwe-ogen in bed liggen, naakt, het schuim op zijn mond. Als laatste ziet ze hoe de lichtflits uit de loop van het pistool ontsnapt. Daarna wordt alles zwart en stil.

Uit het dagboek van mevrouw Andrée Giraud

De kleren liggen klaar op een stapeltje. In de kast, uit het zicht. Mijn lichtblauwe jurk met witte lovertjes die ik altijd met een coltrui moet dragen omdat vader en moeder het decolleté te diep vinden. Vanavond geen coltrui. En ook geen truttige schoentjes. Ik trek de tennisschoenen aan die we op school met gymles dragen en om mijn haar knoop ik het bontst gekleurde sjaaltje dat ik heb kunnen vinden. Het is een ratjetoe, maar volgens de foto's uit de Paris Match is dat juist de mode.

Mijn hart bonkt. Ik zie de deken bewegen. Ik kan me niet herinneren dat ik me ooit zo opgewonden heb gevoeld. Maar wie weet verbeeld ik me alles en heb ik hem niet goed verstaan. Of hij houdt me voor de gek, zoals je een gansje dat nog nooit alleen van het erf af is geweest voor de gek houdt. Waarom heeft hij me eigenlijk gevraagd? Wat is hij van plan? Het is lang geleden dat we in de zomer samen speelden. We waren nog kinderen. Misschien is het wel beter als hij niet komt. Zij daar en wij hier, zeggen mijn ouders altijd. Ik heb niets aan de overkant te zoeken. Terwijl ik de zoveelste blik op de wekker werp, bereid ik me er innerlijk op voor dat hij niet komt en dat ik niet teleurgesteld zal zijn. Ondertussen wacht ik. Het licht aan, de luiken open, precies zoals hij gevraagd heeft.

En dan. Mijn hart slaat over. Ik heb me niet vergist. Buiten klinken voetstappen, het knerpen van grind, er wordt een ladder tegen de muur gezet. Ik zit rechtop. Iemand tikt zachtjes tegen de ruit. Het is zo spannend dat ik over mijn hele lichaam begin te trillen.

Voorzichtig, zonder dat het bed of de vloerplanken gaan kraken, kruip ik uit bed en trek mijn kleren aan. Geen bh. Nee, geen bh. Niemand aan de overkant draagt een bh. Wanneer ik de gordijnen openschuif, zie ik zijn appelwangetjes. Hij glundert, maar leuk, alsof hij echt blij is me te zien. Nadat ik het raam zo geruisloos mogelijk geopend heb, klim ik op de vensterbank. Hij reikt me zijn hand, die ik wegwuif. Als ik iets kan, is het ladders klimmen. Hij glundert opnieuw. Samen dalen we de ladder af. Het lijkt wel een scène uit een film, maar dan echt en veel spannender. Ik pers mijn lippen op elkaar om geen geluid te maken. Krekels tjirpen. Ergens in de bomen schreeuwt een uiltje. Op de grond neemt hij me bij de hand en trekt me mee naar de poort. Uit het chateau klinkt muziek. Een elektrische gitaar wordt gestemd, iemand slaat op de drums. Voor we het park binnenglippen, kijk ik nog een keer om. Boven het donkere silhouet van de boerderij staat de vollemaan.

Woensdagochtend

Zodra hij het politiebureau betreedt, hoort Jarre het gonzen. Hij probeert zich ervoor af te sluiten. Hij is geen ochtendmens, nooit geweest, en vandaag al helemaal niet. Terwijl hij met grote passen en een nurks gezicht op de kamer van de hoofdcommissaris afstevent, ziet hij vanuit zijn ooghoek de klok aan de muur. Tien uur. Merde. De afgelopen twee dagen hebben hem zo gesloopt dat hij vanochtend dwars door de wekker heen is geslapen. Hij trekt een bekertje koffie uit de automaat, haast zich naar binnen en gooit de deur met een klap achter zich dicht. De lamellen blijven gesloten. Voorlopig. Amper heeft hij zich achter zijn bureau geïnstalleerd of er wordt geklopt.

'Binnen.'

Maar Renoir is al binnen. Met een klap belandt de akte op de papierhoop op het bureau. 'Saimir Bezun,' klinkt het triomfantelijk terwijl hij met zijn wijsvinger op het stickertje met de naam hamert.

De achternaam komt Jarre vaag bekend voor.

'De moordenaar van Guy Lavillier,' vervolgt Renoir op dezelfde toon. 'We hebben hem vanochtend vroeg van zijn bed gelicht. Net op tijd. De smeerlap stond op het punt om zijn koffers te pakken.'

En waarom weet ik nergens van? Jarre slikt de vraag in. Hij is zo haastig van huis vertrokken dat hij niet eens zijn mobiel heeft afgeluisterd. Met een strak gezicht biedt hij zijn assistent een stoel aan. 'Op grond waarvan is hij opgepakt?'

'De vingerafdrukken op de dolk en het plastic hoesje komen overeen met de vingerafdrukken van de verdachte.'

'Hoe zeker?' vraagt Jarre, terwijl hij zich verbaast over de stroomversnelling waarin het onderzoek opeens is terechtgekomen.

'Honderd procent.'

'DNA?'

'We hebben genoeg materiaal veiliggesteld. Over achtenveertig uur hebben we uitsluitsel.'

'En het arrestatiebevel?'

'Dat heeft de prefect uitgevaardigd,' antwoordt Renoir op een toon alsof zijn chef zich geen zorgen over vormfouten hoeft te maken. 'Toen Claire en ik vannacht een match hadden, hebben we de man meteen uit zijn bed gebeld.'

'Claire?'

'Claire Buisson.'

O ja. Het hoofd forensische recherche. Jarre ziet de vrouw weer voor zich. Geen wonder dat Renoir zit te stuiteren op zijn stoel, overlopend van energie en hormonen. Jarre wordt er nerveus van. Hij neemt een slok koffie en slaat de akte open. Op de kleurenfoto in de linkerbovenhoek is een jongen te zien met halflang donker haar, een rond gezicht en ogen die nog donkerder lijken dan zijn haar. Rechts staan de belangrijkste gegevens. Jarre schuift zijn bril recht en leest de tekst zo snel mogelijk door. Saimir Bezun is geboren in 1986 in Saint-Denis, woont nu in het even oostelijker gelegen Clichy-sous-Bois en is student aan de universiteit Parijs-Noord 13. Vanaf zijn vijftiende is hij herhaaldelijk in aanraking geweest met justitie. Jarre verbaast zich er niet over. De vingerafdrukken zitten vast niet voor niets in de databank. Zijn ogen schieten over het papier. Een serie kleine inbraken, vandalisme. Niets uitzonderlijks voor een tiener die in een van de probleemwijken van Saint-Denis opgroeit. Er volgt een lange periode zonder veroordelingen. De universiteit. Maar vorig jaar ging het weer mis. Een veroordeling wegens 'bedreiging', een celstraf van zes maanden met twee jaar voorwaardelijk.

'Saimir Bezun is de broer van Radi Bezun,' zegt Renoir die het

233

duidelijk allemaal te lang duurt. 'Die zigeunerjongen die verleden jaar door een verdwaalde kogel is geraakt en overleden. Weet u nog, chef?'

'Ja, ja.' Jarre knikt. De ontruiming van het kamp bij het Stade de France. Hij ziet de vuilcontainer weer voor zich met het lijk van Guy Lavillier.

'Saimir Bezun heeft Guy Lavillier toen met de dood bedreigd,' vervolgt Renoir ongeduldig. 'Zo ernstig dat Guy Lavillier een tijd politiebescherming heeft moeten nemen. En daarvoor krijg je in Frankrijk zes maanden. Belachelijk.' Hij schudt zijn hoofd, ten teken dat wat hem betreft het rechtssysteem zo spoedig mogelijk op de schop mag.

'Waar is die jongen nu?' vraagt Jarre.

'In verhoorkamer nummer 1. Maar hij is nog niet verhoord. Ik heb gevraagd om te wachten tot u er was.' Na een blik op zijn horloge kijkt Renoir hem uitdagend glimlachend aan.

Klootzak, denkt Jarre, maar hij vertrekt geen spier. 'Hoelang zit de verdachte daar al?'

'Een uur of zo.'

'Heeft hij iets gezegd?'

'U bedoelt of hij al bekend heeft?' vraagt Renoir spottend. 'Meneer de verdachte heeft gevraagd om een advocaat. Alsof er een advocaat bestaat die hem hieruit kan lullen. Chef, Saimir Bezun is de moordenaar van Guy Lavillier. Honderd procent! Die jongen heeft zijn broer altijd willen wreken. Hij heeft het zelfs aangekondigd op zijn blog. Wacht, ik zal het u laten zien.' Renoir is opgestaan en loopt om het bureau heen, alsof hij Jarres computer, die nog niet aan is, wil opstarten.

Met een uitgestrekte hand weert Jarre hem af. 'Straks wil ik alle bewijzen zien, maar eerst wil ik de verdachte spreken.'

'Maar die gozer zegt niks.'

'Ik wil hem spreken!' roept Jarre kwaad. En zien, want hij heeft zo'n vermoeden dat de aanhouding niet volgens het boekje is gegaan. Terwijl hij snel zijn koffie uitdrinkt, constateert hij dat zijn woede-uitbarsting er tenminste voor gezorgd heeft dat Renoir weer aan de overzijde van het bureau is gaan staan.

Even later lopen ze de gang door, de trap af, naar het souterrain waar zich de verhoorkamers bevinden. Twee deuren. De eerste leidt naar de monitorkamer, de tweede naar de verhoorkamer. Jarre neemt de eerste deur. In de kleine ruimte is niemand. Door de spiegelglaswand werpt hij een blik in het verhoorgedeelte. De microfoons staan open. Hij hoort de airco draaien. In de hoek van de kamer staat een agent, de handen op de rug, die de verdachte surveilleert. De jongen zit aan tafel, zijn hoofd rustend op zijn armen, als een kat die een slaapje doet. De ademhaling van de jongen is te horen. Gelijkmatig, rustig. Het tafereel heeft bijna iets vredigs.

Met in zijn kielzog een ongeduldig snuivende Renoir, verlaat Jarre de monitorruimte. Zodra hij de deur naar de verhoorkamer opent, schrikt de jongen op en ziet Jarre de verwondingen. Een flinke jaap op de rechterslaap, alsof iemand met een mes of een ander scherp voorwerp heeft uitgehaald, de kin ligt open en uit de linkerwenkbrauw loopt een straaltje inmiddels opgedroogd bloed. Jarre verafschuwt geweld, vooral van zijn eigen mensen. Bovendien bemoeilijkt dit soort incidenten alleen maar het onderzoek.

'Ik wil een advocaat.' Terwijl de jongen zijn vuisten balt, spugen zijn donkere ogen vuur.

'Hebt u misschien een voorkeur?' Jarre realiseert zich dat de vraag voor tweeërlei uitleg vatbaar is. 'Ik bedoel...'

'Nee, ik heb geen eigen advocaat, als u dat soms wou vragen. Ik ben student en leef van een studiebeurs. En zoals u misschien weet is die amper toereikend om het collegegeld te betalen.'

Hij verbaast zich over het zorgvuldige taalgebruik en het accentloze Frans. Als politieman heeft hij vaker met Roma-zigeuners te maken gehad. Inbrekers, helers, kleine drugshandelaren. Maar deze jongen is anders. Een student. Natuurlijk. Maar toch. Ondanks zijn agressieve houding blijft de stem opvallend beheerst.

'Wat studeert u?' vraagt Jarre.

'Politicologie.' De jongen zegt het met ingehouden trots. Dan, alsof hij zich geneert dat hij een vraag heeft beantwoord, krabt hij aan zijn wenkbrauw, waardoor de wond weer gaat bloeden.

'Hier,' zegt Jarre terwijl hij hem een papieren zakdoek geeft. 'U bloedt. Ik zal ervoor zorgen dat u behandeld wordt en dat u zo snel mogelijk een advocaat krijgt.' Hij geeft een teken aan de agent in de hoek, die daarop haastig de kamer verlaat, en gaat tegenover de jongen zitten. 'Ik wilde me eigenlijk voorstellen, zodat u weet met wie u te maken hebt.'

Er komt geen reactie.

'Mijn naam is Auguste Jarre en ik leid het onderzoek naar de moord op Guy Lavillier.'

'Dan moet u niet bij mij zijn,' bijt de jongen van zich af. 'De dader loopt buiten rond. En hoe langer u wacht, hoe groter de kans dat u hem nooit zullen pakken. Maar mocht het u lukken, feliciteer hem dan namens mij. En mijn dode broertje.'

Jarre besluit de opmerkingen te negeren. 'Dit is mijn collega Renoir.' Hij wijst naar zijn assistent die naast hem is gaan zitten.

'Met uw collega heb ik inmiddels kennis mogen maken.'

'Jij vuile rat,' ontploft Renoir, 'jij...'

Met een elleboogstoot die iets steviger uitpakt dan gepland legt Jarre zijn collega het zwijgen op. In de ogen van de jongen verschijnt een twinkeling. Rond de lippen speelt het begin van een glimlach. Contact, denkt Jarre, breekbaar als glas, maar het begin is gemaakt. 'Kunt u mij vertellen waar u sinds afgelopen zaterdag bent geweest en wat u hebt gedaan?'

'Is dit een verhoor?' De donkere blik van de verdachte is terug, als een muur, geen doorkomen aan.

'Nee, alleen maar een vraag.'

'Zonder advocaat zeg ik niets.' Demonstratief slaat de jongen zijn armen over elkaar heen.

Jarre weet dat het zinloos is om verder te vragen. 'Afvoeren,' zegt hij tegen de agent, die weer terug in de verhoorkamer is. 'Maar eerst verzorgen.'

'Ja, chef.'

Nog voor de agent iets kan doen, gaat de jongen staan en steekt zijn armen naar achter. Er klinken twee metaalachtige klikjes. De handboeien zijn om. Ondertussen blijft de jongen Jarre aankijken met een blik die door merg en been gaat, vol haat en verachting, maar het is vooral de intense treurigheid die achter het masker schuilgaat en die Jarre ontroert en waardoor hij zichzelf moet dwingen om niet even een arm om de jongen te slaan. Trekkend met zijn linkerbeen wordt de verdachte afgevoerd.

De deur valt dicht. Jarre en Renoir zijn de enige overgeblevenen in de verhoorkamer. Wanneer Renoir wil opstaan, trekt Jarre hem aan zijn hemdsmouw terug op de stoel. 'Als je maar weet dat ik een rapport van de arrestatie laat maken,' sist hij zijn assistent toe.

'U krijgt een rapport,' reageert Renoir schijnheilig. 'Van mij.'

'Ik bedoel een onafhankelijk rapport.'

'De rat verzette zich. Toen hij...'

'Ik wens dat alle bewijslast tegen de verdachte Saimir Bezun over een uur op mijn kamer ligt.' Met een van woede trillende vinger wijst Jarre Renoir de deur.

Op het display stond een Amsterdams telefoonnummer. Chantal vermoedde dat het van de inspecteur was die gisteravond had gebeld naar aanleiding van de moord op Naomi Eggers.

'Met Chantal Zwart.'

'Met Tom,' klonk het dof.

Het liefst zou ze ter plekke door de grond zakken, in lucht opgaan, als ze er maar niet was. Tom. De laatste keer dat hij het woord tot haar had gericht, was bij de diploma-uitreiking geweest. Ze zag het universiteitscomplex op De Uithof voor zich, het auditorium. Terwijl hij haar toesprak en zij luisterde, wist ze dat ze allebei aan hetzelfde dachten. Haar kamer in Lombok, het eerste jaar op school, een vrijpartij waar het vuurwerk van afspatte. Zonder Naomi was het misschien niet bij deze onenightstand gebleven. Misschien.

Ze moest iets wegslikken. 'Mijn condoleances.' Er viel een dodelijke stilte. 'Ik heb je gisteren nog proberen te bereiken,' zei ze haastig. 'In De Balie.'

'Ja, ik vond een boodschap op mijn voicemail.'

'Vervolgens heb ik de politie gebeld. Als het goed is, waren die al eerder door Parijs verwittigd.'

'De politie kwam te laat,' sprak Tom bitter. 'Een paar minuten eerder en...'

Chantal zweeg, niet wetend wat ze moest zeggen. Natuurlijk was hij bitter. Naomi had nog in leven kunnen zijn. De inspecteur die Chantal gisteren aan de lijn had gehad, had verteld hoe weinig het scheelde. Een van de agenten van de eerste auto die met loeiende sirene was komen aanrijden, meende de schutter zelfs te hebben gezien. In ieder geval iemand die zich nogal opvallend had gedragen. Een man van een jaar of veertig – kort donker haar, jeans, een zwart leren jasje en een zwart rugzakje – die zich met afgewend gezicht richting centrum had gespoed. Het was een signalement van niets, maar bij gebrek aan beter had de Amsterdamse politie meteen de zoektocht opgestart.

'Waarom heb je niet eerder aan de bel getrokken?' vroeg Tom verwijtend.

'Ik eh...' Ze begon spontaan te hakkelen. 'Ik had Naomi anonimiteit beloofd. Zonder haar toestemming kon ik niets doen. Gisteren heb ik Naomi de hele dag proberen te bereiken om haar te waarschuwen. Ik heb haar gemaild, ge-sms't, gebeld. Echt waar, Tom.' *Waarom stond haar mobiel verdomme uit? Waarom werd jullie vaste nummer niet beantwoord? Waar waren jullie gisteren in hemelsnaam mee bezig?*

'Je had mij eerder moeten bellen,' zei hij op dezelfde verwijtende toon.

'Dat kon ik niet, Tom.'

'Waarom niet?'

'Naomi was mijn bron,' riep ze. 'Weet je nog? BRON! Ik heb alles volgens het boekje gedaan. Zoals we op school hebben geleerd.' *Zoals jij ons hebt geleerd.* 'Zelfs toen ik tegenover de Franse politie Naomi's identiteit onthulde, had ik nog het gevoel dat ik iets deed wat niet mocht. Het spijt me, Tom. Ik kan het niet helpen. Maar nogmaals... mijn condoleances.'

238

Er viel opnieuw een stilte.

'Wat is er in Parijs gebeurd?'

Het klonk alsof hij haar probeerde te begrijpen.

'Wil je het echt weten?' vroeg Chantal.

'Ja.'

'Naomi is met een foute meneer mee naar huis gegaan en nu is een of andere crimineel bezig om alle getuigen van die avond te vermoorden.'

'Ik begreep dat die foute meneer een bekende Fransman was.'

Onwillekeurig moest ze glimlachen. Als journalist kon Tom het niet nalaten om het naadje van de kous te willen weten. Belde hij daarom? Misschien was het wel zijn manier van rouwverwerking.

'Het was een bekende politicus,' zei ze.

'Wie?'

'Guy Lavillier.'

'Nee!'

'Je kent hem?'

'Ik ken zijn standpunten.' Er volgde een diepe zucht. 'Hoe kan ze nou met zo iemand zijn meegegaan?'

Een goede vraag. Domheid, onwetendheid, frustratie, lust? Ze herinnerde zich hoe uitdagend gekleed Naomi die avond was geweest. Zag ze er vaker zo uit? Hoe was de relatie tussen Tom en Naomi eigenlijk? In plaats van te vragen vertelde Chantal hoe Guy Lavillier in een vuilcontainer was gevonden en wat daar – volgens haar – voor smerig politiek spel achter stak.

'Ga je er over berichten?'

'Natuurlijk,' antwoordde ze. *Dit is een wereldverhaal.* Vanochtend was een verdachte aangehouden. Saimir Bezun, een vijfentwintigjarige Roma. Ze stelde zich voor dat hij – als hij inderdaad de dader was – in opdracht van Ortola had gehandeld. Een pion in een vuil politiek spel. De zaak stonk aan alle kanten, maar zij ging het tot op de bodem uitzoeken. Ze kuchte. 'Maar ik beloof je om Naomi overal buiten te houden. Geen naam, geen initialen, zelfs niet de minste verwijzing.'

Aan de andere kant van de lijn viel een zucht van verlichting.

'Dank je, Chantal,' zei Tom. 'En ook bedankt dat je me hebt gebeld.'

Opnieuw stilte.

Ze kuchte opnieuw. 'Sterkte, Tom.'

'Jij ook. En kijk uit.'

'Doe ik.'

Ze wachtte tot hij de verbinding had verbroken. Was er aanleiding om uit te kijken? In gedachten zette ze iedereen die ze had gesproken naar aanleiding van Lavilliers dood op een rijtje. Ook al had ze niet met visitekaartjes gestrooid en zo min mogelijk haar naam genoemd, ongetwijfeld had ze sporen achtergelaten. Het idee dat zij het volgende doelwit zou kunnen zijn, had desalniettemin iets onwerkelijks.

De Fiat Panda 5D komt uit de *green collection* van Hertz. Een onopvallende auto, niet te groot en niet te klein, precies wat Milos zoekt. Een bijna geruisloze airco zorgt dat het binnen niet boven de eenentwintig graden komt. De juiste temperatuur om na te denken. Er moet veel worden nagedacht om niet nog meer fouten te maken. Gisteren ging het bijna mis. Hij was net op straat toen de eerste politieauto kwam aanstormen. Iemand moet de politie hebben gebeld. Misschien wel de oude man in de leunstoel, die alleen maar deed alsof hij sliep, maar het kan net zo goed iemand uit het revalidatiecentrum zijn geweest of een tramconducteur die voor de zoveelste keer langsreed terwijl hij weer niet instapte. Milos realiseert zich dat hij veel te veel risico heeft genomen door zo lang op dezelfde plek te blijven staan. Maar goed, de flikken hebben hem nog niet te pakken. Hij denkt aan de agent in de eerste politieauto. Had de man hem gezien? Heeft de politie een signalement en wordt er inmiddels overal naar hem gezocht? Daarom was het verstandig om vanochtend een auto te huren en geen trein te nemen. En zeker geen Thalys, waarop toch al zoveel gecontroleerd wordt.

Hij probeert niet te denken aan wat er nog meer mis had kunnen gaan en concentreert zich op de smalle tweebaansweg en de tegenliggers die vaak de raarste toeren uithalen om een tractor in te halen. Voor de omgeving heeft hij nauwelijks aandacht. Saai en vlak. Lelijke boerderijen en nog lelijkere rode bakstenen huizen. De dorpen zijn vergeven van drempels, half op de weg geplaatste bloembakken en andere obstakels. Geduldig volgt hij de op de borden aangegeven maximumsnelheid op. Geen ongelukken of overtredingen, geen onnodige confrontatie met de flikken. Tot nu toe gaat alles voor de wind. Als hij maar niet van de kleine wegen afwijkt. Zo nu en dan werpt hij een blik op de passagiersstoel waar de Benelux-kaart van Hertz opengeslagen ligt. Kaatsheuvel, Dongen, Rijen. Hij probeert de namen te onthouden. De tomtom heeft hij uitgezet omdat die hem steeds naar de snelweg wilde leiden. De route binnendoor is de veiligste, ook al kost dat misschien wel vier of vijf uur meer reistijd. Waarom zou hij op de laatste dag extra risico's nemen. Hij heeft de tijd. Vanavond Parijs, morgenochtend naar Nadja, en dan... Niet dagdromen, roept hij tegen zichzelf. De operatie is nog niet voorbij. Terwijl hij verder rijdt, probeert hij het beeld van de in doodsnood verkerende vrouw te wissen. Naomi. Hij moet de naam uit zijn hoofd zetten. Sorry, maar het kon niet anders. Denk aan Nadja, houdt hij zichzelf voor, denk aan de toekomst die morgen gaat beginnen.

Het dorp heet Chaam. Het klinkt Pools, maar hij bevindt zich nog steeds in Nederland. De grens ligt een paar kilometer verder. Milos parkeert zijn auto op het pleintje en loopt naar de drogisterij waar hij net langs is gereden. Wat hij zoekt hebben ze niet, dus neemt hij iets anders uit het schap, een potje waarvan de handleiding tenminste tweetalig is. *De plantaardige haarverfpoeders bevatten alleen maar met zorg geselecteerde natuurlijke ingrediënten zoals fijngemalen henna, kruiden en fruit. Tarweproteïne geeft een fascinerende glans.* Hij leest verder. Inwrijven met de vingertoppen, uurtje laten inwerken, daarna douchen. Een kind kan de was doen. In Antwerpen weet hij een hotel waar ze niet lastig doen en waar hij rustig zijn haar een nieuw kleurtje kan geven. Daarna zal hij de auto inleveren bij Hertz om vervolgens bij Avis of een andere ver-

241

huurder een auto uit te zoeken voor het laatste stuk naar Parijs. Wanneer hij helemaal tevreden over het plan richting kassa loopt, valt zijn blik op het cd-rek. *Chopin, The Best Of*. De naam van de pianist zegt hem niets, maar misschien is het wel een aanwinst voor zijn collectie. Opgetogen haast hij zich naar de kassa om zijn aankopen af te rekenen.

~

Na een blik op zijn horloge drukt Jarre op de opnameknop. 'Het is woensdag 2 augustus, 18.10 uur. Aanwezig in verhoorkamer één van het politiebureau Saint-Denis zijn de verdachte Saimir Bezun en zijn advocate...' Voor de naam moet Jarre tussen zijn papieren zoeken naar het visitekaartje van de vrouw die hij zojuist de hand heeft geschud. 'Verder aanwezig zijn rechercheur Renoir en plaatsvervangend hoofdcommissaris Jarre.'

Hij kijkt naar de overkant van de tafel. Saimirs verwondingen zijn tenminste verzorgd. Een lange smalle pleister bij de wenkbrauw en twee stevige pleisters bij de slaap en op de kin. De jongen – diep onder het pantser zit iets kwetsbaars waardoor Jarre hem als een 'jongen' blijft beschouwen – heeft zijn handen op tafel gelegd. Mooie handen, als van een meisje, met lange slanke vingers. Jarres ogen gaan automatisch naar de nagels. Lange, verzorgde nagels van de rechterhand, korte van de linkerhand. Geen schrammetjes, geen kapotte nagels. Heeft Saimir zich wel verzet tegen zijn arrestatie? Kan iemand met zulke mooie handen zulke beestachtige verwondingen aanrichten? Diep vanbinnen bespeurt Jarre twijfel. Aan de andere kant: alles pleit tegen de verdachte. Geen speld tussen te krijgen. Niet voor niets is vanmiddag nog een persbericht de deur uitgegaan. Zijn blik gaat naar de pro-Deo-advocate. Een pittige tante van een jaar of vijftig met kortgeschoren grijsblond haar en een metalen brilletje. Na het zien van de bewijslast heeft ze maar liefst twee uur spreektijd met haar cliënt geëist om zich goed op het verhoor te kunnen voorbereiden.

'Ik wil beginnen met een klacht.' Ze buigt zich naar de microfoon op tafel, alsof ze zeker wil zijn dat ieder woord wordt opgenomen. 'Mijn cliënt is tijdens de aanhouding, zonder enige aanleiding, mishandeld. Hij is tegen zijn linkerknie geschopt en heeft verschillende vuistslagen in zijn gezicht gehad. De wenkbrauw moest worden gehecht met maar liefst drie hechtingen.'

Jarre hoort Renoir snuiven.

'U zult begrijpen dat ik een klacht zal indienen bij het Openbaar Ministerie.' De blik van de advocate is ijskoud.

'Moet u doen, mevrouw.' Jarre realiseert zich hoe onhandig de uitspraak is. 'Ik bedoel eh... dat is uw volste recht.'

'Verder wil ik graag ergens anders heen,' zegt ze terwijl ze met twee vingers het zweet van haar neus wist. 'Het is hier niet te harden. Of maakt dit soms onderdeel uit van uw verhoortactiek?'

'De airco is uitgevallen, mevrouw' antwoordt Jarre. 'En niet alleen hier, maar in het hele gebouw.'

'Misschien kunnen we dan iets te drinken krijgen?'

'Natuurlijk.' Hij richt zich als eerste tot Saimir. 'Water, koffie, thee?'

'Water,' antwoordt Saimir. 'Veel water graag. Ik sterf van de dorst.'

'Voor mij ook water,' zegt de advocate.

'Renoir, zou jij een karaf water willen halen?' vraagt Jarre.

'Maar...'

'En voor mij een zwarte koffie zonder suiker.'

Renoir staat op. Jarre hoort hem, duidelijk op zijn teentjes getrapt, weer snuiven. Water halen voor een rat. Met een klap valt de deur van de verhoorkamer dicht.

'18.18 uur: Renoir verlaat de verhoorkamer,' zegt Jarre na een blik op zijn horloge. Hij glimlacht. 'Zullen we beginnen?'

'Dat is goed,' reageert de advocate koel, 'maar eerst wil ik benadrukken dat mijn cliënt niets te maken heeft met de tenlastelegging.'

'Genoteerd.' Jarre wijst naar de microfoon op tafel, schuift zijn rode aantekenboekje aan de kant en schikt de stapel papieren die Renoir hem heeft gegeven. Het is een heel pakket. Jarre is blij dat het verhoor zo laat plaatsvindt, zodat hij tenminste de tijd heeft gehad om alles goed te lezen. Behalve student politicologie is Saimir een fanatiek blogger. De afgelopen vijf jaar heeft hij onder de naam 'Saimir B' meer dan driehonderd artikelen geschreven. Deels over de problemen in Saint-Denis en over de arrogantie van bestuurders als Lavillier, maar vooral over de positie van de ongeveer twintigduizend Roma in Frankrijk en hoe de overheid hen, ondanks hun Franse nationaliteit, het land probeert uit te zetten, of beter gezegd: uit te pesten. Veel blogs gaan over intimidatie, het weigeren van vergunningen en het intrekken van subsidies. De toon van de stukken is scherp, maar nooit beledigend, laat staan bedreigend. Juli verleden jaar veranderde de toon. Omdat Saimirs familie al jaren in Hanul woonde, het kamp dat ontstond toen voor het WK Voetbal het Stade de France werd gebouwd, en Saimir als een van de weinigen studeert, werd hij – bijna als vanzelfsprekend – de woordvoerder van de bedreigde Roma-gemeenschap. Hij gaf interviews aan de pers en in zijn blogs probeerde hij met vlammende artikelen de autoriteiten die de legaliteit van het kamp betwistten, op andere gedachten te brengen. Er vond zelfs een gesprek op het gemeentehuis plaats met burgemeester Lavillier, waarna Saimir schreef dat hij 'goede hoop' had dat er een oplossing zou worden gevonden. Toen volgde op dinsdag 6 juli de ontruiming. Tijdens de onlusten die de dag daarna uitbraken, werd Radi dodelijk getroffen door een verdwaalde kogel. In de stukken die Saimir over de gebeurtenissen schreef, druipt het gif ervanaf. Jarre vraagt zich af hoe hij onder dergelijke omstandigheden zou reageren. Ondertussen zet hij zijn bril op en zoekt in de stapel naar het juiste papier. 'Ik heb hier een fragment uit een blog van 14 juli van de verdachte,' begint Jarre. '"Saimir B"...' – hij kijkt de jongen aan die hem schijnbaar emotieloos aanstaart – '... Saimir Bezun dus, schrijft dat hij de dood van zijn broer Radi zal wreken.'

'Moord,' zegt Saimir op rustige toon. 'Als u mij citeert moet u het wel correct doen.'

Jarre kijkt op het papier. 'Inderdaad. U schreef dat u de "moord" op uw broer zou wreken. Wat bedoelde u daarmee?'

'Dat lijkt me toch logisch. Ik...'

'Daar bedoelde mijn cliënt mee,' schiet de advocate te hulp, 'dat er een diepgravend onderzoek moest worden ingesteld om de schutter te vinden.'

'Dat onderzoek is er geweest...'

'18.25 uur: Renoir is weer terug,' haast Jarre zich te zeggen.

'Na dit soort incidenten volgt altijd een onderzoek,' gaat Renoir verder terwijl hij het dienblad op tafel zet. Hij schenkt water in voor de verdachte en de advocate, geeft Jarre zijn koffie en gaat naast hem zitten. 'Voor zover ik me herinner was het zelfs een *buitengewoon diepgravend* onderzoek.' Het cynische ondertoontje is weer terug.

Saimir schuift onrustig op zijn stoel heen en weer, waarop de advocate hem gebaart niets te zeggen. 'Het probleem van dergelijke onderzoeken,' zegt ze, 'is dat ze *intern* zijn. Het is net als de slager die zijn eigen vlees keurt.'

'Het ballistisch onderzoek heeft uitgewezen dat de kogel niet uit een dienstwapen kwam,' zegt Renoir niet in het minst onder de indruk. 'Bij de ontruiming van het kamp zijn wij echter op een hoop wapens gestuit. Het zou me dus niets verbazen als...'

Met zijn hand legt Jarre zijn assistent het zwijgen op. Het heeft geen zin om te gaan speculeren. En het heeft al helemaal geen zin als Renoir door zijn boude uitspraken de verdachte en advocate op de kast jaagt. 'Er bestaat nog een andere belastende blog van de verdachte,' zegt Jarre terwijl hij het papier erbij zoekt. 'Op 12 november van het afgelopen jaar heeft de verdachte Guy Lavillier met de dood bedreigd. Saimir Bezun noemt de burgemeester van Saint-Denis onder andere een "fascist", een "nazi" en een "schande voor de samenleving". Verder schrijft de verdachte...' – terwijl Jarre zijn bril rechtzet, buigt hij zich over het papier – '... dat "wie een zwijn is, zal sterven als een zwijn". Einde citaat.' Hij kijkt naar de overkant, waar Saimir steeds meer moeite lijkt te hebben om zijn rust te bewaren.

'U moet de omstandigheden waaronder mijn cliënt dit schreef niet uit het oog verliezen,' haast de advocate zich te zeggen. 'Het zogenaamd *diepgravende* onderzoek naar aanleiding van de moord op Radi Bezun was net uit, maar zonder enige conclusie. Mijn cliënt voelde zich zwaar gefrustreerd. Toen hij zijn blog midden in de nacht schreef, was hij onder invloed van alcohol. De volgende dag, toen hij zich realiseerde wat hij had geschreven, heeft hij de blog onmiddellijk van het net gehaald.'

'Te laat.' Renoir lacht smalend. 'Eens op internet, altijd op internet. Voor onze technische dienst was het een fluitje van een cent om de tekst terug te vinden.'

'Dat betekent dat u mijn cliënt volgde.'

'Natuurlijk, mevrouw. Daar heeft uw cliënt het met zijn haatzaaiende stukjes zelf naar gemaakt. Bovendien...'

'Sst,' remt Jarre zijn collega af. Hij schenkt Saimir nog wat water in en schuift dan de foto van het pamflet met de krantenletters naar de overkant van de tafel. 'Dit is de boodschap die de moordenaar op het lichaam van Lavillier heeft achtergelaten. "Wie een zwijn is, zal sterven als een zwijn." Het is de letterlijke tekst van de blog.' Tevergeefs wacht hij op een reactie van de jongen, die slechts aandacht voor zijn bekertje lijkt te hebben.

'Iedereen met internet heeft deze tekst kunnen lezen,' zegt de advocate. 'Het is geen bewijs. Als u niet met iets overtuigenders komt, verzoek ik u om mijn cliënt nu vrij te laten.'

'U wilt iets overtuigenders?' De vrouw begint Jarre langzamerhand op de zenuwen te werken. Misschien is het de vermoeidheid die hem parten speelt. 'Wat dacht u hiervan?' Hij pakt de foto's van de plaats delict en gooit die naar de overkant. 'Zo is de gedeputeerde Lavillier vanochtend aangetroffen in een vuilcontainer bij het Stade de France. Met zesenveertig snijwonden over armen en benen, een dolk in zijn borst en zonder geslachtsorgaan.' Hij probeert de reactie van de jongen te peilen. Een mengeling van verbazing en afschuw. Het duurt maar even. Na een slok water slaat Saimir zijn ogen weer neer en speelt hij verder met zijn bekertje.

'Waarom hebt u mij de foto's niet eerder laten zien?' vraagt de advocate, die duidelijk moeite heeft om naar de foto's te kijken.

'Misschien omdat ze te smerig zijn,' roept Jarre terug. 'Of misschien omdat ik uw reactie wilde zien. En die van de verdachte.'

'Mijn cliënt heeft niets met deze moord te maken.' Met één armbeweging veegt ze de foto's terug naar Jarre.

'Hebben jullie op de plaats delict gelet?' vraagt Renoir, duidelijk geamuseerd over de situatie.

'Wat is daarmee?' vraagt de advocate gepikeerd.

'Het is precies dezelfde plek als waar verleden jaar het kamp stond. Toeval?'

Saimir houdt zijn lippen stijf op elkaar.

'Puur toeval.' Ze werpt Renoir een blik toe die hem bijna tot ontploffen brengt.

'Waar was u sinds afgelopen zaterdag tot gisterochtend?' vraagt Jarre terwijl hij zich rechtstreeks tot Saimir wendt.

De advocate gebaart de jongen om niet te antwoorden 'Meneer Jarre,' zegt ze, 'op de foto's zag ik snijwonden zonder bloed. Dat betekent dat het slachtoffer al eerder overleden moet zijn. Wanneer is Guy Lavillier om het leven gebracht? Graag de dag en het tijdstip.'

'Het pathologisch onderzoek is nog niet afgerond.'

'Hebt u op het lichaam van het slachtoffer DNA-materiaal van mijn cliënt gevonden?'

'Ook dat onderzoek loopt nog.'

'Dus u kunt niet zeggen wanneer het slachtoffer is vermoord noch of mijn cliënt in verband gebracht kan worden met het misdrijf,' klinkt het hautain.

'Maar we hebben goddomme zijn vingerafdrukken op de dolk gevonden,' roept Renoir kwaad.

Jarre werpt zijn collega een bestraffende blik toe. Kop dicht! De dolk is voor later. Met zijn allervriendelijkste glimlach richt Jarre zich tot de advocate. 'Ik herhaal mijn vraag: waar was uw cliënt vanaf zaterdagavond? Als Saimir Bezun zo onschuldig is als u beweert, kan die vraag toch niet zo moeilijk te beantwoorden zijn.'

Saimir en zijn advocate wisselen een blik van verstandhouding. 'Zaterdagavond speelde ik in Caveau de la Huchette,' zegt hij.

'Caveau de la wat?' vraagt Renoir.

'Een van de beste jazzclubs van Parijs,' antwoordt de advocate met een zuinig lachje.

'Ik speel in het Orchestre de Swing,' zegt Saimir niet zonder trots. 'We hebben die middag gerepeteerd en daarna samen gegeten.'

'Wat speelt u?' wil Jarre weten.

'Gitaar.' De jongen wendt zich tot Renoir. 'Behalve een zekere criminele aanleg heeft de lieve Heer ons Roma nog een groot talent meegegeven...' – uit zijn blik spreekt een en al spot – '... voor de muziek.'

'Het optreden duurde tot een uur 's nachts,' zegt de advocate voor Renoir zich opnieuw opwindt. 'Meer dan honderd toeschouwers kunnen dat bevestigen.'

'En daarna?' vraagt Jarre.

Saimir haalt zijn schouders op. 'Daarna ben ik naar huis gegaan.'

'Alleen?'

'Ja.'

'Hoe bent u naar huis gegaan?'

'Met een taxi.'

'Bonnetje?'

'Nee.'

'En wat hebt u zondag gedaan?'

'Ik heb tot een uur of tien uitgeslapen. Daarna heb ik de hele dag gestudeerd.'

'Getuigen?' vraagt Renoir.

'Ik weet niet of u ooit hebt gestudeerd,' merkt Saimir fijntjes op, 'maar ik studeer het beste als ik alleen ben.'

Renoir begint weer te snuiven.

'Hebt u die dag uw huis verlaten?' neemt Jarre het snel over.

'Nee.'

'En op maandag?'

'Het klinkt saai, maar behalve snel een paar boodschappen doen en het 8 uurjournaal kijken heb ik de hele dag boven mijn boeken gehangen.'

'Mijn cliënt wil namelijk dit najaar zijn masters halen,' voegt de

248

advocate er verbeten aan toe. 'Dat wil zeggen: als u hem die kans tenminste gunt.'

Jarre, die zijn ongeduld weer voelt toenemen, haalt de foto van de dolk uit de stapel en legt die op tafel. 'Herkent u deze dolk?'

'Dit is de dolk van mijn grootvader,' antwoordt Saimir nog voor de advocate kan ingrijpen.

'Maar het is een SS-dolk,' reageert Renoir niet-begrijpend.

'Ooit van de Porajmos gehoord?' vraagt Saimir, zich helemaal op Renoir richtend. Er volgt een dom hoofdschudden. 'Ik zal het u uitleggen,' vervolgt Saimir op rustige toon. 'In onze taal, het Roumani, betekent Porajmos "verslinding". Zoals Joden het over de Shoah hebben, zo spreken wij over de Porajmos.'

'Ja?' vraagt Renoir op een toon van: nou en?

'Enig idee hoeveel Roma er in de Tweede Wereldoorlog zijn vermoord?' vraagt Saimir met een nog steeds bewonderenswaardige rust.

Renoir haalt zijn schouders op.

'Een half miljoen. Sommige schattingen spreken zelfs van twee miljoen. De nazi's wilden ons soort mensen, ratten zoals u ons noemt, namelijk uitroeien. Mijn grootvader zat in Auschwitz. Ooit van gehoord? Auschwitz?' De toon blijft beheerst, zonder spoor van cynisme. 'Een concentratiekamp in Duitsland. Op zijn linkerarm hadden ze een "Z" getatoeëerd – de "Z" van "Zigeuner" – en een zwarte driehoek om duidelijk te maken dat Roma asocialen waren die vernietigd moesten worden. Bijna was het de nazi's nog gelukt ook. Mijn grootvader was een van de weinigen die het konden navertellen. Nadat hij een SS-officier zijn dolk ontfutseld had, wist hij met een paar andere Roma uit Auschwitz te ontsnappen. Op zijn sterfbed heeft mijn grootvader mij die dolk gegeven. Om "nooit meer te vergeten", zoals hij zei, en om op te staan tegen mensen als Lavillier die willen doorgaan waar de nazi's zijn opgehouden.'

Er valt een stilte.

Iedereen lijkt onder de indruk van de rust waarmee Saimir het verhaal heeft verteld.

Iedereen, behalve Renoir. 'Dit is de dolk die wij op het lichaam van Lavillier hebben gevonden,' roept hij opgewonden wijzend naar de foto. 'Met de vingerafdrukken van uw cliënt. En op het plastic hoesje waarin de brief zat, staan ook de vingerafdrukken van de *verdachte.*'

Opnieuw stilte.

Saimir schuift onrustig op zijn stoel alsof hij iets wil zeggen, maar de advocate is hem vóór. 'Zoals u weet,' begint ze, 'is mijn cliënt zes maanden in bewaring geweest. Zoals u misschien ook weet, is er in die periode een paar keer in zijn appartement ingebroken. Zodra mijn cliënt weer vrij was, heeft hij aangifte van diefstal gedaan.' Ze slaat haar notitieblok om. 'Onder de vermiste bezittingen bevond zich onder andere de dolk die hij van zijn grootvader heeft gekregen. Misschien...' – ze wijst naar Jarres stapel papieren – '... kunt u even kijken in uw administratie zodat we dit misverstand uit de wereld kunnen helpen.'

Jarre, die zich niet kan herinneren een aangifte van diefstal te hebben gezien, wendt zich tot Renoir, die laconiek zijn schouders ophaalt.

'Er moet een aangifte bestaan,' dringt de advocate aan, die opeens een stuk minder zeker lijkt.

'Echt niet,' zegt Renoir.

'Hij liegt,' roept Saimir terwijl hij een beschuldigende wijsvinger uitsteekt.

'Ik?'

'Ja, jij.'

Saimirs ogen lichten op, zijn mooie slanke vingers spannen zich. Dan schiet zijn linkerhand als een katapult naar het handvat van de karaf en slaat hij het glas stuk op de tafel. Water en scherven spatten in het rond. Jarre ziet het gebeuren, als versteend, ademloos. De enige die reageert is Renoir, maar nog voor hij zijn SIG kan trekken, staat Saimir aan de andere kant van de tafel en drukt hij een scherp stuk glas tegen de hals van Jarre.

'Zitten blijven!' klinkt het. 'Of ik snij die ouwe zijn kop af!'

'Jij smerige rat...'

'Zitten blijven! En handen boven je hoofd!'

Jarre voelt het glas in zijn huid snijden. Raar genoeg doet het geen pijn. Vanuit zijn ooghoek ziet hij hoe het bloed over zijn witte overhemd loopt. Een dun straaltje, nog even en het wordt een grote vlek. 'Doe wat-ie zegt, Renoir.'

'Maar...'

'Spreek me niet tegen en doe wat-ie zegt!'

Aarzelend gaan Renoirs handen omhoog.

'Saimir...' probeert de advocate de jongen te overreden. 'Zo maak je het alleen maar erger.'

'Erger kan niet. Ik heb niets te verliezen.' Saimir drukt het glas nog dieper in Jarres huid. 'Zeg dat hij zijn pistool over de tafel schuift. Heel langzaam. Met de pink van zijn linkerhand.'

'Doe het, Renoir.' Jarre voelt opeens een stekende pijn.

'Maar...'

'Doe het, man!'

Met een grimmige, tot op het bot vernederde blik schuift Renoir de SIG naar de rand van de tafel.

Zodra Saimir het pistool in zijn hand heeft, dwingt hij Jarre om op te staan. 'Als iemand ons volgt, gaat-ie dood. Begrepen?'

Renoir knikt. De advocate schudt vertwijfeld haar hoofd.

De jongen laat Jarre voorgaan, de gang op. Jarre kijkt om zich heen. Niemand te zien. Blijkbaar heeft geen enkele collega vanuit de monitorruimte het verhoor gevolgd. Toch verwacht hij zo direct assistentie. Ongetwijfeld is Renoir al aan het bellen. De jongen heeft geen schijn van kans.

'Geef het op, Saimir,' zegt Jarre, 'alsjeblieft.'

In plaats van te antwoorden duwt de jongen hem door de gang. De pijn begint nu verontrustende proporties aan te nemen. De linkerschouder van zijn hemd is rood van het bloed. Straks bloedt hij nog dood, denkt Jarre, terwijl hij zich afvraagt of hij dat erg zou vinden. Hij stelt zich voor hoe Jeanne ergens op een bankje onder een appelboom op hem wacht.

'Waar is de uitgang?' sist het in zijn oor.

Jarre schudt zijn hoofd. 'Het heeft geen zin, jongen. Geef je over, voor het te laat is.'

'Nooit.'

Ze lopen verder het souterrain in. Een doodlopende weg. Straks zitten ze als ratten in de val en worden ze bestormd door het halve politiekorps. Jarre heeft de hoop om hier ooit nog levend uit te komen al opgegeven.

'Wat is dit?' vraagt Saimir.

Ze staan voor de deur van Speciale Projecten. Op het naambordje staat: A. JARRE.

'Dit is mijn kamer,' antwoordt Jarre.

'Maak open.'

Met de SIG in zijn rug haalt hij de sleutel uit zijn broekzak en opent de deur.

'Afsluiten,' klinkt het gebiedend. 'En de sleutel in het slot laten.'

Jarre doet wat hem gevraagd wordt.

'Waar gaat dit raam naartoe?' vraagt Saimir met een verwilderde blik.

'Links is de ingang van de verwarmingskelder,' antwoordt Jarre, 'en dat gras dat je ziet is van de tuin.'

Hij wil er nog aan toevoegen dat de jongen verstandig moet zijn en dat – als er inderdaad een aangifte van diefstal bestaat – hij er alles aan zal doen om die boven tafel te krijgen. De vuist treft hem midden tussen de ogen. Hij hoort hoe het montuur van zijn bril breekt. Vervolgens ziet hij niets meer, alleen maar een diep zwart met sterretjes die voortdurend aan- en uitgaan.

Bij de toiletdeuren stinkt het zo naar chloor dat Milos een ander tafeltje neemt, in het midden van het café. Het is bijna zeven uur. Bij de bar heerst topdrukte. De opdrachtgever wilde hem weer bij Pierre treffen. Voor de laatste keer, denkt Milos. Straks is hij een vrij man. Hij zit met zijn rug naar de ingang, het attachékoffertje onder tafel tussen zijn voeten geklemd, en wacht.

'Nieuw kleurtje?'

De hand gaat plagerig door zijn haar.

'Ik had je bijna niet herkend. Staat je goed.' De opdrachtgever is tegenover hem gaan zitten en kijkt hem grijnzend aan. 'Iets drinken? Koffie?'

'Biertje.'

'Toe maar.' Hij roept de bestelling naar de bar. 'Hoe was Amsterdam?' vraagt de opdrachtgever wanneer de drankjes op tafel staan en de kelner weer weg is.

Milos doet verslag van de operatie. De vrouw die mee was gegaan naar de rue de Prony, is dood. Als bewijs laat hij de foto van het slachtoffer zien.

'Wat een lekker wijf,' zegt de opdrachtgever. 'Heb je haar nog eh...?' Met duim, wijs- en middelvinger maakt hij het bekende gebaar.

Terwijl Milos zijn hoofd schudt, probeert hij zijn weerzin niet te tonen.

'Jammer.' De man lacht zo dat de knoflookwalm aan de andere kant van de tafel te ruiken is. 'En eh...?' De blik is op slag bloedserieus.

'Niemand heeft me gezien.'

'Ik bedoel: je hebt je haar vast niet voor niets geverfd.'

'Zekerheid gaat voor alles.' Milos houdt zijn gezicht strak.

'Oké.'

De opdrachtgever schuift de kopjes aan de kant en legt zijn koffertje op tafel. Nu gaat het gebeuren, denkt Milos. Het moment suprême van de overdracht. Eerst moet hij het geld controleren. Honderdduizend euro in bundeltjes van twintig- en vijftigeurobiljetten. Daarna worden de koffertjes geruild. Milos krijgt het geld, de opdrachtgever krijgt zijn Glock en andere spullen terug.

'Er is nog één vervelend dingetje.' De opdrachtgever houdt zijn koffertje zo dat Milos de inhoud niet kan zien.

'Ja?'

'Er is nog een getuige.'

'Maar...'

'Ik verhoog je gage met vijftigduizend. Is dat akkoord?'

'Maar...'

253

'Goed, we maken er vijfenzeventigduizend van. In dezelfde kleine coupures als het eerste contract. Ik beloof je dat het de laatste persoon is die uit de weg moet worden geruimd. Echt waar.' De opdrachtgever kijkt hem indringend aan. 'Geloof je me niet? Ik zweer het op het graf van mijn eigen lieve moeder.'

Het is de blik die Milos zo goed kent en waar hij zijn hele leven voor heeft gevreesd. Hard en koud, en tegelijkertijd warm en zacht als een lammetje. De blik van de godfather. Wie niet voor mij is, is tegen mij. Maar zolang je doet wat ik wil, geniet je mijn volledige bescherming. Milos denkt aan alle eerdere beloften die hem zijn gedaan en waar de Albanees zich altijd aan heeft gehouden. *Beloofd is beloofd*. Hij heeft geen keus.

'Goed,' zegt Milos zuchtend. 'Wie is het?'

'Hoe gaat het met Hotze?'

'Goed.' Chantal merkte dat ze niet te lang over de vraag wilde nadenken.

Ze keek de vrouw aan. Ilse van Beurden moest ongeveer net zo oud als Hotze zijn. Begin zestig. Beiden waren in hetzelfde jaar uit Nederland vertrokken om aan het conservatorium van Parijs te studeren. Ilse hobo, Hotze gitaar. Ze waren bevriend geweest, had Hotze verteld, goed bevriend zelfs. Wat zou hij daarmee bedoeld hebben? Chantal kon zich nauwelijks voorstellen dat die twee iets met elkaar hadden gehad. Met haar katoenen jurk, haar zonverweerde rimpelige gezicht en wilde bos grijs haar zag Ilse eruit als een overjarige rockzangeres die van geen ophouden wilde weten.

'Wanneer heb je Hotze voor het laatst gezien?' vroeg Chantal voor de zekerheid.

'1969, 1970? In ieder geval een eeuwigheid geleden.' Lachend zette Ilse een pot thee en twee kopjes op tafel.

Chantal lachte terug. Na anderhalf jaar conservatorium had Ilse haar hobo aan de wilgen gehangen en was ze een succesvolle fotografe geworden. Haar werkterrein besloeg de hele wereld. Ze was voortdurend onderweg. Reden waarom Chantal de afspraak niet had kunnen verzetten, ook al had ze dat graag gewild. Na het vanmiddag verschenen politiepersbericht leek het erop dat haar theorieën over de moord op Guy Lavillier bij het grof vuil konden. Niks Ortola, alias Rama. De vijfentwintigjarige Saimir Bezun had zelfstandig gehandeld, luidde de aanklacht van het parket. Hij had zijn dode broertje willen wreken en de moord op Guy Lavillier op internet zelfs aangekondigd. *Wie een zwijn is, zal sterven als een zwijn.* De politie had de tekst van het pamflet eindelijk vrijgegeven. Er bestond geen andere verdachte dan Saimir Bezun. Zijn vinger-afdrukken waren op het moordwapen aangetroffen. Terwijl ze alles te weten probeerde te komen wat er over Saimir Bezun te vinden was, volgden de ontwikkelingen elkaar in hoog tempo op. Marie-Christine Grenoult kondigde voor vanavond een pers-conferentie aan in Le Méridien. France Inter meende te weten dat ze zich kandidaat zou stellen voor de presidentsverkiezingen. In Ville Juif knuppelde een aantal winkeleigenaren een paar 'be-delende zigeuners' een winkelcentrum uit. In Marseille ging een caravan die op een woonwagenkamp stond, in vlammen op. Hoe-wel de meeste politici zich haastten om de acties te veroordelen, waren er ook een paar die het geweld niet afkeurden en vonden dat de discussie over 'nationale identiteit' opnieuw op de agenda moest worden gezet. Chantal had vanavond naar de persconfe-rentie willen gaan, niet zozeer om te horen hoe Marie-Christine Grenoult gehakt zou maken van de hoofdverdachte, maar vooral om de mening van haar collega's te peilen over het opvallend snelle politieonderzoek. Binnen een dag was er een aanhouding en lag er een berg aan bewijsmateriaal. Ze dacht aan Jarre, die ze een paar keer had proberen te bereiken, maar die niet opnam.

'Leuk dat Hotze aan mij heeft gedacht voor jouw artikel,' zei Ilse nadat ze een Gitane had opgestoken. 'Wat is trouwens de be-doeling?'

Met een schok was Chantal weer terug in het heden. Terwijl ze iets vertelde over de opzet van de serie, liet ze haar blik door de woning gaan. Twee enorme kamers en suite, volgepropt met snuisterijen die Ilse tijdens haar reizen verzameld had. Inca-beeldjes, Afrikaanse vruchtbaarheidssymbolen, Aziatische boeddha's. Om het jarenzestigsfeertje helemaal compleet te maken, brandden er kaarsjes en geurstaafjes. Geen televisie, geen computer, geen foto's.

'Mijn foto's hangen boven,' zei Ilse, die Chantals blik moest hebben opgemerkt. 'In de studio. Wil je ze nu zien of doen we eerst het interview?'

'Eerst het interview.'

'Prima.'

Chantal zette haar iPhone op 'opname' en stelde de eerste vraag. Vervolgens verliep het gesprek op rolletjes. Ilse was de ideale persoon om te interviewen. Met zichtbaar plezier haalde ze anekdotes op aan de meimaand van 1968. Ze wist heel goed te vertellen hoe de 'revolte' van invloed was geweest op haar verdere ontwikkeling en hoe het haar denken over arm en rijk en andere grote onderwerpen nog steeds bepaalde. Natuurlijk, in '68 was ze nog piepjong geweest, zo groen als gras, ook wat de politiek betrof. Ze had vergaderingen bezocht waar mensen als Daniel Cohn-Bendit en Jean-Paul Sartre hadden gesproken en waar ze nog niet de helft van had begrepen. Omdat iedereen zo enthousiast reageerde, had ze zich bij de studenten aangesloten om de 'gevestigde orde' te breken. Door zich solidair te verklaren met de stakende Renault-arbeiders had ze echt geloofd dat ze de klassenstrijd zouden winnen. De Gaulle had vervroegde parlementsverkiezingen uitgeschreven. Kortom: ze waren niet voor niets de straat op gegaan. Gevaarlijk was het wel geweest. Niemand had verwacht dat de autoriteiten zo hard zouden optreden. Op de boulevard Saint-Michel leek het wel een slagveld. Barricades, brandende auto's, pantservoertuigen. De oproerpolitie had hen met traangas bestookt. Terwijl zij het op een lopen had gezet en was ontkomen, hadden ze de arme Hotze te grazen genomen. Volgens haar was hij gestruikeld over een trottoirtegel en daarna ingerekend. Of de verwondingen aan zijn gezicht van de valpartij waren of dat hij daadwerkelijk door de politie in elkaar was geslagen, wist ze niet. Het was een hete zomer geworden, het begin van de seksuele revolutie. Ja, sprak ze stralend, ze was een meisje van de jaren zestig en hoopte dat nog lang te blijven.

Chantal wierp een blik op haar iPhone. Ze had inmiddels dik een uur materiaal – goed materiaal – maar de hamvraag had ze nog steeds niet gesteld.

'Nog een kop thee?'

'Nee, dank je,' zei ze.

'En ook geen trekje?' vroeg Ilse, die de Gitanes inmiddels verruild had voor een joint met Afghaanse hasj.

'Nee, echt niet.' Chantal zette het toestel uit. 'Hotze vertelde me over een landgoed waar hij in de zomer van '68 had gelogeerd.'

'Bij de Lavilliers,' reageerde Ilse meteen opgetogen. 'Daar ben ik ook nog geweest.'

'In diezelfde zomer?'

'Ja ja. Ik herinner me dat Christian, Hotze en ik nog muziek hebben gemaakt. In de tuin. Te gek.'

'En kun je je ook nog Guy Lavillier herinneren, Christians oudere broer?'

'Natuurlijk. Dat was de grootste spetter die er toen rondliep.'

Te oordelen aan de twinkeling in Ilses ogen was de moord op Guy Lavillier haar ontgaan. Geen televisie of computer, dacht Chantal. Kranten had ze ook nog nergens zien liggen. Ilse was iemand die blijkbaar genoeg aan haar eigen wereld had.

'Ik moet nog foto's van die zomer hebben,' riep Ilse een beetje giechelig. 'Wil je ze zien?'

'Graag.'

Chantal volgde haar naar de bovenetage. De ontwikkelkamer bevond zich in de hoek. Van de rest van de etage was één grote kantoorachtige ruimte gemaakt met veel licht, donkergrijs linoleum, lange witte tafels en een indrukwekkende rij archiefkasten. Aan de muren hingen grote zwart-witportretten uit alle uithoeken van de wereld.

'Mijn studio,' zei Ilse glimlachend. 'Het ziet er misschien een

257

beetje saai uit, maar zo werk ik het beste. Zonder muziek, zelfs zonder sigaretten.'

Chantal zag inderdaad nergens een asbak. En een computer evenmin.

'Ik werk nog analoog,' zei Ilse alsof ze de vraag voelde aankomen. 'Ik hou niet van moderne apparaten. Ik heb niet eens een mobieltje.' Ze liep naar de vitrinekast, waar verschillende camera's lagen uitgestald. 'We hadden het over 1968. Dat was het eerste jaar dat ik fotografeerde. Met deze jongen.' Ze pakte het toestel en draaide het liefkozend rond. 'Een Leica III uit 1935 met een 50 mm Summar-lens. Het toestel is van mijn vader geweest.'

'En de foto's van die zomer?'

Ilse legde de camera terug, liep naar de verste archiefkast en kwam terug met twee Ilford-fotopapierdozen, die ze op tafel neerlegde. 'Saint-Florent-Le-Vieil.' Hoofdschuddend wees ze op de handbeschreven sticker. 'Ik was de naam vergeten.' Ze maakte de eerste doos open en spreidde de foto's naast elkaar op tafel uit.

De eerste foto waar Chantals oog op viel, was die van het landhuis. Veel hoge ramen, opengeslagen tuindeuren, een grote zwarte vleugel op het terras en een parkachtige tuin. De foto daarnaast was bij een kiezelstrandje aan het water genomen. De Loire. Topless meisjes met lange haren, kralenkettinkje of touwtje om de nek, de meeste een sigaret in de mond. Ze moest denken aan foto's van historische popfestivals als Woodstock en Monterey.

'Let niet op alle vlekjes en spikkeltjes,' zei Ilse lachend. 'Het zijn zo'n beetje de eerste foto's die ik zelf heb afgedrukt. En niet erg goed, zoals ik nu zie.'

Ook al waren de afdrukken niet perfect, haar talent om mensen ongedwongen op de plaat vast te leggen was al duidelijk te zien. Op een foto stonden vier poedelnaakte jongens, tot hun knieën in het water, die elkaar bespatten. Chantal deed een poging om de Lavillier-broers te herkennen, of Hotze, maar door het tegenlicht waren de verschillende gezichten moeilijk te onderscheiden. Ze liet haar blik verder dwalen. Een foto zonder mensen. Een boerenhoeve met een grote binnenplaats.

'Hier heb je onze popgroep.' Uit de stapel had Ilse een foto geplukt waarop vijf jongelui een beetje schaapachtig in de camera keken. 'Hotze op elektrische gitaar, Christian aan de piano...' – de namen van de drummer en de bassist volgden – '... en dit ben ik.' Ilse hield een microfoon in haar hand. Blijkbaar was ze de zangeres van het bandje. Chantal liet haar blik teruggaan naar Hotze. Als hij niet zo lang en blond was, had ze hem niet eens herkend. Een beetje ingevallen gezicht met een hoop haar voor zijn ogen.

'Wie heeft deze foto gemaakt?'

'Guy.' De naam klonk alsof Ilse nog steeds een oogje op hem had.

Er viel een korte stilte.

'Wat deden jullie die zomer?' vroeg Chantal.

'Wat jonge mensen zoal doen. Feestvieren, muziek maken, blowen, vrijen. Lang leve de pil!' Ilse hief haar handen, haar ogen schitterden. 'Wij waren de eerste generatie die er onbekommerd op los kon neuken. Wat dacht jij dan dat we deden?'

'Eh... discussiëren?'

'Dat deden we ook. Over Vietnam, de klassenstrijd, de armoede in de wereld, het onderwijs. Maar een echte discussie kon je het niet noemen. We waren het meestal gauw eens. Iedereen was toen links. Extreem links.'

'Ook Guy Lavillier?'

'O ja,' reageerde Ilse. 'Die hield er toen zelfs heel radicale standpunten op na, zoals dat we moesten stelen van de rijken om het geld daarna onder de arbeiders uit te delen, en dat we met z'n allen in een commune moesten gaan samenwonen en de Amerikaanse ambassade moesten bezetten. Allemaal bluf natuurlijk, zoals een hoop mensen toen dingen riepen waar ze later niet meer aan herinnerd wilden worden. Van Christian weet ik het niet, maar Guy is natuurlijk net zo'n rechtse bal geworden als zijn vader. Wat zeg ik: nog veel erger.'

'Hoe was de verhouding tussen de broers Lavillier?'

'Guy was de grote versierder, Christian gedroeg zich een beetje als het domme broertje, maar dat was een onderdeel van hun tactiek om zoveel mogelijk meisjes tussen de lakens te krijgen. Ik heb het die zomer overigens alleen met Christian gedaan,' voegde Ilse er met een ondeugende blik aan toe. 'Kijk, daar heb je Hotze.' Ze wees naar een foto waarop een lange slungelige jongen te zien was die handje-handje kwam aanlopen met een meisje dat misschien wel anderhalve kop kleiner was. 'En voor je het gaat vragen: je vader en ik hebben nooit iets met elkaar gehad. We waren goede vrienden, maar ik vond hem ook een beetje saai,' voegde ze er met een zogenaamd Gronings accent aan toe. 'Sorry, hoor.'

'Geeft niet.' Chantal glimlachte. 'Weet jij waarom Christian met zijn pianostudie is gestopt?'

'Zijn vader wilde dat hij rechten ging doen. Anders werd de geldkraan dichtgedraaid.'

'En dat deed Christian?'

'Hij moest wel. Vergeet niet dat in die tijd de verhoudingen tussen ouders en kinderen heel anders waren dan nu. Ik heb zijn vader één keer ontmoet. Een ongelooflijk autoritaire man. Later, maar toen waren Christian en ik allang uit elkaar, heb ik begrepen dat er die zomer iets gebeurd moet zijn met een meisje uit...' – Ilse draaide het deksel van de Ilfort-doos om – 'Saint-Florent-Le-Vieil. Er werd nogal geheimzinnig over gedaan, maar blijkbaar is Christian toen voor het blok gezet – of rechten, of niks – en heeft hij eieren voor zijn geld gekozen.'

'Ben je nog wel eens in Saint-Florent-Le-Vieil geweest?'

'Volgens mij was het de laatste zomer dat de jongens het huis van hun ouders mochten gebruiken.' Ilse opende de tweede doos en spreidde de foto's een stukje verder op de tafel uit.

'Ach,' riep ze, wijzend op de foto uit, 'daar heb je Guy weer.'

Guy Lavillier zat achter het stuur van een glimmende zwarte Citroën Traction Avant cabriolet, naast hem een meisje met lang blond haar.

Chantal voelde een stomp in haar maag. 'Weet je wie dat is?' vroeg ze.

'Z'n vriendinnetje,' klonk het spottend. 'Haar naam weet ik niet meer. Verdrongen waarschijnlijk. Ze was er maar een paar dagen, maar niemand moest het wagen om aan haar Guy te komen. Arm kind, ze had eens moeten weten.'

Even denkt Jarre dat hij in de hemel is beland. Aan het voeteneind van het bed staat een vrouw die als twee druppels water op Jeanne lijkt, de jonge Jeanne. Hij knippert met zijn ogen omdat hij alles zo onscherp ziet. Draagt Jeanne nu een politie-uniform? Het klopt niet. Naast het bed staat een apparaat dat voortdurend een irritant piepje laat horen. Wanneer hij voorzichtig zijn hoofd draait, voelt hij het verband om zijn nek. Aan zijn linkeronderarm zit ook iets. Langzaam brengt hij zijn rechterhand ernaartoe en voelt hij een slangetje.

'Gaat het, commissaris?'

Hij herkent de stem van de agente. Een jonge vrouw, slim en zonder kapsones. Hoewel ze nog niet zo lang bij het korps zit, heeft hij haar meteen gevraagd voor het team dat de vermissing van Guy Lavillier moet oplossen. Herstel: de moord.

'U ligt in het ziekenhuis,' zegt de agente. 'En u hebt een hoop bloed verloren.'

Hij knikt, waarop hij het verband voelt schuren. 'Hebben jullie die jongen al te pakken?' vraagt hij de pijn verbijtend.

'Nog niet, commissaris. Maar de politie in de hele regio is gewaarschuwd.'

Jarre probeert zich een vluchtende Saimir voor te stellen. Hoe zal de jongen reageren als hij door de politie in het nauw wordt gedreven? Zal hij de SIG gebruiken? En hoe zal de politie dan reageren? Jarre wil er liever niet aan denken. Misschien krijgen ze de jongen wel niet te pakken. De regio Parijs is groot. Genoeg loodsen, tunnels en leegstaande gebouwen waar iemand zich schuil kan houden. Waarschijnlijk bevindt Saimir zich nog in Saint-Denis, de stad waar hij is opgegroeid en die hij ongetwijfeld kent als zijn broekzak.

'Waarom ben jij hier eigenlijk?' vraagt Jarre aan de agente.

'Voor uw veiligheid.'

'Pardon?'

'Opdracht van Renoir.'

Bespottelijk. Jarre houdt de opmerking voor zich. Voorzichtig beweegt hij zijn hoofd. Beetje naar voren, beetje naar achteren. Stukje naar links, stukje naar rechts. Alles doet het nog. Gelukkig. 'Ik wil hier weg,' zegt hij.

'De artsen hebben gezegd dat u vannacht in het ziekenhuis moet blijven.'

'Artsen.' Jarre heeft een hekel aan artsen. 'En wie leidt dan het onderzoek?'

'De prefect heeft Renoir aangewezen als uw plaatsvervanger. Uw tijdelijke plaatsvervanger,' voegt de agente er snel aan toe.

'Merde!' Nog voor hij zich kan oprichten, schiet de pijn al in zijn nek. Jarre moet op zijn lippen bijten om het niet uit te schreeuwen. Moedeloos laat hij zich terugvallen in de ziekenhuiskussens. 'Hoe laat is het nu?'

'Kwart over negen.'

Hij rekent terug. Hij is drie uur van zijn leven kwijt. Het laatste wat hij zich kan herinneren is de vuistslag van de jongen. Behoedzaam betast hij zijn neus om te kijken of er iets gebroken is of scheef zit, maar hij kan niets ontdekken. Jarre kan zich ook niet herinneren of de stomp hard is aangekomen. Waarschijnlijk is het bloedverlies de oorzaak van het feit dat hij knock-out is gegaan.

'Wil je iets voor me doen?'

'Natuurlijk, commissaris.'

'In de la van mijn bureau in het souterrain ligt een reservebril. Ik zou het heel prettig vinden als ik weer wat kan zien.'

De agente glimlacht. 'Nog iets anders, commissaris?'

Jarre gaat nog iets verder terug in de tijd en ziet zichzelf in de verhoorkamer, zittend aan tafel, de stapel bewijsmateriaal voor zijn neus, het rode boekje links aan de kant. 'Heeft iemand mijn papieren uit de verhoorkamer meegenomen?'

'Daar heb ik persoonlijk voor gezorgd,' zegt de agente zichtbaar trots. 'Ik heb de stapel op uw bureau in de commissariskamer gelegd.'

'Ben je geen boekje tegengekomen?' vraagt Jarre, die zich opeens ernstige zorgen begint te maken.

'Nee. Hoe zag dat eruit?'

'Een rood aantekenboekje. Zo groot ongeveer.' Met de vingers van zijn rechterhand probeert hij het formaat aan te geven.

'Het spijt me. Wat was dat voor een boekje?'

'Persoonlijke notities,' antwoordt Jarre met een van pijn verwrongen glimlach. De gedachte dat iemand anders zijn aantekeningen leest, is gekmakend. In het boekje staan notities naar aanleiding van het telefoongesprek met Chantal Zwart – zijn bron. Er is een pagina waar hij haar adresgegevens heeft opgeschreven. Mijn god. Waar zou het boekje kunnen zijn? Heeft Renoir het ingepikt, of Saimir? Jarre zou niet weten wat erger is.

'Waar is mijn mobiel?'

'In de kast.'

'Kun je me die geven?'

'Ja, maar u mag hier niet bellen,' zegt de agente terwijl ze naar een bordje boven de deur wijst dat hij niet kan lezen.

'Geef me mijn mobiel en wees zo vriendelijk om even de kamer te verlaten.'

'Maar Renoir...'

'Mijn mobiel!' roept Jarre zijn rechterhand uitstekend. 'En daarna wegwezen! Dit is een dienstopdracht!'

Op de terugweg naar huis, slalommend met haar Piaggio tussen de auto's, probeerde Chantal tevergeefs het beeld uit haar hoofd te zetten. Haar moeder samen met Guy Lavillier. Zijn *vriendinnetje*. Hoe langer ze over het woord nadacht, hoe ranziger het klonk. Misschien had ze zich vergist. Nee. Ze had genoeg jeugdfoto's van haar moeder gezien om te weten dat ze zich niet vergist had. Haar moeder en Guy Lavillier waren een paar geweest. Hoe bestond het? Gierende banden. Ze had de taxi die haar probeerde te snijden niet eens opgemerkt. Terwijl ze uit alle macht afremde en de auto na-

263

keek die de rue Jussieu in spoot, vroeg ze zich af hoe de twee elkaar hadden leren kennen. Op de Sorbonne, op een tennisclub, of bij een of andere manege? Ze zag de villa van de Lavilliers in Saint-Denis voor zich. Die van de Morelles in Boulogne-Billancourt was weliswaar iets kleiner, maar het was hetzelfde milieu, dezelfde kring van ons-soort-mensen. Wist Hotze voor hij haar leerde kennen dat zijn vrouw iets met Guy Lavillier had gehad? Chantal stak de pont de Sully over. Over de Seine naderde een rondvaartboot. Een verliefd stelletje hing over de brugleuning met meer oog voor elkaar dan voor de hele stad. Ze probeerde de kennismaking van haar ouders te reconstrueren aan de hand van wat de twee haar hadden verteld. Hotze had in zijn derde jaar gezeten. Of was het het vierde? In ieder geval leefde hij als een arme luis op een zolderkamertje en was hij maar wat blij geweest toen hij een meisje uit een rijke familie tegen het lijf was gelopen. Ze stak de rue de Rivoli over. Hadden haar ouders nooit met elkaar over de zomer van '68 gesproken of was er iets gebeurd waardoor er voor altijd een taboe op rustte?

Op de hoek van de rue Malher en de rue des Rosiers vond ze een roodbruine stang waar nog geen scooter of motor aan vastzat. Ze borg haar helm op, sloot de Piaggio af en sloeg de hoek om, de rue Pavée in. Tussen de huizen hing een drukkende warmte. Opvallend veel mensen op straat. Voornamelijk slenterende paartjes. Ze dacht aan Hotze en Evelyne, maar vooral hoe prettig het zou zijn om nu op een terras aan zee te zitten, terwijl een koel briesje door je haar speelde. Parijs stonk. En naarmate de hittegolf aanhield, werd het er niet beter op. Misschien moest ze haar op niets gebaseerde rancunes opzijzetten en gewoon naar Cherbourg gaan. Chantal was zo door haar gedachten in beslag genomen dat het haar pas op het allerlaatst opviel. De deur stond op een kier. Alweer. Konden haar huurders niet beter opletten of deden ze dit expres zolang er geen timmerman langskwam? Merde! De klap waarmee ze de voordeur dichttrok, galmde door het hele trappenhuis. Gelukkig stond de lift beneden klaar. Het laatste waar ze nu trek in had was om klagende huurders tegen te komen. Morgenochtend zou ze actie ondernemen.

Een timmerman, een sleutelmaker. Zo kon het niet blijven. Toen de lift de vijfde verdieping had bereikt en de deur openschoof, sloeg de teckel van de buurman aan, maar kort, alsof het dier voorvoelde dat het geen bezoek betrof. Chantal haalde haar sleutel uit haar tas en opende de deur van het appartement.

'Poes?'

Normaal stond de kater haar spinnend op te wachten. Nu bleef het akelig stil. Ze knipte het ganglicht aan en liep naar de keuken. De eetbakjes die ze voor het vertrek had gevuld, waren nauwelijks aangeroerd.

'Poes?'

Nog steeds geen reactie. Ze liep het huis door om te kijken of ze de kater in haar haast om te vertrekken misschien in een van de kamers had opgesloten. Slaapkamer, gastenkamer, badkamer, bezemkast. Geen Poes. Ze betrad de woonkamer. De terrasdeuren stonden halfopen. Ze kon zich niet herinneren dat ze met halfopen balkondeuren was vertrokken. Aan de andere kant: omdat het dakterras alleen bereikbaar was voor katten en trapezeartiesten, was het ook goed mogelijk dat ze de deuren had opengelaten zodat het in huis een beetje kon doorwaaien.

'Poes?'

Vanaf het dakterras keek ze de daken van het blok af. Geen kater. Poes was wel eens vaker een tijdje van huis was geweest. Geen reden tot bezorgdheid. Wel wat betreft de oleanders, die ze al dagen had verwaarloosd en die snakten naar water. De gieter stond in de buitenkast. Straks, besloot ze na een blik op haar horloge. Terug in de woonkamer zette ze de televisie aan. Net op tijd. Marie-Christine Grenoult had het tot het eerste item van het 10 uurbulletin geschopt. In alweer een ander mantelpakje stond ze achter een katheder, terwijl ze dan weer links, dan weer rechts naar een van de schermpjes keek en net deed alsof ze de tekst uit haar hoofd oplepelde. Haar optreden was overtuigender dan het interview dat ze na het bekend worden van de moord op Lavillier had gegeven. De boodschap was even voorspelbaar als stuitend. Saimir Bezun werd bij voorbaat schuldig bevonden aan de moord op Guy Lavillier, daar hoefde wat haar betreft geen rechter meer aan te pas te komen. Maar veel ernstiger was het, zo ging Grenoult verder, dat het in Frankrijk wemelde van de Saimir Bezuns, van de Roma, Tunesiërs, Libiërs en Algerijnen, van Afrikaanse gelukzoekers die, na zich gelaafd te hebben aan het infuus van de multiculturele samenleving, alle joods-christelijke normen en waarden aan hun laars lapten en...

Chantal was opgehouden met luisteren. Er was iets in de kamer wat haar irriteerde, maar wat ze niet kon benoemen. Ze wierp een blik op de grote tafel waar ze vanmiddag nog had gewerkt. De MacBook Air stond op dezelfde plek als altijd. Het scherm dichtgeklapt, de laptop aan het stroomkabeltje om de accu op te laden. De papieren lagen een beetje anders, kriskras, alsof ze door de tocht waren opgetild en verplaatst. Wat irriteerde was de stoel die te netjes onder de tafel was geschoven. De gedachte dat iemand in de woning binnengedrongen was, deed haar huiveren. Ze moest denken aan de waarschuwingen die ze had ontvangen van Tom, van Jarre. Misschien moest ze nog een keer proberen de oude commissaris te bellen. Haar schoudertas met haar mobiel lag op de rode bank. Toen ze die kant op wilde lopen, meende ze een minimale luchtverplaatsing te voelen. Nog voor ze zich kon omdraaien, prikte er een stomp voorwerp pijnlijk in haar rug.

'Niet schreeuwen,' fluisterde iemand.

Ze kon niet schreeuwen, al zou ze het willen.

'Als je schreeuwt, schiet ik je neer. Begrepen?'

Ze knikte, nog steeds ademloos.

'Doe je handen omhoog.'

Ze hief voorzichtig haar handen, waarna de druk van het stompe voorwerp iets minder werd.

'En nu omdraaien,' klonk het met dezelfde fluisterstem. 'Heel langzaam.'

Terwijl ze deed wat de man vroeg, kwam haar ademhaling weer op gang. Nu kon ze schreeuwen, maar de vraag was wie haar zou horen en of dat verstandig was. Het pistool in zijn hand trilde. Of dat leek zo, omdat ze zelf op haar benen stond te trillen. Ze keek naar zijn gezicht. Een jongeman, een hoofd kleiner dan zij, half-lang gitzwart haar, donkere ogen met een bange blik. Was hij zenuwachtig en kon hij daarom het pistool niet stilhouden? En was dat goed of slecht nieuws wanneer iemand die overliep van de zenuwen met een pistool stond te zwaaien? Het signalement van Naomi's moordenaar schoot door haar hoofd. Een man van on-geveer veertig, met kort donker haar. De man met het pistool was hooguit een jaar of vijfentwintig. Ze keek naar de pleisters op zijn gezicht. Vervolgens viel haar blik op de witte sweater met de tekst I'M IN A BAD MOOD. De sweater die ze voor Evelyne had gekocht, droeg precies hetzelfde opschrift.

'Sorry...' Hij had haar blijkbaar zien kijken. 'Ik heb de sweater uit een kast gehaald.'

In plaats van schrik bespeurde Chantal opeens een enorme ver-ontwaardiging dat iemand tussen haar spullen had zitten rotzooien. 'Wat denk je...?'

'Ik zei: niet schreeuwen!' siste hij half fluisterend terwijl hij het pistool in haar maag porde. 'Mijn hemd zat onder het bloed.'

'En dan breek je hier in?' fluisterde ze verontwaardigd terug. 'Wie denk je wel dat je bent?' Terwijl ze de vraag stelde, herinnerde ze zich de foto die op de SaimirB-blog stond. 'Ben jij...?' Met een knikje wees ze naar het televisietoestel, waar nog een laatste flard Marie-Christine Grenoult te horen was.

'Ja,' antwoordde hij bijna verontschuldigend, 'ik ben Saimir Bezun.'

'Maar waarom hebben ze je vrijgelaten?'

'Ik ben ontsnapt.'

'Wat?'

'Ik heb niets met de moord op Lavillier te maken en jij bent de enige die mijn onschuld kan bewijzen.'

'Ik?'

'Ja jij.' Met zijn linkerhand begon hij in zijn broekzak te graven. 'Ik weet wat jij Jarre hebt verteld. Over een vriendin die Lavillier heeft zien doodgaan.' Er kwam een rood boekje tevoorschijn dat hij trots in de lucht stak. 'Het staat hier allemaal in.'

Ze voelde woede opwellen. Waarom hield Jarre zich niet aan de afspraak die ze gemaakt hadden? Waarom strooide hij in het rond met vertrouwelijke informatie? Háár informatie. 'Maar...'

'Jarre heeft niets verteld,' onderbrak Saimir haar terwijl hij met zijn pistool een sussend gebaar probeerde te maken. 'Tijdens het verhoor heb ik hem een paar keer naar zijn boekje zien kijken. Omdat ik vermoedde dat er belangrijke informatie in stond, heb ik het gepikt. En zo ben ik ook aan jouw adres gekomen.' Hij was luider gaan spreken. 'Ik wil dat je me in contact brengt met die vriendin die op zaterdagavond Lavillier heeft zien sterven. Dat ze een getuigenis aflegt. Ik ben onschuldig. Ik kan het bewijzen. Je moet me helpen.'

Ondanks het op haar gerichte pistool voelde Chantal nog steeds geen angst, eerder mededogen. De jonge Roma was duidelijk wanhopig. Zijn ogen smeekten om hulp. 'Het spijt me,' zei ze. 'Maar ik kan je niet helpen. Die vriendin, die trouwens geen vriendin was, is dood. Vermoord,' voegde ze eraan toe, zich afvragend waarom Jarre er in zijn boekje geen notitie van had gemaakt.

'Hè?' Saimir leek totaal uit het veld geslagen.

Het pistool zakte en wees naar de grond. Dit was haar kans. Eén trap tussen zijn benen en dan hard wegrennen, waarbij ze het hele huis bij elkaar zou schreeuwen.

'Maar jij weet wat er is gebeurd.' Hij had zich opvallend snel herpakt en hield haar weer onder schot. 'Dan leg jij die getuigenis af.'

'Wat ik weet, heb ik Jarre verteld en kennelijk hebben ze je toch opgepakt. In het politiepersbericht las ik dat je Lavillier hebt bedreigd.'

'Maar ik heb hem niet vermoord!'

'Sorry. Ik kan je niet helpen en ik wil dat je nu mijn huis verlaat.'

Even leek het erop dat haar blufpoker werkte en hij de hopeloosheid van zijn actie inzag. Maar net zo snel schoten zijn ogen weer vuur. 'Maar jij gaat mee.' Hij bracht het pistool akelig dicht bij haar hoofd.

'Ik ga niet mee,' zei ze terwijl ze probeerde om hem aan te kijken zonder met haar ogen te knipperen. 'En nu ga ik Jarre bellen.'

'Jarre neemt niet op.'

'Waarom niet?'

'Omdat hij knock-out in zijn kamer ligt.'

'Dan bel ik iemand anders van de politie.'

'Je gaat helemaal niemand bellen!'

'Maar ik blijf wel hier,' zei ze, de loop van het pistool negerend.

'Als je hier blijft, ben jij het volgende slachtoffer.'

'Pardon?'

'Er was iemand in je woning. Ik heb hem niet gezien, alleen maar gehoord.' Saimirs pistool wees kort naar het raam, naar de buitenkast waar hij zich kennelijk schuil had gehouden. 'Ik heb kuchen gehoord. Van een man. Volgens mij heeft-ie aan je computer gezeten. Je kunt beter met mij meegaan dan hier blijven wachten tot-ie terugkomt.'

'Meegaan? Waarheen?'

'Waar het veilig is. Ik ben een Roma. Roma's helpen elkaar, wat er ook gebeurt.' Het was alsof hij een bezwering uitsprak om haar gerust te stellen. 'Heb je een auto?'

De vraag was verrassend direct. Zonder dat hij protesteerde liet ze haar armen zakken. Ze vroeg zich af wat er zou gebeuren als ze niet meeging. Zou hij haar neerschieten? Ze kon het zich niet voorstellen. Als zijn ogen even geen vuur schoten, zat er iets zachts in, een lichte fonkeling. Sprak hij de waarheid? Was er echt nog iemand in haar woning geweest? Ze had de neiging hem te geloven. De jonge Roma maakte een serieuze, betrouwbare indruk. Ze dacht aan de blogs die ze van hem had gelezen. Intelligente artikelen, scherpe analyses. Toch sluimerde onderhuids een soort bruutheid en woede, alsof hij ieder moment kon ontploffen. Ze probeerde zich voor te stellen hoe hij was ontsnapt en hoe hij Jarre had neergeslagen. Was Saimir toch gewelddadiger dan hij overkwam? Waar begon ze aan als ze met hem meeging, de complete Parijse politie hijgend in hun nek?

'Heb je een auto?' klonk het ongeduldig.

Ze moest nu een beslissing nemen. 'Ja, maar niet hier.' Terwijl de voors en tegens door haar hoofd schoten, besloot ze op haar intuïtie af te gaan, op de schittering in zijn ogen. 'Ik heb een scooter,' zei ze.

'Nog beter.' Op Saimirs gezicht verscheen de eerste echte glimlach. 'Heb je een mobiel?'

'Natuurlijk.' Ze wees naar haar schoudertas.

'En geld. Cash geld?'

'Ja.' Ze wees opnieuw naar haar tas.

'Hoeveel?'

'Twee-, driehonderd euro.'

'Meenemen,' zei hij gejaagd.

Ze nam de tas van de bank, waarna hij haar ruw aan haar mouw trok. 'Ho,' viel ze tegen hem uit. 'Als ik meega, is dat omdat ik dat beslis, niet omdat jij me daartoe dwingt. Begrepen?'

'Oké,' antwoordde hij na een korte denkpauze waarin zijn donkere wenkbrauwen elkaar bijna raakten. 'Maar als je denkt dat je me voor de gek kunt houden, heb je het goed mis.'

In de straat heerst een opgefokt sfeertje. Opvallend veel mensen met een slok op, zoekend naar een goedkoop restaurantje of naar een terras of café om zich nog verder vol te laten lopen. Scandinaviërs die Milos met een glazige blik aankijken of hij misschien een van hen is. Het komt door zijn veel te blonde haar. Verder veel dronken Engelsen. De *fucking-this* en *fucking-that* weerkaatsen tussen de huizen.

In het bovenste appartement brandt licht. Hij stelt zich voor hoe de vrouw door de woning loopt en achter haar computer gaat zitten. Zou ze merken dat hij in haar papieren heeft zitten neuzen en dat hij de harde schijf van de laptop heeft gekopieerd? Milos is allesbehalve een computerspecialist. Misschien heeft hij sporen achtergelaten. Terwijl hem opnieuw het zweet uitbreekt, maakt een zeurende twijfel zich van hem meester. Waarom twijfelt hij opeens bij iedere scheet? Waarom kan hij niet gewoon ouderwets handelen? Als hij de vrouw bij thuiskomst naar binnen had gesleurd om haar in het portaal koud te maken, had hij zich een hoop ellende kunnen besparen. Waarom heeft hij dat nagelaten? Was hij zo onder de indruk van haar verschijning – een lange, blonde vrouw – of is de gewetensnood inmiddels zo hoog opgelopen dat hij niet meer in staat is om het leven van een ander te beëindigen? Denk verdomme aan je eigen leven, houdt hij zichzelf voor. Denk aan Nadja, aan ons leven en onze toekomst.

Hij kijkt de straat af. De drukte lijkt iets af te nemen. Zodra er even geen voetgangers zijn, zal hij de voordeur forceren en naar boven gaan om het karwei af te maken. In gedachten trekt hij de Glock uit de holster onder zijn jasje. Eén schot tussen de ogen, één in de nek, een foto als bewijs voor de opdrachtgever en klaar is Kees. Hij werpt opnieuw een blik naar boven. In het appartement brandt geen licht meer. Is de vrouw al zo vroeg naar bed gegaan? Milos kan het zich nauwelijks voorstellen. Terwijl hij zich probeert te herinneren waar de slaapkamer zich bevindt, en de badkamer, zwaait de voordeur open en komt de vrouw naar buiten, direct gevolgd door een jongeman met donker haar die met zijn linkerbeen trekt. Een medebewoner? Haar vriend? De twee slaan rechts af en zetten er meteen flink de pas in.

Milos volgt hen, zijn rechterhand onder zijn jasje. De vrouw en de man lopen naast elkaar. Hij links, zij rechts. Milos kan haar zo in de rug schieten. Hij heeft de geluiddemper al op de Glock gemonteerd. Nu is het een kwestie van het juiste moment afwachten. Uit de tegenovergestelde richting komen een paar hiphopjongens aanlopen. De capuchons ondanks de warmte over het hoofd, de jeans vet laag, het juiste merk sneakers. Ze lopen op hun dooie gemak. Eindelijk passeren ze. Milos' vingers spannen zich om de greep van de Glock.

'*Hey friend...*'

Een hand als een kolenschop belandt op zijn rechterschouder en doet hem bijna wankelen.

'*How are you?*'

'*Fine,*' antwoordt Milos terwijl hij tegen een brede, gespierde bouwvakker aan kijkt die zo onder invloed is dat hij ieder moment om kan vallen.

Een tweede kolenschop belandt op zijn linkerschouder.

'*We're from Scotland.*'

De tweede man is nog groter en breder dan de eerste, misschien iets minder lam, zijn blote armen en schouders zitten onder de tatoeages.

'*We are looking for nice French girls,*' klinkt het achter Milos' rug.

Wanneer hij zich omdraait, kijkt hij een derde bouwvakker in het door alcohol rood doorlopen gezicht. '*Sorry, I cannot help you.*'

'*Yes, you help us. We must find nice girls.*'

Milos ziet zich opeens omringd door vier mannen die, als ze niet zo dronken waren, moeiteloos als aanvalslinie in het Schotse nationale rugbyteam opgesteld zouden kunnen worden. Terwijl hij zich zo diplomatiek mogelijk van zijn nieuwe vrienden probeert te bevrijden, ziet hij hoe de lange blonde vrouw op een scooter springt, de donkerharige jongeman achterop, en de twee met hoge snelheid wegrijden.

Parijs uit. Richting Saint-Cloud. Meer had Saimir niet gezegd. Hij had zijn handen om haar buik geslagen en liet het rijden aan haar over. Zijn pistool had hij kennelijk tussen zijn broekriem gestoken, want telkens wanneer hun bovenlichamen elkaar raakten voelde Chantal iets hards. Terwijl ze in gedachten de route uitstippelde – de rue de Rivoli uit en dan via de Champs-Élysées en de avenue Foch naar het bois de Boulogne – probeerde ze haar aandacht te richten op de olievlekken op het asfalt, op de touringcar voor haar, en niet te dicht tegen de betonnen rand van de busbaan aan te rijden. Waar was ze eigenlijk mee bezig? Ze was fout bezig, riep een stemmetje in haar achterhoofd. Heel fout. Ze hielp een voortvluchtige moordverdachte te ontsnappen en daarmee overtrad ze genoeg wetten om zelf in de gevangenis te belanden. Ze kon deze waanzinnige actie afbreken, als ze wilde. Eén onverwachte manoeuvre en Saimir lag op straat. Of ze stopte bij de eerste de beste politieman om haar passagier te laten inrekenen. Ze verwierp beide scenario's onmiddellijk. Ze keek de rue de Rivoli af. Nergens politie te bekennen. Alleen lachende gezichten op het terras op de hoek, jonge mensen genietend van een warme zomeravond en elkaars gezelschap.

Links doemde het Louvre op. Een pijl wees het eenrichtingsverkeer naar het midden van de weg. Behalve de busbaan rechts was er nu ook een busbaan voor het tegemoetkomende verkeer, maar zonder betonnen rand. Rond het eerste deel van het Louvre lag een smalle grasstrook. Daarna maakte het gebouw een knik waardoor de façade direct aan het trottoir grensde en de illusie ontstond dat de straat veel smaller werd, als een tunnel zonder dak. Onwillekeurig hield Chantal iets meer afstand tot de touringcar voor haar.

'Gas!'

Ze voelde Saimir in haar buik knijpen.

'Pas op! Rechts!'

Terwijl ze het gas opendraaide, zag ze de auto rechts van haar, op de busbaan. Een kleine blauwe auto. De chauffeur, een man met helblond haar, had het raampje van zijn portier opengedraaid en hield met zijn linkerhand een pistool op haar gericht. Op haar. Chantal wist het zeker. Zonder zich te bedenken flitste ze naar de linkerbaan om zo snel mogelijk de beschutting van de touringcar op te zoeken. Achter haar rug klonk getoeter van een auto die ze kennelijk had gesneden. Ze keek in haar achteruitkijkspiegeltje. De chauffeur van de achteropkomende auto knipperde met zijn lichten.

'Naast die bus blijven!' riep Saimir in haar oor.

Natuurlijk. Hier was ze nog het veiligst. De kunst was nu om zoveel mogelijk midden op de rijbaan te blijven, zodat de auto achter haar niet kon inhalen en een buffer vormde voor het geval de blauwe auto de busbaan zou verlaten. Nog meer getoeter, nog meer lichtsignalen. Ze deed haar best ze te negeren en vast te houden aan haar plan. Vanuit haar ooghoeken tuurde ze de straat af. Waar was de blauwe auto? Nog steeds aan de andere kant van de touringcar? Ze keek omhoog. Aan het raam van de touringcar zaten nietsvermoedende toeristen zich te vergapen aan *Paris by night*.

Opnieuw getoeter.

De achterliggende auto had er blijkbaar genoeg van en haalde haar met een levensgevaarlijke manoeuvre in. Nauwelijks bekomen van de schrik wierp Chantal een blik in het achteruitkijkspiegeltje. De blauwe auto zat nu pal achter haar. Als de man het op haar gemunt had, zou hij zo de linkerbusbaan op kunnen rijden en het andere portierraampje openen om haar onder vuur te nemen. Als hij Saimir wilde raken, kon hij dat nu doen. Saimir had kennelijk hetzelfde bedacht, want hij klampte zich nog steviger aan haar vast. De vlucht naar voren leek uitgesloten. De blauwe auto – iedere auto – reed harder dan haar Piaggio. Links lag nog steeds het Louvre, rechts de façades van de huizen. De enige mogelijkheid om te ontsnappen was om de stoep op te schieten, en dan zo hard mogelijk terug te rijden. Terwijl ze zich voornam om te wachten tot de stadsbus die van de andere kant naderde gepasseerd was, wierp ze een blik in haar spiegeltje. Het enige wat ze van de man zag, was het helblonde haar. Geen gezicht, geen ogen. Wat ging er door zijn hoofd? Wat was zijn volgende stap?

'Gas!'

Saimirs kreet viel exact op het moment van haar beslissing. Nu of nooit. Het gaatje was miniem, de tegemoetkomende bus zo dichtbij dat ze de snorhaartjes van de chauffeur bij wijze van spreken kon tellen. Ze haalde diep adem, gooide met ware doodsverachting het stuur naar links en schoot het smalle poortgebouw in, naar de place du Carrousel. De klap die volgde was oorverdovend.

Uit het dagboek van mevrouw Andrée Giraud

Dédée. Iemand noemt mijn naam. Een van de twee. De pianist of zijn broer. Hun stemmen lijken zo op elkaar dat ik ze niet meer uit elkaar kan houden. In korte, opgewonden zinnen praten ze tegen me, maar ik versta er niets van. De woorden komen met een merkwaardig soort echo mijn oren binnen, vertraagd, alsof mijn hersenen meer tijd nodig hebben om te begrijpen wat er gebeurt. Waar ben ik? Net was ik nog beneden op het terras en luisterde naar de muziek, terwijl de oudere broer me stukjes cake voerde. Spacecake. Hij heeft me helemaal volgestopt. Daarna zijn we het chateau binnengegaan. Het huis is zo groot dat we misschien wel verdwaald zijn. Ik hoor mezelf giechelen. Zal ik het vragen? Misschien moeten de twee ook wel giechelen. Het lukt me niet om de lippen in de juiste stand te krijgen. Alles voelt loom, maar prettig loom. Ik laat me vallen. Een peilloze diepte in. Steeds sneller. Mijn oren suizen. De wind laat mijn haren wapperen. Als een filmster ren ik met grote passen langs de vloedlijn over het strand. Nee, ik vlieg. Wanneer ik over mijn schouder kijk, zie ik een spoor van voetstappen in het zand. Links, rechts, links, rechts. Licht als een hinde. Tot aan de horizon.

Een van de twee trekt aan mijn arm. Het prettige gevoel gewichtloos te zijn en de rest van mijn leven te kunnen vallen, is even weg. Dédée. Ik kan hun stemmen nog steeds niet uit elkaar houden. Dédée, help nou even mee. Het klinkt alsof ik iets fout doe of dwarslig, terwijl ik nooit dwarslig en altijd behulpzaam ben. Ik laat ze begaan met mijn arm. Dan voel ik twee paar handen over *mijn lichaam gaan. Over mijn borsten, mijn heupen. Ze hebben mijn jurk uitgetrokken. Ik voel me licht en vrij en val weer. Nog dieper, nog zwaarder. Het geluid van scheurend textiel. Door de vertraging krijgt het een grandioos effect. Op de achtergrond speelt muziek. De band, een grammofoonplaat? Ik open mijn ogen en zie alleen maar vlekken en kleuren. Felle kleuren. Door het raam valt een streepje zonlicht binnen. Een smalle baan waarin miljoenen stofdeeltjes dwarrelen. Ik moet naar huis. Koeien melken. Wanneer ik wil opstaan, duwen de handen me terug. Ik probeer het nogmaals, maar ik ben te moe, te slap. Zo moet dronkenschap voelen, denk ik. Als ik straks maar niet ga kotsen. Een steunend geluid dringt mijn oren binnen. Een ongeduldig hijgen. Dédée, Dédée. Mijn naam wordt steeds vaker herhaald. Twintig vingers kruipen als mieren over mijn lichaam. Overal, zelfs tussen mijn benen. Ho, dit wil ik niet. Ik span mijn spieren, wil me verzetten, maar merk algauw hoe kansloos ik ben. Terwijl de een mijn benen uit elkaar duwt, kruipt de ander boven op me en houdt mijn armen vast. Dan dringt hij ruw in me en voel ik een helse pijn.*

De nacht van woensdag op donderdag

Het kamp lag een kilometer of vijftien buiten de stadsgrens van Parijs tussen de D907 en de Autoroute de Normandie. Te oordelen aan de stank die hun tegemoet blies, lag er in de buurt een vuilnisbelt. Een smalle toegangsweg zonder straatverlichting. Alleen het licht van de maan, die hier veel helderder leek te schijnen dan boven de stad. Terwijl Chantal haar best deed om de hobbels en gaten in de weg te omzeilen, dreunde de klap waarmee de blauwe auto frontaal tegen de bus was aangereden, nog in haar hoofd na. Ze kon zich nauwelijks voorstellen dat de blonde man de botsing had overleefd. Maar ze waren ook niet gestopt om te kijken. Na het ongeluk waren ze stug doorgereden in zuidwestelijke richting, de grote avenues zoveel mogelijk vermijdend.

In het weiland links van de weg stonden paarden te slapen. Rechts lag een schrootberg van oude auto's, koelkasten, wasmachines. Even verderop bevond zich een parkeerplaats met opvallend veel grote dure auto's. Chantal liet de scooter achter zoals Saimir had gevraagd, zonder af te sluiten, waarna ze het kamp betraden. Een smal straatje dat naar houtvuur rook met aan weerszijden uit planken en golfplaten opgetrokken hutten en enkele stacaravans. In sommige brandde licht. Ondanks het late uur liepen er buiten nog een hoop kleine kinderen, die Saimir enthousiast begroetten en die hij allemaal bij naam leek te kennen. Geen volwassenen te zien. Die waren op het plein, legde Saimir uit. Ze zou ze zo ontmoeten. Onder hen waren ook een paar familieleden, zei hij, verre familie. Het merendeel van de Bezuns woonde op een kamp aan de andere kant van Parijs, waar ze niet heen konden omdat de politie hem daar als eerste zou zoeken.

Het 'plein' bleek een open plek te zijn tussen het kamp en de bosrand. Er brandden twee grote vuren. Bij het ene vuur zaten de vrouwen, bij het andere de mannen. Een paar speelden gitaar. Zodra ze hen hadden gezien, stopte de muziek en verstomden de gesprekken. Saimir vroeg Chantal om te wachten en liep naar de mannen toe, die hij een voor een omhelsde om tot slot te praten met een oudere man met een zwarte vilthoed en grijs haar tot op de schouders. De leider van het kamp, veronderstelde ze, in ieder geval iemand met gezag, te oordelen naar de manier waarop Saimir de man tegemoet trad, met veel respect en een zekere schuchterheid, alsof hij om een gunst moest vragen. Dus wachtte ze, zich steeds ongemakkelijker voelend naarmate het gesprek langer duurde. Natuurlijk, ze was een vreemde en ze was nog nooit van haar leven op een Roma-kamp geweest, maar waarom liet men haar zo duidelijk merken dat ze niet een van hen was, een indringster? Net toen ze er genoeg van had en wilde omkeren, kwam Saimir op een drafje aanlopen. Of ze bij de vrouwen wilde gaan zitten?

'En dan?' vroeg ze geïrriteerd.

Saimir gebaarde dat ze nog even geduld moest hebben, noemde Chantals naam tegen een oudere vrouw met lang grijs haar in een vlecht die uit de groep was opgestaan om haar te halen, waarna hij zich terug haastte naar de man met de vilthoed. De vrouw keek Chantal eerst onderzoekend aan en vroeg daarna met een uitgestreken gezicht of ze iets wilde eten. Graag, zei Chantal om niet onbeleefd te zijn, maar ook omdat ze rammelde van de honger. Even later zat ze aan de kip, omringd door zo'n twintig Roma-vrouwen van wie ze geen woord verstond en die haar nauwelijks een blik waardig keurden. Alleen de vrouw met de grijze vlecht wisselde af en toe een paar woorden met haar, zonder iets te vragen.

Bij het andere vuur werd weer muziek gemaakt. De gitaristen speelden zoals Django Reinhardt het bedoeld had: spatgelijk en af en toe het tempo verdubbelend met mitrailleurvuurachtige slagen. Saimir was nog steeds in gesprek met de man met de zwarte vilthoed. Bako. Chantal had de naam opgevangen van de vrouwen, die half fluisterend en met groot ontzag over hem spraken. Terwijl de gitaristen een nieuw nummer inzetten, wierp ze af en toe een blik op Saimir, die druk gesticulerend aan het woord was alsof hij de man van iets moest overtuigen.

'Nog wat kip?'

Nadat Chantal de vrouw met de grijze vlecht bedankt had, vroeg ze zich af hoelang het hele theater ging duren.

'Kom je?'

Saimir stond opeens achter haar.

'Bako, onze kampoudste, wil je graag spreken.'

Terwijl ze Saimir volgde, had ze het gevoel dat ze op audiëntie moest. De gitaristen waren opgehouden met spelen en keken haar grijnzend aan. De mannen die naast Bako hadden gezeten, maakten hun plaatsen vrij en grijnsden al net zo. De oude man staarde als in trance naar het vuur. Pas toen Saimir haar aan hem voorstelde, keek hij op en knikte. Met een handgebaar en een gezicht dat geen enkele emotie verried, bood hij haar de stoel rechts van hem aan. Ze ging zitten. De muzikanten begonnen opnieuw te spelen, maar nu zachter en langzamer, alsof ze ieder woord wilden horen wat ze te zeggen had. Chantal besloot even niets te zeggen en te wachten op Bako. Uiteindelijk wilde hij haar spreken. De man schraapte een paar maal zijn keel en sprak daarna een paar zinnen in zijn eigen taal waar ze geen touw aan kon vastknopen.

'Bako heet je van harte welkom,' vertaalde Saimir, die links van de kampoudste was gaan zitten. 'Ik heb hem verteld dat je journaliste bent. Je moet weten dat Bako geen hoge pet opheeft van journalisten. Hij vindt dat de meesten geen enkele moeite doen om zich in de Roma te verdiepen en daarom de oude clichés herhalen alsof we nog steeds criminelen, bedelaars en een stelletje ongeletterde viespeuken zijn. Nu wil Bako weten wat voor soort journalist jij bent en of hij jou kan vertrouwen.'

'Mij vertrouwen?' Ze had het gevoel dat ze ieder moment kon

exploderen. 'Ik word onder bedreiging van een pistool in mijn eigen huis overvallen, daarna ben ik zo stom om jou – met gevaar voor mijn eigen leven – de stad uit te rijden en nu vraagt deze meneer of ik *te vertrouwen* ben?' Om haar heen klonk gegrinnik.

Saimir vertaalde de boutade, waarop Bako minzaam glimlachte om vervolgens met een uitgestreken gezicht de volgende vraag te stellen.

'Bako wil weten wat je van ons Roma vindt,' zei Saimir.

'Dit is mijn eerste kennismaking met Roma,' antwoordde ze, 'en om eerlijk te zijn valt het me zwaar tegen. In plaats van me te bedanken, word ik aan een soort ballotage onderworpen. Na alles wat ik gedaan heb, had ik wel iets meer gastvrijheid verwacht.'

Er klonk opnieuw gegrinnik.

'Bako wil weten of je gelooft dat ik onschuldig ben,' vertaalde Saimir de volgende vraag.

Onwillekeurig schoot ze in de lach. 'Ik ken je amper twee uur. Vanmiddag, na het verschijnen van het politiepersbericht, heb ik een paar van je blogs gelezen over de ontruiming van het kamp bij het Stade de France. Ik kan me de woede van destijds goed voorstellen, zeker na de dood van je broertje Radi, maar ik ben geen rechter die oordeelt of iemand schuldig is of niet. Ik ben journalist. Wat betreft de moord op Guy Lavillier heb ik een sterk vermoeden dat je wordt gebruikt, en ik denk ook te weten door wie. Maar voor ik namen ga noemen, wil ik er eerst zeker van zijn of wat ik denk ook klopt. Als ik de hele zaak heb onderzocht, zal ik je mijn mening laten weten. Tot die tijd zou het wel handig zijn als jullie je een beetje toeschietelijker zouden opstellen.'

Er steeg gemompel op vermengd met gegrinnik. Nadat Saimir haar antwoord had overgebracht, toonde Bako opnieuw een minzame glimlach, waarna hij een magere vinger met een grote gouden ring opstak, ten teken dat hij nog een laatste vraag had.

'Wat is de belangrijkste reden,' vroeg Saimir, 'waarom je tot elke prijs wil weten wat er met Guy Lavillier is gebeurd?'

Ze moest opnieuw lachen. Bako was een sluwe vos. Ze had de

naam Guy Lavillier slechts één keer genoemd, maar kennelijk was Bako haar fanatisme niet ontgaan.

'Ik heb inderdaad nog een reden,' antwoordde ze, 'maar die is persoonlijk en gaat jullie niets aan.'

'Goed gesproken,' zei Bako na een korte stilte.

Even was Chantal van haar à propos gebracht. Bako sprak verdorie gewoon Frans. Om haar heen werd gelachen.

'Wij zullen je helpen.' Met een brede glimlach stond de oude man op uit zijn stoel en omhelsde haar. 'Wie een van ons helpt, kan op de onvoorwaardelijke steun van ons allemaal rekenen.' Hij wendde zich tot Saimir. 'Zeg het maar.'

'Ik weet wie de moordenaar van Guy Lavillier is,' zei Saimir met een gezicht alsof er een loden last van zijn schouders was gevallen.

'Hè?' reageerde Chantal niet-begrijpend. 'Waarom heb je dat niet gezegd toen je in mijn huis met je pistool stond te zwaaien?'

In de kring werd opnieuw gelachen. Ook de vrouwen bij het andere vuur lachten mee.

'Ik heb Lavilliers computer gehackt,' antwoordde Saimir, 'en lees al bijna een halfjaar zijn mails en tekstbestanden mee. Als de politie daarachter komt, draai ik met mijn strafblad zo opnieuw de bak in. Ik wilde weten of ik je kon vertrouwen en daarvoor had ik de hulp nodig van Bako. Behalve dat hij een van de wijste mensen is die ik ken, is hij in het bezit van het "derde oog" zoals wij dat noemen.'

Bako gniffelde.

'Wie zit er achter de moord?' drong ze aan.

'Zijn zoon,' antwoordde Saimir.

'Die uit New York?'

'Nee, zijn bastaardzoon. Lavillier is zaterdag gedood door de man die hem al een tijd chanteert en gedreigd heeft hem te vermoorden als hij niet erkend wordt als wettig kind.'

'Maar hoe dan?' vroeg Chantal die zich herinnerde hoe Naomi Lavilliers doodsstrijd had beschreven.

'Gif.'

'Je bedoelt dat hij vergiftigd is?'

'Ik zal je de mails van zijn bastaardzoon laten zien,' zei Saimir, 'en nog een paar andere interessante zaken die ik van Lavilliers computer heb gehaald.'

Nek, hoofd, schouders, rug. Zijn hele lichaam doet zeer, maar er is niets gebroken. Lang leve de airbag. Milos ziet zichzelf in het wrak zitten. De bumper van de stadsbus op de passagiersstoel. Nadat het hem gelukt was om uit de auto te kruipen, zat er nog genoeg adrenaline in zijn lijf om er een sprintje uit te persen. Het poortgebouw door. Naar de grote binnenplaats van het Louvre, waar het wemelde van de toeristen. Toen de politie en hulpdiensten met loeiende sirenes aankwamen, was hij allang verdwenen in de menigte.

'Gaat het?' vraagt de Albanees.

'Het gaat,' houdt Milos zich op de vlakte.

'Pijn?'

'Valt wel mee.'

Hij hoort de Albanees grommen. De sfeer is beladen. Na Milos' noodtelefoontje hebben ze afgesproken op een bovenetage in het dure 16ᵉ arrondissement. Grote kamers met hoge plafonds. Het appartement is gestoffeerd, maar meubels staan er nauwelijks. Alleen het allernoodzakelijkste, als in een geïmproviseerd commandocentrum dat ieder moment weer ontruimd kan worden. De tafel staat in het midden van de kamer. De omlaag gerichte studeerkamerlamp verspreidt een indirect licht, waardoor ze in het halfduister zitten. Een fles whisky en twee glazen. Een laptop. Er is een tweede man, die Milos nooit heeft ontmoet, die tegen de muur leunt, zijn handen op zijn rug, en doet alsof hij er niet is. Bij binnenkomst heeft hij Milos gefouilleerd en zijn Glock afgenomen. Straks krijgt hij hem terug. Straks, zei de man met een vals glimlachje.

Terwijl Milos het gevoel heeft dat iedereen tegen hem liegt en hij het appartement niet levend zal verlaten, doet hij zijn verslag. Het slechte nieuws is dat de journaliste is ontkomen, samen met een jongeman met halflang donker haar die met zijn linkerbeen trekt. Het goede nieuws is dat de harddisk de botsing heeft overleefd. De Albanees rookt de ene na de andere sigaret. Ondertussen leest hij de documenten die Milos van de computer van de journaliste heeft gehaald. Het maakt de sfeer er niet beter op. Nog meer grommen. Op de hoek van de tafel ligt een grote gele envelop waar de opdrachtgever af en toe zenuwachtig met zijn vingers over roffelt.

'Je hebt de boel verknald, Milos,' klinkt het na een poosje. Milos knikt. De analyse is correct. Hij heeft prutswerk afgeleverd. 'Misschien moet je iemand anders vragen om het karwei af te maken.'

'Je wilt er tussenuit knijpen?' Het cynische toontje valt niet te missen.

'Nee,' haast Milos zich te zeggen. 'Ik twijfel alleen of ik de juiste man ben. Ik maak fouten die ik vroeger niet maakte.'

'Jij bent de beste man die ik ken.' De Albanees werpt hem een glimlach toe, schenkt de glazen bij en neemt een slok, waarbij zijn adamsappel zichtbaar beweegt. 'Laten we het erop houden dat je een beetje pech hebt gehad.'

In gedachten stelt Milos zich de actie voor. Eén karateslag tegen de adamsappel, één trap tegen de tweede man. Wanneer hij de spierpijn door zijn rug voelt trekken, realiseert hij zich dat in zijn huidige toestand iedere actie tot mislukken gedoemd is.

'Ondertussen is de zaak er niet eenvoudiger op geworden.' De opdrachtgever heeft een nieuwe sigaret opgestoken en blaast de rook in Milos' gezicht. 'Die jonge zigeuner die je met de vrouw uit het huis hebt zien komen, moet ook worden uitgeschakeld.'

'Pardon?'

'Als de journaliste met de zigeuner gaat praten, is de ramp niet te overzien.'

'Maar...'

'Hoeveel moet je erbij hebben?'

Milos schudt zijn hoofd. 'Daar gaat het niet om. Ik eh...' Hij heeft het gevoel dat hij ieder moment kan gaan janken, zo moe is hij, doodmoe. 'Ik wil ermee stoppen.'

'Is dit een bedreiging?' klinkt het na een korte stilte.

'Nee, een simpele mededeling.'

De Albanees begint te grijnzen. 'Ik kan begrijpen dat je er een beetje doorheen zit. Een dipje. Hebben we daar niet allemaal wel eens last van?'

Achter zijn rug hoort Milos de andere man grinniken.

'Misschien...' De opdrachtgever buigt zich over de tafel waardoor Milos de knoflookwalm niet kan ontwijken. 'Misschien heb je een beetje morele steun nodig,' zegt de Albanees treiterend. 'Een opkikkertje. Wat dacht je daarvan?'

'Hoe bedoel je?'

Uit de binnenzak van zijn colbert haalt hij een papiertje dat hij grijnzend naar de overkant van de tafel schuift. 'Misschien wil je haar bellen. Je Snoepje.'

Zodra Milos het telefoonnummer ziet, barst hij uit: 'Smeerlap!' Voor zijn ogen vormt zich een vlek. De spierpijn wordt verdrongen door een blinde woede. 'Wat heb je met haar gedaan?' Nog voor hij kan opstaan, voelt hij het pistool in zijn rug.

'Relax, Milos.' De opdrachtgever lacht zijn veel te witte tanden bloot. 'Met Nadja gaat alles goed. Hier. Overtuig jezelf.' Hij haalt de foto's uit de envelop en smijt die een voor een voor Milos' neus.

Het zijn typisch de foto's van een paparazzo. De telelens is zo scherp dat Milos ieder plooitje en vlekje op haar huid bij wijze van spreken kan aanraken. Arme Nadja. Ze heeft niet in de gaten hoe ze wordt geobserveerd. Hij ziet het aan de manier waarop ze de flat verlaat, hoe ze in haar gammele tweedehandsauto stapt, de personeelsingang van de Carrefour binnengaat en achter de kassa zit.

De laatste foto wordt op tafel gekwakt.

'Klootzak!'

Nadja kijkt hem nu recht aan, wanhopig, de tranen in haar ogen. Help me! Als bewijs dat het geen grap is, hebben ze haar een krant in handen gedrukt. De *Figaro* van woensdag. Is het vandaag woensdag? Op de voorpagina staat een foto van een of andere politicus die vermoord is. Merde! Milos wordt gek van woede. Hij zou het willen uitbrullen, maar beseft dat dat geen enkele zin heeft. Ze kunnen met hem doen wat ze willen. 'We houden haar vast uit voorzorg,' zegt de Albanees. 'Zodat haar niets overkomt. Want dat zou zonde zijn.' Hij grijnst. 'Ik beloof je dat het haar aan niets zal ontbreken.'

'Als je...'

Het pistool wordt met zo'n kracht in zijn rug gestoken dat het Milos de adem beneemt.

'Lieve jongen...' De opdrachtgever schudt meewarig zijn hoofd. 'Jouw Snoepje is niet mijn type. Wat dat betreft verschillen we duidelijk van smaak. Dus maak je niet ongerust en concentreer je op de journaliste en de zigeuner. Waarschijnlijk trekken die twee samen op. Als je de een hebt...' – met zijn duim en wijsvinger maakt hij een schietbeweging – '... heb je de ander. We zijn de beroerdsten niet, dus zullen we je helpen met informatie, geld, wat je maar nodig hebt. We hebben uitstekende contacten bij de politie, bij justitie. De zigeunerjongen wordt gezocht. Zodra ik iets hoor, laat ik het jou als eerste weten. O ja...' Hij steekt zijn zoveelste sigaret op. 'Die zigeuner is trouwens gewapend. Niet dat ik denk dat hij zal schieten. Het is een student en een muzikant. Een dromer. Net als jij, Milos. En dromers maken fouten. Dus zorg dat je die twee te grazen neemt, des te eerder ben je weer bij je Snoepje.'

Bako bewoonde het enige stenen huis op het kamp. Om de documenten in alle rust te kunnen lezen, had hij Chantal de salon aangeboden. De beste kamer van het huis. Hij zei het met een stralend gezicht. Toen ze de kamer betrad, had ze even moeten slikken van alle lampjes met kristallen tingeltjes, de protserige imitatie Louis XVI-meubels, de roze fluwelen gordijnen en de vitrinekast die uitpuilde van de porseleinen beeldjes en andere prullaria. Saimir startte de laptop – een MacBook Pro – en surfte van de ene server naar de andere om uiteindelijk bij Google Docs te belanden, waar hij drie documenten aanklikte die, eenmaal geopend, volstrekt abracadabra waren. Na het intikken van een zoveelste wachtwoord – Chantal schatte het aantal aanslagen telkens tussen de twintig en de dertig – verscheen er eindelijk een leesbare tekst. Vervolgens verliet Saimir het huis. Om zijn wonden te laten verzorgen, zoals hij zei, en een beetje gitaar te spelen met de jongens. Even later hoorde ze hem spelen, als een jonge god die met spetterende solo's de anderen opzweepte. Ze probeerde zich af te sluiten voor de muziek en begon te lezen. Het eerste document ging over Lavilliers bastaardzoon. Saimir had het mailverkeer, dat voornamelijk bestond uit eenrichtingsmail-verkeer van de afperser, in chronologische volgorde gekopieerd en hier en daar voorzien van aantekeningen. De man had zijn mails zonder voor- of achternaam verstuurd vanuit diverse internetcafés in Poitiers. Saimir had een plattegrondje van de stad toegevoegd en de adressen gearceerd.

De eerste mail die hij had onderschept, dateerde van november vorig jaar. De afperser presenteerde zichzelf als Lavilliers bastaard-zoon en beschuldigde de politicus ervan in de zomer van 1968 een kind te hebben verwekt bij de nog geen zestienjarige Dédée Giraud, de dochter van de pachter. De man verwees naar een dagboek dat een jaar geleden, na het overlijden van Dédée Giraud, in zijn bezit was gekomen. Hij had geld geëist en dreigde naar de pers te stap-pen als Lavillier niet betaalde. Vervolgens had Lavillier betaald, daarmee impliciet toegevend dat hij de pachtersdochter destijds zwanger had gemaakt. Volgens de mails ging het om tweemaal vijf-entwintigduizend euro, die 's nachts op een parkeerplaats langs de A10 in de buurt van Châtellerault waren achtergelaten.

Een maand geleden had de man zijn koers opeens gewijzigd en een vaderschapstest geëist. Het ging hem niet om geld maar om 'eer' en hij wilde erkend worden als wettige zoon en dezelfde rech-ten genieten als de andere kinderen van Lavillier. In een korte mail had Lavillier het voorstel van de hand gewezen en een eenmalig bedrag van honderdduizend euro aangeboden. Dat had de bas-taardzoon vervolgens geweigerd, waarna hij gedreigd had Lavillier te vergiftigen als hij niet op zijn eisen inging.

Chantal las de laatste mail, die twee weken geleden verstuurd was, nogmaals. Het stond er echt. Vergiftigen. Ze herinnerde zich wat Naomi had verteld over een zwetende, over zijn hele lijf trillende Lavillier, het schuim op zijn mond. Was Lavillier niet aan een hartstilstand overleden maar als gevolg van een vergiftiging? Maar waar en hoe had Lavilliers bastaardzoon dan toegeslagen?

Terwijl ze buiten enthousiast hoorde klappen op het ritme van de muziek, opende ze het tweede document. Saimir had niet alleen Lavilliers laptop gehackt maar ook de computers van de stichting Formosa. De informatie van het tweede document was mogelijk nog explosiever dan het eerste. Namen, cijfers, bedragen – grote bedragen – lijstjes. Haar ogen schoten over het scherm om te begrijpen wat ze zag. Puur dynamiet. De stichting Formosa bleek een dekmantel om met een even slim als sluw systeem de partijkas van La Nouvelle France te spekken. Het grootste deel van de projecten die Formosa subsidieerde, was gefingeerd. Aan de hand van de Kamer van Koophandel-gegevens, of beter gezegd het ontbreken daarvan, had Saimir een lijst opgesteld van fakeprojecten waar enorme bedragen heen vloeiden die meteen werden witgewassen. Bij de geldschieters dook opvallend vaak de naam Grenoult op. De oude mevrouw Grenoult. Terwijl zij in haar résidence met uitzicht op zee zat weg te suffen, joeg dochter Marie-Christine de miljoenen erdoorheen. Interessant was ook het Excel-bestand met 'cursisten'. Saimir had de namen zoveel mogelijk proberen na te trekken. Veel middenstanders en ondernemers, de meesten van hen actief in de lokale politiek, een paar prominente Fransen die zich in het openbaar altijd kritisch hadden uitgelaten over onderwerpen als buitenlanders en de euro. Bij 'docenten' stonden de namen van Lavillier, Ortola en fractiemedewerker Simiç, maar er waren ook 'gastdocenten', vertegenwoordigers van rechtspopulistische zusterpartijen uit Israël, Scandinavië, Nederland, Vlaanderen en Hongarije. Ze dacht aan Axel, de hoofdredacteur van Vox, die wat betreft het zogenaamde beheer van het Grenoult-kapitaal goed zat, maar de plank volledig missloeg met zijn opmerking over de slechte organisatie van La Nouvelle France. De partij beschikte over meer geld dan de UMP of de Parti Socialiste. Ongemerkt en geruisloos werden de toekomstige kandidaten klaargestoomd voor het politieke handwerk om straks, wanneer de overwinning was binnengehaald, op de roodpluchen bankjes in het parlement plaats te nemen.

Chantal zuchtte diep. Natuurlijk, ze had altijd vermoed dat er iets met het pand aan de rue de Prony niet in de haak was, maar dit overtrof haar stoutste verwachtingen. Ze klikte het document weg. Er was nog een document dat Saimir voor haar had geopend. 'Manuscript' had hij het genoemd. Toen ze het wilde gaan lezen, viel het haar op hoe stil het buiten was. Geen muziek, geen klappende Roma, geen feest.

'We moeten weg.'

Saimir stond in de deuropening van de salon, een verbeten blik, de SIG onder zijn broekriem.

'Snel.' Hij trok haar van haar stoel, klapte de laptop dicht en stak die onder zijn arm.

'Wat is er aan de hand?' vroeg ze.

'De flikken zijn onderweg. We moeten opschieten.'

'Jullie hebben slechts een paar minuten.' Bako, die ook was binnengekomen, hijgde. 'Vergeet jullie spullen niet.'

Chantal griste haar schoudertas van tafel. 'Mijn scooter staat nog...'

'Die hebben wij al weggehaald,' zei hij gehaast.

'Maar...'

'Aan die scooter hebben jullie nu niets.' Bako loodste hen naar de keuken, trok een buffetla open en haalde van onder het bestek een plat leren etui tevoorschijn dat hij Saimir in de hand drukte. 'Hier zit alles in: sleutels, autopapieren, een beetje geld.' Hij opende de buitendeur en wees de nacht in. 'Jullie volgen dit pad, langs het bos. Aan de andere kant is een grote houten schuur met een kettingslot. De sleutel zit in het etui. Onder de hoes staat een zwarte Peugeot met in de achterbak een koffer met spullen. Als het goed is, zit de tank vol.' Hij omhelsde Saimir en Chantal. 'En wees alsjeblieft voorzichtig, kinderen.'

Donderdagochtend

Kort nadat ook de laatste vogel was gaan fluiten, brak het eerste daglicht door. Chantal keek door het raampje omhoog naar het langzaam kleurende bladerdak. Behalve het gekwinkeleer van de vogels was het doodstil. Ergens kabbelde een beekje. Geen zuchtje wind, geen verkeer of andere levenstekens. Ze probeerde zich te bevrijden uit de foetushouding waarin ze de afgelopen uren had doorgebracht, maar op de achterbank van de auto was nauwelijks ruimte om te bewegen, laat staan om haar stijve benen te strekken. Een wonder dat ze nog een paar uur had geslapen. Ze dacht terug aan de rit van afgelopen nacht. Het eerste deel hadden ze zonder licht gereden, koersend op de maan. Daarna hadden ze zeker een uur over allerlei kleine wegen gereden om ten slotte, ergens tussen Saint-Léger en Le-Perray-en-Yvelines, een bosweg te nemen en net zo lang door te rijden tot de weg ophield. Ze bevonden zich ergens midden in het forêt domaniale de Rambouillet, een nationaal park, waar ze vroeger als kind een paar keer met haar ouders was geweest. Ze herinnerde zich zondagse toertochtjes die eindigden bij een pannenkoekenrestaurant dat naast een manege lag waar ze pony's hadden. Opnieuw keek ze omhoog. Het zonlicht wierp goudgele banen tussen takken en bladeren. Het beloofde een prachtige dag te worden.

Saimir hing in de passagiersstoel, zijn hoofd een beetje achterover geknikt, en snurkte zachtjes. Ze vroeg zich af of hij droomde. En zo ja, waarvan. Van een betere wereld? Tijdens hun nachtelijke vlucht had hij verteld over zijn studie en dat hij na zijn masters van plan was om de politiek in te gaan en zich in te zetten voor minderheden, in het bijzonder voor zijn eigen volk. In het Europees parlement zat maar één Roma-parlementariër voor twaalf miljoen Roma, de grootste etnische minderheid van Europa. Veel te weinig natuurlijk. Volgens onderzoek had de helft van alle Roma te maken met discriminatie en racisme. Het merendeel van de politici leek te vergeten dat Roma ook EU-burgers waren die rechten hadden. Daarom werden zijn mensen als vee in het vliegtuig gezet, retour Roemenië, om drie maanden later weer terug te keren omdat niemand daar iets tegen kon ondernemen. Vervolgens begon het hele circus weer van voren af aan, waardoor er van onderwijs en integratie natuurlijk nooit iets terechtkwam. Daarom wilde Saimir de politiek in. De vraag was alleen: voor welke partij? Chantal was onder de indruk geweest van de passie waarmee hij over zijn plannen had gesproken.

Zo stil mogelijk trok ze het autosleuteltje uit het contact, kroop de Peugeot uit en maakte de achterbak open. Een koffer met spullen, had Bako gezegd. Ze hoopte dat ook iemand aan toiletpapier had gedacht.

'Wat ga je doen?'

Saimir stond naast de auto, zijn hand zo dat ze niet kon zien of hij de SIG uit het handschoenenvak had gehaald.

'Ik moet wat de meeste mensen 's ochtends moeten,' antwoordde ze terwijl ze de toiletrol liet zien.

'O...' Er verscheen een brede glimlach. 'Sorry.'

'Geeft niet.'

Ze glimlachte terug. Ondanks het feit dat ze elkaar pas een paar uur kenden, had hun omgang iets vanzelfsprekends en ongecompliceerds. Het klikte, zoals het tussen collega's klikt die gezamenlijk een klus moeten klaren en weten dat het geen zin heeft om moeilijk te doen zolang het werk niet af is. Ze waren tot elkaar veroordeeld. Nee, corrigeerde ze zichzelf terwijl ze een plek zocht tussen de bosjes, ze hadden voor elkaar gekozen. Saimir had voor haar gekozen omdat hij dacht dat zij zijn onschuld kon bewijzen. En zij had ervoor gekozen om bij hem te blijven. Waarom? Omdat ze hem vertrouwde en omdat ze zijn doortastendheid om de onderste steen boven te krijgen bewonderde. Bovendien was hij niet bang en liet hij zich niet muilkorven. Misschien klikte het daarom wel tussen hen.

Nadat ze haar handen in de beek gewassen had, liep Chantal terug naar de auto. Opeens rook ze het. Koffie. Saimir zat op een boomstam. De I'M IN A BAD MOOD-sweater had hij verruild voor een roodgeblokt flanellen hemd uit de koffer, de knoopjes open, waardoor ze een stukje van zijn huid zag. Licht mokkakleurig en zonder borsthaartjes. In het gras was een theedoek uitgespreid met daarop twee dampende mokken, een schaaltje droge biscuits, een mes en een kuipje confiture.

'Als je wilt, kan ik ook theezetten,' zei Saimir wijzend op het campingkookstelletje.

'Koffie is heerlijk.'

Ze ging naast hem zitten. Tijdens het geïmproviseerde ontbijt bespraken ze het plan de campagne voor vandaag. Ze had hem verteld over de zomer van 1968, over de foto's die ze had gezien en hoe de broers Guy en Christian destijds hadden samengespannen om meisjes plat te krijgen. Over haar moeder had ze gezwegen. En ook over Hotze. Het was al ingewikkeld genoeg. Ze hadden besloten om eerst Christian Lavillier te traceren. Als Guy was vergiftigd, hing Christian mogelijk hetzelfde lot boven het hoofd. Ze moesten Christian waarschuwen. De 'goede broer', zoals Saimir hem noemde vanwege de paar keer dat Christian in de pen was geklommen om de politiek van zijn broer aan te vallen. Misschien werd Christian ook gechanteerd en wist hij wie de afperser was. Alles draaide om het vinden van Lavilliers bastaardzoon. Pas dan wilde Saimir zich overgeven aan de politie, maar uitsluitend aan Jarre, de enige persoon bij de politie die hij een beetje vertrouwde. Chantal had met het plan ingestemd. Ze konden immers geen dagen op de vlucht blijven. Ze werden gezocht. Door de politie en – als hij nog leefde – door een onbekende blonde man. Maar eerst moesten ze weten waar Christian Lavillier woonde.

'Heb je in Jarres boekje gekeken?' vroeg Chantal.

'Ja, natuurlijk. Zo heb ik jou gevonden.'

'Wat ik bedoel: misschien staat het adres van Christian Lavillier erin.'

'Verdomd.' Saimir schoot overeind om een paar tellen later met het boekje naast haar op de boomstronk neer te ploffen. 'Ik heb hun namen ergens zien staan.' Driftig sloeg hij de pagina's om. 'Hier heb ik ze: Christian en Marianne Lavillier. Achter hun namen staat een vraagteken.' Hij keek Chantal aan. 'Waarom zou Jarre dat hebben gedaan?'

'Omdat hij waarschijnlijk zijn bedenkingen heeft. Zoals je al zei: Christian Lavillier is geen vriend van de politiek van zijn broer en...'

'Marianne is arts,' onderbrak Saimir haar. 'Hier staat het. Jarre heeft het woord zelfs onderstreept.'

'Misschien heeft Jarre ook bedacht dat Guy Lavillier is vergiftigd. Als arts heeft Marianne toegang tot...'

'Maar wie vermoordt er nou iemand van zijn eigen familie?' In Saimirs ogen stond ontzetting.

Chantal dacht aan wat hij vannacht had verteld over de solidariteit binnen de Roma-gemeenschap. Dat iedereen elkaar hielp, ook als er geen bloedbanden bestonden, maar dat de familie de spil en as vormde waar alles om draaide. Grootouders, ouders, ooms, tantes, broertjes, zusjes, neefjes en nichtjes. Hoe meer hoe beter. Een besloten kring, veilig als een fort. Zelf was Saimir de middelste van negen kinderen, Radi meegerekend. Zodra hij een baan en een vast inkomen had, wilde hij ook een gezin stichten. Negen kinderen was misschien wat overdreven, maar drie of vier leek hem wel mooi. Overigens hoefde zijn aanstaande echtgenote niet per se een Roma-vrouw te zijn. Hij was een moderne jongen. Hij wilde ook niet op een kamp wonen. Als zijn aanstaande vrouw maar respect had voor zijn cultuur en...

'Ik heb Christian Lavilliers telefoonnummer gevonden,' zei Saimir terwijl hij met het rode boekje wapperde. 'Hier...'

Chantal zag dat het nummer met 0164 begon. De eerste twee cijfers stonden voor de regio Parijs, de regio waar ze zich nog steeds bevonden, maar ze had geen flauw benul waar ze 64 moest zoeken.

'En ik weet zelfs waar het is,' zei Saimir met een schittering in zijn ogen.

'Waar dan?'

'Samois-sur-Seine. Ik heb geen jaar overgeslagen.'

Ze wist dat Samois-sur-Seine iets ten noorden van Fontainebleau lag, maar ze begreep zijn opmerking niet.

'In Samois bevindt zich het graf van Django Reinhardt,' vervolgde Saimir. 'Ter nagedachtenis aan de grote meester wordt ieder jaar in het dorp een Manouche-festival georganiseerd. Dit jaar heb ik er voor het eerst zelf gespeeld. *Mogen* spelen.' Hij straalde.

Ze kon niet anders dan glimlachen. Vannacht had hij ook verteld over zijn tweede liefde, de muziek, en dat hij de rest van zijn leven gitaar zou blijven spelen. Zelfs wanneer hij straks als Europarlementariër met loodgieterstassen vol stukken thuis zou komen.

'Staat er ook een adres bij?' vroeg Chantal.

'Nee.'

Ze wilde opstaan.

'Niet doen.' Hij had haar hand vastgepakt.

'Wat?'

'Niet met jouw mobiel,' zei Saimir, alsof hij voorvoelde wat ze van plan was. 'Je hebt een abonnement. Voor die schurken is het een kleine moeite om aan je gegevens te komen. Zodra ze die hebben, kunnen ze je overal peilen.'

De schittering in zijn ogen had plaatsgemaakt voor verbetenheid. Net zoals vannacht toen hij haar had gewaarschuwd wat ze wel en niet moest doen om niet gevonden te worden en dat zelfs het afluisteren van haar voicemails een risico inhield. Het waren de enige momenten waarop hij haar angst inboezemde.

'Mijn laptop is veilig,' zei hij. 'We moeten alleen ergens heen waar wifi is. Nog koffie?' De stralende glimlach was weer terug.

'Nee, dank je.'

Haar kleren en haren plakten. Ze voelde zich vies. In de koffer in de achterbak lagen handdoeken en een toilettas. Ze had gezien hoe schoon de beek was.

'Ik ga me even opfrissen.'

Ze stond op, nam de toilettas en een van de handdoeken uit de koffer en begaf zich op weg. Tot haar verrassing liep Saimir even later achter haar aan, een beetje trekkend met zijn linkerbeen, maar verder op zijn dooie gemak, de andere handdoek losjes in zijn hand. Nog even, en hij ging fluiten. Zonder dat hij aanstalten maakte om ergens tussen de struiken af te slaan en haar alleen te laten, bereikten ze de oever van de beek. Kristalhelder water. Zo'n halve meter diep, schatte ze. Een zandbodem zonder keien. De ideale plek. Ze draaide zich om en glimlachte, hopend dat hij de hint zou begrijpen. Maar voor ze iets kon zeggen, trok hij zijn hemd uit en begon zich uit te kleden. Automatisch wendde ze haar blik af. Oké. Wat nu? Een meter of tien verder boog de beek naar links en werd door een paar hoge varens aan het zicht onttrokken. Moest ze hem uitleggen dat ze liever daar een bad wilde nemen?

Achter haar rug klonk een plons.

'Koud!' Hij huiverde.

'O ja?' riep ze zonder te kijken.

'Maar wel lekker.'

Ze hoorde hoe hij zich helemaal onderdompelde om daarna als een jonge hond op te springen en het water van zich af te slaan. Ze begon te lopen.

'Chantal?'

'Ja…?'

'Kun je me de shampoo geven?'

Het verzoek klonk volstrekt onschuldig. En redelijk. Uiteindelijk was zij de enige in het bos met een toilettas. Nadat ze zich had omgedraaid, moest ze even slikken, waarna ze snel deed alsof ze niets zag. Ondertussen maalden de gedachten door haar hoofd. Zoals hij daar stond, als een jonge bosgod, het water tot ongeveer halverwege zijn gespierde dijen, zijn geslacht parmantig haar kant op wijzend, terwijl hij allesbehalve de indruk wekte dat hem dat geneerde. Ze moest denken aan zijn verhalen over het kamp en hoe hij was opgegroeid te midden van al die zusjes en nichtjes. Zelf was ze enig kind. Reageerde ze daarom zo spastisch? Snel richtte ze haar blik omhoog. Zijn gladde bovenlijf, zijn armen, schouders en zijn gezicht waar glinsterende waterdruppels van afdropen. O ja... de shampoo. Ze trok de rits van de toilettas open en wierp hem de flacon min of meer blind toe.

'Merci.'

In ieder geval was haar worp raak. Verder was ze een trut. Of niet? Nee, zei ze tegen zichzelf, ze zou zich niet laten kennen. Ze draaide hem de rug toe en begon zich uit te kleden, half struikelend in haar poging om uit haar jeans te stappen. Ondertussen hield ze hem vanuit een ooghoek in de gaten, wachtend op het moment dat hij zijn ogen dicht leek te hebben om er geen sop in te krijgen. Nu. Zodra ze in de beek gesprongen was, liet ze zich achterovervallen en zwom met een kalme rugslag weg van Saimir.

'Koud, hè?' Lachend wees hij naar haar tepels, die als twee nieuwsgierige wormpjes met hun kopje boven het wateroppervlak uitstaken.

Een aangeharkte wijk. Vrijstaande huizen met garages en goed onderhouden tuinen. Welstand. Een hoop dichte luiken. Vakantie. Milos voelt jaloezie opwellen. Eind augustus is Nadja jarig. Hij heeft haar gevraagd die week vrij te houden. Als verrassing heeft hij een reis geboekt naar de Seychellen. De tickets kan hij deze week afhalen. Hij probeert het beeld van de wanhopige Nadja te verdringen. Concentreer je, Milos. Geen fouten. Misschien is dit wel je laatste kans.

De bewoners die zijn thuisgebleven, zijn er al vroeg uit. Sommigen sproeien hun tuin. Door een open raam klinkt een flard van het radionieuws. *In Marseille is een half woonwagenkamp in vlammen opgegaan. De politie vermoedt dat de brandstichters gezocht moeten worden in extreem rechtse kringen. Marie-Christine Grenoult, de nieuwe politiek leider van La Nouvelle France, noemt de conclusies van de politie voorbarig en roekeloos.* Milos loopt verder, leeg en uitgeput na een doorwaakte nacht. Ergens, in een schemertoestand tussen slapen en waken, heeft hij in een helder moment het plan bedacht. Eigenlijk is het de Albanees die hem op het idee heeft gebracht. Vraag: hoe vind je iemand die niet gevonden wil worden? Antwoord: draai de rollen om. Chantage. De oudste truc ter wereld. In plaats van te wachten tot de journaliste ergens opduikt, moet hij zelf in actie komen en het dierbaarste wat de vrouw heeft in bezit nemen. Het mapje met achtergrondinformatie dat de opdrachtgever hem heeft meegegeven blijkt toch nog vruchten af te werpen. Zittend op zijn bed, de laptop binnen handbereik, heeft Milos vannacht een lijst gemaakt van potentiële slachtoffers. Chantal Zwart bezit een tweede huis in Monteil, een gehucht in de Limousin. Kent ze daar mensen die haar dierbaar zijn? Dan heeft ze nog een paar vrienden en vriendinnen in Parijs met wie ze regelmatig belt en mailt. Ook is er een lijstje namen van collega's. Een hoofdredacteur van een internetkrant, een paar andere journalisten. Hoezo dierbaar? Chantal Zwart is freelancer. Andere journalisten zijn concurrenten. Hoe minder hoe beter. Ze is eigenaar van een groot huis aan de rue Pavée. Zijn er bewoners die haar na aan het hart liggen? Ze heeft het huis pas zo kort dat Milos het zich nauwelijks kan voorstellen. En zo blijft er één kandidaat over: haar vader, een eenenzestigjarige weduwnaar die in Ivry-sur-Seine woont. Volgens de belstaten waar de opdrachtgever beslag op heeft weten te leggen, bellen de journaliste en haar vader iedere week met elkaar, en soms nog vaker. Milos moet aan zijn eigen vader denken en hoelang geleden het is dat ze elkaar hebben gesproken. Waarschijnlijk heeft zijn vader zich allang kapotgezopen. Milos zou het niet eens erg vinden. Dat de Albanees Nadja heeft, dat is pas erg. Terwijl Milos door het wijkje loopt, komen de beelden in alle hevigheid weer op hem af. Concentreer je, zegt hij opnieuw tegen zichzelf. Doe wat gedaan moet worden, maak geen fouten, des te eerder is de nachtmerrie afgelopen.

Hij heeft het huis bereikt. Een kleine villa. Kamperfoelie slingert tegen de voorgevel. Door de openstaande garagedeuren ziet hij een zwarte Golf staan. Er is dus toch iemand thuis. Gelukkig. Toen hij vanochtend het vaste telefoonnummer probeerde, nam er niemand op.

'Goedemorgen.' Een oudere vrouw komt uit de tuin aanlopen. 'Zoekt u iemand?'

'Eh...' Milos is meteen van zijn stuk gebracht. 'Ik heb een zoon die eh... gitaar speelt,' begint hij te hakkelen, 'en had begrepen dat meneer Zwart gitaarlessen geeft. Toevallig was ik in de buurt en eh...'

'Meneer Zwart is een paar dagen weg,' antwoordt de vrouw met een gezicht alsof ze het niet helemaal vertrouwt. 'Hij is met een vriendin naar Cherbourg en heeft mij gevraagd om de planten water te geven.' Ze glimlacht ten teken dat hij niet moet denken dat het huis onbeheerd wordt achtergelaten.

'Hebt u misschien een telefoonnummer in Cherbourg?' vraagt Milos, 'of een adres?'

'Nee.'

Uit de blik spreekt wantrouwen. Wie gaat er 's ochtends om acht uur op zoek naar een gitaarleraar voor zijn zoon? Hij ziet het de vrouw denken. Spontaan begint hij te zweten. 'Weet u wanneer meneer Zwart weer terug is?' vraagt hij snel.

'Over een dag of vijf,' klinkt het zuinig. 'Kan ik misschien een boodschap doorgeven?'

'Nee, nee. Dank u. Dan kom ik over een week nog eens terug.'

Milos draait zich om en loopt de wijk uit. Rustig, zegt hij tegen zichzelf, rustig. Niet rennen. Maar in zijn hoofd zoemt het. Cherbourg. Het is zijn laatste kans.

Volgens het bord langs de weg was La Boule d'Or een viersterren-hotel met *cuisine gastronomique*, kamers met airco, indoorzwem-bad, tennisbaan en putting green. Saimir reed de parkeerplaats op en zocht een plaatsje zo dicht mogelijk bij de ingang van het hotel. Van achter het stuur, de laptop op zijn schoot, had hij binnen een paar minuten de inlogcode van het wifi-netwerk van La Boule d'Or gekraakt en zat hij op internet. Christian en Marianne Lavillier woonden inderdaad in Samois-sur-Seine. Christian Lavillier was gepensioneerd. Zijn vrouw deelde met twee collega's een huisartsenpraktijk in Fontainebleau. Terwijl Saimir met een jaloersmakende snelheid de gegevens van het net haalde, hoorde Chantal toe. Samois-sur-Seine was een uurtje rijden vanaf waar ze nu waren, schatte hij. Met zijn wijsvinger op het beeldscherm stippelde hij de route uit. In een wijde boog om Parijs heen naar het oosten. Kleine wegen, zoveel mogelijk binnendoor. Akkoord? Ze knikte. O ja, zei Saimir, onderweg wilde hij bij een supermarkt langs om twee prepaid gsm's te kopen en nieuwe pleisters, omdat de oude na het bad in de beek hadden losgelaten. Als ze ook nog iets nodig had, moest ze dat nu bedenken, want hij wilde zo min mogelijk stoppen.

Had ze iets nodig? Chantal kon zo snel niets bedenken. Misschien een paar T-shirts en wat slips, voor het geval ze langer moesten onderduiken dan gepland. In tegenstelling tot Saimir, die genoeg bruikbare spullen in de koffer gevonden had, liep ze nog steeds in dezelfde kleren rond.

'Wauw!'

Ze zag hoe hij zijn vuisten balde bij het checken van zijn mailbox. Zijn ontsnapping had tot een storm aan reacties geleid. Meer dan driehonderd. Hij las er een paar voor. *Succes. Goed zo. Laat je niet pakken.* Maar hij ging ze niet allemaal lezen, zei hij alsof hij zich plotseling schaamde voor zijn uitbarsting van ijdelheid. Ze hadden vandaag wel wat beters te doen. De verbeten blik was terug. Wilde ze misschien haar mailbox checken? Ja, antwoordde Chantal. Nadat ze op haar account ingelogd had, keek ze tegen drie nieuwe berichten aan. Drie! Kennelijk was er niemand die haar miste. Jarre lag in het ziekenhuis en liet weten dat zijn aantekenboekje met haar privégegevens zoek was. Hij vreesde dat Saimir Bezun het tijdens de ontsnapping had meegenomen en waarschuwde haar voor de vijfentwintigjarige Roma, die gewapend was. Jarre vroeg of ze iets van zich wilde laten horen. Al was het alleen maar om te weten dat alles in orde was. Zelf hoopte hij morgen weer op de been te zijn en het onderzoek te kunnen hervatten.

'Jarre ligt in het ziekenhuis,' zei ze.

Saimir schrok. 'O.'

'Maar zijn verwondingen vallen mee.'

'Gelukkig.' Er volgde een ontspannen glimlach.

'Hij wil weten hoe het met me gaat.'

'Niet antwoorden.'

'Maar als ik niets van me laat horen, denkt Jarre dat er iets mis is.'

Hij schudde zijn hoofd. 'Waarom denk je dat Jarre je zijn prive-mailadres heeft gegeven? Omdat hij de politie niet vertrouwt. Blijkbaar zit daar een levensgroot lek. We kunnen geen risico nemen. Daarom wil ik pas contact met Jarre opnemen als we het hele plaatje compleet hebben. Dan krijgt hij ook alle documenten die ik gehackt heb. Niet eerder. Oké?'

Het klonk logisch.

'Oké,' antwoordde ze.

Terwijl zijn vingers ongeduldig op het stuur roffelden, las ze snel de overgebleven berichtjes door. Evelyne schreef dat het appartement super was, met een geweldig visrestaurant in de buurt, en dat Chantal echt een oen was als ze niet een paar dagen naar zee kwam. Het andere berichtje was van Axel. Hij wilde zo spoedig mogelijk met haar praten over de moord op Lavillier. Kennelijk liepen zijn verslaggevers vast en hoopte hij van haar nieuwe input te krijgen. Of hij wilde zijn excuses aanbieden.

'Nog iets belangrijks?'

'Nee.' Ze klapte de laptop dicht en legde die op de achterbank.

Hij startte de Peugeot en sloeg af in oostelijke richting. 'Waar waren we gebleven?'

De vraag sloeg op het gehackte manuscript van Guy Lavilliers boek. Onderweg was Saimir begonnen te vertellen wat voor waanzin er allemaal in stond.

'Eh...' Ze moest even diep in haar geheugen graven. *Frankrijk*

299

voor de Fransen. Zonder buitenlanders, nieuwe moskeeën of man-
nen die hun bruiden uit achterlijke landen lieten overkomen. Een
nieuwe rechtspraak, met minimumstraffen voor straatterroristen.
Meer politie, meer repressie en een debat over de herinvoering
van de doodstraf. Een Frankrijk dat voor zichzelf koos, dus uit
de Europese Gemeenschap stapte en terugging naar de oude ver-
trouwde frank. Een buitenlandse politiek die... 'We hadden het
over Israël,' zei ze.

'O ja,' reageerde Saimir onmiddellijk. 'Als grote vriend van Israël
vindt Lavillier dat de aanspraken van de Palestijnen op een eigen
staat nergens op slaan en dat ze, als ze zo nodig bij elkaar willen
wonen, met z'n allen kunnen emigreren naar...'

Terwijl hij verder vertelde over Lavilliers extreme plannen,
dwaalden haar gedachten af naar vanochtend. Het bad in de beek
leek Saimir totaal onberoerd te hebben gelaten. Misschien was hij
het alweer vergeten. Wat was er nou feitelijk gebeurd? Ze hadden
samen in het water gelegen. Hij had aangeboden om haar rug in
te zepen en omdat ze geen trut wilde zijn had ze hem dat toege-
staan. Vervolgens had hij alle handelingen uitgevoerd die hoorden
bij het inzepen van een rug. Niet meer en niet minder. Ze vroeg zich
af of ze meer had verwacht. Of gehoopt. Had haar lichaam hem
dan helemaal niet opgewonden of beschouwde Saimir haar als een
soort zusje? Misschien was ze te oud voor hem. Of te blank en te
blond. Of te lang. In plaats van te dagdromen kon ze beter opletten dat ze niet in een politiefuik reden of dat er plotseling naast
hen een auto opdook met een man met een pistool. Ze concentreerde zich op de weg voor hen, een lange rechte weg met aan
weerszijden populieren en stoffige velden. Af en toe wierp ze een
blik in het achteruitkijkspiegeltje aan haar kant of op de snelheidsmeter. Saimir hield zich keurig aan de verkeersregels. Niemand die
hen volgde.

Stilte.

Saimir had kennelijk alles verteld wat er te vertellen viel over het
manuscript. Zwijgend naderden ze Dourdan. Een rood stoplicht.
Onwillekeurig keken ze allebei omhoog of er geen camera's hin-

gen. Ze trokken op en reden verder. Rechts van de weg lag een grote supermarkt met een nog grotere parkeerplaats waar nauwelijks auto's stonden. Kwart over acht. Hij draaide het parkeerterrein op.

'Ga daar maar staan,' zei Chantal wijzend op de verste uithoek. 'Ik doe de boodschappen en jij blijft in de auto.'

Hij knikte. 'Weet je nog...?'

'Twee prepaid gsm's en pleisters,' onderbrak ze hem, 'en misschien koop ik wel een schaar en een kleurspoeling om iets aan dat veel te lange zwarte haar van je te doen.' Ze zag de paniek in zijn ogen. 'Grapje,' zei ze snel.

'Commissaris Jarre?'

De agenten achter de balie lijken verbijsterd dat hij alweer op de been is.

'Alles goed met u?'

'Alles prima,' antwoordt Jarre terwijl hij zijn best doet te glimlachen. Echt geweldig voelt hij zich nog niet, maar het verband om zijn hals schuurt niet langer en de pijn lijkt met het uur minder te worden. Hij haalt zijn pasje door de kaartlezer, passeert de tourniquet en loopt de gang in.

'Lag u niet in het ziekenhuis?' vraagt een collega die hij tegenkomt.

'Inderdaad. *Lag*.'

Inwendig moet Jarre om zijn eigen grap lachen. Hij heeft de agente die hij vanochtend knikkebollend bij de deur van zijn kamer aantrof weggestuurd en gezegd dat hij ook wel een uurtje zonder bewaking kon. Vervolgens pakte hij zijn spullen en verliet het ziekenhuis. Op eigen verantwoording, zoals de hoofdverpleegster hem dreigend vanuit de gang nasnauwde. Als er iets misging, moest hij niet raar opkijken als het ziekenhuis weigerde om hem voor een tweede keer als patiënt op te nemen. Het dreigement klonk Jarre als muziek in de oren. Niet alleen haat hij ziekenhuizen, maar nog meer haat hij het om zelf patiënt te worden. Hij had een taxi naar huis genomen, zich omgekleed en genoten van een straffe espresso die in geen enkel ziekenhuis te krijgen is. En nu is hij blij dat hij weer een vrij man is en aan het werk kan. Nog meer verbaasde collega's groetend, beent hij met grote passen op zijn kamer af. De lamellen zijn omlaag, de deur is dicht. Hij haalt de sleutel uit zijn broekzak, stopt die in het slot.

'Open!' klinkt het bars.

Hij drukt de klink omlaag en betreedt zijn kamer.

'Chef?'

Even lijkt het alsof Renoir van zijn stoel valt – Jarres stoel.

'Ik ben er weer,' zegt Jarre.

'Ik zie het.' Renoir forceert een glimlach. 'Hoe gaat het met u?'

'Goed.'

Er valt een ongemakkelijke stilte. Jarre wacht tot zijn assistent de plaats achter het bureau – Jarres bureau – vrijmaakt, maar er gebeurt niets. Jarre kucht. Zijn enige voldoening is dat Renoir de situatie net zo ongemakkelijk lijkt te vinden. In het gezicht van zijn assistent verschijnen de eerste rode vlekken. Jarre kucht nogmaals en zet een stap naar voren. Nog twee stappen en hij staat achter zijn bureau. Nog eentje en hij kan Renoir, die erg zijn best doet ontspannen achterover te leunen, zo van de stoel rukken.

'De prefect,' begint Renoir op gewichtige toon, 'heeft mij opgedragen de leiding van het onderzoek over te nemen. Na de ontsnapping van de zigeuner heb ik...'

'Ik waardeer het dat je gedurende mijn afwezigheid de honneurs hebt waargenomen, maar eh...' – Jarre heeft de grootste moeite zich in te houden – '... nu ben ik er weer.'

Terwijl Renoir, nog steeds vastgekleefd aan de stoel, wat papieren heen en weer begint te schuiven, verschijnen er nog meer vlekken in zijn gezicht.

'En...?' vraagt Jarre ongeduldig. 'Is er nog meer dat ik moet weten?'

'Ik heb bij de prefect een klacht ingediend. Tegen u.'

'Pardon?'

'Wegens vooringenomenheid jegens de verdachte en het niet-naleven van de vereiste veiligheidsmaatregelen tijdens een verhoor.'
Jarre is perplex.

'Van begin af aan hebt u getwijfeld aan de schuld van de verdachte,' gaat Renoir, die zich weer helemaal het mannetje lijkt te voelen, verder. 'U hebt belangrijke bewijzen onjuist beoordeeld en daarmee het onderzoek gemanipuleerd. Tijdens het verhoor hebt u mij opgedragen een karaf water te halen. Een karaf. En dat terwijl u weet dat glaswerk in de verhoorruimte ten strengste verboden is. Bovendien...' – hij heft dreigend zijn vinger – '... hebt u de zigeuner naar uw kamer in het souterrain geleid waardoor hij kon ontsnappen. Daarom heb ik de prefect gevraagd een intern onderzoek in te stellen naar uw optreden als leidinggevende.'

'Interessant.' Jarre merkt hoe hij vanbinnen kookt. 'Betekent dat dat ik geschorst ben?'

'Eh...'

'Heeft de prefect al een beslissing genomen?'

'Het verzoek is...'

'Heeft de prefect al een beslissing genomen?!'

'Formeel...'

'Renoir! Ja of nee?'

'Nee,' klinkt het nauwelijks hoorbaar.

'Mooi.' Jarre kan de glimlach niet langer onderdrukken. 'Dan bedank ik je hartelijk voor het feit dat je mij hebt willen vervangen en neem bij deze de leiding van het onderzoek weer over.'

Terwijl Renoir hem een vernietigende blik toewerpt, staat hij op en verzamelt zijn paperassen.

'Nog twee vragen,' zegt Jarre voor zijn assistent de kamer uitloopt.

'Ja?'

'Heb jij gisteren in de verhoorkamer toevallig een klein rood aantekenboekje gezien?'

'Nee?'

Renoir kijkt zo vreemd op dat Jarre de neiging heeft hem te geloven. 'Vraag twee: is Ortola al verhoord?'

'Nog niet. Alle aandacht is uitgegaan naar de voortvluchtige...'
'Ik wil Ortola spreken!' onderbreekt Jarre hem kwaad. 'Vandaag nog.'
'Maar...'
'En een beetje snel!'

Christian en Marianne Lavillier woonden aan de quai des Plateries op de zuidpunt van Samois-sur-Seine. Een kapitale, vrijstaande villa die uitkeek op de rivier. De luiken waren open. Een brede oprit leidde naar een grote carport waar een bordeauxrode Jaguar stond geparkeerd.

Chantal en Saimir keken elkaar aan. Vreemd. Het huis leek bewoond, maar gedurende het afgelopen halfuur dat ze het nummer hadden gedraaid, had niemand de telefoon opgenomen.

Saimir reed verder in noordelijke richting. Links lag een groot wit hotel. Alsof hij bang was bekenden tegen het lijf te lopen, trok hij de pet die Chantal voor hem had gekocht nog verder voor zijn gezicht. Hij mompelde iets over Le Countryclub en dat daar de belangrijke gasten voor het festival werden ondergebracht, en dat aan de overkant – hij wees naar het eilandje rechts onder de weg – Django had gewoond. Het klonk mat. Chantal kon zich goed voorstellen hoe anders Saimir hier zes weken geleden had rondgelopen, trots als een pauw dat hij was uitgenodigd om op het festival te spelen. Nu was hij gespannen, zo gespannen dat ze er zelf zenuwachtig van werd.

'Wil je het nog eens proberen?' vroeg hij.

Ze hadden het einde van de straat bereikt.

Chantal drukte op de herhaaltoets en hield de gsm tussen hen in. Na acht keer overgaan drukte ze de verbinding weg en keek op haar horloge. Twintig minuten over negen. 'Waarschijnlijk is zijn vrouw naar haar werk,' zei ze.

'Waarschijnlijk.'

Het was het ideale scenario. Ze hadden gehoopt Christian Lavillier alleen aan te treffen. Als er vragen gesteld moesten worden over een bastaardzoon, was het misschien maar beter als mevrouw Lavillier er niet bij was.

'En nu?' Saimir leek een beetje de kluts kwijt. Hij had al zijn hoop gevestigd op Lavillier, maar de rit naar Samois leek op een grote teleurstelling uit te draaien, en een hoop verloren tijd.

'Zet me bij het hotel af,' zei Chantal, 'en rij een beetje in de buurt rond. Als ik je nodig heb, bel ik je op de tweede gsm.'

'En wat ga jij doen?'

'Kijken of er echt niemand thuis is.'

Ze zag hoe Saimir de voors en tegens tegen elkaar afwoog.

'Oké.'

Hij draaide de auto, zette haar bij het hotel af en reed verder. Ze begon de weg af te lopen, af en toe een blik werpend op de niet onaardige optrekjes die tussen het hotel en de villa van de Lavilliers lagen. Grote vrijstaande huizen met oplopende voortuinen en terrassen aan de rivierzijde. De meeste luiken stonden open. Wie zo mooi woonde, had blijkbaar geen behoefte aan vakantie, tenminste niet in augustus. Op een terras zaten twee oudere mensen te ontbijten. Ze stak haar hand op en werd op dezelfde wijze terug gegroet. Ze had het laatste huis in de rij bereikt. Voor ze de oprit opliep, wierp ze nog snel een blik om zich heen. Niemand. Alleen een paar eenden die als stuntvliegers vlak achter elkaar op het water neerstreken. Ergens klonk klassieke muziek. Terwijl ze de oprit opliep, nam het volume van de muziek langzaam toe zonder echt hard te worden. Ze meende Mozart te herkennen. Het leek erop alsof de muziek van de eerste etage kwam, maar ze kon geen open raam ontdekken. Er was dus wel degelijk iemand thuis. Misschien een huishoudster die geen telefoon mocht aannemen. Alhoewel... huishoudsters reden geen Jaguar.

Ze belde aan en hoorde binnen een elektronische gong slaan. Inwendig telde ze tot twintig. Geen reactie. Nadat ze nogmaals gebeld had en er weer geen reactie was gekomen, liep ze tussen de bodembedekkers naar het terras en wierp door de schuifpui een blik in de woonkamer. Een zwartleren zithoek, een open haard, een eettafel die uitkeek op de achtertuin. Ze klopte op het glas. Geen reactie. Vanaf de eerste etage klonk applaus. *U hebt geluisterd naar*... De gedragen stem van een radiopresentator. Ze keek over haar schouder en sloeg de hoek om, naar de zijkant van het huis. Over de volle breedte liep een balkon. *Het stuk bestaat uit vier delen: allegro, romanze andante, menuetto en*... Nadat ze een paar stappen naar achteren gezet had, zag ze aan het bewegen van de vitrage dat de balkondeur openstond.

'Hallo!' riep Chantal gebruikmakend van het feit dat er even geen muziek te horen was. 'Meneer Lavillier, bent u daar?'

Geen reactie.

'Hallo? Meneer Lavillier?'

Ze liep verder, naar de achtertuin. Een gemillimeterd gazon keek uit op de velden. Een gereedschapsschuur, een composthoop en borders met bloeiende hortensia's en rozen. Tegen de achterzijde en de grens met de buren was een hoge coniferenhaag. Ze hoefde zich geen zorgen te maken dat iemand haar zou opmerken. Waarom nam niemand de telefoon op? Waren ze al te laat? Ze probeerde de schuifdeur van de eetkamer open te duwen, maar de deur zat potdicht. Dan de keukendeur. Ook op slot. Ze drukte haar neus tegen het deurraam en tuurde naar binnen. Rechts stond een eettafel die slechts voor één persoon was gedekt. Een bord, een koffiekopje, een eierdopje, zout en peper, een jampotje, een schaaltje met croissants. Links was het aanrecht. Ze zag het rode lampje van een koffiezetapparaat, de koffiekan voor minstens de helft gevuld. In haar maag vormde zich een knoop. Iets klopte er niet. Ze nam de gsm en drukte de toets in waaronder ze het nummer van de andere gsm had opgeslagen. Toen achter haar rug een telefoon overging, schrok ze zich lam.

'Waar blijf je nou?' Saimir, die kennelijk niet het geduld had gehad om in de auto te blijven wachten, haastte zich om zijn gsm uit te zetten.

Ze wees naar boven. 'De balkondeur staat open, de radio speelt...' – haar vinger ging naar het keukenraam – '... het ontbijt staat klaar, maar eh...'

Saimir fronste zijn wenkbrauwen. Daarna liep hij linea recta naar de gereedschapsschuur om terug te komen met een ladder die hij tegen het balkon plaatste. Vastberaden klom hij naar boven.

Het zijn dezelfde geluiden als gisteravond. Eerst het keffende hondje bij de buren en daarna, bij het openen van de deur, het dichtklappen van het kattenluikje, vervolgens de stilte van een verlaten appartement. Voor de zekerheid maakt Milos toch nog een rondje langs de kamers. De journaliste is niet teruggekomen. De kastdeuren in een van de slaapkamers staan open, als bewijs van de haast waarmee ze gisteren is vertrokken. Waarom is ze met een gewapende zigeuner meegegaan? Heeft hij haar gedwongen?

Milos denkt aan het echtpaar Brunes, de beheerders van Les Ages, die hij zojuist gebeld heeft in de hoop dat de twee misschien iets meer zouden weten over het lot van Nadja. *Dag meneer Gilles, hoe gaat het met u? Met de honden gaat alles prima. Nee, sinds u weg bent hebben wij niets van Nadja vernomen. Er is toch niets mis? O, gelukkig maar. Trouwens, weet u al wanneer u terugkomt? De pianostemmer belde wanneer het schikt om de vleugel te stemmen.* De Brunes weten duidelijk van niets.

Milos loopt de woonkamer binnen. De deur naar het dakterras is dicht. Verder ziet alles er hetzelfde uit als gisteren. Op tafel de laptop met daarnaast de stapel papieren. Het woord zoemt nog steeds door zijn hoofd. Hij weet zeker dat hij het gisteren ergens heeft gelezen. Met twee handen begint hij de stapel te doorzoeken. Namen, telefoonnummers, adressen van websites en andere aantekeningen. Ortola = Rama staat er op een papier. Milos zou er nog van alles aan kunnen toevoegen, maar hij zoekt verder, blaadje voor blaadje, tot zijn oog op het velletje met het afwijkende handschrift valt.

48, boulevard de la Saline, Cherbourg
0233 – 781523

307

Cherbourg. Ondanks alle ellende kan hij gelukkig nog steeds vertrouwen op een scherp waarnemingsvermogen. Hij haalt zijn gsm uit de binnenzak van zijn jasje en draait het nummer.

'Met Zwart,' klinkt het even later.

'Met wie?'

'Hotze Zwart eh... ik bedoel dit is het telefoonnummer van het appartement van...'

De naam van de eigenaar volgt.

'Neemt u mij niet kwalijk,' zegt Milos. 'Dan heb ik een verkeerd nummer gedraaid.'

'Geeft niet.'

Aardige man, denkt Milos terwijl hij de verbinding wegdrukt. Maar aardig of niet, de enige weg naar Nadja loopt via de eenenzestigjarige weduwnaar, de vader van de journaliste. Een oudere man die nietsvermoedend met zijn vriendin vakantie viert. In een appartement. Niet in een hotel met een receptie en met kamers waar ieder moment kamermeisjes kunnen aankloppen, maar in een appartement. De ideale locatie om mensen te gijzelen. Dat moet toch lukken. In Milos' hoofd vormt zich een lijstje met dingen die nodig zijn om het plan uit te voeren. Tape, touw, en nog zo het een en ander. Het 06-nummer en e-mailadres van de journaliste heeft hij. Aan de slag. Hij merkt hoe zijn lichaam weer vol energie stroomt, bijna als vroeger. De paar kneuzingen van vannacht voelt hij al niet meer. Nog even, Snoepje. Hou vol. Ik zweer je op het graf van mijn lieve Poolse oma dat ik zal slagen.

Op weg naar de voordeur valt zijn blik op de lege eetbakjes op de keukenvloer. Ach gut, denkt hij, de poes. Waarom zou het dier moeten hongeren? Hij trekt de keukenkastjes open en maakt zijn keus uit de blikjes. Zalm en kabeljauw. Naast de blikjes staat een zak droogvoer. Hij vult de bakjes tot de rand, zet er een kommetje water naast en sluipt het appartement uit.

308

Saimir reed alsof de duivel hem op de hielen zat.

'En je weet zeker dat het Christian Lavillier was?' riep Chantal boven het geluid van de motor uit.

'Ja.'

'Hoe zag hij eruit?'

'Wat doet dat er nou toe?' beet Saimir haar kwaad toe.

'Had hij schuim op zijn mond?'

'Hij lag op de grond en hij was dood.'

'Heb je zijn pols gevoeld?'

'Merde! Hij is dood!' Hij haalde zijn handen van het stuur en balde zijn vuisten. 'En op de ladder en de balkonreling staan mijn vingerafdrukken. En op de deur en...'

Toen hij het stuur weer omklemde, zag Chantal de knokkels wit wegtrekken. 'Maar jij was het niet,' zei ze.

'O nee.' Zijn donkere ogen lichtten op. 'Misschien was-ie nog in leven en heb ik hem het laatste duwtje gegeven door zijn neus en mond dicht te drukken. Waarom zou het niet zo zijn gegaan? Je moet niet alles geloven wat ik zeg. Ik ben een Roma-jongen, weet je nog? En Roma's zijn niet te vertrouwen.'

'Schei uit, Saimir.'

'Het beste kun je ze opsluiten in een groot kamp met een hoop prikkeldraad eromheen. Misschien heeft Guy Lavillier wel gelijk en moet er om Frankrijk een groot hek worden gezet, net zoals Israël dat doet, en...'

'Saimir!' schreeuwde Chantal. Ze legde haar hand op zijn rechterdijbeen en keek hem recht in de ogen. 'Nu moet je ophouden,' probeerde ze hem te kalmeren. 'Jij was het niet. Dat weten jij en ik. Samen zullen we de man vinden die het gedaan heeft.' Ze kneep zachtjes in zijn dij. 'Samen,' herhaalde ze, hem een glimlach toewerpend. 'Vertrouw me.'

Ze hoorde hem diep zuchten. Hij nam gas terug en lette ook weer op de weg voor hem. 'Waarom doe je dit?' vroeg hij terwijl hij zijn hand op de hare legde. 'Voor mij?' De verwilderde blik in zijn ogen was weg.

'Voor jou, voor mij. We zitten er allebei tot over onze oren in.

Daarom wil ik weten wat er gebeurd is. Dus nog één keer...' Ze kneep hem opnieuw zachtjes in zijn dij. 'Weet je zeker dat Christian Lavillier dood is?'

'Hij is dood,' antwoordde Saimir rustig.

'Dus hij ademde niet meer?'

Er volgde een diepe zucht. 'Nee, volgens mij ademde hij niet meer.' Echt overtuigend klonk anders.

Ze keek op het dashboardklokje. Ze waren pas een minuut of tien onderweg. 'En stel dat hij niet dood is?'

Er kwam geen antwoord.

Ze nam haar hand van zijn dijbeen.

'Wat ga je doen?' vroeg Saimir.

Terwijl ze probeerde te glimlachen, dacht ze aan Naomi. Als ze nog diezelfde nacht het huis aan de rue de Prony had gevonden, was alles anders gelopen. Misschien was Guy Lavillier nog in leven geweest. Dan hadden er geen verhuizers met een lijk gesleept en was het pand niet afgebrand, dan waren de galeriehouder en Naomi misschien wel niet vermoord. Chantal haalde haar prepaid gsm uit het handschoenenvak. 'Ik bel het noodnummer,' zei ze. 'Voor alle zekerheid.'

Jarre vindt de man meteen onsympathiek. Het aanstellerig glanzende antracietkleurige pak, de bovenste knoopjes van het zijden hemd open opdat niemand de zware gouden ketting kan ontgaan, het zonnebankbruin dat door de gladgeschoren schedel en de witgebleekte tanden wordt benadrukt, de slechte adem.

De man heeft naast Renoir plaatsgenomen. 'Is dit een verhoor?'

Twee priemende kooltjes kijken Jarre aan.

'Want als dit een verhoor is,' vervolgt Ortola op dezelfde dreigtoon, 'dan bel ik nu mijn advocaat.'

'Dit is geen verhoor,' zegt Jarre terwijl hij zich moet dwingen om beleefd te blijven. 'Alleen maar een vriendelijk bedoeld gesprek.

Als we het minder druk zouden hebben, hadden we u graag thuis bezocht.'

'Ik heb het ook druk.'

'Uiteraard. En daarom waardeer ik het dat u bent gekomen. Overigens...' gaat Jarre verder terwijl hij de aantekeningen zoekt die hij de afgelopen twee uur heeft gemaakt, 'kostte het de nodige moeite u te vinden. Uw naam is Oscar Ortola, maar uw appartement in de rue Duret staat op naam van Oscar Rama.'

'Mijn moeder heet Rama en mijn vader Ortola. Bij ons in Albanië is het heel gebruikelijk om beide namen te gebruiken. Afzonderlijk of samen. Uit respect voor onze ouders,' voegt Ortola er met een veelbetekenend lachje aan toe.

Renoir, die tot dan toe met een uitgestreken gezicht heeft toegehoord, kan een spottende glimlach niet langer bedwingen.

Jarre richt zich snel op Ortola, beseffend dat dit misschien wel het laatste verhoor is dat hij als plaatsvervangend hoofdcommissaris mag afnemen. 'U bent de zaakwaarnemer van mevrouw Marie-Christine Grenoult, de nieuwe leider van La Nouvelle France. Is dat correct?'

'Ik ben de zaakwaarnemer van mevrouw Grenoult wat betreft het pand aan de rue de Prony,' antwoordt Ortola.

'Maar u bent tevens de huurder van het pand?'

'Inderdaad. Dat lijkt misschien een wat wonderlijke constructie, maar tot nu toe werkt het voor beide partijen naar volle tevredenheid.'

'Dus u hebt niets te maken met La Nouvelle France?'

'Nee.'

'Noch met mevrouw Grenoult in haar nieuwe politieke functie?'

'Nee.' Ortola's gezicht verraadt geen enkele emotie.

'Ziet u elkaar vaak?'

'Niet zo vaak.'

'Toch heb ik begrepen dat...' Automatisch grijpt Jarre naar het rode boekje dat er niet meer is. Zonder zijn aantekeningen voelt hij zich onthand. Nu moet hij alles uit zijn hoofd doen. 'Ik heb begrepen dat mevrouw Grenoult u onlangs in de rue Duret heeft bezocht.' Vanuit zijn ooghoek ziet hij Renoir zijn wenkbrauwen fronsen.

'Mevrouw Grenoult heeft mij inderdaad thuis bezocht,' antwoordt Ortola met hetzelfde emotieloze gezicht. 'Na de moord op Guy Lavillier kwamen er zoveel vragen op haar af, dat ze mij gevraagd heeft om wat zaken voor haar te regelen.'

'Zoals?'

'Zoals de persconferentie in Le Méridien en nog een paar dingetjes. La Nouvelle France is maar een eenmansbeweging. Na de moord op Guy Lavillier was er niemand meer over.'

'En de fractiemedewerker dan?' vraagt Jarre. 'Meneer Simiç?'

'Ja?' Ortola doet net alsof hij de vraag niet begrijpt.

'Waarom heeft Simiç die persconferentie niet georganiseerd?'

'Meneer Simiç is plotseling ziek geworden.'

Hoewel Jarre niet anders dan hele en halve leugens heeft verwacht, moet hij opnieuw zijn uiterste best doen zich te beheersen. 'U kent meneer Simiç, nietwaar?' Tot zijn genoegen constateert hij hoe Renoir ongemakkelijk op zijn stoel begint te draaien.

'Ja,' antwoordt Ortola. 'We hebben ooit in dezelfde branche gewerkt.'

'Persoonsbeveiliging, is het niet?'

'Inderdaad.'

'Was een van u, of misschien u beiden, verleden jaar betrokken bij de beveiliging van Guy Lavillier?'

'Daar kan ik uit het oogpunt van privacy geen mededelingen over doen.'

Renoir is opgehouden met draaien.

'Hoe komt het dat Guy Lavillier zitting heeft genomen in uw bestuur?' vraagt Jarre.

'Hij heeft zichzelf aangemeld,' antwoordt Ortola, 'en als zo'n gerespecteerd politicus zichzelf aanmeldt, wie ben ik dan om dat te weigeren?'

Terwijl Jarre een ingehouden lachje van Renoir meent te horen, blijft hij de kale Ortola aankijken. 'Wist u dat Marie-Christine Grenoult de rol van Guy Lavillier zou overnemen?'

'Nee.' De Albanees schudt zijn hoofd. 'Ik denk dat ik net zo verrast was als u en de rest van Frankrijk. U moet weten dat ik behalve het verlenen van een paar hand- en spandiensten geen enkele bemoeienis heb met La Nouvelle France. Mijn werk is de stichting Formosa die als doel heeft om...'

'Ik weet wat uw stichting doet,' onderbreekt Jarre die zich niet langer kan beheersen. 'Of misschien moet ik zeggen *deed*, want op uw website is niet veel meer te zien.'

'Dat heeft alles met de brand te maken. Onze computers hebben waterschade opgelopen waardoor de hele administratie verloren is gegaan.'

Jarre moet zich verbijten. De man tegenover hem is als een blok graniet waar je op kunt blijven beuken tot je een ons weegt. 'Is er al meer bekend over de oorzaak van de brand?' vraagt hij aan Renoir.

'Het onderzoek loopt nog,' klinkt het routineus.

Jarre knikt. De afgelopen uren heeft hij een paar pogingen gedaan om meer over de brandoorzaak te achterhalen, maar hij is op een muur van wel of niet gemeende excuses gestuit. Experts zijn op vakantie, iedereen doet zijn uiterste best, maar niemand kan ijzer met handen breken.

Hij besluit om de aanval in te zetten. 'Wij hebben redenen om aan te nemen dat Guy Lavillier de nacht van zaterdag op zondag heeft doorgebracht in het pand van de stichting Formosa aan de rue de Prony.'

Ortola vertrekt geen spier.

'En wel,' vervolgt Jarre, 'in de studio waar een dag later de brand is uitgebroken.'

Renoir wil iets zeggen, maar Jarre gebaart hem zijn mond te houden.

'Ik ben bang dat ik u niet kan helpen,' zegt Ortola. Hij steekt zijn handen op als een voetballer die net iemand onderuit heeft geschopt en doet alsof hij zich van geen kwaad bewust is.

'Had meneer Lavillier een sleutel van het pand?' vraagt Jarre scherp.

313

'Nee. Onze bestuursleden hebben geen sleutel van het pand. Waarom zouden ze?'

'Misschien heeft iemand hem binnengelaten.'

'Wie?' Ortola etaleert al zijn Zuid-Europese talent voor drama.

'Misschien een van de *cursisten*?'

'Wat bedoelt u daarmee?'

'Krijgen cursisten die van uw accommodatie gebruikmaken een sleutel?'

'Ja.'

'En weet u of iedereen die zijn sleutel weer inlevert niet stiekem een kopie heeft laten maken?'

'O...' Ortola lacht. 'Bedoelt u dat?'

'We proberen de cursisten na te trekken,' zegt Renoir. 'Maar door het ontbreken van de administratie gaat dat langer duren dan gepland.'

'Ja, ja.' Jarre, die zijn bloed opnieuw voelt koken, richt zich weer tot Ortola. 'Waar was u afgelopen zaterdagavond?'

Er volgt een korte aarzeling. 'Commissaris Jarre...' Ortola speelt de ultieme verbazing. 'Ik dacht dat wij een vriendelijk gesprek zouden hebben. Maar ik wil graag mijn medewerking verlenen en dus zal ik uw vraag beantwoorden.' Hij doet alsof hij even moet nadenken. 'Afgelopen zaterdagavond had ik bezoek van mijn oude collega Simiç. We hebben bij mij thuis gedineerd, een hoop gedronken en vervolgens hebben we twee jongedames gebeld die ons de rest van de nacht gezelschap hebben gehouden. Als ik mij niet vergis heetten ze Tatiana en Xsara, of misschien was het ook wel Roxanna en Sylvana.'

Renoir kan zijn lachen nauwelijks inhouden.

'En daarna is meneer Simiç ziek geworden?' vraagt Jarre sarcastisch.

'Kennelijk,' antwoordt de Albanees met een uitgestreken gezicht. 'Maar eh... u had toch een verdachte opgepakt, een jonge Roma die eerder gedreigd had Lavillier te vermoorden? In de krant stond dat-ie ontsnapt is. Zo te zien...' – een geringschattende blik gaat naar het verband om Jarres hals – '... heeft hij u onderweg nog aardig te grazen genomen.'

'Saimir Bezun is inderdaad onze hoofdverdachte,' zegt Renoir. 'Ah...' reageert Ortola. 'Dan wens ik u veel succes met de opsporing.'

Ondertussen schuift Jarre met de papieren op zijn bureau. De bewijzen tegen Saimir Bezun lijken zich alleen maar op te stapelen. Uit het rapport van de lijkschouwer blijkt dat Guy Lavillier zaterdagnacht tussen 01.00 en 03.00 uur overleden moet zijn. Saimirs optreden in Caveau de la Huchette duurde tot 01.00 uur. Vanaf dat moment is de Roma zonder alibi. Het enige wat voor hem pleit, is dat niemand hem het lijk in de vuilcontainer heeft zien dumpen. Als gevolg van een technische storing heeft geen van de beveiligingscamera's bij het Stade de France de nacht voor de vuilnisophalers kwamen iets geregistreerd. Toeval? In deze zaak lijkt niets toeval. Wat Jarre razend maakt, is dat hij nog steeds niet weet wie er aan de touwtjes trekt. Vermoedens genoeg, maar harde bewijzen ontbreken.

'Nog meer vragen?' Ortola is opgestaan uit zijn stoel. 'Anders zou ik graag gaan.'

'U kunt gaan.' Jarre staat ook op. Wanneer hij de uitgestoken hand van Ortola drukt, dringt de misselijkmakende knoflookwalm opnieuw zijn neusgaten binnen. Snel draait hij zijn hoofd weg. 'Renoir, breng jij meneer naar de uitgang?'

'Ja, *chef*.'

Renoir en Ortola verlaten de kamer. Straks lopen ze nog elkaar op de schouder kloppend door de gang, denkt Jarre. Hij beseft dat zijn tijd afloopt en dat hij nog steeds geen stap verder is.

Nadat Saimir de auto in een zijstraatje had geparkeerd en bleef zitten, liep Chantal naar het plein van Saint-Florent-le-Vieil. Aan de toog van de bar tabac stonden een paar oude kerels, voor hun neus beduimelde glaasjes rode wijn en pastis. Ze ging er naast staan, bestelde een espresso en begon een gesprek. Twee kopjes later hadden de mannen haar ongeveer alles verteld wat ze wilde weten. De Girauds waren inmiddels hoogbejaard en woonden nog steeds tegenover het chateau. Een tragische familie. Hij was invalide en aan bed gekluisterd. Zij had het aan haar hart. Hun dochter – en enig kind – die haar hele leven bij de ouders had ingewoond was ruim een jaar geleden aan kanker overleden. Kinderloos. Veel meer viel er over de Girauds niet te vertellen. De familie was altijd nogal op zichzelf geweest. Daarentegen viel er over de bewoners van het chateau heel wat meer te vertellen. Wist ze dat het chateau het vakantiehuis was van de vermoorde politicus Guy Lavillier? Toen de mannen begonnen aan een klaagzang over Frankrijk en hoe diep het land was gezonken wanneer zelfs voortreffelijke politici als Lavillier hun leven niet meer zeker waren, betaalde ze haar espresso's en verliet het café.

Even later reed ze met Saimir in oostelijke richting door een glooiend landschap met wijngaarden en verspreid liggende landhuizen en boerderijen. Beneden in het dal liep de Loire, een armetierig stroompje dat tussen de drooggevallen kiezeleilandjes zijn weg zocht naar zee. Ze volgden de D751 en sloegen bij de kruising links af. Een smalle weg voerde over een plateau waar Charolaiskoeien hun best deden om de laatste plukjes gras te vinden. Het park van het chateau was al van ver te zien. Majestueuze bomen tekenden zich af tegen de blauwe lucht. Het terrein was ommuurd, zelfs het gedeelte dat naar de rivier afliep. Tussen de bomen was een stukje van het dak te zien. Een schoorsteen met een bliksemafleider. Aan de overkant van het landgoed lag de boerderij. De stallen haaks op de weg, daarachter het woonhuis. Chantal herkende de gevel en de grote binnenplaats van de foto die ze bij Ilse van Beurden had gezien.

'Hier is het,' zei ze.

Saimir reed de auto tot vlak voor de poort van het chateau. 'Ik blijf in de auto.' Hij draaide het raampje open en trok de pet zoveel mogelijk voor zijn gezicht.

'Natuurlijk.'

Op weg naar Saint-Florent-le-Vieil hadden ze bij een tankstation een krant gekocht. Zijn foto stond op pagina drie. Op het radionieuws was te horen geweest dat Marie-Christine Grenoult vijftigduizend euro uitloofde voor de tip die tot Saimirs aanhouding zou leiden. Ze hadden nog naar een programma geluisterd waar mensen mochten reageren op het nieuws. De moord op Guy Lavillier hield de gemoederen bezig. Roma, zigeuners, moslims of andere minderheden, het maakte niet uit. In hun verontwaardiging schoor het merendeel van de bellers alle ongewenste vreemdelingen over één kam.

Chantal stapte uit, liep naar de brievenbussen die langs de weg stonden en las de namen. Lavillier en Giraud. Ze knikte naar Saimir ten teken dat ze aan het juiste adres waren, waarop hij zijn duim opstak. Ze dacht aan wat hij beloofd had. Zodra er voldoende bewijsmateriaal was om zichzelf vrij te pleiten, zou hij zich aangeven. Nu was het aan haar om het laatste restje bewijsmateriaal te vergaren. Ze wierp een blik door het hekwerk van het chateau. Tussen de bomen zag ze het landhuis liggen. De hoge ramen, de luiken dicht, het terras waar de vleugel had gestaan. Ze zag de foto's uit 1968 weer voor zich. De studenten met hun lange haren, alles kon, alles mocht, de tijd van de seksuele revolutie. Waarom had ze Hotze zo weinig over die zomer en de logeerpartij bij de Lavilliers gevraagd?

Ze stak de straat over en liep de cour op. De luiken van de boerderij waren gesloten. Waarschijnlijk om de brandende zon buiten te houden. In de verte was een tractor te horen. Kennelijk was de boerderij nog steeds in bedrijf. In het grind stonden potten met verdroogde geraniums. Ze moest meteen aan haar eigen dakterras denken. Aan Poes. Misschien moest ze een van haar buren bellen om te vragen hoe het met haar kater was en of iemand zich misschien om het dier wilde bekommeren. Jammer dat niemand van haar huurders een sleutel van het appartement had. De enige met een reservesleutel was Evelyne, gegeven in een tijd dat Evelyne alleen voor haar naar Parijs kwam. Aan Evelyne had ze nu ook niets, bedacht Chantal. Het beste was te hopen dat de laatste puzzelstukjes zo snel mogelijk op hun plek zouden vallen en ze naar Parijs kon terugkeren.

De eikenhouten voordeur van de boerderij zag eruit alsof hij al een eeuwigheid geen likje verf meer had gezien. Een smeedijzeren klink. Geen deurbel. Ze klopte aan. Toen er geen reactie kwam, duwde ze de klink omlaag en betrad een aangenaam koele ruimte. Het duurde even voor haar ogen aan het halfdonker waren gewend. Ze bevond zich in een grote woonkeuken Behalve een koelkast en een televisietoestel leek het alsof de tijd had stilgestaan. Een plavuizen vloer, een oeroude eettafel met stoelen waarvan de zitting nodig aan vervanging toe was, een antieke buffetkast, een keukenblok met veel formica en een ouderwetse Rosières-haard. Ergens zoemden, met tussenpozen, een paar vliegen. Toen ze omhoogkeek zag ze aan een van de plafondbalken een volle vliegenvanger hangen. Verder was het muisstil.

'Hallo?'

Haar stem weerkaatste tussen de stenen muren.

'Hallo?'

In de belendende ruimte meende Chantal iets te horen. Even later ging de deur open en schuifelde een klein oud vrouwtje met een schort voor de keuken binnen.

'Madame Giraud?'

'Ja.'

Het vrouwtje had een perkamentachtige huid en dun haar dat ze met een haarspeld had opgestoken. Onder haar schort droeg ze een zwarte blouse en een lange zwarte rok die bijna over haar afgetrapte sloffen viel. Chantal schatte haar tussen de tachtig en de negentig.

'Kan ik u helpen?' klonk het met een zwak stemmetje.

Chantal besloot er niet omheen te draaien: 'Ik ben op zoek naar uw kleinzoon.'

De vrouw sloot ijlings de tussendeur. 'Bent u van de sociale dienst?' vroeg ze angstig.

'Nee.'

'Van de politie?'

'Nee, mevrouw.'

Op de voor hun leven vechtende vliegen na was het weer muisstil.

'Wie bent u dan?' vroeg de vrouw terwijl ze, nog steeds wantrouwend, het licht in de keuken aanknipte.

'Chantal Zwart.' Chantal gaf de vrouw een hand, die ze maar aarzelend beantwoordde. 'Ik werk voor de krant. Uw kleinzoon,' ging ze gauw verder, 'zou mij een interview geven over zijn leven, maar hij is niet op het afgesproken tijdstip verschenen en nu kan ik hem nergens bereiken.' Of de grootouders en de kleinzoon contact met elkaar hadden was een gok, maar veel keus had ze niet.

'Een interview over zijn leven?' De oude vrouw staarde haar ongelovig aan. 'Het leven van Bruno verdient geen schoonheidsprijs.'

Bingo.

De voornaam was binnen.

Bruno.

'Wat bedoelt u met *geen schoonheidsprijs?*' vroeg Chantal zo terloops mogelijk.

De vrouw schudde haar hoofd alsof ze er spijt van had dat ze al zoveel had gezegd. 'Waar wilde u met hem over spreken?' De dunne grijze wenkbrauwen hadden zich samengetrokken. Het wantrouwen was weer terug.

'Hoe hij na zoveel jaar zijn familie weer heeft teruggevonden. Dat is een mooi verhaal. Iets wat mensen graag lezen.'

De vrouw greep haar schort vast en keek nog steeds of ze het niet vertrouwde.

'U hebt toch weer contact?' gokte Chantal.

'Ja. Sinds de dood van onze dochter.'

'Dédée.'

'Dus daar weet u van?' fluisterde de vrouw na een bezorgde blik op de tussendeur.

'Toen ik een tijdje geleden Bruno voor het interview benaderde, heeft hij me een paar dingen verteld.'

Het was weer stil.

319

Ze boog haar hoofd en zuchtte diep. 'We hebben veel fout gedaan.' Ze sloeg de handen voor haar gezicht.

Er viel opnieuw een stilte.

'Iedereen maakt fouten,' zei Chantal geroerd. Het liefst zou ze het vrouwtje in haar armen willen nemen, heel voorzichtig, en zeggen hoe het haar speet dat ze hier plompverloren was binnengevallen om het verleden op te rakelen. 'Achteraf had u het vast heel anders gedaan,' voegde Chantal er nog aan toe.

De vrouw keek op. Een gepijnigde blik. 'Ik had mijn man moeten afremmen,' zei ze half fluisterend. Ze bracht haar hoofd naar Chantal en begon nog zachter te fluisteren: 'Maar hij zag het als een kans om onszelf te verbeteren. Daarom heb ik me ook niet bemoeid met het contract dat hij met meneer Lavillier heeft opgesteld.'

'Wat voor contract?'

'Als we zouden zwijgen, kregen we ieder jaar een stukje meer van het land en de gebouwen in bezit. De droom van mijn man was om ooit zelfstandig te zijn. Vrij. Maar zelfs nu we na zoveel jaar eigenaar zijn van de boerderij en het land en de stallen verpachten, levert het nauwelijks iets op. Vroeger was meneer Lavillier verantwoordelijk voor het onderhoud aan de gebouwen. Nu moeten we alles zelf betalen. Onder aan de streep blijft er niets over. Wie arm geboren is...' De vrouw hield abrupt op met praten en keek alsof ze in het vertrek naast de keuken iets had gehoord. 'Het was een foute beslissing,' fluisterde ze even later hoofdschuddend verder. 'Net zoals het afstaan van het kind.'

'Was dat een eis van meneer Lavillier?'

'Ja. Daar begon alles mee. Meneer Lavillier wilde niet dat zijn zonen hun leven zouden vergooien door te blijven hangen aan een *boerenmeisje*.' De bitterheid was overduidelijk.

Chantal wierp een blik in de rondte. Geen radio, geen krant. Naar welke televisieprogramma's keek mevrouw Giraud? Was er een kans dat ze niet op de hoogte was van de moord op Guy Lavillier. Chantal hoopte het. 'Wat vond u ervan dat het kind werd afgestaan?'

'Ik vond het goed, omdat mijn man het goedvond.' Er volgde een diepe zucht. '"Een vrouw dient zich gehoorzaam en bescheiden te laten onderwijzen. Ik sta haar dus niet toe dat ze zelf onderwijst of gezag over mannen heeft. Ze moet bescheiden zijn." Zo staat het in de Bijbel. De echtgenote volgt de echtgenoot. Bovendien was Dédée toen ze in verwachting raakte nog een kind. Te jong om zelf te kunnen beslissen. Ik heb tot God gebeden. Het was de juiste beslissing. Toen. Daar was ik van overtuigd. Nog voor iemand iets aan haar kon zien, hebben we Dédée naar een klooster in de Cevennen gestuurd, hier ver vandaan. Meneer Lavillier heeft het allemaal betaald. Als iemand in het dorp vroeg waar Dédée was, zeiden we dat ze ziek was en dat ze in de bergen verbleef om aan te sterken.'

'En wat vond uw dochter ervan om haar baby af te staan?'

'Dédée berustte in haar lot. Ze wist dat ze een misstap had begaan en dat dit de enig juiste oplossing was. Toen ze uit het klooster terugkeerde, was ze weer de dochter zoals wij haar kenden: verstandig, lief, dankbaar. Ze heeft haar school afgemaakt. Daarna heeft ze in de streek werk gezocht om de rest van haar leven bij ons in te wonen en voor ons te zorgen.'

'Had ze kennissen? Vriendinnen, vrienden?'

'Dédée was volkomen aan ons toegewijd en toonde geen interesse om andere mensen te leren kennen. Verleden jaar is ze overleden.' Trillend bracht de oude vrouw haar hand naar haar mond en begon zacht te huilen. 'Ik heb nooit geweten dat ze een dagboek bijhield. Toen ik het las, besefte ik pas wat we destijds fout hebben gedaan. Dédée was ooit een vrolijk meisje, een meisje dat droomde. Ik kon het me niet herinneren. Misschien heb ik het verdrongen omdat ik het niet wilde weten. Wat ik las was zo erg.' De hand ging opnieuw naar haar mond. 'We hebben haar opgezadeld met een ondraaglijk schuldgevoel. Dédée heeft altijd geloofd dat het goed was, omdat wij zeiden dat het goed was. Pas toen ze ziek werd, begon ze te twijfelen. Aan God, aan ons, aan het leven. Maar toen was het al te laat.' Het vrouwtje pinkte een traan weg, waarna Chantal haar voorzichtig in haar armen nam. 'Mijn man wilde dat ik het dagboek zou verbranden,' klonk het zachtjes snikkend, 'maar dat kon ik niet over mijn hart verkrijgen. Zonder dat hij het wist heb ik me tot de kapelaan gewend en gevraagd wat ik moest doen. Die zei dat het kind het recht had om het dagboek van zijn overleden moeder te lezen. Maar daarvoor moesten we eerst het kind zien terug te vinden. Het was een jongetje. Dat was het enige wat we wisten. Na de geboorte hebben de nonnen het kind meteen weggehaald. Dat was beter, zeiden ze.' De vrouw maakte zich los uit Chantals omhelzing. 'De kapelaan heeft zich enorm ingespannen om de jongen te vinden. En toen...' – op het gerimpelde gezicht verscheen een meisjesachtige glimlach – '... in de zomer van verleden jaar, stond Bruno opeens op de stoep. Aan de ene kant was hij heel blij dat hij ons leerde kennen, aan de andere kant was hij enorm boos over wat we hadden gedaan. Uiteindelijk hebben de blijdschap en het gevoel dat hij een familie had de overhand gekregen. Bruno heeft toen beloofd alles voor ons te doen wat hij kon zodat het ons aan niets zou ontbreken. Mijn man was toen al invalide, moet u weten. Hij heeft een hersenbloeding gehad en is aan bed gekluisterd. Hij heeft veel zorg nodig. Zorg die we met onze schamele pensioentjes niet kunnen betalen. Bruno heeft ervoor gezorgd dat mijn man dertig uur per week verpleegd wordt en ook heeft hij het dak van de schuren laten vernieuwen.'

Chantal dacht aan de vijftigduizend euro die Bruno geëist had van Guy Lavillier. Ongetwijfeld had hij nog eens eenzelfde bedrag van Christian Lavillier losgepeuterd. 'Heeft Bruno zoveel geld?' vroeg ze zo onschuldig als ze maar kon.

'Sinds december verleden jaar heeft hij een goede baan. Vertegenwoordiger voor een Amerikaanse firma,' klonk het trots. 'Een heel goede baan. Met een mooie auto van de zaak. Gelukkig maar.' Het vrouwtje bracht haar mond weer naar Chantal toe. 'Toen we Bruno leerden kennen, ging het nog niet zo goed met hem. Hij is lang werkeloos geweest en heeft toen een paar domme dingen uitgehaald. Maar dat was toen.' Ze wierp een blik op de buffetkast.

Toen Chantal zich omdraaide, zag ze de ingelijste portretfoto staan. Een man van een jaar of veertig. Ze herkende de slaapkamerogen en krullen van Guy Lavillier. Daarmee hield de gelijkenis op. Bruno had een ingevallen gezicht en een slechte huid. De harde gelaatstrekken verrieden een leven vol tegenslag. Een blik die langs de lens gleed, achterdochtig. Rond de dunne lippen speelde een onverschillig lachje dat hem zelfs iets gevaarlijks gaf.

'Weet u of Bruno ooit contact heeft gezocht met zijn biologische vader?'

'Hij wil niets met de Lavilliers te maken hebben,' antwoordde de oude vrouw zonder aarzeling. 'Bruno is een verstandige jongen. Hij zegt dat je het verleden moet laten rusten en het heden moet koesteren. Daarom probeert hij ons zo vaak mogelijk op te zoeken.'

'Wanneer hebt u hem voor het laatst gezien?'

'Een maand geleden. Hij is heel druk met zijn nieuwe baan en moet veel reizen. Maar hij belt wel iedere week om te horen hoe het met ons gaat. O...' De vrouw hief haar hand alsof haar iets te binnen schoot. 'Verleden week belde hij om te zeggen dat hij met vakantie zou gaan.'

'Waar naartoe?'

'Naar Spanje. Misschien is hij daarom de afspraak met u vergeten.'

'Wanneer zou hij vertrekken?'

'Op zaterdag. Met het vliegtuig.'

Koortsachtig dacht Chantal na over de volgende zet. 'Ik heb alleen een telefoonnummer,' zei ze. 'En misschien wel het foute, want er wordt alsmaar niet opgenomen. Hebt u toevallig Bruno's adres, zodat ik hem een briefje kan schrijven om met mij contact op te nemen?'

'Natuurlijk.' De vrouw slofte naar het buffet en trok een la open. 'Hier.' Ze gaf een half blocnotevelletje aan Chantal.

Bruno Marcheix, 148 avenue de Nantes, Poitiers. 06 – 83457139

Snel schreef Chantal de gegevens over.

Buiten klonk getoeter.

Ze wierp een blik op de ramen met de gesloten luiken. Iemand gaf vol gas, de koppeling ingetrapt. Een brullende motor. Saimir? Ze meende een stem te horen, schril en hysterisch. 'Zou ik de foto van Bruno mogen lenen?' Voor het interview,' voegde ze er haastig aan toe. 'Ik stuur u het portret daarna natuurlijk zo snel mogelijk terug.'

'Goed, als u denkt dat eh...'

Voor de vrouw zich kon bedenken, nam Chantal de foto en stopte die in haar schoudertas. Opnieuw getoeter. Nog meer gas.

'Ik moet nu echt weg, mevrouw.'

'Maar eh...' Het oude vrouwtje leek volkomen overrompeld.

Vanuit het belendende vertrek klonk het alsof iemand met een stok ergens tegenaan sloeg.

'Mijn man.' Ze begon weer te fluisteren. 'Als u over Bruno schrijft, wilt u dan onze naam erbuiten houden?'

'Natuurlijk.'

'Ja?'

'Dat beloof ik u.' Na een korte handdruk rende Chantal naar buiten.

Het appartementencomplex aan de boulevard de la Saline dateert uit de jaren zeventig of tachtig. Veel beton. Vier etages. Door de piramideconstructie krijgen alle balkons evenveel zon. De naam van het complex prijkt boven de ingang: STELLA.

Het appartement waar de vader van de journaliste verblijft, bevindt zich op de bovenste verdieping. Een uur geleden is Milos de woning binnengedrongen om poolshoogte te nemen. Een prachtig uitzicht op een kalme zee, in de verte de havendam en binnen- en uitvarende schepen. Viskotters begeleid door zwermen meeuwen, vrachtschepen, een enkele veerboot. Links, buiten de bescherming van de dam, strekt zich de Atlantische Oceaan uit. Een immense plas met witte schuimkopjes.

Het appartement telt drie slaapkamers, waarvan de grootste in gebruik is. Een rommelig, inderhaast verlaten bed, de lakens op de grond, een lege fles Veuve Clicquot en twee glazen op het nachtkastje. Waarschijnlijk zijn de twee naar een restaurant vertrokken. Of ze maken een strandwandeling.

Milos werpt een blik op zijn horloge. Vier uur. Niet echt etenstijd. Maar wie maalt er om eten als je verliefd bent? Ongewild gaan zijn gedachten naar de laatste zondag met Nadja op Les Ages. Een hele dag in bed, onverzadigbaar naar elkaar. Als de honden niet zo om hun eten hadden staan janken, lagen ze nu nog in bed. Slapen, vrijen, slapen, vrijen. Hadden ze dat maar gedaan.

Zittend op het muurtje, de rug naar zee, houdt hij de ingang van het appartementencomplex in de gaten. Iedere tien minuten gaat er wel iemand naar binnen of naar buiten. Ouders met kinderen, oudere echtparen. Het licht is zo scherp dat het pijn aan de ogen doet. Zelfs met een zonnebril. Hij knijpt zijn ogen tot spleetjes of hij de weduwnaar en vader van de journaliste herkent. In zijn rugzak zitten een paar foto's die de Albanees van internet heeft geplukt. De weduwnaar is een lange, slungelige vent van bijna twee meter. Op een van de foto's zit hij kromgebogen op een podium met een gitaar die hij vasthoudt alsof het een vrouw is. Zijn vriendin, zo weet Milos na zijn rondje door het appartement, gebruikt een fijn rozig parfum en heeft kleine voeten. In de badkamer heeft Milos in een borstel halflang blond geverfd haar aangetroffen. Verder weet hij niets. Geen naam, leeftijd of gezicht. Niet erg. Denkend aan het bed in de slaapkamer kan hij zich niet voorstellen dat de twee ook maar één stap zonder elkaar zullen zetten.

Er klinkt een scheepshoorn. Het geluid vermengt zich met de Regendruppel Prelude op zijn iPod. Hij draait zich om. De veerboot vaart uit. Naar Poole, Portsmouth of een andere bestemming. Hoelang duurt zo'n overtocht? Een halve dag? Tegen die tijd mag hij toch hopen dat de gijzeling in volle gang is en dat hij iets heeft om de journaliste en de zigeuner te grazen te nemen. Tussen de pianoarpeggio's mengt zich geblaf. Op het strandje rent een jonge vrouw met drie grote honden voorbij. Snel richt Milos zijn blik weer op de ingang van het appartementencomplex.

❧

'Jij?!'

Bij de ingang van de cour liep Chantal tegen een schuimbekkende Romy aan.

'Ik dacht nog dat je deugde,' begon de dochter van Guy Lavillier met van woede trillende lippen. 'Maar ik heb me weer eens vergist. Niet te geloven.' Uit haar jasje haalde ze een pakje sigaretten en stak er een op. 'Wat een gotspe.'

'Hoe bedoel je?' vroeg Chantal om tijd te winnen. Ondertussen keek ze waar Saimir was gebleven. Een paar meter achter de plek waar de Peugeot had gestaan, stond nu een andere auto. Een grijze metallic Audi met sportvelgen. Op de passagiersstoel zat een vrouw met halflang grijs haar in een olijfgroen jasje en een witte zijden blouse. Isabelle Lavillier. Chantal herkende haar aan het klassieke kapsel. De vrouw droeg een grote zonnebril en keek strak voor zich uit.

'*Hoe bedoel je?*' herhaalde Romy. 'Mens, je had actrice moeten worden. Dacht je soms dat ik gaga ben en hem niet herkend had? Ik lees ook kranten. Bovendien, zijn foto was gisteren nog op televisie.'

'Saimir heeft je vader niet vermoord.'

'Saimir...' Er volgde een schamper lachje, waarbij ze de rook recht in Chantals gezicht blies. 'Zoals je z'n naam uitspreekt, ben je behoorlijk dol op die knaap. Ik moet het toegeven: het is een aantrekkelijke knul. Zelfs met die pleisters op zijn gezicht.'

'Saimir heeft je vader echt niet vermoord,' zei Chantal zo kalm mogelijk.

'O nee? Wie was het dan?'

'Dat ben ik aan het uitzoeken.'

'En wat hebben die oudjes ermee te maken?' vroeg Romy wijzend op de boerderij.

'De moord op je vader heeft iets met vroeger te maken.' Hopend op een reactie zei Chantal het zo luid dat Isabelle Lavillier het in de auto zou kunnen horen. Guy Lavilliers echtgenote moest toch iets gemerkt hebben van de chantage. Of hadden de twee zo langs elkaar heen geleefd dat thuis nergens meer over werd gesproken?

Waarschijnlijk het laatste. Met al zijn avontuurtjes was Guy Lavillier natuurlijk nooit thuis. In ieder geval zo min mogelijk. 'Daarom wilde ik de Girauds spreken,' zei Chantal terwijl ze vanuit haar ooghoek de vrouw in de gaten hield, die onveranderd strak voor zich uit bleef kijken. 'Omdat het over het verleden gaat.'

'*Het verleden!*' herhaalde Romy theatraal. 'Je moet niet zoveel detectiveboekjes lezen. De moord op mijn vader heeft alles te maken met nu. Het is een politieke moord. Hij wordt gestraft door de mensen die hij zelf met zijn idiote maatregelen wilde straffen. Misschien is het wel een geluk bij een ongeluk. Persoonlijk vind ik het helemaal niet erg dat mijn vader zijn politiek niet kan voortzetten. Wat dat betreft zou ik die vriend van jou om de hals moeten vallen. Wat ik erg vind, nee...' – ze trapte de half opgebrande sigaret uit – '... wat ik *walgelijk* vind, is hoe je het lef hebt om mijn moeder voor het hoofd te stoten.'

'Het laatste wat ik wil is...'

'Ach, schei toch uit. Ik dacht dat ik je kon vertrouwen, maar je bent geen haar beter dan het journaille dat in Saint-Denis verdekt staat opgesteld om een foto te maken van de weduwe. Waarom denk je dat wij hier zijn? Om te ontsnappen aan die jakhalzen en een paar dagen de hectiek te ontvluchten. En dan sta jij hier, samen met de moordenaar. Als dat geen gotspe is.' Romy stak een nieuwe sigaret op.

'Saimir is geen moordenaar,' zei Chantal voor de derde keer terwijl ze zich afvroeg hoeveel ze moest vertellen. Alles? Misschien niet alles, maar dan toch wel het belangrijkste. 'Ik heb bewijzen dat je vader gechanteerd werd,' zei ze opnieuw zo hard dat Isabelle Lavillier het zou moeten kunnen horen. 'En de persoon die jouw vader chanteerde, heeft gedreigd hem te vermoorden. Te vergiftigen.' Ze wierp een blik op de auto, maar Isabelle Lavillier bleef als een wassen beeld voor zich uit staren. 'Vervolgens is iemand met het lichaam gaan slepen en heeft geprobeerd een politieke moord te ensceneren om La Nouvelle France op de kaart te zetten.'

'Bedoel je te zeggen dat die Grenoult erachter zit?' riep Romy.

'In ieder geval iemand van de stichting Formosa.'

'Formosa?'

'De stichting waar je vader in het bestuur zat. Formosa is een dekmantel om de partijkas van La Nouvelle France te spekken. Ik heb materiaal gezien waaruit blijkt dat...'

'Ik heb de laatste jaren een hoop complottheorieën gehoord, maar dit slaat werkelijk alles.'

'Laat me met je moeder spreken.'

'Onder geen voorwaarde,' reageerde Romy terwijl ze zich tussen de auto en Chantal posteerde. 'Mijn moeder is een zenuwinzinking nabij. Als je het waagt haar één vraag te stellen, breek ik je nek.'

Het klonk eerder hysterisch dan bedreigend. Chantal kon zich niet voorstellen dat de broodmagere Romy tot een dergelijke krachtsinspanning in staat zou zijn. Het leek er eerder op dat Lavilliers dochter ieder moment zelf een zenuwinzinking kon krijgen. Haar ogen met de grote opgezette pupillen draaiden rond. Een bleke, zieke huid. Ze hield haar buik vast, alsof ze bang was over haar nek te gaan. Onwillekeurig zette Chantal een stap achteruit.

'Weet je of het lichaam van je vader is onderzocht op gif?'

'Mijn vader is dood!' riep Romy. 'Ze hebben het lichaam vrijgegeven. Meer weet ik niet. Maandag is de begrafenis. Wil je ons tot die tijd, en ook daarna, alsjeblieft de privacy gunnen waar we recht op hebben?'

Abrupt draaide ze zich om naar de Audi, waarop Isabelle Lavillier haar raampje opende en onveranderd beweginloos voor zich uit kijkend haar dochter een sleutelbos aanreikte. Daarna schoof het raam weer dicht, Chantal achterlatend met het gevoel dat ze sinds afgelopen zaterdagavond ongeveer alles fout had gedaan wat ze maar fout kon doen. Ze wilde naar de auto lopen, aankloppen en haar excuses aanbieden. Of nogmaals proberen uit te leggen dat Saimir niets met de moord te maken had. In de tussentijd had Romy het toegangshek van het chateau geopend en was in de auto gestapt. Terwijl het grind onder de banden vandaan spatte, reed ze door de poort om een paar meter verder ruw af te remmen.

'O ja...' Romy, een sigaret in haar mondhoek, was weer uitgestapt om het hek af te sluiten. 'Je zult begrijpen dat we de politie hebben gebeld.' Ze wees naar haar moeder, van wie Chantal slechts het achterhoofd zag. 'Dus begin maar vast iets te verzinnen om je eruit te lullen. En als je het nog één keer in je hoofd haalt om over een muur te klimmen en ons lastig te vallen, vermoord ik je.'

Door de open lamellen ziet Jarre de mannen naderen. Snel moffelt hij het papiertje weg in zijn jaszak.

Twee harde kloppen op de deur.

'Binnen,' roept Jarre terwijl hij zijn handen op tafel legt.

De mannen betreden de kamer. Eerst de prefect, dan Renoir met rond zijn lippen een slijmerig lachje.

'Beste Auguste...' De prefect trekt een gezicht alsof ze al jaren dikke vrienden zijn. 'Ik zit met een verdomd vervelend probleem,' gaat hij verder zonder aanstalten te maken om te gaan zitten, laat staan een hand te geven. 'Het onderzoek naar de moord op gedeputeerde Lavillier zit in een impasse. De druk van de pers is gigantisch. Zeker na de onfortuinlijke ontsnapping van de hoofdverdachte.' Hij werpt Jarre een lauwe glimlach toe.

Lul, denkt Jarre terwijl hij net zo terug glimlacht. De prefect en hij zijn geen vrienden. Nooit geweest. Sinds zijn aantreden heeft de prefect alles geprobeerd om de beslissing van zijn voorganger waardoor Jarre kon blijven werken, terug te draaien.

'Daarom, Auguste...' – de prefect kijkt alsof de beslissing hem zwaar valt – '... verzoek ik je de leiding van het onderzoek over te dragen.'

'Waarom?' vraagt Jarre.

'Het is geen oordeel over wie de meeste fouten heeft gemaakt. Ik heb jouw klacht gezien naar aanleiding van de gewelddadige arrestatie van de verdachte. Niet fraai. Maar ik begrijp hoe jullie beiden onder tijdsdruk moeten werken. En waar gehakt wordt, vallen spaanders.'

Spaanders. Het woord doet Jarre denken aan de ontruimings-actie van het Roma-kamp bij het stadion. Van meet af aan heeft de prefect, die verantwoordelijk was voor de ontruiming, op een actie ingezet waarbij onontkoombaar 'spaanders' zouden vallen. Wat dat betreft zijn de prefect en Guy Lavillier van hetzelfde laken een pak. Arrogante smeerlappen. Net als Renoir, die doet alsof hij nergens iets mee te maken heeft. 'Laten we het houden op een onverenigbaarheid van karakter,' vervolgt de prefect flauw glimlachend. 'Een onverenigbaarheid van jullie karakters die het onderzoek negatief beïnvloedt. Daarom heb ik besloten de hoofdcommissaris terug te roepen van vakantie. Tot die tijd neemt Renoir de leiding van het onderzoek over.'

'Ben ik geschorst?' vraagt Jarre.

'Daar komt het feitelijk wel op neer. Het spijt me, Auguste.' De prefect wendt zich tot Renoir. 'De zaak is aan jou, Renoir. Voorlopig althans. Maak er iets moois van.'

Renoir straalt helemaal. Straks springt hij nog op het bureau. Jarre ziet opeens een aap voor zich die, zichzelf op de borst slaand, over de stapels papier danst. Met een beetje geluk glijdt Renoir uit en breekt hij zijn benen.

'Kan ik misschien nog even mijn bureau opruimen?' vraagt Jarre zo onschuldig hij maar kan.

'Renoir?' De prefect heft zijn handen ten teken dat de beslissing niet meer aan hem is.

'Alles laten liggen,' zegt Renoir op grimmige toon. 'Ik wil al het materiaal zien. In het belang van het onderzoek,' voegt hij er met een slijmerig lachje naar de prefect aan toe.

'Dan niet.' Jarre haalt zijn schouders op.

'Sleutel?' Renoir steekt zijn hand uit en wacht tot Jarre de kamer-sleutel heeft ingeleverd. 'Wat is de persoonlijke inlogcode van de hoofdcommissaris?'

'Ik ben het briefje kwijt,' zegt Jarre wijzend op de puinhoop op zijn bureau. 'Ergens moet het liggen.'

'Hoe heb je dan kunnen werken?' vraagt Renoir ongelovig.

'Iemand van de helpdesk heeft mijn computer zo ingesteld dat je vanzelf in het systeem komt.'

Renoir mompelt iets, blijkbaar niet helemaal overtuigd.

'Goed.' De prefect gebaart dat hij nog iets met Renoir moet bespreken. Onder vier ogen.

Jarre staat op en steekt zijn rechterhand in de zak van zijn colbert. Het briefje zit er nog. 'Dan wens ik de heren nog een prettige dag.' Met opgeheven hoofd verlaat hij de kamer.

Dankzij hun prepaid gsm's hadden ze elkaar snel weer gevonden. Op weg naar de kruising met de D751 stapte Chantal in de auto. Saimir vertelde dat de twee vrouwen hem hadden herkend en hij geen andere keus had gehad dan weg te rijden. Het nummerbord van de Peugeot was vast genoteerd. Kortom: ze hadden een nieuwe auto nodig. Hij had Bako al gebeld en gevraagd of die misschien een oplossing wist. De oude man zou terugbellen. Saimirs gezicht stond gespannen. Nadat Chantal hem het blocnotevelletje met een naam, adres en telefoonnummer liet zien, brak er een glimlach door. Geweldig! Voor ze het wist, had hij zijn armen om haar heen geslagen en zoende haar op de mond. Eén seconde, twee seconden? Lang genoeg om haar te laten duizelen. Fantastisch! Wat een goed nieuws! Hoe ben je daarachter gekomen? Terwijl hij praatte en vragen stelde, liet hij haar niet los. Sterker nog: voortdurend drukte hij haar even tegen zich aan om aan te tonen hoe blij hij was. Nadat het haar gelukt was een van haar handen te bevrijden en die op zijn rug te leggen, vertelde ze over Bruno, over de foto die ze bij zich had. Straks moest Saimir maar even zelf kijken. Maar Bruno zag er best gevaarlijk uit, vond zij. Misschien konden ze toch beter de politie waarschuwen. Of tenminste Jarre. Nee, nee. Saimir, onverminderd stralend, schudde resoluut zijn hoofd. De kans dat de politie hem niet zou geloven, was nog steeds veel te groot. Hij wilde Bruno's huis in, zijn computer zien – als die er was – zijn bankafschriften. Ieder mens maakt fouten. Ieder mens laat sporen achter. Hij was ervan overtuigd het laatste restje bewijs-materiaal te vinden om definitief Bruno als de moordenaar op te knopen. Chantal hoefde zich geen zorgen te maken, zei Saimir. Hij zou voorzichtig zijn. Zijn ogen lichtten vervaarlijk op. Hij tuitte zijn lippen, waarna hij zijn mond dichterbij bracht. Onwillekeurig sloot ze haar ogen, vastbesloten om zo lang mogelijk van het moment te genieten.

Nog voor hun lippen elkaar konden beroeren, ging een van de gsm's af. Saimir trok zijn armen onmiddellijk van haar af en nam op. Bako. De rest van het gesprek ging in het Roumani. Een beetje wezenloos staarde Chantal naar de koeien in de wei, teleurgesteld, en tegelijkertijd ook weer niet. Het gevoel was verwarrend. Het ging allemaal zo snel. Ze kenden elkaar nog geen vierentwintig uur, maar het leek alsof ze al maanden samen waren. Soms dacht ze in een centrifuge beland te zijn, of een snelkookpan, waardoor haar emoties met haar op de loop gingen. Was dat erg, een beetje emotie? Ze hielp een door de politie gezochte hoofdverdachte vluchten. Misschien liep die enge blonde vent met zijn pistool nog ergens rond. En nu gingen ze ook nog achter iemand aan die hoogstwaarschijnlijk twee moorden op zijn geweten had. Ze zat midden in een op hol geslagen achtbaan. Was het gek dat ze van alles bedacht?

Ze voelde een tikje op haar been. Saimir gebaarde dat ze iets moest opschrijven. Ze haalde haar agenda uit haar schoudertas. In het Frans volgden een adres en een telefoonnummer. Ze gingen naar Cholet, vertelde Saimir nadat hij het gesprek met Bako had beëindigd, naar iemand bij wie ze veilig van auto konden wisselen. De schittering in zijn ogen van zonet had plaatsgemaakt voor een door-roeien-en-ruiten-blik. Terug bij af. Ze waren weer op de vlucht. De tijd voor romantische onzin was voorbij.

Hij startte en stoof weg. Chantal had de kaart op haar schoot. Er volgde een rit over smalle stoffige wegen en door dorpen en gehuchten waar normaal geen vreemde ziel langskwam, alles om de doorgaande wegen zoveel mogelijk te vermijden. Even na vieren bereikten ze de buitenwijken van Cholet. Saimir belde het nummer dat ze had opgeschreven, waarna het gesprek uiteraard weer in het Roumani ging. Met de gsm aan zijn oor werden ze via een sluiproute naar de andere kant van de stad geleid. Een straat zonder tuinen. Niet de straat die ze had genoteerd. Kleine huizen, in blokken van tien of nog meer. In de oprit stond een man met eenzelfde zwartvilten hoed als Bako, die naar een openstaande loods wees. Zodra de auto daarin gereden was, trok hij de poort dicht. Er volgde een hartelijke omhelzing met Saimir. Chantal kreeg een hand, hartelijk, maar ook een beetje gereserveerd. De man sprak geen Frans, of hij deed geen moeite, zodat Saimir alles moest vertalen. De nieuwe auto werd klaargemaakt. Maar niet hier. Over een uur zou iemand de auto komen brengen. Waarschijnlijk werd nog ergens gerommeld met kentekens en papieren, maar het leek haar niet gepast daarnaar te vragen. De man met de vilthoed had de achterdeur van de loods geopend. Over een pad met aan weerszijden betonplaatschuttingen loodste hij hen tussen allerlei tuinen door naar zijn woonhuis, dat helemaal aan de andere kant van het blok bleek te liggen. Een vrouw met een hoofddoek en tot op de rug vallend zwart haar wachtte hen op bij de achterdeur van het huis. Achter haar bonte rok vier kleine kinderen die Chantal aangaapten of ze van een andere planeet kwam. De Roma-vrouw omhelsde Saimir als een lang verloren gewaande zoon, waarna ze even onverwacht als plotseling Chantal aan haar voluptueuze boezem drukte. De kinderen lachten. Even later had Chantal aan iedere hand twee snotneuzen hangen die haar de woning in trokken.

In gebarentaal maakte de vrouw duidelijk dat Saimir en Chantal iets moesten eten. Ze keek alsof ze geen tegenspraak duldde en verdween in de keuken. De man met de vilthoed bracht hen naar de salon, waar tussen alle beeldjes en frutsels ook nog een tafeltje met een computer stond. Nadat hij het apparaat had opgestart, joeg hij de kinderen de kamer uit en verliet ook zelf het vertrek.

Saimir nam plaats achter de computer en controleerde eerst zijn mailbox. Meer dan honderd reacties, zag Chantal. Zonder ze te openen surfte hij vervolgens naar Google. 'Bruno Marcheix' leverde twintigduizend treffers op. In hoog tempo bekeek Saimir de eerste zestig, mopperend dat het niet de Bruno was die ze zochten. Nadat hij 'Poitiers' had toegevoegd, bleven er nog een kleine vierduizend treffers over.

Terwijl Saimir de hits naliep, probeerde Chantal Bruno's 06-nummer, dat ze ook al een paar keer vanuit de auto had gebeld. Een ingeblikte vrouwenstem meldde dat het nummer momenteel niet was ingeschakeld en dat ze het later nog maar eens moest proberen. Over Saimirs schouder keek ze mee naar het scherm. Bruno Marcheix had verrassend weinig digitale sporen achtergelaten. Geen sportprestaties of andersoortige zaken die de krant hadden gehaald. Op zijn al ruim een jaar verwaarloosde Facebookpagina stond te lezen dat hij alleen woonde en dat hij een Bruce Willis-fan was. Op de bijbehorende foto, een andere dan ze van zijn oma geleend had, keek hij al net zo onaangenaam uit zijn ogen. Ze hoorde Saimir zuchten, ongeduldig, omdat hij geen stap verder kwam. Ze moesten inderdaad naar Poitiers, dacht ze, naar Marcheix' woning. Maar stel dat ze daar ook niets zouden vinden? Wat dan?

Ze probeerde zich Naomi's beschrijving van de vernissage te herinneren. Galerie Prisma. In gedachten zag Chantal een grote ruimte met veel bezoekers en meisjes met dienbladen champagneglazen die zich door de drukte bewogen. Was Bruno Marcheix daar misschien aanwezig geweest? Had hij iets in een glas gedaan en dat glas vervolgens aan Guy Lavillier aangeboden? Het was een optie. Maar hoe had hij dat dan bij Christian Lavillier aangepakt? Concentreer je op de vernissage, zei ze tegen zichzelf. Terwijl Saimir vloekend tevergeefs op Google verder zocht, schoot haar het voorval te binnen. Een verwarde man. Een opstootje. Als daar nou eens foto's van waren. Ze keek op haar horloge. Tien minuten voor vijf. Met een beetje geluk nam nog iemand de telefoon op. Ze haalde haar prepaid gsm en agenda uit haar schoudertas en zocht het nummer.

'Met de redactie van *Actief*. Kan ik u helpen?'

Goddank was het een andere telefoniste dan de eerste keer.

'Ik ben op zoek naar de fotografe die verleden week in Parijs was voor een reportage.'

'Bedoelt u Sil Martens?'

'Ja,' antwoordde Chantal zonder de naam ooit van Naomi gehoord te hebben.

'Ik verbind u door.'

'Met Sil,' klonk het even later.

'Dag, met Chantal.' Er volgde geen reactie. 'Ik ben degene bij wie Naomi afgelopen zaterdag in Parijs de nacht heeft doorgebracht.'

'O my god!' reageerde de fotografe duidelijk geschokt. 'Wat is er die nacht gebeurd?'

'Ik eh...'

'Heeft het iets met de moord op Naomi te maken? Ik hoorde dat ook de galeriehouder...'

'Het is een ingewikkeld verhaal,' onderbrak Chantal haar, 'en ik heb nu geen tijd het uit te leggen. Ik wilde je iets vragen. Naomi heeft die zaterdagavond toch foto's gemaakt van de vernissage?'

'Ja.'

'Heb jij die foto's gezien?'

'Nee. Ja. Dat wil zeggen ik heb ze niet gezien, maar ik weet waar ze staan.'

'Waar?'

'Op mijn reservecamera. Maar die heb ik thuis liggen.'

'De foto's zijn dus nog niet gewist?'

'Nee.'

'Kun je me alle foto's sturen die Naomi die avond heeft gemaakt?'

'Natuurlijk,' antwoordde de fotografe.

Chantal gaf haar e-mailadres, bedankte Sil met de belofte het later allemaal uit te leggen en verbrak de verbinding.

'Wat was dat?' vroeg Saimir verbaasd.

'Dat was Nederlands.' Chantal moest lachen toen ze zijn gezicht zag. 'Ik ben ook tweetalig. Net als jij.' Ze vertelde wat ze net bedacht had, waarop hij steeds enthousiaster begon te knikken. Nog even en hij zou haar misschien weer in zijn armen nemen.

335

'Mama vraagt of jullie komen eten?' Om de hoek van de deur staken twee kinderkopjes.

'We komen eraan,' zei Saimir.

'Over twee minuten,' riep Chantal terwijl ze achter de computer kroop om nog even haar mails te checken. Ze had twee berichten. 'Jarre heeft gemaild.' Ze zag Saimir zijn wenkbrauwen fronsen. 'Hij weet inmiddels dat we bij elkaar zijn,' zei ze nadat ze het bericht had geopend, 'en vraagt of het goed met me gaat.' Er klonk gemompel, alsof Saimir nog steeds niet overtuigd leek van de goede bedoelingen van de oud-commissaris. 'Jarre is geschorst,' ging ze verder. 'De leiding van het onderzoek is overgedragen aan een zekere Renoir.'

'De smeerlap!'

'Ken je die?'

'Nou en of.' Saimir wees op de pleister op zijn kin.

'Als we ons willen overgeven, schrijft Jarre, kunnen we ons het beste tot hem wenden. Ook als we hulp nodig hebben.'

'Hulp,' smaalde Saimir. 'We hebben geen hulp nodig.'

'En als we in Poitiers niets vinden? Van Bruno's oma heb ik begrepen dat hij in het verleden een paar domme dingen heeft gedaan.'

'Domme dingen?'

'Misschien heeft hij een strafblad. Jarre zou kunnen kijken of er in de politiedossiers iets over Bruno Marcheix staat.'

Hij trok zijn schouders op, nog steeds niet overtuigd.

'Saimir, ik vertrouw Jarre. Vertrouw mij.'

'Oké,' zei hij aarzelend.

Ze schreef een antwoord aan Jarre. Zonder al te veel op de details in te gaan, vroeg ze hem om meer informatie over Bruno Marcheix en voegde de link naar de Facebook-pagina toe. En met mij gaat alles goed, schreef ze ten slotte. Al die tijd stond Saimir achter haar en las mee.

'Zo goed?'

'Ja.' Hij lachte. Een brede, ontwapenende lach.

Ze drukte op 'verzenden'.

'Open je dat andere bericht niet?' vroeg hij wijzend naar het scherm.

'Later.'

'Wie is...' – hij bracht zijn hoofd dichterbij, waarbij hij half over haar schouder hing – '... Evelyne Perrot?'

'Een vriendin,' antwoordde ze. *Mijn beste vriendin die het, zonder me er eerst van op de hoogte te brengen, met mijn vader doet.* Ze probeerde te glimlachen, maar het lukte niet echt.

'En wat is...' – hij deed een poging om het onderwerp van het bericht uit te spreken – '... Otze?'

'Hotze,' verbeterde ze. 'Dat is ook Nederlands, maar het is vast niet belangrijk. Bovendien...' Ze klikte het programma weg. 'We moeten gaan eten.'

'Niks eten.' De man met de vilten hoed stond midden in de salon. 'De politie kan ieder moment arriveren,' klonk het in gebrekkig Frans terwijl hij opgewonden naar de straat wees. 'We gaan er aan de achterkant uit. Via de loods. Snel!'

Voor de ingang van het appartementencomplex stopt een taxi. Een vrouw stapt uit. Ze is rond de vijftig, vrij klein en heeft halflang blond haar. Terwijl de taxi met draaiende motor blijft staan, haast ze zich naar de ingang.

Milos registreert het, zoals hij al bijna drie uur alles wat zich om het appartementencomplex afspeelt, registreert. Tussendoor loopt hij steeds een eindje over de boulevard, kijkt naar de schepen en naar de kinderen met hun vliegers en doet alsof hij een toerist is die niets anders te doen heeft dan de hele middag een beetje te lanterfanten. Gelukkig heeft hij nog zijn iPod. Zonder Chopin zou dit wachten nog ondraaglijker zijn. Georges Cziffra, Martha Argerich en Vladimir Horowitz houden hem op de been en herinneren hem aan het ultieme doel van deze actie. Nadja. Een huisje in Mazuren. Samen oud worden. Zulke idiote wensen zijn het toch niet? Als de ellendige nachtmerrie maar ophoudt.

Halfzeven. Langzaam maar zeker stroomt het strand leeg. Vaders en moeders zeulend met tassen. Kinderen die zeuren om een ijsje. De ijssalon aan de boulevard is het punt waar Milos steeds omkeert, omdat hij anders de ingang van het appartementencomplex niet meer in de gaten kan houden. De fronsende blik van de ijsverkoper doet hem realiseren dat hij hier vanmiddag wel erg vaak is langsgelopen. Verdacht vaak. Automatisch versnelt hij zijn pas.

De vrouw met het halflange blonde haar komt uit het gebouw, een weekendtas in haar hand, en stapt in de taxi, die onmiddellijk optrekt. Zijn kant op. Wanneer de taxi langsrijdt, kijkt hij naar de vrouw op de achterbank. Haar gezicht staat een beetje nors. Zou het de vriendin van de gitarist zijn? flitst het door zijn hoofd. Hij probeert zich de twee samen voor te stellen. De kleine, beetje mollige vrouw en de lange, dunne man. Een bizarre combinatie. Maar wat is bizar? Alsof Nadja en hij nou zo'n voor de hand liggend stel zijn. Een caissière en een huurmoordenaar. Hij vraagt zich af waarom de vrouw alleen in de taxi zit. Een ruzie in een restaurant? De vrouw heeft het uitgemaakt en is haar koffer gaan halen. Straks komt de lange man. Gebroken. Alleen. Een makkelijk slachtoffer.

Het begint Milos te duizelen. Is het de warmte? Hij kan zich niet herinneren wanneer hij voor het laatst iets gedronken heeft. Een gevoel van moedeloze vermoeidheid maakt zich van hem meester. Zijn benen worden opeens slap en zijn rug doet weer net zo'n pijn als toen hij uit de auto kroop. De botsing. Was dat gisteren? Door alle stress slaagt hij er nauwelijks in helder te denken. Geen overzicht, geen controle. Het hele gijzelingsplan komt hem plotseling nodeloos ingewikkeld voor. Hij gaat op een muurtje zitten. In zijn rugzak klinkt een elektronisch geluidje ten teken dat er een sms'je binnenkomt. Milos diept de gsm uit de rugzak op en moet een paar keer met zijn ogen knipperen tot de letters op het display niet meer bewegen. De sms is van de Albanees afkomstig. Milos leest het bericht. Het is het eerste verstandige voorstel dat de opdrachtgever doet.

Chantal zat op de achterbank. Saimir reed. Naast hem de man met de vilten hoed, die onophoudelijk in zijn gsm praatte en tussendoor Saimir aanwijzingen gaf waar ze heen moesten. Links, rechts, rechtdoor. De zoveelste sluiproute, nu om de stad uit te komen. Chantal probeerde het gesprek tussen Saimir en de man te volgen. Behalve 'Bako' herkende ze de woorden voor 'telefoon' en 'politie'. De conclusie dat Bako's telefoon afgeluisterd werd en dat de politie hen daardoor in Cholet had weten te traceren, lag voor de hand. Ze vroeg Saimir of haar veronderstelling klopte, waarop hij zich omdraaide en haar kort toeknikte. Achter zijn fanatieke blik meende ze een zweem van angst te zien. Geen wonder als in het hele land de politie achter je aan zat. Ze probeerde zich voor te stellen wat er zou gebeuren als ze hun vluchtpoging staakten. Saimir zou worden ingerekend. Ergens in een afgelegen cel waar niemand hem zou horen, zouden ze hem hardhandig laten weten hoe ze dachten over zigeuners die uit politiebureaus ontsnapten en commissarissen knock-out sloegen. Saimirs bewijsmateriaal ter ontlasting was op illegale wijze verkregen en dus geen cent waard. Iedere advocaat zou er gehakt van maken. Saimir, met zijn strafblad, zou in de bak belanden. Vervolgens kon zij proberen om een paar ronkende artikelen te schrijven die hem zouden vrijpleiten. Maar hoeveel mensen zouden het aandurven om een interview te geven? De hoofdrolspelers zouden zwijgen, of ze zouden alles ontkennen. De rijen gesloten. De zoveelste doofpot een feit. Ze hadden geen keus. Ze moesten wel doorzetten. Jarre was de enige die hen zou kunnen helpen. Ze vroeg zich af hoever zijn invloed reikte, nu hij niet langer het onderzoek leidde. Merkwaardig genoeg maakte de gedachte haar niet onrustig. Ook al had ze Jarre nooit ontmoet, iets zei haar dat ze op de man kon rekenen. Net zoals ze Saimir blind vertrouwde.

Een lange rechte weg. Akkers, velden. Een saai vlak landschap. Cholet lag inmiddels ver achter hen. De sfeer in de auto was een stuk verbeterd. Saimir en de man met de vilten hoed praatten en lachten. Chantal stelde zich voor hoe ze grappen maakten over het feit dat ze de politie te slim af waren geweest. In een poging zich te oriënteren probeerde ze de plaatsnamen die op de borden stonden terug te vinden op de landkaart. Ze bevonden zich ergens ten oosten van Cholet. Nog meer akkers en velden, nauwelijks bebouwing. De man met de vilthoed wees naar rechts, waarna Saimir een landweg insloeg. Het asfalt ging over in zand afgewisseld met een paar verharde stroken. Aan weerszijden velden met metershoge zonnebloemen. De man sprak steeds enthousiaster in zijn gsm, ten teken dat ze de afgesproken plek naderden. Een kruising. Een bordje wees naar een dorpje waarvan ze de naam de laatste minuten steeds vaker had gehoord. De weg werd nog smaller. De bocht draaide naar links. Even verderop, naast een rode auto in de berm, stond iemand driftig met zijn armen te zwaaien.

Donderdagavond

De avenue de Nantes lag aan de overkant van het spoor. Op nummer 148 bevond zich een bar die Le Victor Victoria heette en er nogal louche uitzag. Door de vitrages voor het raam waren slechts een paar rode en gele spotjes te zien. Binnen klonk 'Comme d'habitude' van Claude François, zo hard dat Chantal het gevoel had dat het trottoir onder haar voeten trilde. Naast de ingang van de bar was nog een deur. Zes bellen met evenveel naambordjes. Bruno Marcheix was de enige Franse naam. De andere bewoners leken allemaal uit Afrika afkomstig te zijn.

Ze belde aan. Geen reactie. Nadat ze voor een tweede keer had aangebeld en er weer niemand opendeed, stak ze de straat over en liep naar Saimir, die even verderop over de reling stond gebogen en net deed of hij het spoorwegemplacement bewonderde.

'Hij is er niet,' zei ze.

Saimir knikte. Het afgelopen halfuur had hij nauwelijks iets gezegd, alsof hij zich innerlijk voorbereidde op wat er ging komen.

'Vijf andere bewoners,' ging ze verder. 'Volgens mij is het een pension.'

'Drie kamers aan de voorkant, drie aan de achterkant,' mompelde hij. 'De zolder lijkt mij niet bewoond.'

'Misschien moeten we wachten tot het donker wordt,' zei ze kijkend naar de rails, die glommen in het laatste zonlicht.

Hij schudde zijn hoofd. 'De beste inbraken worden overdag gepleegd.'

'Is dat zo?'

341

'Ja.'
Ze dacht aan wat hij verteld had over zijn criminele jeugd in Saint-Denis.
'Ik ben ervaringsdeskundige, weet je nog?' Toen hij glimlachte, leek hij weer een beetje ontspannen.
'Ik ga met je mee,' floepte het eruit voor ze er erg in had.
'Waarom? Vertrouw je me niet?'
'Natuurlijk vertrouw ik je.' Ze probeerde haar twijfel te verbergen. De rode auto waarmee ze naar Poitiers waren gereden – een Clio met een kapotte airco en een nummerbord uit de Haute-Vienne – leek veilig. Onderweg waren ze twee verkeerscontroles tegengekomen, maar beide keren hadden ze gewoon kunnen doorrijden. Hoelang konden ze op hun geluk blijven vertrouwen?
'Waarom wil je dan mee?'
'Omdat twee meer zien dan één,' antwoordde ze. 'En des te eerder zijn we weer weg.'
Hij haalde zijn schouders op. 'Oké. Wacht hier tot ik je een teken geef. Kun je fluiten?' Hij bracht twee vingers naar zijn mond.
'Ja.'
'Zodra je iets ziet wat je niet vertrouwt, fluit je.'
Ze knikte.
Nadat hij aan zijn jasje gevoeld had of hij de SIG en de schroevendraaier bij zich had, stak Saimir schuin de straat over. Chantal leunde over de reling en deed alsof ze naar de treinen keek. Vanuit haar ooghoek zag ze hoe hij het trottoir afliep, langs het raam van de bar, en daarna inhield. Binnen een paar tellen had hij de deur van het pension geopend. Hij ging naar binnen, kwam even later weer terug en wenkte dat ze moest komen. Ze volgde hetzelfde traject als Saimir en glipte naar binnen. Toen ze de voordeur achter zich had dichtgetrokken, realiseerde ze zich pas wat ze deed. Een inbraak. Ze had nog nooit ergens ingebroken. Stel je voor. Maar ze waren hier niet om te stelen, maar om informatie te zoeken. Eigenlijk was het een vorm van research, zei ze tegen zichzelf. Natuurlijk, ze hield zichzelf voor de gek. Ze wist het, maar

ze kon niets beters bedenken. Met een bonkend hart volgde ze Saimir, de steile trap op.

Op de eerste verdieping bevond zich een nauwe overloop. Een kaal peertje aan het plafond verspreidde een zwak licht. Drie deuren aan iedere kant. Zes kamers. Links klonk reggaemuziek. Rechts stond een televisie heel hard. Te horen aan de overdreven geluidseffecten en snerpend hoge violen keek iemand naar een horrorfilm. Aan het eind van de overloop was een deur met een matglazen ruit. De badkamer, vermoedde ze. De urinegeur die haar tegemoetkwam, deed haar bijna kokhalzen. Saimir had zich omgedraaid. Met een vragende blik wees hij op de kamerdeuren. Geen naambordjes. Alleen op de eerste deur links was met punaises een kartonnetje bevestigd met GEBREMARIAM. Hij gebaarde dat zij links of rechts moest aankloppen terwijl hij zich ondertussen in de badkamer zou verbergen. Daarna maakte hij een schietbeweging, ten teken dat ze niet bang hoefde te zijn als er iets zou misgaan. Ja? Ze knikte en wachtte tot hij zich in de badkamer had teruggetrokken. De deur, zag ze, liet hij op een kier staan.

Ze twijfelde waar ze zou aankloppen. Uiteindelijk koos ze voor 'Gebremariam', de kamer waar de reggaemuziek vandaan kwam. Ze klopte aan. Geen reactie. Een tweede keer. Na de derde keer werd het slot opengedraaid. Terwijl een grote Afrikaan met alleen een onderbroek aan en op zijn hoofd een in rastakleuren gebreid petje in de deuropening verscheen, sloeg de hasjgeur haar vol in het gezicht.

'Ja?'

De man maakte zich breed alsof hij wilde verhinderen dat ze de kamer in keek.

'Ik zoek eh... Bruno,' zei ze.

'Daar.' Hij wees schuin naar de overkant, waarna hij zijn kamerdeur met een klap dichttrok en de sleutel weer in het slot draaide.

Saimir, die blijkbaar alles gehoord had, kwam de badkamer uit, stak grijnzend zijn duim op en liep naar de deur van Bruno's kamer. Er volgde een vragende blik om zeker te zijn dat het de juiste deur was.

Ze knikte.

Hij stak de schroevendraaier tussen het slot en het kozijn en wrikte één keer. Ze hoorde het versplinteren van hout. Terwijl hij gebaarde dat ze op afstand moest blijven, duwde hij met één hand de deur open, de andere hand onder zijn jasje, klaar om het pistool te trekken. Chantal vroeg zich af of hij daadwerkelijk zou schieten als zich iemand in de kamer bevond. Ze kon zich niet voorstellen dat Saimir het wapen zou gebruiken. Hij stapte over de drempel, knipte het licht aan en gaf haar een teken dat de kust veilig was.

Ze trok de deur zachtjes achter zich dicht en liet haar blik door de kamer gaan. Een kleine ruimte. Zo'n drie bij vier meter, schatte ze. Links een versleten slaapbank. Rechts een wasbak, daarnaast een koelkast vol vetvlekken. Een klerenkast zonder kastdeuren. Er hingen een paar witte hemden en twee pakken. Ondergoed en sokken waren op een plank bij elkaar gepropt. Verschillende paren schoenen, de meeste van goede kwaliteit. Een leren fauteuil keek uit op een televisietoestel. Rechts van het raam een boekenkast met voornamelijk dvd's, een paar ordners en wat prullaria. Tegen de muur was een eettafel geplaatst met, op de hoek, een computer. Aan de muur posters van Bruce Willis en een jonge Pamela Anderson. Ze dacht aan wat Bruno zijn grootmoeder wijs had gemaakt. Vertegenwoordiger voor een Amerikaanse firma. Op de pakken en schoenen na leek Marcheix een nogal armoedig bestaan te leiden. Zijn kamertje had veel weg van de cel van een gedetineerde. Een smerig pension met een troosteloos uitzicht. Door het raam drong het geluid naar binnen van een trein die kreunend en knarsend tot stilstand kwam. De muziek uit de bar dreunde onophoudelijk door de vloer naar boven.

Zonder dat ze elkaar iets hoefden te zeggen werden de taken verdeeld. Terwijl Saimir voor de computer plaatsnam, trok zij de eerste ordner uit de kast. Op zoek naar documenten die iets vertelden over het leven van de bewoner. Het eerste waar ze op stuitte was een huurcontract. Oktober 2008 had Marcheix de kamer aan de avenue de Nantes betrokken. De huur bedroeg momenteel tweehonderdenzestig euro. Exclusief water en elektra. Het volgende interessante document was Marcheix' huidige arbeidsovereenkomst. Met ingang van december vorig jaar was hij in dienst bij een groot bouwbedrijf als chauffeur voor de directeur. Natuurlijk. Het verklaarde de 'auto van de zaak' waarmee hij tijdens de weekenden zijn grootouders bezocht. In een plastic map bevond zich een grote envelop met het logo van de reclassering, waarin ze een briefwisseling aantrof waaruit bleek dat Marcheix tussen 2006 en 2008 achttien maanden in de gevangenis van Châteauroux had doorgebracht. Over de reden waarom hij gezeten had, kon ze niets vinden. De reclasseringsambtenaar schreef over het voorkomen van 'recidief gedrag' en het volgen van een 'therapie'. Het leek er sterk op dat Marcheix eerder met justitie in aanraking was gekomen en dat hij een drugsverleden had.

Saimir had inmiddels het mailprogramma gehackt. Het account begon in november 2008, een maand na Marcheix' vrijlating. Geen aan de Lavillier-broers gerichte chantagemails uit het afgelopen jaar. Wellicht waren de berichten gewist. Saimir zei dat hij eventueel gewiste berichten wel kon terugvinden, maar dat hij daar meer tijd voor nodig had. Tijd die er nu niet was. Hij wees haar op een paar mails die te maken hadden met een bureau voor thuiszorg in de regio van Saint-Florent-le-Vieil en een offerte die hij had gekregen van een aannemer voor een nieuw dak van de schuren van zijn grootouders. Maar de belangrijkste ontdekking was dat Marcheix zijn bankzaken online deed bij twee banken. Crédit Agricole in Frankrijk en UBS in Zwitserland. Uit de rekeningafschriften van Crédit Agricole bleek dat er iedere maand zestienhonderd euro werd overgemaakt door het bouwbedrijf. Verder waren er grotere en kleinere bedragen afkomstig van Marcheix' UBS-rekening. Omdat het Saimir niet zo snel lukte om de UBS-rekening te kraken, zocht Chantal of er ergens rekeningafschriften te vinden waren. Uiteindelijk vond ze een klappertje verborgen achter de Bruce Willis-dvd's. Het laatste afschrift dateerde van een maand geleden. Op de rekening stond een kleine achttienduizend Zwitserse frank, iets meer dan veertienduizend euro. Terugbladerend vond ze vier stortingen van vijfentwintigduizend euro. Twee stortingen waren gedaan een week nadat Marcheix Guy Lavillier naar de snelweg had laten rijden om het geld op de parkeerplaats achter te laten. Het geld van de andere twee stortingen was ongetwijfeld afkomstig van Christian Lavillier. Chantal maakte met haar iPhone een foto van de belangrijkste bankafschriften.

'Yes!' Saimir balde zijn vuist.

Speurend naar welke zoekwoorden Marcheix zoal op Google had ingetikt, was Saimir gestuit op 'gif', 'vergiftigen' en 'dodelijk'. De zoekactie dateerde van zes weken geleden. Welke websites Marcheix bezocht had, kostte ook weer te veel tijd om uit te zoeken, maar dat Marcheix niet zomaar wat beweerd had toen hij Guy Lavillier gedreigd had te vergiftigen, was zonneklaar.

'We hebben genoeg,' zei Saimir terwijl hij op zijn horloge keek. 'We gaan.'

'Wacht...'

In de klerenkast had Chantal een schoenendoos met foto's aangetroffen. Een paar foto's van vroeger. De jonge Bruno Marcheix poserend met steeds een ander gezin. Pleeggezinnen, vermoedde ze. Bruno Marcheix naast broertjes en zusjes die geen familie waren. Dat hij zich ongelukkig voelde, was duidelijk. Op iedere foto was dezelfde achterdochtige blik te zien. Een paar kiekjes van Marcheix toen hij een jaar of twintig oud was, met vrienden met leren jacks en grote motoren. Marcheix in gezelschap van twee schaarsgeklede vrouwen die overduidelijk voor hun diensten werden betaald. Een champagnekoeler op tafel. Chantal stelde zich voor hoe het toen ergens was misgegaan. Ze vond een recente foto waar hij eindelijk op lachte. Marcheix samen met zijn oma en zijn bedlegerige opa in Saint-Florent-le-Vieil. Waarschijnlijk was de foto gemaakt door de door hem betaalde thuiszorg.

Onder de foto's lag een stapeltje brieven. Snel liet ze haar blik over de afzenders gaan. 'Marcheix heeft een brief gekregen van Christian Lavillier,' zei ze.

'Hè?' Saimir keek haar verbaasd aan.

Ze draaide de envelop om. 'De brief is gericht aan dit adres en is van...' – ze boog zich over de poststempel – '... 2 juni dit jaar.' 'Hoe kan dat nou?'

Ze haalde de brief uit de envelop en begon hardop voor te lezen:

Geachte meneer Marcheix, beste Bruno,

U vraagt zich ongetwijfeld af hoe ik aan uw privéadres ben gekomen. Het antwoord is eenvoudig: na de laatste geldovergave was ik zo vrij om u te volgen. Eigenlijk had ik dat al na de eerste keer moeten doen, maar het nieuws dat u wellicht mijn zoon bent, had mij toen dermate in verwarring gebracht dat ik niet in staat was adequaat te reageren.

Ik ben blij dat ik mij eindelijk tot u kan richten. Het is waar dat Dédée Giraud en ik in de zomer van 1968 met elkaar seks hebben gehad. Zoals u in haar dagboek hebt kunnen lezen waren de omstandigheden waaronder dat gebeurde verre van eervol. Dat ik jong was en dat iedereen die avond alcohol en drugs had gebruikt, mag geen excuus zijn voor wat er gebeurde. Ik schaam mij voor de daad, net zoals ik mij schaam voor de wijze waarop mijn vader uw grootouders en moeder destijds onder druk heeft gezet om u als baby af te staan. Maar het meest schaam ik mij voor het feit dat ik daarna nooit enige poging heb ondernomen om contact te zoeken met uw moeder, al was het maar om mijn excuses aan te bieden. De waarheid is dat ik na die bewuste zomer nooit meer in Saint-Florent-le-Vieil ben geweest. Daarom, hoe raar het ook klinkt, was ik blij om na zoveel jaar uw mail te ontvangen en van uw bestaan te vernemen.

Ik zou niets liever willen dan mijn fout van destijds herstellen en de volle verantwoordelijkheid nemen voor mijn daad, dat wil zeggen: u als mijn wettige zoon aan te nemen en u met alles behulpzaam te zijn waar ik mij zo lang aan heb onttrokken. Maar voor het zover is, zou eerst vastgesteld moeten worden of ik inderdaad uw biologische vader ben. Zoals u in het dagboek van uw moeder gelezen hebt, is Dédée die nacht zowel met mij als met mijn broer Guy naar bed geweest. Daarom stel ik een vaderschapstest voor om aan elke eventuele onduidelijkheid een eind te maken. Voor een dergelijke test zijn, zoals u weet, twee partijen nodig: de mogelijke vader én het kind. Maar ik kan me ook voorstellen dat u geen behoefte aan contact hebt en geen zin hebt om aan een vaderschapstest mee te werken. Mocht het u uitsluitend te doen zijn om financiële tegemoetkoming, c.q. steun, dan verzoek ik u mij dat te laten weten. In dat geval kunt u, ook zonder ingewikkelde overgaves langs de snelweg, rekenen op een vaste bijdrage van mijn kant.

Tot slot: weet dat ik geen enkele intentie heb om uw privégegevens aan wie dan ook bekend te maken en dat u op mijn absolute discretie kunt rekenen.

Hopend op een spoedige reactie

Met welgemeende hartelijke groet,

Christian Lavillier

De radio staat aan.

Wanneer er nu verkiezingen zouden worden gehouden, zou La Nouvelle France op tweeëntwintig procent van de stemmen kunnen rekenen. Dat stelt het gezaghebbende onderzoeksbureau TNS *Sofres. Marie-Christine Grenoult, de nieuwe leider van de partij, laat morgen weten of ze zich kandidaat zal stellen voor de presidentsverkiezingen van volgend jaar.*

Terwijl Jarre met een half oor naar het nieuws luistert, blijft zijn blik gefocust op het computerscherm. Het is lang geleden dat hij thuis heeft gewerkt. Eerlijk gezegd dacht hij dat het niet meer mogelijk zou zijn. Iedere vierkante centimeter van het appartement ademt Jeanne. Door de kamer klatert nog steeds haar stem, op het

348

parket weerklinken haar voetstappen, in de slaapkamer ruikt hij nog steeds haar lichaamsgeur. Het afgelopen uur is hij zo in zijn werk opgegaan dat hij niet eens aan haar gedacht heeft. Sorry, liefje. Voel je niet schuldig, hoort hij haar terugzeggen. Hij voelt zich ook niet schuldig. Zolang niemand de persoonlijke inlogcode van de hoofdcommissaris verandert, moet iedere minuut worden gebruikt om erachter te komen wat de prefect en Renoir bezielt. Op verzoek van Chantal heeft hij alles bij elkaar gezocht wat er over Bruno Marcheix bekend is. Welke rol speelt Marcheix in de moord op Guy Lavillier? Jarre ziet het verband nog niet, maar Chantal heeft er vast niet zomaar naar gevraagd. Hij maakt zich zorgen om haar. Niet omdat hij bang is dat Saimir Bezun haar iets zal doen, maar omdat een paar mensen binnen het politiekorps zo getergd zijn de jongen te vinden dat het er tijdens een arrestatie ongetwijfeld stevig aan toe zal gaan. Hij voelt zich verantwoordelijk voor haar veiligheid. Hij had haar moeten dwingen te stoppen de speurneus uit te hangen. Tegelijkertijd bewondert hij haar juist, dat ze zich niet heeft laten stoppen en stug doorgaat om de waarheid boven tafel te krijgen. Ze zijn uit hetzelfde hout gesneden. Telkens wanneer de telefoon gaat, schrikt hij op, hopend op een teken van leven van haar. Maar de paar bellers zijn collega's. Onder anderen de jonge agente die in het ziekenhuis bij hem heeft gewaakt. Ze vinden het erg dat hij geschorst is en wensen hem sterkte. Niemand maakt een opmerking of zijn schorsing wel of niet terecht is. Niemand durft een kant te kiezen. Jarre is de rotte appel. Jarre is besmet. Ondanks het handjevol collega's dat de moeite neemt hem een hart onder de riem te steken, voelt hij zich behoorlijk in de steek gelaten. Het is alsof de angst regeert in het politiekorps en niemand voor zijn mening durft uit te komen. Wie kan hij vertrouwen, met wie kan hij zijn twijfels delen? Jarre lijkt nu pas te beseffen hoe zijn werk voor 'speciale projecten' – alleen in zijn kamertje in het souterrain, peuterend in zaken uit het verleden – hem vervreemd heeft van de rest van het korps. En van de huidige tijd.

Het geluid van de radio dringt opnieuw tot hem door.

In Lyon heeft de politie op het allerlaatste moment weten te voorkomen dat een groep skinheads met een bulldozer een Roma-kamp aan de rand van de stad met de grond gelijkmaakte. De agressie jegens Roma en zigeuners dreigt over te slaan op andere minderheidsgroeperingen in Frankrijk. In Toulouse is afgelopen nacht een moskee in brand gestoken en in vlammen opgegaan nadat pro-La Nouvelle France-betogers de brandweer ernstig hinderden bij de bluswerkzaamheden.

Jarre steekt een sigaret op en probeert zich opnieuw te concentreren op de dossiers. Verslagen van verhoren in de Guy Lavillier-zaak. De machinaties vallen niet te ontkennen. De camera's bij het Stade de France die het juist die nacht laten afweten. De technische recherche die vanwege het vakantierooster geen prioriteit kan geven aan de brand in de rue de Prony. De wijze waarop Jarre aan de kant is gezet. Het gebeurt. Niemand stelt vragen. Niemand komt in opstand. Het lijkt verdomme wel of La Nouvelle France nu al aan de touwtjes trekt en iedereen het hoofd in de schoot heeft gelegd.

Zijn gsm gaat.

Chantal Zwart, denkt Jarre onmiddellijk. Ze heeft zijn hulp nodig. En hij de hare.

Snel neemt hij op: 'Oui?'

'Auguste?'

Hij herkent de stem van Gérard Paquet, de lijkschouwer. Het feit dat iemand van de 'ouwe hap' belt, doet Jarre goed. 'Gérard, wat verschaft mij de eer?'

'Ik hoor net dat ze je geschorst hebben,' klinkt het boos. 'Klopt dat?'

'Klopt.'

'Renoir?'

Jarre moet spontaan lachen. Ten minste één iemand die zegt wat hij denkt.

'Het is die klootzak van Renoir, hè?' roept Gérard. 'Die hufter heeft maar één ding in zijn hoofd,' vervolgt hij op dezelfde boze toon. 'Nee, ik vergis me. Het zijn er twéé: neuken en carrière maken over de ruggen van anderen.'

'Het is een smerige zaak, Gérard.'

'Daarom bel ik je.'

'O?' Jarre veert onmiddellijk op. 'Vertel.'

'Ik heb de autopsie op Guy Lavillier verricht. Omdat het om een belangrijke politicus gaat, moest er zonodig een tweede patholoog-anatoom bij gehaald worden. Een grote meneer uit Parijs. Het had niets te maken met een gebrek aan vertrouwen, legde de prefect me uit, maar hij wilde er absoluut zeker van zijn dat er geen fouten zouden worden gemaakt en dat er geen lastige pers over hem heen zou vallen. Dus deed ik mijn werk en rapporteerde aan mijn Parijse collega ten behoeve van diens contra-expertise. Het rapport is vandaag verschenen, maar om een of andere onduidelijke reden heb ik het pas aan het eind van de dag gekregen. Aangezien ik van mijn collega nooit opmerkingen heb ontvangen, ging ik ervan uit dat onze conclusies dezelfde waren en dat ik mij dus volledig in het eindrapport zou herkennen.'

Jarre kan zijn ongeduld nauwelijks bedwingen. 'Maar...'

'Het eerste wat me opviel, is dat we een verschil van mening hebben over het tijdstip van overlijden. Volgens mij moet Guy Lavillier in de nacht van zaterdag op zondag tussen 11.00 en 01.00 uur zijn overleden. Mijn collega gaat uit van een overlijden tussen 01.00 en 03.00 uur. Wat mij echter verbaast, is dat hij zijn tijdstip van over-lijden zonder ruggespraak met mij in het eindrapport heeft gezet. Maar het tweede verschilpunt is misschien nog veel opmerkelijker. Ik heb in het lichaam van Guy Lavillier sporen van aconitine aan-getroffen, maar mijn collega vond het kennelijk niet de moeite waard om dat in het eindrapport te vermelden.'

'Aconitine?'

'Monnikskap. Een ouderwets middeltje en zeer giftig. In het oude China en India werd aconitine op pijlpunten aangebracht en tijdens de Middeleeuwen werd het gebruikt bij executies. Zoals je misschien weet worden tegenwoordig veel giffen ook voor me-dische doeleinden aangewend. Maar aconitine niet. Te link. Het minste foutje met de dosis en de patiënt legt het loodje.'

'Heb je enig idee hoe het gif is toegediend?' vroeg Jarre.

'Nee. Ik heb geen sporen van een injectienaald kunnen vinden. Niet zo raar, als je ziet hoe er in de huid van het slachtoffer tekeer is gegaan. Misschien is de aconitine oraal in het lichaam van het slachtoffer terechtgekomen. Wat ik wel weet, is dat Guy Lavillier vergiftigd is en dat iemand erg zijn best doet om dat onder het tapijt te vegen.'

'Heb je die Parijse collega al gesproken?'

'Nog niet.' Gérard grinnikt. 'Ik dacht: ik bel eerst jou.'

'Maar ik ben geschorst.'

'Zoals ik je ken, zit je nu je stinkende best te doen om dit smerige zaakje op te lossen.'

'Reken maar, Gérard. En jouw telefoontje komt als geroepen.'

Jarre voelt hoe zijn accu zich opnieuw oplaadt. 'Wat zijn de verschijnselen bij een aconitinevergiftiging?' vraagt hij terwijl hij naar het puntje van de stoel schuift.

'Verdoofd gevoel, tinteling, misselijkheid, duizeligheid, hartkloppingen, fibrillatie van hart- en skeletspieren, hartritmestoornis, shock, coma. De symptomen kunnen heel divers zijn. Maar uiteindelijk volgt onherroepelijk de dood.'

'Hoelang duurt het voor het gif werkt?'

'Een kwartier, een halfuur. Meer niet.'

In gedachten spoelt Jarre de film van Guy Lavilliers laatste uur terug. De vernissage in galerie Prisma, het oppikken van Naomi Eggers, de taxirit naar de rue de Prony, het bed in, om vrijwel meteen te sterven. Hoelang duurt een taxirit van de Champs-Élysées naar de rue de Prony? Toch zeker een kwartier. Daarna het voorspel, wat ongetwijfeld niet erg lang duurde. Wanneer heeft de dader het gif kunnen toedienen? En waar?

'Kun je mij het rapport mailen, Gérard?' vraagt Jarre. 'Jouw rapport. Naar mijn privémail. En graag zo snel mogelijk.'

De afslag naar Futuroscope lag even ten noorden van Poitiers. Langs de snelweg stond een woud van reclameborden. Hotels, res-

352

taurants. Het pretpark trok jaarlijks meer dan anderhalf miljoen bezoekers, die allemaal moesten slapen en eten. Zonder Chantal iets te vragen, nam Saimir de afslag. Ze hadden internet nodig, zei hij. En een douche. Hij tenminste wel. Zijn kleren plakten. Ze zouden een hotelkamer nemen en waar kon dat beter dan hier. Zomervakantie. Topdrukte. Zoveel mensen dat ze niet zouden opvallen. Zij vond het prima. Net zoals ze het prima vond dat hij erop stond een budgethotel te nemen. De meeste goedkope hotels hebben na negen uur 's avonds een geautomatiseerde receptie waarbij gasten met hun creditcard inchecken. Niemand zou hen zien.

Hij reed de parkeerplaats op van Etap Hotel. Ze haalden hun bagage uit de auto en gingen het hotel binnen. Geen andere gasten, een onbemande receptie. Op de balie stond een bordje dat verwees naar de betaalautomaat. Saimir stopte de creditcard die Bako hun had meegegeven in het apparaat, koos een kamer voor drie personen en toetste de pincode in die Bako op een begeleidend briefje had geschreven. Even was ze bang dat de kaart zou worden ingeslikt of zou worden geweigerd. Maar alles ging goed.

Hun kamer bevond zich op de vierde verdieping. Een ruim tweepersoonsbed en een kinderbedje, waar ze hun bagage op neergooiden. Twee kleine fauteuils. Een passpiegel. Een bureau met een bureaustoel. Gratis wifi, stond er op een kaartje. Een functionerende airco. Goddank. Een verademing na de rit in de snikhete Clio.

Ze wierp een blik naar buiten. De duisternis was gevallen. Een zee van lichtjes strekte zich voor haar uit. Witte en rode stipjes op de A10, de snelweg naar Parijs. Roze en groene neonlichtreclames van de hotels en restaurants. De in laserstralen gevangen sciencefictionachtige gebouwen van Futuroscope. De locatie had iets symbolisch. De toekomst. Ze wilde niet verder kijken dan een paar uur.

'Ik moet pissen.' Saimir, die de laptop alvast op het bureau had gezet, keek haar vragend aan. 'Maar als jij...'

'Ga je gang.'

Ze hoefde niet te plassen. Ze had vooral dorst. In haar schouder-

353

tas zat nog een half flesje water. Ze nam een slok, maar het water smaakte vies, lauw. Nadat ze de televisie had aangezet, belandde ze in het weerbericht. Een presentatrice met druk gebarende handen waarschuwde voor een actief lagedrukgebied dat Noordwest-Frankrijk met rasse schreden naderde en dat men rekening moest houden met zware onweersbuien en windstoten. Chantal zapte naar de volgende zender. Een oude speelfilm. Romy Schneider in bikini, liggend aan de rand van een zwembad, met een toekijkende Alain Delon. De erotiek spatte ervan af. Terwijl ze verder zapte, dacht Chantal aan die andere Romy. Romy Lavillier. Het leek wel of de vrouw voortdurend boos was. Misschien speelde ze het. Uiteindelijk was ze actrice. Misschien lag ze voornamelijk met zichzelf overhoop. Dat ze woedend was geweest om Saimir voor de poort van het chateau tegen te komen, viel nog te begrijpen, maar waarom had ze zo hysterisch gereageerd toen Chantal met Isabelle Lavillier wilde spreken?

Achter haar rug klonk een zucht. Saimir was weer terug. Zijn gezicht stond gespannen en somber tegelijkertijd. Het bezoek aan Poitiers had opgeleverd wat hij al die tijd gehoopt had. Nu moesten er nog een paar dingen worden geregeld. Ze wachtten nog op de foto's van de vernissage. Met Jarre moesten afspraken worden gemaakt om Saimirs veiligheid niet in gevaar te brengen. Maar als dat allemaal geregeld was, zou Saimir zich overgeven. Zoals hij beloofd had. Terwijl Chantal naar hem keek, ervoer ze dezelfde somberheid. De tijd tikte weg.

'Heb jij geen honger?'

Hij haalde zijn schouders op, alsof eten hem op dit ogenblik wel het minst interesseerde.

'Ik anders wel.' Ze glimlachte. 'Ik kan me niet herinneren wanneer we voor het laatst iets fatsoenlijks hebben gegeten. We hebben toch wel tijd?'

Hij mompelde iets.

'Ik ga iets halen. Waar heb je zin in?'

'Maakt niet uit. Pizza, hamburger. Zoiets.' Hij deed zijn best te glimlachen, maar het lukte voor geen meter.

Snel verliet ze de kamer en nam de trap naar beneden. Terwijl ze het hotel uitliep, keek ze om zich heen of er niet ergens een blonde man met een pistool stond. Onzin, sprak ze tegen zichzelf. Niemand was hen gevolgd. Niemand scheen enige belangstelling te tonen voor de rode Clio op de parkeerplaats. Ze mengde zich tussen de vakantiegangers. Veel families met kleine kinderen. Jonge stellen die hand in hand over straat slenterden. De gebruikelijke vakantietaferelen. Ze stelde zich voor hoe Hotze en Evelyne op dit ogenblik misschien wel over de boulevard van Cherbourg flaneerden. Was daar eigenlijk wel een boulevard? Chantal was nooit in Cherbourg geweest, maar ongetwijfeld was het daar niet zo idioot warm als hier. Door haar schoenzolen drong de warmte van het nog steeds hete asfalt. Geen zuchtje wind te bespeuren. De atmosfeer was benauwend. Ze koos het eerste het beste restaurant met een take-away. Omdat ze geen idee had hoeveel Saimir at, plaatste ze een ruime bestelling. Even later liep ze met twee plastic tassen vol naar het hotel terug.

Toen ze de kamer betrad, stond Saimir voor de spiegel. Naakt, op zijn slip na, met beide handen de SIG op zijn eigen spiegelbeeld richtend. Zijn haar kletsnat. De pleister op zijn kin hing los, waardoor ze de wond zag die nog steeds niet dicht was.

Ze haastte zich de deur achter haar te sluiten. 'Wat doe je?' Ze moest haar stem verheffen om boven het geluid van de televisie uit te komen.

'Ik eh...' Hij leek totaal overrompeld door haar komst. 'Ik heb gedoucht,' zei hij terwijl hij het pistool liet zakken.

'Maar waarom sta je met een wapen voor de spiegel?'

'Omdat ik me probeer voor te stellen hoe het is om iemand te doden.'

'Waarom zou je dat willen weten?'

'Ik heb nooit een wapen willen hebben. Zelfs niet toen ik opgroeide in de buitenwijken van Saint-Denis waar het heel gewoon was om een wapen te hebben. Al was het maar om jezelf te verdedigen.' Saimir probeerde te glimlachen, maar zijn ogen bleven dof. 'Ik heb alles gedaan wat God verboden heeft, maar ik heb nooit geweld gebruikt. Zelfs toen mijn broertje werd doodgeschoten, vond ik geweld geen oplossing. Ik heb geprobeerd hem te wreken op mijn manier. Maar...' Met een wanhopige blik richtte hij het pistool op het televisietoestel. 'Het heeft geen zin.'

Toen Chantal naar het scherm keek, begreep ze wat hem zo van slag had gemaakt. Een interview met Marie-Christine Grenoult. De interviewer noemde de onlusten die aan het eind van de middag in Saint-Denis waren uitgebroken. Aanhangers van La Nouvelle France waren slaags geraakt met een stel jonge Algerijnen. Er werden beelden vertoond van donkergeklede mannen met capuchons over hun hoofd die met stokken insloegen op een paar mensen die op de grond lagen. Grenoult verdedigde de actie door te zeggen dat de Algerijnen erom hadden gevraagd. Hadden ze daar maar niet moeten zijn.

'Hoor je dat?!' reageerde Saimir terwijl hij met het pistool zwaaide. 'Het is hetzelfde als wat Guy Lavillier riep nadat de politie mijn broertje had vermoord. Als ik toen Lavillier had doodgeschoten, was dit misschien niet gebeurd.'

De tranen stonden hem in de ogen. Woede, onmacht, waarschijnlijk een combinatie van beide.

Nadat ze het geluid van de televisie had uitgezet, nam Chantal behoedzaam het pistool uit zijn handen. De kolf voelde klam en koud tegelijk. Er trok een huivering over haar rug. Was de SIG geladen? Hoe voorkwam je dat het ding afging? Zat er een veiligheidspal op? Ze moest er niet aan denken iets fouts aan te raken. Net zo behoedzaam legde ze het pistool op het bureau neer, met de loop naar de wand. Als versteend staarde Saimir naar de televisie, naar Marie-Christine Grenoult die met haar gebeitelde glimlach ongetwijfeld nog meer vreselijke dingen zei. Over Saimirs wang liep een traan. Chantal sloeg haar armen om hem heen. Zijn huid voelde als de huid van een kind, zacht en warm.

'Ik ben heel blij dat je nooit iemand hebt doodgeschoten,' zei ze terwijl ze hem voorzichtig tegen haar aan drukte. 'Als dat wel zo was, was ik nooit met je meegegaan.'

'Waarom ben je eigenlijk meegegaan?' vroeg hij snotterend.

'Omdat ik je bewonder om je moed en je eerlijkheid.'

'Alsof dat iets helpt.'

'Uiteindelijk wel. Wacht maar tot je straks in het Europarlement zit.' Ze hoorde hem zachtjes lachen. Nadat ze hem nog een keer tegen haar borst had gedrukt, liet ze hem los. 'Sorry.' Hij deed zijn best zich te herpakken. 'Ik zat even in een dip. Volgens mij moet ik nodig wat eten. Wat heb je gehaald?' De schittering in zijn ogen was weer terug.

Alles was op. De hamburgers, de salades Niçoise, de kaas, het fruit. Ze waren allebei uitgehongerd geweest. En uitgedroogd. De fles Sancerre was ook zo leeg. Gelukkig had Chantal een tweede fles gekocht. Met zijn Zwitserse zakmes ontkurkte Saimir de fles, vulde de uit de badkamer afkomstige plastic bekertjes en zette die op het bureau. Eentje links van de laptop, eentje rechts. Het signaal kon niet duidelijker zijn. Aan de slag. De time-out was voorbij.

Chantal nam plaats aan het bureau en startte de computer op. Saimir – hij had nieuwe pleisters op zijn wonden gedaan en een jeans aangetrokken en een hemd dat hij niet had dichtgeknoopt – schoof een van de lage fauteuils aan en ging naast haar zitten, zijn kin op het bureaublad. Doordat ze hoger zat, kon ze ongemerkt een blik omlaag werpen. Zijn inmiddels opgedroogde haar glansde. Opnieuw verbaasde ze zich over het diepe gitzwart. Ze hoorde hem ongeduldig kuchen, waarop ze haar mailbox opende. Negen nieuwe berichten. Inwendig glimlachte ze. Hoe langer ze wegbleef, hoe meer mensen haar leken te missen. Ze liet haar blik over de afzenders gaan. Evelyne, Jarre, Axel, een collega van Vox. De enige die ontbrak, was Hotze. Chantal dacht aan de eerste mail van Evelyne, die ze nog steeds niet had gelezen.

'Zijn de foto's er al?' vroeg Saimir terwijl hij met de lange nagels van zijn rechterhand op het bureaublad tikte.

'Ja.' Ze wees op de naam die driemaal vetgedrukt in het rijtje stond, waarna ze het eerste bericht dat Sil Martens had verzonden opende. 'Naomi heeft tijdens de vernissage twintig foto's gemaakt,' vertaalde Chantal het Nederlands. 'Ze heeft ze in drie tranches verstuurd, waarbij de chronologische volgorde waarin de foto's zijn gemaakt, is aangehouden.' Er stonden nog een paar regels, maar toen ze Saimir ongeduldig zag knikken, opende ze gauw de bijlage. Er verscheen een serie van zeven keurig genummerde foto's waarop steeds dezelfde persoon te zien was. Een man met een rare witte pruik en een overdreven grote designbril.

'Wie is dat?'

'De galeriehouder,' antwoordde Chantal. 'Vermoed ik.'

Wie anders? Ze dacht aan haar telefoongesprek met Cuno Behrens en haar smoesjes om uit te vinden wat Guy Lavillier en de stichting Formosa met elkaar te maken hadden. Door het zien van de foto's leek de werkelijkheid nu pas tot haar door te dringen. Snel klikte ze de mail weg en opende de volgende. Opnieuw verscheen een serie van zeven foto's. Op de eerste twee was alleen Cuno Behrens te zien. Daarna volgden foto's met publiek.

'Waar heb je het portret van Marcheix?'

'In mijn tas.' Ze wees naar het kinderbedje waar haar schoudertas lag.

Voor ze nog iets kon zeggen, stond Saimir op en haalde het portret uit haar tas. Normaal zou ze uit haar vel zijn gesprongen dat iemand ongevraagd in haar spullen zat te zoeken. Maar wat was normaal? Ze waren op de vlucht. En nog lang niet veilig. Ze keek naar de SIG, die nog steeds op het bureau lag en die Saimir alleen een beetje verschoven had om plaats te maken voor de wijn. Terwijl hij weer naast haar ging zitten, plaatste hij het portret van Marcheix rechts van het beeldscherm. Geconcentreerd bekeken ze de foto's nummer tien tot en met veertien. De foto's waren gemaakt tijdens een of andere toespraak. In ieder geval keek iedereen naar hetzelfde punt.

'Lavillier.' Saimir had de politicus als eerste herkend. 'Hij heeft een glas in zijn hand. Een champagneglas. Zie je?'

'Ja.' Bijna iedereen op de foto had een champagneglas in zijn hand. Ze boog zich naar het scherm om de mensen die Lavillier omringden beter te bekijken en hun gezichten te vergelijken met het portret naast de laptop. 'Zie jij Marcheix ergens?'

'Nee,' klonk het teleurgesteld.

Op de volgende foto was dezelfde groep toeschouwers te zien. Met als enig verschil een in het zwart gekleed jong meisje dat met een dienblad met glazen langsliep. Het was alsof Lavillier haar iets in het oor fluisterde. Het meisje lachte. Of ze geneerde zich. In elk geval viel er geen Marcheix te bekennen. Net zomin als op de volgende foto's. Chantal zag hoe Saimirs schouders iedere keer een beetje meer gingen hangen.

Ze opende de laatste serie. De eerste foto's waren bewogen, waardoor met de beste wil van de wereld niemand viel te herkennen.

'*Putain!*'

Ze kon zich zijn frustratie goed voorstellen. Als Marcheix op een foto stond, zou dat een eind maken aan het laatste restje twijfel. Ze klikte foto nummer negentien aan. De foto liet een ander deel van het publiek zien. Geen Lavillier, maar wel een hoop dertigers die eruitzagen alsof ze schilderden of iets anders artistieks deden. Jonge mensen, die haar deden denken aan Parijse vrienden die nu op vakantie waren en geen flauw benul hadden waar ze was of wat ze deed. Niemand wist waar ze mee bezig was. Evelyne niet, Hotze niet, Axel niet. Alleen Jarre.

'Ja!'

Saimirs kreet deed haar opschrikken.

'Hier.' Terwijl hij zijn linkervuist balde, wees hij met de andere hand Marcheix aan.

'Verdomd.' Nu zag ze het ook. Marcheix stond achteraan. Ze herkende hem aan de donkere krullen, maar vooral aan de manier waarop hij stond en keek, als een indringer, onzeker, bang dat zijn aanwezigheid zou opvallen en hij buiten de deur zou worden gezet.

'We hebben hem!' Saimir sloeg zijn armen om haar heen en kuste haar vol op de mond. 'Als dit geen bewijs is, weet ik het ook niet.' Hij had haar al weer losgelaten en was opgestaan om zijn bekertje vol te schenken en dat in één teug leeg te drinken. 'Yes!'

Er volgde een dansje zoals van Afrikaanse voetballers die bij de cornervlag hun doelpunt vieren.

Ze klikte door naar de volgende foto. Naomi had de zoom gebruikt en de camera gelukkig stilgehouden. Rechts in beeld was Marcheix te zien, zijn gezicht bijna twee keer zo groot als op de vorige foto. Ze vergeleek het gezicht met de portretfoto op het bureau. Inderdaad, geen twijfel mogelijk. Toch was er iets wat haar stoorde. Marcheix keek nu recht in de camera. Toeval? Waarschijnlijk had Marcheix niet eens in de gaten dat hij werd gefotografeerd. Toen ze nogmaals zijn gezicht bestudeerde, werd ze getroffen door de treurige blik in zijn ogen. Marcheix zag eruit als een typische loser. Ze kon zich goed voorstellen hoe hij, anoniem, vanuit een internetcafé zijn chantagemails had verstuurd. Maar om iemand daadwerkelijk te vergiftigen?

'Eindelijk!' Saimir stond vlak achter haar en had zijn handen op haar schouders gelegd. 'En wat schrijft Jarre?' Hij was zo euforisch dat hij blijkbaar geen andere foto's meer wilde zien.

Ze opende Jarres mail. Om te kunnen meelezen boog Saimir over haar schouder, zijn mond vlak bij haar oor, waardoor ieder zuchtje van hem haar oorhaartjes streelde.

Beste Chantal,

Gaat alles goed met je? Laat alsjeblieft iets van je horen. Ik heb een paar zaken uitgezocht, maar die bespreek ik liever met je aan de telefoon. Bel je me?

De korte mail raakte haar meer dan ze voor mogelijk had gehouden. Jarre maakte zich zorgen om haar. Lief. Verder gold hun oude afspraak. Voor wat hoort wat.

Ze wendde zich tot Saimir. 'Bel jij of bel ik?'

'Jij,' antwoordde hij zonder aarzelen. 'Mijn laatste contact met Jarre verliep niet zo best.' Hij lachte, maar het klonk een beetje zenuwachtig.

Ze haalde haar agenda en de prepaid gsm uit haar schoudertas en zocht Jarres nummer op. Voor ze het draaide, nam ze nog gauw een slok wijn.

'Ja? Hallo?'

'Meneer Jarre, ik ben het.' Ze hield de gsm tussen haar en Saimir in, zodat hij kon meeluisteren.

'Chantal!' Jarre had haar stem onmiddellijk herkend. 'Waar zijn jullie?'

Saimir maakte met zijn wijsvinger het nee-teken.

'Dat kan ik niet zeggen,' antwoorde ze.

Aan de andere kant van de lijn klonk een diepe zucht. 'Ik begrijp dat je dat niet kunt zeggen, maar eh... gaat het goed met je?'

'Uitstekend.'

'Ben je nu alleen?'

'Nee. Saimir zit naast me.'

'Kun je vrijuit praten?'

'Ik kan alles zeggen wat ik wil. En dat ik hier ben, is mijn eigen keus. Saimir dwingt mij tot niets. O eh...' Ze zag Saimirs zwaaiende hand. 'Saimir groet u.'

'Kan hij me horen?' vroeg Jarre.

'Ja, ik hoor u,' antwoordde Saimir terwijl hij zijn hoofd vlak naast dat van Chantal hield. 'Ik eh...' Ze hoorde hem slikken. 'Ik hoop dat ik u niet al te erg pijn heb gedaan.'

'Nee, hoor.' Jarre lachte. 'Ik heb wel vaker klappen gehad. Die van jou kon er nog wel bij.'

Er viel een stilte.

'U hebt een paar dingen uitgezocht, schreef u,' nam Chantal het over. 'Hebt u ook gekeken naar wat er te vinden was over Bruno Marcheix?'

'Ja.' Jarre wachtte even. 'Waarom is die man zo interessant?'

'Omdat hij de dood van Guy Lavillier in de rue de Prony op zijn geweten heeft.' *Waarschijnlijk*. Ze slikte het woord in, omdat ze Saimir, die eindelijk bereid leek zich aan Jarre over te geven, geen deelgenoot wilde maken van haar plotselinge twijfel.

'En waarom denken jullie dat?'

Kort en bondig vertelde ze wat ze over Marcheix wisten. Marcheix had de broers Lavillier gechanteerd. Marcheix had gedreigd Guy Lavillier te vergiftigen. En... er bestond een foto waaruit bleek dat Marcheix op zaterdagavond in galerie Prisma was geweest.

'Guy Lavillier is inderdaad vergiftigd,' zei Jarre nadat ze het verhaal had verteld.

Er viel opnieuw een stilte.

'Het klinkt alsof u twijfelt,' merkte Chantal op.

'Guy Lavillier is vergiftigd met aconitine. Een ouderwets gif dat binnen vijftien tot dertig minuten werkt. Als Marcheix het middel al zou hebben toegediend, zou dat vlak voor het vertrek van Lavillier uit de galerie gebeurd moeten zijn. Maar ik vraag me af of hij daartoe in staat is.'

'Waarom?' riep Saimir kwaad. 'Marcheix is geen doetje. Hij heeft ongetwijfeld niet voor niets in de gevangenis gezeten.'

'Maar niet iedereen met een strafblad is een moordenaar,' wierp Jarre tegen. 'Dat hoef ik jou toch niet te vertellen, Saimir.'

Saimir maakte een wegwerpgebaar alsof hij geen zin meer had in het gesprek.

'Waarvoor heeft Marcheix gezeten?' vroeg Chantal snel.

'Afpersing van een aantal supermarkten,' antwoordde Jarre. 'Marcheix had speelschulden en kon zijn drugs niet meer betalen.'

'Hoe ging die afpersing in z'n werk?'

'Marcheix dreigde met het vergiftigen van bepaalde levensmiddelen.'

'Hoort u wat u zegt?' riep Saimir. 'Ver-gif-ti-gen! Als u Marcheix' computer zou laten onderzoeken, zult u zien dat hij een paar weken geleden op internet nog informatie over gif heeft gezocht. Ik begrijp niet waarom u twijfelt.'

'Omdat Marcheix zijn dreigement nooit heeft uitgevoerd,' antwoordde Jarre zonder te vragen hoe Saimir wist wat Marcheix allemaal op zijn computer uitspookte. 'En omdat ik betwijfel of hij over genoeg kennis beschikt om met gif om te gaan. Bovendien... beweren jullie dat Marcheix ook Christian Lavillier chanteerde?'

'Ja.' Chantal probeerde niet te denken aan Saimir die Christian Lavillier dood in de balkonkamer had zien liggen.

'Christian Lavillier is niet vermoord,' zei Jarre. 'Ik had hem vanmiddag nog aan de lijn.'

'O?' Chantal keek Saimir niet-begrijpend aan.

'Zo te horen verbaast je dat,' zei Jarre. 'Of vergis ik me?'

'Eh...' Ze wist niet goed wat ze moest zeggen. Saimir maakte een gebaar dat ze maar beter niets kon zeggen.

'Christian Lavillier belde me vanmiddag toen ik nog plaatsvervangend hoofdcommissaris was,' begon Jarre ongevraagd. 'Hij had van Isabelle Lavillier gehoord dat jullie in Saint-Florent-le-Vieil waren en wilde dat ik stappen ondernam. Het toeval wil...' – de toon veranderde, alsof hij aan iets grappigs dacht – '... dat ik vlak na het telefoontje bezoek kreeg van de prefect, die mij de wacht aanzegde. In alle consternatie ben ik geloof ik vergeten om jullie verblijfplaats door te geven.' Er klonk een tevreden lachje. 'Wat ik wil zeggen: ik betwijfel of Marcheix slim genoeg is om iemand te vergiftigen. En het is ook niet belangrijk,' ging Jarre verder voor Saimir iets kon roepen, 'want het tijdstip van Guy Lavilliers dood valt samen met jouw optreden in La Huchette. Dat blijkt uit onderzoek. Ook al zijn er mensen die proberen om dat onderzoek weg te moffelen. Ik weet dat jij, Saimir, onschuldig bent en zal er alles aan doen om dat te bewijzen. Vertrouw me.'

Chantal keek Saimir aan met een blik van zie-je-wel.

'Dan pakken ze me voor de castratie van Lavillier,' wierp Saimir tegen. 'Op de dolk en het hoesje staan mijn vingerafadrukken. Op het pamflet staat een bedreigende tekst die ik met mijn stomme kop ooit heb geschreven. Begrijpt u niet hoe ze dit van tevoren hebben gepland om mij erin te luizen? Ze hebben een dader nodig, een schuldige om aan de hoogste boom op te knopen, een Roma met een strafblad, een onbetrouwbaar sujet, iemand die geen kans heeft om zichzelf te verdedigen.'

'Schei uit!' riep Chantal naar Saimir. 'En je kunt jezelf wél verdedigen.' Zonder zich erom te bekommeren of Saimir het goedvond wat ze ging zeggen, richtte ze zich tot Jarre: 'Saimir heeft belastend materiaal over de stichting Formosa.'

'O?!' reageerde Jarre. 'Hoe kom je daaraan?'

'Wat doet dat ertoe?' beet Saimir hem toe.

'Formosa dient als dekmantel om de partijkas van La Nouvelle France te spekken,' ging Chantal verder, Saimirs irritatie negerend. 'En om kader op te bouwen. Maar het interessantste is dat de grootste geldschieter de vrouw is die de leiding van de partij heeft overgenomen en volgend jaar waarschijnlijk een gooi zal doen naar het presidentschap.'

'Marie-Christine Grenoult?' vroeg Jarre.

'Precies. Ze hebben Guy Lavilliers dood gebruikt om van hem een martelaar te maken en Roma, buitenlanders en andere minderheden van alles wat er in dit land fout gaat de schuld te geven. En met succes. Want iedere dag stijgt La Nouvelle France in de peilingen.'

'Kan ik dat materiaal zien?' vroeg Jarre.

Saimir aarzelde.

'Als u Saimirs veiligheid kunt garanderen,' antwoordde Chantal. 'En die van mij.'

'Hoezo?' Jarre had duidelijk geen idee waar ze het over had. 'Wat is er dan gebeurd?'

Ze vertelde over de blonde man in de blauwe auto die hen met een pistool in de rue de Rivoli had achtervolgd en die voor de ingang naar de place du Carrousel tegen een stadsbus was geknald.

'Wanneer was dat?' vroeg hij hoorbaar geschrokken.

'Gisteravond. Tegen een uur of elf.' Precies wist ze het niet meer. Het leek eeuwen geleden.

'Ik ga onmiddellijk uitzoeken wat er met de chauffeur van die auto is gebeurd,' zei Jarre. 'Wat betreft onze eh... ontmoeting. Komen jullie naar Parijs of zal ik naar jullie komen?'

De vraag verraste hen beiden. Chantal keek Saimir aan en gebaarde dat het zijn beslissing was.

'Wij komen naar Parijs,' zei hij ten slotte.

'Wanneer kunnen jullie hier zijn?'

'Over drie uur. Dat wil zeggen: als we de snelweg nemen.'

'Waar ontmoeten we elkaar?'

'Ergens in de stad. Op een overzichtelijke plek. En ik wil dat u alleen komt.'

'Natuurlijk.'

'Als ik mij overgeef...' Het klonk alsof Saimir een slag om de arm wilde houden. 'Dan is dat alleen aan u.'

'Natuurlijk.'

'En ik wil de garantie dat ik niet de gevangenis in draai.'

'Dat kan ik niet garanderen,' zei Jarre na een lange stilte. 'Ik kan alleen beloven dat ik mijn uiterste best zal doen om jouw onschuld te bewijzen. Desnoods trekken jullie bij me in tot de hoofdcommissaris volgende week van vakantie terug is en de leiding van het onderzoek weer overneemt. Dat geeft me meteen de kans om het materiaal over Formosa te bestuderen. De hoofdcommissaris is een verstandige man, iemand die zich niet laat beïnvloeden door prefecten, politici of andere hooggeplaatste figuren. Heel anders dan Renoir die...'

'Maar als de politie me arresteert,' viel Saimir Jarre in de rede, 'dan kunt u dat niet verhinderen.'

'Ze hebben me geschorst, Saimir. Officieel zijn mijn handen gebonden. Maar ik sta aan jouw kant en...'

'Dat is me te weinig.'

'Saimir?' Chantal was verbijsterd. 'Je hebt het mij beloofd.'

Saimir schudde zijn hoofd. 'Nee, we moeten iets anders verzinnen.'

'Ik bel u terug, meneer Jarre,' haastte ze zich te zeggen. 'Later.'

'Jullie kunnen me de hele nacht bellen,' klonk het. 'Maar wacht niet te lang.'

'Heb je het gehoord?' De Albanees heeft de opname stilgezet. 'We weten precies wat er gebeurt. Alles is onder controle.' Hij lacht, waarbij de knoflookwalm uit zijn mond slaat.

Terwijl Milos terugdeinst, bespeurt hij tegenstrijdige gevoelens. Het liefst zou hij de smeerlap die Nadja gevangen houdt op z'n bek slaan. Aan de andere kant: ze hebben hem niet voor niets teruggeroepen. Hij laat zijn blik rondgaan. Het appartement is veranderd in een heus commandocentrum. De tafel staat vol apparatuur. Computerschermen met plattegronden van Parijs waarop – in real time en met vrolijke kleurtjes – de belangrijkste verkeersaders te zien zijn. Een professionele politiescanner die tussen de oproepen door vooral veel piepgeluiden laat horen. Afluisterapparatuur. Twee monitoren. Op de eerste is een grote woonkamer te zien. De man met het verband om zijn hals die net nog belde, loopt nu te ijsberen tussen een tafel en het raam. Op de tweede monitor is de ingang van een flatgebouw te zien. Het beeld doet Milos denken aan de boulevard in Cherbourg. Hoeveel tijd heeft hij met zijn malle escapade verloren laten gaan? Kostbare tijd waarmee hij het lot van Nadja had kunnen keren. Gedurende de lange rit naar Parijs is het beeld geen moment van zijn netvlies geweest. De betraande ogen, de hulpeloze blik. *Help me, Milos.* Hij weet niet wat erger is: het gevoel dat het allemaal zijn schuld is, of de angst dat ze haar iets zullen aandoen. *Niet mijn type.* Hij hoort het de Albanees zeggen. In hoeverre zal de opdrachtgever zich aan zijn woord houden? Wat betreft de actie doet hij tenminste wat hij heeft beloofd. Hij faciliteert. Milos hoeft maar te kikken of hij krijgt het. De bodyguard die hem de laatste keer nog met plezier een revolver in de rug stak, is plotseling gebombardeerd tot zijn 'persoonlijke assistent' en heeft als taak alles te doen om het hem naar de zin te maken. *Wilt u misschien iets eten? Waar hebt u trek in? Zegt u het maar.* In de woning hangen nog twee andere zware jongens rond. Ook Albanezen, vermoedt Milos, afgaande op de paar gesprekken die hij tussen hen heeft opgevangen. Ze hebben zich in een van de kamers teruggetrokken waar vooral veel gebeld en gerookt wordt.

'Je moet gewoon zeggen wat je nodig hebt, Milos.' De opdrachtgever slaat hem quasi-joviaal op de schouder. 'Jij bent de specialist.' Hij lacht, maar het is een lach die vooral bedoeld lijkt om alle onzekerheid weg te lachen.

Vergeleken met de laatste keer is de sfeer omgeslagen. Gespannen. Geen arrogantie, geen cynisme, geen tijd voor dolletjes. De actie nadert haar ontknoping.

'Mag ik nog een espresso?' vraagt Milos.

De Albanees knipt met zijn vingers, waarop de 'persoonlijke assistent' prompt naar de keuken verdwijnt om even later met een verse espresso terug te keren. Milos neemt een slokje. De smaak dringt nauwelijks tot hem door. Hij staat stijf van de espresso's. Maar de vermoeidheid en het slaaptekort moeten ergens mee bestreden worden. Tussendoor drinkt hij water. Liters water. Het vocht dat zijn lichaam met deze temperaturen verliest, moet worden aangevuld. Espresso's en water. En licht verteerbaar voedsel. Hij moet scherp blijven tot het eind. Het wordt de laatste nacht, de laatste kans. Hij denkt aan het telefoongesprek van zo-even. 'En als de journaliste en de zigeuner niet naar Parijs komen?'

'Ze komen,' beweert de Albanees met grote stelligheid. 'Zeker als de journaliste haar mail leest.'

Blijkbaar hebben ze haar account gehackt en is er een reden waarom ze nodig terug moet naar huis.

'En stel dat de politie ze eerder vindt en arresteert?' werpt Milos tegen.

'Dat gebeurt niet,' antwoordt de Albanees met dezelfde stelligheid. 'De politie zal niets doen.' Grijnzend spreidt hij zijn armen. 'Het podium is voor jou. Dus zeg maar wat je nodig hebt.'

Nippend aan zijn espresso laat Milos de verschillende scenario's de revue passeren. De zigeuner had het over een open, overzichtelijke plek in Parijs. Wat moet men zich daarbij voorstellen? Een plein, een park, een parkeerplaats? En waar? De zigeuner wil dat de politieman alleen komt. Wat betekent dat de politieman een positie zal kiezen waardoor hij van alle kanten zichtbaar is. Maar dat betekent ook...

'De oude politieman is niet bewapend,' zegt de Albanees alsof hij Milos' gedachten heeft geraden.

'Zeker weten?'

'Honderd procent. De man háát wapens.'

Milos glimlacht, hopend dat zijn aarzeling onopgemerkt blijft. Een moment van zwakte. Van angst? Hij is nooit bang geweest.

Zelfs toen hij als kind van huis wegliep, een onzekere toekomst tegemoet, was hij geen moment bang. Hij had een droom, een doel: een leven zonder armoede en zonder alcoholistische ouders die hem mishandelden. Daarvoor moest alles wijken. En daarom lukte het. Waarom zou het nu opeens niet lukken? Misschien is hij een oud burgermannetje geworden dat overal beren op de weg ziet. 'Wat heb je nodig?' herhaalt de Albanees zijn vraag.

Milos slikt. Dan ziet hij Nadja voor zich, hun droomhuis in Mazuren, vier honden en een vleugel. 'Ik wil een snelle motor,' zegt hij zonder met zijn ogen te knipperen. 'Een off-road-motor.'

'Voorkeur?'

'Suzuki, Kawasaki. Als-ie maar snel is.'

'Rij je zelf?'

'Natuurlijk.'

'Misschien een ander wapen?'

Milos schudt van nee. Het enige waar hij tot nu toe op heeft kunnen vertrouwen, is de Glock. Twee mensen zijn vermoord. Nog twee, en dan...

Ruzie kon je het niet noemen. Eerder een stevige discussie over wat er moest gebeuren voor Saimir zich aan Jarre zou overgeven. Want hij zou zich overgeven, herhaalde hij. Ze konden niet blijven vluchten. Maar voor hij Jarre belde, wilde hij nog wat 'dingetjes' opzoeken om helemaal zeker te zijn van zijn zaak. Vervolgens was Saimir op bed gaan liggen, de laptop op zijn buik, en was hij vrijwel onmiddellijk in slaap gevallen. Aangezien hij de tweede fles sancerre bijna in zijn eentje had leeggedronken, verbaasde het Chantal niets.

De manier waarop hij lag, had iets aandoenlijks. De benen gespreid, de kin op zijn borst, het hemd helemaal open waardoor ze zicht had op zijn mooie strakke huid. Hij snurkte heel zachtjes, maar sliep hij echt? Misschien was het wel een truc om te ontsnappen aan een lastige discussie. Ze kon het zich niet voorstellen. Eigenlijk kwam het haar wel goed uit. Tijdens het telefoongesprek met Jarre had ze voortdurend naar de overzichtspagina van haar mailprogramma zitten turen, waar behalve afzender, onderwerp en datum de eerste woorden van het bericht te zien waren. Evelynes eerste mail was getiteld 'Hotze'. Het bericht begon met: 'Lieve Chantal, voor het geval je misschien nog van plan was om...' De tweede mail was getiteld 'Update Hotze' en begon met: 'Chantal, aangezien je je voicemail niet afluistert en kennelijk ook...' Ze wist dus nog steeds niets. En met een obstinate, licht wanhopige Saimir naast haar had ze tot nu toe geen kans gehad om Evelynes berichten te openen.

Voorzichtig trok ze de laptop onder zijn handen vandaan. Er volgde een afwijkend snurkgeluidje, alsof hij zich tegen iets verzette, maar zijn oogleden bleven gesloten. Terwijl ze naar zijn lange wimpers keek, verbaasde ze zich opnieuw over het intense gitzwart, alsof het geverfd was. Ze liet haar blik over zijn borst glijden, over de donshaartjes die vanaf de navel als een zachte penseelstreek in zijn jeans verdwenen. Op haar tenen sloop ze naar het bureau, zette de laptop neer en ging zitten. Ze klikte op de muis, waardoor het scherm zich opende. Cijfers, data, namen. Het leek op het materiaal dat Saimir over de stichting Formosa had verzameld en waar hij kennelijk nog een keer naar wilde kijken om te zien of het inderdaad belastend genoeg was.

Ze sloot het venster. Daarna surfte ze naar haar mailbox en las Evelynes mails in de volgorde waarin ze verstuurd waren. De boodschap veroorzaakte een paniekaanval. Hotze had begin van de middag een lichte attaque gehad. Evelyne had onmiddellijk een taxi gebeld. In het ziekenhuis had Hotze bloedverdunners gekregen. Volgens de cardioloog en neuroloog was er geen enkele reden tot ongerustheid. De lichte uitvalverschijnselen – warrig spreken, geen kracht in zijn hand – waren van voorbijgaande aard. Hotze wilde het liefst zo snel mogelijk terug naar Parijs. Evelyne had de mail verstuurd vanuit het ziekenhuis. Haar gsm stond niet altijd aan, maar ze luisterde haar voicemail regelmatig af. Dus als Chantal belde, werd ze zo snel mogelijk teruggebeld. Liefs, Evelyne.

De toon van de tweede mail, vier uur later, was heel wat minder vriendelijk. Waarom nam Chantal haar telefoon niet op? Waarom reageerde ze niet op de eerste mail? Of interesseerde het haar niet hoe het met Hotze ging? Mocht ze het toch willen weten: met Hotze ging het goed, maar de artsen vonden het toch verstandiger om hem vannacht in het ziekenhuis te houden. Morgen zou bekeken worden of ze konden terugreizen naar Parijs. Behalve haar mobiele nummer had Evelyne het telefoonnummer van het appartement in Cherbourg vermeld. Geen groeten, geen 'hoop van je te horen', geen 'liefs, Evelyne'.

'*Shit!*'

De uitroep kaatste door de kamer. Chantal voelde tranen opwellen. Woede, bezorgheid, maar bovenal het gevoel hopeloos tekort te schieten. Ze beet op haar lippen om het niet nog een keer uit te schreeuwen en draaide zich om. Saimir lag er nog net zo bij als zo-even en snurkte rustig verder. Hoe laat was het? Ze keek op haar horloge. Een paar minuten na elf. Alsof het tijdstip er iets toedeed. Ze stond op, haalde de iPhone uit haar schoudertas, schakelde het toestel in en zocht Evelynes nummer.

De telefoon ging drie keer over.

'Ja?'

Evelyne had zich kennelijk voorgenomen net te doen alsof er geen naam op het schermpje verscheen.

'Met mij,' begon Chantal schuldbewust. Ze dempte onmiddellijk haar stem: 'Ik zie net je mail en ben me doodgeschrokken.' Geen reactie. Natuurlijk niet. Ze mocht de gifbeker helemaal leegdrinken. Ze slikte. 'Hoe is het met Hotze?'

'Goed.'

'Ligt hij nog in het ziekenhuis?'

'Ja.'

'Maar het gaat wel goed met hem?'

'Ja.'

'Je had het over een lichte attaque,' vervolgde Chantal zonder zich door de korzelige antwoorden uit het veld te laten slaan. 'Ja.'

'Hoe is het met zijn spraak?'

'Goed.'

'En geen verlammingsverschijnselen?'

'Nee.'

'Gelukkig.' Ze zuchtte. Eigenlijk moest ze nog veel meer vragen. Hoe het was gebeurd. En waar. Ze slikte opnieuw. 'Je zult wel enorm geschrokken zijn?' Opnieuw geen reactie. 'Hoe is het met jou?'

Er volgde een geïrriteerd kuchje. 'Ik wilde net gaan slapen. Het was een lange dag.'

'Sorry, maar ik zie je mail nu pas.'

'Nu pas?' Evelyne kon zich duidelijk niet langer inhouden. 'Weet je hoe vaak ik je vandaag heb proberen te bellen? Twintig, dertig, misschien wel veertig keer! Waarom staat je mobiel uit? Je bent toch freelancejournalist. Een beetje freelancejournalist heeft zijn mobiel altijd aanstaan.'

Chantal aarzelde. 'Ik heb mijn mobiel net aangezet.'

'O, dan had je vandaag zeker iets belangrijks te doen?' klonk het snerend. 'Waar ben je eigenlijk?'

'Hoe bedoel je?'

'Omdat je zo geheimzinnig zit te fluisteren.'

'Ik eh...' Ze moest iets wegslikken. 'Ik ben in een hotel in...' Ze hield abrupt op omdat ze zich nu pas realiseerde met welk toestel ze belde. Saimir zou woedend zijn. Ze keek over haar schouder. Gelukkig. Hij sliep nog. 'Ik ben in een hotel ten zuiden van Parijs,' voegde ze er op fluistertoon aan toe.

'Interessant. Het klinkt alsof je daar niet alleen bent.'

'Klopt.' Ze probeerde onhoorbaar te kuchen. 'Het zit namelijk zo...' Na een blik op haar horloge begon ze te vertellen, stap voor stap, de chronologie volgend, in de hoop dat Evelyne niet de draad zou kwijtraken. Toen ze alles verteld had en weer op haar horloge keek, was het tien minuten later.

'Mijn god...' Aan de andere kant van de lijn viel een lange, diepe zucht. 'Sorry, meid, als ik dat had geweten...'

'Het is mijn eigen schuld, Eef,' haastte Chantal zich te zeggen.

'Ik had jullie gewoon moeten inlichten. Maar ik moest mijn bron beschermen.'

'Ik begrijp het. En die jongen eh... Saimir, is die nu op je kamer?'

'Hij ligt achter me en slaapt.' Chantal merkte hoe de oude vertrouwelijkheid tussen haar en Evelyne weer terugkeerde. Het liefst zou ze haar vriendin een kijkje in de slaapkamer gunnen, en praten over Saimir, en hoe bizar het lot haar aan hem had gekoppeld.

'Maar vannacht gaan jullie terug naar Parijs?' vroeg Evelyne bezorgd, 'en dan geeft hij zich over?'

'Dat is wel de bedoeling.'

'Hoezo *de bedoeling*?'

'Saimir zal zich overgeven,' zei Chantal zo overtuigend als ze kon.

'Heel verstandig.' Er volgde een zucht. 'Zul je voorzichtig zijn?'

'Altijd.' Wat kon er misgaan? Jarre zou hen ergens in de stad staan opwachten. Als het gevaarlijk was, zou hij het vast niet doen. 'Trouwens...' – onwillekeurig moest Chantal glimlachen – '... vertel Hotze maar niets.'

'Je bedoelt in verband met zijn hart?'

'Ja.' Toen ze Evelyne hoorde grinniken, moest ze zelf ook grinniken. 'Gaat het goed tussen jullie?'

'Zodra we elkaar zien, krijg je een uitgebreid verslag,' antwoordde Evelyne een beetje cryptisch. 'Dus wees voorzichtig, meid. En tot gauw.'

'Tot gauw.'

Toen Chantal het gesprek wegdrukte, liepen de tranen haar over de wangen.

'Waarom huil je?'

Saimir stond achter haar.

Ze keek hem aan. Haar hoofd tolde. Ze wilde zoveel zeggen dat ze niet wist waar ze moest beginnen. Eigenlijk wilde ze helemaal niet praten. Ze had het gevoel dat haar hoofd op knappen stond. Ze wilde naar huis, naar Evelyne en Hotze. Ze wilde er zeker van zijn dat het goed met hem ging. Nieuwe tranen welden op. Ze keek Saimir aan. Zijn ogen glansden. Ze keken elkaar aan, zonder een woord te wisselen. Als op commando trokken ze hun kleren uit, beiden bijna struikelend over de jeans die aan hun voeten bleven hangen. Ze moesten erom lachen. In zijn ogen schitterden sterretjes. Ze liet zich naar de wand drijven, met haar rug naar de spiegel. Toen hij zijn handen onder haar billen legde, klom ze in hem, haar benen om zijn heupen, haar armen om zijn nek. Terwijl hun lippen zich aan elkaar vastzogen, drong hij in haar en trok een golf van genot door haar lijf.

Jarre staart door het raam. Het verkeer op de boulevard Carnot is tot rust gekomen. Bijna middernacht. Aan de overkant staat een geblindeerd busje met een antenne op het dak. Hij registreert het. Meer niet. Net zoals in het appartement aan de overkant dat al maanden leegstaat, een rood lampje brandt. Zijn gedachten gaan naar Chantal en Saimir. De man van de aanslag in de rue de Rivoli heeft de botsing met de stadsbus overleefd. Dankzij het nog steeds functionerende wachtwoord van de hoofdcommissaris heeft Jarre kunnen lezen wat de chauffeur van de stadsbus heeft gezien. Een man met kort blond haar is uit het wrak gekropen en zette het hinkend op een lopen. Jarre maakt zich zorgen om de veiligheid van Chantal en Saimir. Een van de bewoners in het appartementencomplex heeft een huisje buiten Parijs dat hij Jarre meerdere malen heeft aangeboden. Misschien, bedenkt Jarre, zou hij daar met de twee heen moeten gaan tot de situatie veilig is. Maar eerst moeten Chantal en Saimir naar Parijs komen. Jarre denkt terug aan het telefoongesprek van een uur geleden. Heeft hij Saimir ontmoedigd door Marcheix te snel van de verdachtenlijst af te voeren? Jarre realiseert zich dat hij zich heeft gebaseerd op oude dossiers. Misschien zit hij er wel helemaal naast.

Zonder zich te bekommeren om het tijdstip, draait hij het nummer van Christian Lavillier. De telefoon gaat zeker tien keer over.

'Ja?' klinkt het nors.

'Met Jarre. Sorry dat ik u zo laat nog bel.'

'Ik neem aan dat u daar een goede reden voor hebt. Hebt u de twee inmiddels opgepakt?'

Zo te horen denkt Christian Lavillier dat Jarre nog steeds de leiding over het onderzoek heeft.

'De politie zoekt nog,' antwoordt Jarre naar waarheid.

'Waarvoor belt u dan?' klinkt het al even nors.

'Klopt het dat u bent gechanteerd door een zekere Bruno Marcheix?'

Er valt een stilte.

'Hoe weet u dat?'

'Klopt het?' herhaalt Jarre.

'Ja.'

'Waarom hebt u nooit aangifte gedaan?'

'Omdat ik het geen probleem vond te betalen. Sterker nog: ik zag het als mijn morele plicht.'

'Plicht?'

'Commissaris Jarre...' Christian Lavillier zucht diep. 'Laten we elkaar niet voor de gek houden. U bent achter het bestaan van Bruno gekomen, dus doet u nu alstublieft niet alsof u van niets weet. Bruno is mijn zoon. Nee, Bruno had mijn zoon kunnen zijn. Die jongen heeft de slechtste start gehad die er bestaat. Geen ouders, geen liefde, geen enkel vangnet. Daarom voel ik het als mijn morele plicht om hem nu te ondersteunen. Beter laat dan nooit.'

'Maar u bent niet de biologische vader.'

'Nee, die is dood.'

Jarre probeert wat hij net gehoord heeft tot zich te laten doordringen. Waarom stelt Christian Lavillier zich zo ruimhartig op? Is het puur altruïsme of probeert hij iets te verbergen? Op de een of andere manier lijkt de dood van Guy Lavillier hem wel gelegen te komen. Misschien is Christian Lavillier eropuit om de moordenaar van zijn broer te beschermen.

'Wist u dat Bruno Marcheix ook uw broer heeft gechanteerd?' vraagt Jarre.

'Ik vermoedde het,' antwoordt Christian Lavillier. 'Maar ik heb er nooit met Guy over gesproken. Wij spraken sowieso nauwelijks met elkaar, over geen enkel onderwerp, en al helemaal niet of een van ons beiden een onbekende zoon had.'

'Marcheix heeft gedreigd uw broer te vergiftigen als hij niet zou instemmen met een vaderschapstest.'

'Dat heb ik vandaag pas gehoord.'

'Van wie?'

'Van Bruno. Vanmiddag hebben we elkaar voor het eerst ontmoet.' De stem van Christian Lavillier verraadt trots.

'Heeft Bruno nooit gedreigd u te vergiftigen als u niet aan een vaderschapstest zou meewerken?'

'Welnee.' Christian Lavillier begint te lachen. 'Die vaderschapstest heb ik zelf voorgesteld. En klaarblijkelijk is mijn broer daar een beetje zenuwachtig van geworden.'

'Guy Lavillier is vergíftigd,' zegt Jarre.

Er valt een stilte.

'En Marcheix,' vervolgt hij, 'bevond zich in de galerie waar Guy Lavillier voor het laatst in het openbaar werd gezien.'

'Dat heeft Bruno me verteld. Hij wilde mijn broer spreken om hem uit te leggen dat hij geen geld wilde, maar een vader. Op de website van La Nouvelle France had hij gelezen dat Guy tijdens de vernissage een praatje zou houden. Maar toen Bruno eenmaal in galerie Prisma was, durfde hij niet meer. Hij had te veel gedronken en drugs gebruikt. Hij was op van de zenuwen. Tijdens Guys toespraak heeft Bruno iets geroepen wat hij zich later niet eens kon herinneren. Hij heeft zich de deur laten uitzetten. Zonder zich te verweren. Hij schaamde zich dood. In een hotel heeft hij zijn roes uitgeslapen en nagedacht hoe hij het de volgende keer beter moest aanpakken. Op maandag is hij naar het parlement gegaan. Maar Guy verscheen niet op het vragenuur. En toen kwam er het nieuws over Guys vermissing en – later – over de moord. Vindt u het gek dat Bruno in paniek raakte en zijn hotel niet meer uit durfde? Gisteravond heeft hij mij gebeld en om hulp gevraagd. Vanmiddag hebben we met elkaar gesproken. Bruno is bereid een volledige bekentenis af te leggen. Maar hij heeft niemand vergiftigd. Hij heeft slechts met een vergiftiging gedreigd omdat het bij een eerdere afpersingszaak ook werkte. Bruno is een beetje een simpele jongen. U zou hem moeten zien, dan kunt u zichzelf een beeld vormen.'

'Waar is Bruno nu?'

'Bij ons thuis. Hij blijft hier voorlopig logeren. Ik was van plan om u morgen te bellen, maar u bent me voor. Nu we elkaar toch aan de lijn hebben, misschien kan ik morgen met hem naar uw bureau komen.'

'Eh...' Jarre twijfelt of hij zal zeggen dat hij is geschorst. 'Morgen komt niet zo goed uit. Ik bel u volgende week. Is dat goed?'

'Wat u wilt, meneer Jarre.'

Opeens schiet het Jarre te binnen. 'Is u vandaag nog iets overkomen waardoor u bijna dood was?'

'Hoe weet u dat?' reageert Christian Lavillier verrast. 'Word ik verdacht van de moord op mijn broer en houden uw collega's mij daarom in de gaten?'

'Wat is er gebeurd?' vraagt Jarre kalm.

'Ik ben diabetespatiënt. Vanochtend heb ik – waarschijnlijk vanwege de zenuwen om later die dag Bruno te ontmoeten, of omdat ik het niet goed zag – het knopje van mijn insulinepen een beetje te ver doorgedraaid. Een beetje erg ver.' Er volgt een zenuwachtig lachje. 'Het gevolg was dat ik bewusteloos raakte. Wat niet catastrofaal hoeft te zijn, als je omgeving maar weet wat er gedaan moet worden. Een spuit glucagon en na een halfuur ben je weer helemaal bij. Een paar uur later voel je je zelfs alsof er niets is gebeurd. Probleem was dat mijn vrouw net het huis had verlaten om naar haar werk te gaan. Maar gelukkig was er iemand op ons terrein die een ladder tegen het balkon heeft geplaatst en daarna blijkbaar het alarmnummer heeft gebeld. Is dat soms een van uw mensen geweest?'

'Het spijt me,' antwoordt Jarre, 'maar daar kan ik niets over zeggen.'

Ze hadden het twee keer met elkaar gedaan. Eén keer tegen de spiegel, kort maar hevig, en één keer op het bed, langer, maar daardoor niet minder onstuimig. Terwijl Saimir de snelweg opreed richting Parijs, twijfelde Chantal welke van de twee keer de beste was geweest. Haar hele lichaam gloeide nog na. Als hij nu een hand op haar been zou leggen, zou ze spontaan beginnen te kreunen, verlangend naar een derde keer. Vanuit haar ooghoek wierp ze een blik op Saimir die, met beide handen aan het stuur, geconcentreerd voor zich uit keek.

Nog geen halfuur geleden hadden ze uitgeput en verzadigd op bed gelegen. Opeens was hij rechtop gaan zitten. Nu ze met elkaar hadden geslapen, zei hij, belette niets hun om terug te gaan naar Parijs. Hij zei het zonder enige ironie, eerder alsof het hem speet om na al het vuurwerk met een dergelijke huishoudelijke mededeling te komen aanzetten. Ze was niet kwaad, noch voelde ze zich gekwetst. Eerlijk gezegd dacht ze er net zo over. Het onvermijdelijke was gebeurd en het was meer dan fantastisch geweest, een zoete herinnering voor de rest van haar leven, een droom. Maar nu was het tijd om terug te keren naar de realiteit. Hoe moeilijk dat ook was. Ze was blij dat Saimir eindelijk de beslissing had genomen. Hij zou zich overgeven aan Jarre. Maar dan moesten ze nu weg, zei hij, zodat ze tussen vier en vijf uur in Parijs zouden arriveren. Het beste tijdstip. Een stad die nog sliep. Duisternis – voor zover het in een stad als Parijs ooit donker is. Hij was uit bed geglipt en had gedoucht. Daarna had Chantal gedoucht. In de badkamer had ze haar kleren aangetrokken, uit elkaars zicht, om het niet nog moeilijker te maken dan het al was.

En nu reden ze naar het noorden. In de verte weerlichtte het. De lucht die door de opengedraaide raampjes naar binnen woei, voelde klam. Nog even en het noodweer zou losbarsten.

'Bel jij Jarre, Chantal?'

Het was het eerste wat Saimir tegen haar zei nadat ze waren weggereden.

'Natuurlijk.' Ze kuchte de kikker uit haar keel. Het lange stilzwijgen had haar onzeker gemaakt, alsof de man naast haar niet dezelfde was met wie ze zojuist de beste seks van haar leven had beleefd. Saimir leek zich te hebben terugtrokken in zijn eigen wereld. Had hij er spijt van dat hij met haar naar bed was geweest? Of was het hem tegengevallen, maar vond hij het niet de moeite waard daarover te praten, nu hun wegen zich binnenkort toch zouden scheiden? Misschien zag hij wel tegen het afscheid op, bedacht ze. Net als zij.

Ze haalde de prepaid gsm uit haar schoudertas en zocht het nummer.

Jarre nam direct op, alsof hij op haar telefoontje had zitten wachten. 'Ja?'

'Ik ben het. Chantal. We zijn onderweg.'

Er klonk een zucht van verlichting. 'Hoe laat arriveren jullie?'

'Ergens tussen vier en vijf.'

'Uitstekend. En waar spreken we af?'

'Waar spreken we af?' vroeg ze aan Saimir.

'Dat hoort hij als we er zijn.'

'Dat hoort u later,' zei ze tegen Jarre.

'Oké.' Het klonk alsof Jarre heel goed begreep dat het geen zin had om een discussie te beginnen. 'Zodra jullie hier zijn, neem ik jullie mee naar een veilig adres. Is dat goed?'

Ze twijfelde wat ze moest antwoorden. Wilde ze mee met Saimir? Eigenlijk wilde ze naar haar eigen huis, naar Poes. En morgen wilde ze naar Ivry om Hotze en Evelyne op te wachten.

Jarre herhaalde de vraag.

'Dat is goed,' zei ze.

'Wat is goed?' wilde Saimir meteen weten.

'Jarre regelt een veilig adres.'

'Als er maar internet is,' zei hij zonder zijn blik van de weg af te halen. 'Ik heb een berg documenten die ik hem wil laten zien.'

Terwijl ze de boodschap doorgaf, vroeg ze zich opnieuw af waarom Saimir zo koel reageerde. Was hij zenuwachtig over de aanstaande overgave, misschien wel bang, en probeerde hij dat door zijn stoïcijnse gedrag te verbergen? Misschien was het wel lief bedoeld en wilde hij haar niet onnodig ongerust maken.

Ze hoorde Jarre iets zeggen over internet op het adres waar hij met hen heen wilde. 'Er is internet,' zei ze tegen Saimir.

Hij knikte en zweeg.

Ze wendde zich tot Jarre: 'Weet u al meer over de man die ons in de rue de Rivoli achternazat?'

Milos moet op de bank in slaap zijn gedommeld. Heel kort. Langer dan een kwartier kan het niet geduurd hebben. De assistent die hem wakker maakt en al net zo uit zijn bek stinkt als de Albanees, zegt dat hij als de donder naar beneden moet komen. Nu. De off-road-motor staat klaar en zoveel tijd voor instructie is er nou ook weer niet.

Na een knikje dat hij er aankomt, wist Milos het zweet van zijn voorhoofd. De droom was afschuwelijk. Erger dan een nachtmerrie. Terwijl hij de man door het trappenhuis naar beneden volgt, probeert hij de scènes tevergeefs van zijn netvlies te jagen. Milos vloog. Met schoolslagachtige bewegingen verplaatste hij zich door de ruimte, wendbaar als een valk. En onzichtbaar. Beneden lag een landweg waar de zigeuner en de journaliste nietsvermoedend overheen liepen, hand in hand, als twee onnozele kinderen uit een of ander sprookje. Milos hoefde maar omlaag te duiken om ze neer te schieten. Maar hij wilde het moment uitstellen om zo lang mogelijk te genieten van het gelukzalige gevoel te kunnen vliegen en van de wind die zijn haren deed wapperen. In de verte lag een groot bos. Nog even en de landweg zou onder een dak van takken en bladeren verdwijnen. Milos legde zijn vinger om de trekker van de Glock en focuste zich op de twee, die nog steeds nietsvermoedend over de weg liepen, het bos tegemoet. Hij schatte de afstand in, bepaalde het moment. Nu. Toen hij zijn duikvlucht wilde inzetten, voelde hij hoe er getrokken werd aan zijn voeten. Iemand riep zijn naam. Zijn echte naam. Milos. Hij herkende de stem van Nadja. Toen hij achteromkeek, zag hij dat ze naakt was. Ze lachte en zei dat ze alles wist over zijn verleden, maar dat het nu mooi

379

was geweest en dat hij moest ophouden met moorden. Maar dat kan niet, zei hij, wijzend op de twee stipjes op de grond. Inmiddels vloog hij zo hoog dat hij de twee nauwelijks nog kon zien. Dat kan wel, zei Nadja glimlachend. *Make love to me.* Milos probeerde zich te ontworstelen aan haar greep, maar Nadja liet niet los. Ze waren aan elkaar vastgeketend. De wind suisde in zijn oren, steeds harder. Als een blok schoten ze op de aarde af, de dood tegemoet.

'Alles oké?'

De assistent kijkt hem vragend aan.

Milos knikt.

Ze staan beneden op de overdekte cour.

'Dit is hem.' Liefkozend strijkt de man over de lichtgrijs-appelgroene off-road-motor. 'Een Kawasaki KLX450R. Een vloeistofgekoelde viertakt eencilinder, met een cilinderinhoud van 449 kubieke centimeter. Vijf versnellingen. Een elektrische starter én een kickstarter. Remmen voor, remmen achter. Proefritje?'

'Waar denk je aan?'

Saimir had de radio zachter gezet.

Chantal voelde zich betrapt. Ze vroeg zich af waarom ze Saimir niet alles had verteld wat ze van Jarre te horen had gekregen. Wel dat de onbekende blonde man de botsing had overleefd, wel dat Christian Lavillier het dankzij hun bezoek aan Samois-sur-Seine had overleefd, wel dat Jarre wist waar Marcheix zich bevond en dat de bastaardzoon een bekentenis wilde afleggen. Niet dat Jarre ervan overtuigd was dat Marcheix niets te maken had met de vergiftiging. Misschien was ze bang dat Saimir zich alsnog zou bedenken en zich niet wilde overgeven. Ondertussen had ze ook aan Hotze gedacht, aan zijn kamer in het ziekenhuis van Cherbourg, en dat ze Evelyne niet eens gevraagd had om een telefoonnummer en of zijn mobiel daar wel mocht aanstaan. Niet dat ze hem wilde bellen. Het was na drieën. Hotze moest slapen, uitrusten, zodat hij zo gauw mogelijk weer beter was. Ze had aan Evelyne gedacht en hoe blij ze was dat ze weer normaal met elkaar omgingen. Als Evelyne op de achterbank had gezeten, hadden ze ongetwijfeld gesproken over de vraag wie Guy Lavillier had vergiftigd. Want iemand moest hem vergiftigd hebben. Ook al dreigde dat door alle politieke consequenties steeds meer op de achtergrond te raken. Aconitine. Een werkingstijd van een kwartier tot een halfuur. Het middel moest vlak na het vertrek uit galerie Prisma zijn toegediend. Was er tijdens de rit naar de rue de Prony iets voorgevallen? Had Naomi misschien meer met de dood van Lavillier te maken gehad dan ze haar had doen geloven? Er drong zich een gedachte op, die zo bizar was dat Chantal ervan schrok.

'Waar denk je aan?' vroeg Saimir opnieuw, terwijl hij zijn hand op haar been legde.

'Aan ons,' antwoordde ze, 'en hoe het verder gaat als we terug in Parijs zijn.'

'Jij gaat je verhaal schrijven voor de krant. Of niet?'

'Natuurlijk.' Ze lachte. 'Ik ben journalist.' Ze legde haar hand op de zijne. 'En wat ga jij doen als alles voorbij is?'

'Afstuderen. En gitaar spelen.'

'En je blog?'

'Op mijn blog zal ik alles publiceren wat ik kan vinden over Lavillier, Ortola, Grenoult en andere smeerlappen. Maar of het zal helpen?'

'Waarom schrijven we niet samen een boek?' vroeg ze denkend aan het voorstel van de uitgever.

'Waarom zouden we dat doen?'

Omdat er dan een reden is elkaar te blijven zien. En met elkaar te slapen. Ze kreeg het niet over haar lippen. 'Omdat we onze kennis dan kunnen bundelen,' antwoordde ze prozaïsch.

Saimir schudde zijn hoofd. 'Dat wordt niks. Ik ben een Roma, en dus partijdig. Jij behoort onpartijdig te zijn, onafhankelijk. Als mijn naam en foto op een boek staan, laten de mensen het boek liggen. Zigeuners spelen gitaar of viool. Zigeuners schrijven geen boeken.'

'Maar we willen hetzelfde,' wierp Chantal tegen. 'De waarheid vertellen, niet meer en niet minder.'

'Dat denk je nu. Zodra je thuis bent, ga je alles checken om te kijken of wat ik je verteld heb wel klopt.'

'Maar ik geloof je, Saimir.'

'Ik ben partijdig, Chantal.'

'Ik ook.' Ze vertelde over haar ontmoeting met Guy Lavillier, meer dan tien jaar geleden, en hoe hij haar in een van de UMP-burelen had proberen aan te randen. Als dat niet gebeurd was, had ze nooit zo fanatiek haar best gedaan om de waarheid te achter-halen en had de tegenpartij misschien wel geen noodzaak gezien om twee ooggetuigen uit de weg te ruimen. 'Misschien is het wel allemaal mijn schuld,' besloot ze.

'Dus Bako had gelijk?' vroeg Saimir lachend, kennelijk niet van plan om op haar negatieve gedachten in te gaan.

'Ja.'

'Als ik jou was, zou ik dat deel van het verhaal weglaten.'

'Zou je denken?'

'Ja.'

Ze lachten allebei.

'Wat ik zeggen wil...' Hij draaide zijn hoofd naar haar toe. 'Schrijf wat je wilt, maar maak er het beste artikel van dat je ooit hebt geschreven.'

'Beloofd.' Zachtjes kneep ze in zijn hand.

Hij zette de radio weer iets harder en legde zijn hand terug op haar been. Michel Fugain zong 'C'est un beau roman, c'est une belle histoire'. Zwijgend reden ze verder. Het weerlichten was overgegaan in bliksemschichten die de nachthemel deden oplich-ten. Inwendig telde Chantal de tijd die verstreek tussen het zien van de flits en het horen van de donder. Zes, zeven tellen. Er be-stond een formule om de afstand uit te rekenen. Zoveel meter per seconde. Het wilde haar niet te binnen schieten. In ieder geval na-derde het onweer met rasse schreden.

Terwijl ze Orléans passeerden, keek ze automatisch even naar rechts. Normaal, wanneer ze uit het zuiden kwam, naderde ze de stad van de andere kant. Na wat zoeken vond ze de twee in kunst-licht badende torens van de kathedraal.

Het laatste stuk snelweg kende ze uit haar hoofd. Eerst acht-baans, dan zesbaans. Alsmaar rechtdoor. Zelfs met ogen dicht zou ze het kunnen rijden. Ze wierp een blik in de achteruitkijkspiegel. De snelweg achter hen was leeg. Alles ging goed.

'Weet je al waar je Jarre wilt ontmoeten?' vroeg ze.

'Ja,' antwoordde Saimir kortaf terwijl hij zijn hand van haar been haalde. 'Bel hem maar.'

'Het gaat beginnen.' De Albanees wijst naar de monitor, waarop te zien is hoe het licht in het appartement wordt uitgeknipt. Even later is op de tweede monitor te zien hoe de oude politieman het gebouw verlaat.

Uit een van de speakers komt een hoop geknetter. De Albanees stoot een vloek uit en steekt zijn zoveelste sigaret op. Nog meer ge-knetter. Een van de assistenten haast zich naar de installatie en be-gint allerlei snoertjes om te steken.

'We volgen,' klinkt het vervolgens kraakhelder.

De auto die de politieman zal volgen is alleen maar bedoeld als back-up, heeft de Albanees uitgelegd. Voor het geval dat. Wat niet zal gebeuren. Want Milos is de beste hitman die er is. Toch?

Door middel van een hoop peptalk probeert de Albanees zijn zenuwen te verbergen. Het gevolg is dat hij de anderen alleen nog maar zenuwachtiger maakt dan ze al zijn. Merkwaardig genoeg merkt Milos hoe hij zelf juist steeds rustiger wordt. Hij zweet niet langer, zijn blik is scherp, zijn kop helder. Nog even, en de nacht-merrie is voorbij. Na de actie hebben ze afgesproken in een hotel bij het Gare d'Austerlitz. Daar zal hij de trein nemen naar het zui-den, naar Nadja.

Beloofd is beloofd.

Voor de zoveelste keer neemt Milos in gedachten alle handelingen door. Het optrekken van de motor, de rechterhand naar de buitenzak van het motorpak waar de Glock zit – zonder geluiddemper, om te voorkomen dat het pistool misschien vast blijft zitten – het focussen van het doelwit, het richten, en dan...

'Klaar.'

Zijn persoonlijke assistent reikt hem de helm aan waar ze tot het laatste moment aan hebben zitten prutsen om de headset vast te zetten. Een microfoontje om te praten en twee oortjes om de Albanees te horen. Voor het geval dat.

Milos haalt de dopjes van de iPod uit zijn oren. Terwijl hij de melodie van de Regendruppel Prelude inwendig verder zingt, verlaat hij het appartement, klaar voor zijn laatste actie.

Vlak voor ze de Périphérique opreden, had Saimir gewisseld van radiostation en een jazzzender opgezet. De desolate trompet van Miles Davis sloot naadloos aan bij de omgeving. Chantal kon zich niet herinneren wanneer ze de laatste keer in het holst van de nacht over de binnenring had gereden. De weg leek op een spookbaan. Een brede asfaltstrook waar behalve een enkele nachtbraker niemand overheen reed. De storm leek met de minuut aan te wakkeren en hing nu recht boven de stad. Bliksem zette de daken in een fel elektrificerend licht. Tussen de flits en de donderklap telde ze nog maar drie seconden. De wind loeide. Verkeersborden en straatverlichting zwiepten heen en weer. Wat er na alle droogte nog aan blad aan de bomen zat, werd over de weg geblazen alsof het herfst was.

Ze doken een tunnel in. Rechts, boven de grond, lag het Lycée François Villon, haar oude middelbare school. Onwillekeurig dacht ze aan wat voor meisje ze toen was geweest. Slim, serieus, opstandig genoeg om niet bij de trutjes te horen. Ze had hasj gerookt en andere dingen gedaan die verboden waren. Toch kon ze zich niet herinneren dat ze buitengewoon moedig was geweest. Was ze nu moedig? Wat ze deed, was niet meer dan de logische consequentie van een aantal logische handelingen. Niets om trots op te zijn, noch iets om plotseling bang van te worden.

Ze staken de Seine over. Daarna volgden de tunnels elkaar in hoog tempo op. Ze hield niet van tunnels. Het idee maar twee kanten uit te kunnen, bezorgde haar een gevoel van beklemming. Saimir raakte haar kort aan, alsof hij in de gaten had wat ze voelde. *Alles goed?* Ze knikte. Hij moest vooral niet denken dat ze bang was. Terwijl ze vlak voor de volgende tunnel rechts afsloegen naar de porte Dauphine, keek ze vanuit haar ooghoek naar hem. Zijn mond was als een streep. Een vastberaden blik. Geen spoor van angst. Waarom begon ze zich dan opeens zorgen te maken?

Terwijl Jarre naar de afgesproken plek rijdt, dwalen zijn gedachten af naar vroeger. Hij probeert de herinneringen te verdringen. Hij is op een clandestiene missie, alleen tegen de leiding van het politiekorps en politieke figuren die de Roma-jongen het liefst zouden willen laten hangen. Hij is oud, beseft Jarre, en heeft niet meer de energie van vroeger. Hij moet zich concentreren op wat er gedaan moet worden, niet dromen. Maar de beelden zijn te sterk. Het schoolreisje naar Parijs. Kom je naast me zitten? Het was het eerste wat Jeanne tegen hem zei. Ze waren twaalf jaar oud en klasgenoten. Hij zou haar nooit hebben durven aanspreken. Jeanne was veel te mooi. Onbereikbaar. Natuurlijk liet hij de kans niet liggen om naast haar te mogen zitten. Van Schiltigheim naar Parijs, van het jeugdhotel naar de ene na de andere bezienswaardigheid, en tot slot weer terug naar Schiltigheim. Meer dan duizend kilometer. Waar hebben ze al die uren in hemelsnaam over gesproken? Hij weet het niet meer. Waarschijnlijk hebben ze alleen maar handje handje naast elkaar gezeten. Omdat het net aan was. Hij rekent terug. Zevenenvijftig jaar geleden was hij voor de eerste keer in het Louvre. De glazen piramide met de centrale ingang stond er toen nog niet. Die kwam pas eind jaren tachtig. Hij herinnert zich hoe het hypermoderne bouwwerk tot allerlei verhitte discussies leidde. Hoe kun je een klassiek plein als de place du Carrousel zo verkrachten? De kritiek was niet mals. Jeanne vond de piramide juist prachtig en een reden om, na zoveel tijd, opnieuw een bezoek aan het Louvre te brengen. Hij ziet zichzelf met haar de trappen afdalen, hand in hand, net als toen.

Genoeg gedroomd. Jarre werpt een blik in de achteruitkijkspiegel. Er is nauwelijks verkeer. Hij concentreert zich weer op de weg, op de takken die de storm op straat gooit.

～

Verboden inrit. Om van de quai des Tuileries op de place du Carrousel te komen moesten ze omrijden. Saimir had de radio uitgezet en Chantal gevraagd om Jarre te bellen.

'Waar zijn jullie nu?' vroeg Jarre.

'In de rue de Rivoli,' antwoordde ze. *Op het gedeelte waar de blauwe auto met de blonde man met het pistool was opgedoken.* Ze probeerde er niet aan te denken. Vanuit haar ooghoek zag ze hoe Saimir regelmatig in de achteruitkijkspiegel keek of er niet opnieuw iemand achter hen aan zat.

'Alles goed met jullie?'

Ze hoorde hoe de wind in Jarres gsm sloeg. 'Alles goed,' antwoordde ze.

'Vraag Jarre hoe de situatie is,' zei Saimir. 'Of iemand hem gevolgd heeft en waar zijn auto staat.'

Chantal stelde de vraag.

'Alles is veilig,' antwoordde Jarre. 'Ik sta voor de hoofdingang van het Louvre. Mijn auto, een donkerrode Dacia, staat op het trottoir, recht voor de piramide. Niemand heeft me gevolgd en op de place du Carrousel is geen sterveling te bekennen. Wat niet zo raar is op dit tijdstip en met dit weer.' Er volgde een lachje alsof hij haar gerust wilde stellen.

Ze bracht verslag uit aan Saimir, die slechts knikte en met een strak gezicht voor zich uit bleef kijken.

'Alles in orde bij jullie?'

'Ja, ja,' zei ze snel tegen Jarre. 'We zijn er bijna.'

Ze hadden de kruising bereikt waar ze ternauwernood vlak

386

voor de stadsbus waren uitgeweken. Het stoplicht functioneerde niet meer. Bliksem? De donderklappen, die vrijwel gelijk vielen met de lichtflitsen, waren oorverdovend. Na een paar keer omkijken sloeg Saimir links af, de poort door, en reed de place du Carrousel op. Direct zwol de wind aan doordat de storm op het open terrein vrij spel had. Bladeren van de aangrenzende jardin des Tuileries werden over de straatstenen gejaagd. Saimir reed tot aan de rotonde van buxushagen die het middelpunt vormde van de place du Carrousel en stopte.

Chantal liet haar blik rondgaan. Rechts de Arc de Triomphe du Carrousel, daarachter de lanen van het verlaten park. Links de meer dan twintig meter hoge, verlichte piramide. Als een reusachtige U, de open zijde richting Tuilerieën, omsloten de historische gebouwen het plein. Saimir had niet voor niets voor deze locatie gekozen, bedacht ze. Een open plek. Overzichtelijk. De piramide verlichtte de hele binnenplaats van het Louvre. Geen doorgaand verkeer. De enige auto in de buurt was de donkerrode auto op het trottoir. Jarre stond zo'n vijftig meter verder, zijn silhouet duidelijk afgetekend tegen de witverlichte glaswand. Even meende ze dat hij een witte shawl droeg, tot ze zich realiseerde dat het zijn verband was.

'Bent u dat, meneer Jarre?' Saimir had de gsm overgenomen en hield het toestel zo dat ze kon meeluisteren. 'Voor de ingang van de piramide?'

'Ja.'

'Steek uw rechterhand op.'

Het silhouet hief zijn rechterhand.

'U bent alleen?'

'Natuurlijk, Saimir. Zoals we hebben afgesproken.'

'De auto op het trottoir is van u?'

'Ja.'

'Is de tank vol?'

'Zo goed als.'

Een bliksemflits zette de piramide en omringende gebouwen in een oogverblindend wit licht.

'Hoe ver is het naar dat adres van u?' vroeg Saimir nadat de donderklap was uitgedreund.

'Een kilometer of tachtig.'

Ze zag hem denken. In de Clio had genoeg benzine gezeten om Parijs te halen. Om geen onnodig risico te nemen, waren ze geen enkele keer gestopt om te tanken.

'Dan gaan we met uw auto.' Saimir gaf de gsm aan Chantal. Terwijl zijn ogen de omgeving afspiedden, trok hij langzaam op.

Milos zit op de motor, de benen op de grond, de machine uit. Vanaf zijn positie, verdekt opgesteld in de linkeruitgang naar de quai des Tuileries, heeft hij een perfect zicht op het grote plein. Ondanks de donderklappen en een paar onnodige, storende commando's van de Albanees heeft hij het telefoongesprek goed kunnen volgen. Van alle scenario's die hij van tevoren bedacht heeft, is dit het beste. Eigenlijk is het net een cadeautje, een afscheidscadeau na een lange loopbaan als huurmoordenaar. Wanneer de twee uit hun auto stappen, zullen ze – heel kort – een ideaal doelwit vormen. Milos legt zijn duim op de startknop van de Kawasaki. Geen fouten. Niet te vroeg juichen. Hij probeert de afstand te schatten tot de geparkeerde auto. Honderd meter? In hoeveel seconden legt hij honderd meter af? De actie vergt een precieze timing. Milos wacht op het juiste moment.

Saimir reed de auto tot vlak achter de Dacia. Jarre liep hun kant op, zag Chantal, zijn jasje bollend in de wind, de broekspijpen strak naar achteren. Hij zag er ouder uit dan tijdens de persconferentie op televisie. Met moeizame passen baande hij zich een weg tegen de storm in. Zijn gezicht verried bezorgdheid, of misschien was het gewoon vermoeidheid. Zelf was ze ook moe. Hij maakte een korte handbeweging alsof hij probeerde zichzelf een meer ontspannen houding te geven.

'Vergeet je schoudertas niet,' zei Saimir.

'Nee, natuurlijk niet.' Ze had de tas al van de grond opgeraapt en wilde uitstappen.

'Wacht.' Terwijl hij met een hand haar arm vasthield, ging zijn andere hand naar het handschoenenkastje.

Tot haar verrassing haalde hij de SIG uit het kastje, ontgrendelde het wapen, stak het onder zijn broekriem en stapte uit.

'Kom maar, Chantal,' zei hij even later, waarna hij zijn portier sloot.

Toen ze haar portier wilde openen, moest ze al haar kracht aanwenden om te voorkomen dat de wind het weer dichtdrukte. Tussen de twee auto's liep ze het trottoir op, naar Jarre, die met een uitgestoken hand op hen af kwam lopen.

Bliksem. Direct gevolgd door een keiharde klap die overging in een geluid dat ze niet kon thuisbrengen.

De Kawasaki is snel. Met brullende motor raast Milos op de groep af. Ze zijn met z'n drieën. De oude politieman rechts, de zigeuner in het midden, de journaliste links. Ze kijken hem aan alsof hij van Mars komt. Een gemotoriseerde moordenaar. Met de Glock in zijn hand focust hij zich op zijn doelwit. Hij moet een keuze maken. Wanneer hij de zigeuner naar zijn broekriem ziet grijpen, twijfelt Milos niet wie er als eerste aan moet geloven. Eén schot per persoon. Recht in het hart. Geen risico. Desnoods nog een tweede rondje om de zaak af te maken. Hij richt op de linkerborst van de zigeuner en drukt af. Op hetzelfde moment dat de knal tussen de gebouwen weerkaatst, stort de zigeuner op zijn rug. Raak. Milos richt de Glock op de journaliste, maar hij kan zijn hand niet goed stilhouden. Het komt door de stormachtige windvlagen die de Kawasaki nog meer snelheid geven waardoor hij van zijn baan afraakt. Hij richt, schiet. Merde! Ze valt niet om. Hij wil nog een keer aanleggen, maar de motor is al te ver naar links doorgeschoten om nog een fatsoenlijk schot te kunnen afleveren.

Saimir lag op de straatstenen, zijn armen en benen gespreid, als verlamd. Uit zijn mond sijpelde een dun straaltje van bloed, speeksel en nog iets anders. De rode vlek op zijn borst leek alsmaar groter te worden. Chantal knielde naast hem neer en zocht de plek waar de kogel was ingeslagen. Ze moest het bloeden stelpen. Met een kledingstuk, met haar hand, maakte niet uit. Jarre moest het alarmnummer bellen. Misschien was er nog een kans om Saimir te redden. Want Saimir mocht niet sterven. Als iemand het niet verdiende om te sterven, was hij het. Terwijl ze opnieuw de wond probeerde te vinden, voelde ze alleen maar nog meer bloed.

'Niet doodgaan, liefje. Niet doodgaan...'

Zijn ogen waren wijd open, maar zijn pupillen staarden haar aan alsof haar woorden hem niet meer bereikten. Jarre riep dat ze hier weg moesten voor de schutter terugkwam en dat ze naar zijn auto moest rennen. Daarna zouden ze bellen.

Ze schudde van nee. Ze kon Saimir toch niet alleen laten? Niet zo.

'Liefje, niet doodgaan.'

Terwijl ze met haar hand het bloeden probeerde te stelpen, vielen de eerste regendruppels uit de hemel.

De Albanees, die voortdurend door de headset in zijn oor toetert, werkt hem op de zenuwen. Milos rukt zijn helm af en gooit die op de grond. Wanneer hij ziet hoe zijn handen trillen, schrikt hij. Geen wonder dat hij maar één keer raak heeft geschoten. Hij heeft er een zootje van gemaakt. Maar... er is altijd nog de herkansing. Hij sluit zijn ogen. Diep vanbinnen zoekt hij naar de juiste concentratie. Het idee om een tweede keer in actie te moeten komen, bezorgt hem een stekende hoofdpijn. Hij begint te zweten. Of regent het? Druppels glijden over zijn wangen. Waarom moet iedereen dood? Waarom kan hij niet gewoon met pensioen gaan en pianospelen en met de honden lopen? Nadja. Het beeld is akelig scherp. De wanhopige blik waarmee ze in de camera kijkt. Milos, help me. Hij moet haar bevrijden, maar eerst moet zijn hand rustig worden. Met de nodige moeite peutert hij de iPod uit de binnenzak van zijn motorpak. De dopjes in, het geluid maximaal. Hij heeft Horowitz nog nooit zo hard horen spelen. Zo heeft Chopin het nooit bedoeld. Maar het moet. Terwijl Milos' handen nog meer trillen, trekt hij op.

Jarre staat vlak naast zijn auto, de sleutel in de hand, het portier open. Ze moeten hier als de donder weg. Nu. Voor de motorrijder, die met razende vaart over het plein komt aanrijden, hen heeft bereikt.

'Chantal!'

Ze reageert niet. In shock. Ze zit op haar knieën naast het lichaam van de jongen, haar hand op zijn borst. Alles vol bloed.

Wanneer Jarre zijn blik wil afwenden, valt zijn oog op de SIG die uit de broekriem steekt. Het is eeuwen geleden dat hij voor het laatst een wapen in handen heeft gehad en nog langer dat hij daadwerkelijk heeft geschoten. Het moet in zijn beginjaren bij de politie zijn geweest. Toen hij nog jong en lenig was. Met een reactiesnelheid die hem zelf verbaast, duikt Jarre naar de grond, pakt de SIG en rolt in één vloeiende beweging door, op zijn buik, zijn hoofd omhoog, zijn blik gericht op de aanstormende motorrijder.

De man heeft zijn ogen gesloten. Het lijkt alsof hij glimlacht. Hij houdt het pistool in zijn rechterhand, maar de hand zwabbert alle kanten op. Er klinkt een schot. Achter Jarres rug is geluid te horen alsof het projectiel een van de glasplaten van de piramide heeft geraakt. Een tweede schot. De kogel ketst over de straatstenen. Terwijl Jarre met beide handen het pistool vasthoudt, schiet hij.

Milos voelt de kogel zijn lichaam binnendringen. Het doet geen pijn. Terwijl Horowitz' vingers over het klavier gaan, valt de regen met bakken uit de hemel en wordt de place du Carrousel één grote plas, een meer. Alles is goed. De gebouwen om het plein worden bomen. Dennen, eiken, beuken. Nadja komt met de honden uit het bos aanlopen. Hij fluit op zijn vingers. De honden zetten een sprint in, de tong uit de bek. Vlak voor zijn voeten komen de dieren tot stilstand. Brave jongens, zegt hij. Ja, beaamt Nadja, het zijn brave jongens. De zon zakt langzaam in het meer. Het regent nog steeds, maar hij wordt niet meer nat. Alles is goed. Hij is in Mazuren. Eindelijk thuis.

De straatstenen glommen van de regen. Om haar heen ontstonden de eerste plassen. Chantal registreerde het. Meer niet. Haar hand zwom in het bloed op Saimirs borst. Het voelde lauw en kleverig, maar ze had de indruk dat er minder bloed uit de wond vloeide. Niet loslaten, zei ze tegen zichzelf, en blijven praten.

'Niet doodgaan, liefje, niet doodgaan.' De woorden kwamen vanzelf. 'Liefje, ik ben bij je. Hou vol. Laat me nu niet alleen...'

Saimirs pupillen reageerden, minimaal, maar iedere reactie betekende dat hij nog leefde Zijn lippen bewogen moeizaam, millimeter voor millimeter, maar ze bewogen. Het was alsof hij iets prevelde. Een boodschap? Chantal legde haar oor aan zijn mond. Zijn adem was zwak, maar nog net sterk genoeg om haar oorholte te vullen en alle daar aanwezige donshaartjes rechtovereind te doen staan. Het voelde zo goed dat ze ervan moest huilen. Hij was zo lief, maar wat zei hij nou? Ze kon het niet verstaan.

'Wat zeg je, liefje?'

Ze durfde haar oor nauwelijks te verplaatsen. Hij fluisterde een woord. Eén lettergreep. Het klonk als 'as'.

'Wat zeg je?' vroeg ze opnieuw.

Ze moest het weten. Een warme wind blies in haar oor en

deed de haartjes huiveren. De laatste ademteug. Terwijl ze het uitschreeuwde, stroomde de regen over haar gezicht.

'Chantal...'

Jarre stond achter haar. Hij had zijn handen op haar doorweekte schouders gelegd en probeerde haar te overreden om in de auto te gaan zitten. Hij had Saimirs hals gevoeld, zei hij. Ze moesten de politie bellen en de nooddienst. Ook al kon die laatste niets meer voor Saimir doen.

Ze balde haar vuisten naar de hemel. 'Nee!'

Er was een felle bliksemschicht te zien. De donderklap volgde twee tellen later. Daarna hoorde ze een zware dieselmotor en zag ze een zwarte SUV die recht op hen afkwam. De chauffeur zette het groot licht aan. Ze was verblind.

'Chantal!'

Met één hand trok Jarre haar weg. In de andere hand hield hij Saimirs SIG. Hij schoot. Terwijl de SUV hen op nog geen tien meter genaderd was, explodeerde de rechtervoorband. De auto begon te zwenken. Het tweede schot trof de voorruit. De SUV scheerde rakelings langs hen, waarna het voertuig als een op hol geslagen tank in volle vaart op de piramide van het Louvre af denderde.

Zaterdag

Het regende alsof het nooit meer zou ophouden. En het was donker, ondanks het feit dat het al elf uur was, of nog later. Chantal kon zich niet herinneren wanneer ze voor het laatst naar de wekker had gekeken. Niet belangrijk. Niets was belangrijk. Ze wilde alleen maar slapen en vergeten. Proberen te vergeten. Poes lag aan het voeteneind van het bed en spinde. Toen ze de kater optilde en tegen haar aan legde, wentelde hij zich op zijn rug, strekte zijn pootjes en begon nog harder te spinnen. Het was goed om iets levends te voelen, iets warms wat bewoog en geluid maakte en op haar strelingen reageerde. Maar het hielp niet tegen het oneindige gevoel van leegte.

Saimir was dood. Ze wist het, maar toch leek het niet helemaal tot haar van alcohol doordrenkte hoofd te willen doordringen. Saimir was dood. Vermoord. Wat iedereen – Saimir, Jarre en zijzelf – had proberen te voorkomen was toch gebeurd. Jarre en zij mochten van geluk spreken dat ze het er levend van af hadden gebracht. Maar dat deed niets af aan de woede om Saimirs dood en vooral de manier waarop hij was gedood. Een terechtstelling, een regelrechte executie. Ergens – ze stelde zich een kamer voor op een van de ministeries met de geur van sigaren, cognac en leren fauteuils – zat iemand die beslist had dat Saimir, de veelbelovende jonge parlementariër in spe, moest sterven. Iemand die het op de koop toe nam als Jarre en zij ook zouden sterven. Of misschien was dat juist wel de bedoeling geweest. Iemand die achteroverleunend vanuit zijn of haar stoel de troepen naar de place du Carrousel had gedirigeerd. Legionairs, huurmoordenaars. Mannen die doodden voor geld, gewetenloos, maar nog altijd stukken minder gewetenloos dan de opdrachtgever.

Ortola? De Albanees was een schurk, maar ze vermoedde niet dat hij de hoofdrol speelde in een politiek spel dat zo groot en duivels was dat het haar voorstellingsvermogen te boven ging. Marie-Christine Grenoult? De elegante vrouw in haar al even elegante mantelpakje had gisteren bevestigd wat iedereen al wist, namelijk dat ze een gooi zou doen naar het presidentschap. Was zij de hoofdrolspeelster? Marie-Christine Grenoult liep over van de ambities en ze was rijk. Zo rijk dat ze genoeg geld had om mensen te kopen. Hoge ambtenaren op Binnenlandse Zaken en Justitie die invloed hadden op de prefectuur en politie. Opportunisten en baantjesjagers die na de gehoopte machtswisseling rekenden op een fraaie promotie. Was het zo gegaan?

Sinds gisteren wist ze dat ook Renoir een belangrijke rol in het geheel speelde. Nog geen uur na de moord op Saimir was de politieman op de place du Carrousel verschenen om, tot zichtbare verbazing van zijn Parijse collega's, het onderzoek over te nemen. Nadat een aardige agente Chantal aan een droog trainingspak had geholpen, had Renoir haar in een van de politiebussen verhoord. De man deugde niet. Vanaf de eerste seconde stonden al haar stekels overeind. Zijn gespeelde compassie en begrip, terwijl zijn blik voortdurend naar haar borsten ging. Jammer dat ze geen nat T-shirt meer droeg – ze zag het hem denken. De smeerlap. Met stijgende verbazing hoorde ze hoe Renoir de gebeurtenissen op de place du Carrousel probeerde voor te stellen als een afrekening in het criminele milieu. De identiteit van de dode motorrijder was nog niet bekend, maar het was duidelijk dat het om een zware jongen ging. Net zoals de twee mannen – eentje was dood, de ander zo zwaargewond dat hij het waarschijnlijk niet zou overleven – die met hun SUV de glazen hoofdingang van de piramide hadden geramd. Renoir zei dat het waarschijnlijk om Albanezen ging en dat de afrekening vast iets te maken had met drugs of de handel in gestolen dure auto's. Het zou niet de eerste keer zijn dat Roma en Albanezen elkaars territorium betwistten, beweerde hij zonder met zijn ogen te knipperen. De vraag was alleen hoe zij en Jarre, als onschuldige burgers, daarin verzeild waren geraakt.

Renoir, de rat, probeerde haar uit de tent te lokken, kwaad te maken, in de hoop dat ze hem zou tegenspreken en dan – en passant – al haar kennis over de zogenaamde politieke moord op Lavillier op tafel zou leggen. Nou, ze trapte er mooi niet in. Saimir had haar gedwongen mee te gaan, begon ze haar verhaal. Nadat ze hem had weten te overtuigen zich over te geven, had ze contact opgenomen met Jarre, de leider van het onderzoek. Dat hij inmiddels geschorst was, wist ze niet. En nee, tussen haar en Jarre was nooit eerder contact geweest. Renoir wist dat ze eromheen draaide. Ze zag het aan zijn blik. Tegelijkertijd zag ze ook dat hij niet de vragen kon stellen die hij wilde, omdat hij zichzelf dan bloot zou geven. Ondertussen kookte ze vanbinnen. Het idee dat de schoft, direct of indirect, schuld had aan de dood van Saimir, maakte haar razend. Maar ze hield zich in, vastbesloten om niet te schreeuwen of een potje te gaan janken. In een andere politiebus zat Jarre, wist ze. Ongetwijfeld was hij de volgende die zou worden verhoord. Ze hadden hun verhaal op elkaar moeten afstemmen. Nu was het te laat.

Vrijdagochtend rond halfacht werd ze door de aardige agente voor haar huis afgezet. In de gang stond Poes haar miauwend en kopjes gevend op te wachten. Gelukkig. Chantal haastte zich om de lege eetbakjes te vullen, zich erover verbazend dat Poes liever kopjes bleef geven dan op het natvoer aan te vallen. Terwijl ze het dier aanhaalde, overviel haar een gevoel van enorm verdriet, van eenzaamheid. Ze had een sterke aandrang om Jarre te bellen. Iemand die wist hoe onrechtvaardig het was dat ze Saimir hadden vermoord. Maar Jarres telefoon werd afgeluisterd. Hoe hadden ze anders kunnen weten dat Saimir voor zijn overgave voor de place du Carrousel had gekozen? Waarschijnlijk werd ook haar telefoon afgeluisterd. Waarschijnlijk waren ze zelfs haar computer binnengedrongen. Het appartement, waarvan ze nog niet zo lang geleden iedere vierkante centimeter onder handen had genomen om het tot haar eigen veilige nest te maken, voelde opeens bezoedeld. Vies. Ze keek naar de terrasdeur waardoor Saimir haar leven was binnengestapt. Wie had daar nog meer gestaan? De gedachte was ondraaglijk. Ze moest erover praten, ze moest het kwijt, maar zonder iemand die meeluisterde. Ze dacht aan de prepaid gsm's die ze tijdens de vlucht met Saimir had gekocht. Een van de twee vond ze in haar schoudertas. Die van haar of die van Saimir? Evelyne nam meteen op. Meid, vertel. Daarna kon Chantal eindelijk uithuilen. Het voelde als een bevrijding. Saimir kreeg ze er niet mee terug, maar tenminste was er iemand aan de andere kant van de lijn die luisterde, haar begreep en haar woede en gevoel van onmacht deelde.

Nadat ze haar verhaal verteld had, was het Evelynes beurt. Hotze had de afgelopen nacht last gehad van druk op de borst, vertelde ze. Volgens de artsen was er geen enkele reden tot bezorgdheid, maar Hotze leek het toch verstandiger nog een dag extra in het ziekenhuis te blijven. In Evelynes stem klonk irritatie door. Hotze stelde zich aan. Hotze was een hypochonder. Ze zei het niet, maar Chantal hoorde het haar denken. Misschien, zei Evelyne, was het maar beter om Hotze nog niets te vertellen over wat er in Parijs was gebeurd. Gezien zijn 'situatie'. Chantal beloofde het, waarop Evelyne op haar beurt beloofde alles in het werk te stellen om Hotze zo snel mogelijk weer mee terug naar huis te nemen. Want dat wilde ze toch, of niet? Natuurlijk wilde ze dat, zei Chantal.

Na het telefoongesprek was het akelig stil in de kamer. Ze zette de radio aan. *Auto rijdt piramide Louvre binnen. Bizarre afloop van gangsteroorlog.* Ze bekeek de belangrijkste nieuwssites. *Criminelen rammen piramide Louvre. Museum voor onbepaalde tijd gesloten.* Saimirs naam werd nergens genoemd. Noch van de andere slachtoffers. Duidelijk was dat alles in het werk werd gesteld om de pers om de tuin te leiden. Ze ergerde zich aan haar collega's, die de persberichten klakkeloos overnamen, en aan de sensatiezucht vanwege de foto's van de aan gruzelementen gereden hoofdingang van het Louvre met een SUV die halverwege de trap naar beneden tot

397

stilstand was gekomen. In het persbericht werden haar naam en die van Jarre gelukkig nergens genoemd, zodat ze door iedereen met rust werd gelaten.

Rond de middag kwam er een mail van Evelyne binnen. Hotze was onvermurwbaar. Hij had nog steeds last van pijn in zijn borst en wilde het zekere voor het onzekere nemen. Inmiddels was hij er zelfs in geslaagd om een van de artsen daar ook van te overtuigen. Kennelijk had het ziekenhuis ingezien dat ze deze patiënt alleen maar konden kwijtraken door hem nog een nachtje langer vast te houden. Er stond een telefoonnummer van Hotzes kamer bij.

Chantal belde. Hotze klonk zoals ze hem kende voordat hij iets met Evelyne had gehad. Een ouwe zeur, klagend over allerlei kwaaltjes, zonder iets te doen aan zijn eigen ongezonde manier van leven. Goed, hij was gestopt met roken. Maar te laat, jammerde hij. Volgens hem was een ader bijna dichtgeslibd en was het wachten op de volgende attaque. Ze kon zich niet langer inhouden. Ze begreep hoe geschrokken hij was, zei ze, maar hij moest zich nu niet zo aanstellen, en al helemaal niet met een vriendin die niet van aanstellers hield. Terwijl ze het zei, moest ze weer aan Saimir denken. In alles het tegendeel van Hotze. Jong, moedig, hartstochtelijk. Bedoel je dat Evelyne eh...? Hotze leek duidelijk geschrokken. Ja, zei ze, Evelyne houdt niet van zeurpieten. Dus je moet wel een beetje je best doen, pap, anders is ze zo weer weg. Even was het stil. Ze hoorde wat gemompel. Hoe gaat het met jou, Chantal? klonk het vervolgens. Goed, zei ze. Haar ogen begonnen te branden. Hopelijk zien we elkaar morgen, pap. Morgen kom ik naar huis, zei Hotze. Beloofd is beloofd.

De vrijdag sleepte zich voort. Eindeloos. Ze moest slapen, maar daarvoor dronk ze te veel espresso's. Ze moest iets eten, maar haar maag stond stijf van de opgekropte woede en het verdriet. Om even aan niets te denken, zette ze de televisie aan. De beelden van de ravage op het binnenplein van het Louvre verdrongen het nieuws van Marie-Christine Grenoult die zich kandidaat stelde voor de presidentsverkiezingen.

Tegen vieren, toen ze eindelijk dacht te kunnen gaan slapen, stond plotseling Renoir op de stoep. Hij en zijn collega hadden nog een paar vragen. Of ze haar konden spreken? Omdat Renoir, de engerd, niet alleen was, deed ze de deur open. De collega was een man in een net pak die er helemaal niet uitzag alsof hij voor de politie werkte. De twee onderwierpen haar aan een serie vragen die alleen maar tot doel hadden erachter te komen hoeveel Saimir haar tijdens de achtentwintig uur die ze samen waren geweest had verteld. Terwijl haar hoofd tolde, deed ze haar best hetzelfde verhaal te vertellen dat ze Renoir eerder had verteld. Saimir werd ten onrechte verdacht van de moord op Lavillier. Hij was gevlucht en had haar uitgekozen om zijn spreekbuis te zijn. Waarom zij? Omdat hij haar naam kende van Vox, van de radio waarvoor ze vroeger had gewerkt, van haar website, geen idee. Terwijl ze Renoir een wenkbrauw zag optrekken, hield ze stug aan haar verhaal vast. De identiteit van de dode motorrijder was inmiddels vastgesteld, zei de andere man. Het ging om Gilles Pajoux, alias Milos. Een beruchte huurmoordenaar op wie Interpol al jaren jacht maakte. Mocht ze een artikel over de 'afrekening' willen schrijven – ze was toch journaliste –, dan kon ze interessante achtergrondinformatie over Milos krijgen, zei de collega van Renoir. In ruil daarvoor wilde hij dan graag alles weten wat ze over Saimir wist. Alsof ze al 'ja' op het voorstel gezegd had, werd ze aan een nieuwe serie vragen onderworpen. Wist ze dat Saimir een computercrimineel was? Had hij haar verteld welke bestanden hij had gehackt? Ik weet het niet! herhaalde ze een paar keer woedend. Hij heeft me niets verteld en nu is hij dood! Toen ze in een hysterische huilbui uitbarstte, namen de mannen geschrokken afscheid.

Daarna voelde ze zich doodop, maar niet meer in staat om te slapen. Ze was gaan drinken. Een goede bordeaux, waarvan ze meer dan één fles in huis had. Tussendoor volgde ze de berichtgeving over de 'criminele afrekening', vrat twee pakken chips en een blik knakworstjes leeg en belde nog een paar keer met Evelyne. Het laatste nieuws was dat Hotze had gezegd dat hij zich schaamde en dat hij morgenochtend zo snel mogelijk het ziekenhuis uit wilde. Het liefst zou hij dat nu al willen, maar omdat de behandelende arts naar huis was, lieten ze hem niet vertrekken. De situatie was zo potsierlijk dat Chantal er zelfs om moest lachen. Daarna sloeg ze nog een paar glazen achterover, slaagde er nog net in haar bed te bereiken en viel als een blok in slaap. En nu was het zaterdag, en ze had een geweldige kater.

Ze stond op, nam een douche, maakte een ontbijt met verse jus, een croque-monsieur, een dubbele espresso en twee aspirines, en las haar mail. Evelyne en Hotze zouden om een uur of vier weer thuis zijn. Of ze kwam borrelen en bleef eten. En als het laat werd, moest ze maar blijven logeren. Chantal schreef meteen terug. Graag. Met twee uitroeptekens. Blij dat ze over een paar uur niet langer alleen zou zijn.

Ze maakte nog een espresso en ging achter haar laptop zitten. Om de komende uren te overbruggen kon ze maar het beste een beetje werken, *proberen* te werken. Misschien hielp het om alles wat er gebeurd was voor zichzelf op een rij te zetten, om daarna, over een paar dagen, een week of wanneer ze het emotioneel aankon, aan haar artikel te beginnen.

Het beste artikel dat je ooit hebt geschreven.

Ze maakte een nieuw document aan en wilde net gaan tikken, toen ze bedacht dat haar computer waarschijnlijk gehackt was en dat de kans groot was dat er iemand meelas. Boos klikte ze het document weg en nam een schrijfblok en een ballpoint. Waar moest ze beginnen? Het verhaal was zo idioot groot dat haar gedachten alle kanten uitschoten.

Begin bij het begin. Het was alsof Saimir achter haar stond en haar toesprak. Iemand heeft Guy Lavillier vergiftigd. Zo is het begonnen. En de vraag is: wie?

Automatisch nam ze de laptop erbij en opende het document waar ze een week geleden haar eerste aantekeningen had gemaakt. Ze wist zeker dat het ergens stond. Terwijl haar ogen over de tekst vlogen, was het alsof Saimir zijn handen op haar schouders legde om haar aan te moedigen verder te lezen. Verdomd. In de letterbrij vond ze het woord dat ze zocht. Ze herinnerde zich het telefoongesprek. Was het maandag geweest of dinsdag? In ieder geval had ze zich vergist. Wat toen niet belangrijk scheen. De dagen daarna was er zoveel gebeurd dat ze het voorval was vergeten. Of maakte ze nu dezelfde fout? Zonder zich nog langer te bekommeren of er misschien iemand meelas, tikte ze op Google de trefwoorden in. Verdomd. Daar stond het. Ze had zich niet vergist.

Ze pakte de prepaid telefoon en draaide het nummer dat ze in haar agenda had geschreven.

'Ja?'

'Met Chantal Zwart.'

'Ik wilde u net bellen,' reageerde de vrouw geschrokken.

'Dan ben ik u voor,' zei Chantal terwijl ze haar best deed om rustig te blijven. 'Volgens mij moeten wij met elkaar praten.'

Er viel een stilte.

'Ja,' klonkt het zacht. 'Dat is precies de reden waarom ik u wilde bellen.'

'Ik begrijp dat u thuis bent?'

'Ja.' De vrouw schraapte haar keel. 'Wanneer wilt u komen? Vandaag nog?'

'Absoluut,' antwoordde Chantal na een blik op haar horloge. 'En ik heb twee voorwaarden...'

De regen sloeg tegen de tuindeuren van de salon. Het terras stond inmiddels blank. Isabelle Lavillier en Romy zaten samen op een bank. Jarre – zijn aanwezigheid was de eerste voorwaarde die Chantal had gesteld – had op de middelste bank plaatsgenomen. Zelf zat ze op de bank tegenover moeder en dochter. Chantal liet haar blik rondgaan. Iedereen oogde dodelijk vermoeid. Zelf zag ze er ongetwijfeld net zo beroerd uit. Jarre had niet langer een verband om zijn hals. Aangezien de snee en de hechtingen haar voortdurend aan Saimir deden denken, probeerde ze er zo min mogelijk naar te kijken. Isabelle Lavilliers gezicht stond strak van de zenuwen. Ze droeg een stemmig zwart mantelpak met witte zijden blouse en een barnstenen ketting waar ze voortdurend aan zat te frunniken. Romy had zich opgemaakt, waardoor ze er stukken beter uitzag dan de vorige keren, maar ook een beetje onecht, alsof het niet bij haar paste. In plaats van te roken hield ze in haar hand een touwtje met kralen dat ze om de zoveel tijd liet ronddraaien.

'Staat die aan?' Met een trillende vinger wees Isabelle Lavillier naar de iPhone met de microfoon op de salontafel.

Chantal knikte. Dat was de tweede voorwaarde geweest. Ze wilde ieder woord vastleggen om het later te kunnen publiceren.

'Ik ben blij dat u bent gekomen,' begon Isabelle Lavillier duidelijk opgelaten. In haar ranke hals stonden vlekken, die steeds groter leken te worden. 'Wilt u ons vragen stellen of wilt u dat ik het verhaal zelf vertel?'

Chantal wisselde een blik van verstandhouding met Jarre.

'Vertelt u het zelf maar, mevrouw,' zei hij.

Chantal zag hoe Isabelle Lavillier steun zocht bij Romy, die strak naar de tafel staarde.

'Ik eh...' Terwijl Isabelle Lavillier haar keel schraapte, zochten haar vingers houvast bij een stukje barnsteen. 'Ik bedoel: wij...' – de hand ging naar haar dochter – '... hebben het nieuws gisteren natuurlijk gehoord.' Ze sloeg haar ogen neer. 'De afschuwelijke gebeurtenissen op de place du Carrousel. De moord op eh...'

'Saimir,' vulde Romy aan zonder op te kijken.

'Natuurlijk.' Op Isabelle Lavilliers gezicht verscheen een flauwe glimlach. 'Saimir. Het spijt me verschrikkelijk. Dit was nooit de bedoeling,' ging ze verder terwijl ze Jarre en Chantal ernstig aankeek. 'Ik had nooit kunnen voorzien dat het zo uit de hand zou lopen en zo...' – fronsend zocht ze naar het goede woord – '... contraproductief zou zijn, eigenlijk is het alleen maar erger geworden.'

Er viel een stilte. Het was alsof de regen nog harder tegen de tuindeuren kletterde.

'Wat bedoelt u met *erger*?' vroeg Chantal.

'De peilingen,' antwoordde Isabelle Lavillier zacht.

'Grenoult,' riep Romy, haar blik op Chantal richtend. 'Dat wijf is nog erger dan papa. Als je ziet hoe ze de situatie uitbuit. Schaamteloos! En jullie journalisten staan erbij en kijken ernaar.'

'Ik wilde alleen mijn man stoppen,' nam Isabelle Lavillier het weer over. 'Ter bescherming van het land en van mijn gezin.' Ze draaide haar hoofd naar Romy. 'Misschien moet je het zelf vertellen.'

'Wat?'

'Over je eh... *situatie*.'

'O... dat.' Romy deed haar best te glimlachen. 'Ik ben zwanger. Je ziet het misschien niet, ik ben pas in mijn vierde maand. Bovendien heb ik een anorexiafiguur waaraan je nu sowieso niets ziet.' Er klonk een spottend lachje. 'Vanwege datzelfde *figuur* heeft mijn man, met wie ik me de laatste jaren de pestpokken heb gewerkt om een theatergroep in leven te houden, me laten zitten voor een of ander jong ding met grote borsten. Marokkanen houden van vol en veel. Het feit dat ik zwanger was, weerhield hem er niet van mij te blijven bedriegen. Sterker nog: hij zei dat als ik het kind zou laten weghalen, we misschien weer verder konden praten. Ik eh...' Ze begon opeens te huilen.

'Romy was ten einde raad,' zei Isabelle Lavillier terwijl ze haar dochter in de armen nam. 'Ze wilde het kind en ze wilde blijven werken als actrice. Toen ze me belde of ze naar huis mocht komen, naar Frankrijk, om te bevallen en om na te denken over haar toekomst, zei ik natuurlijk dat ze welkom was. Iedere moeder heeft haar kinderen liever in de buurt dan ver weg. Maar mijn man...' Ze schudde haar hoofd alsof ze het nog steeds niet begreep. 'Mijn man was heel gedecideerd. Romy kwam er niet in. Hij had niet voor niets tien jaar geleden met zijn dochter gebroken, zei hij. Ze kon de boom in. Zwanger of niet. Dat was de druppel.' Terwijl ze haar dochter zacht wiegde, staarde Isabelle Lavillier wezenloos de tuin in.

Chantal en Jarre wisselden opnieuw een blik.

'Mijn man was te ver gegaan,' zei Isabelle Lavillier zich verrassend beheerst wendend tot Jarre en Chantal. 'Tientallen jaren heb ik zijn affaires geaccepteerd. Ik dacht dat het erbij hoorde.

Mijn man heeft altijd een verantwoordelijke positie bekleed. De druk om te presteren is enorm. De pers wacht alleen maar op die ene uitglijder, om zich daarna als gieren op het aas te storten. Vrienden zijn slechts vrienden zolang je aan de macht bent en ze van je kunnen profiteren. Ik dacht dat mijn man jonge vrouwen nodig had om zich af te reageren, om nieuwe energie te tanken. Ik had er vrede mee. Bovendien kwam hij steeds weer terug. Het was geen bedreiging. Maar alles veranderde toen hij Romy weigerde. Toen...' – haar ogen lichtten op – '... dreigde ik mijn dochter te verliezen. Ik wist dat ik iets moest doen. Achteraf gezien had ik al veel eerder moeten ingrijpen.' Ze kneep haar ogen dicht.

'Ik ben zo trots op je, mama,' zei Romy terwijl ze de hand van haar moeder vastpakte. 'Zo trots dat je het hebt gedurfd.'

'Maar te laat, lieverd.' Na een zwakke glimlach richtte Isabelle Lavillier zich weer tot Jarre en Chantal: 'Er waren zoveel momenten waarop ik heb getwijfeld. Toen we elkaar leerden kennen in 1968 waren Guy en ik twee handen op één buik. We dachten hetzelfde over de wereld en welke kant het op moest. Gaandeweg veranderde mijn man en schoof hij op in een richting die ik niet wilde, een richting die wij, toen we nog jong waren, verafschuwden. De weg van ieder voor zich, van "wij" tegen "zij". "Wij" dat waren de goeden, de christenen en de joden. "Zij" dat waren de anderen, de profiteurs, de buitenlanders. Ik wilde zo graag geloven dat hij het niet meende, dat het een politiek spel was om zich te profileren ten opzichte van andere politici, maar dat – als het er echt op aan kwam – de oude idealen weer zouden komen bovendrijven. Ik heb me vergist.'

Opnieuw stilte. Het leek alsof de regen afnam.

'Wanneer wist u dat u zich vergist had?' vroeg Chantal.

'Toen ik zijn boek las,' antwoordde Isabelle Lavillier. 'Ik wist dat hij aan iets werkte. Wanneer ik ernaar vroeg, deed hij er nogal geheimzinnig over. Net zoals hij nogal geheimzinnig deed over de deelname aan de presidentsverkiezingen. Wij spraken sowieso al niet meer zoveel met elkaar. Niet over wezenlijke zaken. Daarom heb ik zijn boek gelezen, nadat ik stiekem een kopie had gemaakt van het document op zijn laptop. En ik ben me rot geschrokken. Ik vroeg me af of dit de man was voor wie ik mijn studie had opgegeven. Ik voelde me verraden.'

'Waar is het boek?' vroeg Jarre.

'Ik heb de computer en alle USB-sticks die ik vond weggegooid omdat ik wist dat u, meneer Jarre, na de dood van mijn man het huis op zijn kop zou zetten om een motief te vinden voor zijn verdwijning, en later voor zijn dood. Ik kon toen nog niet bevroeden wat Ortola allemaal met het stoffelijk overschot van mijn man zou uithalen nadat hij hem in de rue de Prony had aangetroffen.'

'Ortola?' Jarre zat op het puntje van de bank.

'Ortola is een schurk,' zei Isabelle Lavillier. 'Dat wist ik vanaf het moment dat ik hem voor het eerst zag.'

'Wanneer was dat?'

'Vorig jaar. Nadat die jongen op het kamp was doodgeschoten en na alle vreselijke dingen die mijn man daarover zei, was Ortola korte tijd zijn bodyguard. Ik heb altijd geprobeerd mijn man te waarschuwen dat die vent niet deugde. Zeker toen Ortola voor de stichting Formosa ging werken. Guy zei dat ik me geen zorgen hoefde te maken en dat hij met Ortola kon lezen en schrijven.'

'Wat bedoelde hij daarmee?' vroeg Jarre.

'Dat hij waarschijnlijk het een en ander over Ortola wist. Mijn man was nogal wantrouwend als het om naaste medewerkers ging. Die werden van tevoren uitgebreid gescreend.'

Chantal draaide haar hoofd naar Jarre. Aan zijn blik zag ze dat hij hetzelfde dacht als zij. Ergens moest belastend materiaal over Ortola te vinden zijn. In een kluis, op een harddisk. Misschien was Saimir bij het hacken van Lavilliers computer nog meer tegengekomen dan hij haar had verteld.

'Heeft uw man Marie-Christine Grenoult ook laten screenen?' vroeg Jarre.

Romy stiet een laatdunkend lachje uit.

'Mijn man wist dat hij niet om Grenoult heen kon,' antwoordde Isabelle Lavillier. 'Daarvoor was ze te rijk. Tegelijkertijd probeerde hij haar op een afstand te houden, omdat ze op zijn positie aasde.

En nu...' Met een wanhopig gebaar hief ze haar handen. 'Nu zit ze waar ze altijd heeft willen zitten en als ze volgend jaar president wordt, is het mijn fout.'

'Niet waar, mama.' Romy hield de hand van haar moeder weer vast.

'Wel waar.' Met een gepijnigde blik wendde Isabelle Lavillier zich tot Chantal. 'Daarom wil ik dat u erover schrijft. Als u dat durft. En als u iemand vindt die het lef heeft om het te publiceren.'

'En anders gooi je het op internet,' sloot Romy zich bij haar moeder aan. 'Als het maar te lezen is!'

Maak er het beste artikel van dat je ooit hebt geschreven. Terwijl Chantal knikte, zag ze de schittering in Saimirs ogen.

'Wist u dat uw man nog een zoon had?' vroeg Jarre.

'Ja,' antwoordde Isabelle Lavillier. 'Marianne, de vrouw van Christian, had me verteld hoe haar man was gechanteerd, maar dat hij via die chantage juist in contact was gekomen met iemand die misschien zijn zoon was. Ik herinner me nog goed hoe teleurgesteld Marianne en Christian waren toen de vaderschapstest negatief was. Marianne en Christian hebben altijd graag kinderen willen hebben.'

'Dus toen wist u dat uw man de vader was.'

Ze slaakte een diepe zucht. 'Natuurlijk. Daarvoor herinner ik me die zomer in Saint-Florent-le-Vieil maar al te goed. Iedereen ging met iedereen naar bed. Het is een wonder hoe weinig ongelukjes er zijn voorgekomen. Ik heb Guy gezegd dat ik zijn tweede zoon natuurlijk zou accepteren, maar hij riep dat het allemaal onzin was, dat er helemaal geen kind bestond en dat Christian zich door iemand in de luren had laten leggen.'

'Maar uw man heeft wel betaald,' zei Chantal.

'Om ervan af te zijn,' antwoordde Isabelle Lavillier bitter. 'Zodat het niet bestond. Stel je voor: een president met een zoon met een strafblad. Dat was net zo erg als een dochter in huis halen die de Palestijnse vlag zou uithangen op de dag dat haar vader president zou worden. Daarom mocht Romy niet thuiskomen. Omdat het niet strookte met zijn politieke ambitie. Daarom heb ik het gedaan!' Ze stiet een korte schreeuw uit, waarna ze zich in de kussens liet vallen, uitgeput. Op haar gezicht verscheen een mysterieuze glimlach. 'Ik heb hem vergiftigd,' zei ze kalm.

Romy keek alsof ze zich erop verheugde het verhaal nog eens te horen.

'Had ik toch nog iets aan mijn studie,' zei Isabelle Lavillier terwijl ze weer rechtop ging zitten.

Farmacie. Een week geleden had Chantal op internet alles gezocht wat ze over Guy en Isabelle Lavillier kon vinden. Isabelle Lavillier had farmacie gestudeerd. Tijdens het telefoongesprek in de delicatessenwinkel had Chantal zich vergist en gevraagd of Isabelle Lavillier medicijnen had gestudeerd, waarop de vrouw 'ja' had geantwoord. Chantal had er geen aandacht aan besteed. Farmacie of medicijnen. Wat maakte het uit?

'Mijn vader was apotheker,' vervolgde Isabelle Lavillier wijzend naar de antieke apothekerskast. 'Na zijn overlijden heb ik een hoop spulletjes geërfd. Het potje aconitine heeft zeker tien jaar in de kamer gestaan zonder dat ik wist dat ik het ooit nog eens zou gebruiken. Nee...' – Jarre had zich omgedraaid naar de kast – '... u hoeft niet te kijken. Ik heb het potje weggegooid, net als de tablettenpers.'

'Hoe hebt u het gedaan?' vroeg hij.

Romy grijnsde.

'Heel simpel,' antwoordde Isabelle Lavillier. 'Mijn man slikte al een tijdje Viagra, voor al zijn avontuurtjes. Hij bewaarde zijn voorraad heel discreet in een ouderwets pastilledoosje. Ik heb een serie neppillen gedraaid. Zo moeilijk is dat niet. Het wachten was alleen op het moment dat meneer weer eens zo nodig van bil moest.' Haar gezicht betrok. 'Gaat u mij nu arresteren, meneer Jarre?'

'Ik ben geschorst,' zei Jarre. 'Dus dat is niet aan mij.'

'Wil dat zeggen dat u niets zult ondernemen?' vroeg Isabelle Lavillier ongelovig.

'Ik zal de autoriteiten moeten informeren.' Hij wierp een blik op Chantal. 'Maandag komt de hoofdcommissaris die ik vervangen heb terug van vakantie. U zult begrijpen dat ik hem op de hoogte zal stellen van alles wat u verteld hebt.'

'Hoe laat wilt u de hoofdcommissaris informeren?'

'Hoe bedoelt u, mevrouw?'

'Maandagochtend vindt de begrafenis van mijn man plaats. In kleine kring. Alleen familie en een paar goede vrienden. Mijn zoon komt vanavond uit New York. Maxime heeft zijn vader altijd erg bewonderd. Ik zou het op prijs stellen als u zou willen wachten met uw telefoontje tot de begrafenis achter de rug is. Zou dat mogelijk zijn?'

'Dat lijkt me wel, mevrouw,' zei Jarre glimlachend.

'Goed.' Isabelle Lavillier was zichtbaar opgelucht. 'Hebt u nog vragen?'

Jarre schudde van nee.

'U, mevrouw Zwart?'

'Nee,' antwoordde Chantal onder de indruk van de moed van de vrouw. Er waren honderden vragen die nog gesteld moesten worden. Maar niet nu, later, wanneer ze Isabelle Lavillier in de gevangenis zou bezoeken. Want dat was ze van plan.

'Goed...' Isabelle Lavillier was opgestaan ten teken dat ze haar bezoek wilde uitlaten.

'Eén vraag,' zei Chantal.

'Ja?' vroeg Isabelle Lavillier verrast.

'Kunt u zich mijn moeder herinneren? Jacqueline?'

'Behalve u ken ik niemand die Zwart heet.'

'De meisjesnaam van mijn moeder is Morelle. Jacqueline Morelle.' Terwijl ze de achternaam uitsprak, zag Chantal een reactie op het gezicht van Isabelle Lavillier. 'Mijn moeder was die zomer ook in Saint-Florent-le-Vieil. Samen met mijn vader,' voegde Chantal eraan toe. 'Hotze Zwart. Een lange man met blond haar.'

'Die kan ik me niet herinneren,' zei Isabelle Lavillier. 'Maar je moeder wel. Jacqueline. Een heel mooi meisje. Zoals jij. Jacqueline was toen het vriendinnetje van Guy. Een relatie die maar heel kort heeft geduurd. Na een paar weken had ze het al uitgemaakt. Toen ze hoorde dat ik iets met Guy kreeg, heeft ze me nog gewaarschuwd en gezegd dat die jongen niet deugde.' Ze zuchtte. 'Had ik toen maar geluisterd.'

Het was opgehouden met regenen. Tussen de wolken prikte de zon. Het park dampte.

Chantal en Jarre liepen over het pad naar de poort en zwegen. Ze merkte dat Jarre al net zo onder de indruk was van Isabelle Lavillier als zij. Woorden waren overbodig.

'O ja.' Terwijl ze verder liepen, begon Chantal in haar schoudertas te zoeken. 'Ik heb nog iets van u.'

'Van mij?' Jarre keek haar verbaasd aan.

Twee uur geleden, toen ze de iPhone uit haar tas had gehaald, had ze tot haar verrassing het boekje aangetroffen. Ze was ervan uitgegaan dat Saimir het in een van de tassen had gestopt die hij later in de bagageruimte van de Clio had gelegd en dat het boekje door de politie, die alles in beslag had genomen, was gevonden.

'Dank je.' Blij verrast nam Jarre zijn rode boekje in ontvangst. 'Als Renoir dit vindt, hang ik. Al die aantekeningen.' Hij hield in en begon te bladeren. 'Kijk... hier staan jouw adresgegevens. Heeft Renoir jou ook gevraagd of we elkaar kenden?'

'Ja.'

'En wat heb je toen geantwoord?'

'Dat ik pas tijdens de vlucht met Saimir van uw bestaan hoorde.'

'Heel goed.' Jarre glimlachte, maar Chantal zag hoe vermoeid de oude politieman was. 'Wat is dit?' Hij had verder gebladerd en liet haar de pagina zien. 'Dit heb ik niet geschreven.'

Ze keek naar de opengeslagen pagina. Het leek een of andere geheimzinnige formule. Letters, cijfers, en een hoop tekens die op geen enkel toetsenbord te vinden waren.

Jarre begreep er duidelijk niets van. 'Wat is dit?'

Ze kon hem wel zoenen. Terwijl ze in zijn verbaasde gezicht keek, zag ze Saimirs vingers over het toetsenbord schieten en hoorde ze het laatste woord dat hij gezegd had voor hij in haar armen was gestorven. 'As'. Hij had 'tas' bedoeld. Schoudertas. Voor de 't' had hem het laatste restje kracht ontbroken. Dit was Saimirs testament. Voor haar. Ze deed haar best om niet te gaan huilen. 'Dit is de code om bij Saimirs documenten te komen,' zei ze nadat ze haar keel had geschraapt. 'Alles wat hij de laatste maanden over Lavillier, Formosa en god weet wat nog meer bij elkaar heeft gehackt.'

'Dus dit is Saimirs handschrift?'

Ze knikte.

'Altijd al gedacht dat het een slimme jongen was,' zei Jarre terwijl hij een arm om haar heen sloeg. 'En jij wilt vast een kopie?'

'Natuurlijk.' Ze lachte door haar tranen heen.

Uit zijn colbert trok Jarre een nieuw rood boekje. Ze schreef de formule over en controleerde tot driemaal toe of ze geen fout had gemaakt.

'Als alles voorbij is,' zei Jarre, 'en de schuldigen vastzitten, krijg je mijn boekje. Met het originele handschrift. Goed?'

Ze knikte, waarna ze verder liepen. Zwijgend.

'Kan ik je ergens afzetten?' vroeg Jarre toen ze bij zijn auto stonden.

'U woont toch in Saint-Denis?'

'Ja.'

'Ik moet de andere kant op.'

'Ik ben geschorst.' Jarre lachte. 'Ik heb zeeën van tijd. Waar moet je heen?'

Naar huis. Bijna had ze het gezegd. 'Naar Ivry-sur-Seine,' antwoordde ze.

Met een galant gebaar hield Jarre het portier voor haar open.

Acht maanden later

April in Parijs kan heerlijk zijn. Een stralend warm zonnetje, vrouwen in vrolijke korte rokjes en topjes, de lucht zo helder dat je over de hele stad kunt kijken en in de parken de geur van bloesems en vers groen. Zo'n dag was het. Typisch een dag om op het terras te zitten, in het gras van het Jardin de Luxembourg te liggen of een beetje langs de Seine te slenteren. Des te verbazender was het om te zien hoeveel mensen op de boekpresentatie waren afgekomen. Ook al vond die buiten plaats, op het terras van Vox. Chantal schatte het aantal mensen op tweehonderd. En iedereen was speciaal voor haar gekomen.

Terwijl Axel namens Vox de gasten bedankte voor hun komst, liet ze haar blik rondgaan. Hotze, trots als een pauw, stond op de eerste rij. Naast hem Evelyne in een nauwsluitend wit pakje dat ze speciaal voor de gelegenheid en omdat ze acht kilo was afgevallen had aangeschaft. Het stond haar goed. Ze was nog steeds samen met Hotze, ook al zagen ze elkaar niet voortdurend. Misschien hield hun relatie daarom wel zo verrassend lang stand. Chantal zond haar een knipoog toe, waarop ze onmiddellijk een brede glimlach terugkreeg. De gebeurtenissen in de zomer van het afgelopen jaar hadden hun vriendschap alleen maar hechter gemaakt. Naast Evelyne stond Jarre. Hij zag er zongebruind en gezond uit. De vakantie had hem zichtbaar goed gedaan. Ze keken elkaar aan. De afgelopen maanden hadden Chantal en Jarre niet alleen samengewerkt, maar waren ze ook goede vrienden geworden. Ze herinnerde zich hoe blij Jarre was geweest toen zijn schorsing werd opgeheven en hij zich weer op 'speciale projecten' mocht storten. Maar de grootste voldoening was toen Renoir en de prefect als gevolg van alle publiciteit uit hun functie waren gezet. Het onderzoek liep nog. Renoir en de prefect en nog een hoop andere overheidsfunctionarissen werden verdacht van het aannemen van steekpenningen, het manipuleren van bewijsmateriaal en het misleiden van justitie.

Chantal keek verder in het rond. Naast Jarre stond Romy. Ze was nog steeds dun, maar niet meer zo akelig dun als vroeger. De geboorte van haar dochtertje leek haar gelukkiger gemaakt te hebben. Romy had een flat aan de rand van Parijs betrokken en gaf in een buurtcentrum theaterlessen aan kansarme jongeren. Het chateau in Saint-Florent-le-Vieil stond te koop. Het ouderlijk huis in Saint-Denis had ze voor onbepaalde tijd verhuurd aan een reclamebureau, onder voorwaarde dat de huurders zouden vertrekken zodra haar moeder vrij zou komen. Isabelle Lavillier had acht jaar gekregen. Chantal had haar regelmatig in de gevangenis bezocht, en ook nu het boek er lag, was ze vastbesloten haar te blijven zien. Iedere keer opnieuw was ze onder de indruk van de waardigheid waarmee Isabelle haar straf onderging. Om de tijd nuttig te besteden gaf ze Franse les aan buitenlandse medegevangenen. Van de moord op haar man had ze geen spijt, zei Isabelle. Wel van de mensen die als gevolg van haar daad waren gestorven.

Chantal luisterde naar Axel, die haar prees voor de artikelen die in het najaar bij Vox waren verschenen en die geleid hadden tot een grootschalig onderzoek van het Openbaar Ministerie. Aan haar grondige research en vasthoudendheid was het te danken geweest dat er zoveel koppen waren gerold. Niet alleen bij de politie, maar ook op het ministerie van Binnenlandse Zaken. Tegelijkertijd sloeg hij zichzelf als hoofdredacteur op de borst dat Vox het had aangedurfd om als eerste tot publicatie over te gaan. Onwillekeurig moest ze glimlachen. Zoals altijd slaagde Axel erin om zichzelf in het middelpunt van de belangstelling te plaatsen.

Ze richtte haar blik op het publiek. Achter Romy stonden Christian en Marianne Lavillier, die haar vriendelijk toeknikten. Chantal had ook Bruno op de lijst genodigden laten zetten. Guy Lavilliers onechte zoon woonde nog steeds in Poitiers, maar bracht vaak het weekend door bij Christian en Marianne, die hem zoveel mogelijk probeerden te helpen om zijn leven weer op de rails te krijgen. Chantal keek of ze Bruno zag, maar tussen al die mensen kon ze hem niet zo snel ontdekken. Iemand op de laatste rij zwaaide. Niet te geloven. Tom. Natuurlijk had ze hem uitgenodigd, maar ze had nooit verwacht dat hij voor de boekpresentatie zou overkomen uit Amsterdam. Ze zwaaide terug, een beetje opgelaten, maar tegelijkertijd trots dat Tom, speciaal voor haar, de reis naar Parijs had gemaakt.

Er klonk applaus. Axel maakte plaats voor de uitgever die toelichtte waarom het boek juist vandaag verscheen. Over twee weken zou de eerste ronde van de presidentsverkiezingen plaatsvinden. Maar zonder Marie-Christine Grenoult en zonder haar partij. In plaats van affiches van La Nouvelle France hing Parijs vol met affiches van *Nacht in Parijs*. Op het omslag prijkte de foto die heel Frankrijk kende: de glazen piramide van het Louvre met de aan gort gereden hoofdingang. Tot het allerlaatste moment had ze aan het manuscript gewerkt om alle ontwikkelingen rond Marie-Christine Grenoult mee te kunnen nemen. Hoewel de vrouw iedere betrokkenheid categorisch ontkende, nam de bewijslast alleen maar toe. De aanklacht luidde dat Grenoult tientallen hooggeplaatste ambtenaren had omgekocht. In afwachting van haar proces zat ze in de gevangenis, slechts een paar cellen verwijderd van die van Isabelle. Oscar Ortola, het criminele brein achter de operatie, leek de dans ontsprongen te zijn. In de rue Duret had de politie een verlaten bovenetage aangetroffen. Sindsdien maakte Interpol jacht op hem.

Vanwege de naderende presidentsverkiezingen beheerste de zaak Grenoult de media. Daarom had de uitgever van *Nacht in Parijs* maar liefst honderdduizend exemplaren laten drukken. Een aantal waar Chantal zo min mogelijk aan probeerde te denken. Ze dacht aan de talloze interviews die ze voor het boek had afgenomen. Met uitzondering van Isabelle was iedereen naar de boekpresentatie

413

gekomen. Iedereen, behalve Nadja. Of misschien was ze er wel. Chantal had geen idee hoe de vrouw eruitzag. Het contact was via de mail verlopen. Ze was de vriendin van Milos, schreef ze, en ze wilde dat Chantal wist dat Milos niet de kille huurmoordenaar was waar iedereen hem voor hield. Er klonk opnieuw applaus. Chantal hoorde haar naam. Ze moest nu iets zeggen en ze voelde zich zenuwachtiger dan ooit. Op de een of andere manier lukte het haar om zonder te struikelen de microfoon te bereiken. Ze keek naar rechts, naar Saimirs familie die op volle sterkte was komen opdagen. Broertjes, zusjes, nichtjes, neefjes. Bako was er natuurlijk ook met zijn onafscheidelijke zwarte vilten hoed. Ze had een toespraak voorbereid, maar twijfelde opeens of ze het droog zou houden. Eigenlijk hadden Axel en de uitgever alles al gezegd. Het enige wat ze moest doen was het eerste exemplaar uitreiken aan Saimirs jongste broertje. Ze sprak een paar zinnen, tot ze niet meer kon, en noemde de naam. De jongen die het podium beklom leek als twee druppels water op Saimir. Hetzelfde glanzende halflange gitzwarte haar, dezelfde donkere ogen met dezelfde schittering, dezelfde ontwapenende glimlach. Als vanzelf kwamen de beelden weer opzetten. Het noodweer boven Parijs. Donder en bliksem. Haar handen beefden. Snel overhandigde ze het boek en omhelsde Saimirs broertje, zoals ze Saimir zou willen omhelzen. Lang en innig. Er klonk applaus, zo luid dat ze de regen in haar hoofd eindelijk niet meer hoorde.